# April Fool's Day

Bryce Courtenay

# 愚人节说

Bryce
Benita
Brett
Adam
Damon
Celeste

[澳大利亚] 布莱斯·考特尼 著

吴宜洁 译

北京时代华文书局

这是属于戴蒙的书，
是为了他挚爱的贝妮塔和席蕾丝特所写。
我也致以自己的爱与感激。

# 致 谢

完成这样一本书，总是有许多人要感谢，却未在书中提及。我的儿子戴蒙很幸运，在生命中遇见许多爱他、关心他、默默支持他的人，让他的日子变得容易许多。我想向所有关爱他的人致上谢意。

还有许多形塑戴蒙生命的贵人，有些人已在书中提及，有些人却没有，但他们扮演的角色同样重要。谢谢托尼、约翰·华莱士一直以来的爱与协助，尤其是在最后阶段；雪莉·哈姆让他的双手双脚再次活动；迈克尔和罗伯塔·威尔逊；社群支援网络服务中心的志愿者们；博比·戈德史密斯基金会；韦弗利社区健康中心的护士；马克斯分馆的医生、护士与医疗团队；亨利王子医院；罗杰·汤金；伯尼·卡莱尔和温迪；帕特里夏·库克；诺拉及已故的马克·毕晓普；萨莉和彼得·卡利纳；已故的皮克希和布鲁斯·哈里斯；拉娜和露西。

还有许多人慷慨倾注他们的时间、知识、资源，助我书写此书：艾伦·巴里、洛兰·西比利克、欧文·登米德、史蒂文·费恩利、伊桑娜·加拉赫、亚历克斯·哈米尔、芭芭拉·沃尔克、约翰·维维安·韦尔斯博士、协助席蕾丝特的卡洛·肖特以及我的经纪人乔治·帕特森，总是让我拥有充裕的时间与资源。

最后，还有四位人士要感谢：我在澳大利亚的经纪人吉尔·希克森；伦敦的经纪人米克·奇塔姆；在伦敦负责初稿编辑工作的劳拉·朗里格；澳大利亚威廉-海涅曼文化的出版总监路易丝·阿德勒，她以无限的耐心与巧思承揽此书的总体编辑工作——深涉其中的我时常无法清醒地冷静以对，思绪之庞大几乎就要把我淹没，幸而有她使这本书更为精练。谢谢你们发自思想和心灵的慷慨。

忽然间，温暖远逝，生命化入流动的空气。
——维吉尔，《埃涅阿斯纪》第四章

# 第一卷

不能碰戴蒙·考特尼。

永远不能。

# 第一章

在橙黄色的清晨中死去。

　　菲律宾群岛上，一座默默无闻的小火山皮纳图博开始吐出烟雾和灰烬，烟被推得越来越高，进入平流层，盘旋在地球上空的大气流和侧风将它扫进两万两千英尺①的高空，像条毯子般摊在蓝色的太平洋上方。两周之后，戴蒙走了。

　　每天破晓前的一个小时，地球另一端的落日余晖会映到这片大烟幕上，光线弹到尚在沉睡的黑暗一端，制造出虚假的黎明。第一个虚假的黎明诞生于一九九一年四月一日的悉尼，戴蒙去世的日子。那是愚人节中愚人的黎明。

　　我们都以为戴蒙会在漫长的复活节假期离开，虽然天晓得，他先前总是一次次战胜病魔。强壮的戴蒙总是在我们以为他已回天乏术之时峰回路转，踩着虚弱的双腿走回我们身边。但是一次比一次更困难，他变得越来越虚弱，旧日的他一点一滴地消逝、不见踪影。

　　他的哥哥布雷特和亚当陪在身边，席蕾丝特和安也在；还有他母亲贝妮塔为白发人送黑发人、为她的爱、为她已经怀了

---

① 约合 6.7 千米。

二十四年的无以名之的罪恶感而愤怒着。我们是戴蒙的家人——贝妮塔、布莱斯、布雷特、亚当、席蕾丝特和安。

席蕾丝特是戴蒙的爱人，过去六年都和他住在一起。她一直是他忠实的随身护士，帮他照料褥疮，擦拭嘴唇上和口腔内部又厚又黄的鹅口疮和两眼的脓汁。他失禁时，是她帮他洁身洗净，也是她帮他剪短头发。她也负责帮他打吗啡，每两小时喂食一次鸡尾酒药片，让他虚弱的心脏继续跳动，心智多多少少能集中一些。

比起我们，席蕾丝特更能目睹他的身体缓慢恶化的历程，肋骨渐渐在紧绷、呈半透明的皮肤底下明显可见；四肢又瘦又干，每次他被抬到床上，四肢都可能会折断。

体格从来不是戴蒙的强项，现在他整个人看起来更像是行走的骨骸，或像闪动的黑白新闻影片里，同盟国解放集中营时的犹太人。

那些影像似乎注定是黑白的，因为当死亡逼近时，你最先注意到的，就是颜色的消失。在死亡的过程里，颜色是可憎的元素。

在死亡降临到戴蒙之前，他就已逐渐淡去，颜色渐渐褪去。戴蒙的眼睛现在像两大片烟熏的痕迹，深陷于头骨。眼珠似乎已不余一点清澈干净、生机盎然的淡褐色，而变成斑驳的棕色，如葡萄醋的颜色。他直接从瓶子里喝进流体吗啡时，眼睛常常失焦，仿佛他想在上面盖上一层布，以掩饰自己的羞愧。

然后，在以令人出乎意料的色彩揭开序幕的四月一日愚人节那天，戴蒙终于准备好了。他身上一点颜色都不剩，他用力拧出最后一滴血色，轻轻告诉我们，他爱我们。

说话对他来说十分费劲，我们每个人都轮流凑到他身边听他说。"爸爸，我好爱你。"除此以外，没有多说什么。一切都凝结在一个东西里——他的生命。

他那沉默、跟谷仓门一样大块头的大哥布雷特，偕同安从吉隆坡回来；柔软、心宽的二哥从伦敦飞回来，一脸狰狞、悲伤、困惑，心疼他的小弟。

两个哥哥都守在戴蒙身边等候临终时刻的到来。他们一起待在戴蒙和席蕾丝特隐秘的小木屋里，希望能帮上一点儿忙。两个人温柔但有些笨手笨脚，席蕾丝特却驾轻就熟，依旧用爽朗、欢笑、溺爱的口吻和戴蒙说话，仿佛他只是轻度不适却想借此不去上班。

席蕾丝特还没准备好让死神进门，所以她击退它，用笑声、虚张声势威胁它。夜里，她睡在他身旁，紧紧抱着他，以免死神出其不意地闯入。只要纱幕一开，黑暗王子炽热干燥的气息如巨浪涌进，她随时都准备醒过来，捍卫他。

有一次，接近生命末期时，戴蒙忽然痉挛发作。虽然不是第一次，却是他好一阵子以来的第一次，我们赶紧叫救护车把他送到最近的医院。在急诊室里他又痉挛了一次，导致他排便。最后我们决定把他留在医院过夜。

之后，他被转至一间小病房，位于急诊室和普通病房中间。虽然医护人员没说什么，但这就是安排给他这种病人住的病房。他们在这里使用黄色袋子，所有东西都装进这些鲜黄色的塑料袋里等着被火化——纱布、纸巾、针筒、没吃的食物——他毁坏的人生里被污染的碎屑。

门上贴着国际感染警示标志：一个黄色圆圈，中间有一个黑色十字。下方有个牌子用红色记号笔写着：务必穿戴隔离衣、口罩、手套。

室内墙壁漆着浅苹果绿色，里面有一张单人床，还有墙上的电灯、插座、电源开关、塑料管线。除此以外，什么都没有。那是一个留病人察看的地方，一个等死的伤心地。

两个有说有笑的年轻护士戴着塑料手套、隔离衣和口罩出现在门口，推着一台不锈钢制的推车；我们全都靠墙站，好让她们通过。两人都浓眉大眼，在覆盖住半张脸蛋的口罩底下，应该是迷人的五官。她们一微笑，咧开的嘴唇就会把薄薄的口罩吸进去，形成一条水平线。口罩紧紧贴在她们脸上，使她们看起来就像儿童搞笑片里漂亮的银行劫匪。

她们把戴蒙沾着粪便的睡裤脱下来、放进黄色袋子里时，依旧有说有笑。接着，她们把他擦干净。当她们将他翻过身打算继续擦拭，看到他背部沿着尾椎一路扩散、男人拳头般大的整片褥疮时，也没露出一丝惊讶。

褥疮是他苍白皮肤上的污秽，不只因为伤口本身，还因为它的颜色：愤怒的生肉沾着他的排泄物，不知怎的看似裂到他下背部的排泄孔，颜色正一点一滴地渗出。

年轻护士们小心翼翼清理他的身体、在伤口上抹药，把棉纱布放进夹在拖车尾端的黄色袋子里。然后她们合力把他的脚套进一条干净的睡裤里，他垂着头，手臂摇摇晃晃，就像一个细长的破布娃娃被装进一条新的条纹睡裤里——在一间死囚专用的苹果绿色游戏室里。

其中一个护士检查戴蒙的点滴，专业地眯眼看移液管顶端清澈的生理食盐水滴滴入，调整压力，迫使不甘愿的水滴往下坠，好让另一颗水珠能接着滴入无形。另一个护士在门口，站在推车旁等着；接着她们一起离开，依旧谈笑着。她们系着皮带的苗条腰围、挺翘的臀部、从长袍缝露出的有力双腿，充满了强健的生命力。

镇静剂的强烈药效让戴蒙几乎没有意识到周遭的环境，他很快便疲惫地沉沉睡去。又一回合结束：我们可以回家待几个小时，假装重拾正常生活的零星碎片。我们学会不在黑暗中清醒地躺着，不瞪着天花板，不思考，将悲伤延长，把没有戴蒙的未来暂时推到一边。

我们都只是拖延着，告诉自己戴蒙再一次击败无情的病魔，虽然我们各自的思绪或许迥异。我知道自己心里充满罪恶的问题。这一切还要持续多久？他还必须承受多少？本来今晚一切都会结束的，不是吗？我这样想是不是错的？是不是很邪恶？邪恶，好一个孩子气的字眼。我是不是只为自己想，没有为他着想？即使现在活着只剩下痛苦和回忆——旧日的美好回忆已渐渐腐化，印象也渐渐损毁——生命依然珍贵吗？这一次是几度严重痉挛，威胁要夺走他微弱的心跳。如果他的心跳在今晚停止，我会允许他们电击，或是对他们尖叫，要他们放手让他走，让他像流星般殒逝？

这次痉挛，还只是对他虚弱身体一连串无情攻击中最近的一次，他也依旧抵抗成功，再次回到他的角落，准备下一回合出击。

强壮的戴蒙啊，光是想到他，就使人无比心痛。我想要以他的勇气为傲，同时又想大叫出声，控诉心地这么善良的人却必须如此挣扎，死得如此受折磨。

一位资深护士带着一张写字夹板走进来，她直接走向我——房间里唯一的男士。"院方过夜许可。"她把写字板交给我，"你离开以前必须签字。"她瞥了一眼别在制服上的怀表。

我把写字板递给席蕾丝特，她半坐在戴蒙的床上。资深护士的眼神一路跟着。她又矮又胖，脸上的粉搽得太白，腮红又涂得太红。她的胸脯很大，穿着厚重的半筒袜和白色的平底胶鞋。

她本能的举止和外表使人想起过去的医疗系统。仿佛她的时间已经到了，她只好不情愿地揭下笔挺的资深护士面罩并露出伴随而来的权威感。

她微微朝戴蒙扬起下巴说："是他的家属吗？"她的问题是针对席蕾丝特的。

"事实上是。"席蕾丝特回答。那个词瞬间听起来沙哑而不合法，仿佛是戴蒙身上不对劲的一部分。

那女人一开始显得很惊讶，因为戴蒙看起来不像是有女伴的那种人。

"不行，"她说，然后看看我，"你是他父亲？"我点点头，然后她转回去对席蕾丝特迅速地浅笑了一下，仿佛有一道电流让她的嘴唇不得不抽动一下。她把写字板抽回，递给我，用圆珠笔敲着要我签名的地方。

我拿起笔草草地签名。贝妮塔和席蕾丝特望着我，我用眼睛示意我们该走了。戴蒙现在睡着了，我们也没有什么可以做的了。我们转头要走，但是席蕾丝特摇摇头。"我必须留在这里过夜。"她美丽的脸庞苍白枯干，湛蓝的眼睛因为刚刚一个人躲在厕所哭而布满血丝。

"没办法，亲爱的。这间病房不行。这里太小，而且是感染高风险区域，违反医院规定。"资深护士停顿一下，接着还算和气地补充，"不过你可以在急诊室等，那里有电视和咖啡机。需要的时候我们会叫你。"

席蕾丝特的眼睛瞬间濡湿，但是她语气平稳，虽然微微高亢，听起来像个孩子："他在这里的感染风险难道比在家里的时候高吗？"

她的逻辑不容辩驳，但是资深护士不这么认为。"我们没办法采取所有必要的预防措施。"

"我不在乎什么预防措施！他需要我帮他一起抵抗，他一个人的力量不够！"席蕾丝特皱起眉头，想继续再找理由。"你应该看得出来，他没办法靠自己抵抗黑暗，他会孤零零地死掉，而我却不在他身边。"

这位年长女士显然是急诊室老手，惯于应对心灵受创的病患家属。她很有礼貌，没有叹气，但是低垂的眼睛显露出她的不耐烦。"他不会死的，亲爱的。他已经度过危险期了，心悸停止，脉搏也恢复正常。医生说他会没事的，但是不能移动他，移动有时候会再次导致纤维性颤动。"她的反应又快又熟练，接着又是那个标准的笑容。"他现在只需要休息一会儿。"

她说得一副戴蒙已经被完全治愈的样子，只是需要几个小时恢复元气。"你们真的该走了，不能留在这边，在这里什么忙也帮不上。"她侧着头，直直看着席蕾丝特的眼睛，双臂交叉，把写字板抱在胸口。

席蕾丝特低下头，牵起戴蒙无力的手握着，仿佛要替他算命。她沉寂了好一会儿，接着一颗斗大的眼泪滑下她的脸颊、下巴，滴进戴蒙的手心。

资深护士一动也不动地站着，让沉默一点一滴凝聚累积。她立场坚定，应对技巧熟练而不留余地，她早已学会在有麻烦或威胁时快刀斩乱麻。她习惯以自己的决定为主，这个一头俏丽短发、颧骨高耸、唇红齿白的漂亮金发小女郎，完全不是她的对手。

我率先投降，因为备感尴尬，急于化解火爆场面，便说："走吧，亲爱的。我想我们或许该走了。"我移到床边，牵起席蕾丝特的手肘，"你累了。"我轻轻对她说，"我们都有点儿累了，都还没吃东西。走吧，我们回家，我来弄些吃的。"

这种时候提起食物实在非常愚蠢。我告诉自己现在不是说这种事的时候，但是我知道确实该吃东西了。我知道自己虚弱得跟什么一样。我不在乎了，我想离开了，想直接冲到病房外。我的感官受够了羊毛脂和滑石粉的婴儿甜味，受够了护士对这些气味闻而不觉，受够了什么都用黄色塑料袋装起来的小房间。我必须逃离这片会反光的瓷漆苹果绿色墙壁和塑料地板。

这场冲突在消耗我的胆量，我也感觉到衣领边缘沾着一天的尘垢和黏湿汗水。现在是深夜一点，自从吃过早餐后，我还未曾进食。我想大口吞进外面的空气，将街上的黑暗一饮而尽。我想要从我儿子的缓慢死亡里抽身、喘口气。我几乎立即对这个念头感到愧疚——对食物感到的饥渴。我的儿子正在一点一滴地死去，我却依然生机蓬勃，这不禁使我悲从中来。

席蕾丝特把手肘甩开，放开戴蒙的手，从床上猛地站起来。"去叫医生来。现在就给我去叫该死的医生来！"她的眼睛闪烁着疯狂，逼视着那女人的双眼。资深护士惊得往后退了几步，宽厚的肩膀撞到墙后又弹回来。

席蕾丝特在这方面也很有经验，她已经和戴蒙在一起六年了，悉尼都会区内的医疗系统，没有哪一个环节是她不知道的。她曾被专家刁难过成百上千次，这个资深护士不过是她遭遇的无数障碍之一。

回想起来，这名资深护士人不算特别坏，她只是执行自己的判断，尽忠公务而已。那个年代的医院访客对医疗人员的权威一概默默接受，她不过是那个时代的产物。但是这一次，她面对的是一股新的力量——一个年轻的都市悍将，装备了累积六年的愤怒、挫折和强烈无悔的爱。

贝妮塔身体向前，脸气得发黑。她也是身经百战，所以她手臂一挥，把席蕾丝特推开，把女人抵到墙上。她生气的时候，会变成一流的大女人，声音化为锐刃。

"抱歉，她要留下。法律规定家属可以留下，席蕾丝特当然可以留下！好吗？"但是她其实不是请求，也不是询问。

贝妮塔后退，资深护士放低写字板，哼了一声，一边眉毛微微上扬，说："但是抱歉，她不是家属。"

"去给我叫该死的医生来！"贝妮塔把这几个字吐出来，又往前逼过去。资深护士把写字板紧紧挡在胸前，下意识保护自己。"哈！"她大吼，大胸脯惊得上下摇晃。然后她冲出门口到走廊上，往急诊室的方向移动，还听得见她的平底胶鞋在塑料地板上发出吱吱嘎嘎声。

"拜托，然后呢？"

两个女人同时转头看我，什么都没说。我知道她们都觉得我该说点什么，我该掉下眼泪。该死，我已经受够了。

不久之后，那两个年轻护士推着轮床回来，这次只戴了口罩。她们很沉默，眼神严肃，一定是听到刚刚的争执了。轮床上有一个双层睡垫，我帮她们把东西抬下来，铺在戴蒙床边的地上。床垫几乎把整间病房都占满了，所以贝妮塔和我必须站在病房外跟席蕾丝特说再见。

我们离开以后，只有她和戴蒙独处，于是她把点滴架移到靠门的一侧，把他从床上抱下来放在床垫上，让他安安稳稳睡在她的臂弯里。席蕾丝特还没打算要放弃戴蒙，把他交给死神，或交给任何人。所以她整晚都紧紧抱着他，就像每晚在家里那样保护着他。

# 第二章

诞生，婚礼，血统。

布雷特和亚当出生时都满脸红润，就跟正常的新生儿一样：小小的手握成抗议的拳头，面对周遭突然充满空气的恶劣世界，他们紧闭双眼。

两个人都奇迹般地躲过血液的遗传基因，戴蒙却中了血液的乐透彩，一出生便被盖上致命的印记。有一大片瘀青从他左腋下沿着体侧一路直覆盖到屁股，形成深紫色的胎记。

"考特尼太太，恭喜你，又生了个男孩儿。他身上有点瘀青，不过很快就会褪掉的。他有点苍白，所以我们已经帮他输过血了。十天后你们再把他带回来做包皮手术。"

"输血？这算正常吗，医生？"

"不算正常，但也不算不寻常……或许是用镊子导致的……不用担心。"

在二十世纪六十年代中期，所有人在医生面前，都只允许以一种态度回应：身为新生儿的父母，你必须礼貌尊敬、心怀感激；只能等待别人准许你开口，切勿主动提问，让自己出洋相。得结肠癌的垂死病人不敢问自己还能活多久？还要痛多久？粪便里有血代表什么意思？接下来还会有什么病症？

医生则双手指甲刷得粉亮，皮肤滑润，柔软的手闻起来像化学消毒剂，是社会寺院里的大祭司。在我们所处的医院里，他们备受护理人员崇敬爱戴，实习医生也对他们唯唯诺诺。而大部分的时候，他们的脾气都很恶劣，态度傲慢，语带威胁。

戴蒙出生时，顶多只能说是顶着一头柔软金发的小丑怪，活像个长毛刷。回家一周后，他左侧的瘀青逐渐转成绿紫色相间，我们一直期待他的皮肤完全复原。傍晚喂食以后，他就一路睡到天亮，凌晨三点不用起床喂奶，他也几乎从来不哭。在那时，戴蒙就不是个爱哭的宝宝。

那时候我们都说，贝妮塔有强健的胸脯，给两个婴儿喂奶，乳汁还绰绰有余。喂奶时间一到，便可以从她濡湿的汗衫看见深色的乳晕。有了二十一个月内接连照顾两个婴儿的经验，我们已驾轻就熟，虽然我已几乎忘记沾满"咖喱"的尿布（那么小的婴儿怎么会有那么多大便？）和帮他们拍嗝时，从我衬衫上流下来的浓稠奶汁。

我们把戴蒙带回家过了十天，再带回医院割包皮。贝妮塔是犹太人，根据犹太律法，我的儿子一出生便是犹太人。不过，我们让儿子割包皮，并不是遵奉犹太割礼——那时上帝命令亚伯拉罕将他与妻子萨拉生的儿子行割礼，作为祂和犹太人缔结的圣约——我想只是接受我们多少视为理所当然的社会风俗，乐于让医院负责这无关紧要的手术。有了布雷特和亚当的例子以后，我们知道割包皮没什么大不了的，所以马上把戴蒙从医院带回家。

"如果你的宝宝流了一点血，不用担心，流几滴血不会痛，割包皮都会这样。"医生的声音听起来毫不经意、让人放心。

所以，我们确信戴蒙也会跟两个哥哥一样好带，五岁的布雷特和三岁的亚当似乎都很喜欢他。我们常常看到他们俩站在戴蒙的婴儿床旁，戴蒙小小的手紧抓着一根脏脏的手指，两个人在跟他进行严肃的兄弟谈话。

戴蒙动包皮手术的那天晚上，我们出门参加一场据说极尽奢华的宴会，是贝妮塔一位朋友杰玛·鲁宾斯的婚礼晚宴，喜帖还是专人亲自送达，从前门缝底塞进来的。邀请函装在一只两倍大、象牙白色的昂贵信封中，还有书法家亲笔用银色颜料写上我们的名字。里面的卡片也镶了银边，中间还有两只浮雕白鸽捧着一个玫瑰缀成的心形。爱心图形的里面，也用镶银边的浮雕字体印着达德利和杰玛的名字。

戈德堡家族是飞黄腾达、世故文雅的澳大利亚籍犹太氏族，已传至第三代，以服装业起家，经营了多家成功的连锁店。新娘的家族源自波兰，从事鸡肉贸易，同样非常富有。贝妮塔说这场婚礼是新旧财富的对抗——保守的低调作风对上大刺刺的炫耀卖弄。

我们把精致的喜帖拿给贝妮塔年事已高的奶奶看。她是个瘦小如鸟、举止优雅的犹太仕女，社会地位和经济条件曾与戈德堡家族相当，现在又恢复一贫如洗的生活，不再属于犹太社交名流圈。她看着喜帖，歪着头上下打量。"接到这种东西，小小炫耀有何不可？说不定以后就没你的份儿了。"

我对这场婚礼的盛况感到着迷——尤其想到这些人当初一无所有来到澳大利亚，却白手起家晋身富豪名流，即将有机会见到他们，不禁使我对自己的未来燃起希望。我妈妈是个小镇的裁缝，独自抚养我和我妹妹，我们在南非顶着白人的皮肤，要多穷有多穷。因此，我和大部分幸运逃过这种困境的人一样，对富裕同时抱有向往和恐惧。金钱真的使我恐惧，而像戈德堡那样世代富裕的家族，会让我感到卑微。

鲁宾斯家族却并非如此，他们历经大屠杀的残酷，现在必须一切从头来过。对我来说，他们是像我这样的人能效仿的最佳典范：他们有头脑，有传统，但是来到一个新国度以后，他们不靠联姻或其他手段打入社交圈。每个人都必须从某一点白手起家，而我最喜欢澳大利亚的一点，就是身处上流社会的人，也可能曾是最底层的平民。我把鲁宾斯视为我的效仿楷模，戈德堡家族则是我的终极奋斗目标。

我们选了一只手工的深绿釉色水果碗，是澳大利亚野花主题的玛格丽特·普雷斯顿①风格的作品。这份礼物所费不赀，但堪称欣慰的是，虽然是现场最便宜的贺礼，但出色的品位得以弥补不足。好品位也是我在学习的东西，虽然我想自己已经在往错误的方向迈进。年轻时故作姿态常常是妨碍迅速致富的一大要害。

婚礼晚宴在希尔顿饭店举行，那里是名流云集的娱乐胜地，说难听点，简直是悉尼的花花世界。小萨米·戴维斯②和伦尼·布鲁斯③都曾在那里表演；那是个带女伴炫耀的热门地点。

婚礼和戴蒙的包皮手术在同一天，贝妮塔担心把他留给我们的保姆萨拉一个人照顾会有不妥。说担心可能还算轻描淡写，贝妮塔对孩子一向保护周到，最后在我强烈坚持并对萨拉的保姆美德极力吹捧一番之后，她才终于答应赴宴。她留了一瓶戴蒙的晚餐，虽然我们应该会在那之前回来。

萨拉是那个时候所谓的"未被宠坏的修道院女孩"，那年就读高三。她历经一连串个人危机：与第一个认真交往的男友分手，在悲惨的同一个月里，脸上也冒出一颗颗青春痘。她是理想型的保姆，自己家里有一对三岁大的双胞胎，是她妈妈在第二段婚姻里生的。她知道该怎么和幼

---

① Margaret Preston（1875—1963），澳大利亚著名艺术家，致力于推广澳大利亚的原住民艺术。

② Sammy Davis Jr.（1925—1990），美国著名歌手、舞者、乐手、喜剧演员，曾获艾美奖与金球奖，2001 年被追授格莱美终身成就奖。

③ Lenny Bruce（1925—1966），美国单口喜剧演员、社会评论家、讽刺作家。

儿相处，我们完完全全信任她。

贝妮塔说的卖弄炫耀一点儿都没错，你一眼就可以看出哪些人出身戈德堡家族，哪些人来自鲁宾斯家族。即便是初夏季节，鲁宾斯家族的女士却——在礼服外套上貂皮和银狐皮草，大部分的人都穿着粉蓝或粉红色的绸缎礼服，密密镶着珍珠和闪亮珠钻。戈德堡家族女士选的高级定制礼服则是清一色的黑色、咖啡色、酒红色，也没有半个人穿皮草。

不过，双方人马脖子上的饰物则打成平手，都勒着奢华昂贵的珍珠短链；耳上风光也是如此，放眼尽是钻石耳环，和修剪得漂漂亮亮的指甲上的宝石搭配成对。

另一方面，男士的打扮则乏善可陈，多数都穿双排扣、细灰条纹或深蓝色的商务西装外套。他们主要得靠口音区分，澳大利亚腔的鼻音元音对中东欧语系的喉头音。不论男女，大家似乎都在同一时间开口说话，因此只有偶尔间歇时才能听见舞池远端的乐团演奏。

婚礼上半段我几乎都记不得了，只记得有位年轻医生坐在贝妮塔旁边，全程把她霸占住；我只能跟坐在右手边的一位中年男士说话，后来发现他是靠卖鸡内脏致富的。当我礼貌地对此话题表露兴趣时，他马上兴致勃勃要拉我进入内脏产业。

以色列同时也是热门话题。那一年是第三次中东战争发生的前一年，世人尚未发现在犹太人两千年的被动、沉默下方，蛰伏的是巨大的侵略野心。犹太人不会再让步了。然而，这是留待未来的大扭转。自欧洲出走、回到巴勒斯坦故土仍是个浪漫的概念，但是西方世界的每个犹太人，都觉得对返回这块夹在宿敌之间的狭长形沙石地定居感到有责任。

结果，犹太医生、律师、教授、鱼贩、女装从业者，就连鸡内脏商人都把子女送去帮忙。杰玛自己一拿到悉尼大学英国文学硕士学位，便花了十八个月在基布兹① 种小黄瓜、腌小黄瓜。她自己私底下承认那真是地狱般的生活，她对"应许之地"的热情也很快被大腌缸里如婴儿大便般漂浮的小黄瓜治愈了，那些小黄瓜让她在身为"大地之女"之时，两只手总是又痛又胀。

就心理层面来说，以色列的未成熟状态非常重要。新世界的犹太人在美国、加拿大、南美洲、澳大利亚得到自由、获得财富，他们大多数人和来自中欧或东欧的祖先只隔了一两代。几个世代以来，犹太人不断从他们应该拥有的土地上被驱离，但是摩西五经告诉他们，他们是应许之地的子民，拥有这块土地于是成为犹太民族根深蒂固的精神向往。比起其他理由，这才是他们希望回归以色列土地的主因。

就算在新世界飞黄腾达的犹太人尚未准备好回归巴勒斯坦，他们偶尔也会借由把子女送去或为这片沙漠的繁荣出钱出力，以在情感层面上和它的重生相系。所以有"金色之书"② 的发明，捐献"金色之书"也成了婚礼传统。正是达德利和杰玛婚礼的这个片段令我印象最深，因为这和后来戴蒙发生的事有直接关联。

那个用货车把鸡内脏载去宠物食品工厂的家伙，似乎对有人坐在他旁边听自己说话很感激。他天生热情澎湃，对自己的成功引以为傲，手上还戴着一枚图章戒指，镶着一颗超大的淡黄钻石。他告诉我，戒指用新几内亚的黄金镶边，价值两万五千英镑。虽然澳大利亚最近已将货币改成十进制和澳元，这位老兄还是用英镑估值。他还告诉我他女儿是考

---

① 希伯来文，意为"共同屯垦"，是指以色列的集体屯垦社区，致力实践财产共有的理念。

② 以犹太人圣地为背景的装饰性礼品，用以联系世代间对耶路撒冷的向往，所得成为以色列基金会、犹太人国家基金会等组织之基金。

古学家，现在正在纳格夫 ① 的基布兹工作。在以色列这片土地上，考古学家似乎和小提琴家一样密集，尤其这个国家正积极打造可耕种的农业基地，将钱花在考古上并非优先考量。看来她是他唯一的孩子，却对鸡内脏生意不感兴趣。他似乎对我们能一直聊下去感到很开心，有我负责听他说，于是聊着聊着，最后他竟然要给我一份工作。"不是所有人都喜欢和犹太人工作的，但是我们可以一起做大生意。像你这样的好男孩，一定前途无量。"

对于这样一份提议，你实在没什么好说的。没有人真的想和他一起做鸡内脏生意。不过，就算不怎么讨人喜欢，我倒是活生生看到可以合理地迅速致富的例子，当然，这也是我一开始兴致勃勃想出席这场婚宴的原因。我的理论是：如果你紧贴着金钱和成功，好日子就不远了。我一直都很穷，现在的状况也差不多。如果别处有好的工作机会，我也可以放弃现在的广告事业，我有头脑，但是缺乏手腕。

鸡内脏商人跟我保证，做这行赚钱非常容易。他拥有从悉尼到墨尔本之间的所有养鸡场，两地相距的车程，冷冻货柜车能跑一整天。他说得兴高采烈，我得承认自己越来越感兴趣，直到他随口提起一整天都摆脱不了鸡屎味，那味道无时无刻不会跟着你。晚上睡觉的时候在，早上起床的时候在，就连度假时也在。

他一说，我马上就从他身上闻到了那股怪味。人心真是有趣。我一下子兴致全消。野心勃勃的穷男孩并不想致富后全身飘散着鸡屎味。你大概一眼就可以看出，我身上挑结婚礼物的好品位太多，忍受鸡内脏的

---

① 以色列南部的沙漠地区。

18

能力太少；养尊处优的戈德堡成分太多，力争上游的鲁宾斯成分太少。

我善于渲染的心马上把我带到成为鸡内脏商人后的未来。那时，我三个儿子都会上昂贵的克兰布罗克贵族私立学校，有钱人家都会把孩子送去那里念书。我仿佛可以听见，他们央求我在校门口一个街区外放他们下车，因为要是让别人看到十英尺 ① 外就闻得到鸡肠味的爸爸，他们会觉得非常丢脸。我就是这么需要安全感，需要受到重视，我从没想过克兰布罗克学校没有半个学生知道鸡内脏闻起来是什么味道——他们对死鸡最接近的印象，顶多是铺在三明治生菜上、臭味全无的白肉块而已。我很惭愧，那时我竟然缺乏想象力和勇气去接受这样一位好人的邀请。

事实上，虽然我很有礼貌，脸上没有显露什么，但我其实对他的邀请感到恼怒。这不是我想象中自己未来的样子，也不是我对这场婚礼预期的结果。我清清楚楚看见自己应该和几位高不可攀的医生同桌而坐，他们都对我美丽的犹太妻子和我明显的聪明才智印象深刻，还纷纷提供能让我拮据的银行户头一夕致富的独门财富秘方。

我知道这是可行的。广告公司里有个家伙从选角导演那儿听来一件事：有个知名的模特儿（他自然不会透露她的名字）和一个犹太亿万富翁上床，他没付她钱，因为这样会让她变成妓女，而是叫她把所有东西卖掉，包括她的房子在内，然后去买某一家公司的股票，六周后——不多不少——把它卖掉。她依照他的建议做，现在也成了不得了的有钱人，一辈子不必再工作——不论在 T 台还是在床上。

这一切都依赖人脉。而今晚，这类非结识不可的人全都云集在这场

---

① 一英尺约合 0.3 米。

婚宴上，但是我半个人都无法结识，却被困在一个下半辈子注定都要散发鸡屎味的男人旁边。几年后，我在医院接受脊椎治疗时，一个病理学家告诉我病理上确实有这种现象。他说人类的排泄物里有一种微生物会黏附在鼻子的嗅觉黏膜上，让自己无时无刻不闻到排泄物的味道，虽然别人根本没有感觉。我一直都没机会确定鸡屎是不是也这样，但似乎能解释本来会是我的恩人的情况。我依然清晰地记得，我当下决定该扳回一城，提醒贝妮塔我们打算在九点前回家。

我那时万万没想到，比谁的支票簿更厚的战争，原来才刚刚开始。大家拿"金色之书"的捐款较劲，钢笔挥动光芒，一、二、三、四位数字节节攀升。我正准备用手肘推推贝妮塔，建议我们赶紧离开时，一个矮胖结实、下腭宽厚、满头油的秃头男人却忽然起身，手里挥着一本支票簿。他故作姿态走到舞台正中央的麦克风前。

他没有把麦克风高度降低，反而把身体拉长，几乎踮起脚尖，然后把头转向主桌。"大惊喜！"他咧嘴笑着说，把支票簿在他头上挥动着。"先生们、女士们，迈尔斯鸡谨献上大惊喜。"他停顿一下，又咧嘴微笑，两眼扫过他面前的每张桌子。"烤的、煮的、炸的，应有尽有！对自己好一点儿，带个迈尔斯的东西回去吧！"

他这么一唱迈尔斯鸡的广告词，全场欢声雷动，虽然我必须说，大部分掌声都是从鸡肉商那个区域传来的。

那个矮小的男人又把视线飘回远端的主桌。"美丽的新娘、新郎，愿你们的名字镌刻在生命之书上。我也祝福伴娘。"他依旧把支票簿举得老高。"你们或许在想这支票簿是怎么回事吧？不，我想你们毫无疑问，早就把笔准备得妥妥当当了。"他清清喉咙，把支票簿放下。"这里可能有人不认识我，所以我先自我介绍一下。我是莫里斯·迈尔斯。"他停顿半晌，等人回应，但四座一片沉默，他于是又补充说明，"迈尔斯欧陆鸡？你们或许试过我们的鸡？一点儿鸡汤？或是来点儿鸡胸肉？"现在大家脸上都漾出微笑，莫里斯·迈尔斯心花怒放，乘胜追击："我们邦迪分店也贩售遵照犹太教规处理过的鸡肉，在坎贝尔广场那边。"他向所有人咧开大嘴，微微侧着头说，"对自己好一点儿，或许你们已经在电视上看到我们的广告了？"

莫里斯·迈尔斯在这件事情上低姿态过头了。迈尔斯的鸡肉、唐纳德的鸭肉，三岁以上的小孩都会唱迈尔斯鸡的主题曲。他这会儿把双手举得高高的，从支票簿里撕了一张支票下来。"献上我美丽的太太和我两个儿子约瑟夫与伦尼的祝福，我捐两千元给'金色之书'！"

鸡内脏商人在我旁边叹一口气说："莫里斯有两个儿子，而且都已经进入家族企业工作了。天啊，唉……"从他的声音中，我听得出他也希望有人继承他那些内脏。

两千元在那时候不是小数字，瞬间震惊四座，一阵掌声如雷般响起。莫里斯等着鼓掌声弱下来，最后举起手使掌声结束。"我的朋友们，让我告诉你们一件你们或许没有深思过的事情。两千年来，每当号角吹响，我们在新年畅饮救赎之酒时，我们都说：明年耶路撒冷见！"他环顾四周，然后又轻轻重复一遍，"明年耶路撒冷见！"虽然麦克风清清楚楚把他的声音带向在座每一个沉默的宾客耳里。

他又停顿一会儿。"这一次，时机终于来临了。上帝对祂的子民谨守承诺，以色列现在又属于犹太人，属于你，属于我。如果我们没办法回去击破磐石，凿穿灌溉水道，把水带进基布兹，那我们必须使用这个，因为那些屯垦同胞都已为绿树备好土壤，等着把以色列再度恢复成青葱美丽的土地。"他把手中的支票高举。"就让金钱当我们的铲子和手臂！"莫里斯·迈尔斯又停下来，环顾四周。"接下来有谁想荣耀我们的新人？"他不等回应，又继续说，"一棵树。一棵强韧、高大、伸向蓝天的树。

一棵有朝一日会绿叶成荫的合抱之木。一棵能抵挡沙漠飓风、强根如铁的树。谁要把自己的名字写在这样的一棵树上？那将是光辉的名字，上面还会悬挂黄铜片，这样来到树下的人们就会看见你的姓名，知道是谁为以色列付出这棵树！"他忽然用希伯来语念出"以色列"的发音，于是他的中欧腔听起来不再滑稽，而有一种古老、流畅的感觉，甚至使人联想起圣经。我不禁想：身为一个犹太人，在两千年后回归远古的应许之地，那会是怎样的感觉，怎样的景况？要在一整片炽热荒石、贫瘠沙地之中开垦出新的伊甸园，让沙漠恢复生机，又是何等庞大的工程？

我身旁的椅子忽然挪动，在拼花地板上发出尖锐的摩擦声。鸡内脏商人跳起来，挥动手中的支票簿。"我这边有铲子！我这边有一臂之力！"他大喊，往前面的麦克风方向走去。

可怜的达德利和杰玛，他们的婚礼就这么被莫里斯·迈尔斯以"金色之书"之名挟持，再也无法平复。那晚，由于来自澳大利亚的犹太裔支票簿园艺家狂热耕作，十几平方英里的青翠森林就这么贡献给了以色列故土。

贝妮塔说，我接下来会有那种反应，是因为同时感到绝望、无聊，和我不佳的礼仪、漠不关心的教养，或许还有酩酊大醉的状态。某种程度上，我想她说得没错，虽然那时我并没有意识到我的行为举止，而且我确定自己那时并没有醉。

以笔犁支票田的奋战至少持续了一个小时，还附带一场场冗长的演讲。眼前暂时没有消退的迹象，于是，就跟所有无聊透顶的人一样，我发现自己开始做起白日梦。只不过，我并没有丧失孩提时代完全沉浸在幻想世界里的能力，一路潜进深层的潜意识，忘了自己在哪儿，而幻想世界也比周遭的现实世界更真实。

我突然意识到躺在家中婴儿床里的戴蒙。他噘起的嘴唇发蓝，皮肤白到近似透明，眼睛紧闭。那还不只是一种征兆或轻度不适，而是心灵之眼看见的清晰影像，仿佛我就站在他身旁俯视他。事态非常非常不对劲。我瞬间从座位上跳起来，双手抓住贝妮塔的手臂，想把她从座位上拉起来。"快点，我们必须走了！"我小声说。

她吓了一跳，随即站起来，也吓到在她旁边的医生。我放开她的手，抓起他的手。"你也要一起来，我们的宝宝在家里快死了！"

那医生站起来，没有我高，但是肩膀比我宽。"你们的宝宝快死了，却还来参加这场婚礼？"他看看贝妮塔。

"当然不是这样！"贝妮塔抗议。她把手放在他的手臂上，并微笑以掩饰窘态，说："马克，对不起。"她狠狠看了我一眼。"他不习惯喝酒。"

"拜托，马克，拜托你一定要来，是真的。"我试着拉他的手，他却把手松开。我没发现整桌的人现在都在看着我。

贝妮塔受够了。"不，你给我出来！"她一把抓住我，尖尖的指甲刺进我的上臂。

我反手抓住她的手腕，想把她往门口拖去。我差点就快哭出来，但心里依旧确信戴蒙出事了。贝妮塔一定中途跑去拿她的皮包，然后我听见她的高跟鞋在后面随我走到电梯。

"老天！你是不是疯了？你到底是怎么回事？"她大喊，一边赶上我。

"是戴蒙，他出事了。"我不再多解释。

电梯门打开，里面是一对老夫妻，所以我们一路沉默地往下降。电梯一停到饭店一楼，门一开，我马上冲出去。"你先在人行道上等，我去开车。"我开始奔跑。

"等等！"我听见贝妮塔大喊，但是我不理她，继续跑。我把车开到饭店前门外贝妮塔等候处，她拉开副驾驶座车门，跳进车里，把门用力甩上。"你到底是怎么一回事？竟然胆敢在那么多人面前羞辱我！"我迅速把车开走。"你想被撞死啊？不要开那么快！我要怎么跟杰玛交代？你破坏她的整场婚礼了！"她的声音尖锐又激烈，然后开始抽噎，虽然我想愤怒和羞辱的成分居多，而不是因为难过。"你醉了！老天啊！不要开得那么快！"

我没有醉。或许车开得很快，但我有自己的原因。路面因一场午后雷阵雨而变得湿滑，虽然大雨在我们离开饭店前及时停了。我专心致志地开车。"很抱歉，但我突然对戴蒙有一种不好的预感。"说这句话时，我心里还是确信无疑，虽然我也知道听起来一定很疯狂。

"噢，你这个人！我想你一定觉得很好玩！你真是——"她突然找不到话骂我，"你真是该死的反犹太分子！"贝妮塔的愤怒现在还夹杂了挫折，她知道我不会进一步解释。她双臂交叠、紧咬下唇，然后拱起肩膀往角落缩，尽可能在这个小空间里离我远远的。

我的小儿子垂死的影像，依旧栩栩如生地印在脑海里。我要怎么跟她解释，这一切是自童年时代就有的感应，是我从吸黑人的乳汁中得到的能力？那是我血液里的非洲成分，跟理性毫无关系，我也无法遏制。那是很深层的本能反应，我根本没想过要质疑。在某些未被解释的层面，我还是那个来自深色土地的小孩，会对一种不同的声音予以回应。

十五分钟以后，我急转进我们住的那条小死巷，在我们只有两间寝室的小木屋前停下。我关掉引擎，抓起钥匙，赶紧从车上跳下。

前门进去便是一条小走廊，右手边正好是客厅门口，可以直接看到里面。电视机开着，微弱的光线从荧屏中透出来，让室内处于一种半透明、发着蓝光的幽暗中。萨拉一定是听见我转动钥匙的声音，她从客厅走到亮着灯的走廊上。"嗨，萨拉。一切都好吗？"

我努力让自己听起来只是像随口问问，但是我剧烈地喘着气。萨拉看起来很困惑，清楚感觉到我的焦虑，马上觉得自己一定出了差错。"是啊，考特尼先生。怎么了？我……做错什么事了吗？"我没有回答，直接鲁莽地经过她身旁，冲进客厅。

二十四年以后，我依旧可以清晰回忆起当年黑白荧屏上的画面，虽然那时走过客厅时，我并没有意识到自己往那个方向看。电视上正播着美国广播公司的晚间新闻，报道大学生、总是言辞激烈抨击的左翼分子、商会成员在乔治路上，拿着反越战标语旗帜示威（至少那时我是这样以为的）。拍摄游行者的长镜头突然转成吉姆·凯恩斯博士的特写，他是那时极受欢迎的工党政治家，头发是中分，脸上似乎永远带着微微受伤的表情，像是相信自己总是遭他人误解。

我穿过客厅，打开一对百叶门，来到我们为戴蒙将阳台改建成的育婴房。我打开灯，走到婴儿床边，戴蒙安安稳稳地躺在一条蓝毯子下面。他有点苍白，嘴唇缺乏血色，但是跟我脑中浮现的形象完全不一样。他双眼紧闭，像是新生的小猫咪，但是他看起来很满足，像在熟睡。我的第一个反应是心里一块石头落了地，于是把手搭在婴儿床边缘，头往后仰，呼出一大口气。我错了，原来是我的心在搞恶作剧。但是放下的心紧接着被愚蠢的滋味取代，脸开始涨红，滚烫到简直头痛欲裂。我要怎么跟贝妮塔解释？

我决定把他抱起来让她喂奶。有她的宝宝在我怀里，相信她不会对我大呼小叫的。等我把萨拉送回家，她喂完奶后把婴儿交给我拍嗝，相信她就会平静下来。喂奶会让她的眼神软化，等戴蒙再次回到婴儿床里，相信我就会找到方法解释自己的奇怪行为。

贝妮塔走进房间，我听见她在跟萨拉窃窃私语。我把毯子从熟睡的儿子身上掀开，伸手要抱起他。就在那个时候，我看见他的尿布上沾满了血迹。

# 第三章

蝴蝶针，医院，嘀咕爵士。

戴蒙动包皮手术的一个月后——事实上是圣诞节过后，我们才终于等到西摩·普拉塔爵士的门诊——他是坎珀当儿童医院的小儿科医师及专家，是这个领域的权威。后来我们才晓得，院内同事都叫他"嘀咕爵士"，详细原因我过了一阵子才明白。

他有一头灰白硬挺的短发，年过五旬，身材矮小，全身僵直。他穿着一套蓝色哔叽西装，背心上的扣子全数扣起，白衣领笔挺，系着一条深蓝色领带。如果以动物比喻，他会是一只暴躁的猎狐。他走路的样子也很怪异，他会一面往前走，一面不断拉着西装外套袖子，好遮住露出来的白衬衫袖口。他先拉一条袖子，接着换另一边；他一放开一条袖子换拉另一边，原本的白色袖口就又露出来，如此循环不已。因为他这样拉袖子，让他整个人走路有一种摇摇晃晃的感觉。拉袖子时，他的颈背会同步抽动，身体因微弱得几乎感觉不到的颠簸瞬间直起来。这一切都让他整个人看起来像旧式的发条锡兵。

如果我实在花了太多篇幅详述西摩爵士的外表，那是因为在接下来的几年里，我们每次都看到他身上一模一样的行头——包括他的长筒袜和又贵又亮的手工黑鞋——从来不曾换

26

过。他的衣服就是他本人，里面裹着的是个从贾科梅蒂①的素描中飘出来的槁瘦虚影。如果除去他的蓝西装和暴躁的举止，他可能根本不存在。

不过，尽管他身材矮小，身后却像有股隐形的恐惧如影随形。护士和年轻医师一听见他的随从逼近，就像森林里的小动物般在走廊上狂奔，纷纷躲进阴暗的角落里。

因为他从来不会单独出现，身旁总围了十来个紧皱眉头的白衣实习医生和值班护士，听他颐指气使地下命令，纠正清洁或一般管理缺失的问题。儿童病床边的点滴无论是滴答作响还是已经滴空，都会让他火冒三丈。尽管如此，他却是一位杰出的医师，诊断技巧尤其声名远播。他巡床时，常常只要用冷冰冰的诊疗眼神瞥小婴儿一眼，没有好好端详过孩子，就已经压过他的肋骨，把冰冷的听诊器放在小胸脯上，或检查他的耳朵、眼睛。等困惑的婴儿开始哭起来，他就会仔细看看孩子的舌头，仍旧对婴儿的不适视而不见；接着小声附耳告诉值班护士他的发现，好似护士对婴儿的疾病浑然不觉。然后他会转向某个倒霉的实习医生，要实习医生仔细检查号啕大哭的婴儿、诊断他的疾病、说明典型症状、提供常规的治疗方式。

西摩爵士像是看过每一集关于英国医院的肥皂剧，因为太怀念那样的喜剧，而让自己化身成那个人人皆惧的传奇院长。要是实习医生没能提供满意的诊断，他就会用愤怒、嘲笑参半的口气当众羞辱那名医师，再指示护士说出正确答案；但要是实习医生答对了，西摩爵士就会用一种高亢的音调嘀咕着前往下一床。这种嘀咕成了他的绰号，实习医生都

---

① Giacometti（1901—1966），瑞士雕塑大师，作品风格多为存在主义。

将这样的嘀咕视为最高的赞赏，是继续前进的动力，并以至高的自信继续习医。

一名护士把我和贝妮塔赶进一间小候诊室，我们就留在那里等西摩爵士。那间小房间没有窗户，天花板上只有一盏灯，里面放了四张颇旧的弯木椅、一张柳条儿童椅，还有一张矮桌，上面放了一叠旧童书，大部分的封面都已半脱落。

通往西摩爵士手术房的门关着，门上钉着一块磨亮的柚木名牌，用金色字体印着"西摩·普拉塔爵士"，底下还衬有黑色阴影。候诊室里极度安静，虽然我竖起耳朵想寻找任何生命迹象，厚重的柚木门后却一点动静都没有。

我们十分准时。贝妮塔着一身浅粉橙色的香奈儿套装，我穿着海军蓝色的西装、打领带，戴蒙一如往常地随时准备咯咯发笑。其实我们到早了，因为不确定穿过城区要花多少时间。我们甚至在医院大门外等了几分钟才进来，这样才能刚好准点到达。现在我们已经坐了四十分钟，轻声细语交谈，担心打扰了医院的肃静。我们俩都有些累过头，心里挤满对我们小男孩的臆测和担忧。贝妮塔深信戴蒙动不动就会流血，我试着安慰她，自从上次婚宴结束赶紧把他送去皇冠街的妇产科输血，在一个小时内拯救他的性命以后，他一直都很稳定。他的胎记也不见了，变成最粉嫩、最可爱的婴儿，还有一头桀骜不驯的头发。

"如果他动不动就会流血，那我们该怎么办？"贝妮塔常常问起这个问题，我却无法回答，总是假装不耐烦，以掩饰我心里的挫折感。

"反正不会这样就对了！不然他们早就会告诉我们了，不是吗？"

"那我们为什么还要来儿童医院找专家？"

"只是例行检查而已。显然不严重。他们把他从皇冠街转来这里，一直到圣诞节后才排到预约……只是例行检查罢了。"

"如果他真是那样就完了！"

我知道她在说什么，那已成为我们之间的难题。"真是哪样？"

"动不动就流血！"

"拜托！你能不能不要像个惹人厌的老女人！戴蒙是个正常得不得了的婴儿！"

我能听见自己编织这样的抗议言辞，只为堵住不断从我妻子嘴里冒出来的猜疑，和从我逐渐蚀毁的信心升起的忧虑。西摩爵士的手术室门总算打开，一名护士抱着用医院白毯子裹住的小婴儿出现。"你们现在可以进去了。"她说，看都没看我们一眼，便兀自走过候诊室。我赶紧跑去帮她开门，她依旧没瞧我一眼，全部注意力都集中在她怀里的小婴儿身上。

西摩爵士坐在室内正中央一张大桌子后的旧式旋转椅上。"请坐。"他头也不抬地说。他正以全天下的医生所共有的姿态填着一张小档案卡。我们悄悄在他面前的两张弯木椅上坐下，那些椅子和候诊室里那几张是一组的。他又继续写了几分钟，总之够我们充分端详周遭。

手术室不太起眼，看过去是一片棕色：棕色的柚木板，远端墙上挂着一张又大又丑的镶框照片，里面是萧索的棕色苏格兰风景。书桌左侧靠墙放着一张松垮的棕色乙烯基诊疗躺椅，周围都是黄铜钉。正上方是几幅看起来很重要却裱得很廉价的证书和执照。地上没有铺地毯，只有擦得发亮的深色拼花地板，长年打蜡的嵌板边界都已模糊，只见平滑一致的表面。就连手术房的气味也有一种萧索的感觉，地板上光剂淡淡的石蜡味和周遭环境的阴暗气质完全搭配。

靠着右手边墙壁的还有一只奶油黄色的瓷脸盆，中间是不锈钢喷水孔，两侧还有手腕支架从墙壁伸出，更为室内增添了令人沮丧的气氛。水槽下的弯管生锈，还有点倾斜，水槽那侧的墙上高高挂着纸巾筒。正下方的地板上有个旧型天平，附有丁字杆和光滑的铸铁砝码。

在这种房间里，你会觉得即将听到坏消息。我感觉得到贝妮塔的沮丧正在节节攀升。西摩爵士最后终于抬起头。"唔，对了，你们是……"他瞥一眼预约表，"考特尼夫妇？"

"你好，医师。"我们俩喃喃说着，贝妮塔紧张地微笑。

西摩爵士忽略我们的招呼继续说："让我看看。你们的儿子是达明，是吗？"

"是戴蒙，医师。"

他一样无视我说的话，接着打开一个抽屉拿出一个资料卡盒。他的指尖在卡片上方移动，然后抽出其中一张放在桌上。"嗯，你们圣诞节过得如何？"他抬起头，向我们迅速闪过一抹微笑，补充道，"我想让你们先过完圣诞节。"

"很好，谢谢你，医师。"我立即对他拙劣的言辞感到焦虑。

西摩爵士继续直直盯着我们。"嗯。他恐怕患有 haemophiliac。"他的表情像是公事公办，"所以我希望你们过完圣诞节再说。家族里还有其他人也一样吗？"他的视线移往贝妮塔。

贝妮塔显然吓呆了，完全没准备好回答他的问题。"haemophiliac？"

我感觉她知道"haemophiliac"是什么，虽然我完全不知情。我们之前只是说动不动就流血，从没想过医学上的说法。听着那个词汇的发音，我突然背脊一阵发凉。从我读过的拉丁文里，我知道这个名词和血有关。我们最深的恐惧就要从潜意识里攀爬出来，被栽植进我们的真实生活里。

"这不算疾病，所以不可能治愈。你们小孩的血液里少了一种凝血因子，所以血液无法凝块。"他把手掌往上翻，并耸耸肩，"不可能治得好。"

贝妮塔不是个好惹的女人，虽然明显很伤心，却直直瞪着医生。"我知道血友病是什么，医师。他割完包皮都已经过了一个月，你为什么到现在才告诉我们？"

西摩爵士看着她，讶异听见如此高亢的口吻，或竟然要求他向病人解释。"亲爱的小姐，我以为过完圣诞节再告诉你们比较好。"

我感到愤怒像一把锐剑从我胸中刺出。不知不觉中，我已站在尼罗河的源头，那是从岩石、树蕨底下钻出的第一条细流，是接下来二十四年里愤怒、挫折巨流的发端——愤怒于澳大利亚医疗体系对病人与家属感受的傲慢漠视，轻忽与独裁作风。然而，我继续保持沉默，怯于挑战医师的权威。

贝妮塔的眼泪一涌，说话掺着泣声。"我们有权早一点知道。他是我的孩子啊！"我用手揽住她，却是想抑制她的情绪失控，而不是安抚她。我也很受伤，很愤怒，但我不想看到失控的场面，尤其无法想象在这个极度自负的精英分子面前失控。

"我们能做些什么，医师？"我说，迫切想让自己听起来很好合作。

西摩医师似乎一点都没注意到贝妮塔的痛苦。"没有，寇……考特尼先生。我再说一次，他体内缺少某个东西！事实上是他血液里的凝血第八因子。他完全没有，或少得可怜。他以后只要一流血，你们就要把他送过来输血。"

"流血？你是说像割伤吗？"我的心思迅速一转，事情听起来并不算太糟。婴儿——就连幼儿——都不会太常被割伤，我们可以做到极度小心翼翼。我已经在心里演练待会儿可以说来安慰贝妮塔的话。她正在吸鼻子，西摩爵士在等她擤完，这样她的鼻音才不会干扰他的话音。

"是瘀血，不是割伤。他只要撞到，就会出现内出血、瘀青。以他的情况，身体不会立即止血，需要输血。表皮割伤和擦伤不打紧，撞击才是大问题。"

"如果没有马上止住，内出血……他会死吗，医生？"

"不会，除非瘀血面积很大，例如严重的车祸，而且无法马上把他送去医院输血。"他拿起钢笔，往旋转椅背靠，把盖了盖子的笔在膝盖骨上敲着。"我想你们尽早明白你们的儿子不可能有正常生活，不可能活得太久，会比较好。"他显然对自己直截了当、废话全无的态度很认同了，"他在青少年时期就会开始有关节炎，血友病患者很少活过四十五岁，即使医学正缓慢进步。"

这些我都没有认真听，我的心还专注在戴蒙会不会流血致死的问题上。内出血比皮肤流血听起来严重多了。"输血的内容是什么？"

"我们会使用一种叫'冷冻沉淀品'的东西，其实就是凝血第八因子的替代品。我们会使用一种蝴蝶针将它注入静脉血管。通常会在输血后三四个小时内止血。"

贝妮塔现在恢复了一些，又能抬头看医师了。他现在脸有点拱起来，仿佛开始对我的问题感到不耐烦，想结束面谈时间又嫌早了点。

"他出现瘀血的时候会痛吗？"贝妮塔问。

"会，应该说会很麻烦。皮下的压力会升高，皮肤却只能撑开这么多。我想应该会非常痛，虽然小孩的痛觉中枢尚未发育完全。"他瞥了瞥自己的表。"听着，我帮你们预约了罗伯逊医师，他对血液学有兴趣。你们的儿子达明会马上转给他照顾。"

他顿了顿，身体前倾，然后又给我们一个小小的微笑。"你们有大人物作陪。俄国最后一位沙皇尼古拉斯，他儿子也是血友病患者。"他又微微笑了笑，"我会留意这个男孩的。血友病并不寻常，几乎缺乏凝血因子的典型血友病更是大发现，病理分析有趣得不得了。"

他往前倾，仿佛回应不久前屡次看表的举动，这会儿他把钢笔在桌子边缘敲了敲，示意面谈结束。"我想往后我们会常常在坎珀当和你们的小男孩见面。"他拿起电话拨了一个号。"护士，罗伯逊医师现在有空见考特尼夫妇吗？"

去你的医师！但我心里的咒骂还是保持沉默；在他把我们赶出去以前，我还需要知道一件事。"我们要怎么知道他撞到了？他还只是个小婴儿，不会说话。"

西摩爵士扬起一边眉毛，显然在想我怎么这么笨。"他会哭啊，当然。"他从椅子上站起来。"到接待处找护士。还有什么问题，罗伯逊医师会回答。"

我走过去想握他的手，但他现在两手紧握在背后，像是预料到我会这么做，却不想有进一步的接触。"谢谢你，医师。"我无力地说，"谢谢你拨冗见我们。"我痛恨自己的阿谀态度，但在"了不起"的嘀咕爵士面前，我似乎忍不住这么做。毕竟，在那个年代，医生是仅次于上帝的权威。

"嗯，谢谢。"我们转身准备离开时，贝妮塔低声说。我揽着她走出房间，依旧听见他的屁股坐回旋转椅上时，椅子发出抗议的吱嘎声；然后传来提起话筒、拨某个号码的咔啦声——这一切都在我们走到门口之前发生。对西摩·普拉塔医师来说，这不过又是稀松平常的一天。

到了门口，我又转身说："谢谢你，医生。"

西摩先生把听筒拿到耳畔，只是嘀咕了一声，像是洪亮的打嗝。不知不觉，我也变成嘀咕爵士的追随者，虽然我一点都没有感受到传说中会激发的至高自信。

将近十八个月后，戴蒙的血友病患者生涯才算正式开始。他还不会爬，但已经可以在垫子加厚的婴儿床上站起来；虽然离墙壁有些距离，他却有办法撞到头。

我们渐渐发现，瘀血真是一件神秘的事，往往不记得出了什么意外，却自然产生。人类是一种手脚笨拙的动物，一整天不小心敲到、撞到身体的次数不下百次。只有血友病患者体内的凝血因子不会立即冲去急救，把血堵住，阻止身体内出血。

那天，戴蒙的哭声让贝妮塔醒来，她用手肘把我推醒。因为我习惯早起，我们俩说好我负责换早上的尿布，让她小睡片刻。时间还很早，不到五点，是个依旧一片漆黑的凉爽秋日清晨。我摸黑走到戴蒙的婴儿床前把他抱起，似乎让他和缓了些，等我把他放下换尿布时，他又开始哇哇大哭。我把他擦干净，在粉红色的小屁股上扑扑爽身粉，帮他换尿布。他还是哭个不停，所以我把他抱去床上，放在贝妮塔身边，然后去厨房帮他泡牛奶。他是个很好带的小孩，很少无缘无故大哭。泡好牛奶后我用凉白开冲瓶子，喂他之前先在手腕内侧试试温度。

"他好像不太舒服，头烫烫的。"我走进卧室时贝妮塔说。每天早上贝妮塔的脾气都不佳，似乎什么事都不对劲。我拉开卧室窗帘让光线透进来，但外面还是一片漆黑，所以我把灯打开。"你是说……?"我问。

"感觉不对劲。"她一手接过奶瓶，一手依然贴在戴蒙的额头上。"他的头有哪里不对劲，好像变大了。"她喂戴蒙喝奶，但他不喝，还是继续哭。

"别傻了，只是角度问题。婴儿的头总是看起来很大。婴儿的头本来就大，身体跟着头发展。"我接过奶瓶再试试看，惊讶地发现他竟然喝了，也不哭了。"看吧。"我得意地说，自信自己已经解决了问题。

接下来的几个小时里，他断断续续地哭，七点半我准备上班时，他感觉起来又还好。"可能是腹痛吧。"我专业地说。虽然他的头确实胀大了一些，我却连对自己承认都不愿意。"有事再打给我。"我亲贝妮塔的脸颊时对她说，迫不及待从她逐渐攀升的担忧里逃开，投入门外凉爽的秋日。

中午时贝妮塔给我打电话，但那时我在北悉尼一间摄影棚里制作电视广告。剧本需要两个收音，所有对白都出镜，需要完全隔音。导演要求拍摄绝对不能中断；等我们拍完时，已经过了下午五点，接待生下班了，没能把我秘书苏珊代贝妮塔传到片场的中午留言告诉我。

那时我是麦肯世界集团[①]的创意总监，得到这份工作几乎全属好运，许多人都认为我太年轻、经验不足。这意味着我工时长、工作重，很少在晚上九点以前回到家，常常拖到更晚。

我和贝妮塔在争论休息时间时，我总是这么自我辩护。不过私底下，我告诉自己每天早上要早点儿起床，送他们上学，以补偿和孩子的亲子时光，并把我的整个周末贡献给家人。至少，在某种程度上，我算是个成功的人。克服万难，事业有成，对于像我这种背景的人来说，是非常重要的。一切都要靠自己让好球高挂空中；穷男孩错失机会便不再有。毕竟，这一切都是为了他们——我这么告诉自己。

以我的观点来看，我的专业不只要求我卖力工作而已。我在广告业蹿升得非常快，从事这行只有五年，就晋升为大公司的创意总监。我是个平步青云的年轻主管，也准备好要付出代价。如果得早出晚归、缩减和孩子相处的时间，我也认了。西方世界正在急速膨胀，消费者的世界在即，处处是肥美的油水，一个没有正规训练背景、只有一点文字天赋的小伙子竟有幸在这幸运的国度手捧金鸡蛋。这一切都需要驱力和野心——我简直必须改名为布莱斯·驱力与野心·考特尼才行，念起来也

---

① McCann Erickson Worldwide，全球首屈一指的广告公司与传媒集团。

很搭。我还准备学习踢踏舞，也一定会学得很好，成为当地广告业的弗雷德·阿斯泰尔①。

二十世纪六十年代初期到七十年代中期这十五年间，是悉尼广告业的酗酒年代。身为澳大利亚最年轻的创意总监，掌管一个久负盛名的大型创意部门，我想自己承受着相当大的压力。晚上七八点下班后去喝一杯，堪称工作、事业的一部分，证明我是个好同事，也证明我吃得开（虽然我不大想承认）。

我也必须承认：没人比我更能说服自己。我对自己说谎，不久以后便深信不疑。我有一组杰出的创意团队，我也说服自己，和他们共度下班后的时光也是我的工作职责。

要我膨胀的自我意识做此结论并不困难，我也不记得需要外力劝说。酒吧很好玩，是个温暖的茧，一流的藏身之处。什么话都能轻易说出口，虽然现在那一切感觉起来都很自大傲慢。就这样，我发现自己越来越常在深夜开车回家，烂醉如泥，隔天一早带着头痛起床，舌头上有一层厚厚、黄黄、毛茸茸的尼古丁。

不过我总是早早唤孩子起床：布雷特、亚当，后来还有戴蒙——如果他没有整晚都因出血而醒着，隔天没办法照常上学的话。我会为他们做早餐，一起玩一会儿，或是聊天、讨论他们的作业。到了夏天，我们甚至偶尔会去海湾钓鱼，或在附近踢踢球。这一切几乎都是出于愧疚。我一面觉得自己扮演了一个很好的父亲，一面又觉得没有把这份责任放在应有的顺位上。我这个父亲仿佛变戏法的魔术师，晚上从不在家，却

---

① Fred Astaire（1899—1987），美国知名演员、舞者、编舞家、歌手。

会在早餐时出现。

戴蒙的头肿胀的那天，拍摄工作很晚才结束。导演喊停后，大家全都挤进路边的一家酒吧。北悉尼的广告人、电影人、音乐家、商人、制作人、自由艺术家、插画家之流，统统会在这儿出没。啤酒总是很新鲜，冰度刚刚好，当地广告公司五点后下班的单身女郎通常随着一杯杯啤酒，越夜越美丽。

澳大利亚那时少有专职的年轻艺术家，老一辈较有名气的艺术家全逃到海外了。我们都是一群商人——有才华的年轻人，向往的是金钱而非潮湿的地下室套房或姗姗来迟的肯定。

这间酒吧和我的公司隔了一座桥。在当地公司上班的一个叫辛戈的小伙子，那天晚上大概诸事不顺，不知是对我本人有意见，还是因为我踩了他的地盘，叫我跟他去酒吧后巷来个单挑。

酒吧里的人全拥到巷子里看热闹，我们摆了摆架势，辛戈便扯破我的衣领，我回了他几拳，接着喷了一点血。我会一些拳击，而白衬衫上的一点鲜血总是可以快速解决无谓的搏斗。这招是我早年在中非的铜矿场上工作时学会的，让我在接下来的人生里免于各式各样场合里数不清的皮肉伤。

一见鼻血喷到辛戈胸前的衬衫上，我们马上就被几个比较清醒的酒客拉开。十分钟后，我和辛戈勾肩搭背合唱橄榄球歌，一点痛都感觉不到。

那晚我开车回家，心想马路中间的黄线简直是专为领我回家而设的。我只需让两个前轮一路压在线上——我那淡棕色（澳大利亚北领地称金黄色）的霍顿特级跑车是通用汽车史上最棒的车。我一路认真地压着线开回家，家就在它该在的地方。

等我在我们的小屋外停下时，时间已过零点，在门口等着我的，是火冒三丈、尖叫怒吼、满脸泪水、张牙舞爪、秀色可餐、两只乳房上下抖动的老婆，在我眼里简直光彩夺目。我想和这个女人上床，但是，唉，她怎么可能依我。

隔天早上我醒来，贝妮塔前晚给我的欢迎、那张愤怒的脸和挥舞的手臂，顿时魅力尽失。我把布雷特和亚当摇醒吃早餐，有富含维生素 C 的新鲜柳橙汁，有玉米片和吐司士兵跳入他们蛋杯中充满钙质的火山，只要把吐司条戳进黏黏稠稠的蛋黄，就会爆发。

六岁的布雷特在吃早餐时告诉我戴蒙的头是怎么越变越大的，他们都以为会爆炸。"我们一直在等你，爹地，但是后来妈咪得自己带他去，不然现在应该已经爆开了！他还会活着吗？"

虽然贝妮塔在跟我冷战，但她至少告诉我孩子没事。我上班时打电话去医院问他的情况。"他输了两次血，感觉挺开心的。"值班护士这么跟我说。

"我可以在十一点左右过去看他吗？"我问。

话筒停顿半晌。"抱歉，考特尼先生，要等罗伯逊医师回来才能确定。他吩咐不能有任何访客，但小孩的家长或许会有特例。你可以一个小时以后再打来吗？"

一个小时后我打过去，听到我可以去看戴蒙，但是贝妮塔不可以。"为什么？"我害怕地问。话筒另一头又是一阵沉默。"我想你最好直接问医师。"她说。

她帮我转接以后，我听见分机响了好一阵子，最后听筒才被接起："我是罗伯逊！"

"医生，我是布莱斯·考特尼，戴蒙的父亲。"

"哦，是，考特尼先生有什么事？"

"护士跟我说，我太太不能探视。"

"没错，是我的判断。你知道的，你儿子的血肿非常严重。坦白说，我们从没见过这种病例，头盖骨严重胀大，样子有些吓人。我怕要是我们让你太太现在去探病，她看到孩子这种情况，反应会太激烈。你们怎么拖得这么晚才送来？"

我没办法告诉他我喝醉了，也不能跟他说贝妮塔是新手司机，不敢一个人开进市区的车水马龙里。"你叫我们遇到情况都要等几个小时，确定是不是流血不止。"我说，心里清楚话虽如此，却把他的指示遵循得太过。判断该等多久，总是个大问题；贝妮塔动不动就慌，我则冷静过头。

"我觉得你们把我的指示遵循得太过头了，是不是？"

我依旧一言不发，不知道该说什么，一面又气他要我俯首认错，像个被叫到老师面前的小男孩。

"唔，不管怎样，我不希望你太太探望孩子。"他说。

去他的！他以为自己是哪根葱？我心里充满愤怒的正义之声，但一张口却只是说："你考量得很仔细，医生，但是她毕竟是他母亲，我想她要是不能探望，反应会更激烈。"

这是我第一次跟医生回嘴，我的头开始怦怦响，血液往上一冲，昨晚的宿醉突然令头疼得跟什么一样。我想吐。焦虑和昨晚的杯中物掺在一起，实在不是什么好东西。我能感到喉咙底部忽然有一阵作呕的灼热感——酸酸的，刺刺的。

电话另一头停顿了好一会儿，最后，罗伯逊医师用一种克制的语气说："不过，这是我的决定，考特尼先生。"

我的头响起咆哮，我听不见自己思考的声音。我要坚持！不，我要让步。老天，这次不行！这次我一定要坚持！

"我知道了，呃，很好，医师，我会转告她。"

"谢谢你，考特尼先生，我确定这样是最好的决定。"然后电话被挂断。

半小时后我抵达儿童医院，不知即将面对什么，害怕可能会看到的景象。我一进入戴蒙的房间里，映入眼帘的状况完全超乎我的想象，我立刻就吓呆了。

那个在儿童医院小私人房间，四周墙壁涂满小精灵、仙女、蘑菇的初秋之日，是我生命中仅次于二十三年后的愚人节的最糟的一天。

请想象一个有小婴儿身体的外星生物，胖嘟嘟的，呈粉嫩玫瑰色，但是肩膀上长着一颗深紫色的大头，椭圆形，大约是正常人头的三倍大；像熟透的李子般软烂，皮肤紧绷到表面平滑得没有纹路。如果你要找眼睛，只会看到小小的孔；原本长嘴巴的地方也只有一个小洞，看起来像是变形的肚脐眼；耳朵找不到，只能在那坨椭圆形的紫血两侧看见两处凹陷。

我那眼睛水汪汪、一脸幸福、一头柔软翘发的帅儿子变成一头怪兽了。他抓着婴儿床的围栏来回猛摇，口水泡泡不断从本来应该长着樱桃小嘴的扭曲缺口里冒出来。

我呆立，完全无法理解眼前的情况。我心里毫无准备。在非洲的矿场，我曾目睹一个黑人的头颅像一颗熟透的西瓜，当场被一块落石砸开，脑浆和血液从壳里汩汩流出。我能做的，只有点一支烟放进他嘴里，他吸了一口后静静地说："谢谢你，先生。"然后就死了。有一次，与我同行的射击手射中一只公狒狒的肚子，我亲眼看见它在一片血迹斑驳的深色岩石上，一边痛苦尖叫，一边把自己的内脏、肠子挖出来，头顶上是一整片非洲的晴空。我从男人手里拿过枪，他这会儿沾沾自喜地站着旁观，眼神闪烁着锐利的残酷。我把新子弹装进弹匣，对准几乎像人的狒狒头部近距离开枪。那个混账特别擦过点三零三口径的弹头尖端，让子弹变成会使被射对象皮开肉绽的达姆弹。狒狒的头瞬间开花，徒留一副无头的躯体，双手还掩着它血迹斑斑的内脏。

这次换我儿子的头——里面挤满血和痛苦，一切只因染色体微小的缺陷，一切正常的血液唯独少了这种凝血第八因子。其他婴儿都有的小元素却独独在我儿子身上不见踪影，因此他的头不断充血，充血到整颗头都要爆炸。就像那只狒狒的头一样爆炸，留下一个完全正常的无头婴儿躯体，站在一整片帽子松垮的红精灵、薄纱仙女、粉红毒蕈前面。

我知道头的噩梦；我见过头有多脆弱。那个黑人在又黑又硬的矿石深坑里安静死去；那只无头狒狒在烈日午后暴烈死去，痛苦的身形在无瑕的非洲天空前留下剪影。现在，又多了新梦魇——我儿子头里挤满流不停的血。

有些痛苦太庞大，太恐怖，让人无法在当下哭出来，把痛楚舒服地浸在眼泪里。那种痛苦来自心里很深的地方，把你整个人都占满，让你不能动，不能出声，不能哭泣，只有一两滴泪夺出眼眶，像不小心洒出的汤流向你的下巴。

我完全没听见西摩·普拉塔爵士和他的随从走进来。或许我听到了他讲话，但一切都很恍惚，像在梦里，只见一只黑白猎狐，鼻子上顶着一把张开的伞，后脚立起来跳舞，四周一身白袍、咧嘴微笑的奇怪男人将他围成一圈。

"太神奇了！各位，你们穷尽毕生的医疗生涯也不可能再见到这种景象。这位……呃，摄影师先生会把它记录下来，我打算撰写一篇研究报告。那把伞是做什么的？我懂了……拿来让光弹回被摄物身上的。啊哈，我知道了，是摄影师的反光板。你会用闪光灯吗？我们要所有的细节。每一个角度你都得拍，我们说不定没有第二次机会了。各位，看，多么完美。看这里，你可以把手指戳进头盖骨。都是血，这真是了不得的巨大血肿。来这边，各位，摸摸看。你们觉得原因是什么？有谁想猜猜看吗？"

摄影师的闪光灯把我拉回现实。白袍实习医生在我儿子前面排成一列，每个人都把一根手指戳进充血的紫色大球里。我喉咙里传来一声动物般的嘶吼，或许就像那只狒狒一样，我不知道。接着我朝最近的一张模糊的脸揍了一拳。那张脸倒下。那是时间抓得不准、挥得不漂亮的一拳。那混账应该倒下，但跌到地上的竟是西摩·普拉塔爵士，他一脸震惊地坐起来，手捂住流血的鼻子，还没回过神来。

"站起来，你这个混账，去你妈的，我要杀了你！"几年后我遇到一位医生，他说那时我这么怒吼——虽然我完全不记得自己说了什么，也没有任何正式的记录留下。我弯腰去拉西摩爵士的外套衣领把他拎起，一群实习医生却把我按住。爵士还是一脸困惑地坐在地板上，背对摄影师的灯箱，头在打灯的伞正下方。在我眼前是一个吓坏了的小男人，白衬衫，蓝色哔叽西装，使我想起鼻子流血的猎狐。但至少那只狗没有再乱吠了。

流血的漫长噩梦从此开始。

# 第四章

做梦的艺术。

　　我一点都不确定自己到底是不是个好父亲，常常觉得自己把为人父的角色搞砸了，尽管我试着告诉自己那段时光还太近，我当然没办法把我们的家庭生活照着年代一五一十记录下来。我们能照顾孩子的时间是那么短暂，光阴飞逝，还有许多其他琐事不时干扰、打断。最后，让我们不由得怀疑自己是否真的将时间花在孩子身上，付出最好的照顾。

　　回想起来，我觉得自己还有好多事没做，尤其对他们在童年时代没有尽情玩耍感到愧疚。我太专注于自己和自己的事业，还有——我这么告诉自己——戴蒙的血友病。等我回过神时，他们的童年已经结束，转眼间小男孩也变成声音低沉的青少年。

　　布雷特到了三十一岁，还会有些懊恼地回想起我每年承诺要去露营，却从来没有兑现。我答应带他去峡谷公园钓鱼，却从来没有成行——部分原因是我曾惊恐地看他像只山羊一样蹦蹦跳跳地走过峭壁前面，但主要还是因为我抽不出时间。戴蒙想学潜水，但我们也没去成——我告诉自己是怕他受伤，但其实也是因为没时间。亚当迫不及待要教我玩冲浪板，一样没有兑现。

　　现在，我试着要写下戴蒙的童年，重建他微小生命中事端不断的那段时光，这些遗憾却在我的记忆里徒留无助的困惑。

举例来说，布雷特和亚当在他们堪称平凡的成长岁月里，表现得相当出色。不管在课堂上还是在运动场上，两人都十分优秀，拿了大大小小的奖章奖牌和种种嘉奖，也常在学校发起的以培养学生品行为目的的各类活动竞赛中展现领导能力。因此，他们常让我们引以为豪。但，不过是十年后的现在，这些事迹却少有鲜明的画面印在我脑海。

我记得的，反而是诸多纷乱的情绪，其中一幕是布雷特十岁时把期末成绩单交给我。虽然他整体成绩不错，英文却拿了C。我们家一向重视语言，我严肃地要他给我一个解释。他抬头看我，伸手搔搔头，一脸茫然地说："我也不知道怎么了，爹地，我以为我考得不错啊！"

另一幕是八岁的亚当，他的房间开始散发出怪味，自己却浑然不觉。一天晚上，都已经很晚了，我去他房里跟他说该睡了。结果，我看到恣意坐在他床上张着大眼、啃着苹果的，竟然是一只负鼠。"爹地，这是威利。"亚当轻松地说，眼睛继续盯着功课。原来，几个月来，他都招呼这只小动物从我们花园的灌木丛来这里拜访他。

戴蒙就又是另一个故事，但也像布雷特和亚当的一样，不是关键、不太重大，都是存留在我记忆边缘、只有一层薄薄情绪的回忆。戴蒙约五岁的时候，某个夏日早晨，他双手早早把我摇醒，说："起来，快起来，爹地！今天是全世界最棒的一天，你猜怎么着？"他跳到我身上。"噢耶！我们竟然就在这里面！"

我发现我这个人——不管先天就是，或后天养成——很大一部分，正是由同样的琐事构成。

或许是非洲的成长背景，使我将戴蒙看成昙花一现的恩典。他出生就患病、无法将他的生命视为理所当然、严重摔伤或轻度车祸都可以使他内出血致死的事实，都在显示他的独特。虽然那时我们还不是非常富有，但我们绝对准备好要给孩子多种特权，或许可以说戴蒙在这方面是幸运的。但我认为必须明了一件事：金钱和特权都没办法消弭病痛，也无法阻挡死亡。不论富裕与否，痛楚和死亡都一样难以忍受。到头来，金钱一点儿忙都帮不上。

血友病是一种奇痛无比的漫长疾病。出血后通常要花八到十个小时处理，这段时间，原本的伤会渐渐转为比撞伤更严重的疼痛。人的身体一天大概会撞到六十次，因此立即发现并立即输血是不可能的，必须静观是否导致内出血。一旦造成内出血，就算输血完成，痛感仍会持续很长一段时间。负责凝血的第八因子至少要花七个小时才能止血，有时常会延续好几天。这表示从上千条血管渗出的血液正在皮下增压，皮肤若没有伤口，血便无处可流，只能往内挤压。那种感觉就像是被老虎钳越夹越紧。试想你的手臂或膝盖被钳子无情地夹上八到十个小时，那种痛将无法忍受。

血友病对戴蒙来说确实是一种生理缺陷。他要怎么像正常的小男孩一样生活？他永远不可能从墙上跳下来，跃过水沟，好好踢球，或像其他孩子一样雀跃地栽进前院的草坪。

戴蒙是上天赐给我们的礼物，稍纵即逝，我们知道在能欢欣拥有的时刻应当用心珍惜。我们是如此珍惜他。因为知道他要是跟其他孩子一起玩，最后必定会落到引发内出血、必须紧急送医输血的惨状，所以在头几年，我和贝妮塔的心成天都悬在半空中。

尽管如此，等他年纪够大，了解自己的行为将造成什么结果以后，我们还是决定让他做自己"身体的"决定。如果有时候，能像正常孩子般踢踢球如此简单的动作——即使只有几分钟——对他而言意义非凡，那么无论最后结果如何，决定权都在他自己手中。我们没有权力将心里的焦虑强加在他身上，或宣称知道怎样做才是对他最好。

至少在这个层面上，我们算是明智的父母，因为我相信这个对我们而言相当困难的决定，造就他长成一个心态健康的人。他自然会因无法进行其他孩子视为理所当然的肢体运动而深感挫折，但这份挫折感从没转为憎恶或自怜，或甚至见不得别人高兴的破坏倾向。印象中，戴蒙从不曾自怨自艾。

他常常无法上学，身体又在某些方面不便，我和他母亲因此倾注大量时间在他的智力活动与想象力教育上。她很早就让他开始接触书本，我则教他如何天马行空地想象。他还在蹒跚学步时我们就开始了，他肿成大紫头时，我也每晚过去看他。

他会坐在我的大腿上，让我告诉他非洲的生活，还有我们脑中的点点滴滴。这不只是做白日梦而已，而是创造另一种现实，当事情变糟的时候，我们还有心里的地方可以去。起初几年，他还不能够理解我说的世界，但我还是对他说；等他终于开窍时，他的秘密国度仿佛早已在那里等着他。

接着我会唱歌给他听——一些祖鲁语、南非荷兰语甚至英语的呢喃小歌。英文歌总包括乔治·格什温的民谣歌剧《波吉与贝丝》里的《夏日时光》①，那是我最喜欢的一首歌，歌词倒背如流，却因歌喉不佳，在家里被禁唱——据我所知，这辈子大概都不可能解禁。但是戴蒙允许我唱，就算我跑调或破嗓，他也似乎不以为意。有时我会对他唱两次，小心翼翼把之前唱坏的地方唱好。他的大紫头会冒出口水泡泡，一样不介意。即使在那个年纪，他就已经是个宽宏大量的男孩。

我坚信做梦之必需，深信造访自我的秘密国度是思考不可或缺的一

---

① Summertime（《夏日时光》）是美国音乐家乔治·格什温（George Gershwin）脍炙人口的作品，为歌剧《波吉与贝丝》（Porgy and Bess）中一首独唱曲。

部分，也是上天赋予我们解决问题的天生能力——只要我们愿意使用这份天赋。我企图在戴蒙身上创造的，其实是简单的自我催眠。当我们明智地运用自我催眠进入内心，进入大脑甚少使用的领域时，我们不仅能从另一个角度看问题，还能时常以更具原创性、想象力的方式解决难题。事实上，这种能力根本不需要教，我只是允许戴蒙的梦境持续，让这种状态延伸过童年早期的藩篱，并偶尔谨慎地给他一点方向，指引幼年无拘无束的思考模式发展。

他几乎每周都有两天无法到学校上课，为了跟上同学的进度，势必需要付出额外的努力。不管他可能有多聪明，缺了一半的课，还是让他无法在以考试为主的现代教育中获得佳绩。他需要其他学习方式，在我看来，教他如何更全面地使用心智成为最适切的当务之急。

因为贝妮塔和我比一般父母花更多时间在戴蒙身上，对于影响他的层面，我们也比老师、同侪、手足要负更多责任。贝妮塔教他领略书本、音乐、艺术的愉悦，教他如何以清晰的思路阅读、聆赏。我并不是说戴蒙对这些事特别在行。虽然我们帮他培养对艺术、音乐、书籍的鉴赏力，他却从未展现特殊的艺术倾向。反观他哥哥亚当，音感极好，听力敏锐；布雷特很小就有绘画天分，虽然后来似乎渐渐消失。戴蒙不一样：他天生就有怡然自得、容易快乐的能力。他似乎是我遇过的人之中，最不费吹灰之力便能同时使用左右脑的人。对于身边每一件事，他几乎都抱有好奇心和强烈的兴趣。

十二岁时，戴蒙就已经在读卡夫卡，问妈妈一些她无法回答的问题。他很少问我智识方面的问题，大概是怕我较劲起来认真回答——面对无解的问题时，我会用直觉回应。布雷特说问我任何问题，我总有办法回答，他戏称为"爹地超知识"。这些回答虽然是我自己推测、编造的，却常常巧合地正确，在我孩子的生活里扮演重要角色。他们会把我一些比较夸张、较有创意的答案拿去学校吓同学或逗他们开心，他们也都和我的孩子一样热切收集我的"爹地超知识"。

就连学校老师也希望知道所有的最新的超能力信息。我于是变成预知术之王和"不可能解答"大师。直到今天，亚当或布雷特和朋友在一起时，当他们不确定某些事实，就可能会说："你爸的爹地超知识可能也会这么剖析：我最近听说……"这超能力最重要的影响之一便是：我的孩子在成长过程中会渐渐发掘事物背后的真相，同时接受纯粹臆测在思考过程中也不可或缺。

戴蒙并非特别有才华。年龄稍长时尽喜欢一些雅痞的东西。他常说起昂贵的公寓，周边美丽的事物，成天嚷嚷他有一天要开法拉利。他深信自己二十五岁时必定会变成百万富翁——至于要用什么方式达成，他就不确定了。或许是我把他教得太会做梦。他脑袋里全装着能一夜致富的商业计划，不用付出太多努力，就能使财富无限累积。同时，他虽然时常受病痛折磨，却似乎仍热爱生命。

从一开始，戴蒙就面临许多难题：他的身体不配合；他总是因为临时内出血而不能参加期待已久的派对或出游，因而失望不已；他的身体总是布满不悦目的瘀血。但他从来不寂寞，轻而易举就能吸引周遭人的兴趣，不论是和他同龄，还是比他年长得多。他们都把他当朋友，从不施舍怜悯。他自然而然就掌握交友的艺术，因为他总是敞开灵魂以待。大家都喜欢和戴蒙在一起，因为他让人感到强壮、有生命力、充满希望。

他没有任何一件事专精；他是个凡事讲究的消费者，但两者有很大的差别。他并非势利眼，但他总想要最好的东西，因为觉得那比质量不及的东西耐用。他喜欢和有主见的人在一起，喜欢需要深度思考的事物。和戴蒙在一起的精神享受，无人能及。即便在很小的年纪，他就很擅长倾听。或许他的直觉告诉自己：他能留在我们身边的时间很短暂，但他把生命活得淋漓尽致，就像小婴儿把最爱的玩具摇得震天响一样。在生命里的每一天，戴蒙都扎扎实实、完完全全地活着。

# 第五章

膝盖骨与大腿骨接合。

 

我们已经有了两个健康的男孩,第三胎其实希望生个女孩。如果戴蒙是女生,就不会得血友病,也永远不会有这个故事。在母亲身上那个少了凝血第八因子的基因,并不会传到女孩身上。只有男性才可能遗传到血友病。

血液检查显示,贝妮塔天生带有这样的基因,布雷特和亚当都没得病,全属无法解释的奇迹。拿中彩票来说,这样的概率只有千万分之一;连续两个孩子都健康无恙,完全是超乎想象的幸运。如果布雷特或亚当天生患有血友病,我们就不可能再生小孩;我不认为这种事能够预料,不过回顾起来,若没有戴蒙这个孩子,为我们的生命带来如此丰硕的礼物,那更是无法想象。

除了上次割包皮手术事件,戴蒙的大紫头插曲是让我们了解此后家庭生活将大为逆转的头号警讯。他开始会爬以后,我们平静的家庭生活就此告终,从此挥别斯波克医生① 中美洲风格的建议,开始学习如何和一个轻度撞伤就会内出血的幼儿

---

① Benjamin Spock,即本杰明·斯波克(1903—1998),全球知名儿科医师,其代表作《斯波克育儿经》取代传统的育儿观念,成为二战后的"育儿圣经"。

共处。

所有家具的锐角都必须削圆或包起来，结果，桌椅被包扎的地方之多，使整个家里看起来像是易碎家具的急诊室。不过实质上，这些预防措施让我们自己安心的成分居多，未必真能保护一个四处爬行、正值学步的好动婴孩。

除非你的孩子每经一处就留下记号，不然你简直无法知道他有多经常撞到身旁的东西。戴蒙学步的过程只能说是让我们提心吊胆，不知他何时会"中头彩"。

他肥嘟嘟的小身体很快就布满一道道紫色、青色、斑驳的棕色和一种类似泥泞的奇怪红色。在接下来有幸爱着他的二十四年里，我们再也没见过他平整洁净的皮肤，身上总是穿着"五彩大衣"，十几处大块瘀血正在涨大或消退，像是流浪汉缝缝补补的旧衣。这些瘀痕从没离开过他的身体，几乎每一处都得让他进医院紧急输血。

在戴蒙短暂的生命里，几乎每周都要输血三次，有时甚至更多。每晚送他上床睡觉后，我们都不知多久之后又将被哭声唤醒。等他大一点儿会走路以后，他会自己走到我床边，拉拉我的手臂，说："醒醒，爹地。我又流血了。"

一醒来，我会看见他的大拇指放在嘴里，脸颊偎着手里的蓝色"安全毛毯"①。"要去医院吗？"戴蒙会严肃地点点头，然后我扭开床头灯，草草写张纸条给贝妮塔，以免她醒来找不到我，然后从抽屉抽出 T 恤和牛仔裤匆匆穿上，从衣柜底部翻出一双凉鞋。在那跑医院如跑自家厨房

---

① 此为美国著名漫画艺术家查尔斯·舒尔茨（Charles Schutz）作品《花生漫画》中的人物莱纳斯的经典动作。

的九年里，多半是在深夜，而我竟然都没有事先穿好衣服。究竟出于什么原因，我也说不上来，或许是受我过去的非洲背景影响。有句古老的祖鲁谚语说："晚上别把牧羊童的粥摆到外头，这将使魔鬼饥肠辘辘。"或许，我内心深处认为：若是我事前便把衣服穿好，就等于是在诱发戴蒙出血，引魔鬼入室。我知道听起来很蠢，不过这世界上大部分的事都不只是以逻辑运作。

深夜起床照顾戴蒙几乎总是我的工作，我也不知道为什么会这样。我心里清楚，很多时候我厌恶极了。工作一整天、很晚才回到家就已经够累了，半夜还要一听到戴蒙的哭声就爬起来，实在有点难受。但是戴蒙哭就代表他又内出血，不得不送医院。贝妮塔害怕晚上开车，从没这么做过。我们似乎不知不觉达成协议：她负责白天，我负责晚上。如果我说不常觉得自己吃亏，那是骗人的。我可能累得像条狗似的瘫到床上，两小时后又被戴蒙摇醒。有时简直头痛欲裂，口臭得要命，但是我别无选择。我常常觉得很辛苦，觉得自己很可怜。

即便如此，当你有个生重病的小孩，你终究会找到出路，学会把所有状态都区分清楚——至少我是如此，每项难题都得划分开来，个别处理。戴蒙有血友病一事必须持平看待；我们决定不让布雷特和亚当感到自己的生活受到影响，干扰他们本来可能拥有的机会。于是，你不会让自己在处理各种情况时落入情绪化，他的内出血和各项流程该怎么处理，就怎么处理。一段时间以后，你不会再计较哪些工作是谁做的，或这样分配公平与否。争吵、抱怨、自怜都没有用。一遇到戴蒙的血友病症状发作，你就是要解决所有问题，并尽量减少纷扰。不过，这是要付出情绪代价的。有时，我会变得非常冷漠、精确而不带情感；然而，用这种方式过活，对一个人的灵魂相当有害。

现在回顾起来，那些漫长的夜晚是我唯一可以和戴蒙好好相处的时刻，让我可以尽一个父亲陪伴儿子的责任，然而，我们享有的却不是一般人的家居生活。戴蒙在深夜和我一起成长，这时几乎全世界所有小孩都正在酣然熟睡。

为了使他从病痛中分心，我会和他聊天。一开始他对什么事都好奇，是个很好的聆听者，因此，我一见他有兴趣就多讲一些。我们是很棒的组合。我想，大家喜欢和戴蒙在一起的所有原因当中，最主要的便是他发自内心的好奇与关怀，和他一流的聆听能力。

很小的时候，戴蒙就会用他的两只耳朵、整张脸、全副身心专注地倾听，让人觉得你们俩像是紧紧裹在银茧里。正是这种珍贵的专注力，使他比别人更能发掘自己的内心，并用以控制不时的剧烈病痛。

对血友病患者来说，内出血并不全是因为严重撞伤，虽然严重撞伤确实会导致内出血。有时可能手肘轻轻敲到就会严重出血——学步娃儿一天大概会这样敲到上百次——有时我们惊恐地看他摔下来，却伤势不重，甚至毫发无伤。你永远无法得知哪里会出血，因为伤口多在皮下。轻度的皮肉伤，如割伤或擦伤通常不危险，冰敷后稍微加压即可。

有时，我们不免觉得流血真是世上最神奇的事，常常无缘无故发生——因为有时就算戴蒙受寒待在床上，一样会出血。即便他长大到可以监控自己的身体状况，还是常常会忽然出血，没有任何原因能解释。这样一来，要生活在一起实在不容易，因为我们赖以判断的因果原则根本不存在。血友病就是如此不可理喻的疾病，对任何人来说都很不公平，但对戴蒙来说尤其如此，这使得他无法确定任何事，好规划自己的生活。

在学会走路之前，他只要在婴儿床上一哭——通常在午夜过后——我就会走到床边，四处摸他的身体，一感觉到有特别温热的地方，代表皮下又开始内出血。

这时，我会打电话给盖特医生，他是一位年轻的中国人，负责帮戴蒙打针。他身材矮小，不胖不瘦，是足以让你愿意原谅医疗体系中所有错误的那种医生。

很悲惨也很讽刺的是，他长期为我们所做的那件事，竟没能在几年后挽救他自己的家人。他有个同为医生的哥哥，一次去纽约参加学术会议，晚上却在旅馆遇上歹徒，应该是要抢他的皮夹。年轻医生可能反抗了，于是被刺；隔天早上才有人发现他倚在房内门边，因为没人听见他呼救，他又无力爬到电话旁，因而流血致死。

盖特医生最开始照顾戴蒙时还非常年轻，大约和我同龄，才刚升上血液科助理医师，职位在罗伯逊医生之下。那时候盖特先生被指派的工作，就是负责为戴蒙输入凝血第八因子。

为什么只有盖特医生能为戴蒙输血，一直以来我们无从得知。虽然他善于使用蝴蝶针，但将皮下注射器刺入静脉也实在不算什么重大的医疗程序。每周看个三四次以后，看起来也没那么复杂；而且，在那可怕的针头插入之后，为了让护士在凌晨时段多些时间休息，之后的程序也几乎都是由我完成。

大概七英寸[①]长、五英寸宽的不透明塑料袋里装着黄色的冷冻沉淀品，即凝血第八因子，护士把它从冷冻库里拿出，放进微温的水里解冻约十五分钟；接着用手轻轻按揉，直到凝血第八因子完全融解成黏液。然后把这些黏液从一个个塑料袋里用注射器抽出，再装进悬挂在戴蒙头上那个钩子上的滴管袋。这袋黏液和滴管就位后，就轮到蝴蝶针上场了。针末端有两扇小小的塑料翼，拇指和食指一夹便可以牢牢拿稳针头，多

---

① 1 英寸约合 2.54 厘米。

少能以正确的角度打入血管。空心的蝴蝶针底部连着一条八英寸长的塑料细管，末端设计成可夹进滴管。戴蒙的上臂包着压脉器，护士会不断地压，直到他手臂的静脉"浮现"。蝴蝶针就在这个时候插入，通常插进手背靠近腕关节处较粗的血管里。

如果蝴蝶针插的位置正确，血就会迅速冲进连至滴管的小管子里，滴控开关也会打开，凝血第八因子就这么一小滴、一小滴地进入他的血管，直到一个多小时后，他头顶上那装着珍贵凝血因子的塑料袋渐渐滴空，我们就该回家了。要等我们到家一阵子以后，凝血因子才会完全发挥效果，开始止血，帮戴蒙缓和病痛，使他能断断续续睡去。去一趟医院必须花上三小时，之后还要再等两三个小时，戴蒙才会感觉不那么痛，能安然入睡。

我们很快就习惯看着天色渐亮，戴蒙也学会分辨花园里的各种鸟啭。我们铁定打破了一起在帕斯里海湾看日出的父子档世界纪录。

戴蒙出血的晚上，我很少能再睡回笼觉，要是之前已经睡足两三个小时，就算幸运了。这样的夜晚常常一路延续至清晨——等我陪戴蒙入睡，就该唤布雷特和亚当起床吃早餐；和他们说些话以后，我就去冲澡、刮胡子，帮他们做好午餐，上班时顺路载他们到学校。

我的广告事业蒸蒸日上，商业媒体甚至称之为扶摇直上——当然我的喝酒应酬也是如此。我在这一行名声响亮，虽然不全都是好的。大家都以为我早早回家，睡不了几个小时，小孩又内出血；但我其实常常在外面混到很晚，自我催眠我只是在尽自己的职责，不让公私事彼此干扰。当然，事实并非如此。我的所作所为对妻子而言相当不公平，对我自己而言也相当可耻，因为这是不敢面对回家后的世界，是懦夫行为。贝妮塔不是个好惹的女人，自然对我以饮酒作乐为内容的夜间加班习惯不会太客气。我们开始吵架。

我知道大部分时候都是我的错，不过我本来就是个顽固的男人，也不是傻瓜。家里的状况越糟，我就越想躲开。所以我常常很晚才回家，一进门就看到戴蒙穿着睡衣坐在电视机前，脸偎着安全毛毯，大拇指放在嘴里，等着我带他去医院。他的褐色大眼望着我，对我说："嗨，爹地。抱歉，我又严重出血了。"这当然让我更感内疚，于是更加逃避。（男人为什么这么蠢？）

不过这些待会儿再说。输血的过程其实没那么复杂。虽然把蝴蝶针插进小血管并不容易，不过似乎只是需要手稳，我相信不是只有医生才能胜任。而且，跟我一样严重睡眠不足的盖特医生，也常常需要试两三次才能把针正确插入。我自信无须太费劲便能把整套流程学会。

我发现如果能在家输血，将会大大改变戴蒙的人生；所以在他才两岁时，我就开始为这件事奔走。出血的时间越长，痛感就会越久越严重，也更加容易对他的关节造成永久性伤害。大部分血友病患者在三十岁出头便半身不遂或终身残疾，因为关节内常出血，日后就并发严重的关节炎。居家治疗不但能大量减轻戴蒙即时的病痛，也能让手肘、膝盖、手腕、脚踝的接合（闭锁）延迟几年。对我来说，这件事关系重大，我必须说服医院让我接触冷冻沉淀品，允许我在家里输血。

贝妮塔和我去见西摩·普拉塔爵士（嘀咕爵士），试着向他解释我们的观点。那是我击倒他以后第一次和他碰面，但是我们一进他的门诊室，他抬头看我的表情，像是我们第一次见面。"有什么事吗？"他低头看自己的笔记本，"呃……考特尼先生？"

我说我已经参与整个输血流程不下百遍，除了把针插入血管外，其他程序都相当简单。我确定若能接受几天训练，我也能用针。

"好一个狂妄可笑的建议！盖特医生可是训练了将近七年才得以胜任，这可是高度精密的工作。"他抬头看我们，"连我自己都不敢说要尝试。"

"我还年轻，我的手比你的稳，医生。"

"不，不，很抱歉，这件事连想都别想。"

"为什么不行，医生？"贝妮塔首度开口。

"没有这种先例，要是我们这么做，等于就在树立不良榜样，大家就会以为什么事都用不着合格医生了！"

我们震惊地望着他。我想嘀咕爵士一定也意识到这句话有多落伍迂腐，却又找不到其他理由。突然间，他眼睛一亮。"青少年！如果他们看到爸妈用针筒，一定会助长他们想偷试海洛因的风气！"

二十世纪六十年代晚期，海洛因在悉尼街头尚未风行，那时的嬉皮士也才刚开始抽大麻而已。除了年轻的街头妓女，澳大利亚几乎没有年轻人买得起烈性毒品，那时最常提及的毒品是迷幻药（LSD）。这条理由比第一条更牵强。

"医生，戴蒙才两岁大，而且我们不是唯一有血友病患者家属的家庭。你认为总共有多少个血友病家庭？"贝妮塔问，接着她自己回答，"我们全部联系过了，一共有五十六个家庭，他们都想进行居家输血。"

"他们都相信自己能学会使用蝴蝶针。"我补充说明。

但是嘀咕先生拒绝再听下去，他已听够了我们所说的话。我们知道他对我们联合血友病家庭感到愤怒，但此刻的他聪明得不让自己陷入双面夹攻。

"亲爱的考特尼夫妇，你们的提议是不可能的！简直是……简直是……荒谬透顶！我还以为像你们这样的人，对事情会有常识一点。"最后这句话他说得淡淡的，像在自言自语。然后他坚定地从椅子上站起来，走到我们的座位前，接着两手抓住我的上臂，简直就是把我拉起来，送我到门边。

"请别再来问我了，考特尼先生。我跟你保证，你儿子已经得到全院最好的照顾。我认为你对我们的付出还不够领情，我实在不了解你怎么会有这种态度！"他显然非常生气，甚至似乎对我们的不知感恩感到有点受伤。嘀咕先生伸手拉铜门把手，开门让贝妮塔随着我出去。"再见！"他说，声音就像他的胡子一样又短又工整。

"再见，西摩爵士。"他把门毫无风度地急急关上时，我们俩说。

贝妮塔不是轻易被吓住的女人，尤其攸关她小儿子的事，她更不会轻言放弃。我们试过不经他手、直接跟医院委员会接洽，结果医院系统毫不妥协，坚称只有执照医师才能将针插进病人血管，尽管大部分护士和资深护士都能轻易学会，减少院方大量时间与金钱。

这难以理解的规定，也使得比我们住得离医院还远的盖特医师，被戴蒙毫无预警的出血紧紧绑死。嘀咕爵士不仅坚持只有医生才有插针的特权，还只允许盖特为戴蒙输血。

要是盖特放假出城，才会指派别的医生，但是盖特一回来，一切又照老规定进行。从没有人向我们解释过确切原因。盖特医生常常一天在医院工作了十六个小时，然后在半夜一两点接到我的电话，一小时后在儿童医院碰面。这样的情况维持了七年以上，但他不曾抱怨，或暗示戴蒙的事稍稍打扰到他的私人生活——虽然我记得有时看着他那张平滑无皱纹的东方脸孔时，不禁猜想究竟我们俩谁比较疲惫。唯一的差别是他总是意识清醒，我却常常神志不清。戴蒙对我们俩的生活都有关键性的影响。

在一九七一年时，我短期造访美国，在芝加哥参加一场广告研习会，并接受麦肯世界集团面试，争取在纽约的一份重大的创意工作。停留纽约期间，我拜访了处理最多血友病患者的两家医院。我讶异地发现，美国的血友病患者若不是需要为输血使用的血付费，就是得由病患亲友自行提供。

我也发现，收集到的血虽然要送到医院血库处理，之后却归回病患家中，置于一般冷冻库保存。居家输血在美国早已行之有年。病患一旦出血，就由家长输血；若病患是青少年或成人，则自己负责。

当我对纽约一位医生说起此事时，他不可置信地说："就连街上的小鬼用钝针都能吸吗啡，蝴蝶针绝对比在暗巷进行皮下注射更容易！"

听完，当晚我马上兴奋地打电话回澳大利亚报喜。我还记得一共花了七十美元电话费，相当于两天的生活费，于是接下来两天我都不得不在吃早餐时狼吞虎咽，因为早餐费已含在那间廉价旅馆的住宿费里。

最后，我们得到了我们需要的答案，我也拿到纽约的工作——我就快变成叱咤风云的广告人了。但是这两件事的利弊最后相抵，因为我发现如果搬去纽约，就无法继续参加蓝十字保险，也不可能仰赖新朋友捐血，如此一年就必须花上三万美元才有办法维持戴蒙的生命。戴蒙是典型血友病患者（极少数），所需血量大约是正常血友病患者的十五倍。三万美元在当时不是个小数目，就算是麦迪逊大道①的青年才俊也负担不起这样的支出。

必须舍弃这个机会，我终生都要感谢戴蒙。首先，担任顶级美国广告主管的抱负实则吉凶难卜，以我这人的狭隘视野，恐怕会毁了我整个人生，连带赔上家人的人生。后来证明风险确实很高，不论在家庭或事业，不成熟的野心加上患慢性病的孩子都不会有好结果。长时间工作、酗酒、创意产业的高压、长期缺乏睡眠、小孩患有血友病的压力，这些

---

① 纽约曼哈顿区的广告业重镇。

将是致命的组合。

从纽约回到悉尼以后，我比之前更坚定，无论如何一定要让我儿子能在自己家里输血。嘀咕爵士自然想尽办法扯我们后腿，医院委员会也是。尽管我从纽约带回几位医生的背书，几位家长和美国血友病患者也证实居家注射的效率，这一切却发挥不了太大作用。

后来我们发现，嘀咕爵士就是医院委员会。那些委员彼此提携，他们都是观念守旧的自负老人，绝无可能与拥有骑士荣勋的人意见相左。

委员会里的一个老人一天晚上打电话给我们，要我们别再打扰他们。回想起来，他完全没有试着了解我们的观点，他的独白大致如此：

"我的老天，老兄，他们怎么可能违抗此人的明智决定？他前一天入围新年贵宾名单，隔天就订太平洋汽轮的船票去英国白金汉宫，准备向女王屈膝致意。西摩·普拉塔爵士就是那种忠心耿耿的老派人士，虔诚地跪在女王面前，只为听她亲口为他授封骑士。"

现在回顾起来，或许是因为我常常提起这个故事，难免夸大了他的骄态——但我不知道到底夸张了多少。

然而，我们的自尊和勇气大挫，医疗体系一如往常，丝毫不肯让步。以那时病人在医生面前的低姿态标准，我们的行为算是相当大胆，因为医生和医院委员会神圣不可侵犯，一再干扰这群唯命是从之辈开会盖章，自然得不到什么好脸色。

但是我们还是不放弃，甚至还联合其他有类似问题的家长，声援同样的诉求。

最后，体系里不知道哪个浑蛋，竟然靠制定法律的手段回击，医院委员会成功发起一项源自十九世纪末的州立法律，让使用皮下注射器进行静脉注射成为合格医生的专属权力。

那浑蛋将了我们一军！这下如果我们希望能在家里进行输血，整个州的法律都必须改变才行。医院全胜，病患大败。

盖特医生和我从没当面谈过我想让戴蒙在家中输血的愿望。我想是因为他不想影响医院系统的决策；况且我们都已让自己沦为笑柄，自然不希望把他拖入他也无力处理的尴尬——甚至还可能连累到他。医生不应该和病人太过亲近，盖特医生也不能让人看见对我们太友善，不然嘀咕先生那边的人会以为我们在共图阴谋。

就这样，虽然我们同受其害，却不得不站在围篱的两端。盖特医生深杏色眼睛周围的黑眼圈越来越深，历经了七年，戴蒙几乎把我们俩都累坏了。

等戴蒙上初中以后，嘀咕先生和他的顾问没有事先咨询任何骨科专家，就径自决定在戴蒙的左脚装上铁鞋——我们也直接被送到医院的制造厂，让他试鞋。

结果，戴蒙脚上被套上笨重的整形靴，两侧鞋底都插入高及膝盖的铁架；大腿外侧则有宽皮带缠住腿，紧拉住铁架。膝盖上也用连到铁鞋的皮罩盖住，在背上用纽扣固定。因此，不管什么情况，腿都不可能弯曲。

会装上铁鞋是因为戴蒙的左膝，也是因为这侧膝盖周边的情况，让我们同意嘀咕爵士未与骨科专家会诊就直接为他装上整形靴。

但是我们暗地里为戴蒙的左膝感到愧疚，因为膝盖是在一次根本不该发生的意外中受伤的，我也把过错怪到自己头上。那时我们在建一座游泳池，主要是为了戴蒙，因为游泳是可以让他强健体魄、活络关节的重要康复活动。不久前我们才因为人口渐多、小屋空间不足而新购了一栋较宽敞的老房子，但有点破，前庭花园荒芜，因此我们借了一大笔钱来建泳池。星期五那天，泳池的水泥刚干，我要求工人不要盖住，让我们全家能好好欣赏。那时我想我们的孩子都够大了，不会有掉进空泳池的危险。

隔天我们打算在游泳池畔吃午餐，届时瓷砖将已贴好，池里也会注入清澈见底的水（连五分钱硬币的女王头像都清晰可见），让大家稍稍习惯家中游泳池在我们心中影射的奢华感。我必须承认，游泳池对我们而言非同小可，我们都昂首阔步在池边流连。我的家族里自然没有人拥有游泳池——应该说连想都没想过；尽管贝妮塔有几位富有亲戚，在墨尔本那一带有私人游泳池，但她爸妈那半独立式小屋后院只有一小块儿草坪，一排红茎大叶的大黄树，一堆树枝与厨余的堆肥，和一座很棒的甜豆棚架——她的老父每年都必须为此一边咕哝，一边掘三英尺深的渠，但当然是在她瘦小的老奶奶念叨了一整个冬天以后。

虽然我们告诉自己这游泳池是为了戴蒙而盖，甚至还称它为戴蒙的泳池，却还是忍不住为此沾沾自喜。房子虽然倾颓，院子即使一片荒芜，我们却即将拥有全社区最棒的游泳池，毫无疑问！

让我长话短说：那时我正在炭烤台上烤香肠与排骨，戴蒙去找布雷特玩，布雷特却不知怎的，开玩笑地推了他一把，结果戴蒙重心不稳，倒头栽进空游泳池深处。我马上跟着跃入池底，几年来我们都说我是在他反弹起来时接住了他，但戴蒙还是受到重伤，我们马上就发现他的左膝和左臂严重撞伤。

我们随即将他送去医院接受大量输血，但他的膝盖、手肘出血持续近三周，两条腿都无法再恢复以前的状态。手肘最后僵化到戴蒙终生无法再把手臂完全伸直；但最严重的是膝盖，日后成了常态出血处，带给他极大的疼痛。这么一跌，就造成十年的创伤。戴蒙都还没能在里面游泳，本来要让他保持四肢灵活的游泳池却成了最大元凶。

当医院建议要装上铁鞋才可能让他的膝盖复原、止住出血及疼痛时，我们毫不犹豫地同意了。但有之前和嘀咕爵士交手的先例，我们实在要有先见之明才是。

戴蒙就拖着那恐怖的铁鞋四处走了两年，鲜少抱怨，直到整形靴变得太小。于是我们决定私底下去找骨科医生重新检查，想知道能不能用不那么僵硬的东西取代铁鞋。戴蒙的左脚显然已经萎缩，比右脚瘦削许多。我们一直担心会这样，医生也告诉我们这绝对是正常现象；为了挽救膝盖，局部萎缩在意料之中，虽然左腿不可能恢复正常大小，但过一阵子就会恢复强壮。

忘记是通过什么方式，我们找到一位著名教学医院的著名骨科医师。我很愧疚忘记他的大名，但我清楚记得那场会面的每一个小细节都令人感到心灵受创。医生身材高大瘦削，一头黄棕色头发，两撇浓眉。他问我们戴蒙为什么戴铁鞋。"这只脚为什么萎缩？"他把铁鞋脱下，放在诊疗长椅旁的地板上，然后举起戴蒙膝盖以下的小腿，用两手的大拇指按压松弛、无用的小腿肌肉。

我不懂他为何问这个问题。"唔，是因为那个东西，"我指着地板，"……因为铁鞋，医生。"

"不，不。"他不耐烦地说，"这只脚为什么会萎缩？"

我困惑地再指铁鞋一次。"在膝盖受伤前，这只脚非常健康，后来不得不穿铁鞋。"接着我告诉他两年前空游泳池的事，还有后来膝盖的不定期出血。他低头看那只插着铁架、早已磨穿的难看靴子。没有戴蒙的脚穿在里面，那东西看起来更像是刻意生来制造肉体伤害的器具。

"有用吗？"他问。

我不得不承认我们不知道，但是贝妮塔补充说戴蒙这只膝盖还是常常出血，频率比右脚还高。

教授咕哝一声，转身背对我们，开始检查戴蒙的腿。在检查的过程中，我发现他的举止渐渐改变。他一开始的咕哝逐渐转为叹息、恼怒、对着空气碎碎念，最后板着脸大发牢骚。

他转身面对我们，我发现他整张脸涨得赤红。接下来发生的事如果称不上医学突破，至少堪称医患关系的大突破。

"那群混账毁了你儿子的腿！"

他气到浑身都在发抖。他站得笔直，双拳紧握，仿佛要阻止自己爆成碎片。接着他声音洪亮、愤怒至极地指着我说：

"老天！你怎么这么无知！这小孩再也不可能正常走路，膝盖已经完全萎缩，无法运作。他的左腿比右腿短，而且还会继续萎缩，整只脚会越来越没用！"

他对我们大吼大叫。"在我看来，铁鞋根本不可能止什么血！"他深吸一口气，停顿半晌。"反而可能变本加厉！"

说完，他摇摇头，叹了口气，样子看起来比较像是脸部在微微抽搐，他似乎刻意如此，好让自己平复情绪。"很抱歉……"他垂头用食指和拇指压压眉头，努力回想我们姓什么。

"考特尼。"我轻轻说，不确定眼前这个愤怒的大男人接下来会有什么反应。

他把手从头上放下来，向我们敞开手掌，摆出和解的姿态。"我向你们道歉，考特尼先生，考特尼太太。你们怎么可能会知道这种后果？我错了，我向你们道歉。"接着他又说，"都是这个该死的地方，待一阵子以后，触目所及尽是不负责的臭医生和实习医师。"他又举起手，用手背抹抹嘴，"我知道你不能说出害惨你俊俏儿子的笨医生是谁；就算我知道名字，也束手无策。但我还是必须代表医疗方面，向你道歉。我感到很羞愧。"

戴蒙在一旁一直没有说话。忽然间，他指向躺在地上的铁鞋，抬头看着教授说："医生，穿这个东西，我至少有时还能踢踢球。"

# 第六章

政治，那个叫西姆的，对抗注射禁令。

　　我服务的美国广告公司麦肯世界集团，董事长是澳大利亚籍的西姆·鲁本松。他矮小暴躁，有一次喝得烂醉如泥，决定不开他那气派的美国车，改叫出租车，却出车祸撞伤了腿，从此走路总是明显一跛一跛的。

　　二十世纪六十年代，麦迪逊大道的广告公司热衷于海外扩张，跨国企业都把全球营销当成口号，鲁本松也在此时将广告公司卖给庞大的麦肯世界集团。

　　鲁本松是个戒过酒的酒鬼，也是我毕生见过最难相处、最不可理喻的人。除了担任董事长以外，他还掌管一两项董事长层级的超大账目，澳大利亚工党的广告及选务——澳大利亚工党是六十年代中期新南威尔士州的执政党，长期在联邦政策上持反对立场。

　　西姆过着全速冲刺的暴躁生活，并期望工作同人配合他的时间表，那表示每天早上七点上班。这还不算太坏，但是他下午四点一到就马上离开，前往他位于多诺的豪宅（离市区三十公里）照料他美丽的山茶花和日式庭院。

　　西姆开着他墨绿色的 V12 捷豹往山区驶去，矮小的身体几乎完全被方向盘挡住，他会留下足够的工作量让属下忙到他回公司，通常是深夜。半夜是西姆最能长时间思考的时段；他期望所有人在隔天早上七点前完成所有工作，好让他开始新的工作日。

尽管身材矮小，因跛脚而身体歪斜，鲁本松却是个强悍的男人，曾是酒鬼与赌徒，被迫戒掉这两样恶习之后，从此陷入不曾再恢复的恶劣情绪中。快递员升上资深高级客户经理以后，说到西姆之前的豪赌伟绩，还是一脸肃然起敬。他们吹嘘那时曾参与每周一的固定快递任务，负责把一包鞋盒大小的棕色包裹送到签赌庄家那儿，搞定西姆周末输掉的赌债。庄家细数十镑纸钞时，还会让他们站在一旁做证；数目无误后，再把西姆的借据交还给他们。偶尔，任务内容会刚好相反，快递员空手去，却抱回几个塞满大面额钞票的鞋盒。

不过大部分时候前者居多。西姆是个很有政治头脑的谋略家，却是个烂酒鬼，更是个烂赌徒，这两者并存，更是将事情搞得一塌糊涂。最后，他不得不在酗酒和权力之间做出抉择。结果权力更为醉人，胜过了杯中物。他要的不是那种明目张胆的权力，而是那种更为持久的无形权力，运作时全然不留下痕迹。权力往往需要金钱撑腰，但是西姆输掉太多钱，只好连同酗酒一并放弃赌博。

赌博和随之而来的嫖妓，在新南威尔士普遍到几乎不被视为犯罪行为，充其量是某种不可避免，但能有效减少犯罪的社会行为。那是逍遥的人生，大权独揽的西姆·鲁本松便是那花花世界里的一员。

在某些圈子里，他被称为"那个叫西姆的"。他暗中操控着很多事，而且还负责政党的政治宣传。我不幸被他选为工党广告的负责人；因此，除了公司的创意部门，我还必须负责工党的宣传。早已沉重的工作量于是雪上加霜，工时越来越拉长，我也越来越忽略我太太和逐渐成长的家庭。

政治宣传在广告公司里并不算不寻常。选战前的数周，公司上下灯火通明，但是酬劳很高且一次付清，利润极为优渥。然而，在西姆·鲁本松的统治下，事情却并非如此。那是年复一年的广告业务，选战只是狂热到难以想象的部分。西姆不是接下案子后做几支广告交差而已；他会指导政党该说什么，怎么说，还有什么时候说最恰当。他还私下募集捐款，以便在报纸、广播、电视上加强宣传。

西姆认识政界的每一个人物，也对他们的底细一清二楚，知道谁得到什么，怎么得到，以及付出了多少代价。他从不滥用他听到的秘辛，也不会泄露出去。最重要的是，他从不向工党开口要广告资金，选战期间的工党宣传战全靠他以个人名义所筹募的款项支撑。这使他在党内握有极大的权力和影响力。西姆无疑是工党的摇钱树。

募款时，他记忆力好得惊人，毫不留情，人人生畏。此外，尽管募款时凶残无比，他从不私吞款项，而且考虑之周到众所皆知，选战时对业界、商界的匿名捐献者所作的慷慨承诺，也都会在约定时间内充分兑现。

没有任何工党政客会相信国会中的同志——即使他们可能曾在同一条蓝领街上玩箱式人力车赛；他们却都信任西姆。他们会和他商量，什么事都向他透露。西姆在党内无孔不入；广义来说，他简直就是工党"教父"。

这充其量是坦曼尼协会①式政治，延续当地爱尔兰移民第二代、第三代的传统。因此，社会主义政党最信任、愿意交付夺得权力与荣耀之重任的男人，竟然是个矮小、跛脚、出生在南非开普敦的犹太酒徒，实

---

① Tammany Hall，原指美国一家成立于1789年的爱国慈善团体，后来成为纽约政治机构和民主党的政治机器，并提携移民（爱尔兰裔居多数）进入政坛，后泛指使用贪污和独裁手段谋取权力的集团或组织。

是匪夷所思。

唉，我却是西姆手下肩负此宣传重任的人。州立大选或联邦大选的前几个月，西姆甚至把我当成他全天候的私有财产。这样的情况持续了五年，使我对当地政界的微小环节都了如指掌，包括转交黑金的警官是哪位——西姆的推论非常合理，那些政客付给自己的"额外薪水"，有一部分终会变成下次选战的资金。

这大概是我职业生涯里最苦也最痛快的几年。我常常对西姆憎恶至极，但我实在欣赏他搞定所有事的手段，和他所运用的权力。我钦佩他能全然自私，不让任何人或任何事阻碍他的路。和西姆站在同一阵线，你会觉得没有什么事不可能做到，只消知道该按哪个键，该打电话给谁，该跟他们说什么。这既是无声权力了不起的运作，也是长期进行的卑劣行径。最后的成果总是透过谨慎的提醒来完成——只要轻轻提醒对方过往的不检点，小心翼翼附上未来的保证。西姆总是用承诺进行威胁。诀窍很简单：我握有你的秘密，我需要你帮个忙，我能给你好处——他称此为政治劝说的神圣三角，他绝对是这方面的高手。

在西姆身边，选战就像一场公开的战争，所有规则都得抛诸脑后，赢家全拿。如此深入政治使我不得不快速成长，不过选举是件极度令人血脉偾张的事，我完全沉陷在一场场混战里，一如以往，我的生活重心自然迅速失衡。

这些都是戴蒙出生以前的事，我忽略了刚刚建立的家庭，却恬不知耻地宣称这是创建事业的必要牺牲。戴蒙一九六六年出生以后，新南威尔士州的工党在执政二十四年后首度落败，我们却仍处于其他州的工党政治旋风中。

西姆或许把我看成政治文宣的生力军，但我其实记录不佳——三次选战里输了两次。两年后，戴蒙还不满两岁，三州选战接踵而至——二月的新南威尔士州，三月的南澳大利亚州，八月的昆士兰州。西姆毫无怜悯之意，于是我常常剪辑广播或电视广告，或赶在午夜截稿时间前把报纸文宣送出去，大半夜才垂着蒙眬双眼回到家，过多的啤酒和廉价薯条令肚子相当难受，对于贝妮塔或许又要大发雷霆早已心中有数。

瘫到床上一两个小时后，可能就被戴蒙的哭声唤醒，二十分钟后载着戴蒙前往医院，接下来的黑夜，我们就在看着好心的盖特医生把令人生惧的针筒插入血管中度过。

我会在家里练习打针，用压脉器把戴蒙的小手臂固定后开始施压，直到他手背的血管和手臂上的纹路渐渐浮起，那些痛苦根源的血管宛如小蛇，在白皙平滑的皮肤下泛着青色。然后，我闭上眼，用食指尖摸索他双手上的每一条血管，直到我能默记所有可输血的血管的长度和走向。我们一直没有放弃希望，盼望等戴蒙年纪够大时，他能在家里自己输血。

我如此投入西姆·鲁本松的政治事业，并不是在为未来事业铺路。我对政治不感兴趣，而且当年正是政治让我逃离我的祖国。我认为自己不过是借调来支援这种工作罢了，要是拒绝和难相处的鲁本松共事，恐怕我宝贵的小事业马上就危在旦夕。我心中那个穷男孩仍旧不敢冒险。我需要国际级大公司给我安全感；或许更诚实地说，我需要它带给我的肯定。我可是数一数二的大企业中最年轻、前途最被看好的一名员工，如今还是跟着最凶狠的西姆·鲁本松做事呢。

从我踏进他铺满刺绣地毯、法式洛可可风格的超大办公室那一刻起，就任他摆布，自此以后他便紧咬不放。他是个彻彻底底的冷血动物，全身上下嗅不到一丝同情——这便是他这个人最大的长处。西姆把我当一条狗使唤，我也像条狗一样替他卖命工作，摇尾巴好讨主人欢心。他叫我做什么，我就做什么，完全没为我的家庭着想，更遑论在五年内产下三胎、费心照料孩子的妻子。

事实上，一开始，我很喜欢和有钱有权、内心腐化的大人物来往，也似乎很有写政治文宣的天赋，因为只有传奇的珀西·"好人"·科杰有为鲁本松打超过一场选战的纪录。

然而，过了五年，在几场联邦和州立选战及平常的创意总监工作以后，我整个人差不多也快被榨干了。那时我对政治和政客完全幻灭，家庭生活一塌糊涂，酗酒问题越来越严重，并且，我发现自己逐渐失去自我。我也渐渐变成身旁那些政治动物的一分子，这些庸俗之人玩弄权力和恐惧，不断践踏自己的自尊，靠此获得不义之财。

家里的电话常常在凌晨五点响起，这是鲁本松一天中的第一通电话，因此我的一天往往是在他急躁、尖锐高亢的命令声中展开；那时我多半刚从医院回来，试着要让戴蒙入睡。西姆从不说"请"或"谢谢"，也从来不先说自己是谁，电话一接通就直说他要你做什么，等他听到温顺的回应后，随即咔啦一声把电话挂断。我不清楚他究竟知不知道戴蒙的情况。鲁本松只对他能利用的事感兴趣；知道我有个天生患病的儿子恐怕不是他太想听到的消息。

虽然在我为鲁本松卖命的五年中，他从未称赞过我，但是我的事业平步青云，薪水不断上涨，我也被委派创意总监一职——那时算是相当了不得的成就。

但是忽然有一天，我觉得实在受够了这一切，于是鲁本松照旧凌晨五点打来电话，我叫他滚远一点，我不干了。这一回换我挂他电话。接下来的两小时内，电话每五分钟就响一次，最后，贝妮塔被铃声吵得不耐烦，同时也已经知道我的决定，她接起电话，鲁本松还来不及说半句话，她就对话筒大喊："他不会回去！你给我听好，他不会回去。永远都不会！"

她只不过慢了一些把话筒挂回去，就听到电话那头喊着："只要布莱斯愿意待到下一次联邦大选，我会改掉那条法规，让你儿子可以在家里输血！"比赛结束，西姆一击制胜！政治高手再次让他的神圣三角大显神威：我握有你的秘密，我需要你帮个忙，我能给你好处。

但是这件事可没有那么简单。国家的医疗政策隶属联邦政府，工党是反对党，当时的医疗部长正好是西姆的宿敌之一。

我在辞职当天抵达公司时，长年忍受暴躁脾气、临近迟暮之年的西姆秘书戈尔曼女士来找我，要我立即去办公室见他。我爬上两层阶梯，从创意部门来到他大得不像样的办公室。"你最好进去。"戈尔曼女士头也不抬地说，声音一如往常平板，不带任何感情。和西姆·鲁本松共事令她习惯面无表情，脸上既不绝望，也不带希望，说好听一点是她总是保持中性表情。戈尔曼女士是世上唯一能让西姆表情骤沉的人。

我走进办公室，大步跨过极为昂贵的刺绣地毯，谄媚地想着要尽量减少它不必要的磨损。我停在西姆洛可可式的大办公桌前，他坐在一张同样风格、稍稍挑高的大椅子上。他继续低头看手中的档案夹，但是一开口，语气却出乎意料地和善。"坐，布莱斯。"我走向一张比平常矮的椅子，如此一来，桌后的西姆就像高高矗立在我眼前一样。

由过去的共事经验，我知道要对付他，除了像戈尔曼太太一样不为所动，另一个方法就是主动出击。"鲁本松先生，你无法为我儿子做什么，联邦法律规定只有医生才能输血。"但是我心跳剧烈。西姆·鲁本松向来说到做到，或许这一次他真的办得到？或许他认识自由党的人？在跟鲍勃·孟席斯闹翻以前，他也曾帮自由党工作过。没有人清楚西姆这人的底细。

鲁本松抬起头。"这正是重点，不是吗？明年就要联邦大选。工党赢得了这场选战。全国的人都受够自由党了。"

"还不足以想投给工党。"

"你错了！"鲁本松大喊，又恢复他正常的样子。他自己越不确定时，就会喊得越大声。"错得离谱！布莱斯，这就是你的问题所在，你毫无政治判断力。政府那帮人等着滚蛋！人民要自由党下台！选民忍了十九年，已经受够了！

"陪我打完这最后一场选战，布莱斯。"西姆的语气又缓和下来，听起来很有人性，简直像在请求。"这几年我一直都在准备这场选战。胜利一定是我们的！"他把拳头放到桌上。"工党这次一定会赢，他们上任后制定的第一条法规，就是使居家输血合法化。"他抬起头，想必也看见我满脸狐疑。"我可以用白纸黑字写下这个承诺：下一场联邦大选我们会赢，你可以在家里进行输血。"他弯身向前，从桌上一个小木盒里拿出一张私人便条纸，拔开他的金笔笔盖。

"工党不可能赢，鲁本松先生。"我轻轻地说，一面为自己展露的不忠感到可耻。

"什么？狗屁，布莱斯！你根本没在听！你都不听别人说话吗？下一场选战，连猩猩都赢得了自由党。人民受够了，他们要自由党滚出去！"他停顿半晌。"不是工党进来！是自由党出去！你还不了解吗？"

他写字时完全沉默，接着把纸交给我。"来，这是我的承诺。如果帮我打这场选战，工党一赢，我就为你争取到你要的东西。"

那项承诺的价值还不如那张纸，不过我还是接下，不敢直接叫他揉掉。没过多久我就辞职了，转往另一家国际广告公司"J·沃尔特·汤普森"工作，他们承诺要给我三倍的薪水。

工党输了下一场选战——我是对的，西姆的承诺连屁都不如。

直到一九七二年，工党终于在联邦大选中获得胜利——但对我来说，当然为时已晚。我安慰自己，要是那四年还继续留在西姆·鲁本松身边，我的生活和家庭差不多也全毁了。我发了封祝贺函给那个老浑蛋，但没有得到回复。这在我意料之中，西姆不是个善于原谅的人。

我和西姆·鲁本松最后一次见面，场面相当激烈。虽然心不甘情不愿，他不得不承认我一直是他的心腹。西姆这个人很难捉摸，这有可能是他想挽留我的最后一招。他说我是在自毁大好前途，说要是我继续留在他身边，总有一天我会爬到他的位置——荣登麦肯集世界团董事长宝座——在联邦或州立政治事务上，将能和他一样叱咤风云。"到时你会非常有钱，布莱斯。"

这段对话是在皇家阿尔弗雷德王子医院的一间私人病房里进行，他在那里接受紧急肾脏手术。西姆·鲁本松逮到机会，很擅长演这种病床戏。我们谈话时，他似乎一边承受着巨大的病痛——无论是真是假——这样他就不能对人大吼，也意味着他几乎无法与人沟通。不过他体内的恶毒依然充足；当他发现我不可能改变心意时，他祝我早日下地狱。

"生命只会给我们一次机会，孩子，仅有的一次，把握机会飞黄腾达吧 ①——属于你的已经到了，你将没有下一次。孩子啊，你太容易满足了！你本来可以得到你渴望的一切。"他声嘶力竭地说，不时因我带给他的痛苦而闭上眼睛。最后，他把手往外一挥，示意我退下。"下地狱吧你！我跟你彻底结束了！"西姆·鲁本松绝对是个输不起的家伙。

我发出工党历史性胜利祝贺函的两年后，有一天忽然收到西姆·鲁本松的回复。那是在医院病床前和他分道扬镳以后，他首度和我联络。回函十分简短，他一贯斗大的字体在正中央草草写着：

---

① 出自莎士比亚剧作《尤力乌斯·恺撒》（*Julius Caesar*）。

布莱斯，

我跟高夫·惠特拉姆 [1] 提过你儿子的事。

西姆·鲁本松

六个月后，就在戴蒙的九岁生日之前，政府突然通过了一项法律，允许需要长期例行输血的家长和医院登记在案的病患在家输血。

这条法案从此改变了戴蒙的生活。一切就如我所料想：针筒很容易掌握，不久之后我就成了专家。戴蒙九岁就自己输血，输血技术比我还高超，只有在他的手瘀血、没办法抓紧蝴蝶针两翼时才会轮到我上场。

不过，这一切对戴蒙来说还是来得有些太晚。七岁时，他小小的身体已经受损甚重，左脚比右脚短，而且严重萎缩，长久受损，加上膝盖几乎完全接合，使得他的腿活动范围有限。他的左手臂也是一样，手肘固锁在微弯的位置，肌肉消瘦到我可以用拇指和食指圈住他的二头肌。经常出血使得他的关节全数受创，关节炎开始发作，更是平添许多疼痛。

有些恶化的情况当然是血友病必然导致的结果；我们曾在其他国家见过和戴蒙一样深受其害的血友病患者，但是他们一开始就进行居家输血。如此自然使身体的差异十分显著，这对我们来说更令人难受。感觉就像是我们的澳大利亚国籍害了我们挚爱的小男孩。

虽然今日的医疗服务已显著改善，但嘀咕爵士那种愚蠢心态依旧存在。并且，在艾滋病的治疗过程中，我们又看到了另一种层次的无能和

---

① Gough Whitlam（1916—2014），一九七二年工党赢得选举后，出任内阁总理。

老派的愚昧。

像嘀咕爵士这种医生的养成，在医疗体系里其实早有渊源；即使今日医生的影响力和社会地位不如从前，一般来说他们拙于社交、容易怀有优越感，不在意自己的人际关系，最后终受医院体系的官僚制度约束，少有采取主动的空间。

戴蒙和许多类似情况的人，都是一群顽固老人的受害者，他们在体系里握有超乎想象的不合理权力，今天的情况差不多仍是如此。

能在家输血，对戴蒙的情绪和整体健康有极正面的帮助；从出血到实际输血，现在只需要不到四十五分钟的时间。我们很快便发现，越早处理出血，出血情况便能越快获得控制；他施打凝血第八因子以后，往往几个小时内就能消除病痛。这代表当他的瘀血开始疗愈，疼痛和不适便能大为减轻；更重要的是，经常出血造成的永久性关节伤害也能因而降低。

与去医院输血相比，我们和医生都必须在交通上花费时间，来回就要三四个小时；等凝血因子生效、停止出血，又是三四个小时以后的事。以戴蒙一周出血三次的频率来看，到医院输血会造成的出血量，是在家里输血的整整三倍——等于是让戴蒙每天多出四小时的血！

要不把自己视为罔顾病人的医疗体系的受害者，实在是越来越困难的一件事。

# 第七章

# 戴蒙

这封信是在一九七九年，戴蒙十二岁那年的耶稣受难日（复活节前的星期五）写的。他的奶奶不久后将从南非来看望我们。

亲爱的奶奶：

希望你一切安好。爸、妈、布雷特、亚当都很好，虽然亚当不久前感冒蛮严重的。我刚从医院回来，右膝动了一点小手术。不过别担心，只是一个十分钟的小手术。他们不过是把一根针插进我的膝盖里，把关节里的一些积液抽出来，这样一来，我那只脚就不会再有问题了。我只在医院待了两天，所以功课没有落后太多。

我们因为复活节放了一个星期的假，今天是耶稣受难日。爸星期二之前都在家，但后来又回公司工作。他出差了四天，刚从新西兰回来。爸会送我们每个人一件纯正新西兰羊毛做的毛衣，但是我们五月才会拿到，因为毛衣还没织好！

说到五月，我觉得我已经等不及想见你了！你还要三个星期才会来！！！我一年又一年在等你来！！！！你这个月没办法来真可惜，因为四月六号到十七号我们这里有复活节表演，要是你来的话，我们就可以带你去，因为那里有很多好玩的东西，像是蔬果大展、电器大展、骑马和各式各样的动物秀。那边也有一个工艺品中心，你可以买礼品袋，里面会装满各种甜食、玩具和其他东西。

昨天我看了一部电影，剧情是关于暗杀希腊总统的！片名叫作《三十九级台阶》，很好看。电影里坏蛋计划趁希腊总统在英国国会发表演说时，用炸弹炸死他。两个普鲁士特务事前先把炸弹放在国会大厦里，然后连接到大本钟上，十一点四十五分时钟一敲响就会爆炸。电影里的英雄爬上大本钟，紧抓着分针，让它不会抵达十一点四十五分。我和一个朋友一起去看的，真的很棒。

接下来学校有几科挺大的考试，是科学和数学。

数学很简单，但是科学就难了，因为这门课有一个星期的校外教学，班上同学要在灌木丛待一个星期，搭营并观察堪培拉附近的野生生态。我因为血友病不能去，但还是必须靠读老师发的练习题去考试。

好吧，我该走了，我会等见到你之后再写下一封信。想想看，我就要见到你了呢！我们就五月见，请代我向罗斯玛丽阿姨和其他人问好。

爱你的

戴蒙

又：其他人也爱你！

# 第八章

# 戴蒙

我在这里重新整理戴蒙与他朋友、和我的对话，试着捕捉他的"口吻"，不过当然是以我自己的方式串连而成。

　　我实在想不起来爸爸没有在讲故事的样子——印象中，他每时每刻都在讲故事。

　　妈妈则负责书。我的生活中像是处处充满了书，就层层堆叠在我床边。我相信当我还在睡婴儿床时，她一定也在里面摆满了书。我甚至想不起来究竟是什么时候开始学习阅读，但确定上幼儿园以前就会了，还清楚记得当我发现并不是每个人都能像呼吸一样轻而易举地阅读时，心里那种震惊的感受。我本来还以为阅读是人类天生的本能。

　　书对我来说非常重要，因为它能带走我的病痛。最痛的时候它无能为力，但能在身体开始出血或疼痛渐渐减轻时帮助我。出血时，妈妈会把我抱在她的大腿上，念书给我听。"有一天，你绝对可以大声念出书上的字。"她如此宣称，仿佛我前一秒啥都看不懂，下一刻就可以大声念出那些字。

　　我爱书，不只是因为喜欢阅读。五岁以前，我总是四处拎着一条蓝色小毛毯，一边吸大拇指，一边用脸颊偎着——直到毛毯被我一点一点地磨坏。很多小朋友都会这样，但是"安全毛毯"真的对我很重要，要是没有它，我觉得我没办法面对那么多事。书也有点像是这样，它们能唤起一种安全与安稳的感觉。妈妈以前总是把我抱在大腿上，像是在孵小鸡一样；当她读故事给我听时，她身体的温度紧紧贴着我，身上的味道、令人安心的声音，全都和那些故事融成我对书的印象，成为一股抚慰人的力量。直到现在，我只要拿起一本书摸一摸，立刻就会感觉好多了。

我记得有一次在悉尼大学，具体原因我忘记了，只记得必须在那儿待上一整天，我却突然严重出血。身体越来越痛苦难耐，于是我去图书馆，拿了三本书放在大腿上翻看着。我知道这听起来很蠢，却真的让我感觉好多了。

我也喜欢爸爸讲给我听的故事；多半是关于非洲或他遭遇过的事。那些奇妙的故事在很小的年纪总是让人深信不疑，大一点以后就会开始怀疑，再大一点以后就统称它们为"爹地超知识"。他总是一副确有其事的样子，即使我们求他吐露实情也一样。不过不打紧，只要有故事听就够了。

像是有一次，我们全家去植物园玩，妈指着一株看起来很好笑的植物，小名牌上有它的名字。"哦，你们看，是半边莲，我还常常在想半边莲长什么样呢。"她说。

"在刚果的月山，比大猩猩生活的雨林海拔更高、刚过雪线那里，半边莲在湿雾缭绕的地方可以长到十二英尺<sup>①</sup>高。"爸说。

我们看着这株大约三十厘米高的小植物，亚当沿着树干往上看，试

---

① 约合 3.66 米。

着想象十二英尺到底有多高。没多久，我看到他无声地说了一句："胡扯！"

我们一到家，亚当就马上把《植物百科》拿出来，然后跑来我房间，我们俩一块儿查半边莲。亚拉塔半边莲只有半米高，红花半边莲一米高，南非原生种的山梗半边莲只有十五厘米而已。南非原生种？啊哈！逮到了！噢耶！我们要去呛爸爸了！

比较高大的半边莲都生长在澳大利亚，但根本就不像爸说的有三点五米那么高！南非的那个品种根本就是小矮子，连二十五厘米都不到！

亚当沾沾自喜，欣喜终于赢得真理与正义。他正准备拿这不争的事实去向老爸兴师问罪时，我们俩却同时在最底下看见：

巨人半边莲，肯尼亚乞力马扎罗山的野生种，一种抗霜的常青灌木，能长至四米。扎伊尔月山的陡坡上也可见。

四米可是比爸爸说的十二英尺还高！爹地超知识令人头痛的地方就在这里，有时最后就变成事实，不然就是明知他是捏造，却怎么也没法证明。这种事常常快把亚当逼疯。就像大蟑螂赛舟的故事，他说非洲铜矿的矿工会用一小块培根当诱饵，训练地底下的白色盲蟑螂沿着矿坑水道在纸舟上比赛，并且大笔下注。这个故事已经变成我们无法反证的悬案之一，不管亚当怎么推敲，总是没办法挑出毛病。但对亚当而言，最惨的其实是爸总会用一条道德训诫为他编出来的故事做总结，像是用一个歪理阐释一个真理。

不过，反观布雷特，他却非常喜欢这些道德训诫，总是坚持还要再听下去。他需要这些东西，是因为他到学校时总是先用这段当开场白。例如，他可能故作轻松地说：

"在这个残酷的世界里，瞎子领着瞎子的情形，出现在一个最后或沉或浮的案例中，在那里，弱肉强食，蟑螂吃蟑螂。我们人生中绝不会一帆风顺，要是你想把培根拎回家，你就得与众不同，坚持到底。"大伙儿一听，就知道又到了爹地超知识的时间，马上就会好奇地聚集过来。听众还喜欢亚当在场，因为故事说完后，他会试着向他们证明这个故事为何不可能是真的。

可惜家里或图书馆都没有《蟑螂百科》这种参考书，亚当根本没办法查证，才让这桩悬案流传至今，成为所有故事中最大的谜团。

不过我敢打赌，等亚当哪天变成知名的驻外记者时，他一定会亲自造访赞比亚，亲身钻进那些铜矿场，看看那里的蟑螂是不是真的又白又盲还能游泳；而且接下来还会到大英博物馆那类地方寻找资料，看蟑螂是否真会同类相食。

亚当就是这样。讲到爹地超知识，他绝对坚持到底。

# 第九章

有辆红色迪诺法拉利的跛脚爱人。

        家里有个无法和其他小孩一样蹦蹦跳跳的孩子，隐秘于是变成一种自我保护。从某方面来看，这样的孩子其实是受虐儿，虽然指的不是惯有的意思。小男孩的世界总是充满肢体碰撞，没办法成为其中一员，难免会在一个孩子的心里留下巨大的阴影与创伤。戴蒙必然花了不少工夫想要保护脆弱的自尊心。

        虽然我告诉自己，我了解戴蒙没办法和其他孩子一起玩，没办法一起打板球、踢足球、玩橄榄球、赛跑，或单纯参与成长的跌跌撞撞，是什么滋味，但事实上，我根本无法体会。虽然我能以智力分析他的焦虑，有时甚至能强烈感受到他的失落，我却从来无法了解他的心情有多苦。

        结果他变得非常善于隐藏，当他看到亚当和布雷特夹着冲浪板开心地冲往海滩，或坐在游乐场边缘看着其他小孩兴高采烈打打闹闹、互相追逐碰撞时，我们压根忘记他心里会有什么感受。

        戴蒙最大的问题就是从不抱怨，从很小的时候就是这样。他只是静静地看着别人，然后继续做他的事。亚当说到如何冲破海浪时，他就坐在那里边听边笑；讲到亚当那时有多惊恐，最后又终于在冲浪板上站起来时，他也紧紧抱住自己。仿佛他已亲身经历那些原本可能降临在他身上的美好事物。

戴蒙会要求亚当完整说出每个细节，听到自己的哥哥胜利，他双眼发亮，并且提出各式各样的问题，所以他很快便熟知冲浪术语，还有各种冲浪花招、难对付的波浪。他几乎和亚当一样熟悉南邦迪海滩一带在珊瑚礁周围形成的海浪，两个人很快便满口说着我听不懂的冲浪术语，有时亚当全然忘记戴蒙根本不冲浪，还会跟他讨论各类技巧和犯下的错误、时机的掌握、海浪的状况、巨潮对冲浪的影响，等等。

尼尔森公园是个小型的港口海滩，大多数时候波浪都太过平缓，就连初学者都不想来。但一年中会有某些时候，不知道什么原因，尼尔森会有适合冲浪的条件，通常是在半夜或更晚的时段。浪一起，这个小海滩北端将会有难得一见的冲浪盛况，浪迅急又多变，需要很高的技巧才能对付，同时，大海也会以绝佳的右跑浪反馈各地冲浪高手。

电话通常会在半夜两点响起，往往是戴蒙跑去接。"尼尔森，起浪了！"电话那头只是这么喊一句便匆匆挂断。没有人知道第一个发现的人究竟是谁——哪个小鬼会在半夜发现一个小海滩起浪？但就是有人知道。

戴蒙会马上叫亚当和布雷特起床，要他们夹着冲浪板赶往不到一公里外的尼尔森。几小时后我起床，戴蒙通常已梳洗穿衣完毕，我们马上跳上车冲去看他们在黎明曙光下享受最后的冲浪。我们会从沙石悬崖顶端往下望，热切地想在随浪忽高忽起的一颗颗人头里，寻找布雷特和亚当的身影。

布雷特和亚当乘浪站起时，戴蒙会兴奋得不得了；要是他们错过时机，他也会在一旁咕哝。尼尔森的海浪属于右跑浪，好手是这么说的。港口涨潮时，会掩盖住一连串高耸的支架，这些插在沙里的支架撑起防鲨网，将远方的右侧海滩隔出一块夏天可供游泳的安全区域。要想安然越过这些支架，就要保持浪够高，不能忽然掉下去，这需要很大的勇气。

亚当是"拗脚人"，就是那种冲浪时右脚摆前面的人，这也就是说他背对着浪，当海浪一降露出支架，他根本不容易看得到。如果亚当背对着新西兰贝壳杉做成的巨大支架直直冲去，戴蒙的一颗心就像悬在半空中，因为他哥哥必须选对不会在抵达支架前就消退的海浪，才不会造成惨剧。当亚当惊险滑过这些危险的东西、骄傲地背对海浪冲向海滩时，戴蒙会兴奋地呐喊，眼底闪烁着胜利的光芒。从他脸上的表情，我确定他也和他哥哥一样，感受到一阵胜利和刺激兴奋的快感。

多年以后，亚当向我坦承，只有戴蒙站在悬崖顶时，他才会挑战那排支架。"我相信自己需要他带给我的额外勇气。他拖着铁鞋站在崖边挥舞双手，如果我感觉到戴蒙希望我办到，那么我就办得到。"

我们早上七点左右回到家，两个哥哥虽然两眼发红，却异常雀跃，他们全身精疲力竭，满是咸味，每一次乘上浪头就被狠狠抛下十次。这样的早上总是用培根和鸡蛋庆祝，还用厚厚的西红柿一起煎，有时候要是够幸运，冰箱里还会有美味的香肠。尼尔森起浪是年度盛事，就像葡萄牙的沙丁鱼盛产季。

那两个男孩究竟是如何撑过一整天的课，我从没过问，不过我猜一半以上的上课时间大概都是在瞌睡中度过。那是我们父子间的默契，一开始就由戴蒙出面争取，让两个哥哥在尼尔森起浪时，即使大半夜也能去过一过瘾。

戴蒙从没能亲身体验澎湃的海浪推起冲浪板的滋味，或手臂像活塞拼命划动，直抵浪碎顶点时的甘苦与痛快。身体随浪涌起，骑乘在一小片抹蜡的冲浪板上，沿着绿而透明的浪壁，在一阵白色泡沫中切出水花，冲上岸。

但在冲浪这件事上，戴蒙却和他哥哥一样热情且专业——或至少看起来是这样——他会花好几个小时听他们讨论海滩的变幻莫测，像是东郊区小鬼较常去的几个冲浪地点：尼尔森、邦迪（北边和南边）、塔玛拉玛、库吉。他也懂板球和橄榄球，尤其会花很多时间和亚当讨论，因为布雷特对这两项团体运动都没兴趣。布雷特喜欢一对一或单人的运动，所以他选择网球和冲浪，或和他同伴加里去沃森湾钓鱼。他们俩就像爬上沙岩峭壁的一对山羊，我成天都等着有人敲门，告诉我谁又出了什么事。但是你得放手让孩子去冒险。戴蒙已无法恣意享受强健体魄的自由，我更不能过度保护两个哥哥。布雷特常常流着血回来，不过都不是什么严重的伤。长大以后他还是会去海湾口钓鱼，常会带回一堆肥美的鲜鱼。

从八岁开始，亚当固定在星期六早上跟克兰布罗克预备学校的球队打橄榄球，戴蒙总是拖着铁鞋在球场边缘来回走动，为亚当加油。他只要一接到球，戴蒙也会对他大喊指示。

"注意！亚当！拦截！拦截他！放低位置！低一点！"不然就是："传球！快传！噢天啊，亚当！（叹气）爸，你要叫他记得等缝出现，他还以为空隙一直在那里！"

之后，他们会做球赛总评，戴蒙会严肃地提出建议，告诉亚当他哪里犯错，对方实力如何，亚当那天的战术优劣，以一个接锋而言他要如何进步。

"你的手很有力，亚当，是全队最好的，但是你会在没有缝隙的时候判断错误，每次都被夹攻。"

亚当是个对每件事都很认真的人，下一场球赛时就算眼前有个闭着眼都可以通过的缝隙，他还是会乖乖把球传给中锋。两兄弟感情非常亲密，但是戴蒙看起来像是主导的角色。

夏天时，我们会坐在蓝花楹树下看亚当玩板球。戴蒙一向是他最严格的批评者，也是他最忠实的球迷。只有一次我听他说："爸，你知道吗，要不是我身体这样的话，我觉得我真的会是个很好的打击手。"他声音里的渴望忽然在我心头扎了一下。戴蒙抬头瞥见我神色忧伤，后来再也没有说过"要不是"这三个字。

事实上，那种需要手眼协调的运动，他的确会很在行：像乒乓球，只要眼睛动得够快，其他动作不必太多。但是逐日恶化的关节炎使他连这种小小的运动都无法享受。

正因为他是如此生气勃勃、投入和狂热，他哥哥常常忘记他患有血友病。他八岁以后便不再穿短裤，所以身上的瘀血多半被盖住；而且，戴蒙从不提他会出血的事，因此久而久之，他比较像是个不运动的孩子，而不是不能运动的孩子。

他十岁左右开始自己输血，只要一出血，他就静静准备凝血第八因子，然后把房门关起来，他的哥哥们根本无从察觉他的痛苦。他只跟大家说他要去房间读书，希望不受干扰；然后他会在里面待三四个小时，直到挨过最痛的时刻。接着他会若无其事地走出来，还是往常那个爽朗愉快的戴蒙。

因为出血仍然多半发生在半夜，他得以把大部分痛苦和不适留给自己，早上出现时依旧笑脸迎人。我们一直很害怕满月，因为他总在满月时出血最严重。他的日记清楚记录了这样的情况，但当我交回每一批冷冻沉淀品，在附上的纸条上提到这件事，医院的血液科医师却一笑置之。"他也有那种像狼一样嚎叫的冲动吗？"他曾这么跟资深护士讽刺道。

戴蒙之所以对自己的身体状况保持缄默，正是因为他外向的天性。他对所有事都有主见，并要身旁的人倾听。他喜欢辩论，喜欢运用心智，喜欢机智地表达。因为出血常常让他没办法上学，他学会用妈妈教的方法广泛阅读，很快便在辩论或讨论中无往不利。不过，令人讶异的是，虽然他一开始学得快，却从来不是那种自认无所不知的人。反倒亚当有点自认是万事通，或者至少自认博学过人，戴蒙却不是这样。他一定天生就知道——或在平常的观察中累积这种想法——自己必须掩饰身体上的问题，才能让别人注意到他的内心。他够敏锐，知道不可以每件事都抢着回答。抢着答话的冲动想必非常诱人，因为除此之外，他也没其他东西好卖弄。但他似乎了解适时收手的智慧，他喜欢以不令对方羞愧的方式击败一个人，并以此获得满足；同时，他不仅能说，也能听——最后甚至成为一个绝佳的聆听者。

我想戴蒙是真心喜欢聆听——真诚地聆听。他会用身上的一切倾听——眼睛、肩膀、双手、全身姿态——保持安静，仔细思索他听见的话，偶尔问一两个切中要点的问题，最后才提出他的看法。这种态度极具魅力，而且使他的朋友感到备受尊重，觉得自己的意见很有价值。如此年轻的孩子竟拥有此等洞察力，着实是惊人的事。即便在很小的时候，戴蒙便已了解"建议"和"礼貌地提出自身看法"的差异。很快，大家只要碰上什么烦恼——包括他哥哥——便会来寻求他的建议。

关键在于：戴蒙是（或表现出）完全正面思考的人，他有能力处理各式各样在小男孩心中占有一席之地的事情。他在家长、学校老师、所有事的法则、公平与不公平、如何和哥哥们、讨厌的姊妹们或难缠的父母相处等方面，都是专家。很多同学都是带着戴蒙的逻辑离开学校，准备回家迎击敌人。就连难免会相互吵架的两个哥哥，有时也有心理准备要找小弟戴蒙当仲裁者。

既然没办法出门和其他孩子混在一起，于是戴蒙找到一条路，把其他孩子吸引到他身边来。亚当说起中学时，他常看到一群孩子围着戴蒙坐在树下。因为有这样的好人缘，他鲜少形单影只，除非其他孩子远行游玩。不过，虽然我们认为他能如此融入团体是种福气，也一直以为他身边从来不乏朋友，我们却忙到没去想到因为他的病，他有很多时候其实都只是自己一个人独处。他的奶奶知道我在写这本书时，交给我一封信，那是戴蒙十岁时写给她的。他对奶奶这样描述自己的人生："……我并不真的需要朋友。"

字里行间令人感受到，他还那么年幼，就决定要过一个布雷特后来称为"超级正常"的人生，他几乎从来不提身体的不便，要是有人说起，他还会佯装惊讶。现在我才知道，原来扮演一个正常人是他从不停歇的工作。为了看起来和大家一样，他必须非常努力掩饰巨大的疼痛，掩饰他的焦虑，并且绝对、绝对不能流露出一丝自怜。

很快，戴蒙便发现他的心智还能弥补许多其他方面的身体缺憾。他渐渐长大，也慢慢发现早年学习的想象力与视觉训练多有助益。一进入青少年时期，他就已发展出强大的心智训练与专注力——那样的能力只可能通过自我催眠来获取，以较容易理解的词汇来说，便是"冥想"。

戴蒙能极度专注在一本书或一项讨论上，来减轻与掩饰肉体上的痛苦。要是真的很严重，他就静静坐下，手叠在大腿上，闭上眼睛，把心灵沉入潜意识来控制疼痛。在自我催眠这方面，戴蒙也成了专家。

打从阿尔弗雷德王子医院创立了血液研究室，戴蒙就转诊到那儿接受治疗，里边的医疗人员说他的忍痛能力似乎比其他血友病患者强大很多；若真是如此，那肯定是靠着心灵的力量，得益于他知道如何进入心灵的不同层次。我们很少讨论如何控制疼痛，虽然有时我问他有多痛时，他会做个鬼脸。"痛到需要来趟非洲之旅才能补偿。"他会说。所以，看来戴蒙一定有属于他自己的夜之国度，虽然他从没说，我也从没问。

戴蒙有一颗非常敏锐的心，他妈妈更是竭尽所能地使它更好。他天生早熟，除此以外，智力是良方，贝妮塔更不时留意不让懒散荒芜良田。我们家的字典和百科全书都被翻烂了，这两本书几乎都是亚当和戴蒙在用——亚当不停追寻真相，用书来确认他所听到的事实，而戴蒙则像是负责详述这些问题。

戴蒙以相当不一样的方式从我身上挖宝。他喜欢我仔细描述一个话题和另类思考的方式。"这问题需要用老爸式思考来回答。"他有时会这么说。我后来才知道，这并非他认为我的智力高他一等，也不是在争论即将陷入僵局时，拿出程度稍高的人的见解当成最后定论。事实上，我不认为他有多敬重我的知识储备。老爸式思考之所以吸引他，在于我常能得出貌似有理的结论，却又不一定最符合逻辑或事实——也就是那个不值称述的爹地超知识。

虽然戴蒙显然喜欢和我讨论，但他意识到了我的局限性，常常宣称我的解释版本实在不大可能，不过比铁一般的事实有趣就是了。他察觉到我所知有限，是我在他约莫七岁那年的某个早上听到的。

他邀请预备学校的朋友杰米来家里过夜；那时我们还住在旧的小屋，用纤维夹板隔间，因此隔音效果不大好。

我隔天早上大约五点起床，听见两个小男孩在热切地聊天。很快，我发现他们在聊他们的父亲。在我听来，戴蒙似乎比对方更了解自己的父亲，也更清楚如何吹嘘自己的老爸。杰米似乎发现这点，为了奋起直追，他突然宣布："我爸拥有一家电视公司！"

他说得完全没错，他是强势媒体家族之子，他们家不但握有澳大利亚居于主导地位的女性杂志，还有全国最成功的商业电视网络。我引颈盼望戴蒙的回应，因为这毕竟真的蛮了不起的。戴蒙的心智再怎么丰富，一个七岁小孩要如何讲出另一个更高人一等的地位？

感觉停顿了非常漫长的一会儿以后，戴蒙或许有些尖锐地说："我爸爸什么事都知道！"

这句话是以深信不疑的口吻说出的，仿佛与足以令行星运转、发亮的无限知识一比，拥有一家电视公司根本是可怜到不值一提的事。

我默默在心里喝彩。或许，在他的同侪面前，这样的回答还是赢不过拥有一家电视公司；但以应对来说，这样的回答既睿智又出色。戴蒙把话锋一转，让焦点从拥有实际物质转到两人的人格特质上。不错，真不错！

我在墙的另一面沾沾自喜，骄傲自己养的孩子竟然这么聪明。忽然间，戴蒙补充说道："不过他什么事都知道得不多！"

戴蒙的两个哥哥都很喜欢他，亚当似乎跟这个弟弟关系更为亲密。布雷特是个颇为独立的人，有点乐天知命，游戏人生不求功名，很少被赋予重责大任，但也很少挨骂。

亚当则不同，他做事努力，也是个完美主义者，总是急于求进步，生来就是个咬指甲纾解压力的人。亚当很快便学会尊重戴蒙的心智能力，除了有些烦恼会跟我和他母亲讨论之外，其实他更常去找戴蒙聊。他似乎时常对生活中的复杂难题感到不知所措，也越来越容易自我怀疑，陷入沮丧；青春期时这种情况尤其严重，这段时间他也特别常去找他弟弟。

一天早上我醒来，发现三个儿子的世界全变了。他们不再是快乐的小孩，而是阴郁沉默的青少年；他们不再爱他们的爸妈，反而觉得父母简直是弱智。每一件事都"烂爆了"，没有任何事能取悦他们。他们的不安、困惑、敌意、坏脾气、漫不经心、绝望、优越感、兴致缺缺，都在交叉于胸前的手臂和深锁的眉头展现，表露得无所保留。他们的声音忽然变得低沉，而且像是暂时失去说话能力，无论遇到什么状况，都用某种像是尼安德特人发出的低音来回应。

看起来很愤怒的青春痘，被他们挤得更愤怒了，平滑的古铜皮肤上泛起一圈圈红印。虽然他们并未公开斥责父母害他们脸上长出这种不体面的东西，或把生活中突然变糟的一切推到我们头上，但显然他们的权益总是受损，爸妈完全是一对无可救药的傻蛋。

阴郁和愤怒变成我们家的常客，不仅是他们胸中的不满，还包括其他家庭成员受波及后引发的受伤和鄙视。所有事都不可能和解，有时候我想破头也不知道自己究竟哪里做错；而且，每一次我都在想，这么不知感恩的浑蛋怎么可能是我们养出来的？

　　接着，大约是三年多后的一天早晨，在这完美家庭制造如此激烈敌对的猛兽，突然会在吃早餐时走向你。那个原始人粗鲁地伸手去拿桌子对面的牛奶，嘀咕几声，接着响起安静却具威胁的汤匙铲动声，将酥脆的玉米片大刺刺倒进咀嚼的大嘴里，然后突然亲了你一下——这是三年以来的第一次。接着，他若无其事地和你又聊又笑，仿佛过去这三十六个月来的一切，他把你当成头号敌人的这件事，过去每年、每月、每周、每天他从未改变的恶劣态度，如今全是你自己胡思乱想，都只是你创造出来的幻觉。他甚至还以一种莫名真诚的口气对你说："爸，我爱你。"那小浑蛋当然立刻就获得原谅，几个月来只能透过其他兄弟和他沟通的妈妈也上前拥抱他，感动得掉下眼泪，欣喜地问他晚餐想吃什么。

　　亚当紧接着布雷特迈入不可理喻的叛逆期，接着又换戴蒙跟上亚当的脚步。布雷特坏得不可开交，戴蒙好辩急躁又过度早熟，亚当却一如往常地沉溺在无法自拔的沮丧情绪里，令其他两个兄弟的叛逆比起来——从父亲的家庭和谐标准来看——简直只是有点小小的不稳定。

　　看完电影《驱魔人》不久之后，亚当的情绪更是跌入谷底，他开始深信自己正与一个魔鬼交锋，要是不小心翼翼把持住自己的思绪，他将被魔鬼占据，被它控制住身心。

　　这种想法究竟从何而来，我不太确定，但绝非来自正规的宗教训练。他童年时从来都没在意过什么魔鬼，也不奉行宗教读本中那些善恶准则。我试着替他排解这种魔鬼恐惧，告诉他青春期是段相当难熬的时期，自慰或有性幻想都是正常的现象，不需要觉得有罪恶感。但是我一如以往总是猜错。我的开导一点帮助也没有。他的心结似乎超越一般的青春期困扰，使得原本就迷惑不已的父母更是不知所措。

突然发现恶魔以相当具体且生动的意象，全心全意盘踞住亚当的心思，使我开始回想自己的成长背景。但这无关非洲的深沉黑暗，亚当在叛逆期时没遇过魔法之类的事，我当然也没有在他们童年时提起过这个话题。我只有教导戴蒙进入自己的私人心灵国度，况且，这项技巧无关乎超自然或神秘学，更不用说是跟魔鬼有关的巫术了。

一开始，贝妮塔和我安慰自己这一切很快就会过去，这种着魔的心态不过是叛逆期的另一种呈现罢了。虽然他和布雷特的症状不同，但或许是因为布雷特青春期之前就是个开朗乐观的人，因此能幸免。令我们有点担忧的是，亚当的恐惧让身旁的人都能清楚感受到。戴蒙可不想让他哥哥这样自我沉溺下去。戴蒙会和他争辩，挫挫他的疑虑，建立他的自我意识，硬把他拉回来。全家就属戴蒙最能处理亚当的幻想，他几乎是独自一人用他的逻辑、关怀、慈爱、偶尔还有他深沉的同情，把亚当从沮丧的泥沼里拖出来。他能纾解亚当的恐惧，缓和他的抑郁，有时甚至还陪他入睡。在终于能摆脱恐惧恶魔的阶段之后，亚当依然持续需要戴蒙的陪伴和安慰，两兄弟自始至终都非常亲昵。

亚当是个运动健将，功课好又受学校老师和同学欢迎。像他这样的人，几乎拥有所有孩子的梦想，竟然会长期需要他那严重残疾的弟弟抚慰，而戴蒙却从不需要倚靠他的肩膀，着实令人玩味。虽然两个兄长都深爱这个弟弟，有时我也不禁心想：对于戴蒙的悲惨状况，他们俩除了流露最为自然的手足之情外，是否还想过要为他做些什么？这不单纯是因为他们专注在自己的生活上，除去叛逆期那个恐怖阶段不谈，两人其实都非常贴心，也绝不以自我为中心。我想这纯粹是因为戴蒙的性格总是那么正面，任何人都不可能以怜悯之情待他。

戴蒙还有另一项特质，让人很难不觉得他浑身充满光明。他全身上下散发着自信，在他的心里，只要不属于身体层面，没有任何事是他无法企及的；他也打小就深信自己注定又优秀又富有，虽然财富比前者来得重要。我们并不是非常注重物质的家庭，"做"什么事总是比"拥有"什么东西来得重要，因此戴蒙心中对财富的向往，确实匪夷所思。他在物质上从不匮乏什么，何况他这么聪明又这么有深度，却如此看重金钱，的确很不相称。

只有想到他无法拥有的一切，以及如何才能弥补，你才能够理解这样的心态。他的身体很脆弱，走路时已明显一跛一跛的，手肘、膝盖、脚踝的活动都不灵活，关节在他年仅十五岁时因关节炎而局部接合。

只有压倒性的财富才能使他成为自己暗地里渴望的英雄。人总是这样，珍视自己没有的天赋，轻视已经拥有的资质。戴蒙也希望在具体事物上能成为一位重要人物。他必定是认为财富可助他达成这个梦想——文化素养和财富能弥补肢体上的不足；何况有钱人似乎整个人看起来的确比我们这种收支刚好打平的一般人来得威风。

戴蒙和大部分小孩一样，童年时都幻想过当个伟大的医生或科学家，并找到治愈血友病的方法。一进入青春期，他幻想成为获得诺贝尔奖的科学家，同时恰好家财万贯，戴雷朋眼镜，开迪诺法拉利跑车，并且这一切成就都在二十五岁刚自医学院毕业之际就达成。戴蒙总把所有雄心壮志投射在二十五岁以前，这点十分值得玩味。他从没提过二十五岁之后的自己。某种程度来说，戴蒙会有这样好高骛远的幻想，他妈妈要负很大一部分责任。她不仅在他脑袋里填满书籍，也在里面灌输意象，带他看各式各样的绘画、建筑、景观、人物。她告诉他什么是"文艺复兴人"；她告诉他什么是好品味，什么不是。她是个强势的女人，对自己的好恶相当"独裁"，并且，从时尚、建筑、绘画、设计、智识、生活风格，到时髦、夸耀、热情、有教养、传统等等方面，她都是个无可救药的欧洲拥护者。她把这一切用一只大汤匙铲进戴蒙的梦想餐盘，而他又刚好最善于聆听，于是也把这浪漫且深奥难解的胡言大口饮进，并归结出一切都需要很多很多的钱、智力、才华、体面——而不是实际的能力。

他告诉自己除了金钱以外，这种种特质他一样不缺，如果再来辆红色的迪诺法拉利（我想这是用来补足他身体的缺陷），他就能毫不费力地富有、杰出，还是个文艺爱好者，他的思绪会更敏捷，人也更有魅力，他天生的自信还向他保证：只要等他年纪大到可以拿实习驾照，他一定比任何一个坐在高性能意大利赛车方向盘后的车手开得更好更快。

这一切将使他成为无比性感、年轻、英俊的澳大利亚人（虽然走路微跛），从新世界这一端风靡到旧世界去。

法拉利绝对是重点。而且我想还不能是最新款式的，以他母亲的社交标准，这将有失品味。必须是迪诺这款，这是恩佐·法拉利的天才巅峰之作，之后他便把他的器械灵魂交出去，屈膝为成天喝可乐的纨绔子弟、广告人、华尔街新贵造车。

青春期将近尾声时，戴蒙已完全抛弃当医生的抱负，虽然他宣称自己绝对有念医科的头脑，但他的身体肯定无法配合。因为出血而缺课的情况一定会持续，但医科的繁重课业是不允许这样的。

如果戴蒙有一天致富，绝对不是因为当上医生，而且血友病解药也将由别人负责，因为戴蒙知道那现在不是他将用以成名的方式了。

事实上，在他大约十五岁时，我们读到一篇文章，声称牛津大学有项研究已能诊断子宫内的胚胎是否患有血友病。这篇报道似乎暗示以后将不再有血友病患者，如果事先诊断出胚胎缺乏凝血第八因子，将默默进行堕胎。也就是说，以后再也不会有戴蒙这样的小孩了。这想法虽令人难过，但很实际。贝多芬的爸爸患有性病，妈妈被关进精神病院，以今天的标准来看，妇产科医生一定会建议贝多芬太太终止妊娠。

这是个争议已久的老话题，但这个世界已有过多的儿童，况且每天就有四万四千名儿童饿死，反堕胎的立场实在很难站得住脚。要是在还来得及堕胎时就发现戴蒙的情况，我们会怎么反应？我确定我会同意堕胎，毕竟我们已经有了一对健康的儿子，对任何人来说都已足够。

然而事实证明，戴蒙若是没有出现在我们的生命里，那简直无法想象。他提升了我们对生命的态度，并教导了我们爱的真谛。他让我们知道好好度过每一天有多么重要，要从我们所拥有的每分每秒中挤出生命的精华。他不是圣人，但他让我们得以跳出自己，去审视活着的意义。虽然他没有坚信的宗教信仰，却让我们对于以往因傲慢而贬为"犹太 - 基督教"思想的人性美德，有更慈悲的体会。

美化一个自己曾爱过、后来又失去的人，实在是人之常情。戴蒙短短二十四年的生命不足以让他成为了不起的人，但他是个很棒的孩子，也是一个梦想大过痛苦、希望超越恐惧的年轻人。他或许原本还有凌驾肢体限制的计划，虽然我想可能没有。戴蒙是个设计者、梦想家、乐观主义者，他太习惯克服障碍，他的坚毅程度无人能敌。

但在他十七岁那年，我们获知他的人体免疫缺陷病毒（human immunodeficiency virus, HIV）呈阳性反应，虽然身处一九八三年岁末的我们当时根本不知道那是什么意思。我们只知道那不是艾滋病——一种开始在旧金山和纽约同志间肆虐的新疾病，听说悉尼只有少数病例。就连我们家的一个同志朋友罗伯特叔叔，他也不认识有谁罹患艾滋病。

不过现在回想起来，我想我们那时都知道戴蒙的生命越来越有限，时间越来越不站在他那边。他要成名一定要趁早。或许这就是他那么小就一心致富的原因？或许那些全都只是随口说说？我从没和他讨论过，但差不多就在他知道自己 HIV 呈阳性反应的这个时候，他开始对于习医那类长期计划丧失兴趣。

我必须坦承，戴蒙从十岁开始，就开始帮本地的药剂师伯尼·卡莱尔送包裹，之后便一直想着要赚钱致富。因为不时出血的缘故，他常常没办法骑自行车，或在放学后到药房，因此他发起一个人脉网络，由附近能代他做事的孩子组成。一开始，这只是个不让卡莱尔先生失望的权宜之计，但不久之后，这种模式就成了戴蒙的工作形态，有人看到他跟那些孩子收中介费，保障他们工作稳定。

我记得有一天晚上，应该说是某天凌晨，大约两三点的时候，那时戴蒙十岁，我们才开始居家输血没多久。那天他刚好右臂出血，没办法自己注射，所以他把我叫醒，我帮他插针并坐着等凝血制剂滴完，忽然间他问我："爸，中介是什么？"

回答前先问问戴蒙到底想知道什么总是必要的，因为他的脑袋总是动得飞快，又擅长跳跃性思维，你常常会发现自己洋洋洒洒解释了一大篇，结果那问题只是抵达他心中下一个问题的桥梁。

"你为什么想知道？"

"唔，上次你教布雷特写关于现代沟通的那篇文章时，你提到广告是媒体的中介。那是什么意思？"

我向他解释广告商如何取得客户委托的工作，事成以后，他们不是直接向客户收取制作费用，而是从客户购买广播时段或报章杂志版面所支付的费用中抽成。我还补充，电视、广播、杂志、报纸等媒体也会把播出时段和刊登版面卖给广告商，比卖给客户的价钱便宜百分之十。

这表示广告商从委托公司和媒体双方获取利润。因为在两方之间居中运作，因而称为中介。

"你是说什么都不用做就能赚钱？"戴蒙显然非常有兴趣。

"不，我不是这意思。他们技巧高超，而且必须想出点子去制作报纸、广播或电视广告，还得帮广告找到绝佳的位置、合适的杂志或电视节目，这样观众才会买那些产品。"连我自己都必须承认，这听起来实在不会花费太多脑力，戴蒙当然马上回击。

"他们卖点子？这就是你当创意总监的工作吗，爸？"

我得承认确实如此。"我想点子，然后我的公司靠把这些点子放到电视、广播、平面广告等媒体上赚钱。"我解释道。

我看得出戴蒙瞬间双眼发亮。"所以你不必真的工作吧，爸？你只要坐在那边想点子，然后别人就会付你中介费？"他抬头看我，"多少钱？他们付你多少钱，爸？"

"事情没有这么简单！"我有些自我防卫地说，"想点子没有你想的那么容易！如果客户愿意付一百万，你一定得想出一流的点子！"

"一百万！那你当中介可以拿到多少？"

我感觉到自己有麻烦了，也知道我那个日夜做牛做马、养家糊口的家庭英雄形象危在旦夕。"呃，客户会付你百分之七点五，媒体付你百分之十，总共是……"

"百分之十七点五！你是说一百万元中的百分之十七点五都是中介费？"他显然乐翻了。

"嘘！你会把大家都吵醒！现在才凌晨三点。"我发出嘘声，希望马上终结中介费这个话题。

但是戴蒙已经伸手拿他放在床边的计算器。他用膝盖夹着，开始按计算器。

"将近十七万五千，这么简单的数学问题不用计算器。"我轻蔑地说。但是戴蒙是伴着计算器长大的第一代孩子，用计算器再自然不过了，就如同我们这一代的人即使已经在报纸上读过新闻，还是会再转开收音机。

他惊讶地吹了一声口哨，"十七万五千！"他兴奋地扭动身体，使滴血袋暂时停了下来。

"看你干的好事。"我不悦地说，"不要乱动。"我轻轻把针扭动，希望能让凝血因子继续流入血管。"没错，就是十七万多，我刚刚就说过了，但是没有你想得那么简单！"还好输血继续进行，不然我又得重新找一条血管，把剩下的冷冻沉淀品滴完。

"只要想点子就可以了。"戴蒙自言自语。我知道我没辙了，他已经在脑袋里盘算自己的生意。

不过，戴蒙五花八门的事业计划总是不长久，他总是让自己当交涉者、中间人，差使他的朋友做实际的工作。若是在我小时候生活的环境，戴蒙大概可以大捞一笔，但是我们家附近那些小鬼连清理自己的游泳池都有问题了，更别说他们每个人周末被分派要清洗三座泳池。戴蒙总是接洽到很多生意，他的员工却老是让他失望。到头来，工作还是得他自己一个人做——他会一次清洗四座泳池，然后拖着严重出血的身体回家；或是送信送到傍晚，然后拖着出血的身体回家；或是一整天都在洗马自达轿车，因为他的同伴周末都去冲浪或跟爸妈露营去了，不然就是懒得动，结果他当然也是拖着出血的身体回家。他最成功的经验，就是星期天早上的牛角面包外送事业，必须挨家挨户送达。这是比较基本的骑自行车的工作，身体不会太吃力；所以他的伙伴要是早上五点没起床赶到玫瑰湾的烘焙店取货，戴蒙往往就会叫亚当，有时也叫布雷特帮他一起送。但这份工作差不多干了一年以后也告吹，因为越来越多人忘记把面包钱摆出来，结果戴蒙发现自己一直在倒贴。

他的运作模式是收取百分之二十五的洽谈费，工作内容包括和商家洽谈、收钱、管控质量。虽然他口中的"人的因素"（也就是他朋友们的懒散）常常捣毁他的事业基础，但他还是赚到了足够的钱，为自己买了一台有双喇叭、唱盘卡带双用的高音质音响，在悉尼歌剧院的重要音乐会上播放也绰绰有余，市场价五千元，还有一套唱片与卡带，他跟我保证至少值上两千元。

在他妈妈的指导下，他熟知古典音乐的一切，他的收藏更是令人惊艳。不过热情奔放的戴蒙那时也接触到重金属和迷幻摇滚乐，因此他房里传来的音乐会从勃拉姆斯的小提琴协奏曲变成几首重摇滚曲目，最后又变成维瓦尔第的《四季》。

戴蒙知道所有他播放的音乐的大小事，对他的音响器材更是无所不知。因为受够了之前雇用的员工，于是他找了一家器材和整体性都深得他心的音响店，提议由他为店家招揽顾客，他则收取售价的一部分作为中介费——百分之十七点五。

店家老板听完难以置信，马上首肯，于是戴蒙有了第一份不用靠劳力也不用靠朋友的工作，开始大捞一票。他开始联络那帮克兰布罗克贵族学校的同学——多半是之前有惨痛合作经验的那几个朋友——不消多久，他们爸妈家里都装上了最新最棒的音响设备。戴蒙当然没过多久又把赚来的钱花光，大多数还是流回那家音响店，不过他的音响设备开始媲美小型的高音质广播电台。我们渐渐发现其实没有所谓的完美音质，但是打造完美音质这件事确实令人着迷，却也让人把钱不断丢进无底洞。光是戴蒙的耳机，价值就超过全家用来听录音带和唱片的东芝音响设备。

准备大学入学考试的那一年——一九八三年，戴蒙的生活和以往差不多。他还是一周只能到校三天，也几乎从没看他在念书。十五岁到十七岁那几年，他成长迅速，但也出血得特别厉害，但直到学校期末考试之前，都没出什么特别状况。在他参加高中毕业考试期间，我们接到血友病中心的电话，要我们和血液科主治医师约时间。贝妮塔提议等戴蒙考完试一两天以后碰面，这样我也可以请几个小时的假。

我们抵达血友病中心时并没有特别焦虑，因为我们偶尔会过来听戴蒙的整体健康报告，负责的护士丹尼丝也并没说有什么特别的事。

　　一开始，医生花了点时间说明戴蒙恶化的膝盖。我们听说过海外已有将引起膝盖接合和关节炎的钙沉积切除的手术，但是他认为这项手术尚不成熟，问题仍多，我们切莫尝试。他重申他反对的立场。

　　最后，他终于进入正题："戴蒙出现了一个新的血液状况，一种叫'HIV 呈阳性反应'的病毒症状。"

　　贝妮塔一脸焦虑："那是什么意思，医生？"

　　"唔，我们也不是百分之百确定，或许是输血时被感染的。"

　　"那会怎么样？会有什么症状？"

　　医生耸耸肩。"我们也不是非常清楚，它应该会有很长的潜伏期，或许最后什么状况都不会有。" 我看看贝妮塔，我们俩都松了口气。戴蒙已经受了这么多苦，这个看似良性的病毒应该不会有什么大碍。

　　医生用圆珠笔敲敲他面前的记事簿。"我想不必太担心，血友病才是他这辈子最大的问题。"他抬起头对我们微笑，"我们有一半的血友病患者都感染上这种病毒，目前都没什么状况。"

　　"我读过 HIV 的报道。那不是发生在美国的同志身上吗？"

　　医生迅速抬头。"唔，没错，是美国从血液中分离出 HIV 的。现在还所知甚少。我刚刚说过，不用太担心。"

　　当然，根据我们以往的医疗经验，实在应该警觉一些，但我们又再次全盘接受眼前的说法，尽管我们读过的相关资料其实比医生还多。于是，我们很快就把戴蒙新得的 HIV 呈阳性反应状况抛诸脑后。

　　我们当然每个月都带他做 T 细胞检查，但他的检查结果总在安全值以内。那时我们更关心的是他的关节炎和左膝经常性的出血。被铁鞋磨伤的左膝所造成的疼痛，已和他全身上下的苦痛等量，现在他的右膝也开始出问题，出血的频率比之前更严重。看来戴蒙很可能会残障，我们所有心力都集中在这件事上，希望能阻止它发生。

我们找到一位优秀的外科医生愿意帮戴蒙动手术，把两只膝盖淤积的血块和脓吸出。虽然这台手术对受伤的膝盖并无太大帮助，但据说能抑制部分出血，预防进一步的损害。这个手术虽然简单，却需要大量的血，我们必须先等好几周才能动刀。为血友病患者开刀是非常棘手的任务，很少有外科医生愿意冒这个险。因为开刀可能需要大量血液，所以医院并不鼓励血友病患者进行手术，负责执刀的麦克唐纳医生也常常受主管和医院委员会抨击。

要喜欢麦克唐纳这个人并不容易。他相当直言不讳，他知道同事其实只是害怕帮血友病患者开刀。但是他心地善良，非常关心戴蒙以及所有必须仰赖他开刀技术的血友病患者。他有一半的职业生涯都花在为亟须动刀的血友病患者争取手术许可上，有时甚至只是最基本的手术。对血友病患者来说，连拔牙都是大工程，拔智齿引发的流血更是危险，要是出差错，病人可能失血而死。对于这些潜在的麻烦，医院自然不想蹚浑水。一如往常，支持血友病患者开刀的人多半是一小群没有政治关系或影响力的家属，往往被视为烫手山芋；何况，为他们说话的还是一个不守医疗规范、常常逾越权责的外科医生。讽刺的是，好不容易有医生愿意站在我们这一边，他却是一个被同僚和医院体系轻视的人物。

麦克唐纳是个医术精湛的外科医生，时常把最新的外科技术引进血友病患者的疗程里。虽然抽血手术仅小有助益，但戴蒙的膝盖反应已经不灵活，亟须开刀清理。经常性出血使得关节出现钙沉淀，膝盖简直像生锈一样。肘和膝关节都渐趋僵化，手术便是要切除经常引发出血的尖锐钙沉淀，让他的膝盖能恢复一些活动。国外的类似手术曾有成功案例，麦克唐纳希望这里也能出现同样的结果。

他生性冲动，却是个细心的外科医生，而且已将整个流程详细检视过。虽然血液科主治医师反对，他却深信在运气好的情况下，戴蒙的手术有成功的机会。

但是眼前有两个问题：一，储存足够的血量供手术之需，尚未获得批准；二，手术还需要一组特定设备。那套德国制造的设备已推出多时，许多别的手术也用得到，但血液科主任和委员会偏偏拒绝增购。他们说此时还有其他当务之急，并清楚地向麦克唐纳表示，这些"当务之急"还会持续很长一段时间。麦克唐纳越来越受挫，但他不过是个"荣誉医师"，继续坚持下去只是让自己徒增难堪。

后来，我想办法筹募到购买那套设备所需的钱：一家顶尖金融机构的信托基金会慷慨捐赠了三万三千元，他们刚好是我的客户之一；此外我们也自行凑了一点钱。麦克唐纳马上跟医院报告外科部门获赠一套新型设备的好消息，并请求允许开刀进行手术。

结果，他马上被告知，像这样的手术即使通过红十字会也收集不到足够的血量；在可预见的未来，他最好也不要抱有期待。在历经三年类似的挫折以后，他终于忍无可忍，辞去了荣誉医师的职位。我们听说他的辞呈立即被欣喜不已的外科主任批下，这个主任后来还冷淡地对血友病中心一位护士说：在他的领域还有更重要的事要忙，可不能只帮一个有特权背景的血友病小子做膝盖手术，好让他得以在网球场上东奔西跑。皇家阿尔弗雷德王子医院这回又大获全胜。

接下来差不多十年内，没有任何血友病患者接受这样的膝盖手术，尽管这在海外十分普遍。几个本来可以因手术得救的病患，最后却得终生在轮椅上度过。而且，所有人都知道，这种手术所需的血量只需要几周时间准备，其实相当容易办到。医疗系统再一次耽误了我们，戴蒙似乎无可避免将终身残疾。原本有些性感的跛行姿态却变成步履蹒跚，并且，据我们所知，恩佐·法拉利先生并没有设计世界上最快的火红轮椅。

但是，戴蒙当然没有残疾。两桩新的事件进入了他的生命：一桩是坏消息，以"夜间盗汗"的形态出现；另一桩则神圣至洁，是一名长腿、蓝眼、金发的十七岁少女——席蕾丝特。

# 第十章

书，钟声及其他。

　　当心爱的人去世，我们的内心会自动出现一种疗伤机制，有效地包扎内心的创伤。在最初的五雷轰顶之后，痛苦会以人可承受的少量程度出现，缓缓释出我们的悲痛，所以我们终究能够恢复原来的生活。多亏这种突如其来又为时短暂的哀伤，就像是某种预防接种，让我们有抵抗力撑到下一次又被失去亲人的凄惶所淹没。

　　唉，但是这种自然的历程本来就不适用于写书的情况，为了写下这些事，必须刻意挽留那份哀痛，才能化为文字留于纸页。戴蒙离开两周后我便开始动笔，我知道若延误下去，或许就无法守住我对他的承诺。戴蒙生命中最后对我说的几句话，便是要我写这本书。他的声音缓慢拖长，为了抵挡剧痛而注射了大量吗啡，使他的双眼呆滞无神；然而，他的神志似乎清醒得惊人。

　　我们的对话，此处看似精确清晰，其实花了近四十分钟，途中不时停顿，几次甚至长达五分钟。席蕾丝特称之为"鸡尾酒"的五颜六色药丸所产生的效力，强烈干扰着他的神志，他拼了命才能理清思绪，谨慎地遣词用字，挤出这几个字，几乎是他给我的遗言。

　　我将在这里记下的寥寥数语，却是戴蒙费尽力气专注的结晶，也是纯粹意志力的极致展现。接近最后时，光是一次专心二十秒，对他来说就是几近不可能的任务。当他用低沉粗哑的声音说话时，我会坐在床边全神贯注，耳朵尽可能贴近他。"爸，我还太年轻，后来也变得太虚弱，没办法把这一切写下来。"他在脸前虚弱地挥挥手，像是打算接受自己的生命已变成此等样貌。"但是大家一定要认识艾滋病。一般人必须明了那只是凑巧发生的一件事，那无关邪恶，也不是惩罚，而且需要很多的关爱。"

讲到这里，他停了好一会儿，我看得出来他在生气。但是他讲得既专注又如此激烈，我不敢试着安抚他，怕他脆弱的心会因此粉碎。他最后继续说："医院里有些人，那些同志，他们的爸妈到最后一刻才来看他们——也是第一次——到他们快要死了才来。"戴蒙开始啜泣，我能做的也只是握着他的手。"里克打电话给他们，"他睁着泪眼说，"你知道里克吧？就是你的朋友里克·奥斯本。他打电话给他们……然后气氛凝重起来。"戴蒙吸吸鼻子，我帮他把鼻子和上唇的黏液拭去，"里克在电话里发飙，要他们过来。等他们过来时……他们吓坏了，看得出来他们觉得很丢脸……而且害怕。"戴蒙眼里又充满泪水，"他们不了解，爸，以为他们被惩罚——以为上帝在惩罚他们！他们不知道该说什么，能做什么，因为这是新的疾病。有些人只待了几分钟，低头看自己的手，环顾四周，但是他们没办法正眼看着自己的孩子！然后他们就离开了，既困惑又害怕。"戴蒙躺着喘气，手还放在我手里。为了说出这些话，他费了好大的力气。他抬头看我，眼睛因为结膜炎而发红。他那又长又漂亮的眼睫毛，在某天早晨不知怎的就全掉光了，在许许多多我们没有发现失去的东西里，那只算是微不足道的一件小事。

"爸，你要写一本书叫大家不要怕，不要逃走，不要觉得丢脸。那只是不小心得的一种病。你得告诉他们这些。"

　　这是一个月以来，戴蒙撑得最久的一次对话。除了难以专注外，戴蒙现在的身体对任何感染都没有抵抗力，鹅口疮侵入他的口腔组织，一路扩散到咽喉、胃内壁和大肠，因此他每说一个字都痛如刀割。他的胃肠道内部一定有一大片软如海绵的化脓带。我们说完以后，他耗尽所有体力，令我以为他可能会就此死去。他几乎马上就跌入深深的沉睡中，呼吸一开始很轻，忽然转急，像是在挣扎，接着又轻到几乎没有声音，我马上把耳朵贴近他的心脏，微弱的声响却被自己急促的心跳声盖过。

　　戴蒙的睡相很可怕：流脓肿胀的眼睛半张，像死人般瞪着天花板。我美丽的儿子既活着，也死去。

　　这是最后的一段对话。早在他冒出大紫头的时候，我们俩就开始说话。我们用不断说话来度过黑夜，无论是月圆的晚上，或大雨重击窗棂，狂风在外头呼啸。在湿滑路面上呼啸而过的车声里，我们用谈话来度过等红灯的时刻；抑或燥热的夜晚，或是裹着毛毯等盖特医生注射的急诊室，我们都是用说话度过。戴蒙和我让一个又一个季节在交谈中过去，无论冬夏；我们一起看过上千次黎明破晓，看它在我们对话时偷偷出现，窗户突然亮了起来。我们说话挨过时时刻刻、日日月月、岁岁年年，天南地北地赶走至少上百次的苦痛。我们用强大的谈笑在空中筑起文字的城堡，驱走正在逼近的出血疼痛。

　　但是现在，强壮的戴蒙却不能再说话了。这是这组二重唱最后一次合力击退嘀咕恶龙、解放蝴蝶针头。

　　最后的时刻已经到来。

　　戴蒙一直都知道他会回到家里，等待死亡降临。他要求亚当从伦敦回来，布雷特从吉隆坡回来，还有他的所有朋友聚在一起，和他道别。

他要求我写这本书，是他对自己短暂且甜美的人生的最后交代。

我确信他并不是想把这本书当成他的墓志铭。戴蒙从不无故借取任何东西。我并不是说他不懂得把握机会，他知道要如何获得自己要的东西，却从不作非分之想。而且，加之于身的任何荣誉都必须出于他自己之手。一本回忆他的痛苦和挣扎的书——我相信光是这个想法本身，就会使他憎恶。

他心目中的书，应该是关于热爱生命，关于爱，关于同情，关于面对意外困境时不恐惧，或至少即使恐惧仍能面对。他对我说的最后几句话——短短四句——是跟席蕾丝特有关。"爸，答应我，你会永远照顾席蕾丝特。我爱她，甚于我自己的愚蠢人生。"

后来我发现他好几次想用他的苹果麦塔金电脑写下自己的故事。我也想说那些是绝妙的故事，夸赞戴蒙真是不世出的文学天才；但实际上，向来滔滔不绝的他一拿起笔，却是平凡无奇。他太常面对真实的痛苦，因而不善驾驭夸张的修辞。从第一句话开始，他就觉得自己必须解释，必须简化实则非常庞大的内心世界。

以作家的身份来看，他可以说是完全意识不到自身故事的戏剧性。他写下的文字像是身旁聚集了一群人，听他述说身为一个血友病患者的前因后果，以及罹患艾滋病的种种。这些话丝毫不带自怜意味，他的痛苦仍属隐私，未曾公之于众，付诸讨论——就连对自己也是。直到最后一刻，戴蒙都"正常"得惊人。

我想戴蒙所写的绝不是能畅销的题材，却是他诚心打造的佳作。戴蒙天生善于解释，勤于追求真理。他希望留下一些对他人有益的东西，却无须怜悯他，或过度颂扬他。虽然，他当然希望这本书畅销，因为在他心里，一本书若不能吸引全世界的目光，又何必写它？

若说戴蒙希望他的读者能珍视健康，确实也不为过；但他真正关注的，并不仅止于别把身边的美好事物视为理所当然而已。戴蒙总是深深着迷于人的活力，并喜欢看身旁的人精神奕奕。因为他自己常常肢体活动受限，有时甚至完全瘫痪，让他十分渴望活动。也就是因为这样，汽车会成为他最完美的向往，并不令人意外。要是他的膝盖好一点，他一定会想骑摩托车。所以我们在这点上算是幸运吧，我想。光是想象戴蒙骑在本田 1000 型摩托车上，就是个无以复加的噩梦。

戴蒙等不及要满十七岁，这样就能去考临时驾照。我想那是他唯一一次这样认真念书。后来，他笔试拿到一百分，却在路考的某个地方判断错误，没有通过测试，他当场泪流满面。

我告诉他布雷特和亚当第一次考驾照也都失败，更准确地说，每个人第一次考驾照都失败，就像某种义务一样，这套系统简直是要求所有人都得经历第一次失败，但这些说辞完全无法安慰他。戴蒙就是无法想象汽车竟然不是为了他而存在，那种挫折，就像被你一直准备要献身的爱人拒绝一样。

我们陪他一起拉长着脸，好好抱怨了一番，但我必须承认，暗地里我们其实非常庆幸。戴蒙梦想拥有速度的快感，但是他那患有关节炎的手脚不比一般人灵活，一想到他坐在他妈妈那辆阿尔法的驾驶座上，就叫人晚上直做噩梦。戴蒙想用汽车弥补他身心感受到的缺陷与一个个曾错失的良机，这一点不难想见。汽车将让戴蒙和其他人一样正常，赋予他展现胆识和技能的机会。

不幸的是，他第二次考试便完美通过，就我所知，那也是他最后一次守规矩的驾驶表现。他的兴奋程度，胜于战斗机飞行员得到战机。戴蒙终于可以自由飞向天际了。

在致富后的红色法拉利来临前，他必须先将就用他妈妈的阿尔法，它至少是意大利货，也还有点名气，这点相当重要。毕竟，方吉奥<sup>①</sup>的接班人怎能被人看到开着一辆达特桑的蓝鸟旅行车（那时我开的车）？

一坐进驾驶座这个金属和玻璃打造的小巧意大利世界，戴蒙便能纵情驰骋，幻想自己夺得法国勒芒车赛冠军，从头到脚挂满花环，把一大瓶上好的堡林爵香槟喷洒在伙伴和团团围绕的（美丽）女车迷身上。

他母亲的唠叨和我的苦口婆心都使不上力；他把小车开得又狠又猛，无视于引擎盖底下那脆弱的引擎。他急着想尝试用引擎刹车，还有其他一流的驾驶技术。不过我确定他觉得我根本就不理解他天资优异，身体里藏了个方吉奥、伯格<sup>②</sup>、普罗斯特<sup>③</sup>，或离家近一点的那位拿过三届世界冠军、如今已退役的布拉汉姆<sup>④</sup>。他十八岁生日时，我们送他一对英格兰猪皮赛车手套和一副雷朋太阳眼镜，结果得到了这样的赞誉："你们或许是文明世界史上最棒的一对父母。"

我们实在无法阻止什么，坐在妈妈的意大利小车里，戴蒙那快乐的神情是从未有过的。但是，稍微严重一点的擦撞对别人来说，可能只是瘀血的皮肉伤，却可能要了戴蒙的命，我们一想到这一点就如坐针毡。戴蒙拿到驾照的那晚，我忽然醒来，我的直觉仍像以前一样敏锐：有人在哭！结果我发现是身旁的贝妮塔。"亲爱的，怎么了？你怎么在哭？"她转过身背对我，把头埋进枕头，想掩住哭泣。

---

① 胡安·曼纽尔·方吉奥（Juan Manuel Fangio，1911—1995），阿根廷赛车手。

② 杰哈德·伯格（Gerhard Berger，1959— ），奥地利赛车手。

③ 阿兰·普罗斯特（Alain Prost，1955— ），法国赛车手。

④ 杰克·布拉汉姆（Jack Brabham，1926—2014），澳大利亚赛车手。

我把她转过来，搂进怀里。"嘘，别哭了，不管是什么事，我相信我们一定有办法解决。"这句话让她哭得更凶了。"不可能！"

我把她拉进怀里，紧紧抱着她。"别这样，告诉我。我确定我一定能做点什么。"

贝妮塔忽然止住哭泣，把身体从我怀里抽开。"你认识警察局里的什么人能把戴蒙的驾照吊销吗？"她说得没错，我们确实做不了什么，我自己突然也冒起一阵想哭的冲动。我打电话去国家保险局，问他们男性青年发生意外的统计资料。他们说，男性在二十五岁以前平均会有五次意外，其中一次会相当严重。我没有把这件事告诉贝妮塔，却帮戴蒙报名警察驾驶训练学校的进阶驾驶课。

事实证明，我做了一个最糟的决定。课程中那些关于路上安全驾驶和告诫的内容，戴蒙统统抛诸脑后；但是关于如何使车在高速时做各式各样的怪事，戴蒙却谨记在心。

我本来希望，甚至是期望警校讲师在发现他关节的伤残后，会宣称他的反应不适合进阶驾驶，并强调戴蒙不是成为方吉奥的那块料，特别是肢体行动不便，就连在一般情况下开车都必须特别小心。如果这些话真的出自他们之口，他或许听得进去。我还记得当时贝妮塔一脸狐疑，认为我简直异想天开，我还振振有词地说："告诉你，这可是高招。或许会伤了他的自尊心，但会让他了解在开车这件事上，他可不是天造之才。"

但是亚当说得没错，戴蒙虽然患血友病，却是天生的运动健将，尤其是反应之快，看他打乒乓球就知道了，现在又能从开车这件事看得出来。他的反应快到能瞒过警官，第一次就让他通过考试。于是，他把进阶驾驶执照裱框，挂在墙上火红法拉利照片的旁边。如今，戴蒙更是有理由用汽车做蠢事了。虽然他身旁叠满国家意外数据，但我相信不久的将来，他会因为让小意大利运动轿车超越原厂性能而改写意外记录。

他拿到驾照的几个月后，一个星期六晚上，大约九点，走廊的电话突然响起，我接起电话。打来的是戴蒙。"爸，我出车祸了。"

我已经为这一刻做了好一阵子的心理准备，此刻曾在脑海中演练的各种情境全都涌上心头。心神狂乱的我，竟然无视于戴蒙就在电话的那一头。"你受伤了吗？有人叫救护车吗？哪一家医院？我马上就过去。你在急诊室吗？他们知道你有血友病吗？有人联络血库了吗？"一连串话从我嘴里倾泻而出，这些问题的完美顺序我已在心里演练过千百遍，于是不自觉便脱口而出。

"爸，是我。你在跟戴蒙讲话！我没事，没事。"

"瘀血！该死！他们会需要冰块，很多冰块。有人告诉过他们了吗？你必须马上冰敷。哪一家医院？我忘记你说哪一家医院了！"我大喊。

"爸！我连一点擦伤都没有。"

贝妮塔一听到我在讲电话，马上冲过来。"什么？怎么了？是戴蒙吗？他还好吗？"

"他出车祸了。"我不知道自己口气如何，但是我声音里的焦虑也让她慌张了起来。

她的脸色马上发白，随即颤抖着哭了起来。她一把抓住我的肩膀，对着话筒大喊："他在哪里？你们要把他带去哪里？"

贝妮塔的举动忽然让我从慌乱中清醒，有如把录音带倒带，我这才回想起戴蒙刚刚说的话，他没有受伤。

"没事，他没事。显然没有受伤。"我用另一只手抓住贝妮塔的肩膀，把她拉到我身边，话筒仍紧贴着我的耳朵。

"爸？你在吗，爸？"戴蒙对着话筒大喊。

戴蒙的这一场意外才让我了解，原来这些年来紧绷的情绪是如何累积扩增的。我一向都能独自面对戴蒙的每一次危机，以为自己已把心态调整好，没有什么事能击倒我。我告诉自己：绝不显露情绪。不得不带他去医院时绝不抱怨。微笑。别把事情看得那么严重。多多安慰。绝不承认你很疲倦。绝不表现你的烦乱。绝不去想后果。做就对了。你必须坚若磐石。实际上，我确实用石头的意象自我比喻。我想象自己是块又棒又暖、阳光普照的岩石，抵御着冷冽的强风，戴蒙随时都能来我这里取暖。我知道这听起来或许很通俗，很夸张，但石头显然是能够带给我力量的暗喻。

　　其实我明白这个意象从何而来。我妈妈的缝纫机旁的墙上，挂着一张裱框图片，是一位美国传教士朋友送她的。图上是一个少女紧抓着自海面浮露的岩石尖端，那块岩石位于大海中央，放眼望去皆没有陆地的踪影。她望向天际，海风撕扯着裙子和头发，一只手伸向阴郁的天空，绝望地恳求着。周围的惊涛骇浪在她裙边回旋打转，在我看来，不消一刻她便会完全被吞噬。然而，一道光束穿破幽暗不祥的天空，打在她身上，点亮她受惊的脸庞。画底的标题写着：我是磐石。

　　我在还小的时候，看不懂这句话，不确定那究竟是安慰还是威胁。到底小女孩会获救，还是会被岩石害死；这块石头应该具有某种可变形的特性，所以它能困住一个蠢得连衣服都没脱就冒险到离海岸这么远的地方的年轻女孩，何况，又是在暴风将起的这种时刻。后来，当我第一次听到《万古磐石》这首颂歌时，我不禁心想：这两者说的是不是同一块石头？"我是磐石"到底是什么鬼意思？

　　但我一定是不知不觉理解出了它的意思，并确信那块岩石是站在少女那一边。当然，我为戴蒙而设的石头离惊涛骇浪、无情飓风有些距离，并且有阳光洒落其上。虽然听起来可能很陈腐，身为磐石的意象却引领我多年，随时准备抵抗戴蒙的病可能为他带来的一切——坚若磐石。

至少，我是这么认为。

此时我才发现，一个人可以控制住紧绷好几年，学习与它完全共处，所有压力像是全然蒸发，从不浮上台面。然而，它却一直在那里，迟早会征服你，就像此刻我和戴蒙在讲电话时一样。我慌乱后的第一个反应就是大叫，用各种想得到的字眼责骂戴蒙是个蠢蛋，甚至还用上一些父母很少在子女面前使用的词汇。这些话像是脱缰的野马从我口中奔出，我却无法也不想阻止。

我告诉他永远不准再开车。"你听到了吗？就是这样！再也不准！你完全无法值得信赖，你这个不负责任的疯子！你简直是该死的残障，听见没有！"这是我放出的威胁。要是我确切执行，戴蒙就像被判了死刑，后果将比车祸还严重。最后，我终于冷静下来，坐在起居室一角开始哭泣，为自己刚刚所说的话感到羞愧。那也是自从戴蒙的大紫头以后，我第一次为戴蒙而哭。

两天以后，我去拖吊车库查看贝妮塔的小车。钣金工人没有事先警告我，就直接带我去看车。整辆车简直就是一堆破铜烂铁。戴蒙和对方的车迎面对撞，引擎撞穿仪表盘，跑进前方的副驾驶座里。副驾驶座那侧的车顶和车顶柱完全坍塌，挡风玻璃只剩一个大洞，周围都是变形碎裂的玻璃。就连方向盘都折成了三块。但是，驾驶座却毫发无伤。

钣金工人一脸愁容地看着我。"老兄，你还活着算你幸运，保险公司会给你一辆全新的车。"他停顿半晌，吐口口水在脚边。"有些浑蛋还真走运。"

戴蒙安然无恙地度过第一场车祸。如果要符合国家保险局的数据，还有四场等着他。他这回的教训只有一个星期的剧烈疼痛，以及为了止血，在系着安全带的肩窝处多重输血——幸好有安全带，让戴蒙弹回驾驶座，紧紧拉住了他。

后来戴蒙完全躲过二十五岁以下的意外记录，使他相信即便自己高速行驶，也永远是对的一方。他从未有违规记录。虽然常有人赞叹他的技术，有一次还有警察说要不是他的高超技巧，几起车祸恐怕都将是大灾难，不过我还是不以他的"纪录"为傲。我还怀疑戴蒙的油嘴滑舌和天真无辜的态度，让他在事故现场尝了不少甜头。

开快车的还不止戴蒙一人，但两个哥哥很快就不是他的对手了。三个大男生联手抹除了我二十年来零事故、零罚单优良记录的所有保险红利，保单还添上重罚，我想，直到今天我还在偿付。

每当他驾着他妈妈的车（全新的阿尔法）经过我身旁，总会响起一声尖锐且冒失的喇叭声，接着就看到一只戴着皮手套的手挥舞着，我总是轻声吟念，视线从有色的挡风玻璃移向天空："拜托啊，上帝，请别让他发达到拥有一辆法拉利。"

# 第二卷

学习与针共处。

# 第十一章
# 席蕾丝特

爱上一个有伯特·雷诺兹情结的男孩——席蕾丝特换了另一个雷朋小鬼。

离开学校几个月后，我通过托比认识了戴蒙。托比是我认识的第一个正常男孩——住在真正的家里，妈妈会做家务，爸爸也会去上班。托比和戴蒙一样，都在克兰布罗克读书，对我这种人来说是很难想象的事。不过他人很好，而且玩电吉他。

他真的是个很有天分的摇滚乐手。我喜欢跟音乐人出去玩，虽然他还在读大学，只是随兴玩玩，也不会佯装自己是职业乐手。在我住的十字路那一带，很多男生也玩吉他，并且装出一副很专业的样子，但你很清楚他们不过是自以为是的三脚猫罢了。托比弹得真的很棒，却不想成为职业乐手，这一点令我相当惊讶。

在我心里，摇滚乐是属于午夜过后的。我"继承"到的前男友达沃曾经是演员，他无时无刻不带着微醺，总是敲敲玻璃窗唤醒我，我便立刻冲下床，和他一起去皮科洛酒吧听音乐。所以摇滚乐之于我，是巧克力色的卡布奇诺杯底斑驳的棕色奶泡，是烟雾弥漫的房里那股刺鼻的麻药味，是达沃浓烈的威士忌气息——绝不是就读于彬彬有礼的贵族学校、有双平静的褐色眼睛的男孩。

我真该说说达沃的事，在我遇上托比之前他一直被视为我的男友，在认识托比没多久后我就认识了戴蒙。达沃是那种你并不真想交男友时所交的男友，可以说，他是我十五岁那年不小心从姐姐那里"继承"来的。她远走高飞，达沃却依旧跑来敲玻璃窗，而我又是我们宿舍里唯一的女孩。

达沃大约二十五岁，我猜他有酒瘾。他应该是个演员，或者说本来可以成为演员，但是他的脑袋放弃了他，再也没办法背台词。他可能一下子很棒，一下子又搞砸，台词上下不连贯地脱口而出，这真的很惊人。我待会儿再多说点他的事。

现在来谈谈托比这个人，他是个每周刮一次胡子、两颊红通通的男孩，一头卷卷的金发，一双严肃的褐色眼睛，并且，我相当确定他还是个处男。他弹起电吉他时有如灵魂出窍，但我确定他连阿司匹林都不吃。

总之，托比的音乐像是使我踏进他纯净世界的桥梁；他的吉他，使他够格成为我的男友。虽然这听起来可能有点可笑，但是我非常害羞，选择权其实不在我手里。不过，要是我希望找个年龄相仿，并且来自一个较干净的世界的正常男友，托比还算可以，因为他是个摇滚乐手。

我忘了说，在我离开学校、遇见托比之前，我的外婆玛兹——我生命中超级重要的人——建议我可以去"琼·达利·霍特金斯"模特学校上课。课程只有三周，我想这是国王十字路那一带的孩子能忍受学校的最大极限。我们学习如何坐，如何走，上一点儿模特的服装课，还有如何保养指甲，如何化妆。说穿了，如果再上点随处可见的打字课，简直就是要把你打造成前景看好的高级秘书！

由于曾在这里上过课，一家模特公司发掘了我。他们一定是在我身上看见了一些我自己都没有意识到的东西，因为我向来觉得自己挺丑的。

不过只有千分之一的女生有机会进模特公司，所以我想我挺幸运的，这也给了我一点自信。我那时在哈里斯农场超市当收银小姐，也在查普曼小姐的书店打工，现在发现自己多少还能做点模特的工作。

但我必须说，模特不是什么了不起的工作，那些一般店内的T台秀，大多在西部郊区举办。你必须坐两小时的火车，然后会有冷冰冰的经理带你去看要穿的衣服，衣服通常挂在一间小储藏室，我们必须在那里更衣。洗手间和盥洗室多半在购物中心的另一头，所以我们必须靠粉饼盒里的镜子上妆。

一开始，你会自以为聪明，在出门前就先把妆上好，但不久以后就不再这么做。火车上那些小混混会盯上你，骚扰你，他们真的非常讨厌。所以你出门时得穿邋遢点儿而且不上妆，但到时候又找不到更衣室，就真够令人头痛的。

到了现场，你就要开始挑衣服，希望能选到适合自己的服饰。我总是很晚才到，还算过得去的货色早就被别的女生挑光；也常常被安排在最后头，一点都没办法为我的模特事业加分。模特多半穿十号，但是不同厂牌的十号尺码常常相差很多，大家自然都不会选太大的那几件。于是，我成了安全别针专家，不然就是在T台上抓着腰际的一团布料，同时还得试着让自己看起来自然一点儿。

你使出浑身解数，然后等他们喊你名字，随后往T台走去，心里不断背诵模特学校教的金科玉律："小心台阶，在前端停住，往前踏，摆臀，在T台中央停住，看左边，微笑，看右边，微笑，继续走，（臀部！摆臀！）走到尾端，转身，停住，微笑，侧身，头微微后仰，走到中央，转身，往左边微笑，往右边微笑，走到尽头，小心台阶，消失！"

做这些动作时，还必须努力不让自己呕吐在台下那些家庭主妇头上。她们穿着恶心的粉红色运动服和羊皮雪靴，一边吃着洋芋片，一边还对婴儿车里把甜筒涂得满脸都是的小孩大吼大叫。不知为何，她们似乎总是给小孩买绿色冰淇淋！打从第一天我就对这种场面厌恶至极，后来也还是一样。直到现在，有时我还能在梦里听见她们的吼声。

"接下来是穿着迷人的黑色和棕色服装的席蕾丝特，这当然是秋天的颜色。这套连身衣，材质是洗后免烫的莱卡。给太太们看看臀部宽松的剪裁，席蕾丝特。这种剪裁最适合……嗯，大腿周围稍微宽了一些。（等着被笑，保持微笑。）墨尔本德薇塔设计的美丽秋天连身衣底下，席蕾丝特穿的是一件南瓜色的美国棉质 T 恤！南瓜色也是本季的主打色。这件 T 恤还不到冬衣的厚度，最适合这个季节穿，各位女士，你们说是不是呀？"

我实在比较喜欢在哈里斯农场超市当收银小姐。那里至少会有意大利雇农来哼哼歌、四处游荡，为了索求一个吻，他们承诺献身成为你的奴仆，要是你拒绝，他们会跪在地上苦苦哀求，极尽夸张地表达内心的哀痛。一个昵称"老爹"的老男人，下巴总是留着三四天的灰短髭，还会拿一颗大桃子或热带水果放到唇边。"明天这颗桃子就会成熟，你将在嘴里尝到我甜美的爱，席蕾丝特小姐！"

那种意大利腔常出现在漫画里，但他说话真的就像那样。我总是把桃子带回家，洗一洗，给我弟弟大卫——他浑然不知自己将被一个穿着发臭海军蓝汗衫的意大利老胖子亲吻。

我实在不擅长摆姿势，或许我对模特公司也不够感激，所以等我遇见托比时，接到的店内走秀越来越少，只是个名义上的模特而已。偶尔会有艺术总监浏览模特名册时看中我，于是我就会接到平面摄影的工作。这让我在自称是模特时，至少不算完全说谎。

我想托比颇喜欢带个模特女友出去，就像我喜欢和弹一手好吉他的男生在一起。他那么有才华，要是他知道我的模特事业有多差，大概就不会挑上我了。

　　我还没完全摆脱小时候对男生的恐惧，但有个聪明的男生让我喜欢，也是一件不错的事。虽然我的成长背景和学校大多数女生不同，不过我的家人都蛮聪明的：我姐姐在医学这科表现优异，妈妈也有法律学位（只是为了学位），爹地（我外公）蛮怪但是蛮聪明的，玛兹也一样，我在学校也还不错。我希望找个人与我脑力激荡和分享心情，但是十字路这一带的男生就算不是街头混混，也差不了多少。他们粗鲁火暴，认为女生只有一种价值。我的成长过程中没有父亲，只有宿舍里的男人，使我对男性心生畏惧。年轻男人不是太蠢就是嗑药，而小时候的经验也使我对周遭老男人不安分的手特别留意。

　　所以，当我遇见托比并开始和他交往时，我仍旧害羞得不得了，心里也存有疑虑。这比我和达沃在一起时还严重，因为那是全然不同的恐惧。和达沃在一起时，他住的地方、生活方式、他没有工作等等都不使我讶异，尽管他是街头老大的朋友，长期有嗑药的习惯。那些事一点都不让我惊讶，也不令我害怕，但是进入一个正常男孩的生活使我兴奋异常，却也前所未有地迷惘。

　　认识托比的家人，来到一个正常的家庭，在餐桌上吃他们的食物——这一切都很棒，也令人恐惧。处于这种环境，简直叫人不敢开口说话，我就是这样。我害羞、拙劣、像个外人，只在一边旁观，直到眼前的一切让我快乐到可以融入群体。但说真的，内心深处我却无法真正感到自在，聚餐这类场合总是困扰着我。我似乎一辈子只能当个旁观者，无法参与其中。

　　其实，我对自己的背景颇为自豪。我并不是对自己所知道的一切不感愧疚，大部分和我年龄相仿的人，根本无从想象达沃过的那种生活，我猜，他们也无法想象我的。即使在我的生活中，我也还是个旁观者，我是那种了解街头文化，却不真的属于十字路生态的小孩。

我外婆经营一间单身男子宿舍。前门围篱上那破旧的招牌，写的应该是 "Male Guests Only（女宾止步）"，但是锡板上的白漆早已晒得碎裂斑驳，有些黑字也脱落了，于是只剩下：

## M le Gues s  ly

我称为爹地的人其实是我外公，他是比利时人。他跟外婆玛兹说法语，跟我则讲英语。在我五六岁的时候，他告诉我招牌的真正意思其实是 "Maison le Guessly（盖斯利之家）"，"二战"前他们在巴黎住的房子就是用了这个名字。

那是爹地唯一讲过的笑话，当时我连它是笑话都不知道，过了一阵子，竟然连笑话都不是了。直到今天，位于维多利亚路和十字路口上的那栋房子依旧叫作"盖斯利之家"。要是你问我妈，我知道她八成会以一叠圣经起誓，说这栋房子是以玛兹和爹地在巴黎的住处命名的——虽然她十一岁以前一直都和他们住在巴黎。

我们不太会经营宿舍，所以根本没制定什么规定。我的意思还不是指没有严格的规定，而是连一点规矩都没有。除了要付房租以外，我们自己和房客都没有任何规定。他们来来去去，醉的，清醒的，病的，快死的，哭泣的，发疯的，吸毒的，一律来者不拒。曾有一个老人死在房里，一个星期后才有人发现他。不过，令人惊讶的是宿舍里很少有人打架，我想大概是因为那些男人知道不管发生什么事，我们都不会叫警察，所以和我们在一起很安全。

盖斯利之家可以说是处处渗透。里面又脏又臭，阳光从不会透进破屋檐里，水龙头漏水，浴室有潮湿和怪异的老人气味。不过它不是那种廉价旅社，里面的人饱经风霜，却不是游手好闲的懒虫。有些人甚至有工作，不过没有家人就是了。他们来来去去，有些甚至住上好几年，直到死掉，一句话都没说过。

没有人叫我要提防男人，但我就是知道。我天生就知道不能太靠近他们。还不到五岁时，我就知道男人喜欢把手放在你身上各式各样的地方，而且他们的礼物绝对不能收。八岁时，我就已经是个难搞的怪胎，要是有人靠得太近，或对我露出黄板牙，我会对他们臭骂一顿，他们马上就知难而退。读到这里，你们可能会以为我从小饱受欺凌，但事实并非如此。没人打过我，我也不记得有过没东西吃或没衣服穿的时候。

我妈妈有点古怪，所以什么事几乎都是玛兹一手包办。她以不寻常的方式照顾我们长大，但是她人很棒，可以弥补这点不足。她很信任我。即使我只有四岁，她也从不命令我该怎么做，只是稍稍指引我。玛兹待我总是平起平坐，虽然我还小，但她让我觉得像是我们两个人一起在经营盖斯利之家，并且做得很好。我非常爱她，她也成为我生命的动力，做大小决定都会考虑到我，而且一直关注我的心灵。

战争爆发以前，玛兹差点就在巴黎成为著名的钢琴家，自然对经营宿舍、养小孩、煮饭这些事一无所知。她很少煮菜，我们饿的时候就去冰箱拿东西吃。就像我前面所说的，我们家没什么规矩，就连洗碗这件事也一样。我们不洗碗，不打扫，什么都不清理。玛兹关注的是我们的心，不是我们的举止。

我很早就学会照顾自己，七岁时，就自己把衣服拿去巷尾的自助洗衣店清洗。

那里的女人有时会帮我熨烫学校制服。"你这可怜的小东西，长得好漂亮呐，真希望你是我的孩子。"她总是这么说。但是我并不这么希望。洗衣店总是好热，热风呼呼地吹，她的手和脸都又红又肿，额头上总垂着一团黏湿的头发。那可不是我想要的生活。

　　就这样，我们生活在盖斯利之家，和其他人没啥两样。这里没有人会像其他母亲一样对我们大吼大叫，要我们去做什么，事实上，这里的人也不怎么说话。就连基本的卫生习惯，我都是从三岁时去伍尔卢莫卢的学前学校里学来的。后来，我从幼儿园里学到更多，等我长大了一点，就把学到的东西教给小我四岁的弟弟大卫。我想我姐姐一定也从别的地方自己学，但是她才懒得教我，因为我们那时不是很亲密。

　　在十字路成长，使我了解可怜的小孩是什么意思，但我知道自己不是，因为妈咪和玛兹都很爱我，和其他小朋友的遭遇不一样。我想不起来自己何时才开始知道什么是酒鬼和妓女，不过我当时就知道那是生活的一部分。我也算是个街头小孩，从小玩耍的环境龙蛇混杂，自然就会知道这些事。

　　我周围都是真正可怜的小孩——妓女、毒虫、酒鬼的孩子，黑眼圈，缺牙，全身瘀青，手臂和大腿内侧都被烟烫伤。他们跟我差不多年纪，六七岁而已，却被虐待得体无完肤。他们常常抽烟，食指和拇指中间夹一支烟，飘飘然地深深吸着，一派大人模样。他们几乎都没上学，还没入学就已经辍学了。

　　盖斯利之家是母系社会，我指的是玛兹，有时还有妈咪。她们是那里唯一成熟的女人，除了死赖着不走的酒鬼布朗太太，其余都是"男宾"。就连爹地——玛兹的老公，我外公——在那里都没什么影响力。

　　我外公在那里像一缕薄烟，和那里的环境形成强烈对比。他总是穿得很正式，衣服烫得整整齐齐，一身三件式的蓝色哔叽西装，裤子上有笔挺的折痕，背心前面还挂了块怀表。他看起来简直像是另一个时代的人。爹地个子娇小，唇上一撮平整的短髭；他的两眼如此苍白，蓝眼珠看起来像褪色了许多年，或许是用眼过度吧。他曾经是个工程师，二十世纪五十年代靠在"雪山水力发电工程"工作买下盖斯利之家。玛兹说："他这样瘦弱的人做这样的工作，确实吃足了苦头。"

爹地像个疯狂的科学家，整天待在盖斯利之家顶楼的一间房子里。那里的东西冒着泡泡，他成日在那儿钻研计划，并且在天花板吊了个红灯泡的暗房里冲洗底片。他想象自己是个摄影师，对观景窗后的人生无比认真，虽然最后拍出来的照片不是少了头，就是少了身体的某个部分。我想那褪色的眼睛一定有点问题，但他拍照时总是不肯戴那副厚厚的眼镜。

不过，他可是诵玫瑰经念珠的高手。爹地是虔诚的天主教徒——虽然是家里唯一的一个，玛兹有点信英国国教，我们当然什么都不信。小时候，他们让我住在爹地房里，或许是想借此庇佑我吧。晚上我躺在床上忍受他诵念珠，向圣洁处女——上帝之母——祈祷，从中我了解了一些她和她儿子耶稣，还有她如何成为他母亲的这些事，她是个地地道道的人类，就像是某人母亲一样，她是神的母亲。

某天晚上，我终于忍不住满腹疑惑，中途打断爹地，问道："如果圣洁的马利亚是耶稣的妈妈，那他爸爸是谁？"爹地简短地解释耶稣没有真正的父亲，上帝就是他的父亲，耶稣是纯洁的无精受孕，说完便继续念他的念珠。

这当然让我一头雾水。处女马利亚是上帝的妈妈，透过纯洁无染的结合（不管那是什么意思），上帝是耶稣的爸爸。隔天我跑去逼问姐姐。"如果耶稣没有实际的爸爸就被生下来，我们也是没有爸爸就被生下来，这代表我们是什么？"我问。

她也不知道，所以我们两个人决定去问妈咪，虽然大部分事情我们都没办法依靠她。不过那时她肚子正大着，即将生下大卫，四处却完全不见"爸爸"的踪影。最后我们的结论是：如果她以前有过两次这样的事情，现在又即将出现第三次，那么她肯定知道些什么。

被问到我们的爸爸到底是谁时，妈妈看起来很冷静。"你们都是无精受孕。"她直直看着我们说，然后指指她鼓起的肚子，叹口气，"他也是纯洁的无精受孕。"她一开始就确定肚子里的宝宝是男孩，"而且是最纯洁的受孕！"她得意地说。

我们本来期望听到更多，却只有如此。我姐姐和我和即将出生的弟弟都是无精受孕。

我问那时八岁的姐姐无精受孕是什么。"就像圣母一样。就像耶稣一样。你不用爸爸，妈妈就能生下你。"

这和爹地之前说的挺像的，所以听起来似乎合理。我对圣母的了解，都是从听嘎啦嘎啦的念珠来的，所以我得修改对妈妈的看法，因为之前我老觉得她不大聪明。

在我成长的过程中，这理论似乎都没出现什么问题。我本来就知道自己不喜欢男人。他们一口黄牙，手喜欢乱摸，还常常闻起来像廉价的雪莉酒。十字路一带有爸爸的小孩都被他们的父亲吓得要死；所以我想我是无精受孕的，应该幸运得无人能比！

不过很快我便发现不能到处跟人家说我是无精受孕。我去双湾上幼儿园时，那里大都是正常家庭的有钱人家的小孩；后来去伍拉勒区的州立示范学校上学，那里的同学全是经过筛选的资优生。我发现其他小孩都会觉得你应该要有一个爸爸；就算没有，也要有个合理的解释。我还够聪明，知道"无精受孕"不是能公开讨论的话题。

我完全接受无精受孕的论调。我心中没有丝毫怀疑，虽然我想自己当时应该要聪明一些才是。我并没有把生育和性画上等号，因为我是在国王十字路长大的孩子，"性"只是浓妆艳抹、脚踩高跟鞋、身穿短裙的女人，为了钱在街角帮美国士兵、水手、寂寞移民、西部郊区的暴走族所做的事罢了。所以，当别人问起我爸爸时，我就撒谎，直接回答说他死了。以前我还挺喜欢他们脸上流露的同情，暗地里偷偷庆幸我根本没有爸爸——就连死的也没有。

所以，你应该看得出来，我的成长背景和大部分同学不大一样。有一天，我开始跟托比讲这些事，发现他脸上闪过一丝怀疑。我觉得他不相信我。这些事全然超出他的个人经验，他似乎对我缺乏某些常识却装懂，感到非常震惊。有一两次我遇见达沃，跟他说托比的事，他看起来也很震惊。"你干吗跟小男生玩？"他正经地问，他的态度就像在质问虐待小孩的大人。

那时我还不满十八岁，但十字路一带的人，十七岁就已历经沧桑，不会以年龄来衡量人生。

那是我最后一次和达沃讲话。我知道他还活着；不过最近我却做好心理准备，觉得他铁定已经死了。

他总是跟别人共享针头，这会儿一定染上艾滋病了。但是我不久前才看到他。我开车经过十字路，他就在我前面过马路，他看起来昏昏沉沉，我按喇叭，他仍旧头也不抬地继续走。那时我没法停下来，不然我就会这么做。或许我根本不会？其实我也不知道。总之，那时我没法停车，达沃的故事就说到这里吧。

在托比察觉其实我很聪明以前，我想他并不真的了解我的成长背景。因为我表现得很安静，很害羞。他对我来说，是一个全新未知、有待理解的体验。我仍旧觉得他有点狂妄，他认为既然我是模特，那么一定很笨。虽然我不得不承认，大部分从事模特工作的女生确实都挺笨的。我觉得，要能胜任 T 台上一成不变的工作，必须挺没想象力才行，不然就是拥有巨大的野心，虽然我并不知道那样究竟对不对。你还必须拥有合适的年龄，登上顶级杂志封面的女生平均只有十五岁。如果十八岁还没上电视，那么以模特的生命来说，你已接近事业尾声。在那个年代，十八岁算是相当老的平面模特，所以我想托比有一个十七岁的兼职模特来搭配他的电吉他，算是相当走运。

其实我看起来一点都不像十七岁，胸部平得跟薄煎饼一样，瘦瘦高高，只有屁股比较挺一点。如果要去雅痞常去的东郊区时尚酒吧，靠化妆我可以看起来更像实际年龄。我就是在一家酒吧里遇见托比的。那天早上，高中毕业考试的成绩刚公布，所有东郊区的孩子都涌进沃森湾旅馆狂欢。那是一间大型的老酒吧，有一座延伸至港口海滩的露天啤酒庭院。这是一项传统，所以连我也觉得不得不去，尽管知道全校的三年级女生都会到场。我有点像独行侠，但有些事还是觉得非做不可，毕业考试成绩放榜后去酒吧庆祝就是其中一项。考得好就大肆庆祝；考得不好就借酒消愁。

我之前读悉尼女子中学，虽然成绩不错，但我恨死了那个地方，跟其他女孩处得非常不好。被学校退学之后，我问玛兹可不可以去姐姐读的坎巴拉女子学校。玛兹同意，因为我们并没有那么穷。玛兹其实很有钱，但如果我没有主动要求，她也不会想到要把我送去私立女子中学。在那里，大家同样把我视为"怪胎"，我也总是个旁观者。虽然我成绩名列前茅，大部分科目表现得都不错，尤其是艺术课，但我却从来没被他人真心接纳。我觉得自己像个闯入者，在某个层面，我想我确实是。我和学校其他同学根本没有共通点。我不讨论男生，不去派对，高三的最后几个月，甚至有谣言说我是同性恋。大概是因为我从不聊男生，剪了一颗朋克头，还常常在美术课画相当诡异的作品。我喜欢半解剖式的绘画，我可能会画一个女人的身体，一只乳房上没有皮肤，动脉和血管全都露了出来。我笔下的女人都有点像《亚当斯一家》里的莫缇夏，可能是因为如此，他们才把我想成同性恋。我没有否认，因为，这种事要怎么否认？

　　说真的，我觉得挺受伤的，但这也让事情方便不少。我总是担心同学到盖斯利之家拜访，并且察觉那里的脏乱与破旧。有的女同学住豪宅，但所有人都住在整齐干净的高级房子里。我知道她们以为住在邪恶环绕的十字路非常有异国情调，但我同时知道，要是她们发现我是如何生活在那里的话，我的世界就毁了。奇特和异国情调是一回事，不卫生和脏乱又是另一回事。那时，我和妈咪常常因为打扫宿舍的事吵架。虽然我确实希望打扫，但我现在才明白那时之所以如此渴切，不是因为爱干净，纯粹是怕被别人发现。那个传言中富有异国情调的我，很快就会被恶心、油滋滋的食物、灰尘、腐烂的蔬菜、蟑螂和发臭的床单掩埋。

　　后来我有了独立的房间，进房时可以不用穿过宿舍。房间里上了漆，可爱又整洁明亮，是我们家唯一干净的房间。不过，光是走到我房间的这段路也已经很够看了：你将经过野草、久积的垃圾、破掉的水管、肮脏的窗户、潮湿的腐木。只要随便瞄一眼，一切尽在不言中。

　　所以，被当成同性恋虽然很难受，但确实有个好处：下课后没有人愿意为了过来找我，甘冒风险到十字路这边平白受罪。

　　不过，除此之外，还有一个悲哀的后果。进坎巴拉第一天就和我成为好朋友的伊娃，受不了舆论压力，开始躲避我。她来自异性恋家庭，对她来说，被当成同性恋实在太难以接受。于是，她在其他人面前表现得很清楚，总是和我保持距离，我因此失去了唯一的朋友。她会相信那种谣言，并以摧毁我们的友谊作为回应，实在让我觉得无比难受。我们连手都没牵过呢！达沃说，像她那种会因为同性恋这种愚蠢谣言就和我绝交的朋友，实在也不是什么好货。幸好后来没事，我们毕业后又成了朋友。这真的很棒，因为我很喜欢她。

　　和大部分私立学校一样，高三这一年的重头戏就是毕业舞会。好几个星期的所有话题都围绕在这件事上，女孩们脑袋里无时无刻想的或谈论的，全都是上千元的华丽礼服，双湾这一带最时髦的美容沙龙全被订满。即使指甲长度超出学校以往的规定，老师也都睁一只眼闭一只眼，直到重头戏结束。至于男伴，则是悉尼各私立学校名人录上的男生，主要由克兰布罗克、斯高茨、格拉玛这三所学校提供。

找达沃充当男伴去参加舞会是绝对不可能的。即使在半夜两点迪恩斯咖啡馆粉红的霓虹灯下，他看起来依然不是个迷人的人物；更何况还有一身的耳洞和针孔，和坎巴拉私立女子中学肯定不搭调。

最后我决定自己一个人去，这显然是前所未有的壮举。不过，我还是完全不在意，因为我想去舞会，和高中时代道别，我不想因为任何事而错过它。

我设计了一件伊丽莎白年代的礼服，有立领，领端还添上襞襟。玛兹给我钱，我就去城里买了六米的灰色塔夫绸，拿去给干洗店旁经营一间小小店面的葡萄牙裁缝师玛丽亚。虽然她大部分时间都在帮人修改或修补衣服，但她其实有一手好功夫，听到我要请她手制晚礼服，她非常开心。

我从不觉得自己长得好看，反而恰恰相反。虽然达沃以前常说我漂亮，但这又不像《VOGUE》杂志编辑的赞美那么有说服力。不过，当我站在玛丽亚的镜子前，她嘴巴咬着大头针跪在我脚边，我发现自己至少不丑。我的脖子又白又长，配上竖领和襞襟，看起来实在美极了！我买了一双最高的高跟鞋，因为是廉价品，让我整体看来稍稍逊色，幸好礼服下摆把它们盖去了一大半。

我搭出租车去舞会，走进舞厅时，宽松的塔夫绸裙摆在地板上窸窣作响。忽然间，我发现所有人的视线都停在我身上，让我紧张得不得了。我之前竟然没想过同性恋和独自参加舞会有什么关联，此刻这念头才涌上心头，我一个人来，就更加证实了之前的谣言。我发现自己全身都在颤抖。就在那时，我听见背后有人叫我，转身一看，发现是英文教师克朗普顿太太。"哇，席蕾丝特，你的礼服真漂亮！"她惊呼。接着，她把我全身上下打量一遍，说："你真的是今晚最美的女孩子。"

那时我才知道自己看起来很漂亮！要是他们非得把我想成是同性恋，那么我将是坎巴拉毕业舞会上最耀眼的女同性恋者——穿着灰色塔夫绸、襞襟立领、不可一世、冷傲世故的伊丽莎白风格的同性恋。

以一个女同性恋者的标准来说，我跳了许多支舞，而且全都不是跟女孩子。那是我长这么大以来，第一次发现自己不丑也不怪。

不过，我有点像是舞会后的灰姑娘。坎巴拉那场舞会把我身为倾国妖姬的能量全都消耗殆尽，那一晚之后，我就把塔夫绸礼服束之高阁，继续回去当我的独行侠。

所以，当托比走进我的人生时，那感觉还挺棒的。他不会对我要求很多，我也不太鼓励他毛手毛脚——我们只是一起到了某个地方以后牵牵手，或在他爸爸的车上时我把头枕在他的肩膀上，轻吻对方。我很喜欢这样的恋爱，像是突然没有恐惧地长大成人。我们单纯快乐地在一起，讨论有点严肃的话题，和以往那些嗑药、用无神的红眼瞪着你、尽说些言不及义的话的人简直有天壤之别。托比很健谈，什么话题都谈。像这样聊点正常的话题很不错，例如我们要如何改变世界，或是如何阻止人类继续滥伐树木。我们绝对不吃麦当劳的汉堡，因为麦当劳为了增加牛肉产量，日日夜夜、年复一年以每小时两英里的速度砍伐亚马孙雨林！

麦当劳和亚马孙，是托比和达沃都曾谈起的话题。达沃对他所谓的"麦当劳阴谋"相当关注。这大概是两人唯一的共通点，也是我跟两人都可以聊的话题。达沃会说："我们一定得炸毁麦当劳。全澳大利亚……全世界他妈的每一家麦当劳！将那些汉堡强盗抓起来！在他们毁灭人类之前消灭他们！别再说啥绿色和平，给他们来场他妈的绿色战争！"汉堡阴谋算是达沃最有深度的思想。我后来知道，每当他又开始慷慨陈词，那是个信号，代表他即将要去狂饮纯威士忌，或是准备去街上找个正在调戏女孩的西区小子狠揍对方一顿，或被对方狠揍一顿。

和托比约会不只激发了我年少时的道德意识，更让我突然觉得自己无比正常，这是我以前一直觉得不可能达到的。这是一种全新的美好感受。原来男生也可以很不错，我学会了如何和一群眼神温和的金发摇滚吉他手相处，他们也愿意和我天南地北地聊我认为重要的事。托比是个很棒的男生，我到现在都还非常喜欢他这个人。后来托比介绍我认识他最好的朋友——一个无人能挡的自大狂——戴蒙·考特尼。

"这是我朋友，戴蒙。"托比说。我们不常去酒吧，因为托比发觉我不太喜欢那种地方，但一个周六的午后，我们难得去"絮浮"玩玩。戴蒙缓缓端详了我全身，看起来并没有太惊艳。"你觉得我看起来像谁？"他突然直视着我的眼睛问道。

他的皮肤有点黑，脸上蓄一撮短胡子，我第一眼就觉得这个人矫揉造作。大一新生就在留胡子，实在是个笑话！他有一对棕色的眼睛，一张圆脸；称不上帅，也不能算丑。他的长相有点特别，但还不到特别写信回家禀告的程度；那张脸留胡子，看起来还嫌太稚嫩了点。我实在不知道他看起来应该像谁，也没对如此直接又有些自恋的问题感到些许讶异。

"不知道欸，像谁啊？"我扬起一边眉毛微笑，想让自己看起来又酷又世故，暗自希望脸上那个涂满露华浓化妆品的面具，能够掩饰内心的紧张。戴蒙看看托比，托比羞怯地笑了笑，他并不喜欢这样的气氛。他曾对我说过很多戴蒙的事，我也知道他希望我会喜欢他这个朋友。但此刻我看得出来，他对我们这不祥的开始十分在意。

"某个电影明星。想一想。某个电影明星。"托比满怀期待地说。

戴蒙静静等待，嘴角扬起一抹优越的微笑。气人的是，他竟然一点都不觉得不好意思。怎么会有这么混账的人？

我耸耸肩。"我不认识太多电影明星。"

戴蒙笑了笑，然后从皮衣里拿出一副雷朋太阳眼镜戴上。他咧嘴笑着说："再试一次？"

他的笑很迷人，既温暖又灿烂，跟眼前这个逼问我的讨厌家伙很不相符。"马龙·白兰度吗？"虽然这答案没什么说服力，我还是脱口而出，接着又补了一句，"在《飞车党》这部电影里？"至少黑皮衣和太阳眼镜的部分我没说错吧。马龙·白兰度主演的《飞车党》是十字路一带小鬼必看的电影，每个人都看过四五遍，它也是达沃心中的经典之作，想都不用想就能背出里面的台词。

托比叹了口气，紧张地点了根烟。"拜托，戴蒙，算啦！"他转向我，在烟里眯着眼看我，"伯特·雷诺兹啦。他觉得自己看起来像伯特·雷诺兹。"

我实在不太确定伯特·雷诺兹是谁，只好试着凭空想象，却没什么具体结果。我笑了笑。"噢，的确，你确实像伯特·雷诺兹。"我冷冷地说，眉毛扬得老高，希望他听得出我的讽刺。"管他是谁！"我的心剧烈跳着。这一点都不像平常的我。托比是那么好！我被哄骗进了陷阱。这个戴蒙·考特尼——托比的死党——有我讨厌的私立学校男生的种种特质。真是个烂人！

对我和戴蒙来说，这都是个毫不起眼的开始。那时我并不知道戴蒙迷恋着吉娜·布卢姆，她是个超酷的正妹，全身围绕着一圈简直可以看见的蓝色光环。她在学校极出风头，没有什么特别的称号，所有人都知道她就是吉娜，那个头脑一级棒的犹太美女。后来我才知道戴蒙打算有一天要娶吉娜·布卢姆，她也列在他的生涯规划之一。

用"毫不起眼"来形容我对托比最好的朋友的印象还算温和，我记得当时自己还暗自希望，未来和托比的关系中，不要有太多最好的朋友牵扯其中。不过，我内心一定有某个地方产生了反应，因为几天后我竟然翻开《先驱报》的娱乐版，找了一部有伯特·雷诺兹出演的电影，专程去看。

说真的，戴蒙确实有几分像他——只有一点点——如果你把眼睛眯起来的话。他似乎也模仿了伯特·雷诺兹那自以为聪明的矫揉造作，而且两个人都戴雷朋眼镜（我猜这又是戴蒙模仿电影明星的另一项做作之举）。托比也戴雷朋，还跟我保证那绝对是全世界最棒的太阳眼镜，可以百分之百挡掉红外线和紫外线。遗憾的是，托比似乎喜欢成天和死党黏在一块儿，戴蒙于是常常当我们的电灯泡。托比和戴蒙无时无刻不在斗智，玩起来活像一对学童，我也不得不承认，这是对相当聪明的学童。两个人都读大学，都有点自大——事实上，是非常自大。

但是他们和达沃的成长背景截然不同，听他们说话使我乐此不疲。他们似乎总是乐见我参与讨论，虽然这不是件容易的事。他们互相了解，交谈时会用一些两人都明了的简称。我常在认识很久的朋友间看到这种默契，心里非常激赏，暗暗希望有一天自己也有这样的朋友——两人有着同样的波长，不用说话，便能彼此沟通；就算说话，也只像是个短句。

我向来沉默，所以每次和他们出去，总是他们主导话题，我在一旁倾听。我确实是听得兴趣盎然，那是我从未听过的对话：一对大学男生讨论着深层、黑暗、神秘的哲学问题。我知道在智识上我不输他们，我受过的教育和他们一样好，我想我读过的书也不比戴蒙少。我很小就开始阅读，以便将盖斯利之家和我周遭发生的一切抛诸脑后。后来戴蒙和我发现，我们俩不约而同在某个年纪都读了许多超龄的书。

我很快就发现，戴蒙并不是自大，而是对他决定要做的每件事都抱持乐观的想法。那时我不知道他隐藏了某些事，因为托比从没提起过。我第一次发现他身体的异样，是在一次出游之后，那时天色已晚，我便提议："去十字路喝杯咖啡怎么样？"

于是我们就去一个老地方喝咖啡。不过不是迪恩斯，我后来才带他们去那里，那次大概是去了"堤瑟"咖啡。我们开戴蒙爸爸的车，戴蒙去停车时，我们在外面的人行道等他。我记得他走过来时一跛一跛的，但我没多想，以为是他撞到脚之类的。不过我注意到他走路时会把手臂敞开，并且微弯，于是我转头向托比说："戴蒙真的觉得自己很有男子汉气概，对吧？"

托比一脸困惑地看着我。"戴蒙有血友病。一只手臂和一条腿终身弯曲，因为关节内出血。他手臂这样摆，别人才不会特别注意弯的那一只。"他笑了笑。"被当成大男人，总比被当成残障好吧？"

我对血友病的了解非常少，只从生物课里学到一点知识，而且和其他人一样，以为只要稍微割到手就会流血致死。我从来没想过这也和关节或肢体残障有关，当然，这种问题我甚至连想都没想过。那时我才了解，戴蒙这个人比外表所看到的还要复杂。

我们一起出去很多次了，我也常自豪自己是个观察力一流的艺术家，什么东西都逃不过我的眼睛。但居然到那个时候，我才知道戴蒙有这么严重的肢体缺陷。他这个人极有"存在感"，全身散发着强烈的自信，我发觉我不用真的看着他，就感觉得到他的存在。每一次都是这样。后来，我们在一起以后，即便戴蒙出血很严重，好几天都痛得无法忍受，他还是绝口不提自己在生病，从不把自己和疾病连在一起，于是，他就真的像是没有生病。你只会觉得戴蒙需要有人帮他拿个东西，稍微照顾他一会儿，却从不会觉得自己在照顾一个病人，而是戴蒙需要你，就只是这样，戴蒙暂时需要一点点协助。

戴蒙对车有某种迷恋，我觉得必然和他肢体的残缺有关。车子给他一种操控自己身体的感觉，因为戴蒙需要觉得自己能掌握周遭的世界，而汽车就是他能掌控的一种东西。车子和他的另一个爱人——音响与音乐——以外的世界太难以掌握了。我知道这不是什么创见，但他对车的态度真的和大多数人不一样。对他来说，车子是活生生的东西，必须以速度来展现自身的美丽。我们曾在路上偶然看到一辆法拉利，他在车旁徘徊不去，几乎要喜极而泣，我还注意到他的手在颤抖。汽车是戴蒙肉体的延伸，弥补了他肢体不流畅的部分。

这是我毕生第一次被车载着四处游荡。在我还很小的时候，爹地一九五六年款的标致二〇三就爆掉了，随后加入前院那堆垃圾；此外，开车进行短程旅行是相当稀有的事，更不是一般所谓的开车兜风而已。因此，把车当成一般交通工具，在当时还是非常新颖的观念。戴蒙开着他爸爸美丽的阿尔法 GTV 跑车，与其说是社会地位的象征，不如说像是一种惊喜："哇！这些人居然开这种车！看看他们的车！我的老天！"

虽然这并没有改变我的思考方式，但是坐在爹地的标致二〇三里出游一直是我珍贵的童年记忆，总让我想到跟家人难得聚在一起的时光。也因为这样，车总对我有"凝聚在一起"的这层意义。跟托比和戴蒙一起兜风是很棒的回忆，不仅美好温暖，大家又同聚一处。

内铺纹理皮座椅的黑色阿尔法确实是辆漂亮的车，我也开始以美学的角度欣赏车身设计。就这样，戴蒙对车的喜爱，成了我通向他的桥梁，就像托比的电吉他一样。

我发现自己越来越受戴蒙吸引。他总是那么肯定。和他一比，我觉得自己脆弱又犹疑。托比和我在一起已经几个月了，但是什么事也没发生。我不是那种随随便便和人上床的女生，从前不是，以后也不可能是。我比较慎重看待性这件事。虽然还不到神圣的地步，但绝不是可随便抛弃的东西。如果你能先了解这个人，那将是更美好的体验。我从小身旁就围绕着性这件事，因此我对它不会感到矛盾。

后来，托比忽然不再约我了。我难过流泪，有点歇斯底里。他后来跟我坦承，他真正爱的其实是一个叫丽贝卡的女生。虽然我们只约会了很短一段时间，托比却觉得我们的感情没有应有的发展。我无法否认，因为我根本不知道感情应该怎么发展。对我来说，原本这一切都很美好，所以我非常受伤，非常生气，从前那种对男人的不安全感又恢复了。后来我遇见丽贝卡，她真的是个很棒的女生，我也不再怪托比把她当成理想的情人。

我一向不是个善妒的人，我不认为自己是那种自尊心强到会嫉妒别人的人，所以，我接受托比有爱另一个人的权利，尽管我心里自然不好受。

没有了托比，戴蒙和我还是继续见面。吉娜·布卢姆似乎消失了，或至少他不再提起这个人。我必须说，和戴蒙单独出去并不是件需要愧疚的事。托比和戴蒙以前在沃克卢斯一家锁店打夜工，帮丢了钥匙的人进行全天候服务。托比从高中就开始做这份工作，他接受训练后也把技术教给戴蒙。他们高中时差不多有两年的周末都在这边打工，上了大学依然继续，不过上班时间更长。这份外快对两人来说都很优渥。

工作内容相当简单，锁匠教他们在紧急情况时如何换锁。大多数时间，他们都是在锁匠楼上的一间小公寓内守着电话，等丢钥匙的人打来。星期五和星期六的生意最好，因为有很多人喝醉弄丢了钥匙。看那晚是托比还是戴蒙值夜班，值班的人就用无线电把地址报到一辆移动货车上，并把电话记录下来，这样就可以了。我常常和托比一起值夜班，戴蒙也会过来，然后我们就放音乐或一整晚聊天。真的很棒。

事实上，和托比在一起的六个多月，是我生命中唯一的少女时期——

介于孩童和成人间的奇妙阶段。虽然我对嗑药、妓女、如何在三流咖啡店消磨一整晚无所不知，但对于正常十七岁女生视为理所当然的一些事，我却毫无概念。

托比和我分手后，戴蒙开始带我出去，我也发现自己和他牵着手，一切是那么自然。托比上班时我们就出去，后来两人的手就牵了起来。和托比分开后，有一晚，轮到戴蒙值班，我和他在一起。托比忽然跑来找戴蒙，一看到我们在一起的样子，他突然气得不可理喻。

可是事情根本不是那样！我们又没做什么。我们都喜爱彼此，也都是很好的朋友。可是，就在托比愤怒的眼神里我才突然领悟，我对戴蒙有份截然不同的感觉。突然间，我迫切希望托比知道现在我是戴蒙的女朋友，我对他的喜欢是不一样的。我从来没对其他人有过那种感觉。

有好一阵子，托比非常难过，不过我想他并不真的感到羞辱。毕竟当初提分手的人是他。而戴蒙和他交情太深，不可能为我就轻言放弃。他也知道，我们没打算拆散这三人组。

就这样，戴蒙和我开始了我们的恋情。因为有深厚的友谊基础，进行得非常容易。戴蒙这个人，会让所有事都变得容易。

两个月以后，我们开始住在一起。

戴蒙也在伍拉勒电器行打工，帮忙销售一流的音响设备。他在那里认识一个叫科林·比尔德的摄影师，他收藏了一万张经典唱片，对完美音质有苛求的迷恋。在这方面，戴蒙和他同样执着，两人很快就变成至死不渝的好朋友。一天，科林说他必须去国外出差六个月，想把伍拉勒的小房子租出去。但是他很担心他那满坑满谷的唱片，它们占满了楼下唯一房间里的每一寸墙壁，说什么都不能移动。就这样，他以一星期五十美元的房租，找到了一对新房客。

其实，戴蒙没有问过我要不要和他住在一起。有一晚我在那里过夜，几天后，我又待了一晚，后来就在那边待了下来。我生命中最神奇的时刻，即将展开。

这间屋子有一间起居室，一间有着单坡屋顶、用纤维板搭成的厨房，它通向一间占去一楼剩余空间的临时浴厕。一道几近垂直的楼梯通往阁楼的卧室，屋顶有一扇天窗。后院杂草丛生，大约只有一块胸袋饰巾这么大，旁边有一排往内倒的生锈波浪状铁片，那是围篱，上面垂挂着牵牛花。小紫花覆满了整片围篱，蔓延到后院前，先淹没了一台老旧的摩托车，后来朝着篱笆的另一面攀爬而去，延伸至邻居的院子。这使得我们的后院仿佛有一整片紫色花海。这些盛开的花朵正全力大声诵唱着哈利路亚，欢庆我们来到第一个家。

阁楼的卧室很久以前上过白漆，现在已变成脱脂牛奶的颜色，以各式神奇的形状从墙上剥落。早晨的阳光会从天窗洒落，投射在墙上，与碎裂斑驳的油漆形成各种图形，真是美不胜收。那真是一个人所能想象到的最令人着迷的卧室，我常常一醒来，就躺在床上微笑，想着我要是就这样死去，也别无所求了。

忽然间，出乎意料，我竟拥有了梦想中的一切。一个属于我的家，一个我能保持干净的地方，一个能不受干扰、不脏不乱的自己的空间，而且像教堂里那样宁静。

不过，离开家的过程相当艰辛，因为妈妈大发雷霆，指控我把生病的玛兹留给她一个人照顾。从某种角度来看，她说得没错。玛兹生病了，这真是一件怪事。印象中，她一直是那个朝气蓬勃的玛兹，你从来不会把她想成是老太太。然而一转眼，她竟已七十七岁，而且就在她生日那天早晨，顿时变得又老又虚弱，完全丧失和妈妈对抗的意志力。后来，她再也没有提起清理、整顿盖斯利之家的计划。

就这样，一切忽然急转直下。妈妈掌权，连我们这些以往对灰尘细菌免疫的人，也开始受不了环境的脏乱，健康大受威胁。我非走不可，当我前去请求玛兹的允许时，她也了解这点。

"是因为男人吧，亲爱的？"她问，我不太知道该怎么回答。答案可以说是，也可以说不是。我爱上了戴蒙，但是我们还没结婚，用我和戴蒙已交换承诺之类的当理由也不太适合。我不是因为找到男人才离开的。我离开，是因为我的生命突然变得快乐，而和戴蒙住在一起，正是那快乐的一部分。我找到了戴蒙，戴蒙也找到了我——无精受孕的席蕾丝特·利蒂希娅·加布丽埃勒。

玛兹的问题真的伤了我，直到现在我每次想起这事，也说不出个所以然。那其实是相当合理的问题。或许是因为她对我来说非常重要，于是她对我的看法也在我内心举足轻重。我们在盖斯利之家曾经多少像是拍档，我期盼她能信任我。

"我该离开了，玛兹，就是这样。你允许我这样做吗？"

她点点头。"我了解，亲爱的，每个人都会碰上这样的事。"

"玛兹，事情不是你想的那样！"我坚称。

忽然间，玛兹看起来很悲伤，依依不舍。"当初我真不该嫁给你爹地。"她小声地说。然后她看着我，露出微笑，我知道她真的很爱我。"对他好一点，亲爱的。"她踌躇一下，"但是要小心。记得用药房买得到的那东西。"

我去房里拿了一些我想带在身边的东西，主要是书和照片。妈妈在门外等着。"什么都不准拿！全都不准！听到没有？这一切都属于我。你住在这里，那些东西才是你的！"

"为什么？"我问，突然间心底冒出一股愤怒。

"因为这些东西是给我女儿的。现在你不再是我的女儿，它们不再属于你了！"

于是，我拎着两个白色塑料袋来到伍拉勒的新家，里面装的是我的便衣。就连那套灰色塔夫绸礼服也带不出来，因为付钱的人是玛兹，我妈妈说那属于这间房子，这个家，那个我不再是的"女儿"。那些我从小深爱的书，一路陪伴我长大的好朋友，也都被迫留在那间老旧肮脏的盖斯利之家，再也没有人爱它们。

然而，当我打开一米宽的前院那东摇西摆的大门时，一切都不放在心上了。小屋正面墙壁上有一条歪七扭八的大裂缝，一路从阁楼天窗裂到地板，刚好避开了前门。一条百香果藤沿着裂缝生长，似乎正和一株粉红玫瑰藤联手防止裂痕加剧，以免墙壁最后坍塌。

那是全世界最棒的一栋房子，里面有戴蒙，他正在思考要如何在六个月内把一万张经典唱片系统性地全听过一遍。

"嗨。"我走进屋里，把两个塑料袋放到磨穿的地毯上。戴蒙看看袋子，然后抬头看我。"有一天，我会买一栋房子给你，以及全世界所有你可能会想要的东西，甚至是一辆属于你自己的迪诺法拉利！"

"我不要法拉利，我只要你！"我冲过去抱住他并开始啜泣，告别盖斯利之家的悲伤顿时涌上心头。戴蒙紧紧抱着我，帮我拭去眼泪，直到我心情平复一些。我抽离他的怀抱。"对不起。"我说，"我其实不是那种会哭的人。"他把胡子刮干净了，眼前的他，就是你最可能想要的最英俊的男人。我再次搂住他，亲吻他，啜饮他，疯狂地爱他。我想哭，想笑，永远都不要停。

"你听。"他说，轻轻把我推开，"是勃拉姆斯的小提琴协奏曲，我爸的最爱，我想也是我的最爱。"

听完这张，还有九千九百九十九张。小提琴协奏曲的序曲旋律就这么渗进阳光，渗进清朗的空气，渗进孤独，渗进坠入爱河的私密幸福里。哇！说到无精受孕，这次绝对是！

# 第十二章

# 席蕾丝特

蝴蝶针夫人主演《输爱》。

　　我知道这听起来可能很蠢，但我和戴蒙第一次迸出火花，是在我们的掌心之间。在车上牵手，越来越有感觉，我们俩都感受到了手心中这份强烈的感觉。手牵手，对我们来说是很严肃的事。我知道之前提过那么多我对生活和事物的认识，这么说可能听起来很傻，很天真，甚至有点蠢，但当我们牵着手时，我和戴蒙都感觉到两人的双手像是在做爱。对我们来说，牵手很安全，但也很不安全，而且这一切都发生在我们的手掌之间。说来你可能不信，但我们牵了好几周的手才接吻，没有其他肢体上的接触。

　　我想别人会认为那是因为我们不过是一对天真的孩子，但事实并非如此。戴蒙并不害羞，对女性也没有恐惧，而肉体接触也不是会令我吃惊的事。性对我并非未知的神秘地带，我几乎从小就已间接了解这一切。何况我也没感觉到戴蒙想要我。

　　不过我错了。后来他跟我说，那时他满脑子想的都是跟我上床。他后来承认，性对他来说是件大事。当你还是个处男时，要承认自己不知道一切该怎么进行，实在难以启齿。他研究过《花花公子》中那些正面全裸的图片，不过似乎没什么收获，所以当他欲火中烧时，只好装作全然不感兴趣。

有一回，我们谈到性，他说男性杂志的最大问题，就是所有东西都赤裸裸摊在你眼前，却只讨论挑逗，从不说明要怎样开始做。例如，实际上到底该怎么去脱一个人的衣服，不管是两个人各脱各的或由你来，还是女生该去解开你的衬衫纽扣、拉下你的裤裆拉链，以表示她愿意。展现出一副成熟老练的模样，对这些男生来说非常非常重要，他们无法想象自己会笨拙地摸索，像其他男生一样边做边学。所以尽管心底因欲望而疯狂，他们还是摆出一副不在乎的模样。

除此之外，戴蒙还有另一件事要考虑。就在他进行学校毕业考试的时候——青少年最艰苦的人生阶段——血友病中心竟然找他去，宣称他的人体免疫缺陷病毒呈阳性反应。试想一下那是什么感觉，毕业考试才考到一半，突然发现自己得了艾滋病！

一九八五年四月我们开始约会时，他就告诉我这件事。他仔细解释自己没有得病，也没什么不正常，不过他的 HIV 呈阳性反应，这种情况有时会发展成艾滋病。但这种事不会发生在他身上，不管发生什么，他一定都会将它击退。

我记得自己那时没有多想。如果戴蒙说他会击退病魔，他就一定会。戴蒙非常以自己的心为傲，他相信心能克服一切。他常常谈起这个话题：你只要能控制自己的心，就能打倒病痛和不适——这是他很小就从他爸爸那里学来的。所以，当他说自己诊断出 HIV，我并不觉得那是一道晴天霹雳。

在一九八五年时，除了医疗专业人员，很少人对艾滋病有充分了解，所以我也没追问下去。我想他自己也不大清楚，所以我接受这个消息，让生活继续。他愿意告诉我这件事，令我感到很荣幸，因为这肯定是一件私密的事。当然，这种事我必须要知道。后来我才明白，戴蒙不可能不告诉我，因为他不是那种人。但是他内心一定存在着某种恐惧，害怕会因此伤害到我，让他一直对性小心翼翼，所以我们在一起很久以后才有性生活。戴蒙暗地里为我担心，虽然他从不轻易流露。从他用手来爱我以及言谈之中，我可以强烈感受到这一点。

现在我才知道，戴蒙那时非常担心他的 HIV 病毒会波及我，但那时我对这种病却一无所知。我隐约知道有些病毒会通过性行为传染，但并不是真的很清楚，就像当时大多数人一样。戴蒙的医生并没有说他不能有性行为，其中一位医生只交代他一定要戴保险套，但办事戴套子也不是什么新鲜事。于是戴蒙必须花点时间，克服自己对保险套之类物品的心理障碍。

我对性没什么疑虑，真的没有。我所想的不过是"那就留待时机成熟吧"之类的念头。当它发生时，我会欣喜接受，但不会不知所措，因为那对我不是什么大不了的事。我很高兴能搬进这个新家，又知道自己被人爱着，所以有无肉体关系真的不是那么重要。说真的，对这事我没想太多。我对自己的身体有些害臊，但不是出于一般的原因。我又丑又笨拙，身子瘦巴巴的，胸部又小，这些事才是我的苦恼。

戴蒙也有点害羞，或许是和我一样对自己的身体没有信心。虽然他没有阿诺德·施瓦辛格或伯特·雷诺兹那样的好体魄，但我就是爱他的身体。他从家里拿了一对哑铃来，上气不接下气地练着，却没有什么显著效果，他也从来没告诉我到底苦练了多久。有一天早上，我不知道他刚运动完，把哑铃留在地上。我快乐地哼着歌走进房间，发现有东西挡住路，就单手把它们举起来，开始像马戏团里的大力士般挥舞着。我大喊："哟！你看我！"然后挥出一个大弧形，还鼓起脸颊。突然间，我想都没想，就把哑铃丢到一旁去，转身就看见戴蒙正瞧着我，神情像是快哭了出来。但是他没有哭，反而笑了，那也是我最后一次看见他用哑铃。我很高兴有这个结果，因为我确信举重一定会让他出血得更严重，而我就是喜欢他现在的样子，某些地方有些扭曲。虽然他没有希腊雕像的完美比例，但是我喜欢他的身体。

所以，搬进伍拉勒小屋的几周后，我们常常穿着睡衣钻进床里，就那么躺着，手牵着手。有时，我会在半夜醒来，看见月光自天窗透入，将整个房间注满银色的光芒。那时，我们依旧手牵着手。我会牵起戴蒙的手亲吻，然后不知怎的就哭了起来。或许是因为和他在一起实在太美好了。

那真是很神奇的事，我们什么都没有讨论，我就这么搬了进来，仿佛当时这是再自然不过的事了。戴蒙有点担心我会因此失去一些东西。我们相互交换内心的秘密，我也知道，他为我未曾有过的家庭生活感到不平。说实在的，我非常羡慕他的童年，还有他的爸妈、他的哥哥们和他甜蜜的家。不过，当然那时的我并不知道身为一个血友病患者，在成长过程中承受了何种艰辛。

他曾告诉我罹患血友病的感受，那种痛苦，那些孤独的时刻，那种希望能像其他孩子一样活动的渴望。他也说过他幻想着能做某些事，例如精于某种体能项目，但他又不允许自己想得太过夸张，因为他终究得回归现实里的自己。"我唯一能玩的运动是乒乓球,而且我打得好极了！"他有时会如此夸耀，但脸上总是浮现一抹忧伤的微笑。

然而，他在告诉我这些事时，并没有丝毫自怜，虽然我也知道他从没向任何人提起过。尽管罹患血友病，戴蒙仍对自己相当有信心，和他比起来，我觉得自己脆弱许多。我也从没和人分享私密，当我告诉他自己的人生，我确信他会为我保守秘密，也会一直照顾我。

那真是奇妙的感受。那些在我心里折腾了大半辈子的心事，在他听来，却像是不足为虑的小事；那些从小令他忧愁的烦恼，好比萎缩的腿、弯曲的手臂、僵化的手肘和手腕，我却根本没注意到。并且，我也对他的 HIV 不以为意。

于是，我们彼此心里都浮上了这个问题："就只有这些吗？"那时，我们才了解自己的忧虑和恐惧是那么微不足道。戴蒙给了我很大的力量，让我能快乐地做我自己，甚至以自己长成这般模样为傲。我想他希望给我一个家，好让我也能体会家的滋味。

我终于有了自己的房子可以恣意玩耍。于是，所有清理盖斯利之家的梦想，都被带进这间小小木屋里。这样做当然害我遭受斥责。我把窗子又洗又刷又擦，还借了他父母的吸尘器，将那张粉红玫瑰图案几近无法辨识的褪色旧地毯，来回大概吸了八十遍，直到那些破旧的线几乎都要向我求饶。

我还记得有些日子醒来，我会高兴地抱抱自己，因为今天要刷浴室的地板、墙壁和橱柜内部。我还买了一些铜油，想把满是铜绿的花洒喷嘴和连到墙上小瓦斯暖炉的铜管线擦得亮晶晶。我在心里看见了剥落的粉刷墙上，花洒和管线正放射出闪亮的光芒。那仿佛是一种最令人激昂的活动，我期盼自己跪着仔细检查时，能看到浴室真的脏得要命。十八年来无法好好整理房子的挫折，如今已扩大成为一种清理的狂热和冲动，在我心中即将迸发，地球上将没有任何一间浴室禁得住我猛攻的刷洗。

我可以告诉你，家务事一点儿都难不倒我，我确定我脑袋里有个超强的妈咪程序。一直以来，我像对待小孩一样照顾我的母亲，随着年龄增长，爹地——有时连玛兹也都由我照料，我弟弟当然也总是像我的小孩。如今，我有了戴蒙，我也确信自己内心中有某种模式正在悄悄萌芽。

那时我们并不知道我们俩在一起，竟造成那么多人不开心。戴蒙最好的朋友有托比、保罗、巴尔迪、克里斯托弗，个个都个性鲜明，尤其是克里斯托弗，戴蒙上小学时第一眼就喜欢上这个怪朋友，他瘦瘦高高，生性懒散，总是心不在焉。虽然他的其他朋友都不怎么喜欢他，但是戴蒙视他为天才，他们两个常在一起，并且彼此喜爱。

大家都知道戴蒙HIV呈阳性反应的状况，但也都跟我一样不以为意。但不知怎的，他们告诉了父母这件事，认识考特尼一家的家长们大感震惊——戴蒙和他父母怎能让我承受这样的风险？他们觉得他犯了不可原谅的错误。

一直到最近，戴蒙的爸爸才告诉我，当时他还求戴蒙不要租下房子，并且无论如何，都不能让我搬进去。虽然他相信戴蒙，也知道他会用保险套，他同时也很清楚年轻人常常以为自己绝不会出事——就连戴蒙也一样。我们就算只是大意一次，都足以害我染病。

戴蒙跟我一样，对我搬进来这件事没有多想，他再三和他爸爸保证，租这间房子只有一个理由：只要花一点小小的房租，稍微照顾一下房子，便能听遍全澳大利亚顶级的经典爵士乐唱片。

我从来没担心，甚至没想过自己可能会被传染，所以并不能说我是心甘情愿为爱冒险。我根本没想过要担心。我想戴蒙的爸爸说得没错：人年轻的时候，总是认为自己不可能出事。我现在才知道戴蒙的爸妈原来一直这么担心，同时一定也感受到了其他家长的反弹。但我搬进去时，他们除了再三提醒戴蒙要用保险套，提醒他务必小心，从此就没再干预。他们都很爱戴蒙，也很信任他，他们只能仰赖这份爱与信赖了。

我当然从没告诉我妈关于戴蒙HIV的情况。她要是知道，一定会想尽办法让我的生活过不下去。我想这也不能怪她，任何一个妈妈都会相当担忧。但是我妈只要一想到什么，任谁都无法阻止她，什么事她都做得出来。要是她知道戴蒙的情况，我相信她会打电话去每一家电视公司大肆宣扬。

一如以往，我告诉了她戴蒙患有血友病，这件事后来却造成相当悲惨的后果。她不知为何会那样想，她断定戴蒙和我在一起、我们同居的原因只有一个，那就是戴蒙需要我的血，我是终生供应他血液来源。她甚至威胁说要把这件事捅到电视台，所以我才不敢告诉她 HIV 的事。

不过那时，我并不知道布莱斯早就认识她了，因为她曾闯入他的办公室，还在两场活动上大吵大闹。一直到戴蒙走了，他的一切不会再激怒任何人时，他才告诉贝妮塔和我们有这回事。

和戴蒙住在小屋近距离相处后，我才知道原来他如此脆弱。有时他一觉醒来，膝盖或脚踝就会出血，一两天都无法行走，因此错过许多大学的课。要不然就是手肿起来，好几天连一支铅笔都拿不起来。要是他的手出血，就没办法自己输血，必须回家请他爸爸帮忙，或不得不上医院处理。

自从我目睹十字路上的朋友被酒醉的父亲在人行道上打得头破血流以后，我对血和父亲便有种排斥感。然而，这一次，我却想替戴蒙的爸爸分担这个职责。戴蒙很讨厌去医院，因为那里尽是不愉快的回忆，于是我就请戴蒙教我如何输血。

我曾在十字路一带的公共厕所见过妓女使用皮下注射器，也数次在派对或暗巷瞥见有人用针吸毒。压脉器我很熟悉，通常就是一条带子或一条布，其中一端用嘴咬住，另一头用手拉便可拉紧，而小针头就插进手臂内侧的血管里。我每次看他们施打毒品都觉得很简单，但这是一种目中无人、大胆无比且不该做的行为。从反常的角度来看，我对它又好奇又憎恶。注射毒品虽是堕落到底，却又是令人敬畏的行径，使人不禁心生畏惧。

但这一次不同，戴蒙是我深爱的人，他有病痛，有时无法自理，需要别人帮他把蝴蝶针插进血管。他瘦削的手臂内侧和手腕前面布满针痕，那是多年以来一周输血两三次的结果。我知道我得把插针技术练好，那是我能为他做的最重要的事。

当针头戳进戴蒙白皙的手臂时，即使我一阵反胃想吐，却还是逼自己仔细看清楚。有时他要试五六处才能找到血管，我在一旁也会越看越沮丧。他的最佳注射位置和那些毒虫一样，位于手肘内侧，他称那里为"忠实的老朋友"。但是多年下来，那块皮肤早已伤痕累累，戴蒙只有在其他血管都不管用的紧急状况下才使用那儿。

但即使是忠实的老朋友，也不是每次都管用。我曾看他小心翼翼避开旧伤疤，插针之后却依然徒劳无功，气馁到几乎要大叫出声。而当他终于把粗短、看似邪恶的针头扎进血管，几近黑色的血液突然冲上连在针头后的小塑料管，我会高兴得想要跳起来。

这么看他输血几个星期后，我发现自己对血的嫌恶消失了，取而代之的是目睹针头插入血管的喜悦。又化解了一次危机，只要再来一针就能开始止痛——和戴蒙共享这些片刻，比见血就想吐的本能反应更加有力。直到这时，我才知道自己已准备好要扛下这份任务了。

我会在一旁看戴蒙迅速把小塑料管的一头连到装了凝血因子的针筒。我确信自己一定能学会，尽管戴蒙说他妈妈怕血，从没能把针成功插入过。我什么都没说，虽然我相信自己的情况会不同。过程看起来的确相当容易，我告诉自己，由于帮自己插针比较困难，所以戴蒙偶尔才会失误，别人来做或许会比较顺手。很多时候，他都是在早已出血、肿胀的痛苦情形下，把针插进手臂或关节；我的手没受过伤，如果能克服一开始的恐惧，照理说会比较稳，也比较灵敏。我又想，连打海洛因的人都办得到，况且他们之中大多数人做起事来也没像爱因斯坦那样精准。有时戴蒙要是右手严重出血，他会尝试用左手插针，实在不行才打电话给他爸爸或去医院。遇上这种情形时，他已把身上完好的血管都试过一遍，所以轮到他爸爸或医院护士上场时，总是有一番恶斗。

我确定自己只要克服对血的恐惧和想吐的冲动，帮戴蒙输血一定不是什么难事。我可以第一时间立即为他注射，这样他也可能少受一点疼痛。所以，我恳求戴蒙让我试试看。

然而，当戴蒙向我一一解说流程时，我才知道这件事并不像看起来那般容易。他说得很轻松，仿佛在教我怎样翻花绳或其他好玩的东西。他第一次让我输血的位置是在他的手背，这里是第二个适合注射的部位，因为拳头方便紧握，可以摆在几乎任何家具的边缘，并且放在物品上可以保持不动。他在上臂绑了条压脉器，拳头猛力握紧放松，直到手背浮出青色的血管。

在这之前，我就已依照他的指示练习过，用蝴蝶针缓缓滑入表面平滑的柠檬，柠檬表皮的厚度和韧性与人类皮肤差不多，至少戴蒙是这么说的。这会儿，他让我先用手指抚摸手背上两三条通向手腕的平行血管。

我们曾用双手做爱，我握过千百次他的手，我以为自己早已熟悉它的每一次颤动、每一处凹痕、每一个弧度与脉动。然而，当他的手静静躺在我眼前等着接受针头，我却觉得那竟像是我从未造访过的异境。

"用食指感觉每一条血管，看看有没有弹性，是不是平滑，是不是……紧绷。"他拉起我的食指去摸两三条血管。"感觉得到吗？每一条都不一样，对吧？"

我点点头。我呼吸急促，想压制浮上心头的恐慌，因为我其实觉得每一条血管摸起来都一样，都很小。"选一条你觉得最大、平滑又有韧性的血管。"他又压着我的手指，沿着一条血管移动。"那条怎么样？感觉还不错。"

"好。"于是我深吸一口气，把针对准它，手指捏紧蝴蝶针头的两翼。

"不，不！"戴蒙突然大喊，我吓得抽回手。"抱歉，宝贝。海绵。要先用海绵揉一揉。一定要先消毒。"

我的呼吸更加急促了。我明明就知道，也看他做过好几遍，之前甚至帮他揉过手背，竟然还没开始就出错了。我赶紧拿出海绵，在我们选的那条血管附近揉一揉。然后我再次拿起针，悄悄吸气，希望戴蒙没察觉到我的焦虑和害怕。我把蝴蝶针往前移动。

"天啊！我们忘记戴手套了！"又是戴蒙，他的声调比之前高了一些。忽然间，我紧绷到冒出眼泪。戴蒙解开压脉器，将我搂入怀里。"抱歉，亲爱的，我不是故意的。我想我跟你一样紧张。"

但是我的身体开始发抖。这么简单的事竟然也能出错，我焦虑到脑袋一片空白，最基本的程序全都忘光了。我吸了吸鼻子，挣脱开他，走到房间另一头的旧柜子前，打开最上层他放输血用品的抽屉。"对不起，我刚刚太笨了。我知道该怎么做。"我又吸吸鼻涕。我找到超薄的透明乳胶手套，以往只有外科医师才会戴这种手套，但是现在凡是接触 HIV 阳性病患的人员，一律会戴上手套。"戴这个会不会反而让针容易滑？"我说，虽然知道听起来没有说服力。

"不会。"他向我保证。"外科医生都戴这种东西做精细的动作，进行精细的手术。"他停顿半晌。"戴上它一定有用，你会知道的。"

手术之所以必须戴上手套，还有另一个原因：HIV 病毒存在于血液中，要是我的皮肤沾到他的血，手上又刚好有割伤，可能就会被感染。虽然概率不高，大约只有百万分之一，但是他不想冒任何风险。我知道他不想刻意提醒我这种可能性，所以就说手套能帮助我插针。

现在我手上戴着密不透风的乳胶防护手套，整只手苍白得跟鬼魂一样。戴蒙又把压脉器放回去，先把它往上推，然后在二头肌上绑紧。接着他又把拳头握紧，好让手臂上的血管突起。我深呼吸，拿起蝴蝶针夹紧两翼，用另一只手感觉最适合的一条血管。

这一次，我惊讶地发现最适合的血管变得不大一样，比刚刚的那条小，却是现在感觉起来较"有弹性"的。我抓好针的角度，椭圆的小针头刺入的瞬间，我感觉到皮肤的阻力。我祈求血液冲上连在蝴蝶针末端的小塑料管的黄金时刻来临，但是眼前什么都没有，针头只是卡在戴蒙手背下一英寸的地方。

"摇摇看。"戴蒙咕哝着说，"轻轻摇一摇……试着换个位置，说不定就行了。"

我试着把针动一动，几乎是要把针抽出来似的换了另一个方向，但还是没有结果。我感觉得到，戴蒙非常努力不让自己有任何反应，脸部不要有表情。

"把针抽出来。再试一遍。在这条血管死掉前继续用它。"他平静地说，虽然我感觉得到声音底下的急迫。他的眉头满是汗水，我知道他多么希望我能成功。

额头上冒出的汗使我发痒，鼻子里忽然像是塞满黏液，我很想拧拧鼻子。我感觉眉毛上的汗珠肯定会流进我的眼睛，让我看不见东西。我把针拔出来重新再插，试着把针压平，对准蓝绿色的血管，却还是徒然无功。我的心越来越慌。

戴蒙叹了口气。"拔出来吧，宝贝，那条血管合起来了。没关系，你差点就成功了。我们再找别的，试试刚刚比较大的那条怎么样？"

我用酒精棉花把喷出来的血渍擦掉，那些是表皮里的血，并非来自静脉。戴蒙把压脉器拿开时，我拆开塑料封套，拿了一根新的蝴蝶针。我强迫自己冷静，却止不住手的颤抖。

"先坐一会儿，擦擦脸。"戴蒙亲切地看着我。"那需要一点技术，你很快就会找到诀窍的。要是很难的话我也不可能会，对不对？"

我点点头，感觉一阵反胃。我多么希望自己能做好，可是心里却吓坏了，不只怕找不到血管，也怕看见血。我试着挤出微笑。"我等一下就会搞定，你等着瞧。"拜托，上帝啊，你要我做什么我都愿意！什么都可以！只要让我这回能成功。

戴蒙又把压脉器绑回去，握紧拳头。我摸着血管，想着该选哪一条才好，因为没有一条跟我刚刚错过的血管一样粗，甚至还没有最先那条血管大。

我选了一条，用食指指腹确定我是否要这条血管。塑料手套让它摸起来感觉滑滑的，也颇有弹性，虽然我不确定到底是不是真的如此。我重新消毒戴蒙的手，拿起蝴蝶针，用食指和拇指夹紧小塑料翼，希望自己能拿得稳。

"放轻松，挺简单的。"戴蒙温和地说，"角度放平一点，感觉血管的位置，试着把针插进血管中央，像把小管子稳稳放进大管子一样。"

我把针放平插入。几乎是在针一刺穿皮肤表面，针头推至没顶位置，一阵血就同时冲上小管子。"太棒了！快点，把它接到皮下注射器。"他像只猩猩一样咧开大嘴，为我高兴。

我赶紧伸手拿已经装好凝血因子的皮下注射器，把连到蝴蝶针小管子的一端接到注射器。我的心脏跳得好剧烈，感觉就像要从身体里蹦出来一样。我根本没想到血，只顾着拿好手中的注射器。看着他美丽的黑色血液冲进小管子里，是我一生中最美好的时刻之一。

戴蒙把上臂的压脉器松开。

"做得好，宝贝！不愧是蝴蝶针夫人，《爱的输血》的女主角！"

我终于露出微笑，我也很以自己为傲。"哇！我表现得好吗？"我兴奋地喊着。

"小心，不要移动注射器，针可能会滑出来。"

戴蒙这么说，我马上又冷静下来。只要一想到必须从头来过，我就吓得一句话都说不出来。"慢慢、慢慢地把针筒柱塞往下压。"戴蒙轻声引导我。

于是我开始将珍贵的凝血因子压进他的血管里，忽然间，我觉得自己和他无比亲密，就像我们合而为一，就像我在给他自己的血，让他能继续活下去。我妈妈并不了解，我是多么愿意把自己的血给他。我简直就要哭出来了。现在，戴蒙无法靠自己输血时，我也能照顾他。这种喜悦难以言喻，大概就只有成为全宇宙的女王能与之相比。

接连打完两支皮下注射器之后，现在该将针抽出来了。我拿起酒精棉花。"现在该怎么做？"

"稳而快地把针抽出，然后用酒精棉花压住。血一会儿就能止住。"

我左手拿着酒精棉花，在插针口旁准备，等着一抽针就压住可能冒出的血。

戴蒙抬头对我微笑。"另一只手离针头远一点，宝贝。"他再次提醒我，他的血有潜在危机。针平顺地从他的血管滑出，我用酒精棉花把整个针口压住，不让它流血。突然间，一颗斗大的眼泪滴到戴蒙手臂上，我才惊觉自己原来在哭，同时又笑得像疯子一样。天啊，那种感觉真是美好！

# 第十三章

## 席蕾丝特

诱发男人爱情的墨西哥薄饼。

戴蒙真正的生活方式，其实与他所展现出来的大不相同。以前他总是很外向，很健谈，很活泼，但自从我们住在一起以后，我开始看见他的另一面。一个我不完全懂的新戴蒙开始浮现。同居以前，他偶尔会打电话取消某次约会，或随便编个借口，说接下来几天我们都碰不到面。对此我并不太在意，因为我也是个很需要私人空间的人，所以觉得没什么。但是，住在一起以后，我才知道原来那时候他都卧病在床，或者没办法走路而不得不待在家里。现在我才开始看到出血带给他何种痛苦，膝盖或脚踝随时可能出状况，于是我渐渐明白他到底需要承受——几乎是不曾间断——多少痛苦。

我们搬进去不久以后，有一天，我在我们美妙又性感的卧室醒来，躺着欣赏阳光在斑驳白墙上嬉戏。突然间，我觉得这一切的喜悦实在太庞大了，于是我跳到床上，抓起枕头敲戴蒙的头："醒醒，臭戴蒙。今天又是美好的一天，而且我爱你！"

但他只是对我微笑，依旧静静躺在床上。于是我整个身体趴在他身上，抱住他，开始用吻覆盖他。突然间，我听到一阵不由自主的哀号。我赶紧把身体抽开，两只手臂撑在他肩膀两

155

侧的床上，他的身体就在我正下方。他努力要忍住眼泪，血却因他咬破嘴唇流到了下巴，原来我拥抱他时，他咬住嘴唇不叫出来。

"宝贝，你的下巴沾到血了。不要舔，现在赶快去洗掉！"他只说了这些。他自己都已经那么痛，却还是连忙提醒我。

戴蒙的肩膀夜间突然出血，此刻痛得最严重。我去浴室洗完脸回来，发现他下巴的血滴到了我们白色的床单上。虽然我洗了很多次，也漂白过几次，印渍却一直没有去掉。然而现在，我却深爱着那张旧床单，咖啡色血渍的部位就盖在我的枕头上，我已吻过不知几遍，哭过不下百次。

我们依旧没有做爱。在尝试性行为之前，戴蒙和我希望先发展感情。我知道戴蒙很害怕，但是他也和我一样，希望彼此拥有独一无二的关系。

在这段过程中，有时我会开始把他看成一个老人。早上，他的关节炎总是很严重，全身腰酸背痛、四肢僵硬，就算没有出血也不太能移动。从我们的阁楼房间走下阶梯这段路对他来说十分辛苦，就连去厕所小便都很费劲。

痛得很厉害时，他偶尔会脾气不好，甚至对我大吼，虽然这很少发生。跟我以前习以为常的经验比起来，这不算什么，事后他也总会向我道歉。这对我来说反倒有些奇怪，因为在盖斯利之家成长的过程中，我们常常彼此大吼大叫。那些争吵常使我备感挫折，尤其是发生在我和妈妈之间；偶尔我也和玛兹起口角，大家甚至会真的痛恨对方，但我们却不怎么道歉。戴蒙会因自己的病痛和行动不便而感到灰心，我有时则是太嬉皮笑脸，所以他才会大吼要我成熟一点。但他几乎马上就后悔，每次也都会道歉。

他因出血而错过了大学的许多课程，主要是因为小时候就开始出毛病的一边脚踝和膝盖。后来我发现他病发时根本无法下床，但他太爱面子所以不告诉我，于是就直接不去上课。他讨厌自己必须尿在塑料水桶里，然后让我拎下楼倒掉。有一次，不知为何我非得回盖斯利之家一趟不可，回程时我把爹地用的尿壶带了过来，他却不肯用。或许水桶至少还比较有男性气概吧，我猜。尿壶会让他想起医院，那是他从小去到怕的地方。虽然我毫不在意，他却不希望把我当成护士。爹地临死前几个月已年老体衰，我服侍他时不知做过多少令人尊严扫地的事，一只塑料水桶根本不算什么。总之，我觉得没什么事是戴蒙不能请我帮他做的。

对他来说，楼上的房间既美好又要命，所以我建议我们将（装满唱片的）起居室改成卧室，戴蒙却十分生气。"这关节炎已经跟我大半辈子了，这么棒的房间，我们只能拥有六个月！"

我这才了解，所有事物对戴蒙来说都是一种取舍。他既然无法保证自己会发生什么事，所以有东西可用时，他总是尽情把握。他知道我有多么爱那个卧室和这整间房子，因此万万不能因为他出血或一点疼痛就放弃。戴蒙学习和病痛共处，就像有人要试着接受身上难看的胎记——他似乎让它变成生活的一部分，照常过日子。

大部分年轻人都想离开家里，这是所有被学校体制束缚过的人共有的终极幻想：可以自由自在地做自己，可以邋里邋遢，不用做菜，想在外面混多晚就多晚，开闹哄哄的派对，不用理睬家里的父母。这些事我一直都没被限制过，所以我想离家，其实是想建立一个新的家——一个朋友可以过来喝茶、吃点心的地方。我可以烤个苹果派，一起听音乐；一个可以自豪地和朋友分享的地方。盖斯利之家我待不下去，那里实在令人受不了。而且我已从学校毕业，没有理由再继续待在家里。我有兼职工作，存了一点钱；一个星期大概有一百二十美元收入，对我来说，那已经是很多钱了。戴蒙在伍拉勒电器行和沃克卢斯锁店也有一些收入，够我们两个人用。

我们本来并没有打算找房子，或甚至住在一起。我的意思是说我们都还这么年轻，何况戴蒙已经有个这么好的家。但就在我再也受不了盖斯利之家，确实也打算自己找房子时，这间小屋忽然自己冒了出来。就这样，我们有足够的能力自己生活，也能邀请朋友一起吃自己做的晚餐。

哈哈！自己做晚餐！除了两样拿手菜以外，戴蒙连"烧水"都不会。至于我，除了煎蛋三明治，厨艺也是半斤八两。我的意思是——真的连一点概念都没有！幸好不管我做什么，戴蒙都很喜欢吃。在我学会做菜以前，我们的朋友也容忍我做的怪食物，虽然开玩笑说可能会中毒。

试了几次以后，戴蒙会央求我做意大利肉酱面，那是我在某个晚上无意间做出来的。他偶尔也会秀那两道拿手菜，一道是他说他爸爸以前常做的咖喱，另一道则是他引以为豪的三分钟快熟面。他称这道食物为"救火面"，要是我把厨房弄得一塌糊涂、挫折流泪，他就会来厨房给我们俩做这么一道菜当晚餐。

但是渐渐的，我的厨艺越来越好，我还自己写了一本食谱，把所有没搞砸或我们特别喜欢的几道菜记下来。戴蒙过世几个月后，有一天，我找到这本食谱，一翻开，所有回忆又涌了上来。忽然间，我意外发现戴蒙也在上面用整齐的字迹写着：


救火面

烧半壶水，取出快熟面分成两份，放入两只汤碗中，把水壶的水各倒一半到碗里，搅一搅。紧急情况下超级美味！


在一次特别失败的晚餐以后，戴蒙跟我提起在他很小的时候，家里有一个西班牙女佣叫迪娜，会做墨西哥薄饼给他们吃。他非常喜欢这种薄饼，所以每当我又做了简直会毒死他的料理时，他就会开玩笑说：

"很好，只比迪娜的薄饼逊色一些。"

雷耶斯是盖斯利之家的一位西班牙房客，他是我们小时候唯一敢靠近的男人，有时还会在房里用加热炉煮东西请我们吃。听戴蒙这么说，我只好不情愿地回盖斯利之家一趟，看他能不能教我怎么做薄饼。

我们一起去采购食材，买了特别的马铃薯、特级橄榄油、鸡蛋和一大堆有的没的，还有两颗又红又亮的西班牙洋葱，和一只合格的薄饼平底锅。我就在雷耶斯的指导下，在他的小厨房用奶绿色的小瓦斯炉学做薄饼。我不得不承认它真的很香，做好以后，漂亮得简直像是锅底的一轮明月。

那晚，我拎着它回到我们的伍拉勒小屋，在晚餐时间秀给戴蒙看。我们俩狼吞虎咽地把它吃完，当他说觉得比印象中迪娜做的还好吃时，我真的得意极了。

那时，我们大概搬进小屋两个多月，就在那晚吃过薄饼以后，我们第一次在有着洁白被子的美丽大床上做爱。我不太记得那时的感觉；我想戴蒙太介意保险套，根本没怎么动。但在那之后，我们在我们的家并且躺在彼此的臂弯里，还有月光从窗外洒进来。我想，那是我一生中最幸福的时刻。

# 第三卷

朋友齐聚

# 第十四章

浪子归来。

小屋主人回来，欣喜地发现他的房子一尘不染，房屋状况甚至比他离开时还要好。他的珍贵唱片完好无缺，老旧浴缸上的花洒竟然还闪闪发光。然而，对戴蒙和席蕾丝特而言，这却是分离的时刻。他们没有别处可去，找不到房租低又不必和别人合租的房子。

我不愿意帮他们忙。那时，我每个月帮戴蒙缴一周五十美元的房租就已经很不情愿，现在干脆袖手旁观。贝妮塔和我都有被蒙在鼓里的感觉。我们希望戴蒙回来和我们一起住，也担心他的女朋友，我们对她还不够了解。他们偶尔会回来共进晚餐，这些时候，席蕾丝特看来似乎不太自在，总是直挺挺坐在位子上，有人跟她说话时才开口。她吃得也不多，老是细嚼慢咽，尽量避免和别人谈话。

在我们眼中，她是个非常年轻漂亮的女孩子，虽然肤色和牛奶一样白，好像有贫血似的。她第二次来吃晚餐时我提起这事，建议她去看看我们的家庭医师，她紧张、尖锐地轻轻笑了一声，猛然抬起头说："我天生肤色就苍白，也从来不晒太阳。我没有做日光浴，所以你们才会觉得我苍白。"那是她在我们面前说过最长的一段话，我当然不认为因为那样她才显得苍白。我必须坦承，要是她同意做贫血检查，我打算请我们的家庭医师欧文·莱特说服她一并做 HIV 检查。

虽然戴蒙再三强调他们会采取保护措施，但我们还是非常恐惧。他们睡在一起就足以使人担忧，我也曾在报纸上看过报道，说保险套有百分之十五的失误率。虽然就法定年龄来说，他们已有权为自己的性行为负责，可是在我们眼中，他们却还是孩子，我也确定他们是彼此的第一个性伴侣。虽然我和贝妮塔都没有明说，但我们暗地里都希望他们能因被迫停止同居而就此分手。虽然戴蒙明白向我们表示他很爱席蕾丝特，不过父母向来就不会把孩子的初恋看得太重。我们对距离的威力有信心，也相信和席蕾丝特分开便能将戴蒙带回他真正归属的地方——我们的身边。

后来，当我领悟他们对彼此的爱有多深时，我真是对自己的不敏锐深感惭愧。不久之后，我们便明白席蕾丝特是上天赐给我们儿子最美好的礼物，简直就像天使，是仁慈的上帝最终、最宽厚的赐福。他们一直携手走到最后一刻，我不曾在其他人身上见过这样经得起考验的爱。

但是那个时候，我还不接受小儿子的真爱宣言，只把他们的关系看成戴蒙想借由与年轻女孩为伍来试着宣告独立。戴蒙行事总是很有个性，这便是他借以炫耀与弥补其他缺憾的完美例子。

我告诉自己，他想离开我们，是再自然不过的事。在他的成长过程中，已经比其他孩子更需要留在父母身边，这种滋味必然不太好受。一般青少年的父母都不太清楚孩子有多少时间不在家，他们也许去学校、出游、露营、度假或从事自己的休闲活动，但戴蒙却不是这样。他几乎从来无法真正逃出家里，连完整的一天都不行，因此他现在想宣布独立，这也是人之常情。然而，他心情上的需求是一回事，实际上的生活又是另一回事。他对家里的依赖无可置疑；我们最能照顾他，也最了解他需要什么。贝妮塔和我安慰自己，过去六个月以来，我们自认已超乎常人地宽大与体谅，让他离开家里独住；可是，他回报我们的却是常常逃课，滥用他所得到的自由。

我们非常不高兴。尽管我们为席蕾丝特的健康担忧，但是私底下，我们不免觉得席蕾丝特或许要为戴蒙的逃课行为负责。总之，他们俩在一起的时间越久，就越有可能发生什么事，最后的结果对大家也更不愉快。

我们对她暴露在伺机性感染①环境中深感愧歉。这些年来，我们偶尔都会不小心扎到戴蒙的针头。我们把戴蒙宠够了，这趟冒险已然结束；在我们眼中，这个实验并不成功，该是他回家同时女朋友离去的时候了。不过，现在回顾起来，我们当然太过短视、过度保护，甚至也太自以为是。我们根本不了解戴蒙面临的是什么：虽然，若除去血友病和多年出血而逐日加剧的关节炎、关节过早退化不论，他的状况似乎还算好，但是潜意识里（不过我现在觉得这是有意识的选择），我们却都不想多了解一点艾滋病。

贝妮塔要是提起戴蒙 HIV 的情况，我总是以目前一切无恙来堵她的嘴。现阶段担心也没有用，因为医学上对这项疾病的了解还太少，也没有证据指出每个 HIV 阳性的病患最后都会演变成艾滋病患者。其他诸如天花病毒有可能终生潜伏在一个人的血液里，这个疾病为何不可能？我们又回到以往的模式：贝妮塔担心过度，我不够担心。就这样，多半是出于我的坚持，我们并没有积极去了解艾滋病，仅暗暗希望有一

---

① opportunistic infection，指原来对人不会产生影响或致病的病原体，由于人体器官处于极度易损伤的状态或人体内固有的免疫系统缺损（例如感染艾滋病病毒），使抵抗力降低或整个瓦解，致使这些微生物反而对人体产生危害，有时甚至会造成死亡。

天醒来，这一切都只是噩梦一场。

我们会用"那病毒"来指代戴蒙的问题，仿佛它们不过是流行性感冒病毒之类的，这样说不定它会变得有益些，而不是如此危险。贝妮塔和我对慢性疾病习以为常，每天都准备跟疾病对抗。戴蒙一生中随时都面临着致命危险。我们一天天逐渐熟悉了这些病。血友病完全无法事先防范，这个新病毒看起来也一样。从某个角度来说，我们真的是专家——我们就像穿着汗衫的消防队员，病症没发作时就一派轻松地坐着抽烟、打牌，随时准备一听到警报声响起就披上铜扣夹克进入警戒状态。

面对血友病，我们一向如此。我们都对迟早将至的危机心里有数，因为戴蒙上千次的出血不断提醒着我们。若要我们相信眼前这个苍白瘦弱的小女生有办法处理这种事，根本是不可能的。戴蒙需要我们这种上紧发条的神经，我们的冷静，我们的专业。因此我们希望他回来，这样不管是他的关节炎、他的出血，或任何这个新病毒即将带来的考验，他都能得到适当的照料。

戴蒙说他想休学找工作，在二十五岁以前累积他第一个一百万。这种想法一点都不令人开心。他竟然想和人生妥协，这并不是我教他的处世之道。我们家的人从不半途而废，我们绝不放弃，人生不过就是一种坚持，最后一个抓着绳索不放的人就是赢家。

这番话如今听来是多么浮夸不实！我常告诉他人生就像攀岩，一路往上爬的过程中会不时看到放弃的人失足滑落，他们再也无力抓住那迈向目标的脆弱裂缝。"攀岩的人不仅要有准备，还要有决心。"我会这么跟他说，"要知道怎么做，也要有胆识。"要是你能比对手多撑一点点时间，这永远是因为你有更充分的准备与更大的勇气。

如今我才知道这样的比喻有多贫乏无用，所谈的全都只关乎胜利与策略，除了毫无意义的征服所带来的满足与胜利快感，其中没有一丝喜悦。但在那时，这似乎是让一个自以为二十五岁以前就会赚到人生第一个一百万的年轻人清醒的好方法，何况，他还认为在这过程中将有无限乐趣。

戴蒙有种不可思议的乐观，他深信拥有成人世界的所有玩具，是他独有的特权，而且，以他的头脑，相对来说更容易实现。充满异国情调的水上豪宅，令人肃然起敬的火红法拉利以詹姆斯·邦德之姿自地下车库轰隆一声奔驰而出，美女对他青睐不已，夜夜笙歌，一瓶接一瓶的顶级法国香槟，一派冷酷世故，大权在握。这一切——当然，是借由他的个人魅力——都将展现出一个无视自己诸多肢体障碍（绝不会提到这点）的年轻人的聪明睿智，而他只有二十五岁。

我出身艰困，内心有和他一样愚蠢的信念，深信人生绝非易事。我也逐渐了解，生命的价值在于"做"，而不在于拥有。等你终于搜集好所有成人世界的玩具时，你将早已忘记如何把玩——因为乐趣必定来自去做某件事，而非花用你做某件事所赚来的金钱。

戴蒙渴望那些金钱可购得的物品，是后来才发展出的性格。小时候，他一直想当个医生；进入青春期以后，他决定要走科学这条路（很自然，就是医学研究），找出全球所有疾病的解药。解决他自己的毛病或许将列为首要任务，这纯粹出于很实际的理由，因为这样他才会有健全的身体，能带领医学研究迈入新纪元。我想所有小孩都会有这样辉煌的幻想，但我们却相信戴蒙能办到，因为他聪明又有想象力，研究医学的决心也绝不在他的智力之下。

然而现在的他却想打退堂鼓。他听起来不太脚踏实地，不像一个认真迈入成年世界的人。从前一周只上学三次的戴蒙，终将发现这样的人想在社会上立足并不容易。我告诉自己，我有责任让他回归现实，让他在因患关节炎而永久残废之前，先为将来那份他能乐在其中并且身体也足堪负荷的工作，做好知识方面的准备。

因此，对我来说，这件事毫无讨论空间。我认为他应该完成大学学业，为这个我们辛辛苦苦拉扯长大、浪漫得无可救药的天真孩子灌输一点纪律和常识。席蕾丝特没在读大学。她考上建筑系，却延后入学一年，这样她才能扮演家庭主妇的角色（至少我是这么看的）。我也坚信（做父母的总这么想）她是戴蒙逃课的主因之一。

把自己孩子的错怪到别人小孩的头上总是容易许多，因此我很快就开始责怪那位金发碧眼的漂亮姑娘夺走戴蒙的人生。所以我用了一些小手段，强烈坚持要是他没有通过考试，我一定逼他留级重读。他从小屋搬回家后不久，我就对他下此通牒，那时我在他房间帮他进行一次棘手的输血。那房间不大，还残存着他的童年：深蓝色天花板上画着星星，他的泰迪熊玩具放在有点摇晃的小衣橱上，衣橱门上还贴有标记他成长的剪报和贴纸。这些用剪刀一一剪下、贴上的纪念品从婴儿期的小兔子、小矮人、卡通动物开始，一路穿越他的每个生命阶段：摩托车、冲浪板、外国车——他找得到的各型号法拉利，一个冲浪手冲破一道大绿浪，下方另有一人乘着滚筒状波浪。剪得整整齐齐的贝多芬头旁边是一张施瓦辛格的照片，两个男人分别代表戴蒙不同层面的幻想。还有几张从杂志上剪下来的女生图片，虽然令人讶异的是并非来自一般的《阁楼》或《花花公子》杂志，或是月历上常见的手绘美女。这些都是他当时眼中的完美女性，从黑眼珠的东方美人到金发尤物都有。门上还有涂鸦、朋友的签名、电话号码、用神秘字眼标记的日期，像是阿尔菲、鞭炮、命运之日。呃！还有一个超级明显：毕业审判，指的是他的毕业考试。还有一段话当时必定是他的自娱之语，如今看起来却别具意义：

"你为什么有名？"她问。

"我就是有名。"他回答。

衣橱不再是衣橱，俨然成为他短暂人生的缩影。每个阶段的图片都轻率地盖在前一阶段之上，如今整个褪色的拼贴中，只能隐约看见他的童年。

衣橱是戴蒙房里唯一看起来不整齐的地方，他总是把整个房间收拾得干干净净，跟他两个哥哥完全不一样。墙上挂着几幅裱框照片，大部分是他自己的，其他则是本来挂在家里其他地方，他求我们让他挂的。他的床单总是整齐得连一丝折痕都没有，床单边角塞入床架，方正得像军营的床。以前我曾教他军中是怎样打理床的，自此以后，他就都那么做。他的床边则是他心爱的落地音响，总是一尘不染，并且不时升级，因为他对完美声音的追求永不停息。就连他书柜里的书都整齐排列，从小时候到现在的书依序陈列——不过，他很小就开始读相当艰涩的书，题材五花八门，光看书名可能很难想象这是一个小男孩迈向成人的阅读史。这次回家以后，戴蒙在衣橱上了一层薄漆，却还是无法完全遮盖底下的每个人生阶段。于是，一张张贴纸、照片、剪报从乳白色薄漆底下向外透出，仿佛化为童年幽灵返回的记忆。

和席蕾丝特在小屋同住几个月后，这个房间一定感觉又小又幼稚，塞满太多不愉快的过去。仿佛他好不容易逃开数月，这会儿又不得不重返回忆的桎梏。就在这间房里，他曾有数千个小时，只能一动也不动地躺在床上，盯着湛蓝天花板上的南十字星。这个房间，曾在数不清的艳阳天束缚住他，使他不能外出玩耍。当全世界的人都正尽情嬉戏、恣意玩乐、丢球、郊游，每天都有热切期待的新冒险时，他却只能孤零零一个人被关在这狭小的房间。当他的哥哥们正享受童年千变万化的美妙滋味时，他学会保持平静，因为光因想象带来的兴奋，就可能使他多受一次出血之苦。

但是那时的我丝毫没有体会到这些。我只认为戴蒙终于回到他所归属的地方，日子也会一如既往地过下去。席蕾丝特也回家去了，回到那位同样惦记着她、如今终能释怀的母亲身边，回到有温暖炉火相迎的家。

我根本没想过要重漆戴蒙的房间，把他的那些童年记忆刷掉。对我来说，这趟冒险已经结束，现在戴蒙必须服从我的指示，跟他两个哥哥一样上大学，才能有机会再次过自己的成年生活，为自己的行为负责。

在他出血之后其实并不宜马上争论这件事，因为无论我们做过多少次，输血总是需要高度专心的精细工作。完成之后，总令人有种大功告成之感，有点像辛苦练习跑步的运动员，终于得到运动后的休息时间。戴蒙还小时，贝妮塔总是利用这段时间讲故事给他听，或是安静坐着和他聊天，所有人都知道他的痛还会持续加剧数小时，但在痛苦开始退去之前，至少我们都是心连心站在一起的。

但是这一次，我没像以往一样顾虑那么多，而是悔恨当初为什么允许他租下小屋，现在才让他妈妈和我徒增许多压力，他的学业表现也令我们备感失望。我收拾用过的针筒和瓶瓶罐罐，用消毒纱布擦干净。

"戴蒙，我想和你谈谈大学的事。"我单刀直入。戴蒙一脸吃惊，如我所料。"大学的事？"

"嗯。我想你一定经常缺课，第一学年恐怕无法通过。"

戴蒙沉默不语，我看得出来他觉得我选错了时间，也打破输血后总是洋溢着安静与爱的不成文规定。他在床单上拾起一段线头，没有抬头看我，接着深深叹了一口气。戴蒙很擅长叹气，常把满怀的不赞同随一长声叹息宣泄而出。最后，他终于抬头看我，说："爸，我才刚出血而已！"他是在命令我遵守我们出血后一向的规矩。

"不！我们必须现在就谈！你回来了，我也希望你能回归好好念书的正常生活。"

戴蒙又把头一垂，把弄着床单，想找另一条松脱的线头。"爸，我不喜欢大学，完全是浪费时间。真的！"他抬头看我，眼神像在求情。"教的全是狗屁，爸。以后根本用不到！"

"那是你现在才这样想，再过几年你就会改变。现在学的东西当下可能用不到，以后就会派上用场。"

"一个文科学位有什么用？别期待了。你真的以为知道怎么从语法分析句子，就会对我的人生有所帮助吗？"他停了一下，"你知道该怎么从语法分析句子吗，爸？"

"我不知道。"

"你看吧！你是全球首屈一指的广告公司创意总监！不知道怎么从语法分析句子，这难道对你的工作有影响吗？"

戴蒙一向以自己的交叉询问技巧为傲，他会抓住一个论点紧咬不放，偏离原本的讨论主题，使他的对手盲目回答他所抛出的问题，根本搞不清楚一开始的重点是什么。

"从语法分析句子只是文法规则，就像钢琴的五指练习。你的学位是要教你如何了解、掌握信息，如何核对、交叉参照与思考。换句话说，就是如何运用已知，探索未知。这就是教育的真谛——它把你带到铁丝网前，然后启发你一些想法，让你能走自己的路，顺利通过无人地带。"我对自己这段精辟的总结颇为满意。

"爸，探索文学的所有入门书，我都已经读过了！"他特别用一种讽刺的语气，强调中间的那四个字。"有些书我十四岁就读过了。我不需要用语法分析它们，或特别写一篇文章探讨主角的隐藏动机或精神问题。这么做是在夺走最初的阅读乐趣。"他停顿一会儿，抬头看我，"上大学以后，除了课堂上指定的书，我几乎不再读书了。"

我右眉毛稍扬，看着他。"或许那是因为你满脑子都是另一件事？"

戴蒙马上了解了我的言下之意。"爸，你这么说不公平！席蕾丝特根本没有叫我不要去上课。"

"话虽如此，要是你今年考试不及格，你得重修，我也会监督你去上课，就算你妈必须亲自开车载你去，或是你得拄拐杖或坐轮椅。"我往前移一步，整个身影笼罩住他，"听懂了吗？"

戴蒙沉默半晌，低着头轻轻说："我已经缺了太多课。就算现在拼尽全力，也已经没有足够的学分通过。"

我在裤子上擦了擦掌心，我就是在等这样的俯首认错。戴蒙终于又回到我的掌控之中，于是我用温和些的语气对他说："还是试试看吧。这样明年重修也会比较容易。"我转身准备离开，知道他现在正在气头上，大概不会想看到我。

"明年？明年我可能就死了。"他淡淡地说，却还是让我听见。他的话像一把利剑，深深刺入我内心早已牢牢捆起、不愿想起的那些事。仿佛多年来的挫折、伤痛、羞辱，都因为他这句自怜之言聚集起来。我转身，咬牙切齿地看着他。"不准你再那样讲话。永远不准！不要再让我听到你说这种话！"不知不觉我又走到他身边，俯视着他。"你这该死的懦夫！"我口沫横飞，尖叫着说完这些话。

一说完，我瞥见他脸上的诧异与困惑，才明白他不过是说了任何受挫孩子会说出口的话，并非真的这么想，纯粹只是回嘴的不成熟行径。那句话也跟他感染 HIV 全然无关。

我伸手掩脸捂住自己的痛苦。"天啊，戴蒙，对不起，真的很对不起！"

他终于抬头，脸上难过的表情顿时消失。他向我微笑说："没关系，爸。我一定会击倒它的。你等着看，我绝不会让它发展成艾滋病。我保证。"

# 第十五章

# 戴蒙

摘录自戴蒙一九八九年十一月二十三日于新南威尔士大学一场研讨会上发表的论文。会议主题为"人体免疫缺陷病毒呈阳性反应／罹患艾滋病之儿童与青少年",由韦尔斯王子医院儿童暨成人精神科主持。当时戴蒙刚满二十三岁。

血友病是相当难以共处的疾病。它令人痛苦难忍,身体变得衰弱,并且难以预测,总是无预警地造访。大部分血友病患者都会同意只有少数的出血情况和肢体碰撞有关,例如扭伤或跌倒。但是更常见的则是自发性出血,毫无显著原因便发生了。

因此,这种病往往使人气馁,因为无法有效预防出血的情况。我们当然不会去玩橄榄球或打架,即便如此,单单每天的日常生活也可能造成难以想象的疼痛出血。不过,至少在我自己的生活中,幸好有一件事让血友病还堪承受,那当然就是身边有个有效并还算快速的治疗手段。就我以往的经历,出血的疗法已经从冷冻血浆(即大家所说的冷冻沉淀品)发展成浓缩的凝血第八因子,它呈粉末状。当然,凝血第八因子正是我们血液中的凝血成分。这种改变让原本两百五十毫升的输血量降到约六十毫升。浓缩凝血因子也比较容易保存、运输、注射。

因此,在大部分情况下,最严重的出血就是一两天必须躺在床上,一只手臂、手肘、肩膀、膝盖、脚踝,或以上所有部位都不能动。

当然，血友病最难处理的不在出血疼痛的那段时间，而是之后引发的关节炎对关节的伤害，这往往让病情严重的血友病患者不良于行，或部分关节完全残废。并且，大部分患者到十四或十五岁时，疼痛的频率也会加剧。

带着一副跟别人不大一样的身体度过青春期，自然不是件容易的事。女生天生好奇，你总有一天得向她们解释为何你跛脚或无法将手臂伸直，也无法避免被问到这个问题："你是不是一擦伤就会流血致死？"不过，因为这些问题从小就已经回答得很习惯，解释清楚并不困难，你也不会被视为异类。

但是世事难料。

毕生第一次，血友病变成一种必须藏匿的隐疾。

因为媒体的高度关注，许多人都知道了血友病患者是感染 HIV 的高危人群。也因为这项疾病的性质、目前的信息不足，以及它所引发的恐惧，血友病患者现在又多了一种必须忍受的羞愧。你不想让别人知道你有艾滋病，因为害怕被排斥，因此，你连身上的血友病都怕被别人知道。于是说谎成了最简单的办法，直接用别的疾病搪塞，像是慢性关节炎。不过，这招对刚认识的朋友可能有用，对本来就知道你有血友病的人根本没辙。所以要是他们问时（他们总是会问）你就告诉他们你是少数的幸运者，就可逃过一劫。但当我说谎时，我的心还是仿佛停了一下。

当然，这是针对你不想让他们知情的熟识；有些交情够深的朋友，你还有足够的信心，向他们说实话。不过话说回来，当你开始生病时，根本也没办法再瞒下去。但是向朋友吐露实情，并且知道他们支持你，这是面对这项威胁时最重要的支柱。

我想说的是，对血友病患者来说，谈论自己的疾病从来就不是难事，毕竟那就像糖尿病一样没有什么好羞愧的。然而突然间，我们却突然必须在朋友之中做区分，筛选哪些人能够信得过，可以告诉他们这项新消息。这实在是很困难的抉择。选错了，就得忍受无知和愚蠢的后果；选对了，便能在面对身心灾难之际，增添一份支持。

必须同时与血友病和 HIV 共处，身心煎熬不在话下。这不是我们在自怨自艾，血友病患者原本就比其他感染艾滋病的群体承受更多痛苦。那是因为我们本来就必须费很大的力气才能保持健康，总是处于身体疼痛的状态，或至少感到不适。然后到了某天某时，你就不能走路或一只手不能用了。在这种情况下，又多了这项艾滋病的威胁，有时日子都不知道要怎么过下去。

艾滋病所引起的最普遍问题之一，不是对生命的威胁，而是你常常会感到疲惫，全身缺乏精力。定期运动对血友病患者来说非常重要，游泳尤其合适，它既能确保充分的肢体活动与弹性，又能减缓关节退化。然而，当你的精力水平大受HIV影响，运动的意愿就会下降。HIV的存在，间接使血友病的并发症大为恶化。

另一个问题则是治疗本身。对某些人来说，AZT（Azidiothymidine，叠氮胸苷）简直是恐怖至极的东西！引起的副作用难以言喻。我服用AZT 已经两年了，从此患上慢性贫血，对本来已萎靡的精神更是雪上加霜。有时候，就连下床面对新的一天，都成了艰巨的任务。

这种情况能靠输血舒缓，我告诉你，可卡因一定就像这样，因为一打下去精神就来，生活又变得可以忍受，但是不久以后血红素一降，你又回到疲惫、受挫的状态。输血的频率当然也有限制，要是输得太频繁，铁质会堆积在体内，要避免这样的情形。所以最后的结果就是，你大半辈子都必须在精神萎靡或全身无力的状态中度过。

除了贫血以外，AZT 还可能致使某些人经常呕吐——我就是其中之一。虽然止吐药有点帮助，但效果不佳。后来呕吐情况严重到我每两个月才吃一次 AZT，因为这个药让我的病情有所进展，我不想停掉后又从头来过。不过，我还是颇为感激 AZT，它似乎让我还算过得去——虽然我猜就算我不吃这种药，也不一定会恶化。

当然，血友病患者并不是必须忍受 AZT 不完美之处的唯一群体，但是加上关节的疼痛，说真的，有时真的觉得糟透了。

坦白说，一想到会死于二十二岁——或甚至更早，实在令人难以接受。你们当然都知道这些事实和统计数据，但事实真相是：你内心深处其实相信自己逃得过。我注意到年轻的血友病患者尤其如此。你能挑战这种可能性，或许你能是那少数的特例。

然而，现在医学却证实事与愿违，医生也会说你的时间不多了。我无意冒犯今天在座的医学界朋友，但我必须说，就我个人的经验，要是我们开始相信医生不得不说的每句话，我们的日子会更难过。

身为一个不想死在这种病毒手里的人，我渐渐发展出一种心态，把这种疾病想成是慢性病，而非绝症。或许这是因为我已对慢性疾病习以为常，也学会以这种态度作为内心的防卫机制。但我坚定地相信：要是一个人的心够强壮，即便凶猛如艾滋病，能战胜的概率都比一般情况大得多。

刚刚我曾说过，我注意到大部分血友病患者都相信自己能战胜这项疾病，即使无法全然击败它，至少能不再恶化。然而，从我在医院的所见所闻，这种态度在同志身上却比较少见。我想这大概是因为长期疾病对血友病患者比较不陌生，他们从小到大都必须面对严重的身体不适，因此面对艾滋病这种新型疾病时比较容易调整好心态。

疾病是我们需要适应的一件事。如何调整好自己的心态，这才是衡量我们是否对疾病处理得当的指标。一个人要是察觉到调整自己的心态其实比较容易，那么即使不用逻辑推想我们也知道，对这人来说，真实的病岂不就变得没那么难以处理？

成功调整自己的生活方式与行为模式，接受自己的身体正与一个入侵者对抗，这便是自我疗愈的能力。我说的并不是抵抗疾病的精神疗法，或严格定义上的心理层面，而是一种全面的态度，一种看待事物的全新角度。

这绝不包括消极的态度。要能面对现实，以最有效的方式自我调整，善用你所知所学，才能拥有自己想要的生活。

至少，这是我所企盼的人生——一个又长又完整的人生。

谢谢。

# 第十六章

反派摩斯拉，鼻涕萨姆，寄宿人罗杰。

一九八五年的圣诞节和一九八六年一月，戴蒙都在家里和我们度过。但是新的学期开始前，他就与席蕾丝特和另外两个学生搬进一间小房子，位于邻近悉尼大学的内城郊区皮尔蒙特。席蕾丝特已经注册进入建筑系，两个人都回到大学以后，我有信心戴蒙会认真学习，并开始工作，于是同意两人复合。我承认自己听起来很傲慢，很强势。虽然依法律上的规定，戴蒙已经可以独立，但我认为三个孩子要是没有取得我们的同意，还是不会径自搬离这个家。

戴蒙请求搬到外面住时，采用的逻辑一样使人不得不点头：他完全没有提到要和席蕾丝特同住，只说从家里到学校的长途车程太累人，即便我依（他的）建议给他一辆车，他的脚踝有时还是会出血，仍无法开车。我和贝妮塔都很清楚，虽然戴蒙已回家一阵子，但他和席蕾丝特丝毫没有离开对方的意思。我们自大、武断地允许自己做出这种决定，后来却逐渐相信两个人真心相爱，且以一种特别的方式需要对方。

他们不太像一对年轻恋人，比较像由两个人和一对叫萨姆和摩斯拉的猫组成的老练家庭。萨姆是个失败者，常常流鼻涕、打喷嚏，一脸惨样，不时挡到路、自己被绊倒。摩斯拉则很邪恶，天生就是猫中恶棍，凭着铁爪横行在小巷中。它才六个月大，就已经是街上的头头，身上的疤痕足以证明。两只猫都流着十字路野猫的血，带着犯罪的基因。

盖斯利之家的一只老猫潘多拉生下了数不清的小猫，它们是其中两只，生下来就被遗弃。于是好心的席蕾丝特把小矮子萨姆和火暴摩斯拉放进一个坚固的塑料袋里，一路拎去伍拉勒的小屋。两只猫马上回报她一窝跳蚤，跳蚤在起居室老地毯肥沃的灰尘里形成一个像成吉思汗的游牧民族，骁勇善战、无孔不入，各式各样的化学武器皆扑灭不了。

离开小屋以后，席蕾丝特也把摩斯拉和萨姆带回盖斯利之家。摩斯拉随即逃入五光十色的十字路街头，唤醒它的坏习气，学习生存战术。只有伤痕累累时，它才会逃回家包扎。

另一方面，萨姆的花粉热和流涕鼻则让它跑不了多远，顶多偶尔天气好时跑到盖斯利之家外的人行道晒晒太阳。它未老先衰，两腿僵硬，不时气喘吁吁、喷嚏不停，俨然变成那一带的慢性病猫。

席蕾丝特鲜少提起她的家庭或是在家里的生活；除了知道她没有父亲，现在和她母亲和外婆同住以外，我们对她几乎一无所知。从她读坎巴拉女子中学的背景，我们直接假定她来自一个传统的家庭；她不愿谈起妈妈，也只是她内敛个性的一面。

她和戴蒙来我们家里待久一点以后，才变得不那么害羞，我们逐渐发现眼前是个聪明的年轻女性，机智又有魅力，完全清楚自己和戴蒙即将面临的未来。然而，在他们两人的肉体关系这个议题上，她却变得相当顽固。她不否认他们和住在一起的年轻情侣一样。"我们做了必要措施，布莱斯。这是我的人生，我的决定。"有一次，她这么跟我说。显然，在这件事上她坚持自己有选择的权利；她也以她独有的轻声细语，要我别多管闲事。

然而，在其他事情上，她对我们越来越信任，很快我们便了解她在家里相当不好受，原因也十分充足。我们越来越不确定她和戴蒙不会死灰复燃；但一直到他们又回到属于两人的地方以后，我才完全了解她从小屋回到盖斯利之家经历了什么样的折磨。我记得她是这么说的：

"离开小屋真是……糟透了，糟透了！我根本不知道自己该上哪儿去。我和戴蒙共度的六个月突然结束了。小屋的一切，就像一则童话故事。忽然间，我又必须回到盖斯利之家，回到我妈妈身边和那一团烂泥里。

"那段日子真的很糟。我回到我小时候的房间，一切都没有改变，周遭还是又脏又臭。我妈倒是乐死了，对她来说，我这一回去就留定了！永远留在那里，不再踏出家门一步。"

我问席蕾丝特，她如何看待母亲在她童年时的不闻不问，进入青春期后，又对她施以强烈的控制欲。

"因为她认为我的离开是对她个人的伤害，是我出于个人恩怨想反抗她。她认为我不孝顺。她认为她拥有我，就像拥有一张椅子、一幅墙壁上的画，或房子里的东西一样。房子是她的，而我是房子的一部分，也是她的一部分。她创造了一个家庭并拥有它，直到她死的那一刻，这一切都属于她。"她停顿半晌，想了一会儿，"这很难解释。我姐姐、弟弟和我就像厨房角落的一窝老鼠，无论她喜不喜欢，总归一句，全都是她的。"

席蕾丝特抬头看我，漂亮的脸蛋皱成一团。"她以我们为傲，但跟你以戴蒙、布雷特或亚当为荣的方式不一样——单纯因为我们是从她身上来的。她认为我们是她的一部分，我们的所作所为和所有成就，全都属于她，因为她是如此优秀。所以当她看到我——她财产的一部分——离开她时，她简直难以忍受，就像是我把自己从她那边偷走一样。所以我一回去，她简直乐翻了。"

席蕾丝特停下来看看后面，仿佛想确定她妈妈没有在旁边偷听。"我没办法告诉她我打算只要情况许可，就会马上搬离家里。后来我在家里待了六周，那大概是我人生中最惨的六周。不仅和戴蒙分开，还又被推回肮脏和混乱的泥沼里，整个人生支离破碎仿佛只是早晚的事。回家后的每一分每一秒，我都厌恶至极。"

席蕾丝特越来越得我们家疼爱，我们也渐渐了解，他们在一起对双方都比较好。除此之外，我们根本没有法律或权力能迫使他们分开，也不再想这么做。他们似乎很需要对方，又相互契合，有如能填补彼此在情感上所缺的那块。

来自一个具有安全感的和乐家庭的戴蒙，虽然表面上总是一派自信，甚至有些冷漠，内心深处却对自己肢体上的缺陷缺乏安全感，渴望他人让他释怀。席蕾丝特似乎完全没注意，抑或不在意那些困扰他的身体不便；在她眼里，那个样子的戴蒙就已是完美。

另一方面，戴蒙让席蕾丝特有一种被需要、被爱的感觉。她是他的一部分，也是他家庭的一部分。他们之间存在着一种平静，两个人也很少吵架。席蕾丝特成年后首次感受到的爱与安全感，竟是来自如此脆弱与危险的一段情感，这真是很矛盾的一件事。

戴蒙早在问我能不能再度离家以前，便已和席蕾丝特开始私下找房子。这段过程令他们对现实世界大开眼界。随着大学开学在即，他们也愈发气馁沮丧。戴蒙以为我会给他一点零用钱，席蕾丝特也会有资格领到每周八十五美元的学生租房津贴。但是，凭这么一点钱，就连雷德芬的跳蚤、蟑螂窝他们都租不起。最后，他们才知道，要是他们想要有自己的房间，至少得和其他两个学生合租。

他们最后找到的工人木屋盖于十九与二十世纪之交，看上去实在不怎么吸引人，但至少重新粉刷过，相当干净。这间房子邻近悉尼大学，正门对着皮尔蒙特的一条街，夹在两条主要高速公路及一条旁道中间的小岛上,它和邻近其他六间木屋、一间小铸铁厂及一间大库房,曾是一间铁皮屋汽车修理厂的一部分。后来西部高速公路一修,通向内城的众多水泥路将这一带围成一座尘土飞扬的孤岛,这里的机能也不复存在。

但是,房东要求的房租必须要四个人才负担得起。他们的新家一楼有两个房间,还有一间小阁楼。每天早上六点一到,穿梭的大卡车就会让整间房子激烈摇晃,在不同房间必须要用喊的,对方才听得见。不过厨房倒是不错,浴室也算能用,小小的后院还有一棵树给摩斯拉,一小条阳光地带给萨姆。事实上,要不是因为这地方一大早就车声隆隆、烟尘满布,他们俩根本租不起这样的房子。唯一对这个新家不满意的家庭成员便是摩斯拉,它总在夜深以后从围篱溜出去,奔向半公里外灯红酒绿的中国城。萨姆当然待在家里。

在悉尼音乐学院念音乐的西蒙·巴特利特,"巴尔迪",搬进阁楼房间,里面小到只能放一张小书桌和床,他甚至无法站直身体。他人高马大,个性随和,一看就知道不会惹麻烦,还是个好帮手。从某方面来说他还能做菜,他每周至少都会煮一道奇特菜肴——"巴尔迪大杂烩",半公斤的碎牛肉、一包中国泡面、米和卷心菜。虽然大伙儿听到又是这道菜总是大声哀嚎,不过它能填饱肚子,味道也不错,尽管接下来的两天都会严重腹胀。

戴蒙和席蕾丝特住进次好的房间。第四个房客,则是在艺术学院看到租房广告、打电话来的罗杰。房租是依房间大小分配,由于他能分摊最多的钱,之后被称作"寄宿人"的罗杰于是搬进了空间较独立的起居室,和其他人共享的空间不多。

和所有合租的房客一样,他们一开始就先约法三章。大家放二十元进存钱罐买食物,共同分担家务,轮流下厨。不过很快大家就发现这个规定和寄宿人罗杰不合,因为他的成长背景和其他三个房客大不相同。

溺爱他的父母给了他一台彩色电视机、一台录音机，还有源源不绝的美味食物。这些东西全都放在他的房里，他往往把电视机和摇滚乐的音量开到最大，还有到他手里便走了调的美丽吉他也是如此。有时，他会让这三样东西大合唱。

戴蒙常常发现音乐放到一半，就被寄宿人罗杰房里传来的噪音打断。长号好手巴尔迪也不得不逃到后院练习自己的课程作业。

有了小屋的经验以后，席蕾丝特俨然已成为一名厨师，也对持家、喂饱饥肠辘辘的男人这种事了如指掌。三个男人和一个女人同住一个屋檐下，大厨一职肯定落入她手里，再加上她对干净的偏执，最后她也扮演了清洁工的角色。她去附近的鱼市场买菜，吃的是咖喱、碎肉、蔬菜这类标准食物。要是寄宿人罗杰对伙食不满意（这种情况常有），他就自己吃自己的，一点面包屑都不会分给别人吃。

戴蒙下厨时会做咖喱和意大利肉酱面。偶尔席蕾丝特要是生气罢工，他还会烤片吐司、抹点酵母酱，烧点水，冲泡中国城附近卖得超级便宜的中国鸡汁泡面，像个紧急厨师。但是情侣和其他人同住，本来就很不容易，许多事的标准必然比其他人来得严格，也会变得相当强势。席蕾丝特希望她的家干干净净，光这一点就常常把她惹得很生气。

其他人其实称不上不干净，但是有了伍拉勒和盖斯利之家的经验以后，席蕾丝特绝不容许她周遭的环境再次变得一团乱。她希望屋子里所有人都得遵照她的规定，偏偏她这个人又很难缠。大家都管她叫"席蕾丝特女王"，要是见到哪儿不合她意——大部分是家务——她马上就会摆出那副高高在上的威严脸色。

寄宿人罗杰似乎完全没受过家务训练，连开厨房的水龙头都有点问题。即便以现代年轻人的低标准来看，他在这里也可说是全无用武之地。

在他们决定把厨师棒全权交给席蕾丝特女王以前，正好第一次轮到寄宿人罗杰做晚餐，他一大早就去超市买了一只跟火鸡一样大的大号冷冻鸡。他连保鲜膜都没拆，就把整只鸡塞进烤箱里，将火力开到最大，便自顾自去学校上课了。

那天要不是因为戴蒙临时出血，不得不提前回家，恐怕会发生一场灾难。一回到家，他就看见一间屋子猛冒烟，还有萨姆发狂式的喵声——原来他不小心被寄宿人罗杰锁住了。当窗户打开，黑烟飘散，寄宿人罗杰的大号鸡也缩水成焦黑的小母鸡。自此以后，萨姆的眼睛总是泪流不止，一把鼻涕一把泪的，更加惹人怜爱。两个星期后更是令席蕾丝特心碎，它误把高速公路的一段阳光地带当成盖斯利之家外的人行道，当场被大卡车的轮胎送进坟里。摩斯拉连葬礼都懒得现身，更别说送上一束猫薄荷悼念。它才没时间搭理窝囊废。

寄宿人罗杰除了恼人地杵在那边以外，对他们的日常生活其实影响甚少。不过，他们第一天共宿时，倒是发生一件趣事，让席蕾丝特日后偶尔还会打趣地叫他"血腥罗杰"。

搬进这间屋子的工程量浩大，使戴蒙的膝盖严重出血。屋内一团乱，唯一有空间输血的地方，当然就只有餐桌。奔波了一整天，戴蒙只想赶紧把针插好输血，快速解决。

但是罗杰从没见过这种情况，于是赖在戴蒙身旁不走，他的手肘靠在桌上，双手抵着下巴，问一些令人火冒三丈的问题。戴蒙当然对这样的打扰和不得体的问题备感不悦，却又不好意思打发他去整理东西，只好想着要怎么速战速决。

"你知道有些人一看到血就会昏倒吗？"罗杰没礼貌地问。

"嗯，大概有吧。"戴蒙回答，对罗杰恼人的兴致相当不耐烦。最后，一等压脉器定位、血管突起，他就熟练地把针头插进右臂，一条细细的黑血随即冲进管子里。罗杰当场昏倒，头砰的一声撞到桌子上去。

不过，尽管寄宿人罗杰可算是四人之中的独行侠，不像巴尔迪那样一见如故，但要记得一点，他本来就不是要来这里加入群体，成为大家喜爱的好友，况且，他总是准时交房租。总之，他并不算他们的生活最大的混乱源头。倒是席蕾丝特的妈妈，会在早上六点歇斯底里地打电话来，用言语荼毒她。"我知道那屋子里的所有男人你都睡过了！真是个贱人！"她会这么尖叫，接着说起戴蒙靠席蕾丝特的血维持生命的老话。席蕾丝特只要在电话上听到妈妈的声音，瞬间就变成毫无能力抵抗的小孩，完全不知道该如何抵挡这言语的攻击。她只能眼泪汪汪地矢口否认，母亲恶毒的尖声嘶喊往往令她呆在那里，完全无法回击，直到戴蒙被她的呜咽声惊醒。

他会把话筒抢过来，挂断电话，然后把话筒丢在一旁。

"他会把我搂进怀里，摇摇我，告诉我他有多爱我，直到我不再哭。"席蕾丝特曾这么告诉我，"'你需要我帮你煮一碗可以消除记忆的中国泡面。'戴蒙会这么说，然后步履蹒跚地走进厨房。大清早的他，身体总是因关节炎而僵硬，走路非常不容易。我曾听他把水壶转开时痛得哇哇叫，像是走在一片荆棘路上。有时，他的身体歪向一边，走回房间的路上就已经把面洒了一半。然后他会把面端给我，总是对我说：'来，宝贝，这是我为你特制的中国忘忧药。把这杯喝下去，你甚至不会记得你妈今天打过电话，今天就又是完美的一天。'"

席蕾丝特抬头看我，眼中满是泪水。"有时我好想他，没办法相信他已经离开的时候，我就泡一碗戴蒙的特制中国忘忧面，坐在角落好好哭一下。直到现在，戴蒙的面还是能帮我驱退忧伤。"

席蕾丝特的妈妈只来找过他们一次，突如其来地夺走她的艺术书籍。席蕾丝特非常喜欢这些书，也是她建筑课的重要参考书目。但是她妈妈的原则是盖斯利之家的东西都不属于席蕾丝特，于是硬生生把它们都带走，同时也拿走了阿德莱德。

阿德莱德是席蕾丝特很小的时候在家里发现的大理石雕像，她也一直把它当成朋友。阿德莱德很完美。在席蕾丝特心中，它住在一栋美丽的维多利亚风格洋房里，屋檐下攀着玫瑰爬藤，穿一身最美的衣裳，一天沐浴两次，身上总是飘逸着4711古龙水的香气。那时她想，长大后就要像它一样。席蕾丝特上次和戴蒙搬进小屋时，她妈妈就不让她把阿德莱德带走，她一直很想念它。这一次，除了艺术书籍和随身衣物，席蕾丝特就只带走了它。

"这些都是我的东西。书和雕像，统统归我！"席蕾丝特的妈妈如此宣称，"你竟然斗胆偷拿？我要把它们带回去！"

"那时我简直吓坏了。"席蕾丝特回忆道，"我知道这听起来很蠢，但是阿德莱德真的好美，大理石的身上穿着一件半透明袍子，露出一侧乳房，头上还戴着小玫瑰花环。在我很小的时候它就陪在我身边，总是在床边的窗框上守护着我。每个晚上，我都会向阿德莱德倾吐所有的秘密。我的一切，它统统了解。现在，书和阿德莱德都没了，我觉得整个人都被掏空了。那是这世上我唯一拥有的东西，但我却突然再也不能拥有它们，因为一切都是我妈妈的。我求她留下阿德莱德，她恶狠狠地说：'回来，我就给你！所有东西都属于我，就连你也是！'

"我记得戴蒙过来搂着我说：'让她拿走吧，你不需要了。我们只需要对方。'"他直视着我妈妈说出这些话，我以为她会发飙，控诉他吸我的血。我妈妈人高马大，一旦歇斯底里起来，整个人会变得相当可怕，一定会把戴蒙剁碎。她想用目光压倒戴蒙，但是没成功，只好把我所有珍贵的书都扔进她带来的帆布袋里，把阿德莱德夹在腋下，气冲冲地走了，连门都没关。萨姆就是那时跑到高速公路上的，但是这件事我们后来才知道。那天下午，罗杰进屋子时说：'路上有一只死猫。你们

真该看看它被卡车碾了一整天以后，变得有多扁。'

"妈妈离开了一段时间后，我能从戴蒙抱我的手感觉到他有多愤怒。但是，他从来不曾在我面前说她的坏话，只是抱着我，一遍遍地说：'没事了，宝贝。没事了。要记得，唯一重要的事就是我们俩在一起，你和我在一起。'然后放很棒的音乐，莫扎特或维瓦尔第之类，我会顿时觉得备受宠爱和保护。"

戴蒙和席蕾丝特的房间其实颇大，席蕾丝特努力让它看起来像是他们在伍拉勒的阁楼房间。戴蒙架起他的音响设备，席蕾丝特把房间刷成白色，让他们躺在床上时，能想起上一个共有的家。

但是这张床却带给戴蒙不小的麻烦。一个朋友借给他们一张日式床垫，本来早上身体就已僵硬酸痛的戴蒙如今更是雪上加霜，因为床垫是直接铺在地板上的。就算没有疼痛，每天早上一醒来也像身处炼狱，因为中国城对面不到半公里外的达令港正在兴建市民休闲园区，每天早上六点，水泥大卡车便准时开工，在门前轰轰驶过。

激烈震动的床会把戴蒙摇醒，大卡车声震耳欲聋，关节炎使他的身体硬得像块木板，硬床垫更加剧了这种状况。就这样，他缺课的频率越来越高，因为除了关节炎的疼痛达到高峰，他往往一起床就出血，必须待在家输血。

席蕾丝特把出血更胜以往的大部分罪过都怪到不可原谅的床垫上，两个人却从没想过向我们要求一张双人床。他们俩一起睡的事，我们都同意双方不再提起，或许也让他们更难为情向我们开口。我并不知道戴蒙睡得很不舒服，因为他们虽然几乎每周回来看我们一次，但我们尊重他们的隐私，而我也只在他们邀请之下短暂拜访了一次他们的新家。而唯一的那次，我也必须羞愧地承认，自己并没有发现他们需要一张舒适的床。

我想，独立对他们而言非常重要，尤其是席蕾丝特。有些事他们认为能自己处理，也不想麻烦我。我帮他们付了保证金和第一个月的租金，就这样而已；我相信他们心里都怀有恐惧，担心又要像上次一样夹着尾巴回来敲家门。

　　我给了戴蒙一点零用钱，席蕾丝特也领到一笔租房津贴，但每个月要让收支平衡一定不容易。不过他们还是做到了，并且吃得不错，玩得也开心，对此感到相当自豪。席蕾丝特每个星期也去一家研究公司工作两次，做四小时电话访问，每周六早上还去超市作问卷调查。她对那家名叫瑞普夏特的公司厌恶至极，一个晚上打了近两百通电话，只有十个人愿意回复问卷。这份工作既无聊，对自己又没有益处，但是时薪有八元，去一次就能赚三十二元，让席蕾丝特的收入加倍。大部分人都只撑得了两个月，席蕾丝特却待了一年，为了避免饥寒交迫，她还做了超额的工作量。

　　大学的第一学期过后，戴蒙跑来见我。他求我允许他离开大学，去找工作。他跟我提到加剧的出血和关节炎情况。在他的强力说服下，我也几乎相信出血是大学压力的心理反应。他甚至劝服贝妮塔站在他那边，这回我只好屈服。那时我们对艾滋病的了解越来越多，他最近的检验结果也显示 T 细胞的数量稍减。

　　T 细胞是人体血液中对抗感染的细胞。没有它们，我们的免疫系统就会有漏洞。艾滋病本身并不致命，但却需要大量 T 细胞去对抗，因而使伺机性感染得以入侵身体，最后致人死亡。

　　我内心升起一种不祥的预感，觉得"那病毒"即将开始发威，因此我同意让戴蒙离开大学找工作——虽然我没有再次警告他：年轻人要找到薪资优渥、不费劳力、内容又有趣的工作并不容易，无论你有多聪明。

　　"我一定会找到的，爸。"他兴奋地向我保证，那个自信满满的戴蒙又回来了。"等我领了第一份薪水，我们就可以搬去一个比较安静的地方，没有水泥卡车或寄宿人罗杰，还能买一张舒适的双人床！"一如往常，戴蒙正好捞到他想要的工作。那是一家经营货币交易的金融公司，戴蒙在那里要学习如何进行货币交易。那正合乎戴蒙心中期盼的自我形象：以钱赚钱，神经上紧发条，整日进行脑力激荡；在同事中出类拔萃，杰出表现很快便惊艳四座，打响名声，传遍各大国际金融公司，就连这些公司的大人物说起他时，语气中都带着几分敬意。

　　唯一的问题是：尽管他是中国泡面高手，泡的茶却十分难喝。身为一个泡茶小弟，他处理邮件、整理计算机键盘、屏幕等，只能算做得差强人意。戴蒙终于踏进了现实世界，砰的一声跌入人间。

# 第十七章

意大利基因，大轮胎，微薄外快。

戴蒙开始赚钱，要是跟他和席蕾丝特之前的收入相比，确实是一笔不小的钱。有好多事他想去做，偏偏每件事都跟钱有关。对他来说，拥有一辆法拉利真的很重要，这样他才能进入他所谓的"高速生活"。这纯粹是因他个人而需要的。虽然他丝毫不曾流露出自卑，但我想，他在心里把童年的活跃往后延长，留到长大后再来弥补。那些他从来不能参与的游戏、不得不放弃的郊游、特别的玩乐，等等，全都转成看似成人的小孩玩意——驰骋的汽车、音乐会、美女、高级餐厅——他还要一身雅痞行头和这些东西相称。

他曾跟席蕾丝特解释："一切都会很完美的。你等着看，一定会。我们什么都能有，我什么都能给你，我们什么都能做！"虽然他一再重申，他相信自己的 HIV 不会转成艾滋病，坚持会用他的"心灵力量"控制住，他却意识到关节炎越来越恶化，关节的活动越来越不灵敏。我想他大概是希望趁还能正常行走时，尽量多过点生活，以免那些病痛越拖越长，让他太早就终身残疾。

他回家来探望我们，上完第一周的班，整个人容光焕发，还买了束超级豪华的红玫瑰给他妈妈。"妈，你看，茎长花又美，每一朵都很漂亮。我终于开始自己的生活了！"他转头看

191

我，"那工作很适合我，爸。"他停顿半晌，吸口气。"我有钱了！"

我笑了笑。戴蒙遗传了他妈妈把钱当成日用品的态度，手头上的钱不可停留太久，马上就兑现成比小小钞票更能使人亢奋的具体物质。即使他们生活上须仰赖钱，却从来搞不清楚任何澳大利亚纸钞上的图案或文字，颜色倒是例外，他们只要靠这点就可以使用金钱了。

"试着存点钱吧。"我没有说服力地说。

戴蒙不是没听到我的话，就是这个概念陌生到他无从回应，马上又继续兴奋地说："面试时我坐在休息室，看见一个屏幕。"他指指我头上几英尺的墙壁，"上面闪着各式各样的货币：日元、英镑、德国马克、瑞士法郎、绿钞。"他停下来解释："爸，绿钞就是美元的意思。我坐在那里研究，我知道我办得到。我的脑袋自己在计算百分比，就像是本能反应，根本不需要我特别思考。"戴蒙的眼睛闪闪发光。"然后有位库珀先生给我面试，他是老板。过了一会儿，我看得出来他知道我懂，因为他问我货币的概念是从哪儿来的，我就跟他说：'刚刚在休息室坐了一个小时，长官。'他笑了笑，说：'那好，你最好下周一就开始上班。我喜欢员工准时。'"

我们都笑了起来。戴蒙不太能自我规范，对时间更是一点概念都没有，早到一小时或晚到一小时都有可能。

亲耳听我赞同他的第一份正式工作，对他来说相当重要。他说要先征服商业世界、累积一点钱以后，再回学校念书。这不只是让我安心而已，我确定他真是这么想的。戴蒙从不口是心非，不过之后的执行能力不太好就是了。

"席蕾丝特跟我说，你最近出血很严重。这样你要怎么工作？"我希望分享他的喜悦，也确实为他开心，但是他如果因为出血而无法继续读大学，我无法乐观地相信他能胜任全职工作。我想我是希望他先有点心理准备，以免身体最后又让他失望。我大概有点像在泼他冷水，但他确实需要人挫挫他的盛气。一直以来，戴蒙若是因为出血无法依约出现，那些临时工作单靠他的热情和人格特质还能保住。大家总是愿意原谅戴蒙，不只是因为了解他身体上的毛病，也因为他为他们的人生带来美好。认识他的人，无不都被他的个人魅力吸引，他也没有滥用这样的喜爱。

然而我心里清楚：没办法帮卡莱尔药房送货，没办法在委托推销的伍拉勒电器店出现，或是请从不推辞的托比帮忙在沃克卢斯锁店代班是一回事；保住国际金融公司高压力的工作又是另一回事。

"爸，没什么。我会出血是因为床垫！我们的床垫直接铺在地上，所以我才会出血。现在没问题了，我们会去买一张床，席蕾丝特和我明天要去哈维诺曼拍卖场。他们的拍卖取货两个月后再付钱就行了，我们会挑一张合适的床垫。"

我非常震惊，虽然我没有权利。我满脑子只想着他们共睡一张床，却从没问（甚至没想过）他们睡的是哪种床。"你的床导致你出血？天啊，戴蒙，你为什么不早点儿告诉我？"

戴蒙低头看自己的鞋。"爸，我们不能请你帮我们买双人床，你知道的，尤其已经给你惹了……那么多……麻烦。"他抬头用恳求的眼神看我，不希望破坏原本的气氛，我也看得出来他急于转移话题，以免我们又吵起来。"爸，我的行头不够。我需要几条你的丝质领带，几件衬衫，或许还有一些别的衣服？我看起来一定要像个成功人士，这是工作的一部分。尤其有客户来来去去的。"

我因为羞愧自己竟然没有考虑到他们的床，于是带他来到我房里的衣橱，让他自己挑。后来他拿走一件昂贵的双排扣西装外套、两条手缝灰法兰绒裤、几件商务衬衫、一双意大利鞋和几条丝质领带。那些领带都是他妈妈精挑细选的，因此穿在他身上不会太老气。戴蒙已准备好要进入商界，他打算一开始便以他所希望的模样走上这条路——一副国际金融史上最年轻的董事长的架势。

他天生就知道自己注定在脑子里盘算数字，以小数点为单位买进卖出，而不是四处泡茶、跑腿、打杂。他几乎一开始上班，就已讨厌起这些仆人般的工作。他无法接受自己得像个万能用人；他以为自己对数字的灵敏会让他位居操控台几天，有机会被主管发掘，接下来的一切自然水到渠成。午餐时间和下班后他都会自己跑去计算机前，到了晚上他就已经学会所有关于货币交易的事。没过多久，他觉得自己知道的已经跟那些在"炼丹"的操作员一样多，他已准备好挑起大梁，好奇公司为什么没有半个人发现这件事。

三个星期后，他跑去找库珀先生，告诉他虽然自己不介意泡茶或打杂，但是这相当浪费一个人独特的天赋。刚好有一台计算机缺人用，公司也缺这个人赚钱，他心目中刚好有一位人选。尽管戴蒙比一般孩子早熟，库珀先生也喜欢他，这一回他却无动于衷。他告诉戴蒙必须等一等，每个人都必须从公司小职员做起。他还不算不和善地补上一句：要是戴蒙不从基层做起，他永远不会知道何时才能飞上云霄。

"怎么会那么蠢啊？"戴蒙后来跟我报告。

"没有你想象得那么蠢。"我回答，对库珀印象深刻。我内心深处其实有着很浓厚的清教主义色彩，所以也相信事情不应该来得太容易。库珀先生对我这个小儿子的看法，显然与我相去不远。

"可是爸，他们真的不太聪明，真的。我明明知道我能胜任！我可以帮他们赚大钱，而不是在那边泡茶。这一点都不合逻辑。"

戴蒙的自信有部分是来自保护备至的生活，他从未做过任何需要长久努力的事，所以由他高高在上的角度来看，任何人的任何工作看起来都很容易。他很小就有人念书给他听，因此他的阅读经验丰富，也比其他人有更多时间读书。尽管他一周只上三天学，他在学校的表现不凡，因为他天资聪颖，书读得又多。他的两个哥哥在水里不知花了多少个小时、多少天、多少月才学会冲浪。孩童学会对某件事坚持到底，不全是因为长辈如此教导他们，而是出于本性；年纪还小的时候，孩童总是想把自己有兴趣的事练到专精。学习冲浪、滑板、板球、网球，等等，就和正式教他如何坚持到底一样，都是动态人生的一门课。但是戴蒙没有持续努力做某件事的经验。他拥有的只有头脑，却从无机会锻炼他的毅力。由于不时就会出血，一般人在长期从事单调工作中习得的坚韧，在他身上却常常被迫中断。只要讲出个保住颜面的借口，他随时能避开艰难的工作。他的智力是唯一能与同侪相比的条件。其他小孩在草坪上摔跤、拳打脚踢或赛跑一分胜负，戴蒙却只能用他的舌头和心智。因此，他常常轻率断定别人的实力，也评得太严厉。

我不怀疑他测试过同事，发现他们在智力上不及自己。他说那些人一天抽三包烟，把领带拉松到衬衫第二颗纽扣处，松开领口，用手拨弄头发，却让一旁的黑咖啡白白冷掉。戴蒙因此做出了有点狂妄的结论：这些人应该挪个位子给至少和他们旗鼓相当的人。他知道自己盯着屏幕上的数字，耳朵就听到加减乘除后的利润总和，数字也同时自舌尖弹出。

为了让大家了解他究竟有多聪明，几个星期后，他也开始学抽烟。从前戴蒙因为担心家人因为吸烟而太早离世，曾苦苦哀求我们戒烟，也再三告诫两个哥哥千万不可染上恶习，如今自己却叼起烟，拉松领带，还有种种不久前才强烈鄙视的行为举止。他当然声称那是因为工作太无聊，成天泡茶、煮咖啡、洗东西，帮那些躲在计算机后头的"鉴赏家"递烟、收烟屁股，但他知道自己闭着眼睛，光凭身后那只智力之臂就能击垮他们——这些事让他不得不开始吸烟。

戴蒙深信他明明已准备好面对人生的惊涛骇浪，引领着自己的船驶过金融市场起伏多变的波涛，没想到却是划着独木舟，走在江河的支流上。他不认为身为全澳大利亚衣着最笔挺的泡茶小弟是注定要坐在豪华会议室里的绝世天才应有的实习期。

虽然出血频率没有降低，他还是每天到公司报到，常常挂拐杖或绑吊腕带。从小到大，戴蒙早已习惯自己的肢体引人注目，大家都知道他有一副穿铁鞋、绑绷带、系吊腕带、挂拐杖、不怎么可靠的身体。

但是，那些人每天在波动的国际货币市场对小数点锱铢必较，那样的高压环境无法容忍肢体的不便。那是你死我活、不适者被淘汰的竞争世界。贪婪、自我、罔顾他人，这些才是成功者的特质。这是贪婪的二十世纪八十年代，对于一个带有优越感、一边终身跛脚、挂拐杖或绑吊腕带来上班、煮咖啡或去街角报摊买包烟都比别人慢一倍的私立学校小男生，他们可没有多余的同情或理解。然而，先前没有机会学习坚持的戴蒙却一直忍耐下去，尽管操作员抱怨办公室不够干净的声浪不断。他一如以往地乐观，怀着信念确信那天终将来临，届时他的手腕不受关节炎影响，终于被安置在计算机后展开璀璨的事业，艳惊四座的表现令所有同事不知所措。

因为有这份期许，戴蒙觉得他再也等不及要买生命中的第一辆车。他知道不可能是法拉利，但也得具备一些性能，让人感到有相同的质感。他和席蕾丝特不停讨论——或许是一辆线条优美的旧款阿尔法·罗密欧。他们的第一辆车一定要是意大利车，欧洲血统的跑车才符合梦寐以求的形象。他不在乎是不是二手，很老旧也没关系，但一定要是经典车款，也要相当便宜才行。但是他们从没想过，符合以上所有条件的车，很可能不时抛锚。

他们每周三和周六都在《悉尼先驱晨报》上搜寻，但是看到的广告总是超出预算。除了戴蒙新工作的固定收入之外，他们的预算几近于零。不过，戴蒙总是对自己无人能敌的说服力具有信心，他有一个宛如保证金的老爸，从他身上一定可以先弄到几百块预付款。

一天早上，席蕾丝特终于在格利伯的当地报纸上找到他们要的车：

1974年银灰菲亚特124 CC型跑车。

车况优良，英里程数佳，仅需稍作整理。大轮胎，意大利原装进口。

六千元，或最接近的出价。傍晚六点后拨793-1800找鲍勃。

四点五十五分，戴蒙就开始拨电话，以免有人捷足先登。最后，五点十五分，电话终于有人接听："菲亚特124款还在吧？"对方跟戴蒙确定车还在，会等戴蒙傍晚六点下班后才卖。

戴蒙和席蕾丝特到达时，两人简直不敢相信自己的眼睛：一辆银灰色的菲亚特124就在一栋郊区房子的门前，第一眼看上去，整辆车感觉起来挺新的。车的底盘低得惊人，上面装着高性能大轮胎，里面披着真皮座椅，虽然驾驶座一处接缝处磨损脱落，露出一块肮脏的海绵，但整体看起来颇迷人。

看到仪表板上褪色的地方时，他们的眼睛刻意匆匆瞥过，这样才不会把久晒龟裂的塑料看得太清楚。"稍微整理一下就像新的了。"他转向席蕾丝特，"宝贝，这真是辆好车！"

他们敲敲前门，很快，一个又高又帅、金发蓝眼的年轻人来开门。

"嗨，你一定是戴蒙吧？"

戴蒙尽最大努力让自己看起来成熟稳重，不那么猴急。他还穿着上班的服装，希望看起来年龄较大一点，没那么好任人摆布。他介绍席蕾丝特，金发男人伸出手跟两人轮流握手。"我是鲍勃……鲍勃·格洛弗。"

他身穿一条干净的蓝色牛仔裤和一件白色 T 恤。"你坐在里面一定很好看，席蕾丝特。"席蕾丝特心里闪过一丝怀疑，却把它挥到一旁，挤出微笑。鲍勃·格洛弗从门口走出来，他们站到一旁让他通过。

"我想你们会想试开看看吧？"

戴蒙点点头，两个人尾随他上车。鲍勃·格洛弗打开门坐进去，让门开着。"稍微用力拉阻风门一下。"他指指阻风门，轻轻拉开，然后转动引擎，但是一点动静都没有。他把阻风门推回去，咧嘴笑了笑，试图化解疑虑。"这种外国车都有自己的小脾气。"然后拍拍仪表板，"快点，合作点。"他又慢慢拉起阻风门，像在精密测量输入化油器的汽油，然后踩油门，转动引擎。菲亚特咳了一声，迟疑了一会儿，随即咆哮着活了过来。

空气中突然飘起淡淡的汽油味，让戴蒙心醉神迷。他紧抓住席蕾丝特的手，瞬间重重坠入爱河。虽然眼前这辆不是法拉利，却是他们一直寻觅的"前一台车"。而且只要六千元，简直太划算了。不过倒是有一个小小的问题：他们两个人加起来只有六十二元，而且下一周的薪水还要两天后才会打进来。

鲍勃·格洛弗同意先收五十元当订金。稍微踌躇后，也同意他们周末前付一千元后就能先拿车，接下来五个月再把余额付清。

戴蒙小心翼翼跟我介绍这辆车的好处，说这种原装进口的菲亚特非常难找，这种车况更是稀有，还说光听引擎声就知道车主把车保养得很好，绝对没有狂飙过。我不大吃他这一套华丽的说辞，因为今天是星期五晚上，他需要一千块在明天上午九点前拿车，所以才跑来跟我施压。

"戴蒙，你对车什么都不懂，我是说引擎。付钱给那男人以前，你必须先让 NRMA① 检查过引擎。引擎有可能看起来很好，实际上已经是一团破铜烂铁。有些人会在差速器里面塞香蕉，让问题车看似正常。"这种小道消息只要是男人都听过，因此我赶紧把它传给下一代。

戴蒙脸一皱。"爸，它又不是炸弹！车子的状况好得不得了。要是我说要让 NRMA 检查，他一定会马上卖给别人。"他一脸恳求，"那种车轻轻松松就能卖出去，他说只能帮我们保留到明天早上而已！"

"戴蒙，这辆车来路不明，你对那个人也一无所知，不知道那辆车的历史，他只是在逼你赶快付钱。"

"爸！你错了。这个鲍勃跟残障人士一起工作，他赚的钱不多，刚好有一台罗孚汽车要修，需要一笔修理费。你自己去看车就知道了，上面还装了大轮胎，你也知道不会有人在破铜烂铁身上装那种好东西吧！"

我定定地看着戴蒙。"拜托，理智一点。跟他说你要 NRMA 的报告，星期一或者星期二就能拿到。要是车没问题，我就去银行取钱给他。"我对他微笑，想鼓励他，哪知戴蒙突然哭出来。"爸，我要这辆车！我非常非常想要！我知道车没问题，我知道就对了！"他吸吸鼻子说，"我会还你钱，爸……我只是……先跟你借而已。"

戴蒙虽然有点被宠坏，但不至于大吼大叫。说真的，像现在这样讲事情讲到哭，完全不是他平常的个性。他自己也觉得羞愧，于是别过头匆匆走出房间，往花园快步走去。

贝妮塔大概刚刚就在一旁听，这会儿缓缓从厨房走进来。"他都说会还你钱了，只是先借而已。如果他自己弄错，那也要他自己负责。"

---

① National Roads and Motorists' Association，澳大利亚全国道路与驾驶人协会，旗下保险集团承办各式保险业务。

我厉声道："哈！你是说，就像你还我钱那样吗？免谈！"

贝妮塔噘起嘴应我："喂！不要心情不好就挑我毛病！"

我叹气，努力不让自己听起太生气。"老天！我只是想确定那辆车安不安全而已！"

"他又不笨，不至于去买不安全的车！"

"是吗？他对车懂个屁啊！"

"他想要那辆车。要是因为你叫他去 NRMA 弄那东西，害他买不到的话，他一定不会原谅你的。"

"去你的，贝妮塔。我们要放纵这孩子到什么时候？"

贝妮塔一脸轻蔑地看着我。"我是不是听错了？放纵！天啊，你说放纵是什么意思？"

"我快疯了。"我摇摇头说，知道自己铁定赢不了。每到紧要关头，我总是变得懦弱。

那辆车当然是个灾难。席蕾丝特总是笑说那是她和戴蒙做过最蠢的一件事。"真是不可思议。那辆车抛锚到我们简直有生命危险！但是刚开始拥有的那十五分钟，实在美妙极了。我们突然拥有一辆又漂亮又新的二手车。刚离开鲍勃·格洛弗那儿，车还像只小猫，喵喵叫的，等戴蒙转上回家那条笔直的路时，他踩下油门，车却像野兽般怒吼。那真是我生命中最美妙的时刻之一——方向盘后的戴蒙开着他自己的意大利菲亚特 124，我坐在他身边。真的好棒……太美妙了！

"我们开回家，停在屋子后的小巷，我冲进去找巴尔迪。我们回来时，戴蒙还坐在驾驶座上傻笑着，我从没见戴蒙那么开心过。那天艳阳高照，引擎盖上褪色的漆几乎看不出来，整辆车看起来好极了。

"'天啊，戴蒙，酷毙了！'巴尔迪说。他特意站远一点，歪着头眯眼想看清整辆车的全貌。我笑了起来，很高兴自己能参与这历史性的一刻。"上来。"戴蒙正儿八经地说，微微皱眉，不让我们看到他内心有多骄傲。我向巴尔迪指指我的前座位置，自己爬进后座。戴蒙转动引擎，但是一点动静都没有。

"'这种外国车都有自己的小脾气。'戴蒙说，然后拍拍仪表板，'快点，合作点。'他把阻风门拉出半英寸，压了几次油门，然后再发动。还是没有动静。我们才刚拥有它十五分钟，车就已经坏了。

"接着是一阵恐怖的死寂。'是电池，电池没电了。'巴尔迪迅速说，赶紧把令人窒息的空白填满。'我妈的车常会这样。'

"我们三个人都爬出车，打开引擎盖找电池。电池的两个接头有很多白色的东西，像是白色粉末，电池看起来也很旧了。'看吧，是电池。'巴尔迪很有说服力地说，一手拿起那白色东西给我们看。

"这条巷子再过去有间小铁皮屋，穿连身服的家伙会帮人修车。'我去看看能不能去那儿找人来帮忙。'我赶紧说。我不敢看戴蒙那张困惑的脸，所以马上冲下巷子。

"后来确实是电池的问题没错。修车厂的人拿小电表来量电池的两极。

"'烂掉啦。你的电池烂掉啦。不是没电，它已经归天啦。'他把那个电表拿给我们看，按一个键，上面的指针完全不动，一厘米都没动。'看吧，什么鬼都没有。'他看看戴蒙，'该换车了，老兄。'

"'你不能充电让它多动几天吗？'戴蒙问。

"'已经坏啦，老兄。充不了电了。'他看看引擎，拉几条电线，用食指沾沾引擎上的油一闻，什么都没说，只是咕哝两声。然后他拉了拉散热管，管子竟然被他随手拉了出来。他把它推回去，用手指将管子周围的金属环锁紧。最后，他把头伸出引擎盖，油腻腻的手在鼻子下抹了抹。'你们从哪儿弄来这辆意大利烂货？'他问。"

寄宿人罗杰加上清晨喧嚷的车声，这一切戴蒙终于受够了。最后他们决定离开皮尔蒙特的房子，拿身上可用的一点钱搬去格利伯的塔尔福德街，那里有一栋重新整修过的连排屋，和两个大学朋友一起住。格利伯郊区就是他们之前买下菲亚特124的地方，离席蕾丝特的大学很近，现在只要走路十分钟就能到学校。

这间房子比之前的小，但是设计得比较好。前几个月，戴蒙常常从家里搬东西过去，加上他们的新室友萨曼莎·劳和安德鲁·萨利也从自己家里搜刮东西，所以这个新家布置得相当舒适。小莎和安德鲁都是比较随和的人，也就不大介意让席蕾丝特当管家。席蕾丝特也承认自己对干净的标准近乎苛求。"有点像是弥补过去的创伤吧。"因此她承诺自己再也不要想起盖斯利之家肮脏的一切。四个人很快就融成一个有效率又舒适的家，丝毫没有一般学生住所常见的脏乱。席蕾丝特像在复仇似的弥补自己的童年。

他们几乎马上就回到原本的贫穷困境，很快就开始拖欠车钱。他们把电话停掉，最主要的原因是付不起电话费，而且几分钟路程的街角那儿就有公共电话，另一方面也是因为鲍勃·格洛弗催款的电话越来越急，令人心烦意乱。勇敢的戴蒙去找过鲍勃·格洛弗，要他不要再打电话骚扰。他听戴蒙抱怨完，最后才承认那辆菲亚特基本上和他所照看的人一样，早已终身残障，而且他自己从没能顺利发动它。他同意降价一千块，但是他们必须马上补上缺缴的钱。

戴蒙回家后告诉席蕾丝特这个消息。他们已经缺缴两千块，戴蒙在公司还在继续泡茶、递烟、捡烟屁股。就算那辆车永远不坏，他的薪水也不可能打得平。

最后，戴蒙觉得他别无选择，只得卖掉他的高级音响——他快乐的源泉。这几年来他不断把每个零件升级到顶级，就音响而言，已经算是小型的杰作了。最后他卖了一千八百元，比当初他投资的心血差不多少了三千元。他的卡带和唱片又卖了两百五十元，刚好把菲亚特 124 当期款项结清。

在经过无数次修理，修理厂一再保证车子的问题已完全解决以后，他们决定开车去离悉尼市一百五十公里的葡萄园区亨特谷出游。安德鲁·萨利的爸妈邀他们去布兰克斯顿附近的小葡萄园度周末。他们周五晚上出发，即使要去外地度周末的车潮十分惊人，但车子一次都没有引擎过热，不久他们就发现自己正在新堡高速公路上快乐地奔驰着。但是，大约出城五十公里以后，他们却无预警地掉了车头灯，得在高速公路边停下来过夜。

隔天天一亮，他们急忙出发，赶去萨利家吃早餐。当天晚些时候，他们决定多看看这一带，造访几座较大的葡萄园。就在一个叫布罗克的小村庄外郊，菲亚特 124 撞上柏油路的一个大洞，车身金属瞬间四分五裂，摇摇摆摆地停了下来，一边还嘶嘶冒着蒸汽和烟。最后车一塌，底盘也诡异地与车身脱离。金属零件分崩离析，活塞连杆一举刺穿引擎，把配电盘打下，引擎也掉了下来，把引擎汽缸体、散热器砸坏，引发了车辆的内部燃烧。这是菲亚特的公路生涯的完结。来自伟大的意大利家族、天生基因却不完美的菲亚特 124 终于暴毙而亡。弹唱一手好吉他的亚当为那辆菲亚特 124 创作了一首歌。我不记得所有歌词，但有一段是这样的：

> 破产的戴蒙啊，在一个叫布罗克的地方，
> 买了一辆，
> 坏掉的破车。[1]

---

[1] 原文中，每行最后一个单词均为 broke，用来押韵，分别指代戴蒙"破产"、车子"坏掉"，地点在"布罗克"。

菲亚特 124 逝世的第二个周一，戴蒙丢了工作，他从没升上泡茶小弟以上的职务。他出血太频繁，常常无法去上班。他的遣散费和假期薪水一共有八百元，刚好够把那辆车拖吊回悉尼，然后汽车零件又一共卖了七百元。我帮忙把最后的一千三百元付给鲍勃·格洛弗——残障人士的好朋友。

幸好，迈向法拉利的灾难性第一步总算是结束了。

戴蒙没有车，没有音乐，没有工作，没有看得见的未来。

而且，他还开始夜间盗汗。

# 第十八章

冒汗，发热，汤姆回来了。

塔尔福德街的新家虽然干净、重新整修过，墙体用的却是廉价的石膏板，什么声音都挡不住，简直就像用日式米纸糊成的。小莎的男朋友保罗也是戴蒙学生时代的好朋友，他和小莎的关系相当性感，两人发展出一套相当嘈杂的做爱玩法，会在彼此的肚皮上弹舌。一开始是保罗的男中音："噗——"接着是小莎一阵咯咯笑，回应一声较高音的"噗——"如此一连串相互回应，声音越来越大，咯咯笑也变成一阵阵大笑，直到两人的声音同步出现，听起来也越来越紧急，代表他们两个要开始办正事了。"噢，天啊，又一个肚皮之夜！"戴蒙会这么哀号，然后拉起毛毯盖住头。

小莎的男朋友保罗·格林、巴尔迪、托比、安德鲁、克里斯托弗，这几位是戴蒙的密友，他们从小一起玩到大。保罗在悉尼艺术学院学习摄影；小莎刚在大学拿到护士学位，决定从此不再跟医疗工作有瓜葛；安德鲁也刚进入悉尼大学；席蕾丝特当然还在攻读建筑学位，却已经展现出不凡的陶艺才华，后来毕业作品还夺得了大学艺术奖。

就这样，这间小屋子挤满了才华横溢的年轻人，充满欢笑与热烈的对话，彼此都处得非常好。再也没有寄宿人罗杰这种人物，虽然席蕾丝特坦承她对家居整洁的坚持确实有些不易。

在格利伯的塔尔福德路上度过的那段时光，对戴蒙来说是相当美好的回忆。

虽然不太甘心，但是戴蒙不得不承认要在城里做全职工作，对他来说并不可能，他于是开始构思新计划。自从为抢钱一族工作以后，他就迷上了计算机，现在决定在家经营"桌面出版"事业。这样他就可以在合适的时段工作；或者说，在没有因为出血必须卧病在床的时候。

著名记者、旅游作家加雷思·鲍威尔那时经营着多本国际航空杂志，他是我的朋友，也是桌面出版专家。他慷慨地愿意倾囊相授，教导戴蒙这一行的相关事务。我赞助戴蒙一台苹果电脑和一台镭射打印机，由席蕾丝特通过悉尼大学学生合作社以特价购得。文字处理器和打印机，这两样机器就是戴蒙最需要的设备。加雷思虽然极为忙碌，却总是大方地拨出时间为戴蒙解惑。他教戴蒙熟悉相关软件，也指导他学会桌面出版必需的专业计算机技能；当戴蒙像往常一样，不以为意地接下一些超出自身能力的工作时，他还让戴蒙使用他自己的许多设备。

后来事实证明戴蒙学得很快，打字飞快又准确，显然很有计算机方面的天赋。很快，他已开始帮当地商家制作信笺抬头和宣传小册子，帮学生打印论文，帮小公司制作传单与业务训练手册——应该说，只要他有限的设备能做的，或加雷思挪出的深夜与周日时间能帮得上忙的工作，他全都接下来。

很快他又有了一笔小小的收入，戴蒙如同以往又把钱转成更大的抱负。他希望成为重要的出版者，建立杂志品牌，或许甚至出版书——就从他自己的书开始。他跟我说过英国百万富翁理查德·布兰森的故事，他十七岁还在读书时就创办杂志；说服当地一家唱片行供应唱片，然后在杂志上打折推销。订单接踵而至，最后布兰森创办了"维京唱片"。二十五岁时，维京唱片已经是全球首屈一指的音乐发行公司。这则故事就像是为戴蒙的想象力量身订做的。他正从事桌面出版，但是他的最爱还是音乐；他能在心里看见迈向飞黄腾达的道路，俨然是理查德·布兰森故事的翻版，但是有个小小的地方不同：戴蒙不仅希望他的出版事业为音乐帝国铺路，并且，他将以自己的生命故事写成一本了不起的小说，这也将是他正式踏入出版业的第一步。这本书自然会成为畅销书，并成为此后伟大事业的垫脚石。戴蒙一如往常，还没学会绑出版的鞋带，就已妄想一飞冲天。

当务之急，当然是要在悲惨的菲亚特事件后，让贫穷的他和席蕾丝特东山再起，因此他得仰赖当地商人和朋友给他生意，之后他才能茁壮成长。不幸的是，尽管他极力说服当地的肉贩、房地产商和其他人，必须要有专属的信纸与广告传单，这些人付的钱却少得可怜；但对家务开销确实不无小补，因此戴蒙极力希望席蕾丝特不再去市场调研公司上班。不过席蕾丝特深知他们的经济窘境，因此她继续待着，虽然她对此深恶痛绝。她承诺等戴蒙接到一张大订单、支票也到手以后，她就会辞职。

炎热的夏季终于转为凉爽明亮的秋天，湿气也全然消散。如此宁静美好的季节是上帝赐予悉尼人的礼物，恰巧也是他们在格利伯小屋生活的前三个月。回溯起来，这是戴蒙最后一次只需面对血友病的季节；以戴蒙严重受限的体能状况而言，也是他最后一次享受健康的时期。

屋子里洋溢着笑声和欢乐。他们玩耍，彻夜谈论音乐和人生，喝葡萄酒，玩国际象棋直到天亮。国际象棋一向是戴蒙追平肢体灵活的朋友的方式，在一屋子国际象棋好手中，他技高一筹，小莎紧追在后，她极渴望痛宰戴蒙，偶尔也能办到，这令她更是下定决心要超越他。戴蒙是天生的国际象棋高手，其他人则纷纷从书里和实战中学习策略，希望能胜过他。但是大多数时候，他们总是被以本能行棋的戴蒙打败，因为多年来他已发展出一种深刻的专注力，下棋时始终都比他们想得更快更远。

戴蒙接到的工作总是零零碎碎，席蕾丝特因此无法放弃她的兼职工作。戴蒙丢了城里的工作以后，两个人合计的收入顿时锐减，他的桌面出版事业又处于草创时期，若是需要大量纸张或加雷思·鲍威尔无法提供的软件，情况便很紧急。有席蕾丝特做问卷赚来的钱，他们俩刚好能收支平衡。其他几个人的经济状况也好不到哪儿去，因此大家常常待在家里自娱。这对越来越不能长时间外出的戴蒙很有帮助，因为他现在要是出游或看场电影，都可能导致膝盖出血。

一心想做个"年度最佳青年主妇"的席蕾丝特对烹饪好学不倦，因此他们星期六常常去附近鱼市场与蔬果摊精挑细选，虽然煮得简单，却吃得新鲜，屋子里的食物也不虞匮乏。

天气转冷，戴蒙回家来看我们，顺便拿毛毯和棉被。看到他一个月来瘦了那么多，我们非常吃惊。虽然他一向纤瘦，这次看起来却瘦了一大圈，于是我带他去浴室量体重。走下体重计时，他瞥见我脸上闪过担忧之情。"大概是因为我们肉吃得不多吧，爸。我们一个星期吃几次鱼，其他时候多半吃蔬菜。我很好，真的。离职后我出血的次数也变少了，我真的很健康。"戴蒙虽然看起来不错，体重却掉了七磅；尽管我要他吃胖点，他却坚持自己很健康，身体感觉很好。

"你最近游泳了吗，戴蒙？"贝妮塔问。游泳是戴蒙唯一能安全从事的运动，贝妮塔总是要他去皇家阿尔弗雷德王子医院的温水游泳池里游泳。血友病中心就设在那里，离戴蒙、席蕾丝特住的地方也很近。

戴蒙早上总是肢体僵硬，天一冷，便需要花更多时间，肢体才能活动。贝妮塔深知唯有经常游泳，才能让他的关节尽可能灵活，并稍微控制住他的关节炎。

戴蒙的行动不便越来越明显，手腕、手肘的活动能力锐减，长期的跛脚也愈显严重。一开始是因为医生强迫他穿的铁鞋和游泳池畔的意外事件；但是随着他进入青春期，膝盖和手肘的毛病也带给他极大的困扰。那段时间他发育迅速，一或两处关节几乎天天出血，看起来像是会有手肘和膝盖皆无法活动的一天。在他青春期结束、发育速度减缓之前，我们完全束手无策。他十六岁那年，为了让他两处严重受损的关节均保持一半的活动力和弹性，他的膝盖和手肘都去动了接合手术，希望能降低出血频率；这些关节也特别需要定期运动。

只要一回家，贝妮塔一定严格监督他每天游泳，甚至让他对泳池心生厌恶。他妈妈不绝于耳的唠叨（"你今天游泳了吗？"）是少数会把戴蒙逼哭的事情。其实贝妮塔也很为难；她别无选择，偶尔也会命令我站在她那边。我会依她，但是我比较了解戴蒙的个性，会用比较温和的方式跟他沟通；这种情况却会让贝妮塔大哭："每次都是我！扮黑脸的人都是我！他也是你儿子，为什么你就不帮点忙？"游泳是我们所有人之间经常吵架的导火线，所以后来他只要一回家，就先跟他妈妈说他会去医院的室内游泳池，但当然，最后都只是空头支票。任何形式的运动都会带给他身体极大的痛楚，而且一旦远离了像贝妮塔这般意志坚决的母亲，就算他的身体再怎么需要游泳，要他完全遵照要求还是过分了一点。

入冬后不久，小莎开始在国际象棋上打败戴蒙。戴蒙开始分心，他最拿手的专注力也渐渐失灵了。虽然赛况仍旧激烈，小莎却惊喜地发现自己赢的次数比输的多。戴蒙并没有丧失兴趣；他一向讨厌输，尤其是输棋，尤其是败给小莎。在国际象棋这档事上，他是个输不起的玩家，因为那一向是他生命中少数能"扳回一城"的事。

某个冬夜，席蕾丝特半夜忽然惊醒，因为她全身发冷，并震惊地发现底下的床单和她整个身体都湿透了。

席蕾丝特告诉我事情经过：

"戴蒙最近似乎染上了流感，他以前不会这样。虽然出血和关节炎带给他很大的困扰，一般的小毛病他却不常有，即使是感冒也一样。但是他那晚上床前却说自己觉得很不舒服，关节比平常还痛，他的声音听起来沙哑，而且病得不轻。他又输了小莎一场棋，是四天以来的第三次，他的情绪也不太好。我不知道那是凌晨几点，但是我们差不多同时醒来，两个人身体都又冷又湿。我开灯，把戴蒙盖在身上的棉被掀开，发现不只棉被湿了，戴蒙整个人竟然在冒热气。我看着他身体一直滴汗，他整个人都湿透了——完完全全湿透，床单湿透，床垫湿透，所有东西都湿透，睡在他旁边的我也湿透，但是他的身体还是在冒热气。真的很奇怪。

"我们相对而视，一头雾水，两个人都不知道到底是怎么回事，真的不知道！我问他是不是不舒服，他说：'没有很舒服，也不算真的生病，就跟昨晚一样。'我摸摸他的头，微微发烧，但不严重，显然那不是冒热气的原因。我们都非常困惑。

"'是凝血第八因子的副作用吧。'戴蒙最后说，语带一丝希望，像是想安慰我。凝血第八因子是他注射进血管用来凝血的东西，偶尔他拿到一袋质量不好的，就会造成一些副作用。

"'戴蒙，你昨晚根本没输血。'我提醒他。而且，我见过凝血第八因子的副作用，他全身会起一种红疹子，体温微微上升，但只会持续差不多一小时，不会像现在这样。

"于是我们起来了，我换床单，戴蒙去洗了个澡，之后出汗的情形似乎好了些，所以我们继续回去睡。想不到几个小时后，一模一样的情况再度发生——我们两个又全身湿漉漉的，这一次，他甚至流汗到出现脱水的现象，直喊口渴。我记得他当场喝下了四杯水。

"我们真的一点头绪都没有。冒汗的情况只在晚上发生，平均一个星期有三次，但我们却没想到要请教别人。现在听起来可能很蠢，但那

210

时我们单纯以为它与我们两人的体温不同有关，而且戴蒙又一直没办法摆脱这场严重感冒。我比较容易觉得冷，总是盖两层棉被，但是戴蒙就算在冬天，也只需要盖一层。所以我们试图说服自己，心想大概是我这边的高温使他出现了奇怪的冒汗状况。

"我知道这听起来不太有说服力，但是那时我们两人都很害怕，不想面对其他的可能性——'你知道'的那件事，所以我们紧紧抓着想得出来的第一个可能性，不敢再去深究。后来，上床睡觉前，我会在他身体底下垫毛巾，这些毛巾当然也会湿掉。之后他会起来换毛巾，等床单和棉被又湿了时，也就差不多天亮了。我会用吹风机把床垫吹干，要是出太阳，我就请安德鲁帮我把床垫搬出去晒一晒。

"这真是太吓人了。他全身都会流汗、冒热气，但是天一亮，症状就消失。这真的很怪，很诡异，而且令人很不舒服。回想起来，自此以后，戴蒙的身体就再也没有舒服过。他会一身湿透地醒来，心里惶恐又茫然，完全不知道发生了什么事，该怎么面对这种情况，或到底是什么原因。几周以后我们全吓坏了，我却从来没有想过，这种夜间盗汗的情况就是艾滋病的第一个征兆。

"不，我说得不对，应该说我内心在逃避，不愿让'艾滋病'这三个字进入我的脑海里。我想戴蒙知道夜间盗汗是初期征兆，但是他太害怕了，不敢跟我说，暗中希望只要不理会，它自己就会消退。这种情况持续了几个月，忽然间，就跟开始时一样戛然而止。那段时间，戴蒙做了很多冥想，但是他不是这么说，只说是在自我催眠；盗汗情况一停止，他就以为是自己用心的力量击退了病魔，就像他多年来无数次控制最严重的出血疼痛一样。或许他真的击退了夜间盗汗，但是这种情况偶尔还是会出现，只是频率降低一些，因此他以为自己已经控制住病情。

"夜间盗汗的这段时间，他的出血状况更是雪上加霜。主要又是他那个接合的膝盖在作怪，几乎每天都出血，让他连拄拐杖都不能走。

"不知道为什么，我们并没有告诉小莎关于戴蒙是艾滋病带原者的事情。或许是因为她是有执照的护士，可能知道得太多，或是对有这种情况的人带有异样眼光。不过说真的，我们自己也并不想知道得太多。小莎单纯以为戴蒙只是经常性出血，因为不管他出血、疼痛得多严重，他从不抱怨，小莎也是一冲回家就想跟戴蒙单挑国际象棋。他总是依她，不想让自己感觉太不合群，但是输的人却越来越常是他。小莎自然以为他的消沉是因为她打败了他；这总是让我气到抓狂，但是戴蒙要我永远、永远都不要告诉她。"

附近的阿尔弗雷德王子医院开了一场艾滋病教育临床课，血友病中心要他们的病人参加。参加讲座的人被很谨慎地描述为"HIV呈阳性反应者"，而不是"艾滋病患者"，丹尼丝好不容易才说服戴蒙参加。戴蒙青春期的绝大部分时间在血友病中心度过，丹尼丝是那里的护士；尽管戴蒙对医师尽可能保持距离，却独独信任她。她很照顾戴蒙，我们也都非常喜欢她；因此，要是她求戴蒙参加这场讲座，他根本无法拒绝。

在第一场演讲的提问时间，戴蒙提到夜间盗汗。他解释自己已自行击退这种症状，但还是好奇那是不是跟他的HIV状况有关。

负责讲座的医师镇定地看着他说："戴蒙，夜间盗汗是HIV状况步入下一阶段的第一征兆。"

"你是指艾滋病吗？"戴蒙稳住声音，但是他的心跳剧烈而狂乱。

那个年轻医生没有直接回答，只是点点头，用笔在他坐的那张桌子上敲了敲。

刹那间，戴蒙感到异常愤怒。"你之前为什么没有告诉我？你们这些人为什么不告诉我们会有什么症状？那样我就不会那么困惑，担心成这样了！"

"戴蒙，我真的很抱歉。"那个医生没有比戴蒙大几岁，看起来真的被激怒了。"但是你之前没有来参加讲座吧？"接着他环顾房里的五六个人后说，"但是我确实没有提到夜间盗汗。"他低头看自己的手，"我们还不知道该怎么做，只知道艾滋病目前无药可医。因此，要是我们在盗汗出现前几个月，甚至前几年就先告知你们，这样——"他直视着戴蒙说，"可能会让你们更焦虑。在你的案例中，若是我判断有误，请接受我的道歉。"

他说得有理。艾滋病病毒阴险狡诈，会以千奇百怪的伪装躲在如肺炎、皮肤疹、疱疹、带状疱疹、鹅口疮、肠道感染、癌症或其他棘手的疾病里。初期阶段，很容易以为自己是得了什么小病，只要对症下药即可。艾滋病的发作，有点像你用食指在刚烤好的蛋糕上挖掉一点糖衣，下次你经过时又挖了一点，后来就缺了一小块。随着时间过去，每回你经过蛋糕前就尝一点，慢慢地这蛋糕的形状就越来越走样，看上去简直像被人捣烂了。一小块接着一小块，然后一大块就不见了，没过多久，大家都看得出整个蛋糕全都走样了。艾滋病病毒就是这样，每次摧毁一点，接着受损面积就越来越大，直到整个系统崩溃。

戴蒙在早期艾滋病症状迸发的同时，他的生命还发生了另一件事：汤姆回到他的生活里。

汤姆是戴蒙在克兰布罗克生活的另一篇章，虽然是有些悲伤的一段。汤姆来自一个破碎的家庭，妈妈似乎对他不怎么上心，也不太管得动他，爸爸是电视台驻外特派员，大部分时间都在海外出任务。

汤姆是个寂寞的孩子，下午下课后常常和克兰布罗克几个机灵的小鬼跑来我们家玩"龙与地下城"或战争游戏，戴蒙把他当成真正的朋友。他常常在我们家吃晚餐，待到很晚，仿佛不愿回自己的家。

"你现在是不是该回家了？"贝妮塔会问。

汤姆会耸耸肩说："我妈工作得晚，我可以待到晚一点吗，考特尼太太？"

"那你每隔半小时要给家里打一次电话。"

汤姆会打电话回家，让贝妮塔亲自听没有人接的声音。等有人接的时候，汤姆的妈妈总是听起来很雀跃，一丝担心都没有，随他想在我们家留到多晚都行。

这不符合贝妮塔对待小孩的风格，因此她总是努力让汤姆觉得宾至如归，希望能补偿他。他的脸色相当苍白，吃得也不多，让她有点担心；她也总是想让他长胖点，仔细询问家里吃饭的情况后，这才震惊地发现他常常得自己从冰箱找东西吃，或拿钱去麦当劳、必胜客，或买外带的中餐。

以各种标准来看，贝妮塔都不是个好厨子；以犹太人的标准来看，她的厨艺更是惨不忍睹。但是多年来，我都利用星期六早上去弗莱明顿市场买菜，因此家里总是有新鲜的水果、生菜沙拉和肉片。

平时给孩子做的晚餐不外乎牛腿排加生菜沙拉，饭后还有一堆水果。不过，这样没有创意的伙食，营养倒是相当均衡，就是肉量可能太多了。但是这也难讲，毕竟他们在发育，又在玩冲浪，大概需要摄取比较多的蛋白质。

贝妮塔一周做一次意大利肉酱面——要是以澳大利亚普遍的标准来看，简直能用"骇人听闻"来形容，但我那三个儿子不知怎的，偏偏爱吃得不得了。他们爱死随意把西红柿、洋葱、辣椒搅在一起后，浸在酱汁里煎到又硬又焦的碎肉；他们甚至也喜欢煮烂到黏成一团的意大利面，又塌又碎地摊在恐怖的酱料下面。贝妮塔的秘诀就是同时把所有东西丢进锅里，开小火后便不理它，直到几个小时后的晚餐时间。准备装盘时，锅底会有厚厚一层烧焦的食物。她会把这层东西铲起来，放在用自来水滚了近半小时的面条上。为什么这东西会成为我孩子最爱的食物，总是眼睛发亮地争相续盘，实在是道难解的谜题。因为热爱烹饪，周末我会负责掌厨，趁机为这家子的伙食添点变化；然而，不论我煮的东西多么富有异国情调，家传意大利肉酱面这项殊荣，还是只为贝妮塔总是糊烂的面保留。

要是戴蒙因为出血而待在家里，汤姆常常会在下课后来看他，两个人因此成为非常要好的朋友。我们大家都很喜欢他，虽然他气色不佳、非常害羞，却是个彬彬有礼的好孩子。坦白说，我们觉得他有些可怜，也因此觉得对他有点责任。

汤姆对摩托车的感觉，就像戴蒙对法拉利的特殊情感。有时周末他来我们家时，会穿一件黑色摩托车皮夹克。我知道戴蒙暗地里也想要这么一件夹克，却又不敢承认，因为法拉利驾驶员不会穿那种背面有银色骷髅头还有两根骨头交叉的夹克。

一天下午，戴蒙放学回家时，情绪相当低落。他已经好几天没去学校了。这几天的时间，汤姆却和一位悉尼知名学者之子杰森闯入克兰布罗克的计算机教室，偷走了四台苹果电脑。两个男生后来被一位园丁发现并指认，校长马克·毕晓普要求与双方家长带着小孩接受调查，后来两人都被退学。校长后来告诉我们，戴蒙在听证会前跑去见他，向他坦承自己事先知道这场计划。

"我问他是否有实际参与。"毕晓普告诉我。

"没有，校长，因为那天我出血。"戴蒙回答。

"要是你那天没有出血，你会不会加入他们，戴蒙？"校长又问他。

"不知道。或许会吧，校长。"戴蒙说，然后又加一句，"要是你交到朋友的话，一定要对他们忠诚。"

杰森是个天资聪颖的孩子，后来又被另一所学校接受，这件事的阴影也渐渐淡去。但是汤姆却再也没回学校，开始在国王十字路一带游荡。很快，他成了老烟枪，逐渐变成街头小混混。他偶尔会在深夜时敲敲戴蒙的窗子，戴蒙会让他进来睡在他房间的地毯上——虽然我们毫不知情。

接近四年后的现在，汤姆又回来了。某一个下午，他突然骑着雅马哈摩托车去塔尔福德街的房子找戴蒙。原来，他是通过一位共同的朋友打探到戴蒙的下落。不久后，汤姆成了那儿的常客，似乎很喜欢和他们在一起。他话不多，神情却相当开心。他帮戴蒙找来一套低价得不可思议的音响，说是通过一个十字路的朋友弄来的。那套音响显然是新近的赃物，但是戴蒙急着希望音乐重回他的生活，也就没问太多。

汤姆第一次来他们家时，席蕾丝特一整个下午都很安静，汤姆留下来还吃了晚餐。他走了以后，戴蒙躺在床上，席蕾丝特坐在旁边，戴蒙问她觉得汤姆这人怎么样。

"还好。"她说，耸耸肩，想避开这个问题。

然后戴蒙告诉她汤姆被克兰布罗克退学的事。"宝贝，你不喜欢他吧，是不是？"

席蕾丝特一向不擅长掩饰自己真正的感觉，只好皱皱眉。"不是那样，也不是因为他被退学。我姐以前也被悉尼高中退学，谁都有可能被退学！"她皱起那张漂亮的脸蛋，很快做了个鬼脸，"是因为……呃，我了解他那种人。他跟达沃一样，都在十字路一带混。"她抬头看戴蒙，"我敢打赌，他并没有像他说的那样在音响店工作。"然后她又说，"晚餐时他什么都没吃，只吃了一口南瓜。"

"以前他常来我家时，东西就吃得很少了。"戴蒙抬头看席蕾丝特，"汤姆不会说谎，这点我确定。你知道吗？当校长问他偷电脑那件事我是不是共犯，或者要是我没有出血的话会不会参与时，你知道他说什么吗？他说：'戴蒙说什么都不会同意这种事。所以我们才选在他出血的时候下手。'"戴蒙抬头看席蕾丝特，"他现在为什么要骗我？"

席蕾丝特微笑着说："我想你说得对吧。是我，我大概有点醉了……刚刚喝太多汤姆带来的白酒了。"

汤姆常常一消失就是好几个星期，然后又忽然没来由地出现，不久后，他们也放弃问他原因。他把摩托车卖掉，改乘出租车来，常常在凌晨时分毫无预警地出现。他会自己把窗户打开，要是有人刚好半夜走到客厅，就会发现他睡在破旧的沙发上。有一次他甚至敲破玻璃闯进来，戴蒙于是请他不要再来了。汤姆摸摸口袋，掏出一百块钱，丢在沙发上说："去把该死的窗户修一修。"说完便走人。

接下来好几天，戴蒙都觉得很愧疚。他认识汤姆的这些年来，我从没听过戴蒙对汤姆大吼。而汤姆虽然有过动、坐立不安的倾向，在戴蒙面前却总是相当平静。戴蒙觉得自己深深地伤了他。因此，汤姆过几个星期后又回来时，戴蒙很高兴。那是他一个人在家的白天。没有人提起那晚窗户的事，汤姆看起来也一如往常。再过两天就是席蕾丝特的生日了，他们也打算在星期五帮她办个惊喜派对。戴蒙没有告诉席蕾丝特汤姆扔下一百块钱的事，只是去买了块窗玻璃，再去当地五金行买点补土，请安德鲁把窗户修好。剩下的钱他打算作为惊喜派对的基金。两人是朋友，邀请汤姆来参加派对自然很合理，他也答应一定出席。

席蕾丝特生日当天，戴蒙一醒来感觉身体糟透了，膝盖又开始痛起来，于是他给自己输了次血，希望到晚上就能恢复正常。他给小莎、保罗、安德鲁都分配了购物清单，请他们下课或下班后顺道去买，他也把汤姆剩下的钱统统交给他们去买东西。

席蕾丝特回忆道，那天她去上课时，还一边担心戴蒙，因为他看起来比平常痛苦，还差点忘记祝她生日快乐。这阵子以来，他似乎越来越不舒服——不是因为她早已习惯的出血，而是单纯的不舒服（"糟透了"），有时甚至没有勇气面对新的一天，像是有一股严重不安笼罩着他。他从来不会在她面前抱怨或展露挣扎，也很少放弃，但等到她晚上下课回到家时，他常常一副精疲力竭的模样。那个爽朗的、她心爱的戴蒙正一点一滴地不见了；有时，她甚至觉得心里的焦虑简直要把她压得喘不过气。她的心像是被一只手拧着，虽不是很紧，但也足以让她感到情况十分不对劲，并且随着一分一秒过去，每况愈下。有些事是他们两人都无法控制的。

戴蒙为席蕾丝特准备了一份特别的礼物，是一幅小小的水墨画，上面有两只斑马，它们很巧妙地共享同一个头，虽有些奇想怪诞，但是非常棒，而且还是作者亲笔真迹。这是我的一位知名艺术家朋友在戴蒙小时候送他的礼物，他非常珍惜，总是摆在床头最佳位置。席蕾丝特也觉得它很棒，于是两个人带着它到处迁徙，让它占据床头同样的位置。但是时间一久，湿气微微穿过廉价的画框渗入画纸，让纸卷曲并且有一小部分褪色了。席蕾丝特一直希望能重新裱框，但两人手头却没有余钱。这会儿戴蒙说服了一位当地的裱画商在席蕾丝特生日当天收画，趁她上学时重新上框，这样她回来时他就可以把画送给她。至于工钱，戴蒙则帮裱画商印了五百张邀请函相抵，裱画商即将在工作室办一场画展。

戴蒙必须想办法独自到裱画商那儿，大概有一公里的距离。他膝盖发疼，就算挂着拐杖，这样的距离仍超过他能舒服负荷的范围。戴蒙的腿越来越糟，就算情况好的时候，走这么长的距离也一定会让他出血。但是他把所有钱都交给小莎买东西了，自己没有余钱搭出租车。因此，他整个早上都在家里养精蓄锐，尽可能打扫房子，希望膝盖的出血到下午时就会好些，整个人也会有精神一点。但是过了中午，他发现自己不能再等了，于是一共花了两个小时来回，到家时全身的元气差不多都耗尽了。

另一方面，小莎和保罗也买齐了东西回来，忙着张罗派对。戴蒙想帮点忙，但是两个人都看得出来他身体不舒服，于是坚持要他休息，保罗还保证席蕾丝特回来之前一定会叫他起来。

精疲力尽的戴蒙虽然全身疼痛，却还是昏昏睡去。后来，他在黑暗中醒来，感觉有人轻轻摇他，他全身无力又觉得很不舒服，膝盖更是痛得无法形容。

"是你吗，保罗？"他问。

"不，我是汤姆。保罗要我来叫醒你。客人都到齐了，席蕾丝特马上就会回来了。"

"谢谢你，汤姆。可以帮我把灯打开吗？"

汤姆把灯打开，戴蒙试着要坐起身，但是全身却硬邦邦的。汤姆以前没看过他这样。"怎么了？"他警觉地问，"你看起来糟透了。"

"没什么，就是膝盖出血，全身僵硬。可以扶我一下吗？"汤姆帮戴蒙在床上坐起来。"伙计，可以帮我拿拐杖过来吗？"

汤姆把靠在床脚边的拐杖拿了过来，戴蒙重心不稳地站起来。"你得帮我一下，到客厅之前都搀住我的手臂。"戴蒙试着往前走几步，他忽然停住。"可恶！"他痛苦呻吟着，又倒退回床边重重坐下。他甚至微微喘气。"你先去吧，汤姆。我待会儿就好了，需要先休息一下。"

汤姆非常难过。戴蒙忽然爆出一阵汗。"怎么了？你还好吗？我能做什么吗？你需要阿司匹林吗？"他问。

戴蒙从疼痛中硬挤出微笑——比较像是苦笑。然后他淡淡笑着说："阿司匹林会让我的胃壁出血。我有别的止痛药，但是吃完了。"

"是什么？"

"呃，Endone。我最近应该再去医院拿药的，可是忘记了。"

"我待会儿就来。"汤姆说。

"一般药房买不到，只能通过医生开处方。"

汤姆笑了笑。"没什么是我拿不到的。"然后他就消失了。

不到半小时他就回来了。席蕾丝特今天比平常晚，到现在还没回来。汤姆进了戴蒙的房间，把止痛药拿给他，然后又从皮衣口袋拿出一团银色的纸，小心翼翼地摊开，拿出两粒小药丸。"来，试试看这个。"他把药丸递给戴蒙。

"这是什么？"戴蒙问。

"上等货！安非他命。卖 Endone 的人卖给我的。效果超好，你很快就会感觉轻飘飘的。"

戴蒙想都没想。眼看席蕾丝特就要回来了，他整个人却像要死了一样。Endone 虽然能止痛，但会使他一点玩乐的兴致都没有。或许汤姆的药能让他高兴些。

汤姆拿了一杯水回来，戴蒙吞下那两颗小药丸，一颗紫色，一颗白色。"要是有用，十五分钟后就见效。很棒的组合。"汤姆说。

席蕾丝特到家时已经快八点半了，戴蒙在门口迎接她。他眉飞色舞，心情似乎好极了。"生日快乐，宝贝！"他用一种夸张的洪亮声音大喊，一点都不像他平常安静但愉快的样子。席蕾丝特马上就察觉到异状，但是她还来不及开口，一堆人就从四面八方冒出来，大唱："祝你生日快乐……祝你生日快乐！"屋子瞬间欢声雷动，派对随即在笑闹声中展开。

一直到很晚很晚，都已经到了第二天凌晨，戴蒙和席蕾丝特才终于能在他们的房里独处。他把礼物送给她，席蕾丝特简直快被幸福淹没。那晚的派对棒极了，而且戴蒙整晚的状态都非常好。她打开包裹，当典雅的新画框映入眼帘时，她抬头凝视着他，嘴唇微抖，努力不让眼泪滑落。

"这幅画现在是你的了，宝贝。不是我们的，而是你的！我要把它永远送给你！没有人能从你身边夺走，就连你妈也一样！"戴蒙的眼睛闪闪发光，笑得跟黑猩猩一样。

席蕾丝特呜咽着倒进他怀里。"我好爱你，好爱你。请你永远不要离开我，戴蒙。"

"我不会的，宝贝。我保证。我会活到永远。我们会永远在一起。你等着瞧吧。"

# 第十九章

拔牙、T细胞、工地监工、叮可叮派店打工。

日渐恶化的关节炎带来越来越严重的疼痛，戴蒙早上起床也变得困难，于是他以熬夜弥补工作时间，整间屋子常常只剩他一个人挑灯夜战。汤姆知道以后，常在午夜之后打电话来。现在，戴蒙清楚他几乎什么东西都有办法搞到手——不只是玩乐用的药，就连采自鸦片的可待因和镇静剂"地西泮"（Valium），他都有渠道大量取得。

汤姆常常两眼茫然地出现，眼神空洞地瞪着每件东西，嘴里冒出的每句话听起来都很奇怪，漫无章法地讲完一句话后就冒出高亢、歇斯底里的笑声。戴蒙会把电视机打开，汤姆整晚就这么呆坐在电视机前，让闪烁的荧屏搭配着迷幻药风暴在他混沌的脑袋中一起发酵。戴蒙继续回去工作，安心想着他的朋友只要待在自己身边，至少不会出事。有时，要是汤姆状况好，他就会带根大麻，两人就这么安静坐着抽。我宁可把戴蒙这时抽大麻想成是为了止痛，后来一位关心他的医生私底下便是这么建议他的。

这种"麻药"不仅能麻痹痛觉神经，似乎也能让身体的感受从心灵抹去，让人不怎么能感觉到自己的身体。许多艾滋病患者都用它减轻身体的折磨，让自己暂时能隐入封闭的愉悦里。

然而，要是我说戴蒙是艾滋病病发后才开始吸大麻，那么我便是在说谎。自从汤姆被退学、开始认真在国王十字路一带混起流氓以后，他偶尔深夜会来敲戴蒙的窗子，那时，他便向戴蒙介绍大麻。戴蒙立刻发现它的止痛效果很好，之后只要又有严重出血、打电话拿得到时，他总是会使用。但是我必须承认，我也觉得他不大可能只有这种情形才用。后来席蕾丝特也证实，要是有人送上大麻，他们就会抽两口。虽然以当时药品的价位来看，大麻并不算特别贵，但也大大超出他们的预算。

虽然大家都知道汤姆有毒瘾，但是塔尔福德街那里总是欢迎他。他没给大家惹过麻烦，戴蒙又是那种对朋友相当忠诚的人。对他来说，汤姆就是汤姆，虽然好动又古怪、染有毒瘾、脸色苍白、时常沉默，但他就是他——不会伤害别人，而且需要朋友。他和不少澳大利亚年轻女生一样，习惯讲完每句话都以疑问句的转音结尾，像是以为别人会马上否定他。这在澳大利亚男人身上并不多见，常常快把戴蒙逼疯。"汤姆，你有权拥有自己的意见。别在每句话结尾都加上看不见的疑问！"但是汤姆无法克制自己——即使在他唯一的朋友身边，即使塔尔福德街的人并不会瞧不起他。虽然戴蒙买得起大麻或严重出血时偶尔会抽几口，但是他只在必须应付派对等大型社交场合才会服用药丸。

走笔至此，我想到药物在我们这代人心里所代表的意义，也意识到其中隐含着双重标准。工作一整天抽掉五包烟或喝掉一打啤酒、一瓶红酒这种事，对我来说没什么。过去，我常酒气冲天地回到家，让我家人相当头疼。但是我的饮酒被视为应酬而已，不会有人认为我有酗酒问题。我所做的，与所有节节高升的澳大利亚年轻主管没啥两样。假如我不会因此打老婆或虐待小孩，这也不过是成熟男人辛苦一天后抒发一点压力的方式。我从没想过这样就会被人贴上"酒鬼"或"毒虫"的标签，其他人也是。

然而，当席蕾丝特就事论事地指出药丸比烈酒便宜，而且能让人在派对上开心，隔天还不会宿醉头痛时，我还是微微面露不屑。她还说摇头丸（一种设计药①）是派对上不可或缺的元素，要是不用药让大家乐一乐，简直无法想象。"喝一杯酒，我的身体就有感觉了。"她说，"喝两杯酒，我的脑袋就受影响了，感觉一点也不安全。但是有些药很干净，不像烈酒那样伤害你。"这是新的世代，有新的习惯。大约以六包烟的价钱，你就可以买到一小颗紫药丸，让你整晚都很快乐，隔天还不会头疼。

　　即便如此，席蕾丝特还是从此改变了对嗑药的看法。"那时我们没有发现那东西会让我们上瘾，幸好我们没有。只要一上瘾，那药丸也跟海洛因一样伤身。现在我知道嗑药为什么不好了：不仅会对身体造成伤害，而且还会带来幻觉。那是很大的陷阱。它会让你幻想自己是另一个人。你会在夕阳里看见七彩绚丽的景象，心想：'这真是太美了！'这种幻想是个美好的体验。但你若是学着去观察，那些颜色本来就存在。你不必嗑药，只需对身旁的一切保持敏锐。哪天，当你又嗑药时，却突然变成很糟的体验，因为你感觉到身边有多少东西都在崩坏，你会有种强烈的死亡感觉，而且跟其他东西一样，你也在崩坏。你会沉溺在这样的思考里，完全无法抽身，一连持续好几个小时，那种感觉恐怖极了。当我们俩都开始有这种负面幻觉时，我们就停止了。但是当时，我们当然不了解嗑药不好，因为它们看起来是那么干净，那么无害，那么反父母威权。"

　　因此，我不得不接受戴蒙偶尔用药的事实。戴蒙终其一生，每天都

---

① Designer Drug，在实验室制作的非法合成化学药品，凭借化学构造上的一点误差来逃避查验。药物名称（俗称）和成分会随着制造地点和时间或效果需求而有所不同。

得吃一堆五花八门的缓和药剂，连药头看了恐怕都以为他会完蛋，然后在另一个药物引起的迷幻国度中醒来。他发现这些化学物质能助他止痛，也能让他在派对上玩得开心，于是他吸大麻，偶尔吃药丸。或许就席蕾丝特所述——她因为顾虑我而措辞温和些："布莱斯，我不得不说，这件事我们有很大的代沟。对我们这代人来说，药就像……呃……大部分人会觉得，那就是生活的一部分。"

但是汤姆无法停在这里，他早已跨过娱乐或好奇的阶段，整个人渐渐不成人形。他几乎不怎么吃东西，整张脸越来越瘦削，眼神也越来越迷离，总是四处飘忽，从一张脸飘到另一张脸，针尖般的两点目光，有如栖息于树上的小动物在看东西。他的眼睛视而不见，身体也像拉紧的弓一样紧绷。

一天傍晚，戴蒙上楼时发现汤姆在用他的输血针头。

"天啊，汤姆！你这样做有多久了？"

汤姆面不改色，继续把活塞往下压，当他感觉到一股喷流涌入血管里时，才抬头看戴蒙，咧嘴笑着说：

"要来点儿吗？"

戴蒙摇摇头，显然非常生气。"汤姆，你这样做有多久了？"

汤姆把针头放下，把压脉带从上臂解开，这会儿两手松塌，垂在两边。他稍稍抖动屁股和肩膀，甩甩手腕，像是想把身上一件隐形衣服甩掉。当他开口时，声音一派随意："两年了。我以为你知道……"

"药丸是一回事，但这是烈性毒品！你可能会死！"

汤姆从容地看着戴蒙，然后耸耸肩说："至少我们俩可以做伴。"

忽然间，戴蒙眼泪一涌。他从没承认过自己可能会死，就连对自己也一样。那次他参加 HIV 讲座听见医师提到艾滋病症状以后，他安慰自己，他可能是那少数的例外——毕竟，他是"强壮的戴蒙"。

"强壮的戴蒙"是他小时候我送给他的称呼，那是为了要增强他时而脆弱的自尊。后来这说法一直沿用下来，直到这五个字已成为他内心的一部分。忽然间，汤姆像是悄悄绕过他的心防，直接把逼近的死亡送进他的脑海里。一瞬间，他忽然清清楚楚看见："强壮的戴蒙"就要死了。

"我的情况不是自己造成的。"戴蒙用轻得几乎听不见的声音说。汤姆耸耸肩。"那又怎样，反正活着也没什么意思！"

毒瘾被揭发以后，汤姆突然觉得，自己在朋友眼中被重新贴上标签。他觉得自己被疏远，觉得他们之间忽然有了裂痕，或许是童年建立的信任太过脆弱吧。本来，他们之间的信任包括了轻度的毒瘾，可是现在却被他的毒瘾彻底弄碎。

戴蒙没有把汤姆染上毒瘾的事情告诉任何人，就连席蕾丝特都没有。但是，汤姆却一口咬定他一定有，并偏执地认为如今塔尔福德街的所有人都用异样的眼光看他。屋子里的东西开始不翼而飞：起先是戴蒙一半的唱片收藏，几天后换成录像机，后来是席蕾丝特的相机，最后是一些钱，这些事接连在两周内发生。没有人怀疑汤姆，他还是常常过来聊天。他们怀疑是别人，或许是不知怎的弄到钥匙的酒鬼，所以保罗就去换了钥匙。然而，失窃的情况还是继续，他们才终于起疑心，质问汤姆。他高声抗议，并且情绪失控，盛怒之下冲了出去。之后，就再也没有发生东西不见的情况。

戴蒙非常难受。汤姆或许是个坏人，但是他从没那样看过他。长久以来，汤姆一直是他的朋友，在出血严重的夜晚常陪他促膝长谈。他很确定自己能帮一点忙，无论如何，也都应该站在朋友那边；但在这件事上，席蕾丝特态度坚定，不容戴蒙犹疑："不要浪费你的时间了，戴蒙。我知道眼前的状况。当你发现汤姆染上毒瘾时，一切就结束了。你不再是他的朋友，而是他行为的受害者。要是你让他回来，他只会继续偷我们的东西而已。"

在温柔的背后，席蕾丝特也有她实际的一面。这和她过去的成长背景有关，因为她跟达沃在一起时就见过有毒瘾的人，达沃本人就是其一。后来她告诉我，她很庆幸汤姆终于离开了戴蒙的生活。

日子继续下去，每天并没有太大的不同。戴蒙的活动力一天天下降，也越来越不喜欢与人相处。塔尔福德街小屋里生气蓬勃，旺盛的精力总是透过房间墙壁阵阵传来。一直相信自己能以意志力战胜噪音的戴蒙，渐渐发现他越来越难佯装成若无其事。他还是坚决相信自己的 HIV 状况没有恶化，相信近来身体负荷加剧，是因为血友病和膝盖的经常性出血。多年以来，身旁的人一直提醒戴蒙患关节炎的可能，他也知道这种情况会加剧。他总是这么跟其他人说，但是私底下，天知道他究竟怎么想。但戴蒙不是会轻易放弃的人，也不打算将深层的焦虑向他人倾诉，就连他心爱的席蕾丝特也一样。

那个时候，主治艾滋病医生仍声称并非所有 HIV 阳性病患都会进一步恶化。戴蒙会引述医生的数据说：一百个测出 HIV 阳性的病患，有百分之八十的人会进入第二期，但只有百分之四十八的人会到第三期，发展成艾滋病。我不确定现在的状况还是不是这样；这些数据容易产生误导，让人觉得自己可能是幸运的例外。一派乐观的戴蒙就认为自己是能躲过死神魔掌的首选，因为他毕生都在和病魔对抗，病毒感染自然不会发展到第二期。

他的智齿发生一点毛病，因为牙齿长得太大，挤压到其他牙齿。这种情况可能会很痛，所以我们的家庭牙医建议他拔掉。本来这是很单纯的问题——太多牙齿同时想挤进一张嘴里——偏偏对戴蒙来说，这并不容易。他去血友病中心看牙医，医师也同意帮他安排手术时间，但是究竟"什么时候"，便是棘手的问题。理想的情况，手术最好分段于几个月进行，一次拔除一颗。

拔牙手术，尤其拔智齿，是血友病患者潜在的出血危机。光是把牙根自牙床拔除，就必然造成深层的内出血，并且很难止住。因此，问题变成："会有多严重？"以戴蒙以往容易出血的情形来看，拔一颗牙若是出什么意外，将会耗掉州立血库一整个月的存量。这种需求相当难以达成，而且可能得过好几个月，血友病中心才能确实开始"贮存"手术所需的血。中心会用一些方法来弄到尽可能多的额外血液，例如向血库多订一些血，或想些名目要求任何超额的血。然而，要分四次拔牙，还要在两年内存到足够的血量，更是完全不可行。没有人告诉我们为什么不可行，血液制品不会明显变质，上面也没有标示什么"使用期限"。总之，戴蒙的智齿不用急着拔。还不到忍无可忍的情况，贝妮塔和我都质疑手术的必要性。

我们当然没有预防智齿挤压的办法，但是我们都对还不到必要关头就动手术的事感到忧心忡忡。尤其，戴蒙的牙医和血友病中心的医师都认为一次拔除四颗牙齿，潜在的危机并不比一次动一颗高。

我记得我曾质问过医师这一点。"为什么选在还不紧急的时候动手术？一次拔四颗牙，应该是很大的手术，不是吗？"

戴蒙的医师是血液科专科医师，也曾在血友病中心任职过，但是对我们来说还是新面孔。他有些瘦小，看起来有点紧张，不像很有自信的样子。跟我说话时他总是有些焦虑不安，不过或许他跟所有人讲话都是这样。为了掩饰自己的紧张，他刻意一板一眼，甚至有点说教意味，像是跟家属交代一连串的指示。

"考特尼先生，我希望在戴蒙还有体力的时候动手术。"他用圆珠笔尖在身前的桌垫上很明确地敲出一圈小点。这年头还有人把桌垫当吸墨纸，令我觉得匪夷所思。并且，他似乎是特别拿圆珠笔来敲东西，因为他的白袍胸口插着一支昂贵的钢笔。敲到一半他忽然停下，抬头对我说："你了解我的意思吧？"

"不，我好像不太明白。"

"呃，两年以后，戴蒙可能就没有体力撑过手术了。"

"我懂了。"我只能想得到这三个字来回应。

"他的 T 细胞现在还正常，呃……还算正常。但是接下来可能就不是这样。"

"T 细胞？"我之前没听过这个名词。

他丝毫没有解释的意思。"我们希望在戴蒙 T 细胞数量还正常的时候动手术。"接着他避开我的眼神，看向桌垫，又继续敲圆珠笔。

我最痛恨他的地方，就是他认定戴蒙 HIV 的状况一定会恶化。"有可能会继续正常，医生，我是说那个 T 细胞什么的。他的 HIV 情况不一定会发展。"

戴蒙的医师又抬头看我。"这个可能会，那个可能不会。"他对我微微咧嘴笑，像是刚在国际象棋盘下了一步高招。"你真的想冒这个险吗？"

我无话可说。因此，阿尔弗雷德王子医院的血友病中心开始储血。戴蒙深信如果进入催眠状态，便能控制医师担心的大出血。他宣称自己内出血的特性跟外伤造成的出血不同。

"内出血不能预测、无法准备，随时说来就来。"他跟医师解释，"但是这不一样，要是你们只对我进行局部麻醉，那么我就能自己进入深层催眠状态，自行控制出血。"

医生完全不接受。"这是一项大手术，戴蒙。你必须接受全身麻醉，不然我不打算动刀。因为到时我们只能把牙齿敲碎再拿出来。"

长久以来，戴蒙早已对医疗失去信心，不论医师的诊断听起来有多专业，他都坚持己见。他曾读过许多关于医疗催眠技术的文章，坚信自己一定做得到。但是医生不愿接受，这一点也可以理解。医生希望有充足的血量处理大出血（这理应发生），并拒绝让戴蒙尝试催眠。整件事陷入僵局，于是戴蒙要我支持他，坚持让医生同意他使用催眠。

除了席蕾丝特以外，我们全都急得如热锅上的蚂蚁，我尤其发现自己身陷两难的窘境。戴蒙小的时候，我曾教他如何通过催眠控制病痛，他也发展出很好的技巧与自信。由于我往日的鼓励，他自然认为这件事我会站在他这边，一起对抗医生的看法。

贝妮塔、布雷特、亚当自然都强烈反对催眠，实事求是的亚当更是马上冲去找教科书里的反证。虽然有一些足以为信的记录，他还是很难相信他弟弟已熟练催眠到可以抑制出血的程度。此外，更有许多证据让他根本怀疑催眠能在严重情况下抑制血流的可能性，如戴蒙可能面对的状况。

但是戴蒙深信不疑，丝毫不肯让步。我们只好私底下安慰自己，还有好一段时间才能收集到足够的血液，随着时间临近，说不定他就会改变心意。

我们早该知道戴蒙的个性。后来，在自我催眠的状况下进行手术，对戴蒙来说变得非常重要，那也像是一种赌注。要是他能办到，他就能主宰自己的命运——不只是出血，那件事也一样。那件事不可能发生在他身上，因为他有强大的内在能量，能把自己带到 HIV 统计概率的另一头。

在此同时，塔尔福德路上的租房生涯也告一段落。为了准备第三年的建筑系学业，席蕾丝特希望能到意大利游学一段时间。一开始这听起来不大可能，因为他们俩的荷包都空空如也，但是戴蒙急切希望她能成行。

贝妮塔和我那时正在整建我们位于沃克卢斯的家，所以我们住在玫瑰湾附近一间宜人又现代的公寓。那间公寓有两个额外的小房间，从地板到天花板满满堆着我们旧家所有多余的东西。我的第一本书，就是在其中一间的一个小角落完成的，不到四五平方英尺大，四周被高达六英尺的纸箱团团包围。我们说可以把一些东西收起来让他们俩与我们同住，但是戴蒙马上拒绝。我并不怪他，毕竟他们已经习惯有自己独立的私人空间，回去跟一对焦虑且神经质的父母同住，或许并不是什么好主意。

用神经质形容自己，听起来或许很奇怪，但是那时我白天要上班，闲暇时间又在耕耘写作的可能性，贝妮塔于是每天负责去我们的新家监工。这项任务简直让贝妮塔每天都濒临崩溃边缘。随着情况越来越恶化，我们之间也经常发生争执。工钱几乎快飙升成我们借款的两倍；银行不断提出难以回答的问题，还要我们提供我们给不出的担保。照这情况看来，等房子整修好以后，我们简直要把新家卖掉才能付清额外的借款！后来建筑商破产，也因此依法失去资格，我们只好开除他，转包他人把剩下的工程完成。每天都会有承包商来找我们要钱，即使我们早已把工资付给之前的建筑商。我常因工作不在，贝妮塔于是得扛起不可能的任务，独自面对在我们眼前崩解的世界。每天都有更多怒气冲冲的商人找上门，她在情绪上和身体上都累坏了。

在建筑师的帮助下，我们的房子终于能上锁了，水龙头有冷热水，花洒也能用了。戴蒙建议他们可以负责监工，先搬进去照料大小事。他说这样就不会有小偷；席蕾丝特十一月才开学，漫漫暑假可以打个工。不用付房租，他就可以把钱存起来，这样她的机票和一月底的旅费就会有着落。

贝妮塔帮席蕾丝特在玫瑰湾北部的"叮可叮派"找了一份工作，每天早上七点半开店，晚上六点关门，时薪八澳元。席蕾丝特自愿午餐时段照常工作，这样一天就可以多赚八块，一周就多出五十六块，不无小补。工作内容很吃重，不仅要负责柜台，一整天还要端一盘盘很重的饼干，开烤箱，做沙拉，帮忙清理，不时准备整天要卖的各色小糕饼。

那边的客人都很喜欢席蕾丝特，就连素以性急、员工都待不久而恶名昭彰的法国烘焙师傅兼老板泽维尔也喜欢她。很快，他便帮她调薪，加到一小时十元，席蕾丝特简直乐翻了。泽维尔的太太凯西和小姨子简妮都对席蕾丝特很好，不但让她免费在店里吃东西，还让她把多余的食物带回家。因此，在不用缴房租、大部分食物又有人提供的情况下，席蕾丝特很快便能存到钱。

戴蒙的桌面出版事业没有飞黄腾达，反而停滞不前，但还够应付小额的家庭开销。到一月中时，席蕾丝特已经存够去罗马的往返机票钱，要是非常节俭，还可应付八个星期的生活费。这一点都难不倒席蕾丝特，她一向是省钱专家。

就在席蕾丝特要去意大利之前，血友病中心打电话来说血量已收集足够，要戴蒙立即住院，因为手术室和医师都刚好有空档。后来催眠那件事不算真正解决，院方坚决拒绝在没有全身麻醉的情况下动手术，最后我也说服戴蒙让步。最后期限出来时，我们就已经讨论过一次，戴蒙非常生气，觉得医疗体系再次忽略他的感受，以一贯的傲慢态度对待病人的愿望。

不过，我自己却是饱受焦虑折磨。我知道他用催眠抑制出血是可能行得通的。并且，以此种方式手术，对他往后看待自己的态度具有重大影响。然而，我觉得自己好虚伪，因为暗地里我又同意医师的看法，他一再警告手术后可能大出血，击中了我的要害。只要一想到他可能愚蠢地让自己遭受不必要的病痛折磨，我整个人就觉得快无法承受。无计可施之下，我只好玩些伎俩。

"戴蒙，听好！不管你是局部麻醉还是全身麻醉，你一样都可以用催眠控制出血啊。"

"什么意思？"

"唔，你只要在催眠的状态下进手术室，然后接受麻醉，就可以了。"

戴蒙一脸怀疑。"我从没听过这种事，爸。重点是你要保持清醒状态，对周遭发生的一切有意识，这样才能控制。"

"催眠本身就不是完全清醒吧？"我骗他说，"我的意思是，那就像不同的电台频率，你的脑波也跟平常的清醒状态处于不同的频率。"

"爸，你这是胡扯，你自己知道！就算在催眠状态下，你还是听得见声音，知道周遭发生什么事。但是如果你被麻醉，不管你处在哪种脑波频率都一样。要是你都没意识了，能怎么控制？"

他很有道理，但是我决定强压到底。"戴蒙，你相信你的心，对吧？如果在催眠状态中，你最后一个有意识的决定就是控制出血的情况，而你的心因为麻醉——"我停顿半晌，寻找正确的字眼，"忽然一片空白，这最后一个有意识的念头为什么不能被保留下来？为什么不能发挥效用？"我看着他，祈祷他能接受我这似是而非的逻辑。"值得一试，不是吗？"

戴蒙望着我。我看得出来他丝毫没有被说服，却跟我一样，只能抓住最后那根稻草了。"好吧，我试试看。这实在是个疯狂的主意，但是我没别的选择了，是不是？"他抬起头，对我咧嘴微笑。"爸，谢谢你，至少你试了。潜下去之前留住最后一个念头。好样的爹地超知识。"戴蒙就这么进了手术室。就在接受麻醉以前，他让自己进入深沉的催眠状态，让意念专注在抑制大出血发生。

手术之前，医生当然先施打了大量的凝血第八因子，若手术中间或一结束便出血，可作为凝血的第一道防线。要是之后有必要，这次输血能让更大规模的输血有缓冲时间。

不知道是幸运还是催眠的功劳，戴蒙几乎没什么出血。事实上，他的出血量和一般人一次拔四颗牙的量简直相差无几。医生也非常诧异。但是当我告诉他戴蒙在接受麻醉时已进入催眠状态，他却一副兴趣缺缺的样子。

"我敢说，这种概率微乎其微。原因不明，我们纯属幸运。"

"你不觉得以戴蒙的病史来看，这次的'幸运'刚好发生在这一件事上很凑巧吗，医师？"

医生看看我，耸耸肩。"随你怎么说，考特尼先生。我是医生，不是巫医。你儿子没出血。这点我很感激。"

真正重要的是，戴蒙觉得自己成功控制住出血——他的心又再次胜出，因此他依旧能掌握艾滋病病毒的命运。后来我们才了解，这些细微的征兆对他来说有多重要，对我们心理上的安定也是。渐渐地，我们成了抓住各种救命稻草的专家——哪怕只是一丁点征兆、预兆、不合理的迷信、不经意听到的说法，都能让我们灰暗的心重拾希望。

我记得有一次，当年送戴蒙那幅斑马水墨画的画家安·威廉斯来拜访我们，戴蒙也顺道过来。安很温柔，人又好，并笃信佛教和心灵治疗。她看着戴蒙走过来时竟说，他身上围绕着很棒的光环，光芒强烈闪动，颜色代表着巨大的治愈力量。我和戴蒙对那种事都挺不屑的，我也看得出戴蒙难掩笑意。但是他太爱安了，没办法反驳她，于是只是礼貌地谢谢她。但是隔天，他却害羞地问我："爸，你觉得安相信的事有任何道理吗？"

"指你有一道光环，颜色代表治愈力量那件事？"

"嗯，没错，就是那些佛教的东西。"

我想了一会儿。"我来自非洲，我相信所有别人不信的事情，不相信所有别人奉为真理的东西。"这根本是毫无意义的答案，却是当下我唯一挤得出的回应。因为，后来我也跟戴蒙一样，又让安说的话浮上心头，暗暗希望她说她看到的东西有其神秘的可能性。毕竟，随便抓一根稻草，总比学习溺水的艺术来得好吧。

但是这些都是之后的事了。戴蒙动拔牙手术时，以自己那套奇特的标准来看，还认为自己状况不错。他依然觉得自己不受 HIV 影响，宣称自己绝不会被病毒带进第二期。他身上所有异状都归咎于他的血友病，和一路伴随他的关节炎。

本来，戴蒙希望能离开医院为席蕾丝特送行，但是他的脸仍严重肿胀，而且严重疼痛。因此，最后的明智决定是，让他至少多待在医院三四天进行观察。手术很成功，席蕾丝特心里也很确定，这是因为戴蒙要她放心地出发，不会因为离开他而觉得愧疚或担心。

不论有没有麻醉，她从不怀疑戴蒙有控制出血的能力，但是她自然会担心。就算是一般人一次拔四颗牙，都不是小手术。若不是他之后状况不错，她说什么都不会愿意离开他。

就在一九八八年的一月二十七日——澳大利亚国庆的隔天，正当大多数澳大利亚人都在和昨夜欢庆的宿醉搏斗时，席蕾丝特带着她装满必备品的包包——牛仔裤、T恤、睡袋、一大堆素描纸、铅笔——只身前往意大利，踏上未知的大冒险。我想，戴蒙甚至比席蕾丝特更兴奋。

但是那时，席蕾丝特和我们都不知道的是：戴蒙即将面对生命中第一个和艾滋病相关的危机。后来事实证明：这个根本没迫切需要的拔牙手术，其实是个巨大的错误。医生说戴蒙没办法等待的那两年，却成了他今生最后的时日。而这一切很大的主因，正是那不必要的牙齿手术。

# 第二十章

膝盖骨食物中毒与真相大白。

戴蒙接受拔除四颗智齿的手术时，并不用紧急输血，回到病床后，也只是例行性输血。这对丹尼丝来说简直不可思议，她知道戴蒙是典型血友病患者，手术前还特别为戴蒙输了好几天的凝血第八因子，为最坏的情况做好心理准备。这样完全没有出血的状况史无前例。戴蒙动不动就出血，典型血友病患者就是这样，差别只是在于出血多少而已。本来丹尼丝还在担心可能没有足够的血液制剂供手术使用。

医生总是一派科学精神，不管出现任何医疗现象，都会给你一个具体的理由，这点总是让我觉得很有意思。他们会告诉你，人的身体就像一套精密的配管系统，所有情况都有生理上的解释，毫无例外。因此，当有与此违背的现象发生时，如戴蒙在手术过程中失血量比正常病患少，医生就直接归类成巧合，一点好奇心都没有，仿佛只是星期四早晨下雨的一则偶然。

这件事最讽刺之处，就在于这项手术明明可以再等上两年。即便智齿最终需要拔除，在这之前他的牙齿并没有不适。结果，这个决定几乎赔上他的生命，并让原本良性的 HIV 状况恶化成艾滋病。系统一旦开动，便没有停止的可能。手术用血开始收集，医生的行程排定，手术台的灯一亮，一切就绪。

虽然之后出血情况意外轻微，手术本身还是造成了很大的创伤，戴蒙在医院待了两周，这段时间他的体重掉了很多。

"这在预期之中。"我们自我安慰说，"他的牙床刚受过伤，下巴又肿起来，食欲当然不好。"

出院以后，尽管我们希望他能和我们一起住在玫瑰湾的公寓，他却坚持要回还在施工的房子，把握席蕾丝特去欧洲前的时间，再多陪她几天。手术后他恢复得异常迅速，到席蕾丝特动身的日子时，戴蒙虽然嘴巴还在发疼，看起来却与手术前没有什么两样。席蕾丝特曾私下跟我说，要是戴蒙状况不好，她说什么都不会走，如今她知道戴蒙已经在康复中，她也能开开心心地出门了。

席蕾丝特离开以后，戴蒙依然坚持一个人待在霍普敦街的房子里。虽然我们不喜欢这样，但是他很有主见，也擅长料理自己的生活。在贝妮塔一阵唠叨以后，他总算同意一个星期来玫瑰湾的公寓和我们吃三顿饭。

不过其实，他一个人独居这主意，并没有表面上看起来那么糟。贝妮塔每天都会去沃克卢斯的房子监工，花很多时间待在那边。我之前也说过，这项工程对我们而言都是浩劫，对贝妮塔来说尤其如此。我因为忙于工作和写作，只有平常上班之前和周末才有时间过去看，贝妮塔常常一天要到现场许多次，像是处理重要收货和房子细节的监督工作，后者已变得不可或缺，尤其是在新房子有几百项细节有待完成的时候。

戴蒙独居的好处是她可以在一旁默默观察戴蒙恢复的状况，同时又不会做得太明显，对于手术完不久竟就让他自己一个人住，我们也不致太感自责。他需要好好休息，这样的方式可以让他不受太多干扰。

其实，戴蒙在席蕾丝特离开后还想一个人待在沃克卢斯，主要是因为他们的猫舒蒙先生。舒蒙先生某一天在塔尔福德街的屋前冒出来，并当场拜席蕾丝特为妈妈，把那里当成自己的家。

不像席蕾丝特那样心胸宽大的人，可能一眼就可以认出舒蒙先生是职业流浪汉。它绝不是什么绅士，看到能占便宜的，绝对先下手为强。但是席蕾丝特毫不犹豫便决定收养它，舒蒙先生当场成为他们家的一分子。当他们从塔尔福德街搬去沃克卢斯即将完工的新家时，舒蒙先生当然也跟着一块儿去。席蕾丝特去欧洲以后，戴蒙不想丢下她的小猫咪，但是他又知道舒蒙先生不能去玫瑰湾跟我们一起住，因为我们的威玛猎犬拉娜对猫没什么好感。

其实我们一点都不需要担心。舒蒙先生四海为家，时间一到，自然就会去找它的下一张长期饭票。事实上，在席蕾丝特的领养文件失效以后，舒蒙先生至今还在我们的社区出没，跟在六号主人身边。它在找上席蕾丝特和戴蒙以前究竟跟过几个代理主人，这答案自然无从得知，但它绝对是只饿不死的狠角色。最近我在附近一家书店签书时，才遇见一对年轻情侣来跟我说："舒蒙现在在我们这边。"

"哈！"我说，"多久了？你们已经是我知道的第六任主人。"

"哦！不会这样的！"他们异口同声地说，看起来相当不高兴，"舒蒙先生很爱我们，永远都不会离开我们。"

"它一定会的！"我跟他们保证。

舒蒙先生是只出了名的胖猫，光看就觉得十分欠揍。它的身体像是有台牵引机引擎，一百英尺外就听得见它"咪呜"的叫声。它一定有某种说不上来的狡猾魅力，因为曾拥有（拥有？真是可笑！）它的人对它总是赞誉有加，即使一见到下一个肥羊，它马上拍拍屁股、一声不吭地掉头就走。

此时此刻，戴蒙一个人待在一间还没修好的房子，只是为了一只流浪猫！如果再把摩斯拉和萨姆算进去，席蕾丝特对猫的品味实在令人质疑。

席蕾丝特离开几天后，戴蒙似乎没事，但是到了星期四，他却开始感到不舒服，好像发高烧了。贝妮塔试着劝他回家，他一样拒绝。原本健康的膝盖突然又恶化，后来我们才发现，他那只膝盖其实从没好过。席蕾丝特离开的那天早上，他的膝盖突然肿起来，但是他给自己大量输血，即使剧烈疼痛，还是硬把那一天撑了过去。

之后的每一天，他早晚都各输血一次，但是膝盖的状态仍旧不见好转，反而继续恶化。到星期四时，他已经痛得很厉害，贝妮塔终于说动他去阿尔弗雷德王子医院的血友病中心检查。但是他有个条件：绝不能让他在医院过夜。贝妮塔在我上班时打电话来，我同意她答应，只要他不让自己置身危险境地。

当丹尼丝知道他给自己输血几次后，她非常震惊。戴蒙为自己注射的凝血第八因子量，任何没有重大意外情况下的内出血应该都能止住才是。但是，他不仅出血不止，还波及他健康的膝盖，到了第三天，甚至开始蔓延到他健康的手肘。

所有的典型血友病患者都有共同的恐惧：害怕凝血第八因子会对自己失效。在拔牙手术以前，戴蒙就已输了大量的凝血第八因子，现在他又在四天之中输了八次血。然而，这一切竟然都没有用，不禁使人忧心是否已无医疗设备能发挥功效。于是，等待与祈祷成了唯一能做的事情。

戴蒙承受着巨大的疼痛，但是丹尼丝也同意留在医院并不会使病情好转，现阶段医护人员能为他做的和我们一样多，也一样少。幸好戴蒙终于同意回家与我们同住，他越来越不舒服，我想，是因为这样他才希望让人照顾。他拔牙前我就已经把纸箱从空着的房间移开，满心期待手术后他会回来住。这间房间早就在等着他。纸箱都被移到隔壁的房间，那里成了我纸箱林立的王国。这些额外的东西一路堆到旧式的华丽天花板上，窄小的房间现在只剩一条小走道从门口连到我的小碉堡，一台电脑摆在扑克牌桌上。我举目所及全是硬邦邦的纸箱墙，从我座位到四周的纸箱最远的距离也不过十八英寸而已。

我的窗外有全世界最美的海湾景色，上演着各式各样热闹的水上活动——有急速驶过的渡轮、鼓帆的游艇、帆船，偶尔还有像在执行公务的邮轮或货船，在港口的主要航道上来来去去。但是，在我的纸箱国度里，没有任何东西能分散我的注意力。能这样写作，真是一大享受。

我跟戴蒙保证，每天早上去工地时，我会亲自喂舒蒙先生一罐沙丁鱼，戴蒙这才同意与我们同住。等我们把他带回家并让他躺在床上，他已经病得不像人样，身上还猛冒汗。那天晚上，他在房里走来走去，把我惊醒。我看看表，半夜两点。我起身，静悄悄走过走道，敲了敲门。"我能进来吗？"还没等他回答，我就自己把门打开。

戴蒙房里的灯开着，他坐在床边，一旁的桌上四散着所有的输血设备。他正要把凝血因子抽进针筒里，两手却不停颤抖。那时我才看见，他在默默地啜泣。

"戴蒙，你还好吗？"

他抬头看我，眼睛闪着泪光。"爸，我的膝盖好痛。"

"让我帮你好吗？"我的手指着桌上的东西。

他把针筒递给我，我把液体缓缓抽进去。"我知道没用，但我还是要试试看。"说完以后他望着我，眼眶中满是泪水。"真可恶，爸，我从没有这么痛过。"他的额头上冒着汗珠。

我把手放在他的额头上，我的手也湿了，然后我把一支温度计放到他舌头底下。"戴蒙，你发烧了。"我看着他，然后伸手搂着他，"或许我们该带你去医院，你说呢？"

戴蒙赶紧把身体抽开，但就连这么简单的动作，都让他痛得把眼睛眨了一下。"不，爸。拜托！不要！我不能忍受回医院。"他用手背擦擦眼睛，"最近我只要去医院，就联想到死。"我心头一震。那个从小就把去医院当成家常便饭的戴蒙，却突然对医院产生恐惧；那个总以了不起的勇气面对每一场硬仗的戴蒙，心却慌了。

"我们等到明天早上吧。"我说，"我想明天我们就该做出决定。我觉得你恢复的情况不理想。" 戴蒙的眼眶又盈满泪水。"爸，拜托别把我带去医院。输血会有用的，你等着看。"他听起来像是个恳求的小男孩，我的喉头忽然一阵哽咽。我是那么爱他，却又无能为力。一想到凝血第八因子以后可能对他失效，我完全没办法思考。要真是那样，几个月后他就会变成无望的残废，全身都被关节炎消耗殆尽。在发明出这项凝血因子以前，典型血友病患者很少有人能活过青春期。

我指向他放在针筒旁的蝴蝶针。"来，我来帮你插针。"

虽然疼痛，他还是吸吸鼻涕，露出苍白的微笑。"爸，你已经两年没用了。"

我咧嘴微笑，试着掩饰心底的焦虑。"等着瞧！"然后我又加上一句，"就跟骑自行车一样容易。"

我把他上臂的压脉器拉紧，他开始把拳头握紧放松，试着让手背的血管隆起。他的额头还是冒着豆大的汗珠，两只眼睛睁得雪亮。"那是别的东西。"我跟自己说，"不只是他的膝盖而已。有别的东西正逐渐病入膏肓。噢上帝啊，请帮我们救救他！"我心跳剧烈，却努力想控制住自己，不让我的忧虑显现。我正准备把针头插进血管，好久没有这么做了，我的心脏却因焦虑跳个不停。我低头一看，发现自己的手在颤抖。

第一次失败，但是第二次就把针顺利插入。"不错。"戴蒙叹了口气，想让自己听起来语气轻快一些，却不小心呛到眼泪。为了掩饰内心的情绪，他倏地把压脉器一拉，粘扣带刷的一声从虚弱的手臂上撕开。他一直很以那只手臂为傲。那只手臂发育得很健全，偶尔他会把手臂一弯，露出上臂的肌肉，自己欣赏片刻。那只手臂比起他身上其他部分确实算得上强健，但是现在看起来也很脆弱，肌肉的色泽不见了，变成一只能和他全身相称的弱小手臂。我从没看过我的儿子这样，既消沉又气馁。

那晚，我几乎整夜都陪着他。到了凌晨，在吃了一点地西泮以后，他才终于断断续续睡去。星期五早上，他看起来仍没有好转，显然还在发烧，虽然贝妮塔为他量体温后，发现比我昨晚量的温度稍降一些。

我把他带到我们房间的双人床上，那里通风比较好，偶尔会有微风从窗户钻进来，吹过床后再从房门溜走。再过一周就到二月了，天气却还热得令人吃不消，所以我们想他在这里应该会比较舒服。戴蒙的膝盖肿得跟气球一样，贝妮塔还在底下垫了两只枕头帮忙支撑。现在打去血友病中心找他的医生还太早，我于是睡眼惺忪地出门上班，让贝妮塔负责打电话。

十点多时，她打电话跟我说戴蒙似乎好些了，医生说只要看着他，让他多休息，多补充水分，每两小时量一次体温，十二个小时后试着再输一次血就可以了。

医生告诉她这周末他不在医院，要是戴蒙的状况变差，或是体温攀升，就把他带去急诊室。丹尼丝不久后也打来电话说，她已经提醒过急诊室，要是他需要送医院，就不用等太久。

不过，那天晚上我回到家，戴蒙看起来还是跟早上差不多。他又该输一次血，却没办法靠自己完成，偏偏贝妮塔从没试过，因此两人都在等我回来。我失败了两次，只好把最后的希望寄托在他那只动过手肘接合手术、长年萎缩的手臂。那只永久僵化的手肘下有条小血管，那是最后可以一试的地方了。我刚刚试过两条完好的血管，一条在他健康的那侧手背，另一条在他健康手肘的内侧，但都宣告失败。现在，我只能祈祷这条肉眼几乎看不见颜色的小血管能成功。

我感觉得到，戴蒙已经不耐烦得想尖叫了。他非常不舒服，身体剧烈疼痛，我前两次笨拙的技术简直快超出他所能承受的范围。即使心里在颤抖，我还是举起针，往那条新的血管插进去，沿着血管把针头放平，往前推。幸好一试马上成功，我赶紧接上皮下注射器，小心翼翼地把针筒柱塞缓缓下压，以免再度前功尽弃，最后我总共花了二十分钟才完成。

眼前的紧绷和痛苦对贝妮塔来说实在太难以承受，她忍不住抽泣起来。"没事了，妈。不要哭，爸把针插得很好，待会儿就没事了。"戴蒙自己也累坏了，听起来上气不接下气。他的膝盖痛到发烧，嘴唇又因发烧而干裂。我从办公室带回一台立式电扇，放在房间一角，把冷风吹向他躺着的床上。那晚，贝妮塔睡在戴蒙的房间，我睡在客厅沙发上。

星期六早上，他的情况似乎又恶化了，前晚输的血对他的膝盖并没起什么作用。戴蒙痛得哀号，意识似乎只有半清醒，因此我决定事不宜迟，赶紧把他送去急诊室。但他还是不想离开家里，哀求我不要叫救护车。

"拜托，爸，这只是非常、非常严重的出血而已。就算我们去那边，他们也没办法做什么。"他转向贝妮塔说，"拜托，妈，不要让爸把我送去医院！"他满脸泪水，胸前的黑色毛发也沾湿了。"拜托，爸，我不想死在医院！"

到了星期六晚上，他的膝盖痛到他要把电风扇也关掉，因为连风吹过膝盖都会带给他无法承受的疼痛。我替他量体温，稍微又升高了一些，但他还是坚持不上医院，于是他的病情越来越糟，我们在家里度过了一个焦急烦躁的夜晚。到了星期天凌晨，我打电话叫救护车，半小时以后车就来了。

但是这一次，碰戴蒙身上任何地方他都会很痛，膝盖更是肿得我前所未见。车上有两位医护人员，年纪较大的那位负责主控；当他试着把戴蒙移到病床时，戴蒙痛得尖叫，眼睛睁得奇大无比，即使最轻度的触碰都会使他疼痛不堪。就连戴蒙小的时候，我都没听过他尖叫，但他现在却痛得无法自已。那个无论多痛都往肚里塞的戴蒙，此时此刻反应却如此剧烈，让我不禁担心他或许真的会离开。那是星期天的黎明时分，席蕾丝特要一直到星期四才会打电话回来，我们也没有她的通信地址。她住在青年旅舍，现在正在去葡萄牙的路上。噢，天啊，为什么那时我们不建议她留下？要是我们开口，她一定会留下来，我也可以找其他时间补偿她这次的旅行。

贝妮塔开始静静啜泣，把脸别开，不让那两个男人看见。最后，医护人员认为没有其他比较好的办法，他们一定得把戴蒙移到病床上，无论结果如何。他们已经尽最大努力轻手轻脚，戴蒙依然发出凄厉的叫声，几乎咬破下唇，奋力控制被抬上担架、送往救护车的路上，全身上下剧烈沸腾的痛楚。屋外救护车停放处四周，邻近的公寓——亮起灯光，因为邻居们被这叫声从睡梦中惊醒。

他们把戴蒙移进救护车后座，较年轻的医护人员陪在戴蒙身旁。司机转头对我说："很抱歉，先生，在医生诊断以前，我们不能擅自给他吗啡。"

他这句话简直是天外飞来一笔，况且我并没有向他要止痛剂。戴蒙不能随便吃药，我也知道以他现在的情况根本没法吞下止痛药。而且，我们之前无论试什么，似乎一点用都没有。

那两位医护人员很不错，是那种社会中坚型的人。但是年纪较大的那人突然问道："他有艾滋病吗？"他看起来不太高兴，"很抱歉必须这么问，但是待会儿送到急诊室他们得先确定。"

"不，没有。他只是刚拔了智齿。"我马上就发觉自己这么说有多蠢。拔智齿跟他的膝盖有什么关系？

"而且他有血友病，动不动就会出血。"我赶紧补一句，"你就这么告诉他们。"我整个人一团乱，表面上很镇定，内心却翻腾不已。我是不是拖得太晚了？我现在才知道戴蒙病得有多重。周五那晚，我说什么都应该坚持马上叫救护车的。"别担心，我会跟在你们后面一起去，我自己告诉他们就可以。"

那天，我们一整天都在阿尔弗雷德王子医院里等待，戴蒙则待在急诊室。他的医生不在，但是丹尼丝也赶了过来，即使今天她没有值班。她其实也不能做什么，但是扮演了很好的协调角色，因为院方不允许我们在戴蒙接受检测时进去看他。她只能告诉我们戴蒙情况严重，不只是膝盖而已，但是病理分析目前尚未有结果。

到了星期一早上，他的状况更糟了，那天稍晚时身体又进一步恶化。他那个喜欢敲圆珠笔的医生回来了，也去看过他，他第一次承认连他也搞不清状况。"我们知道他病得很重，不只是膝盖的问题而已。是一次大规模的感染，但我们不知道是什么感染。"然后那个爱说教的浑蛋又突然自我更正，"我们不知道是哪种感染。"

"情况有多严重？有可能会……"

"死吗？他要是再继续恶化就有可能，但是他现在看起来似乎稳定了些。（他听起来一副公事公办的样子。）我们真的找不出原因，只知道他病得很重。"然后他又加上，"你们待在这里真的没用。他暂时没有生命危险。要是他的状况恶化，我们会提前一段时间通知你们。"

我们当然继续待在医院，下午三四点左右，一个年轻的病理医师来见我们，神情非常疲惫。他向我们宣布他们找到问题所在了。"戴蒙的膝盖出现了沙门氏菌感染。"

我曾服务过鱼罐头从业者，所以知道沙门氏菌能导致人食物中毒，主要经由不新鲜的罐头鱼类传染。但是戴蒙从不吃罐头鱼，而且这个年轻人讲的话一点都不合逻辑。"膝盖怎么可能出现沙门氏菌？那是一种食物中毒不是吗，医生？"

年轻人点点头。"我知道这听起来很怪。"他的头发披垂在额头上，看起来需要好好梳洗一番，身上的白袍则满布污渍，大概都在上面擦手。他叹了口气，一只手盖在眼睛上一会儿，然后用食指和拇指捏捏鼻梁，像是努力想集中精神，或为了我们展现出一副关心的模样。"所以一开始我们才找不出原因，直到我们在一名艾滋病患者的病史里找到类似的情况。"

我感觉到身边的贝妮塔身体忽然一僵。

"我们最后在一则美国的病史中发现，沙门氏菌会从抵抗力最弱的地方进入。以戴蒙的情形来看，沙门氏菌通过最近拔牙手术后的伤口入侵，一路转移到虚弱的膝盖和手肘。"然后他又重复一次，"这种状况绝非典型状况，但是艾滋病就是这样，任何可能的感染都有机会入侵。"

"艾滋病？戴蒙只是 HIV 呈阳性而已，医生。"

年轻的病理医师有点困惑地看着我，却累得没有心力道歉。"戴蒙有艾滋病，考特尼先生。"他只是这么说，然后耸耸肩。"他的拔牙手术是个错误，让大量病菌进入他的体内。他现在非常非常虚弱，抵抗力非常弱。"

我紧抓住贝妮塔的手臂，她把眼泪往肚里吞，我感觉得到她的身体在颤抖。"很抱歉，我必须先离开。"病理医师说，然后像是忽然想到，又加上一句，"请你们放心，我们会尽全力帮他渡过难关。"他低头看自己的鞋子，避开贝妮塔的痛苦神情，想找什么能安慰我们的话。"至少我们现在知道他是什么状况，我想这样他就会没事的。"他很年轻，不太擅长交际，大概已经连续值两三天班了。眼前的问题并不是他的错，他当然也不可能知道我们并不清楚戴蒙的病毒已经发展成艾滋病。然而，很不可理喻地，就因为他已经尽了全力，可是最后结果却依然无法令人满意，我内心忽然升起一股愤怒，很想跳起来揍他一拳。总该有人为我的孩子负责吧！他难道承受得还不够吗？为什么现在还要添上这个不幸？他将忍受更多、更大的痛苦，并且这一次，完全没救了。戴蒙转成了艾滋病。戴蒙就快死了！

贝妮塔开始不停地啜泣，我只能紧紧抱着她，大口大口地深呼吸。她内心深处正挣扎着要止住哭泣声，不让快把她淹没的痛苦在这毫无隐私的医院走廊上爆发。那是继多年前我走进儿童医院，看见我的宝贝头肿得比身体还大之后，内心感到最孤寂的时刻。那时的戴蒙顶着一颗大紫头，嘴边冒着口水泡泡，背后的墙上画着满绕着一颗圆点蘑菇跳舞的小精灵，所有人都头戴松垮的红色圣诞帽，脚穿前端翘起的绿色雪靴。

多年前，当我在戴蒙割包皮当晚摊开他的蓝色毛毯、目睹被血浸湿的尿布时，我们便踏上一段旅程。而今晚，我清楚知道，这段旅程的尾声已悄然展开。

那天傍晚，戴蒙病房的门上多了一个标志，破裂的黑圆圈背后衬着鲜艳的黄色。旁边这么写着：

感染区

务必随时穿戴手套、口罩与隔离衣。

"务必"这个字底下，还特别用红色记号笔加上了两条线。正对他病房的走廊上，擦得发亮的灰色塑料地板上还用三脚架立了一个双面标志，让从两侧过来的医疗人员都能清楚看到。标志的背景一样是鲜黄色，上面有一个破裂的黑色圆圈，上面用红字印着：

危险

感染区

真相已被宣判。戴蒙被证实得了艾滋病。体内恐怖的感染即将肆虐他的全身。自此以后，戴蒙变成人人避之唯恐不及的人物：不能碰，不干净，危险，只能在穿戴口罩、隔离衣和手套的情况下才能接近的一个人。自此以后，凡是他坐过、躺过、摸过的地方，统统立即变为感染区——至少，那时的医疗界准备相信喷嚏或咳嗽都可能带着致命的病毒，一路飞过病房，穿过走廊，直抵门外无辜的世界。那时，对艾滋病的无知正甚嚣尘上。

直到今天，无知依然没有完全消除。噩梦从此展开。

# 第二十一章

来自意大利的爱与焦虑。

　　席蕾丝特终于在星期四第一次从罗马打电话回来，戴蒙那时当然还在家里。他完全没提起膝盖不舒服的事。尽管身体疼痛，他还是很有活力地和她说了快半小时的话。

　　因为沃克卢斯的房子没电话，他们俩约好每星期四晚上八点，戴蒙都会去玫瑰湾的公寓等席蕾丝特的电话。她的第一通电话，是在罗马待了快四十八小时后打的，她在电话里兴致勃勃地告诉他自己看到了什么。

　　她巨细无遗地详述那天下午刚去参观过的西斯廷教堂、竞技场、万神殿、罗通达广场、圣彼得大教堂圆顶，还在栗树发叶的季节沿着台伯河畔散步。因为有一双艺术家的眼睛，并曾受过建筑学训练，席蕾丝特将古老的建筑和它们的历史栩栩如生地展现在戴蒙眼前。

　　即使眉间冒汗、不时忍痛、皱着一张脸，戴蒙还是在电话前撑着。但是一开口，他的兴奋和快乐仍旧溢于言表，丝毫不受身体病痛干扰。生命中的某些时刻，当你看着自己的孩子时，内心会升起一股欣慰感。戴蒙就带给我们许多这样的时刻，这是身为父母极大的幸运，但是让我最骄傲的，就是他和席蕾丝特的这通电话。

　　等席蕾丝特再打来时——这次到了佛罗伦萨——戴蒙已经

住进医院快一个星期。现在回想起来，那时我们真应该告诉她所有事实，但是我们没有，只说他原本健康的膝盖和健康的手肘肿了起来，必须住进医院才能得到特殊的照顾。

席蕾丝特接受了这种说法。戴蒙有问题的那侧膝盖和手肘经常带给他困扰，但是较健康的那边不常出血，肌肉发展得比较完全，也没有萎缩。当恶化的那侧出问题时，戴蒙会极度仰赖健康的那一侧，也不得不拄拐杖走路。于是，将健康那侧保持最佳状态，对他来说一直都是首要之务。席蕾丝特也马上明了要是他两边都严重出血，非得进医院接受特殊照顾才行。此外，她大概心情太亢奋，也稍稍被眼前的托斯卡纳城美景分散了注意力，因此挂上电话前她竟然对我说："告诉戴蒙'上帝的手指'是真的！"

"上帝的手指？"

"没错，我们都是这么叫文艺复兴时期的画作里从云隙间穿透的光束的。跟他说我来之前刚好有一阵下午后雷阵雨，后来夕阳快下山时，云端忽然沾满金黄色，'上帝的手指'就这么从云里射向皮蒂宫，就跟画里一模一样。"电话那头又传来她那富有感染力的清脆笑声，"我们总是以为那很滑稽，大概是文艺复兴时期的画家自创的某种聚光灯，用来指示农民要去哪儿找耶稣受刑的场景。"她停顿半晌，然后又用轻柔的声音说，"告诉他，我无时无刻不在想他，我好想念他。当我看见'上帝的手指'，他却不在我身旁时，我忍不住哭了。"

电话一周一周地打来，戴蒙却仍在医院里。过了第四周，席蕾丝特开始担心起来，说她想回来。那时她和贝妮塔在说话，忽然间，她哭了起来。"求求你，贝妮塔，到底发生什么事了？我知道发生了不好的事，我一定要马上赶回去！"然后她又说，"可是我没办法，因为我的回程机票是三个星期后。拜托，可不可以叫布莱斯寄一张机票给我，我会还

婚礼当天的布莱斯和贝妮塔。

（1959 年 10 月 2 日）

四个月时的戴蒙。

（1967 年 2 月）

三岁时的戴蒙。

戴蒙在玩水。

（1969 年，约 3 岁时）

六岁时的戴蒙。

由左至右: 布雷特( 14 岁 ) 、亚当 ( 12 岁 ) 和戴蒙 ( 9 岁 ) 。

布莱斯和他的三个儿子。由左至右：亚当（6岁）、戴蒙（3岁）和布雷特（8岁）。

戴蒙站在克兰布罗克 1984 年年鉴前。那年他被检测出艾滋病阳性反应。
（摄影：保罗·格林）

戴蒙、托比和席蕾丝特在国王十字路上的"盖斯利之家"。
（1985 年初）

由左至右：安德鲁、戴蒙和丽贝卡。

戴蒙在伍拉勒小屋的卧室里。
（1985 年）

戴蒙和席蕾丝特，两人抱着这只名叫"舒蒙先生"的猫。
（1987 年，塔尔福德街）

戴蒙和席蕾丝特在巴黎。

（1990 年 10 月）

由左至右：布莱斯、席蕾丝特、
布雷特、安和贝妮塔。

贝妮塔、戴蒙和亚当在罗马。
（1990 年 11 月）

戴蒙和席蕾丝特。
（摄影：保罗·格林）

他钱的！"

贝妮塔自己也快要泣不成声了，但是戴蒙曾要她发誓绝对不能向席蕾丝特透露任何事。他很清楚要是她知情，一定会立刻赶回来，但是他希望她有个美好的假期。

"你跟布莱斯讲吧，看他怎么说。"她说，然后又补充，"等等，他在写书，我去叫他。"

贝妮塔站在门口，立在我的纸箱王国入口。"亲爱的，你可以来一下吗？"她很少走进来，因为堆得比她还高的纸箱会引发她的幽闭恐惧症。

"我没办法，我在忙。"我说，很不高兴又被打扰。我大约半小时前才跟席蕾丝特打过招呼，之后才把话筒交给贝妮塔去长舌一番。

"拜托，很重要的事！"

我叹了口气，穿过纸箱走道来到门口。"老天！到底是什么事？"

"席蕾丝特担心戴蒙，她想要先回来。"

"这太蠢了！"我说。

"你愿意跟她聊聊吗？"

"什么？现在吗？"

"当然是现在。席蕾丝特现在正等着呢！"

"真的太蠢了。"我说，虽然满心不悦，但还是走向电话。我拿起话筒，用一种专横的声音说："席蕾丝特吗？"

她不让我继续说。"布莱斯，我想回家。我觉得戴蒙发生非常不好的事了。"她的声音很紧急又很急促，我听得出来她快哭了，"我的回程机票要到三月底才能用，你可以再寄一张给我吗？我会尽快把钱还你。"

简而言之，后来我还是说服她留在欧洲了。我用的不过是最普通的理由——生命中重要的旅行，澳大利亚和欧洲之间的距离，该学的东西，戴蒙的膝盖和手肘都好多了。我还加上一句：戴蒙要是知道她特意为了他赶回来，一定会非常生气。"除了在那边好好玩，你没办法为他做任何事。"我颇严厉地说，想让我的论点听起来强势一些。

最后她终于软化了。"席蕾丝特，要是戴蒙的病情恶化，你知道我们一定会马上寄机票给你，但是现在并没有明显的症状，他只是恢复得比较慢而已。"

席蕾丝特后来告诉我，那天她跟我讲完电话以后心情稳定许多，但是隔天她待在锡耶纳外一个小村庄的民宿时，半夜突然被我的一句话惊醒："你没办法为他做任何事。"在她耳边激烈地回荡。忽然间，她心里无比确定：戴蒙一定是死了。我们不过是在隐瞒死讯而已。

隔天她马上搭火车回罗马，并说服意大利航空公司让她提前一周搭飞机，虽然她的机票尚未生效。航空人员同意后，她就去精品店林立的孔多蒂街，用本来要当下周生活费的钱买了一套漂亮的衣服，然后从罗马机场打电话说她要回来了。她付了几里拉在机场洗了个澡，换上她的新衣裳，然后踏上飞机飞回悉尼。

后来她跟我说："我不断告诉自己，要是我到悉尼时戴蒙没有去接我，那他肯定就是死了。要是他出现，那我一定要以最迷人的姿态出现在他眼前——宛若名流贵妇的意大利女人。当他存到人生第一个一百万时，有资格坐在他的火红法拉利里的女人。"

后来她告诉我，她一到悉尼时的感觉："我回到家了，下飞机前的一个小时都在补妆，希望红红的眼睛不会泄露我有多疲惫。仿佛等了一百年以后，我终于出了海关，结果看到的是亚当。我四处张望，看戴蒙有没有在旁边。当我看不见他时，内心的慌乱像是一把火瞬间蹿起。我感觉心是空的，又忽然一阵想吐。我好想跑掉，冲回海关，一路躲回飞机里，然后飞机起飞把我带走，就像倒转的录像带，把刚刚录进的画面马上剪掉。我满脑子想的都是戴蒙死了，所以你们叫亚当来告诉我这个消息！

"我一直都很喜欢亚当。他人很好，光是这样，就很讨人喜欢。而且，他非常疼爱戴蒙，也非常保护他，这让我更加喜欢他。我知道要是戴蒙有什么三长两短，亚当会希望亲口跟我说。他一牵起我的手，我就马上哭了起来。'没事，真的没事。'他不停地说。

"我搞不清楚这样的意思到底是戴蒙还活着，或者他只是想安慰我。亚当似乎突然明白我心里在想什么，马上就说：'没事的，席蕾丝特。戴蒙人在医院，但是他等不及想赶快见到我们。'

"我因为旅途遥远非常疲惫，毕竟我已经马不停蹄地移动了两天半，飞机上又没怎么睡，无法相信亚当说的是实话。或许只是我的幻听或幻觉？'你得赶快带我去他那里，亚当！我必须马上见到他！'我一定是在吼，虽然我自己并没有察觉。

"'小声一点，席蕾丝特，我跟你说过他没事的，我保证！'亚当说，然后又加上，'我们好不容易才让他没有冲来机场。'后来我才知道这句话是骗我的，虽然要不是身体那么虚弱，戴蒙一定会想来接我。

"一路上，亚当就先帮我做心理建设。'戴蒙瘦了很多。'他小心翼翼地说，然后跟我解释戴蒙原本健康的膝盖和手肘被沙门氏菌感染，'状况不大好，他经历了很难熬的时刻。'

"'你们为什么不早一点告诉我？布莱斯或贝妮塔在电话里为什么不说？这样不公平啊。'我大喊。

"亚当沉默了一会儿，然后他的声音忽然微微颤抖。'我们没办法，是戴蒙要我们不能说……'我抬起头，看到斗大的眼泪忽然从他脸上滚落。'他得了艾滋病。'他小声地说，然后忽然紧急刹车把车停到路边，让系上安全带的我忽然往前倾。'可恶，席蕾丝特，我弟弟竟然得了艾滋病！'然后我们两个人抱着对方，一直哭一直哭。

"一到医院，我马上冲去戴蒙的病房，心里还是不敢相信。门口前的标志对我一点意义也没有，现在回想起来，我觉得根本没有看到它。我只想亲眼看见我的戴蒙。"

席蕾丝特回来以后，戴蒙又在医院待了两周，她似乎无时无刻不守在他身边。亚当住在席蕾丝特打工的叮可叮派店楼上的一间小公寓里，她去欧洲的旅费大部分也都是从叮可叮派赚来的。那间烘焙坊真正的名字其实是"经典外汇"，但是大家都管它叫"叮可叮派"，因为挂在店面正上方的帆布是这么写的。老板泽维尔同意让席蕾丝特搬去跟亚当一起住，虽然空间其实不够两个人用，但是他同意在席蕾丝特找到住的地方以前，她可以先待在那里。

那年她即将升入建筑系大三，但是她现在几乎把所有时间都花在戴蒙身上，根本没有时间去找房子。沃克卢斯的房子终于完工了，但是后来贝妮塔和我没有搬回去住，因为我们有过两年修建时的悲惨经验，让我们觉得这幢房子除了悲惨记忆与心痛之外，什么都没有。拥有梦想住所的美梦彻底破碎了，加上戴蒙濒死的冲击，甜美的旧家回忆依旧清晰，新家却如此不堪入目——这一切，让我们决定把房子卖掉。因此，也无法让席蕾丝特入住。

在医院待了将近七周的戴蒙，迫不及待想离开那里。多年上医院的经验和时间累积出的自信，让戴蒙不再只是百依百顺的病人，而会要求知道医疗过程中的每一个环节，对他会有什么影响，是否会有副作用，等等。他早就对大部分医生失去尊敬，知道他要为自己的身体以及所接受的医疗负起最大责任。因此，他常常在接受治疗前与医生争论。有时，要是他认为医生的处方有误，他甚至会拒绝接受治疗。在这样一家医生常换、值勤的大部分是实习医生的公共医院里，戴蒙交叉询问与质疑的态度常常对资深护士造成不小的冲击与困扰，因为他们一向对医生的指示照单全收，根本无法回答他的问题。医生常常向戴蒙解释得比对护士还清楚，而护士也对他那自大、常常自以为是的态度不以为然。戴蒙知道不能期望医生知道所有的事，对实习医生尤其如此。他曾说起某一天深夜，因为临时出血，家里的血液制剂又不够，他急忙赶去阿尔弗雷德王子医院。他跟急诊室里的实习医生解释必须带他进血友病中心，拿输血需要的 AHF（抗血友病因子）血液制剂。血友病中心晚上没开，但是戴蒙对整体程序了如指掌，那个实习医生显然很陌生。

实习医生一脸狐疑地看着他。"你说你是血友病患者，需要输血？"

"嗯，没错。AHF。你知道凝血第八因子混合物吗？我必须帮自己注射。就放在血友病中心里。钥匙在急诊室。"

"你好像懂得很多嘛。"实习医生回答，接着又说，"但是不够！"他微微扬起一边眉毛说，"血友病患者用的是口服药物输血！你到底是谁，想要干什么？"

虽然阿尔弗雷德王子医院有自己的艾滋病病房，戴蒙并没有被安置在那里，因为他是急诊入院，加上膝盖受感染，所以把他安排在一般区域的私人病房。这区的护士对艾滋病患者并不熟悉，有些人反应过度，不愿意接受他；有些护士和清洁人员甚至拒绝进他的房间。有一次——我必须先声明，这个例子并非典型——两个男护士穿戴手套和隔离衣冲进他房里，借口照顾他，但只是站在他床边骂他"他妈的同性恋"和"恶心的讨厌鬼"，然后就离开了。

幸好戴蒙病得没办法回应，他也觉得这两人是特例。他似乎从一开始就了解人们对艾滋病的恐惧，其中包括医疗人员在内。除非是艾滋病病房的工作人员，不然就连一般医护人员也对艾滋病所知甚少，只比一般人多些。

负责照顾戴蒙的护士身上裹着一层又一层的保护衣，全身包得跟要踏进核子反应炉的放射室一样。对每个人来说，干这种差事都是累人又辛苦的，但是当然，也有令我们备感温馨的医护人员。不过他们并非多数，对艾滋病的恐惧与传播方式的无知让每个接近戴蒙的人都紧张兮兮，他也能清楚感到他们的焦虑，这一切都加深了戴蒙对医院的厌恶。

但是坦白说，在住院的日子接近尾声时，戴蒙也对他们还以颜色，不算是个合作的病患。待了七个星期，他已经受够了。他觉得自己已经恢复得差不多，想在第一时间逃离这该死的地方。但是血友病中心那个爱敲圆珠笔的医生名义上仍是戴蒙的主治医师，坚持戴蒙还要在医院多待三周。后来中心里所有医生都换了时间表，这个我们惯称"爱敲圆珠笔的"医生于是不再负责戴蒙。此外，戴蒙的沙门氏菌根本就不是他的专业领域，他也无法提供合理的解释，说明戴蒙为何要留下来。无可否认，戴蒙的态度确实非常强硬，所以那个"爱敲圆珠笔的"在某一天早上终于气急败坏地对他大吼："要是你现在出院然后又病着回来，等于是在白白浪费纳税人的辛苦钱！别想要我为这种浪费负责任！"

戴蒙气得打电话到公司来找我，告诉我他要自己签出院单，问我可不可以去接他。我担心这样的决定可能太冲动，因此打电话去问丹尼丝的意见，想不到她也站在戴蒙那一边。"戴蒙回家会好得比较快。"她说，然后又压低声音提起那个"爱敲圆珠笔的"名字，"戴蒙的 T 细胞数量下降。身为医师，他只是想避免日后的责任，免得戴蒙又有其他感染。"

"戴蒙的 T 细胞数量下降是什么意思？"我问。

"没有很严重，我们必须再观察一段时间。总之，没有理由把他留在医院就是了。"

我们大家都信任丹尼丝，她比任何医生都更了解她的血友病患者，因此我们也比较容易接受她的建议。丹尼丝这人总是直言不讳，同时又极度关心她负责的病患。戴蒙很爱她，她也有能耐让他乖乖做连他妈妈都劝说不动的例行运动。

　　"丹尼丝，要是戴蒙的病情严重恶化，请你一定告诉我好吗？"戴蒙是第一批 HIV 呈阳性的血友病患者，我也了解丹尼丝在边看边学。

　　"布莱斯，我不知道。我们都不知道！他的 T 细胞稍稍下降有可能是因为拔牙手术，跟沙门氏菌感染铁定脱不了关系。以戴蒙这种身体的人，光是拔牙手术就是非常重大的伤害了。事实上，这种情况对任何人来说都很不好受。再加上沙门氏菌，我们没失去他，已经非常幸运了。"

　　"T 细胞是做什么的？"

　　丹尼丝又迟疑了一下。"精确来说——它们负责对抗感染，保护人体不被感染。"

　　"被什么东西感染？"

　　"唔，人都有免疫系统，T 细胞就像这个系统的前线斗士，要是没有它们，我们可能动不动就生病。空气中到处是病菌。虽然某些细菌只有特定时候出现，大部分细菌却是无所不在，但是我们有免疫系统跟它们对抗。"她停顿半晌，接着继续解释，"我们的 T 细胞会把细菌击退，它们是保护血液的战士。"

　　"所以要是没有它们，我们就很容易被周围的细菌感染？"

　　"嗯，大概就是这样。所以沙门氏菌才会入侵他的体内。"

　　"戴蒙的 T 细胞又下降了吗？"

　　"嗯，但是我们人体内有很多 T 细胞，少一些不会有大问题。"我听得出来，丹尼丝刻意装出轻松的样子。

　　"我们总共有多少？"

"原本吗？一千六百左右。"

"降到多少算危险，开始有漏洞？"

"呃，最好不要降到两百五十以下。"

"那戴蒙现在的 T 细胞有多少？"

她顿时沉默片刻。"一共是一百九十八。"她又恢复成那个直言不讳的丹尼丝。接着她又说："但是有可能再上升，我们真的不确定。"她叹口气说，"好多事我们都不知道，布莱斯。"

我的心一沉。听完一千六这种数字后，一百九十八个 T 细胞简直少得可怜。"但是你觉得他离开医院还算安全？"

丹尼丝叹了口气。"布莱斯，你觉得哪里被感染的概率最高？"

"医院吗？"

"没错！所以他还是早点儿离开这里比较好。"

戴蒙回来和我们住在一起。他的身体还很虚弱，无法和席蕾丝特同住，而她的大学也即将开课。此外，就算亚当从烘焙坊楼上窄小的公寓搬出来（他也已经愿意这么做），戴蒙还是无法应付狭长的阶梯和没有浴室的公寓。

我们位于玫瑰湾的公寓也不大，但是光线充足，前面又有一个小型内湾海滩，退潮时，踏着一波波低浪在柔软的浅滩漫步，十分宜人，对他来说是再好不过的养病地点。有一次，我看他把轮椅移到前面阳台坐着，因为刚回来的第一个星期他还没有力气走路。他凝视着耀眼的海湾，一架水上飞机正准备着陆，眼泪竟从他脸颊滑落。我静静坐在他身边，一句话都没有说。"爸，可以活着真好。"最后他终于说。

把戴蒙养胖是我们的当务之急。他进医院时有六十二公斤，回家时却只剩四十二公斤。我们几乎把所有食物都试遍了，但是他似乎食欲不佳，虽然很想恢复元气，吃得却少得跟小鸟一样。大概是在这时候，我们发现他嘴巴里长了黄色的鹅口疮。虽然看起来不严重，也没有带给他太大困扰，但是药剂师给我们的东西却怎么也不能控制它。好不容易用漱口的方式把它冲掉，隔天早上就又会长出新的一片。

鹅口疮是艾滋病少不了的症状，最后会从他的嘴巴扩散到喉咙、胃壁，必须用压舌板刮除，病人也只能接受软糕或果冻。

贝妮塔的朋友很疼爱戴蒙，家里总是摆满糖果、糕点之类的精致食物，虽然戴蒙很少碰。我们的一个好朋友罗丝·艾布拉姆斯则常常带一大锅鸡汤来，上面用条纹棉布盖住。"戴蒙，我带了你的犹太解药来喽！"她会从厨房用巨大的声音宣布。罗丝的鸡汤是专为病人设计的上好良方，专门用来与病魔对决，里面有各式各样的神奇珍品，其中最重要的就是她的爱心。

有一次，我走进厨房发现她正守在炉子前，戴蒙则坐在餐桌前跟她说话。"什么味道这么香？简直是天堂美味！"我用鼻子四处嗅。罗丝转过头来看我，手里拿着一根大木匙。"你这么说真有意思。你知道上帝的官方饮品就是鸡汤吗？是摩西太太送给天父的礼物。"

她一本正经地说着，我和戴蒙不禁都笑了起来。罗丝最会说故事了，善于逗她的戴蒙就说："你是说穿越红海和旷野的摩西太太吗？"

"正是。"罗丝轻松地说，从木匙边缘尝味道。

"鸡汤又不是专属犹太人。"我说。

罗丝转头面对我们，脸上有着夸张的惊吓。"你说鸡汤不是专属犹太人是什么意思？那罐头里的东西，你能叫它鸡汤吗？不会被人倒到马桶冲掉的才是鸡汤！一个叫坎贝尔的美国人——对了，他绝不是犹太人——竟然把家禽的液体装进罐头里！那种吓死人的垃圾根本就是在反犹太人！"

她指着炉子上的锅子说："告诉我，除了犹太妈妈以外，你什么时候见过其他人做那样的鸡汤？"她又侧身把锅盖掀开，蒸气像云一样升起，你几乎觉得会有一段哈利路亚合唱曲跟着冒出来，就像旧式的八音盒一样。不过，当然绝不会有什么哈利路亚大合唱，因为那一点都不符合犹太教教规。那汤香气四溢，让人觉得光闻就能把营养吸进去。"天堂美味说得恰到好处！"罗丝继续说，"鸡汤绝对是上帝的官方饮品，也是犹太男人不会去外面和没结婚的女人乱搞的原因。"她一脸提防地看着我们，似乎准备接受反驳，但是我不确定是针对犹太丈夫较低的外遇比例，或是上帝对特定饮品的情有独钟。"你们的意思是你们真的不知道摩西和他太太的鸡汤的故事？"她最后终于问。

戴蒙用眼角余光瞥了我们一眼，罗丝的故事似乎还没结束，我看得出来他在想自己到底有没有体力听完，为防万一，他希望我在场跟他一起分担重量。

"我没有在圣经中读到过摩西有老婆。"我咧嘴笑，想继续逗她。

罗丝吸吸鼻子，一脸不屑地拉开一张椅子坐下。"或许你的圣经没有提到这则重要的史料。你觉得我们是傻子吗？我们怎么可能让一个单身汉带领以色列的子民横跨荒野？他当然有太太！这样才合理啊！"她拿木匙指着那锅冒气的汤，"摩西爬到西奈山顶跟上帝对话时，就带了一大锅他太太熬的鸡汤。上帝尝了一口以后便很快全部吃完，并要求看鸡汤的食谱。"

戴蒙看了我一眼，脸上明白写着："噢，天啊！她已经说得出神了！再也回不来了。"

"这下子摩西可是遇到一点难题了。"罗丝继续说，"他是个很好的领导者，或许是最好的，但相信我，他绝不是厨师的料。他根本不知道要怎么用梅汁炖鸡汤，就算一路跟跟跄跄奔回山下跟太太要食谱，她也不一定会给他。她可是亚伯拉罕的直传后代，她神秘的鸡汤食谱更是如此。

"'敬爱的主,随时都欢迎您来寒舍喝一碗鸡汤。'摩西想先让上帝有心理准备,'但是请您谅解,美味的鸡汤食谱是无法像咸饼干一样轻易传阅的。'

"上帝摸摸胡子想了一两分钟,最后以惊动天庭的声音说:'嗯⋯⋯'然后祂笑了。"罗丝停下来看我们一眼,"要是上帝微笑,相信我,那就是趁机把祈祷说两次的时候!"

"'那好吧。你带铁锤和凿子了吗?'摩西点点头,庆幸主并没有打算给他难看。上帝把祂的手放在大腿上,朝着天空望,仿佛在构思戒律。'我们开工吧。要在日落之前写完三百零一条戒律。'

"摩西倒抽一口气,三百零一条戒律!他知道不该跟上帝争辩,但是他同时知道自己瞬间陷入困境。只有几条戒律,以色列子民可能还会接受,但是三百零一条戒律?简直就等于要他们接受到处蝗灾,或者更惨,跟回到埃及没有两样。满腹辛酸的他,却还是拾起铁锤和凿子。'悉听尊便,我主。'"

罗丝的声音忽然变得洪亮,只要讲到上帝的台词,她就会把双下巴抵到大胸脯上。"'好,现在这条要听好,千万不要记错。'上帝停顿一下,仔细琢磨字句,然后开始用响彻云霄的声音说:'无论是你、你的妻子、儿子、女儿、男仆人、女仆人或借住的客人,都不准喝半滴鸡汤。'上帝停顿一下,'好好记下,这是第一条戒律。'

"摩西狂暴地凿着,但是他的心根本不在那里,只想当场递出辞呈。他一想到今后犹太人将无法在家里享用鸡汤,整个人就焦虑得头晕目眩。试想没有鸡汤的周五夜晚。这个想法太霸道,也太可笑了!要不是出自上帝之口,这一定会被视为对犹太人的公然侮辱!

"'只剩三百条而已,孩子。'上帝愉快地说,声音里只有些微的讽刺。

　　"摩西深深鞠躬，额头都抵到上帝的脚上了。'我主，是否没有妥协的余地？'

　　"'需要稍做协调是吗？有何不可？我又不是不讲理的上帝。'上帝说。

　　"'我可以跟我太太谈谈。我是说……食谱的事。'

　　"'这个主意好！'上帝忽然眉飞色舞地说，眉头却又一皱，远方天际传来阵阵雷声。'不过你不是说这鸡汤的食谱很难取得？'祂抓抓嘴角，几百颗石头就从山上滚下。'嗯，或许我可以删个四五十条戒律，你看怎样，老摩？'

　　"摩西的反应必须飞快。'主，不只有鸡汤的问题而已！我的天！这可不是普通的鸡汤，食谱不得外泄，只删四五十条不够啊！这是我太太的家族从亚伯拉罕时代就一直流传下来的，差不多跟以撒献祭的时间相当。若您允许我诚实，我主，这样的宝物值得用非常、非常多的戒律交换。'

　　"'那你认为多少戒律才合理？'

　　"摩西深吸一口气说：'九条会很不错，主。'他把数字含在嘴里，要是上帝勃然大怒，他随时准备佯装刚刚说的是九十。"

　　罗丝的声音变得很深沉。"上帝思考良久，一片乌云突然跑来遮住太阳。'好吧，我也算个讲理的人，或说讲理的上帝。把你太太的鸡汤食谱拿给我，我就把戒律浓缩成九条，和一些零星规定。'乌云瞬间退散，阳光又灿烂无比。

　　"摩西简直不敢相信自己的好运气，他赶紧把刻有第一条戒律的石片丢到地上，石片当场碎成千万片。然后他又拿起铁锤和石凿，重新打造一片石片，并刻上第一条。'悉听尊便，我主。'

"年轻人，别这么急！你先去拿食谱再说。我可以向你保证，要是我没看到食谱，保准让你凿石头凿到手臂全都磨光，手指只能附着在腋下！"

戴蒙看我一眼，笑了起来。罗丝还真是个狠角色。

罗丝继续说："所以摩西马上往山下冲，相信我，他对自己可真得意！他老婆内心自然会折腾一番，但她毕竟柔顺得有如逾越节的面团。除了有一次抓到他和神殿女孩在床上以外，她对他说话总是温温顺顺。虽然取得食谱并非易事，但他相信只要告诉她是上帝要的，并且能让戒律从三百多条锐减到九条，她一定会答应。

"隔天，当阳光灿烂地遍洒在沙漠之上，摩西也已站在西奈山顶。他看得见脚下的以色列帐篷，小小的白点整齐地点缀于沙漠中，每一处都有袅袅白烟升向爽朗的晴空，上万个家庭正为早餐准备着。他们看起来就像井然有序的军队，一个齐心一志、患难与共的民族！

"'满满的希望！'他对自己说。'万家帐篷，万种希望，万千领导。'有时，担任所谓的犹太领导并不有趣，他还挺痛恨自己是上帝选民中被选中的那一人。

"霎时青空迸裂、电闪雷鸣，一阵蓝光和刺鼻的火药味中，上帝出现。

"'如何？'

"摩西把头压到地上，一边颤抖一边说：'我主，临时有点突发事件，有些小小的障碍……'他想把头往地上压得更低，以示他的尊崇与遗憾。

"'不要跟我说什么突发事件！什么障碍！'上帝狠狠捶了山顶一拳，西奈山顿时矮了几英尺。'你到底有没有食谱？'袛严厉地问。

"'唔，有，可是……'摩西深知，他得很走运才能活着下山。

"'不要跟我说什么可是，食谱交出来就是了。虽然我已得永生，我可没有一整天闲工夫跟你耗！'

　　"摩西微微抬起头，他得小心走对每一步棋。上帝不大有耐性，不喜欢人家拒绝祂。摩西知道他只有一次机会，即使是一句话中有半个音讲错，恐怕都会让祂大发雷霆，这样一切就完了。他将成为犹太历史的罪人，在山顶离奇失踪，让他的人民漫无目地地在沙漠游荡！

　　"他刻意露出受伤的表情，接着说：'噢，我主，您没有老婆，我真是替您高兴。我求过她，威胁要打她，最后也真的打了她！'

　　"'噢，很好，老摩，现在我们有个打老婆的人了！'

　　"'呃，只是一记耳光而已，不是您认为的那种痛殴，您知道的，只是想让她知道谁才是老大。'摩西赶紧更正。

　　"'快把食谱交出来就是了，我不是闲着没事做。就算只要刻九条戒律，也要花一早上的时间。'

　　"'呃，我主……出了点状况。'摩西深吸一口气，'我没办法说谎。食谱里一项关键材料不见了。'

　　"'不见了！材料？你说材料不见了是什么意思？'上帝看起来真的很生气，一大堆乌云忽然在祂头上出现，把西奈山顶完全遮住了。

　　"'呃，我主，我太太希望合约加上一条但书。呃，其实也不算但书，比较像是额外的一条戒律。'

　　"'但书？合约？戒律？谁说是合约的？戒律到底是谁在定的？'

　　"'我也是这么跟她说的。'摩西赶紧说，'但她偏偏不肯听！一点敬意都没有。你知道她说什么吗？'以色列领导人停顿半晌，'她说没有额外的戒律，就别想知道秘密材料！'摩西敞开手臂。'你还能怎么办？女人就是这样，那是上帝创造出来的啊。女人心深如海啊！'

　　"'你说得没错，就连我也搞不懂。所以呢？神秘材料到底是什么？'

"摩西几乎是哀求着说：'主啊，您会先承诺新增一条戒律吧？不然我只能保持沉默。您已尝过我太太的鸡汤，堪称天堂美味，任何时候品尝都保证回味不已！要请您先开口了，我主。'

　　"摩西知道自己如履薄冰，暗自祈祷手上的牌没有出错。毕竟，这可是严酷的上帝，一个硬汉，不是市集上可以为了小东西讨价还价的摊贩。庆幸的是，上帝看起来似乎相当平静。附近咸水灌木丛的鸟儿继续欢唱，在他头上翱翔的小鹰也没有从天空摔下来。最后上帝说：'好，她还要什么戒律？'

　　"摩西说话时，看起来有些困窘。'请您了解，我主，我个人是反对这条戒律的。事实上，它对我的伤害比对您还大。'

　　"'唔，听起来是个好迹象。'上帝愉快地说。

　　"开口之前，摩西对自己的拳头咳嗽几声。'我太太要的第十条戒律是……不邪淫！'

　　"上帝笑了笑，摩西很讶异那笑竟无恶意，天空顿时变成更晴朗的蔚蓝色。'嗯，虽然有点不切实际，但是这主意还算不差——一夫一妻，不准在外面拈花惹草。不错，真不错！

　　"'既然您这么说，我主……'摩西有点受挫地说，一边努力决定究竟鸡汤对他比较有吸引力，或是邪淫。对一个被埃及人养大的男人来说，这可是困难的抉择。

　　"'好，告诉她我们成交！但是不邪淫不能放在第十条，最后一条应该放有分量一点、也不可太不实际的才是。让我想想，好，我们就把它放在靠近结尾、较不引人注意的第七条。'上帝这会儿沾沾自喜地想着人手的鸡汤食谱，不禁得意地搓搓双手，大圆石纷纷自西奈山顶碎裂，滚了好几英里以后叠成沙漠里的戈兰高地。

　　"'好，那你现在赶快告诉我，'上帝命令，"'你太太鸡汤里关

键的材料是什么？说简单点，我的厨艺不怎么好！'

"摩西知道这是历史性的一刻，因此他刻意调整声音说：

"'一个犹太母亲的爱。'"

罗丝让这句话在空气中飘扬了一会儿，然后她又说："就是因为这样，这汤喝起来才不一样，才有天堂的滋味。相信我，那个垃圾金宝汤简直是在魔鬼的厨房做的！"她抬头看戴蒙，戴蒙努力不让自己大笑出声。

"罗丝，这个故事糟透了！"戴蒙最后终于说。

罗丝不理睬我们，她的声音依旧严肃："你们现在知道我汤里的能量是从哪儿来的了吧？亲爱的，你每天都该喝一点。等着看，很快就会恢复元气了。"

虽然鸡汤的美味和罗丝的爱心毋庸置疑，但是戴蒙真正的解药还是席蕾丝特。他坚持要我翻箱倒柜找出几本关于意大利的艺术和旅游书，是贝妮塔这几年来收集的。

席蕾丝特会在晚上做拿手的煎蛋三明治给他吃，两人一头钻进书里，席蕾丝特一点一滴地把她的旅程拼凑在他眼前。

她把佛罗伦萨的一切统统告诉他：绝美的灯光，无疑是史上最棒的冰淇淋——开心果、水蜜桃、杏桃、野莓、全宇宙最美味的巧克力冰淇淋——和一间卖各种你能想象到的颜色的巧克力，绿的、蓝的、粉红的，一种比一种更诱人！

一找到"上帝的手指"绘画，席蕾丝特会重述那道雷阵雨后看见的奇特光芒。维纳斯在她口中栩栩如生，让他目睹闪闪发光的水道，以及古老建筑仿佛浮在光线里、在朦胧空中漫舞的姿态。她也会细述在那里吃过的每一餐，对意大利菜品尝比烹饪在行的贝妮塔也会加入他们，细数某一道菜的来源，或是要用哪一种红酒搭配——如果席蕾丝特负担得起的话。

　　就这样，席蕾丝特为戴蒙重建了旅程的每一天。戴蒙想要感受每个细节，想在脑海里牵着席蕾丝特的手，走过意大利的大街小巷。那真是神奇的解药。席蕾丝特观察敏锐，表达更是流畅，因此能让这段旅行在戴蒙眼前重现，让他留下深刻的印象与回忆。他要席蕾丝特告诉他确切的位置、建筑物的高度，甚至还有佛罗伦萨大教堂的天堂之门的精确角度。

　　每天傍晚一下课，席蕾丝特就匆匆忙忙、迫不及待地赶回来见戴蒙。她是如此爱他，希望他赶紧恢复成从前的样子，她也依然在心里如此相信着。渐渐地，她也让我们相信：从前的戴蒙回来了。

　　在感染沙门氏菌以前，夜间盗汗是唯一能显示戴蒙 HIV 状况恶化的指标。不过现在，盗汗的情况过去了，沙门氏菌感染也似乎逐渐减缓，戴蒙甚至长胖了些，我们也更有理由骗自己一切又恢复如常。唯一的差别是：他的眼神。我们怎么也躲不掉戴蒙的眼睛。

　　席蕾丝特说的最能解释这件事：尽管她想尽所有办法，要把一切转回从前，他的眼神还是背叛了他，一再提醒我们：事情不一样了。

　　"亚当载我从机场飞奔到医院以后，当我走进那间恐怖的病房，戴蒙的改变让我吓坏了。他看起来……真的好像耶稣。就像我在那些教堂里看过的耶稣形象。他的胡子又乱又长，脸变得瘦削。脸一向圆滚滚的戴蒙，两颊却陷了下去，皮肤也像是紧紧被往下扯，让人几乎看见底下的头骨轮廓。他的眼睛看起来……眼珠子都沉下去了。就从那时候起，戴蒙开始有了不一样的眼神。那就是艾滋病患者的眼神。他老了，忽然老了好多。他开始掉头发。吃了那么多药，我应该早就料想到。

　　"一看到我，他就哭了。我们俩都哭了，我在医院里待了好几个小时，直到我几乎累得昏过去。后来的四天，我几乎都没有睡，只是偶尔打一会儿盹。但是再见到他，知道他还活在这个世界上，那种感觉真的好棒。

"然而，那第一眼看见他的眼神的惊吓，始终没有离开我。我想这辈子永远都不会。那眼神一直留在戴蒙的眼底，有时，在学校课上到一半，或和朋友在喝咖啡，只要一想到那个眼神，我情不自禁又会哭起来。只要一想到戴蒙的眼睛，就让我想哭。那双仿佛被钉上十字架的眼睛。"

# 第二十二章

政令让混合血成为杀手，医生、政客纷纷袖手旁观、推卸责任。

在短短数周内，戴蒙的身体确实衰老不少，头发开始掉落，皮肤也渐呈诡异的半透明状。他的走路姿态小心翼翼，像个老年人，踏出每一步都很谨慎，像是担心失去平衡；颈部僵硬微向前倾，活像卡通片里用后脚走路的乌龟；肩膀往前弓，仿佛背上背了一张大壳。

他对皇家阿尔弗雷德医院对待病人的方式很不满，也不愿再让那个"爱敲圆珠笔的"医生当主治医师。戴蒙特别不喜欢这位医生，这种感觉当然影响互动。这个医生是老学院派的，自然不习惯被病患质问；但是戴蒙却认为医生和病人地位平等，自然与"爱敲圆珠笔的"观念不符。因此可以想见，这将使医生和病人的关系日益恶化。

戴蒙觉得自己需要去别的地方寻求医疗照顾。尽管他喜欢也信任丹尼丝，他的缓和医疗①却并非由她负责；而她虽身为血友病中心的护理长，也得遵循规定。丹尼丝后来成为照顾血

---

① palliative care，以减轻患者的疼痛和重病引起的症状为主的医护系统，重心在缓减患者的不适，让患者有较好的生活品质，而非以治愈为目标。

友艾滋病病患的专家，但此时她还缺乏照料这种双重重症病患的专业能力。戴蒙知道自己的状况改变了。血友病不再是他的当务之急，他必须把全部精力放在对抗艾滋病上。攸关血友病的问题，他还是会与丹尼丝保持联系，但他同时得为艾滋病另寻办法。

戴蒙是早期染上艾滋病的血友病患者。后来，全州大概有一百名血友病患者诊断出感染 HIV，显示了医疗体系的疏于关切。早在一九八一年，美国的医疗期刊便指出有种病只出现在免疫系统受损的人身上，那些病患中，同性恋者占的比例越来越高。然而，政府当局仍未有具体行动阻止同性恋者捐血。那时的美国有足以使澳大利亚当局提高警觉的明确证据，内容如下。

在一九八一年六月六日和七月三日由美国疾病控制与预防中心发布的《每周死亡率与发病率报告》中，首页报道的是一种通常为年长男人所罹患的罕见癌症卡波西肉瘤，竟发生在一个二十六岁的年轻男同志身上。此外，另一种罕见程度不相上下的卡氏肺囊虫性肺炎，过去二十个月中竟一连在十五位男同志身上发病，其中两位同时还罹患卡波西肉瘤。

如今我们都知道这两种疾病是艾滋病的典型病征，但那时的人对这些疾病一无所知。然而，一九八一年七月三日的报告中，有以下记录："医生应对男同志身上的卡波西肉瘤、卡氏肺囊虫性肺炎和其他与免疫能力相关的伺机性感染提高警惕。"

这是第一批警讯，并在一周后抵达澳大利亚。在一九八一年八月二十八日的《每周死亡率与发病率报告》里，头版文章提及这两种疾病共增加了七十例，多数为年轻的白人男同志。在截至目前发现的一百零八例里，其中四十三例已证实足以致死。事实还证明，男同志已成为受感染及携带病毒的群体，原因可能是某种病毒，全世界的同性恋社群都应提高警惕。澳大利亚的免疫中心和输血站无疑皆已收到这些信息，第一批严正的警讯也已发出，警告捐出的血液可能隐藏危机。

到了一九八二年十二月，这种新疾病被正式命名为艾滋病，并几乎可证实是经由血液传染。一九八二年十二月二十日的《每周死亡率与发病率报告》提到："一连串血友病患者罹患艾滋病的报告，凸显了一个严重问题，即艾滋病可能借由血液和血液相关产品传播。副卫生署长正召开委员会讨论这些议题。"

一九八三年三月四日的《每周死亡率与发病率报告》总结委员会的讨论成果，委员会成员包括国家男同性恋者工作机构、国家血友病基金会、美国红十字会、美国血液银行联盟、血友病中心顾问会和其他组织。其报道如下："血液制剂或血液似乎是需要输入凝血因子的血友病患者罹患艾滋病的主因。"此外，公立卫生中心也在同一份报道中提出几项建议，第一当然是避免与罹患艾滋病的对象有性接触，第二则是："这段过渡时期，艾滋病高风险感染群应尽量避免捐血浆和（或）血液。此项建议适用于该群体的所有成员，即使许多人并无感染艾滋病之风险。"

身为委员会成员的国家血友病基金会还做了一项特别建议："要求艾滋病高感染群避免捐血浆和（或）血液之建议，对于以下捐赠者尤其重要：向血浆中心或其他机构重新取回血浆，其混合制成的血液制剂并非去活化，可能传播 B 型肝炎等感染病。这项建议之明确意旨为消弭输血机构挟带艾滋病病毒的血浆或血液之可能性。"

这项建议结尾写道："……以上建议若谨慎执行，应能有效降低罹患、传播艾滋病的风险。"

我知道有些读者可能觉得以上信息难以下咽，有些人甚至会问：这一切跟澳大利亚有什么关系？毕竟这些都是美国的医疗发现，同样的状况可能不会在澳大利亚重演。

事实上，我的论点正是如此：美澳两地的男同志在一九八一年便已往来热络，三个感染的集散地纽约、洛杉矶、旧金山，与悉尼并列为最受男同志青睐的城市。往返美澳两地的特殊同志之旅在当时极受欢迎，澳大利亚当局意识到这一点，因此对该群体是否将性病带入境严加管控。我想说的是：在这样频繁的接触下，发生在美国同志身上的状况，对澳大利亚具有立即、紧急的警告效果，澳大利亚极有可能发生同样的事，两国之间频繁的同志旅行和同志交流，使得两地出现同样的新病例并非不可能。这个国家有责任追踪传染疾病的主事者，也应当随时掌握美国疾控中心的每周报告。

　　以缜密的医疗标准来看，这项针对血液银行、医院、卫生机构的警讯十分清楚，也可说令人震惊，它指出：应立即中止同性恋者捐血。

　　当然，同性恋者捐出的血液大多是安全的，因而也是珍贵的血液资源。但当时没有能将病毒自血液分离的技术，若以正确的医疗程序而言，当局应当一概婉拒同性恋者的捐血行为。然而，他们并没有这么做。或许是由于事出紧急，在一九八一和一九八二年间，这种现象可以理解，毕竟艾滋病在当时仍是相当神秘的疾病，普遍以为只有同性恋者才会得病。在那个阶段，澳大利亚尚未有人被诊断出艾滋病。及至一九八二年末，澳大利亚的第一个艾滋病病例才入住医院。

　　然而，到了一九八三年，事态却遽起变化：证据确切显示 HIV 经由血液传染。那年全世界的医疗期刊都报道艾滋病正扩及全球。欧洲议会于六月建议，医师在开立由混合血液制成的浓缩液作为处方时，应留意挟带病毒的可能性。美国国家血友病基金会随后也正式公布疾控中心的报告，可说是全球传染疾病最具权威的医疗指标，其中明确指出血友病患者不应注射混合血液分离出来的血浆。然而，包含抗血友病因子的新血液制剂却仍在二十世纪八十年代普遍使用，尽管它是由捐血者的混合血制成，却取代原本的冷冻沉淀品。虽然冷冻沉淀品让血友病患者接触混合血的风险较低，却不比冻晶粉末的抗血友病因子来得便利。

为谨慎起见，我必须声明，那时确实有一个人试着做些改变。血液银行局长戈登·阿彻医师曾于一九八三年五月宣布：同性恋者今后无法捐赠血液。他相信艾滋病病毒已存在于澳大利亚的血库里，必须以此措施控制蔓延态势。

当阿彻医师以新南威尔士血液银行的名义宣布此消息时，悉尼血液银行立即遭到激进分子抨击。排山倒海的传单流至捐赠者手里，将阿彻医师扣上偏执狂与反同性恋者的帽子。媒体大肆炒作，于是澳大利亚人不受艾滋病病毒血液威胁的权益，就在同志公民权议题下被淹没。

澳大利亚红十字会因担心同志社群反扑，因而立即退让，并且忽视阿彻医师的建议，接下来的两年，同志捐血的情况仍未受控制。阿彻的建言直接被推翻，甚至有一项新法令宣布同性恋者只要没有"多重性伴侣"，便可以捐血。在缺乏签名的宣誓书的情况下，血液银行自然不可能知道捐赠者究竟有多少性伴侣，也没有人设计合理的问卷或访谈将双性恋者或同性恋者区分出来。

就这样，同性恋者捐血的"公民权"被置于必须靠输血维生的病人与血友病患者的生命权之上。澳大利亚红十字会的退让，让许多澳大利亚人因此死亡——我儿子戴蒙就是其中一位——或持续迈向死亡。现在普遍认为一九八三至一九八五这三年，是最多人因这项医疗疏失而成为受害者的一段时间——所有事证都指出必须进行负责任的防范措施，却没有任何具体行动浮上台面。

因此，澳大利亚在一九八三年三月对艾滋病的认知如下：

●艾滋病病毒存在于澳大利亚血库。

●艾滋病在澳大利亚同志社群大肆蔓延。

- 艾滋病由血液传播。

- 艾滋病在美国曾经由输血传染。

- 血友病患者大受威胁，往往经由捐血者的血液而染病。

事实上，伊恩·古斯特教授在一九八三年六月于《澳大利亚医疗期刊》发表一篇文章，提出澳大利亚目前的状况："有染病风险者建议勿捐血。可能遭受威胁之血友病患者只能将抗血友病因子改为单一捐血者之冷冻沉淀品，但实质上相当难以进行。"

以上所说的就是承认：不该允许极可能感染 HIV 的同性恋者捐血，而血友病患者唯有舍弃抗血友病因子，重新使用冷冻沉淀品，才能全然安全。

然而，尽管如此，医疗单位并没有将现知有可能挟带 HIV 的抗血友病因子换成冷冻沉淀品，抗血友病因子仍是澳大利亚血友病患者唯一能取得的血液制剂。他们被告知这些血液制剂完全安全，不管里面含有什么都没有任何危险。

HIV 经由血液传播这项观念，在一九八三年已传遍血友病患者社群，我记得那时曾询问使用抗血友病因子的安全性，及挟带 HIV 的可能性。现在我们才知道，我们并非唯一问这些问题、希望从医疗权威寻求确认的血友病家庭。我们问题背后的论点其实很简单：如果抗血友病因子不安全，我们宁愿回归原本的冷冻沉淀品。若是有需要，我们愿意请能合理推论为非高风险人群的亲友，提供制作沉淀品所需的血液，请他们在捐血前先做艾滋病检测也不是难事。

这些年来，我们一直耳闻冷冻沉淀品可能会传播肝炎病毒的警告，虽然在戴蒙十七年的血友病史中，我们没听说任何血友病患者因输血罹患肝炎。医疗单位向我们如此确定地保证抗血友病因子的安全性，使我们松了一大口气。即便如此，若我们希望回归原本较不便的输血方式，我们也没有选择，因为冷冻沉淀品已完全从医疗体系撤离，病患再也无从取得。

我们相信医疗单位的保证，因此全然接受这项便利许多的新血液制剂，并庆幸自己能享受医疗进步之惠。从此以后，我们只需用六十毫升的粉状浓缩物，容易保存，只要用蒸馏水快速溶解即可，而非从前二百五十毫升的凝血第八因子冷冻血浆。

政府没有在确定抗血友病因子不受感染的情况下便允许使用，是全然不负责任的做法。这项决定可谓是我们国家医疗系统史上最冷血、最漠视病人权益的证据。

讽刺的是，及至一九八五年，在许多医学报告明确警告抗血友病因子可能挟带 HIV 的两年后，抗血友病因子才终于经过热疗的程序使之变得安全。这是前一年十月发展的技术，澳大利亚这次总算跟上了脚步。然而,那些可能挟带病毒的抗血友病因子却已经在血友病患者的冰箱里，且并未从医院撤除。我们家冰箱里的血液制剂自然没有退回；我联系过澳大利亚血友病协会，据他们所知，没有任何血友病家庭接获卫生单位通知，要求退回或毁弃已存的抗血友病因子。

要是当时的血液银行与政府卫生当局允许这个社群内部有更多理性的争辩，并公布所有艾滋病的相关信息，这件事将会易于处理，许多无辜的生命也会因而得到挽救。

我全然反对那时的某项同志权益运动，焦点围绕在因输血感染艾滋病的病患之求偿议题。他们认为那些因血液制剂感染艾滋病的人，与因自愿与同性肛交而染病的人，并无差异。暂时撇开两方的求偿议题不谈，这中间有一项用于意外险的法律论据：有因第二方的疏忽造成之错误。悲哀的是，意外险中竟然没有包括因医疗疏失而感染艾滋病。

澳大利亚律师杰克·拉什于一九九二年五月十五日在由澳大利亚医

师基金会组织的论坛上陈述此法律论点：

"我认为中间的分别十分显而易见。我的分析如下：若驾驶员因不慎将车撞上电线杆而受伤，此种情况并无任何人为犯错一方。另一方面，若此人因他人闯红灯而受伤，则可寻求另一位驾驶员赔偿，因为伤害乃因他人疏失所造成。我们的法律允许此人因受伤求偿，因为是另一驾驶员疏失所致。

"因此，血友病患者或受血者若可证明是因医疗疏失而感染 HIV，便有权向红十字会、联邦血清实验室、医师或其他人要求赔偿。若同性恋者可证明其感染系由他人疏失造成，亦有同等权利。

"在此脉络下，视因为输血而感染艾滋病之病患等同于自愿与同性性交而染病者，此为错误推论。"

我更关注的是：家中若有因医疗疏失感染艾滋病而去世的成员，应给付赔偿金以重建这个家庭。在医疗体系外照顾一位艾滋病病人，需要耗费庞大的金钱与心力。若小孩或夫妻其中一人染病，家中扛起经济大任者（现在通常夫妻双方都需工作）至少必须在艾滋病周期的最后两年辞去工作。因为不属于同志社群，他们通常害怕承认亲人患有艾滋病；就算是男同志，情况亦如此。他们害怕被迫离开社区或原本的学校，这样的恐惧其实有所根据。他们常常必须拿房子贷款，换取生活费，或提供艾滋病病患额外的需求，以稍稍慰藉受病魔折腾的心。以心理卫生的角度而言，其他小孩或家族成员常因被疏忽或压力过大，而引发严重的心理问题。一切结束时，不只是一个生命被摧毁，许多时候是一整个家庭连带赔上。因此，赔偿金是特别针对这些人的。对感染艾滋病的血友病患者来说，他们无法办寿险，因为他们的生命无法保障。我关注的焦点是那些被抛下的亲人。因此，我认为合理的赔偿是必要的，尤其这在其他较具医疗关怀的文明国家已有先例。

我曾遭同志媒体批评，指责我特别强调戴蒙是因医疗疏失而感染艾滋病，非难之处在于我似乎通过区分医疗与性交这两种艾滋病来源，进而影射一种受害者是无辜的，另一种则是有罪的。我从没这么想。没有无辜或有罪的艾滋病病患之分，却有"有罪的医疗体系"之实。当我强调儿子死于医疗疏失之艾滋病，我针对的是怠慢的医疗单位、在位政客与卫生官僚体系里的相关人员，因为害怕得罪他们认为可能威力强大的少数群体，而牺牲了无足轻重的小众受难者。

艾滋病病患没有无辜、有罪之分；无论同性恋或异性恋，HIV 一样毫不留情。戴蒙之死的责任归咎，势必与短视的卫生医疗体系和当时执掌重要决策者脱不了干系，亦有足够证据显示他们确实知悉自己的所作所为。如果他们不知道，那就更是罪该万死，因为那是他们的职责所在。无论如何，他们的行为都是体制杀人的表现，终究必须扛起责任。

最常出现的状况便是众人的良知未受质疑，在每一个案例里，道德责任总是落在他人身上。说得直白一些，这些官员总是说："我只是做我的工作而已，单纯接受命令。"这仍是最糟糕的道德与体制借口。

人命应该要比资产负债表来得重要，但是抗血友病因子的引进全然是金钱考量，因为买进与储存都较沉淀品便宜。引进较方便的粉末状浓缩凝血因子极为独断、犬儒且僵化，丝毫没有考虑稍加浏览相关报道便能会意的可能后果。然而，当你只是把那两百六十个因输血感染艾滋病病毒的人当成数据在思考，而不是有血有肉、有感情有思想的个体时，很容易为了好看的资产负债表而牺牲这些人。时至今日，状况仍是如此。在一份针对新南威尔士议会常委会社会议题的声明中，联邦政府发言人说道：

"联邦政府作了评估，一般来说，卫生当局并不须为因医疗原因感染 HIV 之病患负责。因此，法律资源近期便会停止援助这些案例。"

只要最后一个因医疗疏失染上艾滋病的血友病患者或其他人死去，或不符法律申诉条件，这些问题很快便会烟消云散。那些心碎又破产的家庭得自行面对一切，因为这个国家的政客对他们不屑一顾，因为他们对于掩饰错误比揭露事实更有兴趣。

　　可耻！可耻！可耻！

　　亲爱的澳大利亚，我真以你为耻。我们的国家竟如此行事，没有人在乎，那些政客只会逃避遮掩，还有那些漠视人权、蓄意混淆证据自保、让那些病患因他人疏失黯然死去的医生和官僚。我真是痛心疾首。

　　这份痛恨，如何能止息？

# 第二十三章

蛰伏在人体角落的微生物，与身体歪一边的兔子卡西迪。

席蕾丝特住在叮可叮派楼上时，戴蒙又在玫瑰湾待了一个月，不过两边倒是挺近的。就是在这段时间，我们开始与艾滋病网络接触。"社群支援网络"是由一群自愿帮助艾滋病病患的社工组成，大部分来自同志社群。

社群支援网络派了蒂姆·里格来，他是个迷人的男护士，年约四十，本身也是艾滋病病毒携带者。后来他成为戴蒙和席蕾丝特的密友；虽然他尚未出现显著的病征，却是相当重要的牵线人。他的护理经验丰富，发现自己是艾滋病病毒携带者以后，便转来照顾艾滋病病患。这是戴蒙第一次能和了解这种疾病的人说说话，而且对方有充沛的情绪能量，能为他解惑。

蒂姆是个实际的人，并不相信有可能研发出艾滋病的解药。"我们都会死，戴蒙。只是时间早晚的问题。"他会用那不伤感、实话实说的语气这么讲。不知怎的，蒂姆屈服的态度却激发起戴蒙求生的意志。"凡事总有例外，蒂姆。我将成为那个例外，你等着瞧。"戴蒙对自己最后胜利的信心，正如同蒂姆对最终死亡的确信。

虽然迥然不同的观点为他们的友谊平添奇异的色彩，两人却交起朋友，温和又有智慧的蒂姆于是成为席蕾丝特和戴蒙生活的一部分，直到最后。席蕾丝特尤其把他当成叔叔看待，在戴蒙病情一天天恶化的过程中，他就像能跟她解释状况的大人。他们通过他和同志社群接触，很快就了解原来同性恋并不能以单一词汇描述，而是一种心理状态，和异性恋社群一样存在着迥异的性格与风格。

虽然这听起来是显而易见的道理，实际认知上却并非如此。尽管同性恋已与人类共处千百个世代，我们却仍普遍将这种性倾向视作外显可见的事物，认定其行为特征与我们全然不同，就如斑马与驴子的差异那般。不知怎的，异性恋者无法将他们单纯视为人群中的会计师、律师、医师、管家、清洁人员、货车司机；同性恋本来就只是一种性倾向，他们却被当成另一种奇特的人类看待。我们的可耻之处在于试着将同性恋变成某种他们不是的东西，把我们的手足变成陌生人或异类，并将之逐出异性恋社群。

这个社会最不愿公开讨论的便是性与死。但艾滋病结合了这两者，因此漠视这种疾病的倾向更甚，或直接将艾滋病病患贴上不同于"你和你的小孩"的标签。


感染沙门氏菌对戴蒙原本健康的膝盖和手肘造成极大的伤害，并让他的关节炎伺机严重侵袭两边关节，导致无法复原的损坏。他每日的疼痛负荷忽然加剧，现在几乎无时无刻不活在疼痛里。药物因此变得不可或缺，不只一天服用一次，而是一天数次。四小时的药物周期于是就此展开。

大部分止痛药都会造成便秘问题，紧接着便是不得不服用泻药后的严重腹泻。如此的便秘—腹泻循环让他精疲力尽，更让身体的复原状况比预期缓慢。我们希望在他能独立自理以前先和我们同住，但是戴蒙和席蕾丝特都很怀念两人生活，并坚决要求尽快回到那样的状态。

这比贝妮塔和我所希望的要来得还快。就在这时，叮可叮派店老板泽维尔也在一项由当地广播电台主办的国际肉派比赛中赢得奖项，店内生意更是扶摇直上，挤满当地爱派成痴的食客，让他当下决定扩大营业。在澳大利亚，制作肉派的响亮名声就等于银行户头迅速累积的财富！因此他需要楼上的公寓房间作为储藏室，不得不请亚当和席蕾丝特搬出去。

在家里待了六个星期后，戴蒙觉得自己恢复够了，可以再与席蕾丝特同住。同时，两个星期后便要搬出叮可叮派楼上，也代表席蕾丝特势必要找到新住处。虽然戴蒙还须拄着拐杖走路，两个人照样一起去找房子——戴蒙早已对拄拐杖移动相当熟练，在学校时甚至还能以此表演特技。

戴蒙白天就在电话中和东部郊区的房屋中介接洽，席蕾丝特一下课，两个人就开贝妮塔的车去看房子。在皮尔蒙特和格利伯的租房经验后，戴蒙又想回到他熟悉的东部郊区，毕竟这里是他成长的地方。

钱一样是老问题，甚至比之前更严重。离家较近，房价则较贵，他们目前看到的房子都太小，开价却太高。最后，就在冷冽的冬天即将发威之际，他们终于在一九八八年四月底在沃克卢斯的峭壁上找到一间美丽的小公寓，所有窗户都望向优雅的南头灯塔，望向大海。

戴蒙一眼就爱上这间公寓，房租也在他们的预算之内。这间房子简直像个奇迹，有个大房间、一个客厅、一间小卧室可供席蕾丝特工作、一间餐厅和一个镶玻璃的大阳台。他们看过太多空间较小、视野不佳、租金却高得离谱的公寓，眼前这一间简直好得不真实。

戴蒙想要马上下订金，怕让条件这么好的房子溜走，但是他们未来的房东史蒂夫却向他们坦承，这房子有个很大的缺点：晚上的时候，公寓里所有房间每隔五秒就会突然因强光骤亮，随即又归于黑暗，那是因为灯塔的关系。他伤心地说上个房客只待了两个星期。席蕾丝特后来说，这种瞬间的强光常让他们沉进惊人的迷幻梦境里，梦中她也仿佛听见戴蒙在耳边说："没关系，我们要这间房子，我们不怕那道光。"

除了光线以外，这间房子对他们而言的另一个缺点就是离地面还有一层楼梯。但是戴蒙确定自己办得到，虽然爬楼梯很辛苦，但阶梯很宽且一侧有坚固的扶手，他有信心不成问题。他其实想得没错，虽然常常移动得又慢又痛，有时甚至得一屁股坐在楼梯上，一次挪动一格把自己往上推。不过，能回到席蕾丝特身边，一切困难都显得微不足道。此外还有几件熟悉的家具在他们身边，那张豪华的双人床属于他们的房间，这间阳光小屋让戴蒙精神大振。

席蕾丝特又开始在叮可叮派店打工，很快便有钱粉刷墙壁，用廉价的织纹棉布盖住磨穿了的油布地板,把房子修补成一个温馨的二人空间。很快，戴蒙要是一次走几英尺远，中间必定要停下来等疼痛过去。他的两边膝盖现在都完全受损，大部分时候要拄拐杖才有办法走路。因此，等他稍微恢复一些，体力足以开车，我就马上给了他一辆二手的银灰色马自达 RX7。虽然不到法拉利的等级，但毕竟是辆敏捷的日本小车，是我跟信任的老朋友亚历克斯·哈米尔那里买的。我自己开过一段时间，所以能确定车的性能与车况均极佳。或许我能负担的物质条件比其他父母慷慨，却仍无法消弭孩子身体的痛，或阻止他迈向死亡。到最后，真正重要的永远只有"爱"这件事。无论富裕或贫困，爱都是最重要的情感资本。

现在他们有了自己的地方，也有了一辆可靠的车。就只缺一样东西，席蕾丝特于是来到我们位于沃克卢斯的家（还没卖掉），把舒蒙先生带回去。

舒蒙先生一到，马上约了房东的猫去附近的公园猫爪对决了几个回合，舒蒙先生获胜之轻松，有如让了对方一只爪系在背后。因此，它重新夺回自己习惯的地位，有如一只戴着高帽、睥睨整栋灯塔公寓的猫。一家人又重新团聚，情况明显好转起来。

一直到一九八八年底，一切似乎都很好。不过，对戴蒙这样身患重病的人而言，"很好"只是个相对的词，代表他多少能控制自己的生活，也就是说，即使仍然持续病痛，生活却没完全受疾病主宰。就这样，席蕾丝特陪戴蒙在那间晚上每五秒就会闪一次强光的公寓里，度过了他的二十二岁；他往日对于生活的热情也恢复了许多。他带着复仇的心态又开始了桌上出版事业，决定重新扛起养家糊口的角色。

戴蒙不喜欢把自己当病人看，也从不以此自居。他顶多承认自己不舒服，以"我那东西"指称他的艾滋病，以"它"指称关节炎；要是关节出血，也只是说"出血"。要是今天深受关节炎所苦，他的反应也只是"今天状况不佳"；要是出血得很严重，他只会淡淡地说"只是愚蠢的出血而已"。

虽然蒂姆·里格告诉我们许多知识，对于艾滋病我们依然有许多不了解的地方。事实上，虽然这项疾病已公开蔓延将近五年，人们对它仍所知甚少。很快我们便发现人类奇怪的一面，得了这项疾病的人似乎都不希望对它了解太多。一个可能的解释是，艾滋病仍是以同志社群为主的疾病，而同志的生活在很多层面仍处于不为人知的封闭状态。他们的父母或亲戚时常对其性向一无所知，更导致遮掩的行为。出于需要，同志社群在人前人后各有一套行为标准，这也常被视为同志生活的首要写照。蒂姆就深受原生家庭折磨，因为家人难以接受他的性向；一直到蒂姆外表已掩饰不住重病的事实时，他的家人才得知他罹患艾滋病的事。

虽然同志解放运动走了好长一段路才逐渐让社会公众接受他们，可是在寻常父母眼中，难题并没有多大转变。他们或许能接受其他人的儿子是同性恋，但若发生在自己孩子身上，说什么都很难接受。因此，即使同志试着扮演两种角色———一种是家里的异性恋，一种是自家围墙外的同性恋———仍被不可能的困境缠住。于是他们只好搬走，不再定期见家人，只是偶尔回家探望。

但是艾滋病出现以后，新的问题又随之衍生。艾滋病这种绝症必然会暴露他们的同志身份，他们不得不面对家人，并得向毫无心理准备的家人宣布自己即将死去的事实。要是来自一个慈爱的家庭，这些人常会对家人怀抱极度的愧疚。不过，这也会导致他们尽可能将艾滋病的严重后果压下；再者，得病的常常是以为自己不会出事的年轻男人，忽然听到艾滋病代表确定没救，也让他们尽可能拖延病情。

医生和护士都会说：比起其他疾病，艾滋病病患的父母询问的问题少了许多。并非医师不愿意谈，而是对这种疾病的认识仍有限，也没有一套行之有效的处理程序。长期面对某种病才可能熟悉，再加上艾滋病病友也不愿多谈，所以医生对这项疾病所知有限是可理解的事。

虽然随着越来越多人死于艾滋病，也使它逐渐揭开神秘面纱，第一期的病征仍花了许多时间确定，或许也仍未正式列入病理记录。艾滋病会以种种不同的方式侵袭一个人，因为它瓦解了免疫系统，让人体极度脆弱，几乎任何状况都有可能发生。就如一位医生所说："艾滋病的面貌千变万化，常常把一堆意想不到的疾病统统裹在同一个包装里。"

不过，戴蒙的状况却不一样。因为他的艾滋病病毒是起因于医疗疏失，他没有所谓的愧疚，于是想知道所有关于它的一切。后来，当他的艾滋病病情持续恶化，他必须遭受外人的异样眼光，以为他是同性恋。这让他相当悲伤，不是因为被误解，因为我从没听他为自己辩护过，而是因为他发现其他人对他的武断看法，常常影响他们待他的态度。潜在的恐同情结是他想要写书的原因之一，希望能传达艾滋病需要他人的同情与了解的看法，而非批评、歧视与谴责。

在他因为膝盖受沙门氏菌感染住院的末期，他已被安排住进门外立有艾滋病警告标志的一般病房，那时有位自称为上帝"做见证"的宗教团体成员前来拜访戴蒙。我必须先声明，我相信以下所说的情况并不会发生在专属艾滋病病房，我们后来在那里遇见的宗教成员都不带批判意味，都是富有同情心、勇于付出的人。

那位拜访戴蒙的女士暗示戴蒙，即使他现在的状况如此，上帝已准备好要原谅他、接纳他，视他为重生的孩子。他需要回报的只有忏悔，并将主耶稣迎进他的内心。戴蒙一直耐心倾听这位女士的冗长演说，后来突然问她可不可以提问，这才打断这位滔滔不绝的上帝使者。她爽快答应。接着戴蒙或许是想避免这场像尼亚加拉大瀑布般的长篇废话，于是问她可不可以用简单的"是"或"不是"来回答。这位上帝的见证者再次答应，因为提出问题无疑是接近救赎的必经过程，有点像二手车推销员即将卖出时的情形：若见客户开口问，便知道离成交时刻不远了。

"你相信同性恋是一种罪吗？"戴蒙问。

"唔，圣经对这件事说得非常清楚，鸡奸……"

"抱歉，女士，请回答我是或不是。"

在他床边的女人顿了一会儿，然后以有点告诫的口吻强化她的信念："是！"

"如果是的话，那艾滋病就是上帝对这种罪的惩罚，是吗？"

"上帝的仁慈与同情是永恒的，祂对世事的了解……"

戴蒙再次让她长话短说："抱歉，女士，请回答我是或不是。"戴蒙总将自己想成有点像律师的角色，并对自己的逻辑辩证能力暗暗自豪。

"好吧，是！我必须说我相信确实是。"她又深吸一口气，"我刚刚就试着要说，圣经对鸡奸写得很清楚，那是罪恶，上帝说：'罪的工价乃是死！'"

"好，如果两个出于自愿的成人性交是罪，上帝也以艾滋病作为严厉的惩罚，那你认为成年男性和被强迫的小孩之间的性关系呢？"

那位女士显然非常震惊，但是戴蒙正中红心："尤其是父亲和女儿之间的乱伦呢？上帝难道不认为那是更严重的罪吗？"

那位上帝使者惊于戴蒙的直接，看不出显而易见的陷阱。"唔，那当然也是罪！很严重的罪！"

"不，我的问题是：乱伦是不是更严重的罪？在上帝眼里更大的罪？"

那女士停顿半晌，这会儿总算看出自己被引进陷阱。最后她抬头说："是，我想是的！"她状似愤怒，因为自己失去了掌控权，又无法从新约里找到能为她的结论背书的经文。她所受的训练想必没有涉及乱伦的领域。

"若是这样，上帝为什么没用重大疾病惩罚性侵自己小孩的父亲？"戴蒙问。

那位女士已经开始收拾带来的传单，还从包里拿出用皱皱的玻璃纸包着的棒棒糖。她先把一张传单放在床头柜，再用一根棒棒糖压在上面。然后她把《圣经》夹在腋下，向戴蒙说："再见，戴蒙。我会向上帝为你祈祷。"

"谢谢。"戴蒙说，"谢谢你来。"他不是那种自以为了不起的人，虽然心里免不了沾沾自喜。打倒她太轻而易举，因此稍微仁慈不算太难。

然而，上帝的见证人还没完全出去，她在门口停了一下，噘起嘴说："'我是不受嘲笑的。'上帝这么说！"她转头就走，撤退的路上，高跟鞋在塑料地板发出响亮的咔咔声。她对艾滋病的解读无疑透露出她对同性恋的态度。

戴蒙完全了解男同志因为被社会甚至自己的家庭排斥，增添了额外的情感伤痛。他希望人们能了解，他们的排斥不仅残忍，并且无知。

不过，生命一种很讽刺的现象是：某些艾滋病病患怀有很深的内疚，害怕面对告知家人后可能会有的结果，偏偏有时这不过是他们自己乱想。以通行的见解来看，许多人在告知家人自己感染艾滋病病毒的情况以后，却得到家人的接受与同情——有些人可能已与家人形同陌路长达数年。毕竟，在表面的疏离下，蛰伏的却是强大的爱的力量。

对大部分家长和家庭来说，心里最大的伤痛不在于儿子是同性恋，而是儿子即将死去的事实。然而，悲哀的是，即使深受家人疼爱的孩子，通常也无法在家里度过最后时刻，因为可惧的现实是，这些家长在儿子离去后，仍要继续在偏狭的社区生活下去。一个小社群的反弹可能使得受害者的家属也成为第二受害者。艾滋病能引出一个家庭最美好的光辉，也能带出一个社群最丑陋的一面。

虽然听起来很奇怪，但最受艾滋病威胁的或许不是同志群体，而是异性恋群体。即使反证剧增，异性恋者却似乎确信艾滋病不会发生在他们身上，认为艾滋病是同性恋者专属的疾病。这种天真的想法——不，应该说彻底愚昧——极度危险。

偶然发生的同性恋行为——所谓的"磨屁股"——一直是我们社会结构的一部分。这些一年跨越性别疆界数次、有同性恋行为的男人并不以同性恋者自居。达林赫斯特路和牛津路一带的酒吧便是这类人的集散地。在这些所谓的异性恋酒吧里，"人肉市场"不仅热闹十足，还高声叫卖；无论是酒醉的足球队、男人派对或孤独的游荡者，最后都会在这种地方相见。

这种性行为多半仓促，而且通常都发生在对方已经喝醉的情况下，因此往往没有戴安全套。这种随机的性交，常常潜伏着比公开表态的同性恋者更多的感染危机。要是这种行为被质问，双方都会严辞否认自己是同性恋或双性恋；研究调查中最常听到的反应便是："你要是气坏了，什么下流蠢事都做得出来。"这种所谓的异性恋者不会坦承他们偶尔甚至经常偷偷摸摸与男性性交；要是染上病毒，或许几年都没被发现，于是病毒在这段时间大肆蔓延至另一个社群，不只传染给其他男性，更传到他们的女朋友、妻子、小孩身上。

事实上，同志社群对艾滋病性病防治教育的反应极佳，并采纳建议的防范措施，以降低艾滋病引发的慢性死亡概率。在澳大利亚，百分之八十七的同性恋者会在性交前做好防护措施；单身异性恋者的比例却仅有百分之五十七。而在乡村或工人阶级社群，其比例还可能更低。

长期来看，艾滋病对异性恋的威胁可能更甚，由于人类的无知、愚蠢、偏执、遮掩，以上这些心态合起来才是让免疫缺陷病毒大肆蔓延的关键。


戴蒙感染沙门氏菌时，所有医生都不抱乐观看法，但他还是活过来了。因此现在，当他再度走进医院时，那时感受到的绝望已然改变。他再一次深信自己能击退艾滋病。他确信自己已见识过最糟的情况，已走过死亡之谷，现在即将以纯然的意志力征服苦痛。

戴蒙真心相信他能让自己的身体长出新的 T 细胞，他的血液很快就会有足够的抗体抵抗感染。踏进血友病中心做 T 细胞检测时，他信心满满地认为数量必然增加；事与愿违时，他也只是告诉自己尚未给他的心灵足够的时间发挥效用。毕竟，谁知道长一个新的 T 细胞要花多少时间？

这种绝对的信心让他的朋友蒂姆有些担心，因为他曾看过被错误希望所蒙蔽的艾滋病病患，一旦死亡的结果确定，顿时失去生命意志，几天后便离开了。蒂姆以"与艾滋病共处"自居，而不是因艾滋病而死，这种看待重病的方式实际且正面。他确信它们的毁坏只是时间的问题，但戴蒙应该继续过好自己的生活。然而戴蒙却对未来变得更积极，尽管对蒂姆而言时间只是一天天减少，但对他而言一切只是意志力的问题，坚信他戴蒙·考特尼，将一步步往终极的复原迈进。

蒂姆同时说服戴蒙去亨利王子医院接受艾滋病照护。这间旧医院有独立的艾滋病部门，位于一栋名为"马克斯分馆"、俯瞰小海湾的建筑，从大半窗户都能望见崎岖的荒地和岩石堆栈的海岸线。这里的护士也极具爱心，并受过专业训练；就在这里，戴蒙认识了资深护士里克·奥斯本，他和戴蒙一见如故，在未来许多艰困的境地中，也始终是忠诚的朋友。

蒂姆获选进入其中一个以AZT治疗的实验团体，这种药在美国抑制艾滋病颇有成效。透过蒂姆，戴蒙也申请参与AZT实验疗程，我们很高兴知道他很快就被录取，这绝对是往正确的方向迈进了一步。只要健康状况没有恶化，戴蒙深信他就能修复已毁损的健康。

AZT实验疗程同时加重戴蒙与席蕾丝特肩上的负荷。这是一种新药，剂量与诸多细节都仍处于臆测阶段，尚未通过一连串精密的新药检测。这些接受实验疗程的病人都是白老鼠，每位病人的剂量均不同，以检视药量对人体造成的不同反应。

戴蒙必须每四个小时服用两颗药丸，他们还给他一个呼叫器，声音嘹亮得足以在晚上把他唤醒服药。他常常因关节炎而全身僵硬无法下床，席蕾丝特必须起身为他拿水，帮他做点吃的。为减轻药的强度，他必须在服药前吃点固体食物，因此席蕾丝特半夜也得跟着起床，隔天照常拖着疲惫的身体去上大学的课。

然而，两人都觉得值得——就算他下半辈子每四小时就要醒来服药一次，也是值得的。

但是很快他们便发现AZT并不适合戴蒙。它让他想吐，还导致贫血，但一开始，他还是让自己保持精神抖擞的状态，因为 AZT 将在解药发明以前延缓他的艾滋病病情。他告诉自己：不论他觉得怎样，或身体反应如何，一切都是值得的。他在这段时间展现的决心令人钦佩。AZT 是种副作用很大的药物，对戴蒙尤其如此；但他还是继续撑着，只要身体不会太不舒服，就处理他称为"桌面酒吧"的公司业务。戴蒙与生俱来的魅力为他赢得几个固定主顾；就算他不时有临时状况，他们也似乎总是愿意原谅他，让他延长期限。即使赚的钱不多，依然过得下去。

在此同时，戴蒙认识一位很棒的美国血友病患者，是一个五十岁出头的男性，叫作康拉德·马斯特顿，快三十岁时膝关节就因长期出血处于半残障状态，最近刚装上人工膝盖。他叫它们"我的不锈钢膝盖"，尽管材质其实是钛金属。康拉德的人工膝盖效果相当不错，只要经常休息，便能走上一整天，金属盖子下的关节不常出血，绝对比之前的状态强许多。

戴蒙于是和我们提起想去美国装不锈钢膝盖的希望，因为一派乐观的他，马上就在脑海里看见光明的未来。那个装上新膝盖的戴蒙将能和席蕾丝特在荒野跋涉，也可以不停地行走，几乎就像普通人一样。此外，AZT 会让他的状况好转，这样他就可以在今年年底以前去美国动手术。

同时，他决定要为自己打造一个水族箱，不是一般加大的金鱼缸——戴蒙这个人啊，要是能走就绝对不会想要爬——他想要的是一个风情万种的海洋世界。为了说服我赞助他的鱼缸，他跟我解释道："我就像鱼缸里的鱼。爸，你知道吗，水族箱的鱼和我是一样的处境。它们善加利用自己当下的环境，因为那差不多就是它们所能得到的一切。我想要打造一个大鱼缸，里面要有现代化生活设施，有浓密的水草、岩石、洞穴，让大鱼和小鱼都能住得舒适。"他抬头看我，"当你痛得没办法看书或专心的时候，就可以好好看鱼缸里的鱼。我也不知道有何帮助，但就是有用。看它们游动的样子，你实在无法去想象它们处于苦痛之中。"

席蕾丝特第一次拒绝戴蒙的要求，不让过大的水族箱进驻他们的小客厅，戴蒙只好把它放在主卧室外的玻璃阳台上。

不过，戴蒙常常会对一件事一头热，水族箱和在里面生活的鱼也是历经一番折腾。第一个水族箱他们是从《商业报》的广告上看到的，一共花了他们一百元。卖家说他以前是卡车司机，但是新南威尔士的道路运输业越来越不景气。"那些大公司啊，兄弟，全都他妈的剥削我们！"一气之下，他就把装备搬到珀斯去，做起小麦运输的生意。他肯定是当初说专门照顾残障人士、卖给戴蒙那辆菲亚特 124 的鲍勃的亲戚，因为他发誓那个水族箱保证能用："好得跟塔隆加动物园的水族箱一样，兄弟！"他口沫横飞地勾勒了一幅挤满热带鱼的水族箱画面，恰在登报广告的两天前。"可惜啊，要是早点儿知道，我就把那该死的东西便宜卖你！"戴蒙问他是谁买走他的神奇收藏，卡车司机一开始还愣在那边，接着把烟灰抖到厨房地上说："不知道，兄弟，是某个从高嘉华①来的混账犹太人吧！"

一路上粗重的工作都是席蕾丝特和亚当负责，终于把水族箱搬回家以后，戴蒙把它放在玻璃阳台的生锈支架上（"兄弟，抹点防锈剂上去就好得跟黄金做的一样啦！"），这东西还多花了二十五元。为了盛水，席蕾丝特和亚当拿着她的烹锅，从浴室到阳台来来回回，不知道花了几个小时才把水族箱装满。水族箱最后总算注满水，闪闪发光，只等用水草、岩石、贝壳装点，最后再倒入戴蒙视为重要收藏品的鱼，把它打造

---

① 地名，位于澳大利亚新南威尔士州。

成较小但不至于无足轻重的澳大利亚大堡礁海洋世界。

但是很要命的，那水族箱被卡车司机放在后院曝晒了几个月——或许是几年，防漏橡胶忽然在半夜两点裂开，整间公寓顿时淹大水，渗入木质地板的裂缝，以稳定的速率滴在楼下的史蒂夫的胸膛上。

第二个水族箱跟第一个一样大，但是这次是全新的，一共花了一百一十元，还有五年保修，安装后没有发生什么不幸事件。之后戴蒙就走遍悉尼的大街小巷，收集充满异国情调的上好鱼种。他很自然地避开主流水族馆，认定他们迎合业余者的品味，绝不可能有真正鉴赏家想要的鱼。他专门找招牌褪色的古怪地方，那些店看起来原本是宠物店，布满灰尘的窗户上仍贴有被晒得褪色的宠物食品广告，或印着一窝小猫正和一团毛线玩耍；也有因潮湿而膨胀、裂开的一包包鸟食种子，因地上湿气而发芽，后来又死在一块块麦秆堆之中。某些橱窗后还有标签脱落的铁罐，和一瓶瓶老旧的动物疥癣溶液，说明这里确实曾是当地的宠物用品店。一走进去，戴蒙会和一个身穿灰色短西装外套的老人正儿八经地深度对话，那人收藏了一排排的水族箱，还会拿出一本本已经翻烂的书和稀奇的鱼类目录，大谈赤虫和鱼流感。

戴蒙就是这样——他可以在几分钟内，对一件事从一无所知到能讲得头头是道。即使他能摆出专家的姿态，但实际上对那主题一窍不通。他以聆听和提问的方式，就能在正确的文脉下把行话用上，虽然他可能几分钟前才刚学到这个词。他也能挑出所需的信息，专注收集对他而言重要的细节。于是，他在几天内变成珍奇鱼类专家，却对比较容易在业余者的水族箱生存的一般鱼类全然不知。

戴蒙还是一样，只要鱼类中的"法拉利"，"桌面出版"所得全都投在那只水族箱上。不幸的是，那些美丽的高级鱼类对新环境常常适应不良；戴蒙往往前一天刚付了两位数的价格买进一条珍奇鱼种，隔天便捞出鱼的尸体。这些鱼当然没有"保修"，之前的卖家也一定花了一番工夫才让鱼活到戴蒙来把它们买走。戴蒙发现这些昂贵且稀有的鱼往往盯上跟它一样贵重的鱼，誓言视对方为仇敌，双方不共戴天、大打出手，直到双双成为水族箱里的浮尸。一次，他还目睹一群小天使鱼在十分钟内被一条新买进的鱼一口吞光——那是以多层鱼鳍跳着七重纱之舞的黑埃及鱼。

此外，南头灯塔在夜间每五秒闪一次的强光似乎也对鱼有所影响，因为它们有时会突然诡异地疯狂乱颤，不寻常地跃出水族箱，正好跳进下方张口等待的舒蒙先生嘴里。

不过经历许多风风雨雨之后，戴蒙的水族箱总算大功告成，带给他不小的精神愉悦。喜欢那种东西的人，一定都会觉得美不胜收——不过这种人不多就是了。

一九八八年的下半年对戴蒙而言是欢乐时光，回想起来，席蕾丝特只记得戴蒙一派乐观的态度。到了一九八九年，用来抑制艾滋病的AZT让戴蒙的体力明显衰弱；即使蒂姆的反应不错，戴蒙却出现贫血症状，甚至呕吐情况也越来越严重，不得不常常服用药效极强的止吐药Maxolon（胃复安）。

这让戴蒙虚弱的身体雪上加霜，气色一天比一天苍白，体力也因为AZT引发的贫血愈发下降。同时，止吐药让他在一九八九年初并发了一次强烈的痉挛。

那时亚当正好去看望他，发现戴蒙忽然全身僵硬，瞬间倒在地上。如亚当后来所描述的："他突然像颗石头一样摔到地上，身体开始不由自主地抽搐，一只脚踢出来，一只脚缩在胸腔前，手像鸟爪一样往内弯，两只眼睛凸出来。他发出一阵阵咯咯的声音，像是奋力想要呼吸，或是噎到一样。我和席蕾丝特在一旁简直吓坏了。我们想要抓住他，但是他力气很大，身体不断抽搐痉挛。我尖叫着要席蕾丝特去叫救护车，她马上冲去电话簿旁边，却拿着它不知道该怎么做。我也完全无法思考。'找A开头的！'我继续大吼，'找A开头的！'这当然很蠢，但我们都因恐惧而瘫在那儿了，没想到直接看电话簿的最前面。席蕾丝特忽然把电话簿一丢，从前门冲了出去。

"我完全慌了：'不要丢下我一个人，不要丢下我和戴蒙！'但是她走了，门开着，我听得见她一步两个台阶往下跑，用两只拳头猛敲房东的门：'史蒂夫，史蒂夫！'我待在不断抽搐的戴蒙身边，试着抱住他，他却不停痉挛，两只眼睛像是要迸出来，看起来就像快死了一样。'求求你，上帝，不要让我弟弟死啊！'我不断大喊。

"席蕾丝特一定很努力跟史蒂夫解释清楚，后来他马上打电话叫救护车来。

"救护车一路把戴蒙送去韦尔斯王子医院，我们开着马自达紧跟其后。救护车人员一定先告诉了医生戴蒙有艾滋病，虽然我不记得我们俩告诉过他。这是我们第一次感受到大众对艾滋病病患的偏见。出了救护车以后，戴蒙还是每隔几分钟就痉挛一次，没抽搐的时候，身体也跟有电流通过一样颤抖，或是因为冷得发抖。他们开始做测试，所有平常治艾滋病病患痉挛的药都用了，却都无效。"

韦尔斯王子医院的医生不知道戴蒙的病史，不断想联系戴蒙的缓和医疗医生，却发现他根本没有。令人不解的是，他们完全没有问席蕾丝特戴蒙服用什么药，就直接断定戴蒙是同性恋，认定席蕾丝特和他的哥哥都对他的用药情况一无所知。最后，在他抽搐了六个半小时以后，席蕾丝特问医师有没有可能是戴蒙服药的副作用，医生却只是简短地回答："那当然。所以我们才试着要追踪他用了哪些药。"

"可是我全都知道。"席蕾丝特说。

医生看起来讶异极了。"你是说你知道他用哪些药，知道药的全名？那剂量呢？"

"我当然都知道！"席蕾丝特一口气说出八九种药名，还有戴蒙通常服用的频率和剂量。当她讲到 Maxolon，医生突然一惊："那个止吐药吗？这种药通常不会有副作用，但也不是完全没有先例，值得一试！"事实上，Maxolon 正是罪魁祸首。戴蒙的痉挛跟艾滋病一点关系都没有，而是因为他是少数对 Maxolon 反应极强的病患。

然而，戴蒙还是不放弃 AZT，尽管副作用缠身。他认为只要这药最终能阻止艾滋病，那么再严重的贫血和呕吐情况都能忍受。他的脸色持续苍白下去，直到最后一丝精力仿佛都已流逝，红细胞数也在两周内掉到七以下。他不得不回医院找丹尼丝进行输血，在血友病中心待了一整天。晚上回家时他又变回那个脸颊红通通、神采奕奕的戴蒙，神奇的血液让他宛如新生，再度有足够的气力和 AZT 严重的副作用对抗。

但是某天早上，戴蒙却突然呼吸困难，喘不过气，紧紧抓住胸口说："我没……办法……呼……吸。"他上气不接下气地说，手中的吐司掉到桌上。

尽管那时是晴朗的三月天，席蕾丝特仍赶紧用毛毯裹住他，火速把他载去亨利王子医院，戴蒙马上就被送进专门负责艾滋病的马克斯分馆，并紧急输送氧气。

这次，他的症状不难诊疗，这是戴蒙首次发生与艾滋病病征明显吻合的症状——卡氏肺囊虫性肺炎。数以百万的生物挤满他的肺，一点一滴对他造成窒息的威胁。肺囊虫会引发的那种肺炎相当罕见，就连大部分医疗人员都没听过。这种微生物只有在人类免疫系统损坏，T 细胞无法再抑制其生长的情况下，才会在它最喜欢的人肺滋生。这种微生物是蛰伏在人体各个角落的上千种恶性微生物之一，造成的罕见感染已被视为艾滋病发威的最普遍病征之一，由于卡氏肺囊虫性肺炎太过典型，因此常被称为"艾滋病肺炎"。

就这样，艾滋病肺炎把戴蒙第一次带进亨利王子医院的马克斯分馆，他在那里目睹许许多多情况比他更糟的人。后来，他这么跟我描述这第一次的经验：

"他们帮我戴上氧气罩，呼吸马上畅通许多，过一会儿我开始能环顾四周。我在一间小房间里，对面是一个看起来像出现在恐怖电影里的男人，头发剃光，瘦得跟骷髅一样，嘴巴、眼睛凹陷，体重大概连四英石① 都不到。他看起来像是有一百岁，但我后来才知道他只有二十五。整个人简直就像是被包在老皮中的一团骨头！那种感觉非常恐怖，就像在看自己逐渐死去，看到自己以后可能待在什么地方，看见自己越陷越深的未来。我的心情糟透了，再加上呼吸不顺、肺部疼痛，只能用沮丧来形容。那是我第一次把自己想成是某一种群体的人，是某一种分类中的人，是一种其他人觉得正在垂死的人，而不再是一个独立个体，不再是戴蒙·考特尼。我只是一个等待绝症一点一滴吞噬的人。"

早期有许多人死于艾滋病肺炎。现在要是没有立即送医，仍会对许多人造成生命威胁。但是席蕾丝特发现得早，戴蒙的治疗迅速并有效率，抗生素立即遏制了肺囊虫。但是他还是在医院待了快一个月；可以想象，要是再拖个几天，戴蒙的命可能就没了，这种事常常发生。艾滋病就是这样——一旦 T 细胞低于警戒线，任何状况随时都可能发生。数以万计的伺机性感染潜伏在人体四周，往往只出现小小征候，就迅速带走一条

---

① 4 英石约合 25.4 公斤。

人命。

　　艾滋病病房分成两个区域：楼下是给像戴蒙这样还算强壮的初期病人，楼上则是护士随侍在旁的重度病患。楼上有些病人从此不会回家，或者就在医院离世。戴蒙到达时，楼下区域已满，他们于是把他暂时安排到楼上的病床，因为有个人一小时前刚过世。在那里，他第一次目睹艾滋病如何蹂躏一个人，那时的惊吓从未曾真正离开他。

　　戴蒙现在终于知道：自己麻烦大了。眼前即将展开的，是无情的谋杀。他曾挨过 AZT 的副作用，几个月的严重呕吐，后来又发生两次止吐药痉挛，但这一切都阻止不了病情发展至艾滋病肺炎，硬是把他往下一个阶段拉。他的脸上戴着氧气罩，眼泪不住地滚落。就在这时，他听见一个声音。

　　"嗨，戴蒙，我是资深护士里克·奥斯本。"

　　戴蒙抬起头，泪水模糊了他的视线。一个年近四十的瘦小男人正面带笑容地低头看他。"嗨。"戴蒙说，声音被氧气罩捂住，他试着伸出手，但忽然间觉得很累，虚弱得没办法把它举起来。

　　"我不能让你待在这里，这样心情会很沮丧。"那个叫里克的男人说，"要是你不介意和别人共享病房，我可以把你安排进楼下的房间。另一个人明天就走，到时我保证你就可以自己独住一间房间。"他谨慎地环顾四周，然后倾身在戴蒙的耳边细声说："你别担心，你离他还远呢。我们一定会让你好起来的。你得的只是一种肺炎，我们一定立即击退它！"他又站起身，东弄弄西弄弄，帮戴蒙把胸部附近的被子拉平。

　　"你说我们现在赶快逃出这里怎么样？"

　　里克和亨利王子医院的其他男护士一样，本身也是同志，但是他马上识出戴蒙并不是，并了解在无预警的情况下来到艾滋病病房，对他心情的冲击一定相当大。大部分病人在来到这里之前，就因探望过朋友的病而稍有心理准备。

里克来自素以小牛和马铃薯闻名的乡村小镇克鲁克韦尔，虽然早已染上许多城市习气，但坦率、亲切的态度还是让人很难不受他的魅力吸引。他曾告诉我，他的家庭属于小康，拥有一些地。虽然不多，他父亲却要他们延续打猎、骑马的生活，就像他当年继承父命一样。里克八岁时，他父亲就把点二二小口径来复枪交到他手里，然后一天清晨，他们去打猎。

回忆这段往事时，里克脸上浮现调皮的笑容。"一大早的乡下总是雾蒙蒙的，走过修剪整齐的牧场时，我们的靴子在起霜的草地嘎吱作响。突然间，我爸把手一指：'烧过的树墩旁边有个肥猎物！'

"我望向他手指的地方，看见一只兔子把脚掌伸到鼻子前，用后脚立着，就像波特小姐画里的动物。它是只长耳大野兔，胸部呈白色，还有灰色斑点。我的心脏越跳越快，我不想杀它，又怕爸爸觉得我是懦夫，于是我把枪举起，随便发了一枪。兔子骤然一跳，拔腿就跑，然后我听见爸爸大吼：'射得好，儿子！'他一定没有看见我脸上的惊恐，因为他拍拍我的背，把我往前推。"快点，是腿伤。别让那畜生钻进兔穴了！

"我把兔子射伤了，它跑了几英尺后倒下去，开始拖着后脚往前跑。爸爸把我一推，害我不得不握着来复枪继续在后头追。等我跑到它身边时，看见起霜的草地上有一条几英尺长的血迹，那是它倒下前拖着脚留下来的。我好不容易才止住不吐。它还活着，雪亮的眼睛抬头望着我。忽然间，我再也不怕了，我也知道自己该怎么做。我把来复枪放到地上，弯身把兔子捡起来抱住它，一点都不在乎衣服上沾了血迹，或是回家以后妈妈会怎么说。

"然后我把来复枪背在肩上，走向爸爸。我感觉得到照在脸上的晨光，也感觉得到那小动物急促的扑通心跳。爸爸逆光站着，脸一片黑，我看不清楚他的表情。

"'看我做的好事。'我把胸前的兔子举起，不知道爸爸会有什么反应。'我一定要帮帮它，爸。'

"随着我越走越近，我看见爸爸的脸上挂着笑意，一抹淡淡的微笑藏在嘴角。'你当不成杀手的，儿子。'他温和地说，'但是没关系，反正这种人世界上已经够多了。'

"我们把大兔子带回家，爸爸一定是先跟妈妈谈过了，因为她完全没有唠叨我衣服弄脏的事。我在它受伤的腿上装上夹板，兔子很快就恢复了一些。不过我想我是个烂医师，因为它后来跳的时候身体总是倾向一边，看起来有点好笑，我妈妈于是叫它卡西迪——那个身体歪向一边的牛仔漫画人物。"里克咧嘴笑了笑。

"卡西迪后来越来越胖，当了好几年我们家的宠物，是只强悍十足的兔子，它要是人的话，铁定是街头老大。

"我觉得射伤卡西迪的那次经验让我了解：我跟学校其他男生不一样，而且长大以后，我想要当一个护士。但我必须公平一点地说，我爸爸似乎能理解，而且从不会因为我不够强悍而刁难我或对我失望。不过我们再也没有去打猎。"

从第一天起，里克就用一种特别的关怀照顾戴蒙，两个人于是很快变成好朋友。后来，在戴蒙面对艾滋病并遭遇许多危机时，里克一直在身旁照料他。里克·奥斯本无疑是上帝慷慨的礼物，虽然我们碰到的许多护士也都对戴蒙非常亲切，我们对此相当感谢，但是蒂姆·里格、里克·奥斯本，还有后期的林赛·哈伯是我们最深怀感激的。这三人和血友病中心的丹尼丝一样，都是无私奉献的白衣天使，总是为病患付出无限的爱心与温暖。

从一开始，戴蒙就注定遇上各式各样的男性医师。虽然有些人很好，但大多数都很自大傲慢，不在乎他人的感受，有时简直愚蠢至极。但是出现在戴蒙生命中的白衣或蓝袍天使，姊妹与护士，却几乎都是善良、慈悲的好人，不仅专业知识丰富，更用笑声和爱心注满冰冷的病房。

戴蒙状态好一点以后，便不禁对亨利王子医院感到惊艳。他在马克斯分馆的房间时有微风徐徐，窗外正对着荒地和石岸，海浪不断冲刷岩石，而后碎成雪白的泡沫。有时溅起的浪花会在空中堆砌成白色拱形，形成难喻的符号；尤其看在远方垂死的病人眼里，更是生命、精力、延续的象征。艾滋病病房区十分干净，宽敞的空间里还有两间电视屋，总是放着鲜花。那里的医院人员都很友善亲切，访客只要来过一次，他们下次便会主动打招呼，并叫得出名字。这些人都自愿到艾滋病病房服务，虽然工作负荷与时间都比这家大型综合医院的其他病房繁重。

尤其想到他们必须时常面对垂死的病人，就格外觉得他们的精神值得敬佩。他们很可能眼睁睁看着一个二十出头的年轻人刚来时还身强体健，却也知道他最终会变成静静死去的虚弱肉体。

要当一个称职的艾滋病病房护士需要强大的人格特质与心理能量。但就算再勇敢的护士，也无法承受身旁那样频繁的生离死别，顶多只能待上两三年便需要离开。他们明明可以对病人漠不关心，为生存戴上保护周全、触摸不及的情绪盔甲，却不这么做。或许因为大部分男护士都来自同志社群，他们将更多的爱心和同情放进工作，于是成为一群独特的男性，将我们社会的美与善体现出来。

戴蒙比较喜欢亨利王子医院，因为那里的艾滋病病房与其他病房隔开。在其他医院的时候，他总是觉得自己被以异样眼光看待，医护人员普遍把他视为罹患艾滋病的年轻男同性恋。虽然戴蒙从不会强调自己是异性恋，我也从未听他对以其他方式感染的艾滋病病患有负面评价，但他也不希望被误当成同性恋。以戴蒙这样不在乎陌生人看法的人而言，这确实有些奇怪。但我想是因为他对席蕾丝特的爱，使他希望能以异性恋被看待。他或许觉得要是别人把他当成同性恋，他们的关系便会受到贬损。这无疑有些反应过度，也不全然符合逻辑，却是能够理解的心情。戴蒙年轻、未经世事，在性事上也是如此，尤其不习惯部分同志社群习以为常的黄腔戏谑。

他知道自己感染艾滋病病毒时还在学校，那年纪的性欲和性幻想正旺盛。戴蒙首先必须面对的课题便是自己在性事方面是危险的，这当然使他情绪低落，并对自己的性生活极度敏感。席蕾丝特最后成为他心灵上的支撑，也是他唯一的性伴侣，虽然两个人的性生活只能说是相当单纯与一成不变，但可以理解他不希望这份和单一女性的性经验因此被低估。

要在不冒犯敏感的同志社群的前提下，描述他们有些人的对话方式，实在不容易。但因为上述原因，戴蒙对性的话题非常小心翼翼，身旁却突然同志云集，常常大剌剌地公然谈论性事。他对这些事几乎可以说一无所知，现在却被这方面身经百战的同志朋友包围。同志访客有时会谈起私通，或是巨细靡遗地大谈滥交之事，内容既奇特又详尽，这完全是戴蒙这类人之前所无法想象的。

如果他身体还算舒服，或许会觉得这些谈话好笑，甚至有教育意义。但现在的他只是心里更感创伤，百思不得其解，如果性是艾滋病这种绝症的罪魁祸首，眼前一些同志病患为何满脑子想的还是性？

戴蒙就是不希望别人以为他是同性恋，因为他和席蕾丝特都没有过这种经验。他曾和蒂姆坦承："你必须知道，我不在乎任何人是不是同性恋，但我就是不希望别人也用那种眼光看我。"蒂姆还是耸耸肩，一笑置之。"戴蒙，看过你和席蕾丝特在一起的人，马上就会知道你直得像支箭一样。"

然而，即使亨利王子医院将艾滋病病患与其他病房隔离，在所有病人都是艾滋病病患的马克斯分馆里，感染艾滋病的原因一点都不重要，这里的每一个人只能说是同舟共济。戴蒙开始把艾滋病视为自己染上的一种疾病，而非同性恋独有的隐疾。他的艾滋病跟别人的并无不同，不一样的是他这个人。差别就在他无法和其他病患共享某些兴趣。

不过，马克斯分馆倒是有一项缺点：戴蒙是那里唯一的血友病患者。其他感染艾滋病的血友病人都很明智地继续待在阿尔弗雷德医院，因为那里靠近血友病中心。于是，要是戴蒙在医院出血，他必须自己负责，因为那里没有精于特殊血液制剂问题的医护人员。在戴蒙能自行顺利输血的情况下，这通常不是个大问题；但他必须仰赖不是那么清楚相关治疗，也无法真正体会严重出血有多痛、多不便利的护士或医生，在心理上总是少了层安全感。

席蕾丝特会从家里带抗血友病因子来，放在医院的医药冰柜里，矮胖的圆罐子和各种对抗艾滋病伺机感染药物摆在一起，一看就知道是陌生的外来客。

较年轻的医护人员似乎了解戴蒙的病是个"意外"，所以对他都有一份额外的细心。我们对此非常感激。戴蒙不常拜托医务人员为他做什么，长年在医院出入的经验让戴蒙变得"油条"，为自己的身体常常坚持己见，在医疗人员眼里是个不合作的病人。他希望随时掌握自己的身体状况，我也必须说，很多年轻医生后来也退让一些，试着配合他，对他提出的要求尽量耐心应对，比我们刚来时好很多。我们看得出来，医疗系统终于改变了。新一代的医师在气质与情绪管理上都比以往做了许多调整，对于自己的职责也会预做准备。这些更好的医生四处可见，也似乎看不到老一辈医师身上的傲慢与不近人情。

在里克·奥斯本和几个年轻医护人员的协助下，戴蒙常常优先被排

302

入病房——严格来说，应该算是插队。这或许并不公平，却对我们所有人都助益极大，因为这样我们探望他时便不会妨碍年轻同志的对话，他们可以随心所欲畅谈天南海北。于是我们告诉自己这是双赢的局面，虽然或许只是把戴蒙的特权合理化。即便他应该和其他病人一样排队，但是坦白说，每当里克或医师顺利把戴蒙安排进私人病房，我总是非常感激。

如果我看似将戴蒙首度住进艾滋病病房的经历轻描淡写了，那我便是传达了错误的印象。艾滋病肺炎非常严重，让戴蒙几个星期都虚弱不适，不时需要氧气罩辅助。艾滋病肺炎足以致死：在某些圈子里，它被叫作"仁慈的杀手"，因为通常是艾滋病病患的初期危机，若真置病人于死地，病人的死状也算安详，并免去了这项疾病对心理与身体造成的最终毁坏。

在戴蒙初次入住马克斯分馆的晚期，某个事件对他造成极大创伤与震撼，并让他离开医院后不久，随即陷入严重的沮丧抑郁。住在隔壁房间的是一个叫约翰（艾滋病病房大部分时候都以单名相称）的年轻男子，他也患有艾滋病肺炎。他就医时已经太晚，之前挣扎的情况很严重，幸好现在似乎度过了最糟的阶段。

然而，在他住院的这段时间，完全没有访客来看望他。里克解释这是因为约翰是海军，他的朋友都不在悉尼，爸妈又住在乡下。戴蒙这时已恢复许多，每天可以下床走动两三个小时，于是他常常坐着陪约翰，因为他恢复得非常慢，到现在还不算完全脱离危险期。戴蒙一直是个善于分享的人，很快，当我们去医院看望他时，也会帮约翰带点东西，不过他那时还病得很严重，这种情形并不多。

贝妮塔每天早上都会探望戴蒙；席蕾丝特下课后就去医院报到，因此每天下午都会和他见面；我则是大约七点下班，接着轮值夜班。一天晚上，戴蒙跟我说他曾半夜惊醒，听见约翰一边哭着，一边声嘶力竭地喊着："原谅我，爸妈！"戴蒙说那声音就像一个非常伤心的小男孩，一开始是啜泣，后来渐渐转为恳求原谅的痛哭。

"他一遍又一遍地说，像是整个人都心碎了，却不知道自己究竟犯了什么错。我们一定得做点什么。他住进来以后，没有半个人来看过他。"我建议戴蒙试着问出他父母住在哪里，如果是钱的问题，我们可以帮忙，让他们飞来悉尼，找间旅馆待几个晚上。

戴蒙马上开始行动，却没有半点成效。约翰只是摇摇头，不知道是太虚弱，还是不想说。里克和戴蒙坦承约翰的预后状况不佳。"他没有活着的目标。这种情况出现时，病人常常直接放弃。"他这么观察。然后忽然有一天，约翰终于有了位访客，是同船水手的妹妹，接到他哥哥从澳大利亚海军巡洋舰珀斯号寄来的信，托她去看看约翰。她之前并不认识约翰，一见面自然大受惊吓。他们的对谈有点尴尬，她很年轻害羞又毫无准备，因此待了一会儿后便说若工作允许，她会再抽空来看他。

一见她要走，戴蒙马上跳下床跑到医院前台等她，问她知不知道约翰的爸妈住在哪儿。她似乎不太确定。"黑镇或是班克斯镇，我不确定是哪个。我哥跟我说过，但我现在想不起是哪个。"她耸耸肩说，"我想不起更多的事了。"

当晚，里克一回家，便把电话簿搬出来，把住在那一带每个姓贝克的人的电话都打了一遍。贝克算是相当普遍的姓，打了四个小时以后，他总算找出有个叫约翰的儿子，刚好也在澳大利亚海军巡洋舰珀斯号上服役的家庭。

宾果！

里克跟戴蒙解释，在打给约翰的家人以前，他们必须先征得他的同意。"他现在状况很差，我们不能让他爸妈直接见他。"

"为什么？"戴蒙问，"不管怎样，他们都会想见他，不是吗？"

于是里克告诉戴蒙，男同志的生活常与父母隔绝，那样做的话，约翰会有很深的内疚。"即使身为同性恋，你也会被爸妈的价值观左右——教会、朋友、亲戚，那些工人阶级的陈词滥调。约翰本来在海军服役，他爸爸大概很以他为傲，说不定以为他儿子现在已经是雄赳赳、气昂昂的船长了！"

戴蒙试着去跟约翰沟通，却还是苦无结果。那晚我去看戴蒙时，他自己也面有倦容，需要的氧气比平常还多。他在氧气罩后轻声跟我解释事情的来龙去脉。"爸，里克说约翰的病情不断恶化，他爸妈可能都还来不及看看他，抱抱他，说声再见，他就已经死掉了！"两行眼泪自戴蒙脸颊滑落，"不公平，他没有做错什么事啊！"

我握住戴蒙的手，心里也很无助，不知道该说什么才好。隔壁房间传来约翰的呼吸器、心脏监视器的嘶嘶声响，听得最清楚的便是他沉重的鼻息。"爸，你跟他谈谈好吗？"戴蒙最后这么要求。

我起身往隔壁门挪动了几英尺，心里却忽然一阵慌，我也不得不羞愧地承认，我的反应确实有点蠢。约翰的病房半暗，只有床上的小夜灯点着。他的胸部随着困难的呼吸一起一落，仿佛每寸鼻息都带给他极大的痛苦。房里飘着贝妮塔前一天带来的蜜桃气味，就放在他床边桌子的纸袋里，里面有三个温室种植的粉红水蜜桃，其中一颗半露在纸袋外。会买它们是希望能激发约翰的食欲，但我现在发现半开的纸袋完全没被动过。

我坐在约翰旁边，牵起他的手。即使以一个大男孩的标准来说，他的手掌还是大得惊人，冰冰凉凉，微微发黏，像是来自为生活辛苦卖命的阶层。这只大手感觉起来很务实，或许就像他爸爸一样。他的手软趴趴地躺在我的掌心，我无从得知他是不是醒着，当我走进房间坐在床边，他都两眼紧闭。我清了清喉咙。"晚安，约翰。"我停顿半晌，接着继续说，"如果你听得见我，请你稍微点点头，或者握一下我的手。不要说话，稍微握一下或点点头就好。"

在微暗的光线中，我看见他微微点头，动作细微得几近看不到，他的手还是瘫在我的掌心。"约翰，让我打电话给你爸妈好吗？"我温和地说，"不管你们之间有什么误会，身为三个儿子的父亲，我知道他们一定想守在你身边。"我等了一会儿以后说，"约翰，如果你同意，请握握我的手。轻轻的就可以。"

我静静等候，但他的手还是软弱无力。"拜托你，只要轻轻握一下就好，或者点点头也行。"但他的手和头还是没有丝毫动静。在约翰那里坐了一会儿之后，我默默回到戴蒙的房间。我很失望，但已不知道还能做什么。我很确定约翰听见了我的话，但我还是失败了。

隔天早上十点，戴蒙从医院打来电话找我，语气非常兴奋。"爸，约翰今天早上跟里克说可以打电话给他爸妈！"戴蒙开始在电话上咳嗽起来，他的身体负荷不了过度的亢奋。"他们今天下午就要来，他爸妈今天下午就要来看他了！"他气喘吁吁地说，然后以一种自豪的细小声音补充，"他一定会没事的，你等着瞧，他一定会变好的！"

然而，那晚我到达医院时，却看到戴蒙沮丧万分。

"你来得太晚了，爸。"他啜泣着说。一开始的几分钟，我半句话都问不出来，他只是不断重复："你来得太晚了！"最后他才终于告诉我发生了什么事。

约翰的爸妈将近傍晚时到达医院。"他们看起来就像一般的工人模样，里克在门口迎接他们。约翰的爸爸想知道他儿子究竟发生了什么事，为什么会病得这么严重。里克带他们到电视休息室坐着。约翰的妈妈在沙发上坐下，他爸爸却继续站着。约翰的妈妈一进医院后没说过半句话，只是尾随他们走到休息室。里克说，她看起来很害怕。然后里克向他爸爸解释约翰得了一种特殊的肺炎，现在病得很重。"

"之前为什么没有人告诉我们？"约翰的爸爸问。

"呃，我今天早上已经在电话里跟你们解释过。"里克回答。

"不，我是说更早以前。之前为什么没有人告诉我们？"

里克清清喉咙。"一直到两天以前，我们才知道你们的电话，那是碰运气找到的。"他解释，"我不知道打去了多少个贝克家，大概有五十个，最后才终于找到你们。"

"那你在该死的电话里为什么不告诉我们？你只是问了一堆关于海军和船号的问题，然后就把电话挂了。我们还以为是他被开除或是跳船之类的坏事！"

"很抱歉，贝克先生。"里克笑着说，试着解除耸立在他眼前的这个大男人的戒心。"我们也非常担心他。约翰病得这么重，我们也只知道你们住在黑镇或班克斯镇，除此之外别无其他。他虚弱到没办法把你们的联络方式告诉我们，但在告诉你们之前，我必须先征得他的同意。我的意思是，我们不知道你们是不是……"他停顿一下，又清清喉咙说，"你们知道约翰的事吗？"

约翰的爸爸低头看里克。他是个外表强悍的男人，身材魁梧，相貌粗野，是那种在酒吧碰见时你会记得千万不要去惹的家伙。"知道什么？知道什么鬼事情？"

里克把眼神飘向贝克太太求助，但她把双手平放在大腿上，头也不抬地端坐着。但里克还是对着她讲话，眼睛不看站在一旁的老男人。"贝克太太，你儿子得了艾滋病，现在罹患非常严重的卡氏肺囊虫性肺炎，他希望见见你。"眼前的女人惊得倒抽一口气，两手紧掐住脖子，抬头看她先生，约翰的爸爸也望着她。"你听到了吗，女人？"那语气就像是在指控她，把他儿子的病怪到她头上。

戴蒙又哭了起来。"爸，他们进去以后，大约待了二十分钟。约翰的妈妈坐在病房一侧，他爸爸坐在另一侧，两个人都离他远远的。他们没有碰他，也没有跟他说话。约翰的妈妈只是坐着看自己的手，或许她在哭，但是她头低着，我看不清楚。"

"我完全看不到他爸爸，只知道他坐在哪张椅子上，离约翰的病床大概有四英尺远。耳边只传来约翰的啜泣声，一遍又一遍说着：'原谅我，爸妈，请你们原谅我！'就跟那晚一样。他在求他们，声音听起来很费力，我知道说话对他有多不容易。话一出口，他立刻上气不接下气，赶紧把氧气罩戴上，打算吸够空气后又重说一次。他不断地重复，求他爸妈原谅他，直到我觉得他就快死掉一样。但是他爸妈无动于衷，什么话都没说！他妈妈连头都没抬。"

戴蒙戛然而止，愤怒得说不下去，我自己也震惊到眼泪就要夺眶而出。"这真的很难，亲爱的，要那样背景的人突然面对这种事，真的太不容易了。或许他们是因为不知道约翰病得有多重。里克说，大部分父母一连听到自己的儿子是同性恋又得了艾滋病，立即反应是心理受创，就像约翰的爸妈今天的表现一样。但是等他们回家冷静过后，隔天便会不一样。那种人没办法马上了解，他们的观念通常从小就被制约，断定同性恋是罪恶或家丑。"

戴蒙擦擦眼睛，我不确定他有没有在听我说，因为他急着想把他的故事说完："然后我听见约翰的爸爸说：'女人，我们走！'他妈妈起身，两个人直接走出去，甚至没有停在门口说再见。"

戴蒙又号啕大哭起来，我赶紧抱着他，摇摇他，试着安慰他。就在那时，我才惊觉没听见约翰的呼吸器在隔壁房间嘶嘶作响，通常打开的门今天却是关着的。

"约翰还好吗？"我问。

原本在吸鼻子的戴蒙突然停下，抬头望着我。"他死了。他一小时前死了！"

接下来的故事，戴蒙过了一段时间以后才告诉我。他爸妈一离开，戴蒙和里克就去约翰的病房看他，想安慰他，却见他一语不发，只是精疲力竭地躺着，在氧气罩后吃力地喘息。眼泪兀自流下长满短须的脸颊，沿着椭圆形的氧气罩边缘滚到脖子前面，一路滴进他的睡衣外套领口里。沉默流淌的斗大泪珠，每隔几秒便夺眶而出。

里克拉了一把椅子在他身旁坐下，戴蒙也是一样，两个人就各守在病床一侧，紧紧握着他的手。除了握住他的大手以外，他们也不能说什么。后来里克被医院紧急召走，只剩戴蒙一人陪着他。

过了一会儿，约翰似乎想把氧气罩移开，手却虚弱得举不起来，移到胸前又掉回床边。戴蒙弯身帮他挪开，约翰上气不接下气地躺着，几乎喘不过气。"他们……他们……甚至不敢碰我！"一阵痛心的呜咽忽然奔出，他开始剧烈咳嗽，有点呛到了，戴蒙赶紧又帮他把氧气罩戴回去。

戴蒙转身望着我。"爸，我跟他说你今晚会来，说你会抱抱他，说只要他愿意，你也可以当他爸爸。"戴蒙抬头看我，两只眼睛哭得肿起来。忽然间，他把头埋进我怀里。"可是你来得太晚了。"他啜泣着说。

# 第二十四章

邦迪海滩的家成为救星。

艾滋病最大的特点便是：它会对人体进行一连串轰炸。健康的身体就像一个戒备森严、防止外力入侵的国家；但 HIV 一潜入，就像故事里的间谍，随时伺机而动。没有人知道秘密信号为何，它却能让外来的 HIV 瓦解人体的防卫系统——T 细胞，直到这个国家弃守投降。

这种情况一发生，间谍便浮上台面，变身为"获得性免疫缺陷综合征"（Acquired Immune Deficiency Syndrome, AIDS）。此时整个人体皆已成为攻击区域，对伺机侵入的感染毫无抵御力。人工药品于是成为唯一一道防线，但因为没有人体内部自然的抵抗力支援，药效多属暂时，顶多赢得零星几场战役，对大批入侵的无情敌人只能束手无策。

这些传染性疾病其实一直埋伏在人体角落。引起疾病的微生物在受健康保护的人体中孤立无援，艾滋病病毒却让它们有大开城门的机会。常常，一种疾病才刚被击退，另一种感染随即补位。这些疾病像是无穷无尽，总是毫无预警地发动猛攻，所到之处无不摧毁殆尽。

暴戾的攻势一波接着一波，密如繁星，使人无法一一记述戴蒙孱弱而毫无抵抗力的身躯饱受摧残的经过。

念珠菌入侵得早，在他体内不断滋长。浓稠的凝胶状物质

310

在嘴唇上结块，逐渐往内延伸，一路蔓延至他的口腔内壁，深入喉咙、五脏六腑，直捣他已危在旦夕的身体。这种黄色的霉菌无疑从内部加速了他的腐朽。

戴蒙在艾滋病肺炎恢复后出院了，我们却发现让人担忧的现象：他走路时弓着背，样子就像个气若游丝的老人。他整张脸的皮肤紧绷，从前健康、丰腴的脸颊已不复见，有时甚至看得见底下的头骨轮廓。他的发际线后退、稀疏，以往帅气的头发变得松塌，像是发型被不小心剪坏了。

戴蒙也逐渐用不一样的眼光看自己。虽然他自小行事就与众不同，现在却更有意识地加入所谓的异类，一起踏入卡夫卡式的噩梦，迈向未可知的摇坠未来。没有一种疾病如此深受诽谤。社会大众总是给予癌症病人很多的爱、同情与关怀，艾滋病病患却没有这样的恩典，反而一路由激烈的排斥和憎恶伴随入坟。艾滋病是现代首例被社会斥为"不洁"的疾病，仿佛诋毁上帝的罪恶。于是，这条末路孤寂难熬、艰辛漫漫。

约翰的爸妈和他后来的骤逝，对戴蒙造成极大的冲击。有时，席蕾丝特会看见他一个人默默坐着，两行眼泪扑簌簌滑落。他会抬头看她，吸吸鼻子，给她一个疲乏的笑。"宝贝，我知道我的命运不会那样，我知道有很多人爱我。我只是忍不住为约翰·贝克而哭。不管他现在在哪里，你觉得他过得好吗？"

一向不认为有来生的戴蒙，却开始提及死后的可能性。他曾和我提起一两次，也跟贝妮塔说过，当然还有带给他最多安慰的席蕾丝特。席蕾丝特深信人类的灵魂处在一个连续的旅程，认为这颗宝蓝色星球上的生命只是许许多多生命的一种而已。她的信仰无须深刻的思想支持，本身却直接而完美：生命是一条永恒流动的河，穿越变幻无常的景色。戴蒙现在眼前所见的一切，只是与灵魂擦身而过的风光而已。

他开始问这些问题，暗示着他以往的乐观逐渐消失，取而代之的是之于死亡的思索。若说他所想的暂时还不是自己的死，至少也是在他身边来来去去的生命。

他在医院目睹的一切和身体逐渐加剧的疼痛，处处对他的心理造成冲击；此外，他又继续服用 AZT，对原本虚弱的身体更是雪上加霜。但是他仍坚持着；有几次为了能减轻副作用，他希望停用 AZT，最后医生让他隔月服用一次。虽然这让他的生活质量改善许多，现在却不禁觉得，或许肺囊虫就是这样偷偷潜入，因而引发近一个月的肺炎。住院期间，他则完全停下 AZT。

虽然药物的副作用吓人，但为了控制病情发展，戴蒙决心回到 AZT 的噩梦中。这样的决定需要很大的勇气。漫长的肺炎恢复期让他变得非常虚弱，再加上经常性出血和关节炎，简直把他拖入谷底。然而，若这个药能拯救他的生命，他愿意也准备好要接受更多考验。

于是，他每天吃的药简直让人目不暇给，却又缺乏必要的药物协调。没有人教他该怎么安排这些药物的服用顺序和剂量，他只好靠自己判断，认为适合的时候就服用某一种药，剂量也是以自己觉得恰当为依据。

任何医生读到这里大概都不会相信我，但戴蒙的缓和疗法，包括血友病和严重的关节炎，在他目前的疾病阶段几乎没有。虽然他试着确认艾滋病病症的服药方法，却没有适合他的特殊情况、综合多种疾病的药物服用之道。这或许是因为戴蒙常常换医院，医疗记录四散于悉尼各处；另一个可能的解释则是缓和医疗通常只用于末期病人，对大部分疾病通常使用在病期较短和较特定的状况；艾滋病的病期往往长达两年以上，期间另有许多并发疾病，缓和医疗系统尚无法应对。戴蒙一向必须同时服用多位医生开的处方，进入成年期以后，多多少少得为自己的药物疗程负点责任，却不时犯错。

这种自我管理的鸡尾酒疗法本身，或许便导致严重、棘手的副作用。

有时他会严重便秘几天，忽然又急性腹泻，让他脱水、虚弱到十分憔悴。由于这一切对他而言实在太沉重，他变得极度沮丧，尤其现在的 T 细胞更是降为零——连最后一个战士也倒下了。多重感染的攻势似乎抵挡无望，依旧无情地肆虐他已孱弱的身体。他曾告诉自己 AZT 是他唯一的希望，现在却让他不舒服到不禁怀疑起来。

说来或许奇怪，但戴蒙陷入抑郁却让我们所有人都大吃一惊。为什么他不会、不应该沮丧？他的状况这么糟，每四小时吃一次的 Endone 变成唯一能减轻痛苦的依靠；有时他甚至痛到精神状况都深受威胁。但是我们认识的戴蒙，从小就在疼痛中长大，忍受疼痛的阈值更是高得不可思议。身体出现危机对他来说已是家常便饭，他却总是咬紧牙关面对它，鄙视它，打倒它，一次比一次变得更强壮。然而现在，那把一直在戴蒙体内烧得如此炽热的火焰，却瞬间减为残存的余光，决心如熔蜡节节败退。戴蒙常常独坐几个小时，只是摇摇椅子，一语不发，除了席蕾丝特以外，他试着避免和其他人说话。

深爱他的我们根本不应该对他的沮丧感到惊讶，因为我们无从测量他的痛，以为就跟以往的痛一样。事实上，这种痛比以前糟上许多、许多。我们早该先有心理准备，试着为他做点什么，但是回想起来，我也不确定当下我们究竟能做什么。与艾滋病共处的每一种经验都是全新的，没有所谓的前车之鉴，一切都那么难以捉摸。我们只能不断跌倒、爬起来，时时刻刻觉得自己无法胜任。

我打电话给新南威尔士大学精神医学系的布伦特·沃特斯教授。这位我相当信任的老友，首先检视戴蒙的药，并和罗杰·科尔医生讨论，他在亨利王子医院服务，后来成为戴蒙的缓和疗法医师。我想，或许戴蒙的寿命因这位精神医学家和医师间缜密的互动而有所延长，他肯定也因此得到久违的安心感。罗杰·科尔是位风趣、文雅的英国绅士，后来成了戴蒙一生中遇到的最好的良医之一。他不止专业成就卓越，更是一个仁慈的好人，戴蒙因而与他越来越亲密。

科尔医生，若你现在正在读此书，请了解我们所欠的恩情实在太多。戴蒙非常爱你，我们也都对你的诚实、同情、关爱深怀感激。

罗杰·科尔医生很快就帮戴蒙把药调整好，除了 AZT 持续的副作用以外，戴蒙的生活好过许多。科尔先生还开了内含 Endone 成分的 Panadol（扑热息痛）给他，不仅药效较好，戴蒙也可以少服用伤害力较强的 Endone；便秘问题则让他服用 Senekot。忽然间，戴蒙五花八门的药能彼此兼容了，生活有了极大的转变。

除此之外，罗杰·科尔花很多时间和戴蒙说话，不厌其烦地解释每一种药的副作用和潜在危机，以及他如何设法避免这些情况。他以一种不低估戴蒙智力的方式相待，从不逃避问题，也从未解释不出他采取的行动可能会有什么后果。此外，他从不怯于承认一件事的不确定性，若他暂时只能一边实验、一边希冀获得好结果，绝对会向戴蒙直说，让他了解事情的状况，并寻求配合。他总以戴蒙的建议、意愿为重，让医患关系互动良好。

戴蒙问罗杰·科尔是否要继续服用 AZT，医术精良又睿智的科尔却建议他召开家庭会议，因为他认为戴蒙所面临的困境，非单一的医疗决策所能解决。

“戴蒙，我也不知道。我们都不够了解 AZT，没有确切证据指出它必然有效，或能长期抑制病情。你必须和家人一块儿讨论。我完全不确定这属不属于医疗决策。”罗杰·科尔是我们碰到的医生里，少数勇于挑战医疗霸权的一位。

其实，我们一直觉得这个据说能抑制艾滋病的 AZT，不过让戴蒙更病入膏肓。我们已经建议他的医生减轻药量，他们也已照做，却效果不彰。他的呕吐状况仍在持续，贫血亦不见好转，红细胞数仍以一样的速度下降到六至七之间。

然而，究竟要不要停用 AZT 这个决定，还是让我们踌躇犹疑、拿不定主意。我们告诉自己：如果 AZT 最终能抑制艾滋病的话，那或许一切仍然值得。但说真的，我连这一点都开始存疑。这种药显然对戴蒙的身体造成极大的副作用，让他的生活简直毫无质量可言。所有人都觉得：戴蒙正一点一滴地离我们远去。眼前的蛋糕正逐渐解体。

身为家人的我们都把焦点放在为抵抗 AZT 造成的呕吐而不得不使用的恐怖药物 Maxolon。没有人能保证 Maxolon 不会再引发像之前那两次的痉挛症状，我们因此认为他不能冒险，因为下次要是他发作时没有人在旁边，他可能会失足、受伤甚至丧命。例如，他可能会从公寓的花岗岩楼梯上摔下来、撞到头部或造成严重大出血，以他目前的身体情况，必然足以致命。

话又说回来，虽然我们把 Maxolon 视为大敌，相较之下它已算是较温和的止吐药了，只是戴蒙恰巧是少数会引发痉挛反应的患者。

所以，当戴蒙召开家庭会议讨论他是否继续用 AZT 时，我们都松了一大口气，对终于可以表明自己的恐惧感到高兴。当然最后的决定权还是在戴蒙手里，但我们知道戴蒙会仔细倾听我们的看法，轮到我发言时，我也尽可能不让自己听起来太武断。戴蒙一向信任我的意见，但我不希望他受到我的意见左右。

听完我们所有人的看法时，他似乎斟酌良久，然后深深叹了一口气，因为攸关性命的重大决定落在他虚弱的肩头。AZT 显然不彰的效果对戴蒙和席蕾丝特都造成重大打击。他们俩曾一起做出明确的决定，在艾滋病解药或副作用较低的药出现以前，戴蒙继续服用 AZT。他们曾听过一种叫 ddI 的新药，据罗杰表示副作用似乎轻许多，但距离正式上市还要一段时间，甚至要等上两年。因此，要是停用 AZT 让艾滋病病毒继续肆虐身体，简直就像拿着一把枪对准头，在不知有没有上膛的情况下，被迫扣下扳机。

最后戴蒙对我们说："AZT 本来应该抑制我的病，但以我现在的状况看，根本不值得继续吃。"他微微松一口气，抬起头，直视席蕾丝特。"你觉得怎么样，宝贝？我们现在就停止——就从今天开始！"

他轻轻地笑，仿佛好几个月没听见这么爽朗的笑声了。"你可以好好睡，我也可以不再呕吐，可以不要再看起来跟《圣诞颂歌》①里的昨日鬼魂没两样！"我们每个人都想和席蕾丝特一样，一面哭，一面笑，搂着他，亲他。他知道我们帮他做了一个勇敢的决定。席蕾丝特的眼泪或许是因为我们做了错误的决定，她的笑声则是庆祝戴蒙回到我们身边，即使不是永远。

"我想你做了正确的决定，戴蒙。"在接到戴蒙去电告知决定时，罗杰·科尔医生这么说。

"但是你的医疗决策呢，罗杰？"戴蒙问。

"戴蒙，我告诉过你，我不知道你还剩多少时间，但身为医生的责任，便是要尽力提高你的生命质量。你做的决定是正确的，这种正确与医学无关。"

这真是讽刺：蒂姆一直相信自己会死，AZT 在他身上的效果却非常好，他看起来精神奕奕；戴蒙一直相信自己会活下去，AZT 却对他的身体造成大灾难，让他雪上加霜。有时上帝就像是在操弄一场烂透了

---

① *A Christmas Carol*，英国作家狄更斯的小说。

的游戏，结局让人完全无法预期。戴蒙忽好忽坏的贫血，五花八门、随便乱吃的药和其他林林总总的身体状况，最终把他带向谷底，让他再也提不起劲。我们一直以为他停用 AZT 后，便会回归往日的振奋，然而，即使我从没看任何人如此认真尝试过，他头上还是顶着一片乌云，不断膨胀、壮大，随时都可能与绝望一并爆发。

在席蕾丝特二十二岁的生日早上，她哭着醒来。戴蒙已经处于低潮期好几天了，径自找了一个阴暗角落，在椅子上摇了数小时。这段日子他的身体也格外疼痛，完全没有提起她将至的生日。一切和去年都有天壤之别：那时我们特别在晚上清出公寓，让他们办席蕾丝特的二十一岁生日派对。戴蒙膝盖的沙门氏菌感染几已复原，整个人的状况相当好。席蕾丝特回忆那时我还说了一段和对生命的希望有关的话，"让所有人精神为之振奋！"

那是一段最幸福的时光，我还记得我们准备了半打法国香槟，一一向两人以及所有访客敬酒，随后和贝妮塔前往事先预订的旅馆过夜。叮可叮派店的朋友送来一个约有三英尺高、金字塔状的超大焦糖蛋糕，是他们为席蕾丝特大方献上的爱，也为现场增添了光彩。

戴蒙送给席蕾丝特一条古银项链，上面镶着一颗珍珠，是贝妮塔为他找的。虽然不贵，却非常精致，具有订婚意义。席蕾丝特非常喜欢那条项链，几乎时时佩戴。戴蒙用仅剩的存款付了钱，保证手头不那么紧时一定把余款还清，但我们都知道或许不会有这一天，虽然他说的一字一句都出于真心，不容置疑。那是席蕾丝特生命中第一个大型的生日派对，四面八方的朋友都前来捧场，甚至包括伍拉勒的小学同学和建筑系同学，戴蒙的朋友也全都在场——托比、克里斯托弗、巴尔迪、保罗、提罗，大伙儿通宵达旦，好不尽兴。席蕾丝特曾说过，那是她生命中最快乐的回忆之一。

然而一年后，晨曦甫一破晓，席蕾丝特便在床上啜泣，南角灯塔的强光仍以五秒钟的间隔，将苍白的晨光扫退。

　　席蕾丝特静静啜泣，不想把身旁的戴蒙吵醒。她未曾对戴蒙失去希望，一直相信他终究会击退艾滋病，但她无法相信戴蒙竟然忘了她的生日。戴蒙即使身处剧痛，若是她沮丧，也总会找点话安慰她。她现在告诉自己：她最好的生日礼物就是戴蒙记得这一天，这样她就会知道一切都会好起来。

　　戴蒙一点儿早餐都没吃，在简短的招呼后，只是瘫在餐桌前瞪着他的咖啡。一旁的席蕾丝特试着和他轻松聊天，假装什么事都没有。最后，他突然抬起头，微微对她挤出笑容。她瞬间心跳加速——他终究没忘记。

　　"我没有帮你买礼物，宝贝。真的很抱歉。"他眼泪忽然一涌，吸吸鼻子，用双手把眼泪拭去。"我觉得我受够了。你可以帮我忙，让我死了算了吗？"他静静地说。

　　后来，席蕾丝特和他说了好几个小时的话，不敢留他独处。戴蒙的绝望可以想象，但他从不是情绪化的人。无论他心里怎么想，也绝不会大声嚷嚷。他最讨厌抱怨，也不希望由于负面原因吸引过多关注。他已低落到无心引人注目，不想要任何戏剧化的东西。戴蒙努力克服自杀的冲动，因为他太热爱生命，不愿亲手结束它。如果他认为自己让席蕾丝特的生活过不下去，他会马上采取行动；她却告诉戴蒙自己不能没有他，她爱他胜过自己的生命。尽管如此，抑郁并非能单以意志力控制，他仍不断越陷越深。

　　我急着想让戴蒙的状况有些起色，因此建议贝妮塔带他和席蕾丝特去热带小岛瓦努阿图，不久前我才因为第一本书在那里购置了一间小屋。我们本来计划五年内去那里过退休生活，我也可以继续写点东西。现在，我借口说那间房子需要整修，请贝妮塔去跟建筑商联络。其实心底是希望那里的阳光、放松的气氛、当地旅馆人员的亲切开朗能把戴蒙拉出低潮。

不过，后来证明这趟旅行相当失败，尽管戴蒙尽了全力，诚如布伦特·沃特斯说的：抑郁不是说切就能切断的情绪，而像一种慢性疾病，即使小心翼翼治疗，也需要时间慢慢恢复。他同意出去走走或许能使他渐渐康复，值得一试。但我想这是因为他了解到，对我们来说，采取一些行动是必要的，换个环境，戴蒙或许会比较不会以绝望的手段伤害自己，尤其比起家里而言。

席蕾丝特这么说："戴蒙就像在自己的壳里，就像他去了别的地方。戴蒙不在这里，不在他的躯壳里。那段日子真是让人伤心欲绝，真是糟透了。现在想起来，我还是想哭。"

席蕾丝特也提到他们之间关系的转变，提到他们如何角色互换。我还记得她默默说着，仿佛她很抗拒由于戴蒙的病而被迫接受的改变，但同时，她又愿意为维护他们的感情付出一切：

"我们刚认识时，我非常内向、安静，因为我的成长经验让我觉得，保持缄默才是最好的生存方式，所以我静静待在自己的壳里。在学校我一样非常安静，因为只要我一出声，大家就会对我问东问西，问我住在哪里，问我羞于回答的问题。所以，认识戴蒙的时候，我是个相当沉默的人。"

她抬起头，充满溺爱地笑了笑。"但是戴蒙很健谈，于是他变成了我，好长一段时间都如此。戴蒙就是我，我不需要说太多。可是，当他越来越无法照顾我们俩，我就必须肩负起比较男性的角色。当然我必须同时保有女性的部分，却必须负责所有决定。我为他的健康做了许许多多决定，也为我自己、为钱、为学业做种种决定。忽然间，我得变得强悍，这个新角色让我像是脱胎换骨了。现在，我觉得我的内在就是戴蒙——

以前的那个戴蒙，我必须注入他的人格，他对一切的笃定。"

席蕾丝特看似有些困惑。"这真的很奇怪。戴蒙要是跟他的朋友坐在一起，总会有说有笑、充满机智地对谈，我只要坐在他旁边就够了。

"但是随着他越来越虚弱，因为他的朋友还不了解他实际的病情，戴蒙又无法用往日的活力博得喝彩，于是我成为逗大家开心的那个人。他的性格突然跑进我身体里了。"她笑说，"好一阵子以后，才有人发现。"

席蕾丝特常常说着说着，头不禁往前倾，秀发也侧到一边，然后又像个小女孩似的把头发拨回原位。

"但是要同时负责柔软的'女性'角色和阳刚的'男性'角色，真的非常不容易。这对我而言相当困难；但当我不得不这么做时，我发现戴蒙早已教我如何胜任。我曾看他以身作则，因此能将内在这种潜质发挥出来。但现在他变得这么低潮，大小决定都落在我身上，甚至要我帮他自杀。"

她拭去眼角的泪水，声音突然转为低语："连那种事他都要依赖我！"

于是，那年生日，席蕾丝特花了许多时间和戴蒙说话，试着重建他的勇气，减少内心的绝望。之后，她打电话给布伦特·沃特斯。他和罗杰·科尔都是没有医学偏见的人，戴蒙也很喜欢他。

戴蒙一向对自己的健康状况很注意，医生开的药方，他会一一询问医生意见、提出讨论，现在健康对他而言却变成一种执着。这或许不难理解，艾滋病是种极度矛盾的病，常常把他弄得一头雾水，一向对自己状况有看法的他，突然变得无所适从。布伦特也和他聊了很久，向他解析他的抑郁情绪，不讳言这样持续的低潮可能造成什么结果，并和他讨论他认为所开的药物治疗何以有用。

布伦特面临最大的困难便是：他无法单一处理严重的抑郁状况，还要考量戴蒙同时服用的多种药物。事实上，林林总总的药很可能正是幕后凶手。此外，沮丧还可能是艾滋病病毒侵入脑部的初期症状，此种情况回过头来又会引发痴呆和抑郁症。两位医生虽保持密切讨论，却常发现自己踏入无人的未知疆域，只能暗自祈祷做的决定是正确的。

肠道问题持续困扰着戴蒙，先是严重便秘，后来是大便失禁，通常发生在当排泄物在肚子里快跟水泥一样硬、快把大肠完全堵塞住时。大部分止痛药都含有可待因的成分，是便秘的主因，最有效的治疗方法便是停用止痛药一段时间，这样大肠内的堆积物便有时间软化排出。不过，这种方式对戴蒙并不实用，他非得吃止痛药才能活。他常常十几天没办法排泄，大肠内的堆积物越来越硬，肠道内壁的压力于是越来越大，导致肠道内无法渗入粪便的液体径自穿透喷出。大便失禁造成的苦痛实在难当，因为完全无法预测，

戴蒙一定不能离厕所太远；但即便如此，偶尔还是有意外状况。生活变得越来越悲惨、没有尊严，他也越来越依赖别人，一向能控制自己的戴蒙陷入重度抑郁。他现在能控制私人状况的能力节节下降，就连什么时候会拉在裤子上都无法预测。

所幸在布伦特·沃特斯的耐心引导下，戴蒙的抑郁情绪渐渐平稳下来。在一个星期天的早晨，我和布伦特沿着邦迪海滩跑到库吉海滩，他告诉我，戴蒙因为太专注于眼前的情况，丧失了生命的整体感。

"你是说见树不见林的状况吗？"我回答。

"呃，没错。他现在的恐惧比希望还大，我们必须想办法让他重获平衡，帮他稍稍越过眼前的困境。我们必须试着帮他设定目标，或比活过今天稍微远一点的目标。"

"你跟戴蒙解释过吗？"

"呃，我试过，但他没办法跨越自己的绝望，一直觉得自己是大家

的负担，尤其是对席蕾丝特。"

"有什么是我们不该操之过急的吗？像是至少推他设定几个目标？"

"倒是没有，但他一定会是最后一个了解这种失衡状态的人。你们必须费费心，帮他建构一个超越现在的未来，要小心，还要有技巧，这样他才能掌握。"

"所以你认为值得一试？"

"布莱斯，戴蒙抑郁的情况很严重。我尽全力负责抗抑郁药的安排，你们尽全力帮助他找到值得活下去的目标。"

我们究竟有没有帮助戴蒙回归看得见未来的正面目标，我并不确定。戴蒙的抑郁状态确实好了一些，直到有一天，他跟贝妮塔说他想要一栋房子，一个像样的家。他和席蕾丝特还会有一个花园、一只狗，当然，还有舒蒙先生。

戴蒙满脑子都在想这件事。他又有了目标，并且一如往常，脑子里马上又进行着大计划。他希望将这栋房子当成他送给席蕾丝特的最终礼物，这样就算她遇到什么事，她都有安全的避风港。他常常话说到一半忽然对着我说："爸，答应我你永远都会照顾席蕾丝特。"他现在觉得他真的可以写一本书，一本关于得艾滋病是什么感受的书。他当然觉得这本书一定能成为畅销书，这样房子就有着落了。但是这本书的意义不仅于此，我记得他这么跟我说：

"爸，你看不出来吗？以前我一直想写书，却没有任何值得写的题材，现在我有了。你看不出来吗？我一定得写这本书告诉所有人艾滋病是什么，告诉像约翰爸妈一样的普通人。那会是一本非常正面的书，告诉大家要如何与疾病共处。这本书非写不可，而且我知道一定会大卖。"他上气不接下气地停了下来。

"这样要还你买房子的钱，一定就很容易。"

我们欣然同意为戴蒙和席蕾丝特买房子的态度，或许是过度宠溺了两人，因为他们并非靠双手赚来这栋房子，也没有能力负担任何费用。但我们只要想到一栋房子、一只狗，就能把戴蒙唤回我们身旁，让他脱离几个月来正逐渐扼杀他的严重抑郁，便觉得不可放弃。我们用双手紧紧抓住这个机会，事实上根本也不做其他考虑。我很庆幸从前的戴蒙终于又回来了，最明显的征兆便是他又开始编织梦想，意识清晰地构想先和我借钱买房子。

席蕾丝特把戴蒙的想法归结得很好："他总是在寻求一个答案。他会想象那个东西，就像空中金黄闪亮的物体，然后他会一把抓住这东西，说：'就是这个！一定能让我变成百万富翁！'或'一定能让我好起来！'"

这正是布伦特说的——把注意力放在疾病的宰制之外。对贝妮塔和我而言，如果让戴蒙拥有一栋属于自己的房子就能让他击退抑郁，那真是我们生命中最值得的一次交易。只要能让我的儿子眼里再度闪烁希望、热忱、期待，只要能让强壮的戴蒙回到我们身边，一切都是值得的。

沃克卢斯的房子终于卖出去了，虽然我们连一个晚上都没在那比利时式的斜屋顶下待过。拥有一间冬暖夏凉的地中海式房子一直是贝妮塔的梦想。天花板挑高，房间宽敞宜人，不论站在哪里，几乎都看得见屋外的花园。然而，等它终于竣工以后，这个梦却被不适任的建筑商给夺走，变成我们不愿回想、不愿入住的噩梦。不过，这样的结果后来算是幸运。我们把银行贷款结清，用现金为自己在伍拉勒买了栋带露台的房子，还有足够的余额为戴蒙和席蕾丝特的小屋付订金。要是我们留在那栋卧室太多的大房子，便不可能有能力帮他们。

我同时觉得，戴蒙想要一栋自己的房子，也是想重拾之前在伍拉勒小木屋，他和席蕾丝特、萨姆和摩斯拉这两只名声不佳的猫同住的快乐时光。对他们俩而言，那都是一段特别幸福的日子，时间像是无穷无尽，每一寸光阴都被彼此的爱润得甜蜜无比。

随着他们又要一起寻觅新家，戴蒙似乎每天都见起色。布伦特开的抗抑郁药戴蒙还是继续服用，这会儿看似发挥了药效，他还重了几磅。"我们就快有自己的家了"的喜悦简直就像奇迹。

一天下午，他们开车进入邦迪的一条小路，戴蒙突然兴奋起来。"就是这种路，宝贝！"他摇下马自达的车窗深深一吸，"这真是条好路，有好多树，你看！"他手一指，"还有小孩！"他转向席蕾丝特，"我们应该住在这里，宝贝！"

他们看的是一栋半隐蔽的老木屋，戴蒙一眼就爱上了它。席蕾丝特回忆起那个时候说："我们走进那栋半隐蔽的小房子时，我心想：'噢不，这里又旧又黑。'对我没有任何吸引力。那里甚至闻起来有点像盖斯利之家，旧地毯、潮湿的味道、老鼠屎、猫屎。那年我上建筑系大三，大概有能力看出一栋房子的潜力，我心想：'糟糕透了！'里头阴森森的。但是戴蒙却说：'就是这里了。我爱这栋房子！'他已经几个月没有做决定，说话的又是往日的戴蒙，我突然非常兴奋。突然间，我也爱上这栋房子了，因为那是一栋能让戴蒙好起来的房子！"

一切实在太神奇了，他们一搬进去安顿好，戴蒙又恢复了往日的生气。虽然他依旧全身疼痛，T细胞为零，大肠堵塞，失禁，念珠菌持续感染，但他现在把希望放在即将上市的 ddI 上，每天努力的方向就是维持有限的健康状态。等药出来以后，他就能完全恢复健康了。戴蒙的情绪感染力极强，连我都感受到一股强烈的希望。我是多么希望相信他能继续活下去。我也告诉自己，什么事都是有可能的。

真棒。他和席蕾丝特都很喜欢他们的新家，就像重返伍拉勒小屋的甜蜜时光。席蕾丝特还是东刷西擦、消毒、画画、煮菜、邀朋友过来。他们的浴室有一个古老的白瓷浴缸，就像伍拉勒小屋，上面还有个黄铜花洒，席蕾丝特把它刷得像太阳般闪闪发光。

他们一整天都放音乐，席蕾丝特似乎也总在歌唱。她是那么精神奕奕、年轻美丽，戴蒙却整个人一团糟。但情人眼里出西施，对席蕾丝特而言，戴蒙是全世界最英俊、最聪明的男子。

布伦特·沃特斯宣布戴蒙的抑郁期已正式过去，不久以后便停了他的药，他再也不需要了。强壮的戴蒙又回来了。他重获新生，伴随着的还有一条只有十二周大的短毛猎犬露西。

# 第二十五章

# 戴蒙

第七号写书实验。

我大概开始写这本书六次了，总是无法超过第四页。我想七大概是幸运数字吧。等着瞧吧。

露西是我的狗。我不该说那是我的狗，应该说那是我们的狗。我和席蕾丝特住在一起，共享生活中的点点滴滴。我们住在同一栋房子，吃同一种晚餐——我得承认，通常是席蕾丝特准备的——还共同拥有一只狗，露西。

露西最大的特点便是：她总是让我对生物的旺盛精力大感惊艳。她六个月大，是德国短毛猎犬，生命对她而言是发泄不完的爆炸性活力。如果一个人像露西那样过活，大概十五年就没命了。但是让我告诉你：他们可以完成许多事情。

写作这东西其实挺好玩的。事实上我感到精疲力尽，这或许是因为我实在累惨了。天杀的，怎么会有人写这种句子？但我就是写了，谁会来干涉我？或许还能逗他们笑两声。

来写下一段了。你们不觉得这本书挺奇怪吗？真的会有人愿意付钱买这种东西吗？这或许是人类至今最伟大的发明。或许是人类至今唯一的发明。说真的，我正准备写点可能会吸引你们注意的东西。就算你没兴趣，其他人或许会有兴趣。不过要是你用点逻辑，就会发现这个其他人也可能是你，所以也就没关系啦。

七一定是个幸运数字。

我不过写了二十分钟而已。我很快就得停笔，因为我的汽油快用完了，加油站则是我亲爱的床。二十分钟听起来或许不算什么，但我想这或许是我人生中最重要的二十分钟。那可能是救我一命的二十分钟；也有可能已经二十五分钟了。

我想我应该告诉你，我病得非常重。事实上，我病得让人简直无法想象。我有艾滋病。我想光这句话就能吓走不少人，但这就是我今天要讲的话题。不是关于艾滋病——应该说，不只关于艾滋病——而是，病入膏肓到底是怎么一回事。

它将如何影响你的身体，影响你的人际关系？但最重要的是：它将如何影响你这个人？你原本的样子，和你即将变成的样子。

或许这些都只是推想，但艺术上的破格不就是这么回事？

我今年二十三岁。这种年纪就得面对生死难题，算是相当年轻。不过就某些方面而言，这也让我和同龄的人比起来，有一种优势。我的朋友都在忙着建立自己的生活与事业，我只能祝他们一切好运。但如果说我不对自己和自己的病感到愤怒，那其实是骗人的。我没办法和他们走在一样的人生路上，过一种正常的年轻人生活：每天去上班，去酒吧，去舞厅，或只是以最单纯的方式享受彼此的陪伴。但是，正常是什么？对我而言，就是能坐在这台打字机前，向你们解释我的感受。我不知道这本书是为你们而写，或是为我而写。我想两者都有吧。

我真正的梦想就是你们会觉得眼前的一字一句有意思，愿意一页一页地读，最后读完时会说：嗯，我获得了一些东西；这本书改变了我的思考方式；原来有些人的生活是以别的事为重心，而非大多数人认为天经地义的那些事。有些事，有些经验，是只有少数人才有的。而我想做的便是表达这些经验，并让你们因而觉得自己拥有的生活是特别的，因为你们大多数人都拥有一项东西——健康。请不要将它视为理所当然，因为那是人活着能被赐予的最好的礼物。它让你能尽情选择想走的路，眼前的梦想毫无限制。请永远记住，没有任何事是你达不到的，只要你拥有健康。如果读完这本书后你了解了这件事，那我的目的便达成了。不过，天啊，我才写到第二页而已。好吧，我们继续。

疾病是什么？我说的是真的疾病，不是一两个星期就被人遗忘的感冒。血友病和艾滋病会限制、界定你的生活方式，主宰你的生活，并永远改变你这个人的样子，无论你能活多久。

我一直在思索：像艾滋病这种疾病究竟对身体造成的损害比较大，或者，真正的伤害其实在自我认知和对生死的看法上？

当我知道自己成为艾滋病病毒携带者时，一时间很难接受这是个非同小可的疾病。我觉得健康，我看起来健康，我也真心相信自己很健康。这种疾病的特点便是会在人体潜伏很长一段时间，好几年都不露面，很容易让人完全忽略它的存在，或以为它不可能影响你的生活。事实上，我诊断出携带病毒的前三年，它感觉就像不存在，丝毫没有影响到我，使我完全忽视它其实一直都在等待机会，蓄势待发。那个时间点终于在三年后的一九八八年爆发，然后我了解：它将永远改变我的人生。

或许该说说我的成长背景。我天生就患有一种叫血友病的疾病，即使是再轻度的内部出血，血液也都无法自行凝固。举例来说，体内若是有一条小血管破掉，一般情况下，血液中的凝血第八因子会协助凝血，出血的状况便不会持续。然而，血友病患者体内的凝血第八因子极少，或根本没有，因而无法止住出血，致使大量血液聚积在出血点。若不立即人工注射凝血第八因子，持续出血将危害附近组织，如关节或肌肉。

就我自己的状况来说，大部分的出血位置都在关节周围，导致关节的活动力、灵敏度锐减，当然出血时产生剧痛、身体完全无法移动是免不了的。幸运的是，人工注射凝血第八因子只需二十分钟，算是相当迅速。然而讽刺的是：这曾挽救我生命无数次的医学技术，最后竟也是提前结束生命的可能原因。

我是家里三个儿子中年纪最小的，从母体遗传血友病的机会刚好是百分之五十。

我生于一九六六年。以血友病治疗而言，这点算是相当幸运。因为就在那年，从血液中分离出凝血第八因子的技术才刚刚问世。这表示病患再也无须耗费好几个小时输全血，大大缩短了治疗的时间。

在我小的时候，我们家并不算很有钱，但总是吃得好，穿得好，住得好。除了满满的爱，我们并不特别需要什么。若将疾病撇在一旁，我想，我有个甜蜜的童年。

痛苦、愤怒、挫折——这些，是我想讨论的情绪。但不止于此。

这个世界上有些人病得很重、受尽折磨、死得太早，徒留未完成的生命。我真希望我不曾把自己归类成这一种人，从不曾自卑自怜。我内心的悲伤是源自伤害、痛苦、折磨本身——不只在我自己身上，而是普遍存在于这个世界。

是否人心运作的方式本质上便是个错误？

# 第二十六章

# 贝妮塔

戴蒙走的那天。

亚历山德拉女王奖章。

图书馆书上的西斯廷礼拜堂天花板。

一出口便结为冰霜的话语滑落英国战船

如水晶般发出叮当响。

我怎么也无法忘记戴蒙死去的那一天。上回走在伦敦街头，走在切尔西的国王路上时，脑中还闪过他的身影和照顾他的点点滴滴。他病得很重，走得很慢，就像个虚弱瘦小的老人，害怕穿越马路，对路上的车感到迷惘，紧抓住我的手肘，然而为了大家，却似乎仍尽力在维持他所剩不多的生命。他希望每个人都玩得愉快。

今年的圣诞节刚过，餐桌上却少了一个人——那是戴蒙的位子。还记得来英国前的那年圣诞，戴蒙奇迹般地在圣诞夜恢复了一些，说他想出门参加圣诞夜仪式。十七世纪由查理二世精工打造的皇家医院礼拜堂原本是退役军人之家，离我们住的地方不远，于是我们决定一起走路过去。

这段路，平常走用不了十分钟，对戴蒙而言，却得至少花上半个小时。

门外是又冷又干的夜晚。方才英国广播公司（BBC）的晚间新闻才说可能会下雪，要是真的下就太好了，这样我们就可以在雪中往礼拜堂漫步。席蕾丝特、亚当、布莱斯先去占位子，我和戴蒙走在后头。

我和心爱的儿子走在心爱的切尔西。三十六年前一个相仿的夜晚，我和布莱斯就是在这附近相遇的。

戴蒙缓缓说话，气息在空中凝结。"妈，这里让你很开心，对不对？真高兴我们今年圣诞节能一起上教堂。"

这两句话其实没什么关联，却巧妙结合在一块儿。戴蒙在安慰我，想告诉我他知道我有多爱英国，同时，却又暗示他就快要离开——这将是我们相聚的最后一个圣诞。

圣诞节那天，布莱斯煮了一只大火鸡，一只大家都觉得挺好笑的法国火鸡，一点法国味都没有——或许像鹅、像鸭、像鹌鹑、像野鸡，但绝对不是火鸡。

我们布置过切尔西的公寓，还在屋内一角看起来像是遭到弃置的榕树上挂了闪闪发光的装饰品，然后在树顶放上草编天使，把礼物塞在树下。布莱斯是包装礼物的高手，俨然是鲜艳包装纸和缎带的巫师。他如获至宝地在国王路上找到一家专卖法式罗缎和其他装饰用小彩旗的礼品店，于是我们的礼物美不胜收，让那棵孤零零的小树顿时有了生气。

餐桌上摆满了美食，都是传统的英式餐点。我去哈洛德百货公司买了经典的糖果爆竹①和高级餐巾，我们就在闪烁着剔透银光的气氛中，以纤细高脚杯里的法国香槟彼此敬酒。

---

① bonbon cracker，外形如一颗糖，圣诞晚餐前，与邻座的人各握糖果一端扯开，取得较大边者拥有里面的小礼物。

戴蒙大约在中午时醒来，席蕾丝特负责为他梳洗、穿衣。他们一小时后从房里出来，他的精神看起来好极了。那只烤得表皮金黄的火鸡被布莱斯切得相当不雅，尝起来却是一流的美味，大家有说有笑，好不快乐。要是布雷特和安也和我们在一起，就真是完美无缺。到了下午四点，戴蒙累得撑不下去，于是回房休息，还说这是他印象中最棒的圣诞节。

那年和戴蒙在切尔西度过的圣诞节，是我心中最后一幅戴蒙脸上有笑容的影像——有时我甚至觉得那或许是唯一的一幅。那深邃的眼眸、苍白的小脸和红得滑稽的圣诞帽——我紧紧抓住这幅影像，用我的心不断强化，因为其他的快乐片段似乎都渐渐褪色了。

然而，当我试着回想，似乎就连这一刻也开始淡化，被他死的那一天无情取代。

我目睹那个弱小的躯壳挣扎着要喘息，那影像挥之不去。尤其是最后一天，我仍记忆犹新，也永难忘怀——那个奄奄一息的小生命，看起来如此瘦骨如柴而苍老，仿佛轻轻一碰便会消散。

他曾是那样迷人的小男孩，眉宇之间都散发着魅力。从呱呱坠地的那一刻起，他便注定是个引人注目的孩子。然而现在，我睁眼却只看得见枯槁，生命已然远去。他的身体变得好小，就像小孩的骷髅，集中营的生还者。那模样、最后一天的影像深烙在我心底，如影随形。他尾椎附近那片褥疮不断盘踞在我的脑海——在所有画面中，那片拳头大的血紫色伤口特别让人难以忘怀。

我们一起在伦敦时，虽然我知道他白天大部分的时间都在睡觉，虽然我知道他病得很重，虽然我知道他就快死了，我们仍和彼此分享许多事。眼前仍有一丝丝从前戴蒙的气息，那个爱看、爱听新事物的男孩和男人。

席蕾丝特和我一起用轮椅推着他逛大英博物馆。戴蒙和席蕾丝特在亚述袖廊前合影。那是当时盛极一时的亚述王国所建，所有人都以为那会是不死的文明，想不到只有玄武岩上巨大的文字流传至今天。那些在亚述王国出现前就存在的石头，在他们消逝很久以后，依然在那边；唯一能证明这支自大民族曾在此做过不朽大梦的，只有岩石上雕凿的字体。我试着告诉自己：没有任何一件事能如我们希望的源远流长，人类的虚幻荣耀能在地震、洪水、焚风、一季季的干旱中顷刻毁灭殆尽。

没有任何事能完全如我们计划那般完美，更别说为自己的傲慢竖立的纪念碑，或是处心积虑之于一个生命的建构。伟大的文明都可能付之一炬，生命更可能一瞬间便销声匿影。

戴蒙的离去亦是如此。留在我心里的，只有难以言喻的心痛和悲伤。它们满满地占住我的记忆，其他一切则像被孩子肮脏的橡皮擦拭去一般。

那张照片里的他是那么脆弱，但是他仍时不时地兴奋起来，和我们共享新发现。我们推着轮椅带他到许多地方——泰特美术馆、女王画廊、切尔西退休军官团、天使步道的古老药草园。一位亲切的园丁摘了一撮气味浓烈的药草给我们，我们揉一揉，拿到戴蒙鼻前给他闻。

戴蒙服用 AZT 时，药效强到令他严重呕吐，嗅觉味觉尽失，当时仍在恢复中，所以他什么都想闻一闻。他很喜欢切尔西的药草园。"我们回家以后也来种一些好闻的药草，宝贝。"他对席蕾丝特说，"你可以学着用这个煮菜，这样我们的食物闻起来就会这么棒。"可怜的戴蒙，他的鹅口疮严重到他只能吃流质食物，像是酸奶和果酱，任何辣味都碰不得，美食也只能沾一点。

或许这一切，都是他为了我们而做？耗尽残存的体力，只为博我们欢心？但我真心相信他努力想让自己活着，挤出内在最后一滴正面活力。那是多么勇敢、美丽的举动，但他的生命力却消耗得如此之快。

那是我们最后一次共同分享与戴蒙相处的时光，之后的一切便留给席蕾丝特。他和席蕾丝特单独回去。布莱斯不得不在伦敦多留三个星期，把写作进度已落后的小说《坦蒂雅》完成。他写完最后一页的隔天一早我们便动身，并在去机场的路上把稿子寄给他的编辑劳拉·朗里格。

我们回到家时，一切都结束了。我认识的那个戴蒙什么都没留下，彻彻底底地走了。每次看到他总是使我心痛万分，永无止境。我知道席蕾丝特觉得我每天去看戴蒙时总是待得不够久，但是我没办法久留。在我内心只有全然的绝望和愤恨，但是我不能让他看见，不能让他看到我的那一面。我的悲伤已成为摆脱不了的习惯，就像一只大手紧紧勒着我，而恨意和愤怒每分每秒都在累积，紧绷到让我想吐。要是我不离开他，他便会目睹我的恨，我彻底的绝望。常常在探望他后的数小时，我都会因这种愤怒、这种至深的绝望而颤抖不已。

我不知道该如何归咎我的愤怒。这一切究竟是谁造成的？我不知道。我只是觉得满满的愤恨，至今仍是如此。还有绝望！还有恨！我想要报复。戴蒙被谋杀了。

若有任何文明政府想屠杀上百个少数群体的人，只消在他们后脑勺开一枪，便足以在历史上记上一笔谋杀人民的罪名。

但在澳大利亚并非如此。这里的人一向善于躲避。我们逮捕澳大利亚原住民，并将之屠杀；现在又对血友病患者和其他因医疗疏失感染艾滋病的病人下此毒手。依然没有任何复仇计划，没有人质疑，没有人思考惩罚。

只要稍微了解医疗体系中与血液相关的工作者之行为，便能证明这些因故染病的人原本大可免于一死。我要这些做决策的人接受审判。尽管我们无法挽回我们的儿子、女儿、丈夫、妻子，但允许他们死去的人必须接受惩罚。

我承认，我一直对戴蒙的生命感到绝望，虽然知道我不能为他做些什么。当我好不容易不再为携带血友病基因感到罪恶，他的艾滋病却让那些痛苦又回来了。这一次，有罪的不只有我自己，还有懦弱的医疗体系；而这一次，他们更带走我所有的希望，让我此生都必须带着心里的愤恨活下去。

但是他们竟然还推卸责任。这些无名的懦夫让我作呕；那些医生和管理者竟然花了两年时间，才终于采取必要措施。

整整两年哪！

我要某个人亲口承认：就是那懦弱、可鄙的两年夺走了我爱儿的性命——他曾是那样聪慧、昂扬、独特的一个生命。

如果那六十个死去的血友病患者是医生、政客、官僚的孩子，你认为他们还会继续允许同性恋者捐血、引介抗血友病因子吗？你认为他们仍会毫不犹豫把整件事压下去吗？


我一直都知道自己有个非常特别的孩子，尽管从他出生那天起就注定要忍受非常人能忍的病痛。我临盆时遇到一些状况，接生员却向我保证：“没有什么大不了的。”我的宝宝没有完全转到位，但他似乎认为宝宝（我们那时还不知道性别，但希望是个女娃）出生时便会一切正常。然而事与愿违，戴蒙花了很久的时间才出来，他们一度还得用镊子辅助。

戴蒙出生时背上有一整片严重瘀血，那一大片血紫色，让我一看就哭了出来。这片瘀血让医生也很讶异，颜色很深，不可能是因为镊子，若是夹伤几天后便会退散，显然不是生产过程导致。

戴蒙脸色非常苍白，因此他们决定先帮他输血，那是他生命里超过两千五百次输血中的第一次。这显然是明智的决定，立即救了我们孩子一命，也让我们对无名的捐血者心怀感激。

生布雷特和亚当时一切都很顺利。布莱斯甚至有些残忍地说，这两个孩子就像食指和拇指一捏，自己就蹦出来的南瓜子一样。我对戴蒙一生下来的前四天就被医护人员带走感到不悦。我好想念抱他的感觉。上帝赐予我丰沛的繁殖力和丰硕的胸脯，产前几天便已分泌充足的乳汁，等着喂我的孩子，让他和两个哥哥一样，长成强壮、安静又满足的宝宝。

我终于能去看他时，他被放在保温箱里，头连着一根看起来很恐怖的点滴管。我的乳房多么渴望哺乳他，他看起来那么完美，那样属于我，我希望能以曾滋养其他孩子的乳房使他茁壮。

那时我们不以为意，因为皇冠街医院被公认是世界顶尖的产前及产后医院，我们的接生员一再向我们保证出生时的瘀血状况不算异常，或许是婴儿通过产道时受挤压所致。

这当然是一派胡言，但当下听起来却像合理的解释。那时我们并不知道那么深的血色至少已是两天的瘀血。我毫无疑虑，确信若有任何问题，这里就是能帮助我解决的地方。

八天以后我们终于能带他回家，犹记得他的手指还绑了绷带。不是创可贴，而是绷带。我问护士为什么，她笑说："我们例行做了血液筛检，他似乎流了点血。回家就可以拆掉了。"那东西看起来真愚蠢，甚至有些可爱，一团绷带几乎比他的小手指还要大。回到家时布莱斯把绷带拆掉，手指马上冒出血。我们没想太多，布莱斯只是擦一擦，稍微压一下，血就止住了。

我们的第三个儿子戴蒙终于回到家，一切都如我们所希望，他出生时的瘀血印也几乎褪掉了。他还是有些许苍白，相当安静，但体重直线上升，似乎是个快乐的宝宝。他很少哭，睡得很多，布雷特和亚当常常站在他旁边看着他睡，或是轻轻碰他，或是摸摸他的小手。有时我还会看见亚当用脸颊贴着他的脸颊，仿佛把他当成柔软的泰迪熊。

这两兄弟的感情一直非常好，戴蒙临走前，亚当还抱着他，脸颊贴着他啜泣。戴蒙轻轻说："没什么，亚当。别哭。"

之前布莱斯已经说过戴蒙的包皮手术，虽然我并不确定我们冲回家究竟纯属巧合，或是因为布莱斯的预知能力。我甚至不确定他没有醉，虽然我个人并不这么认为。当那个非洲的他显现时，布莱斯有时会变得有些奇怪。不是巫术的那种奇怪，而是他会变得很深沉，潜入自己内心，并说自己能预见某些事情。或许这又是另一种爹地超知识？

我只记得戴蒙因包皮手术流血的那一晚，我们把他从皇冠街医院移至坎珀当的儿童医院，由后来我们戏称为"嘀咕爵士"的西摩·普拉塔爵士主治。

戴蒙在医院待了两个星期，那段期间医院总是告诉我们不用担心。那时圣诞节将至，我还记得同时照顾兴奋的布雷特、亚当与住院的戴蒙，是多么不容易。就是在这段时间，我开始担心戴蒙可能罹患血友病。

我们每天都去医院看我的小宝贝，他没有用尿布包住，阴茎用一点纱布裹着，上面有干掉的血迹。嘀咕爵士唤人把他的双腿各绑在婴儿床一边，这样刚动过包皮手术的小阴茎才不会被摩擦到。

看着他两腿被绑住，肚子上横着血染的纱布，我一阵想哭，因为他看起来就像中古世纪接受酷刑的受难者。我心情糟透了，并且无法理解伤口为什么一直不痊愈。几天后我真的哭了起来，他们每天帮他换两次纱布，但新的血很快又溢出来。

虽然了解不多，但我知道我们家族两代以前从俄国移民至澳大利亚，这件事一直萦绕在我心头。当医院证实戴蒙为血友病患者，我马上联想到俄国沙皇尼古拉和他的妻子亚历山德拉，他们的儿子也是血友病患者。

我知道血友病基因是由女性携带基因，却只会遗传给男性，仅此而已。我记不得我是从哪里听来的。现在我发现戴蒙可能是血友病患者，才知道可能是我遗传给他的，我可能是携带者。

一开始我没有告诉别人，最后才忍不住跟布莱斯提起俄国沙皇儿子的事。还记得他对此不屑地讽刺了一番。他知道我一直对拥有俄国血统异常自豪，容易有天马行空的想象。"拜托！你奶奶跟我说，她妈妈当年躲避集体屠杀，穿越俄国和欧洲大陆时，身上只背着一只大炸锅！这无法代表你们是俄国皇族吧，是不是？"

布莱斯很喜欢我奶奶做的炸鱼，她每个星期都会用那只古董炸锅做，宣称这就是当年陪伴她妈妈逃离犹太大屠杀、足迹踏遍俄国的炸锅。"如果那个血……什么的东西是遗传疾病，由母亲垂直遗传至儿子身上，要是你妈妈的家族携带基因，维克托应该就是血友病患者，要是在你爸爸家族，那他自己应该就是，这你要怎么解释？"

布莱斯有时逻辑好到令人抓狂。维克托是我弟弟。但就目前为止，最令人哑口无言的便是他断然反问我：那布雷特和亚当为什么没得血友病？"如果你是基因携带者，怎么可能生了两个健康的儿子？"这让我安心许多，虽然我并不确定自己有没有被说服。

戴蒙在圣诞节前一天回到家。我的乳汁分泌得很多，之前乳房因为充满无法派上用场又无法完全排出的乳汁而疼痛不堪，但现在哺乳还不算迟。对我而言，戴蒙真是最好的圣诞礼物，尤其那一头帅气的头发。他很快便将在医院掉下的体重补回来，看起来就像全世界最心满意足的婴儿。

一月初，我们接到儿童医院的一通电话，安排我们跟嘀咕爵士见面。戴蒙这时已恢复正常，吃得下，晚上正常睡，不会每三个小时就醒来喝一次奶，肤色也很红润，完全没有瘀血的痕迹。因此，我之前的恐惧几已完全退散。

和儿童医院院长的会晤已在前面提过，但每当我想起和这个傲慢矮小的男人的对话，胸中还是充满一腔怒火。他似乎把我们当成玩具玩弄。

当我问他戴蒙是不是得了血友病时，他脸上的惊讶就像喜剧演员一样。

"你怎么会知道？"他显然对一般人竟然会念这个词感到吃惊。

我心里一阵愤怒，接着问他什么时候发现戴蒙有血友病，他却只是轻描淡写地说："喔，我们知道一阵子了，不想破坏你们圣诞节的心情，所以没有早一点告诉你们。"

接着，他一派冷漠地向我们解释：就算戴蒙活得下来，也不可能长寿。"你的孩子还没变成老骨头，就先有关节炎了。"我记得他是这么说的。

这位儿童医院里最资深的医生，却完全没有发现这对我造成的震惊。这个暴躁的老男人真正想说的竟然是：我小儿子的状况够奇特，引得起他医疗专业的兴趣，对我们真是一大福音。

还记得回家的路上，我在车中因情绪崩溃而失声痛哭。不只因为那个老男人带给我们的愤怒和羞辱，还有意识到我那美丽、胖嘟嘟、刚喝过奶的小宝贝不幸的命运。

这一路上，我们确实也碰到过好医生：例如戴蒙十岁或十一岁之前的小儿科医生罗伯逊，虽然性情保守，却称不上糟糕。他也做过一些不幸的错误决定，如对膝盖的评估，反对在家中输血，但我相信他对戴蒙健康的关怀是真心的。

还记得，当阿尔弗雷德医院新成立血友病专科时，由于那里各项设备都比儿童医院先进，我们因而决定将戴蒙转到该院的血友病中心。罗伯逊对此非常生气，因为他认为戴蒙是他的病人；并且，戴蒙这样典型的血友病患者很特殊，非留在儿童医院不可，岂能去路边的医院？这两家医院素来对立，我认为戴蒙真正的福祉并没有被考虑在内。

戴蒙的紫头事件，又是医疗体系的跋扈态度罔顾家属心情的另一例证明。他们允许布莱斯探望戴蒙，却禁止我这么做。这种观念在今天看来不可思议，但那时的嘀咕爵士和他的同僚——或许也包括罗伯逊医师——单纯认为不应该让我这样的弱女子在那种情形下见自己的孩子。他们根本没有问我，就直接跟布莱斯宣布！他们告诉他，他的太太不准进去探病。你能想象那种受伤的感觉吗？单单因为他们以为我会乱了手脚就不让我见自己的孩子，那是多么糟的感受？怎么会有这么自大的人！

我到现在还在愤怒。那种愤怒，是我此生无法克服的——随着戴蒙一出生便开始，直到他离开很久以后依然如此。

我们应该要原谅，但我不是基督徒，无法把戴蒙交给上帝后便走开，原谅每一个犯错的人。应该有人付出代价，否则错误将一再发生。

布莱斯不断鼓励我参与这本书的撰写，让读者听见我的声音。但这对我而言并不容易，若他无法全数完成，主要也是我的责任。或许几年后我将不再那么愤怒，那么悲伤，能够让自己走出戴蒙的人生时，我便能忆起一本回忆录所需要的点点滴滴。但我现在还做不到。我脑中一片模糊，一切都是模糊的。我连最简单的事都想不起来，还有他最甜蜜的童年片段。他曾是那样甜美的小男孩，我的记忆却拼不出来。

布莱斯说是愤怒阻碍了我，说我必须将恨释出。但是我该怎么做？他觉得如果我能把心里的愤怒在这本书里写出来，或许就能好过一些，我便能重新面对。但是他不了解，虽然我已告诉过他无数遍：当一个母亲有个从小就需要无微不至照顾的小孩，一个不曾完全健康、完全脱离危险的小孩，她不可能记得任何事。那就像临盆的痛，她得从心上移除，从记忆中抹去，否则她活不下去。我什么都记不起来；好的、坏的全都混在一起。戴蒙残酷的死让一切合而为一，化作一场漫长、无法理解的噩梦。

偶尔会记起零星片段，但这些都使你的心一揪。像是阿尔弗雷德医院铁工场下的一个小房间，挂着琳琅满目的义肢和铁鞋，你在一旁等着你的小男孩试穿。我还记得新制的皮革味，铁工场的一道强光打下，那里的人正在为肢体残缺的人打造义肢。

我也记得戴蒙得定期运动的游泳池。里面的水微温，散发浓郁的氯味和消毒水味，看上去是肮脏的绿色，甚至有些接近卡其色。护士曾解释游泳池必须加许多氯，因为老人常在温水中尿失禁。泳池由水泥制成，没有贴瓷砖，墙上还有大片大片的油漆脱落，戴蒙常说那是世界地图，总是想找出最像澳大利亚的一块形状。

四肢残缺的老人常握着浮板踩水，像上气不接下气的海豚。他们得笨拙地把自己拉上岸，或用一种吊拉工具，有些人只剩肉色和青白色的躯干而已。眼前就像法国天主教朝圣地卢尔德，一团团粉色肉体和包扎纱布浸在水里，我亲爱的孩子也得每周来这锅人体大汤里游上三次。我们会在一个大型石棉棚屋里坐上几小时。那是战时就搭建到现在的临时屋，铁皮屋顶早已变形，夏天简直热得不可思议，戴蒙、我、许多残障人士以及因意外或火灾致残的小孩还是坐着一起等。

我还记得那里的咖啡和冲茶机，贩卖机上黏着许多咖啡粉和溶化的糖，整台机器看起来非常恶心。但是戴蒙爱极了，我只好一连买四五杯茶，里面加的还是奶粉，好讨他欢心。

一群穿白袍的医生会过来看戴蒙，把他当成医学奇观——有风湿病医师、血液科医师、骨科医师、物理治疗师、随行的实习医师和不知名的人，全都对他的瘀血指指点点。

有一次，一位我们从没见过的中年医生并未先和我们打过招呼，就自顾自开始检查他身上的瘀血。最后他站起来，表情严肃地面对我，"你是这孩子的母亲吗？"他问。我点点头。"我确定这孩子一定是受到了肢体虐待！"我当下了解这些医生没有一个知道该如何处理戴蒙的出血、严重损伤的膝盖或他的血友病。他们很少提出有建设性的意见，检查完总是拍拍戴蒙的铁鞋说："你还需要这东西一段时间。"

这反复的呢喃是他们不知道该说什么又觉得该得出点结论时，拿来搪塞病人的理由，就像某些恐怖的舞台剧的结尾台词。那总是造成他膝盖问题的铁鞋，从一开始就根本不该装上去；那些医师却总是紧抓着这个话题，好让他们有借口逃到下一个人体奇观。

如果这些话听起来很尖锐，那么我很抱歉，但这就是我心里的感受。那群医生简直比戴蒙更需要铁鞋！当我们抵达医院、准备接受例行检查时，戴蒙会抬头笑着说："你还需要这东西一段时间。"一边拍拍他的铁鞋，一边走到墙边的椅子等。

这些是最先浮上我脑海的记忆，而不是那些美好、温暖的片段，如那对洒了婴儿粉的小屁股，令人雀跃地迈出的头几步，闻起来有焦糖味的肌肤，那小得完美的手指和脚趾。我的脑海中塞满紫色、黄色、绿色的瘀血，成千上万的针头、注射器、绷带、药罐、药片、塑料管，全都像垃圾山一样层层堆积，那就是我小儿子短暂的人生缩影。

除了学爬以前的一段时间，我很少能完整看到戴蒙的全身，因为他身上总是覆满深度不一的瘀血，从深紫色到绿色、黄色的都有，而且常常出现在出人意料的地方。

就连看着戴蒙第一次走路的喜悦，都掺杂着惶恐不安，不断祈祷他不会因学步而出血。每次他只要敞开手、往我这边摇摇摆摆地飞奔而来，我知道他将倒进我怀里被我的亲吻淹没，同时一颗心却又悬在半空中。

于是，你把这些记忆都从生活中抹掉、丢弃，只希望你的宝宝能健康长大、安然无恙，和其他人一样正常过活，期盼明天会比今天更好。

我非常以戴蒙为傲，尤其是那种不屈不挠的精神。他把所有病痛、缺陷、不便往肚里吞，从不抱怨自己没有其他男孩视为理所当然的一切。

在我眼中，戴蒙是个独特的孩子，我常常在想，我们竟然能把这样的孩子养大，简直就是奇迹。但在十八岁那年，当他的人生渐上轨道，飞跃的思考就快取代不灵活的肢体之际，他一如往常地出血了，需要例行性注射。

那似乎是个艳阳天的午后，他从冰箱拿出东西，就像以往千百次一样。他小心翼翼地把维持生命的液体打入针筒，为自己输血。然而这一次，流动着鲜血的动脉和静脉，却成了死亡之河。

记忆中，属于戴蒙的快乐儿时记忆都与书有关。我的意思不是他的童年不快乐，他可说是全世界最乐观的孩子，是我自己无法找回其他的记忆。我们经历的惨事捣毁了我的回忆，也切断了我与往日美好时光的联系。

但我清清楚楚记得一起读过的书。我们有一座很棒的童书图书馆，手上只要有现金，马上化为送给孩子的书。脑海中浮现戴蒙或坐或躺在我的大腿上，由我念故事给他听的快乐时光。他会一边听一边吸大拇指，搂着那条后来被他脸颊磨得只剩六英寸的蓝色婴儿毛毯，和我一起进入故事的王国里——有莫里斯·桑达克《野兽国》里的奇想角色；约翰·伯明翰美丽的插画世界，由一匹马带我们巡礼英国的重要景点和大街小巷，后来他还一路晋升为女王的鼓马，听得见威武的蹄子在鹅卵石上发出规律的声响。我们从他身上学到无论尊卑大小，待人接物都应有温和的态度。

戴蒙七岁时，已经能将爱德华·李尔的几首诗牢记于心。时值二十世纪七十年代，许多美妙的童书纷纷自英国、法国出版；伊妮德·布莱顿、比阿特丽克斯·波特独尊的时代终于结束，童书百花齐放，一流的插画家与作家携手打造缤纷的儿童文学，俨然自二十世纪五六十年代的沉寂中解放。我们恣意享用这样的革新，畅游新视野的同时，也不忘吸取经典的养分。

书于是成了最美好的一份记忆，尘封于过往的时间里。曾与戴蒙探访的足迹丝毫不受后来的悲剧染浊，仍在我心里保有清新的容颜。他爱书的程度使生活中遭遇的痛苦变得稍能忍受——对我们俩都是如此。

阅读如何在心中渐形重要，实在很有意思。我的母亲是位有些古怪的女性，说得婉转一点，她不大像一般外婆会照顾小孩，在这方面从未帮上什么忙。不过她和蔼可亲，并定时喂我三个儿子最经典的英国漫画，主要是《威泽》和《薯片》。她每周六都会抱着一叠英国漫画来，直到三个大男生都上高中了，她还是继续着维持了近十年的传统。

"妈，他们不需要再读漫画书了，他们已经长大了。"这些书其实不便宜，花了她不少养老金，我希望她多留点钱在自己身边。

"胡说。"她会这么回我，"你之前也看了，维克托买给你的。"她眼神变得飘忽，"没错，我还继续买给他看。"她或许真的会，尽管维克托已经三十出头了。我母亲就是这样，一旦有一种想法，便根深蒂固。一开始我很气我母亲不像其他外婆那样愿意照顾小孩，我常常三托四请，才有办法单独出门几个小时。我总是无法估测戴蒙会因为什么醒来，或者上课上到一半接到学校电话，要我去接出血的戴蒙回来。因此，我无法事先计划，过正常生活，和我的朋友碰面吃午餐，下午去逛美术馆或看场电影。

那时我觉得我母亲连几个小时都不肯抽出来帮忙带小孩，真的很不公平，有时还得承认，我简直气死了。但是戴蒙总是像迎接贵宾一样欢迎她，尽管她总是待个几分钟就走。她总是拎着大包小包出现在门口，常常四个购物袋里装了八到十个包裹。

我母亲每一天都出门买东西，布莱斯有一次说她背着大包小包，一天应该至少走了六英里。"她显然是全澳大利亚最强壮的老太太。她的大限来时，大概要叫人把她的心挖出来，放在人行道上，用根棍子打到不动才行！"

"咕咿！漫画书来了！都是你的最爱！"每个星期六早上，她都会在同一时间出现在花园小径上，戴蒙会跑去前门迎接她，帮她提纸袋。"天哪，外婆，谢谢你！"他会这么说，当作星期六的特别节目。因为知道这星期六的仪式对老太太有多重要，虽然后来他们都不看漫画书了，戴蒙还是会去前门迎接她。十六岁的他会用和六岁一样的热情迎接漫画书的到来，因为他知道拒绝外婆爱的礼物不仅没有实际效果，还会伤了她老人家的心。

星期一上学的路上，他会把漫画书拎去克兰布罗克预备学校，会有一群小毛头迫不及待等在门口。就这样，他成了大英雄，所以我想他外婆的漫画书还是继续以不同的方式带给他乐趣。

战争时期我年纪还小，母亲常带我去城里著名的新南威尔士图书馆，让我坐在一大张皮沙发上，看各式各样的英国著名杂志：《闲谈者》《城乡》《伦敦新闻画报》和《笨拙》。

这些一流的杂志战后依然持续发行，虽然常常过期好几个月，英国漫画也一样，有《女孩儿》和《女孩的水晶》，我简直爱死了。就是在这段时间，我母亲在心里把英国漫画和童年画上了等号，因此，一看到外孙呱呱落地，她就觉得自己有义务把这样的家庭传统延续下去。

我很确定自己后来对英国和英国产物的喜爱，便是源于这个时期。二十岁时，和许多同龄人一样，我踏上开往伦敦的邮轮，带着之前对英国政治、历史、文化的认识，展开为期两年的参访行程。现在我才知道，我对英国的认识远超普通的澳大利亚人，直到现在，我仍对英国感到强烈的忠诚与爱。

我父亲是英国人，是伦敦东区的犹太人，几乎一出生就成了孤儿，在男孩收容所长大。十一岁时，他就被送到皇家海军后备军官船上。以大英帝国的传统而言，我相信他充分见识了这个世界，在第一次世界大战中，年仅十四岁的他在皇家海军担任水手，为国家效忠。父亲的事业在我心里有些模糊，他的海军生涯多半仰赖我的想象力自行拼凑而出，因为他的话虽然不少，我们家的对话主要仍是由我母亲和同住的外公、外婆主宰，所以他没有太多机会谈起自己的过去。这个家的过去几乎完全以我母亲的家族为主。

我长大一些后，才了解我母亲来自一个曾经富裕的家族，所以她算是有点"低嫁"了。从大人口中隐约可听出，我外公"丢了财产"，把我们都往下拖，拖到和我爸爸相同的社会地位。

后来我才知道有仆人的大房子和财产都是被赌掉的。虽然我外公是个大赌徒，但真正把家庭弄垮的其实是我舅舅本尼。年轻时他就很放纵，后来更是彻底"变坏"，将外公的财产拖下水，但必须出国的确切原因仍不明朗。我只记得他是个见多识广、世故、风趣又慷慨的舅舅，他的太太萨拉舅妈则是个非常普通、身材壮硕的女人，两人在悉尼开高级餐厅，对我的宠溺可说到了无可救药的地步。

尽管如此，我母亲这边的家族还是占上风，或许是因为我父亲几可说没有家庭背景。虽然他在伦敦有两个兄弟、一个姊妹，但他们都由不同的孤儿院收养，因此没有共同的背景，家人之间神秘的共通性也无以延续。

我爸爸唯一值得称述的便是，他父亲在灾难侵袭前经营一家男士烟馆，以"伦敦烟王"闻名。拆散家族的灾难究竟为何，至今仍不清楚。爸爸对他的早年生活总是相当讳莫如深，我想在爱德华时代的英格兰孤儿院长大，必然是件辛苦的事。

然而，当我还是孩子时，我并不是这么想的。因为缺乏可靠信息，我就会用想象力填补。因为去图书馆时，妈妈总是强迫我吸收英国的杂志、漫画、童书，我逐渐在心里建构出我父亲的背景，用我读到的东西填充他偶尔告诉我的片段，使之吻合我心中对他人生的想象。

例如，八岁时，他就获得亚历山德拉女王颁发的艺术奖，想当然尔是女王造访孤儿院时发的。但在我眼中，我却把这件事诠释成受皇家资助的艺术家，于是我开始研读英国艺术家的作品，如惠斯勒、康斯太勃尔、透纳，暗暗希望有一天能遇上年轻的杰克·所罗门。他曾是皇家海军地中海舰队的中级举重冠军，船停靠直布罗陀时，他还夺得了马拉松金牌。最重要的是，一九一七年俄国革命时，他在支援沙皇和"白军"的英国战船上造访天使长部队，轰炸"红军"避难的木造尖圆顶教堂。

就是因为这段故事，有了"话语结冰"的著名插曲。说到"红军"躲在状似洋葱的教堂里时，气温在零摄氏度以下，话一出口就会在嘴里结冰。我马上想到一个个字母从水手的嘴唇蹦出以后马上结冰，像水晶一样叮当响，随即掉到灰色的战船甲板上碎裂。我想，一定是因为天使长部队的故事让我开始对俄国的东西感兴趣，所以我才知道尼古拉沙皇的儿子有血友病。

就是因为这些奇妙的事物，才有我们现在的样子。我知道无形中我也把对英国、欧洲的喜爱传给了我的下一代，尤其是戴蒙。我常常花好几个小时读书给他听，告诉他文艺复兴时期的艺术，或让他看一流的英国画作。我会领他进入幻想旅程，悠游于书海，因而他对一些著名景点早已非常熟悉，如泰特美术馆、国家美术馆、卢浮宫、梵蒂冈。我们一一看过从伍拉勒图书馆借来的艺术书上一幅幅西斯廷礼拜堂的画；我也告诉他米开朗琪罗、提香、拉斐尔、切利尼，或更早期的波提切利和他的《维纳斯的诞生》，及他们如何受教宗、总督和罗马、威尼斯、佛罗伦萨各地贵族长期赞助。我们可能好几个月都沉迷于文艺复兴时期的宫廷阴谋，沉迷于波吉亚、美第奇、博尔盖塞——专出身着丝绒窄裤的教宗、国王、将军、盟友的家族——的诡计。我们曾造访希腊、罗马、古亚述帝国、拜占庭帝国，也从书上认识古老埃及王国的世界。

戴蒙去世前几个月，我们终于有机会造访大英博物馆，他似乎已对里面的陈设和馆藏了如指掌。到了佛罗伦萨的皮蒂宫、罗马的万神殿还有欧洲大陆许多伟大的建筑物和文化坐标也一样。于是从小到大，我们一直为戴蒙构筑对欧洲的向往，我们也确信以后一定会和他一起踏上这趟欧洲之旅。

席蕾丝特在戴蒙拔完智齿、因沙门氏菌感染住院前去了意大利。戴蒙对这个国家早已相当熟悉。等她回来时，他更是迫不及待想知道更多，听她讲第一手的欧洲信息和那儿无穷无尽的宝藏，好让终能亲身体验的那一天来临时，心里已储备好足够的想象与认识。

就这样，一切似乎都是源于英国漫画和我爸爸从女王手中接过的艺术奖。就因为这样小小的开始，和我那古怪的妈妈推波助澜之效，我在自己心里和孩子的心里都种下这粒种子，因而得以恣意沉浸在对艺术与对英国的热爱中，还有地图上咫尺之遥的欧俄祖先。

这是抚养这个美丽的孩子长大的过程中，在我心里镌刻得最深的美好记忆。他总是洋溢着求知的热情，对归属于一个绵延不绝的美学传统兴奋莫名。他总是对人类已达成或可能达到的文明成就惊艳不已。

布莱斯拥有惊人的乐观精神，他的人生字典里几可说没有"失败"二字，这样的人生观肯定也传给了戴蒙。但我常常在想，戴蒙对自我延续的认知，以及他同时具有盎格鲁、犹太、欧陆血缘这难能可贵的成就，必然使他持有宿命论，让他觉得即使身体有残疾，他仍是宇宙创造过程中重要的一环，他这个人的出现必然有其原因。

虽然能给他的实在不多，但在给予的过程中，我得到了极大的反馈。

然而现在，戴蒙再次走出我的生命，留给我的却是那全身瘀血的身体、帅气的头发、澄澈的眼睛和那双让他走路歪向一边的铁鞋。

这份悲伤，何时能止息？

# 第二十七章

强壮的戴蒙踹了门一脚。

与美国中央情报局冲突的梦魇。

节礼日①的大逃亡。

        艾滋病是一连串猛烈的打击。病患才刚自一种病症中恢复，另一种疾病立即在后补位，仿佛在彼此较劲，看谁能在最短时间内对人体造成最大的毁坏。艾滋病让人见识到分崩离析的过程，身体慢慢瓦解，昨天还能运作的器官，今天随时可能罢工。一切似乎毫无预警。疾病会在夜间突袭，一早又一溜烟不见了。舌头不管用，肠子不管用，膀胱不管用，耳朵不管用，肺不管用，关节不管用，就连眼睫毛都会离你而去！晚上上床睡觉时眼睫毛还好好的，一早醒来却突然像宠物毛发般四散在枕头上。之后，眼睛也因没有深色睫毛保护而导致失明，或许是由于你不愿再看到仅剩的最后一丁点儿愚蠢世界。

        然而，在所有侵袭中，最严重的莫过于对心智思维的猛攻。忽然有一天，你会惊觉自己的心智不再像以前那样运作，但改变悄然潜入、默默进行，让你丝毫不察周遭的变化，直到你对

---

① 节礼日，英国法定假日和传统节日，即每年的 12 月 26 日，一般是圣诞节后的第一个工作日。

身旁的世界感到越来越茫然困惑。

我第一次发现异状是在一九八九年十一月，戴蒙从邦迪上山来我们的公寓。十分钟的路程通常得花戴蒙更多时间，如果他愿意尝试。我一开门，却见戴蒙说："我今天十分钟就走到了。很棒吧？"

他赤脚，穿了一条旧短裤和一件非常脏的T恤，仅剩的头发油腻腻的，指甲缝里卡了许多脏东西。他手腕上戴着约两英寸粗的金属皮环，是一片金属裹着一条皮绳。那东西看起来很大，戴在他瘦弱的手臂上甚至显得恶心，比较像手铐而不像装饰品。这点也非常奇怪，由于患有风湿或说是关节炎，戴蒙通常只佩戴铜制手环，现在却换上这大而无当、看来又廉价的金属环。

"天啊，你怎么了？"我问。

戴蒙对自己的身体很介意，一向都穿长袖长裤，赤脚对他来说更是不可能，尤其多年出血下来，他甚至要在鞋子里垫矫正软垫才有办法四处走动。现在他却能走路，虽然身体侧向一边，但显得相当轻松。

他忽然伸出瘦得像芦苇秆的手臂，弯起作势要露出肌肉状。"摸摸看！"

"戴蒙，发生什么事了？"我伸出拇指和食指摸摸他瘦小的手臂，用大拇指压压右侧肌肉，几乎一点弹性都没有。戴蒙还是体弱无力的一百二十五磅[1]，不时被海滩上的横行者将沙踢到脸上。

"爸，我的病好了耶！"他往后一步，举起手摆出李小龙准备应敌的招牌动作，然后对着前门的木条一劈。接着，他忽然跳起来，用左脚

---

[1] 约56.7公斤。

踝一脚踢在门上同一处，把我看得目瞪口呆。

我一把抓住他。"戴蒙，住手！"我突然非常恐惧。他刚刚做的事足以让他严重出血而住院好几天，甚至让手脚几个星期都无法动弹。此外，刚刚在我眼前上演的动作，根本超出他的肢体承受极限。

戴蒙轻笑两声。"看吧，就说我痊愈了！"他把手一张，耸耸肩，"轻而易举。我没有艾滋病，也没有血友病，十分钟就走到了这里。"他气喘吁吁，像是小男孩迫不及待把话说出口。"而且我觉得好极了！"他两眼发亮，"我现在还没有办法，但是明天我打算跑一跑。"

"跑？"我的困惑肯定看起来很明显。

他笑了笑，把手放在我肩上。"爸，你还记得我上一次真正跑步是什么时候吗？是我五岁的时候。那时我跟布雷特和亚当在玩，游泳池刚盖好，我们跑着跑着我就跌进去了。"戴蒙把头抵在肩膀上微笑着。

"那是最后一次。"我记得就是这件事害他左脚必须套铁鞋，也害他膝盖因此恶化，多年后甚至被沙门氏菌感染。那次跌倒让他在医院待了好几周，他刚刚踢门的用力程度也足以让他回去住上几天。虽然出血原因各种各样，但这样的猛力撞击铁定会导致严重出血。

他把手从我肩膀上移开，两手各拍拍臂上的肌肉，竟然开始在原地跳上跳下。"现在我又要重新开始了！"他咧嘴微笑，像是完全不受刚刚踢门或撞门的影响。"到时候我可以和你一起跑步吗？当然是等我恢复得更好以后。我们可以跑个十公里，我一直都想这么做。"

我决定不理会他的衣着和光脚丫子，反而有点愚蠢地问他要不要吃我的"爹地三明治"，这在我儿子和他们的朋友间可是响当当的名菜。每当尴尬的情况出现，我总是擅长躲避，提议做菜显然是不二妙方，虽然我的提议非常可笑——戴蒙现在患有严重鹅口疮，根本不可能吃三明治，我马上就发现自己很蠢，但是戴蒙一点都不懊恼。

"谢啦，爸，或许明天吧。他们明天就会把我的嘴巴和喉咙治好。"

我跟着他从客厅走到大阳台，我们把那地方改造成约离地五十英尺高的小花园，非常漂亮。他把自己举上离阳台地面约十八英尺的砖砌花台墙，坐在墙边鼓动双臂，往下望着说："你知道吗？我要是想，还可以飞！"他顽皮地对我说，又变回小男孩的样子。

"天哪，戴蒙，快下来！"平常连在公寓地毯上，戴蒙那歪向一边的身体都不太能保持平衡了，更别说是离地五十英尺高、三英寸宽的砖墙。光是他现在的挥手姿势，就可能使他失足坠亡。他转向我，跨步跳回阳台上。虽然跳得有点笨手笨脚，让我得赶紧伸手稳住他，无论如何还是个神奇之举。这对戴蒙而言同样像是奇迹，就像他真的展翅飞翔了。

整段过程相当吓人，我感觉得到自己心跳加速、口干舌燥。这些事戴蒙根本不可能办得到，却在前几分钟里一一完成。他从没做过，以后也不可能做，但刚刚却都发生了！

在邦迪小屋的幸福日子不仅让他的抑郁症渐有起色，似乎也让他度过之前的低潮，整个人的状况好多了。然而忽然间，我意识到戴蒙身上即将发生一些我们无法明白的改变。他刚刚已经让我看到充足的出血和住院理由，尤其他现在的身体状况这么差，得住上好几个月都有可能。但是他似乎看起来毫发无伤，无论刚刚打自己的手，踢门，从阳台墙上跳下来，他看起来都安然无恙。

幸好贝妮塔不在家。她不算是冷静的人，而且那时我们不知道，她已经有严重的心脏疾病。我很确定她要是看到刚刚的画面，肯定会吓得恐慌症发作。

"很棒吧？"戴蒙又问，他显然兴致勃勃。

"戴蒙，你是在嗑药吗？"

"没有，我发誓！"他看起来很惊讶。

"还是催眠？你是进入催眠恍惚了吗？是的话一定要告诉我，我赶快帮你解除！"

我脑子里只想得到这些话，虽然我不相信戴蒙有这么蠢。催眠会改变一个人的身体意识，甚至能让人在清醒状态做出超乎想象的肢体动作。然而，以戴蒙的身体状况而言，催眠的副作用太强，我告诉自己戴蒙不会笨到让自己陷入催眠状态。

此外，他不大可能不假他手，靠自己进入这么深的恍惚状态。受催眠的人能经由使唤做出惊人之举，但戴蒙过去几分钟的行为模式，却不在我能理解的范围内。

"爸，你不懂。我痊愈了！"他停下来把手撑在屁股上，就像小朋友一样。他咂咂嘴继续说道："至少某些部分已经好了！其他地方他们还在努力。"

我之前就觉得听到了"他们"这两个字，但我不确定，这一次肯定错不了。忽然间，我马上知道戴蒙没能完全掌控自己的心。

我生为非洲人，骨子里永远都是非洲人。我看过被邪灵控制的人。理性的我当然会告诉你没有这种事，但我知道这个世界上只有极少数的事是单以逻辑可以解释得通的。现在我非常确定：戴蒙是被某个人或某个东西控制了。

"你介意我抽一根吗，爸？"他问，跟着我进客厅。

"烟吗？你又开始抽烟了吗？"我非常惊讶。他得艾滋病肺炎后就戒烟了。

"不，不是烟。"他把手伸进脏兮兮的短裤后口袋，拿出一根深棕色的筒状物，比一般的烟细，约只有一半长。"这是特种烟。有专为我设计的特殊成分。"忽然间，他似乎读穿我的心思，又说，"不是大麻，爸！"他小心翼翼地把又细又长的烟放进嘴角，还先用肮脏的手指把嘴唇内侧的鹅口疮剥掉。

那时我才注意到他的手有多脏。他不只手背沾满脏污，就连指间也是。一直想当医生，一天不知道洗几次手的戴蒙根本不可能把手弄得这么脏。

"没有火柴，我就不点火。"他抬头看我，然后把手伸回刚刚的口袋，摸出一个看起来像正版的打火机。好吧，眼前至少还有一点戴蒙的影子。如果他买不起金光闪闪的登喜路打火机，至少也会用货真价实的美国货。

"看好，我可以同步用我的心火点亮。"他用拇指把打火机弹开，嘴角专业地叼着烟，眯着眼把它点燃。"不过你今天已经看够我的表演了。"

不久，席蕾丝特出现了，走进仍开着的前门，一边喊着："哈啰，有人在吗？"

"我正在跟爸讲我康复的事，宝贝！"戴蒙兴奋地大吼，"他很惊讶呢。我给他看过我的回旋踢了！"

"很好，戴蒙。"她的语调听起来压抑且不带感情，"可是我们真的该回家了。克里斯托弗要来吃午餐，记得吗？"

"好吧，爸，那我该走了。"他愉快地说，然后走过来把双手放在我的肩膀上。"开心吗？很棒，是不是？我就快痊愈了。就跟你说我能靠我的心把病治好，现在你总算相信我了吧？"

戴蒙直视着我的眼睛。他的双眼还是深陷在头骨里，虽然眼白清澈，眼珠子呈深褐色，但看起来就像恢复了以往的深邃和生机，不像感染艾滋病后的枯槁暗沉。我不知道该说什么。如果我同意，他是不是会更沉溺于幻想世界无法自拔？如果我不同意,他脆弱的自我是否会因此崩解，让他再度陷入抑郁？

"我不知道，戴蒙。我真的不知道。一切都发生得太快了。"

戴蒙露出微笑，给了我一个拥抱。又是那个迷人的微笑和拥抱，我好几年没感受到了。"我知道，我知道。"他说，用手指压了压我的肩，"我爱你，爸。我真的很爱你。现在我好多了，我一定要让你看到，我就要回大学读医科了。"

"那很好。"我轻轻说，不知道还能说什么。

我陪他们走到前门，趁戴蒙没看到时，把手放到耳朵旁，示意席蕾丝特回家以后打电话给我。席蕾丝特轻轻地点点头，怕被戴蒙看到。显然戴蒙无论变得怎么样，她都准备要陪他到最后。几个小时后席蕾丝特来电，说戴蒙行为异常有一阵子了，但改变是一点一滴发生的，一开始几乎感觉不到。

"他变得越来越亢奋。还记得他那时有多沮丧吗？可是我们一来到邦迪，他几乎马上就快乐起来了，比以前开朗多了。他突然觉得有很多事值得期待，这栋房子是他的梦想，所以他真的很快乐！我们两个都很开心，就像回到伍拉勒小屋一样，而且还比以前更好。之前的那个戴蒙复活了。他好久没有这么快乐了，真的好久了。

"事情是从漆房子开始的。虽然他没办法爬梯子或做别的事，但他真的也在帮忙，像是搅拌油漆之类的。他渐渐变得越来越亢奋，然后晚上开始失眠。他用计算机的时间很长，常谈起他的雄心壮志，我也注意到他希望一直有人在身边。戴蒙一向喜欢与人相处，也喜欢独处，但是他现在变了，他无时无刻不希望有人在旁边。"

席蕾丝特停顿半晌。"还有一件事，我想你不会喜欢。"

"说吧。"我说，确信无论如何我都有办法面对，因为心已受创，不会再有太大差别。

"呃，戴蒙在吃药丸，是摇头丸。"

"戴蒙不是拒吃非处方药一段时间了吗？"

"摇头丸不一样。呃，对戴蒙而言。"

"为什么？"我说，努力想让自己的语气听起来轻松。"你刚刚不是说有自己的新家让他很开心吗？"消遣取向的毒品使我害怕。

"我不知道。"席蕾丝特说，"这是一种新药，有人跟他说介于迷幻药和快速丸之间，让你感觉轻飘飘的，觉得自己刀枪不入。"

"他是怎么拿到的？"我问。虽然我对席蕾丝特说的事极为不悦，还是试着不显露情绪。当然可以怪艾滋病，但如果戴蒙现在的样子是用药造成的，我不知道该做何反应。

"拜托，布莱斯，很容易啊。到处都买得到。这是新药，多得是。"席蕾丝特一派轻松，让我更不开心。

"拜托，席蕾丝特！戴蒙对医院的人给他的药都那么挑剔了，什么都质问！他怎么可能把来路不明的药吞下肚？这真的太蠢了！"

席蕾丝特叹了口气。"那是因为戴蒙生病了、不舒服，和医生一起困在医院里。戴蒙比较喜欢把自己当成普通人。我们认识的每一个人，几乎都在用摇头丸。"席蕾丝特停顿了一下，"我也吃过，虽然只有一次。"

"然后呢？"

席蕾丝特听起来有点恼怒。"还可以，感觉很好！可是我不需要。"她又停顿一下，"可是戴蒙需要。"

"所以呢？"我试着不让自己听起来太震惊，虽然我已经想对她长篇大论一番。席蕾丝特似乎没有发现我声音里的恼怒。

"戴蒙吃了摇头丸以后心情很好，布莱斯！那是派对药丸，他吃了就又会快乐起来。"她深叹一口气，像是想教懂一个迟缓的孩子。"他吃了一次以后感觉有效，后来就又再吃。摇头丸让他快乐，让他开心；

而且对戴蒙来说，它还让他感受不到痛，让他觉得强壮，对自己的身体有自信。他说那药让他觉得性感、舒服、健康。"她停顿一下，"都是很好的感觉！"

"今天早上我问他有没有用药，他说没有，还假装一副很惊讶的样子。"

"他当然会这么做！他不是开始吃摇头丸才开始亢奋的。他没有上瘾。"席蕾丝特有点说教，"布莱斯，事情不是你想的那样。他刚脱离抑郁期时，确实需要那种东西。"席蕾丝特又停顿了一下，"他没有毒瘾，大概只吃了三四次。我告诉你这个，是因为他吃了摇头丸以后才开始越来越兴奋。"

"你想说什么？你的意思是让他兴奋的是摇头丸，不是艾滋病吗？"

"我不知道，或许两者都有？我跟布伦特·沃特斯聊过，他说有可能。"席蕾丝特又说，"或许摇头丸是帮凶。"

"这些事都是从什么时候开始的？他从什么时候开始行为异常的？"一想到戴蒙让自己吃这种恐怖的东西，我心里就充满怨恨，尤其在他经历了那么多事以后。

"这个月初，大概两个星期前。"席蕾丝特说。

听他这么说，我突然想起我的秘书凯西一周前才问我，她该不该以戴蒙的名义送花给在阿尔弗雷德王子医院的丹尼丝小姐。那时我在忙，只是点点头。戴蒙三五不时会有这种贴心的举动，是他令人难以抗拒的人格特质之一。我想丹尼丝一定为他做了很多事，但他一贫如洗，无法亲自致谢。对戴蒙而言，心意总是比经济能力重要，但我自己觉得我们确实亏欠丹尼丝许多，也就没有过问。

后来凯西回来，表情有些困惑。她等我讲完电话以后问我："布莱斯，我知道这不关我的事，但这位丹尼丝小姐究竟做了什么好事，值得六打长茎黄玫瑰？"

黄玫瑰是戴蒙最喜欢的花，但即便如此，这个举动也未免太过火。本来我就打算事后问问戴蒙，这会儿刚好跟席蕾丝特说起，她马上笑了起来。"很抱歉，我不知道玫瑰的事，但我取消了宝马的订单！"

"什么？"我大吼。

"戴蒙想把马自达换成全新的宝马，推销员已经来过很多趟，他也已经试开过车了。我跟他说你一定不会答应，但是他说他要让你看看他的艾滋病已经痊愈了，这样他很快就能赚很多钱，马上就能还你。"

"你给布伦特打电话说过吗？"我问。

"有，可是戴蒙不想见他。布伦特说现在还不用逼他，听起来像轻度的狂躁症。但是如果继续恶化，一定要告诉他，到时我们就得想办法让戴蒙接受治疗。可是这并不容易。戴蒙得先同意见布伦特，同意服用锂盐，这种情况他们大概会让他吃这种药。"

"我马上过去。"我说。

席蕾丝特的声音忽然颤抖，听起来就快哭了。"不，拜托不要。罗伯特说他没有问题，说艾滋病有时会让人变得有点好笑，还会有幻觉。他一直告诉我戴蒙没事！要是你在罗伯特面前质问戴蒙、让他生气，场面一定会很尴尬。"

罗伯特是我们的好朋友，也是戴蒙小时候口中的"罗伯特叔叔"，从小看着戴蒙长大，戴蒙很喜欢他。罗伯特是同志，三年多前搬去美国，在纽约开了一间原住民艺廊，最近刚和他朋友菲利普·比尔戈斯回来看看，戴蒙坚持一定要让他们住在他的邦迪小屋。

"罗伯特一直说不用担心，但是我不相信。戴蒙简直要飞上天了！"席蕾丝特开始哭泣。"他以为罗伯特给他的那个笨手环有魔法，是双子座的信使，只要美国中情局靠近就会发出警告！"

"席蕾丝特，我们要赶紧行动！他可能会伤害自己。他刚刚对前门回旋踢，手和脚很快就会严重出血。"

"问题就在这里，布莱斯，他竟然没有出血！他已经那样做好几天了，说是中国电影里的李小龙教他的。最奇怪的是自从他开始行为异常，身上就没有半处出血。要是他严重出血的话还可能阻止他，这样他就知道他没有痊愈！"现在她整个人哭了起来。

"亲爱的，你确定真的没有我能帮得上忙的地方吗？我不能跟他说话吗？他看起来一团糟。他穿那种衣服多久了？"

席蕾丝特努力止住泪水，吸吸鼻子。"他不肯洗澡，也不肯换衣服。他说那是他的战袍，说他必须穿成这样，脏污是他的掩护。他认为他们对他了如指掌，就是从没见过他这么脏！"

"我们一定能做点什么！他回到家时打电话给我，我马上过去接他。听你这么说，现在我比较懂了。"

"拜托，布莱斯，你可不可以等罗伯特和菲利普走了以后再说？"席蕾丝特苦苦哀求，"戴蒙对他们俩住在他家里感到很自豪，他们在的时候，他的状况似乎比较好。他喜欢当一家之主。等他们走了你再和他谈好吗？"

贝妮塔和我总是尽量不去打扰席蕾丝特和戴蒙的私生活，因此我决定先不跟外出购物的贝妮塔说。"好，但是，你可不可以叫罗伯特明天给我的办公室打个电话？"我问。

罗伯特和他的朋友菲利普隔天晚上过来吃晚餐，我希望在那之前先跟他聊聊。罗伯特是荷兰人，虽然是个忠实的好朋友，说话技巧却不特别高明，有可能在我正式和贝妮塔提起之前，就不小心说漏嘴吓到她。但是要告诉她什么呢？我也不大确定。

我拨电话给布伦特·沃特斯，幸好他在家。"布伦特，抱歉打到你家打扰。"我停顿一下，"是戴蒙的事。"

"别这么说，我很高兴你打来。"布伦特说，"我已经和席蕾丝特谈过，你知道吧？"

"他吃了一种那些小鬼称为摇头丸的药，似乎激起一些反应。"

"布莱斯，这种事谁说得准？有可能是药的作用，但这种狂躁症也是艾滋病并发症的一种。"

"狂躁症？那是什么意思？"我问。

"呃，在我正式诊断以前无法确定，但他不太可能让我检查。你也看到了，他觉得自己一点问题都没有。但是根据席蕾丝特说的一些状况，听起来是比较典型的轻度狂躁症和妄想症。有些人自狂躁症复原后，会抱怨之前患病时比较快乐。他们或许说得没错，但真正的问题是他们会做疯狂的事，例如疯狂购物、出言不逊、半夜打电话，有可能造成严重的后果。"

"布伦特，你说得有理，但是他不是正常人，我的意思是他有血友病，不能在街上晃来晃去，企图把门劈成两半！"

布伦特叹了口气。"除非我们向有关单位申报，违背他的意愿对他进行治疗，但我目前还不能这么做。"

"什么意思？"

"一旦他的判断力几近丧失，我便能宣布他为精神异常，将他送到精神疾病机构，因为他对自己和其他人都将构成威胁。"

"你是说席蕾丝特？那当然，这点我们也很担心，但目前还没有证据显示他有暴力倾向。麻烦的还有另一件事：他一直说自己痊愈了，说有人给他艾滋病的解药！"

"唔，他的判断力听起来确实不佳，但我还不想这么做。布莱斯，我觉得我们还不需要。我认为现在的状况还没有差到必须阻断他自我保护的能力。"

"要是他伤害自己到很严重的程度怎么办？有什么私人机构是可以让他接受照顾的吗？"

"布莱斯，我还不能通报他这个案例。"布伦特清清喉咙，"我们必须先让他合作。疗程非常简单。如果我判断无误，让他接受锂盐治疗，配合镇静剂，他几天内就能恢复正常。"

"锂盐？能治好他吗？"

"再配合镇静剂。如果我们现在开始，很快就能治好他，但他还是得持续服用锂盐，才能抑制狂躁症复发。"

"会不会对他造成不适？"

"呃，通常不会！轻度狂躁症或重度抑郁症患者比比皆是，包括法官、政客、医生、会计师。只要他们持续用锂盐，就能保持正常，有点像糖尿病患者使用胰岛素那样。"

"我会试着劝劝他。我相信没问题，他会听我的。"

"我还没回答完你的问题。"布伦特继续说，"戴蒙已经吃了那么多药，如果再加上药效颇强、会令心智产生变化的锂盐和镇静剂，这些药可能会互相干扰。"他叹了口气说，"不过我们没什么选择。"

"他总是听我的。"我自信满满地说，仍然相信药效退了以后，我才是那个能让戴蒙听话的人。

"希望如此。"布伦特·沃特斯听起来有点迟疑，"但也不要太笃定，布莱斯。你也知道，戴蒙受够了医院里的医生和医疗，没有弄清楚药的副作用，是不会轻易入口的，而且，他也不急着改变现状。他觉得自己生命中第一次能掌控自己的人生。他没有出血，觉得自己很强壮，简直好极了。"

"那是因为他吃了摇头丸！"我抗议。

"两件事不大一样，他看待摇头丸的角度或许和你不同。"

"布伦特，他竟然还想赤脚把门踢垮啊！这样子他撑不久的！"

"嗯，席蕾丝特告诉我了。因为他现在觉得自己刀枪不入。不过我想他不会再去踹门了，是吧？"

"是没有，我也觉得不会。但我亲眼看到他这么做了，神奇的是，他竟然毫发无伤。实在很难理解，应该明明会让他进医院啊。"

"没错，确实很难理解。虽然这种轻度狂躁症容易治疗，却不代表我们能完全了解，或能掌握它对脑部的影响。不过忍痛指数大增倒是听过。我没在血友病患者身上见过，也不知道他为什么没有出血。我想有些事就是得接受吧。"

"布伦特，如果像你所说的，他对自己的轻度狂躁症感到很愉快，那美国中情局要怎么解释？他以为有人在跟踪他，而且他显然很害怕。他有被害妄想啊！"

"没错，就是这件事后果严重。他可能会和周遭的人产生问题，像是打电话去警察局、外交部、总理办公室之类的。"

"天哪！那我们该怎么办？"

布雷特试着安抚我。"不过他们很习惯接这种电话了，有轻度狂躁症和其他精神疾病的人又不止他一个。我们静观其变，同时，记得取消他的信用卡，如果他有的话，或是户头账号。车子或房子是用他的名字吗？"

"不是，我还没过户给他，因为保险和汽油都是我在付。房子也是。"

"好，那我们就祈祷这只是暂时的状况，祈祷他很快会愿意让我检查。我已经在电话上建议过他了，但他当然拒绝了。在他心里，他从没这么好过。这种事很棘手，我们不能强迫他。"

"我会让他服用锂盐的。"我又自信满满地说。

"嗯，但愿如此！我也希望能赶快帮他检查，安排疗程。"布伦特听起来忽然有点着急。"加油。下个星期我就要去加拿大了，一月中旬才回来。"

我不知道该怎么告诉贝妮塔戴蒙患了轻度狂躁症，总觉得目前先别说比较好。我是那种坚信没有十足把握就先保持沉默的人，不过这种个性常让我和太太闹不和。

因为戴蒙一住进邦迪小屋，抑郁情况便大为好转，我们也就不过问太多，让他们俩过自己的生活。我们一周会去看他们一次，或是他们两人过来一同用餐，有时只是像前一天那样来看看我们。我们告诉自己，他们有自己的生活要过，若有任何需要，相信席蕾丝特会打电话通知我们。她是个非常独立的年轻女性，什么事总是自己一手包办。

贝妮塔回到家时，我努力让自己听起来语气正常："戴蒙来过，要我跟你问好。"

"他还好吗？"她问，语气随意。

"精神很好，简直能登上世界顶峰。"

我没说谎，贝妮塔也接受字面上的意思。"那很好。大卫琼斯百货虽然挤得吓人，但圣诞装饰都挂了上去，看上去非常漂亮。"

后来我们在阳台一起喝茶，我又等了一个小时才开口。由于罗伯特和他朋友下周一要来吃晚餐，所以我想这时告诉她我有点担心戴蒙的整体行为，还有我跟布伦特谈过的内容，应该最合适。

我把布伦特说的大部分内容都删掉，只说布伦特认为戴蒙可能有轻度狂躁症，但用一种叫锂盐的药很快就能解决。

贝妮塔不是好骗的人，马上就紧张起来。"你说轻度狂躁症是什么意思？"她问。我心中暗叫不妙，当下真想赏自己一巴掌。这么多年来，我早已学会不要向贝妮塔解释太多，不然只会让事情更麻烦。我假装对她的反应不耐。"拜托！他没事！没什么需要操心的。跟罗伯特碰面时你可以自己问他，他会跟你讲。"

不过，我早该知道这种需要细腻心思的事，荷兰人是信不过的。

"贝妮塔，不过是其中一种问题而已。"贝妮塔问到戴蒙的行为时，罗伯特这么回答。我心里在怒吼。该死的罗伯特，你的神经可以再粗一点！

"其中一种问题是什么意思？"贝妮塔马上起疑。我们好不容易撑到咖啡时间，我才刚帮罗伯特和菲利普倒了杯白兰地。他们俩刚刚还喝了一瓶白酒和红酒，贝妮塔只喝了一杯白酒，红酒碰都没碰。

罗伯特相当放松，夸张地挥了挥手。"戴蒙一点问题都没有。亲爱的，你该看看我美国的一些朋友！"他瞪大眼睛，开始大声吆喝。以前孩子还小时，这种举动常把他们逗得呵呵笑。先是深沉的鼻音，再来是雷鸣般的怒吼。"他们变得疯疯的！病毒会攻击脑袋，你知道吗？"他把白兰地送到唇边，整张脸沉入杯口，开始畅快痛饮。最后他把杯子移开，又加了一句："戴蒙没事，亲爱的，真的没事。如果他哪里行为古怪，不过是新房子带给他的兴奋而已。"

罗伯特的荷兰大脚还是一如往常地正中要害。

贝妮塔马上回击，将餐巾纸抹完嘴后丢在一旁桌上。"戴蒙才没有行为古怪，罗伯特！"她从餐桌起身，愤愤地望了我一眼，接着用冷冰冰的声音说："很抱歉，我得拨个电话给席蕾丝特。"我知道完蛋了。席蕾丝特完全不是贝妮塔的对手。

和布伦特·沃特斯聊过以后，我马上跟席蕾丝特谈。这会儿，在我妻子毫不留情的质问下，席蕾丝特一定会把布伦特说的话重复一遍，这样她马上就会以为是我们联手共谋，不让她知道她儿子的状况。如果说有一件事是贝妮塔不能容忍的，那便是被蒙在鼓里。医生和医疗体系多年来的态度，使她对戴蒙的情况特别敏感。贝妮塔回房打电话给席蕾丝特。我和罗伯特的交情够深，让我能建议他和菲利普喝完白兰地就赶紧卷铺盖走人，以免被待会儿即将登场的盛怒波及。

"可是他真的没事啊，布莱斯。"罗伯特再三向我保证。他和许多荷兰人一样，讲澳大利亚英语几乎没有外国腔。"上回我脑部开刀时也是这样，幻听，行为异常。"罗伯特瞪大眼睛，耸耸肩，"应该是跟艾滋病有关。"他又耸肩，"看看我，布莱斯，那已经是他妈的四年前的事啦！"

"天哪，罗伯特，我看这段时间肯定足够让艾滋病病毒摧毁你大脑里负责他妈的得体言论的区域！你们两个真的该走了。"我听得到贝妮塔从房里传来的声音。她语气高亢，我可以想象席蕾丝特现在的处境。

接下来的两周对我们来说，简直就像地狱，不过对戴蒙来说却并非如此。他越来越坚信自己被中情局跟踪，因为他持有艾滋病解药。他认为自己完全掌握自身的状况。在他心里，他拥有巨大的威力，足以歼灭敌人。

席蕾丝特犹记他那时的亢奋情绪："他当然有妄想症，但同时他也时时刻刻都很快乐，很亢奋！此外，他还被赋予拯救人类的重大任务，或至少拯救全世界的艾滋病病患免于灭绝。"

根据戴蒙的阴谋论，美国人似乎不希望他把艾滋病解药公之于世。事实上，他们根本不想要这种东西。当年第一个在实验室隔离出艾滋病病毒并散播至全世界的，就是美国人，一开始借由他们为非洲和海地研发的天花疫苗，再来是共享针头的同性恋者和吸毒者的血液系统。艾滋病是中情局发明的邪恶疾病。在戴蒙眼中，这一切都是个大阴谋。中情局想以此主宰世界，第一步就是要先杀死他们不喜欢的人，像是非洲和其他第三世界国家的"窝囊废"，还有美国的黑人和同性恋者。

"他们想把这些人统统除掉，爸！"戴蒙会直视着我的眼睛，恳求我相信他。"我是他们中间唯一的桥梁。解药在我手上！"

"那俄国人和中国人呢？"我残忍地问。

"我想下一个就是他们了吧。我不知道。"戴蒙认真地说，"我想他们应该还没得艾滋病。"

席蕾丝特还告诉我他的那桩阴谋论。戴蒙之所以相信自己有艾滋病，是因为有个"科学实验"在进行，但在戴蒙身上产生了反效果。这项实验的目的在于创造一种即将统治世界的超级儿童。一天早上，他这么提出证据："你不觉得我们的朋友都是很特别的人吗，席蕾丝特？"

"嗯，没错，他们都很特别。"席蕾丝特说，她不想大做文章。

"我们自己也是很特别的人，不是吗？"戴蒙继续。

"唔？我们还可以。"席蕾丝特咕哝。

"不，才不是！你知道我们很特别！"戴蒙施压，接着抬头解释他们何以是这个实验的一部分，还说他是最弱的一员，所以才有血友病，现在又得了艾滋病。讲到一半，他突然凑近席蕾丝特说："你不是一直不知道自己的爸爸是谁？因为布莱斯也是你爸爸。真的！所以我们是兄妹，我负责领导大家！"

戴蒙觉得自己是军队首领，手下有一批将军：托比、巴尔迪、保罗、克里斯托弗、安德鲁·萨利是一组，隔壁的杰夫·帕什也是。席蕾丝特笑着说："我也在里面，不过我想没有受封为将军，大概是小妾吧？戴蒙总是觉得被他爱着、和他在一起就够了。他太自我了，程度有时甚至是超乎寻常，但这也是他的朋友喜欢他的地方，因为他总是那么自信，那么坚定，那么乱来。"

她想了一会儿："你知道吗？有一次我向托比提到，戴蒙本来就有轻度狂躁症的倾向，我的意思是，他的个性。他常常天马行空，又对自己坚信不疑；不太认识他的人，常常被他惊世骇俗的言论吓到。"

戴蒙的军队是对抗黑暗势力的正义之声。他之所以被赋予艾滋病解药，就是因为他是唯一让实验失败的人。席蕾丝特还记得，他说创造超级儿童的实验做得太过火，他才会得血友病和艾滋病。不过，也因为这样，他的脑袋也是最好的，所以他们才把解药给他。这也是为什么他注定要成为领袖。

在这段日子里，他的轻度狂躁症渐渐转成较严重的狂躁症。戴蒙还编出其他五花八门的阴谋论，听起来都很诡异。但如果你和许多人一样相信阴谋确有其事，可能就会相信他的推论了。

戴蒙开始佩戴许多老太太会随身携带的那种呼叫器，如果被攻击，马上就会发出震天巨响。那东西的品牌叫作"双子星"。一天早上，他把呼叫器拿起来，直视我的眼睛说："看吧，跟星座同名。我的人有专门保护我的人造卫星。我一遇到危险，它就会发出警讯保护我。"他回头望了一下，接着又对我说，"我刚刚才把它启动，其余的他们会负责。"

他也拒绝摘下罗伯特叔叔送他的手环，就连洗澡时也戴着。听来或许矛盾，虽然他自诩为军队首领，却时常充满恐惧，觉得有人要在他任务完成之前攻击他。不过，布伦特·沃特斯却表示这种情况并不罕见。戴蒙还说，他在等人通知他，告诉他该把艾滋病解药交给谁。他不能相信任何人，就连他最好的朋友也是。医疗体系腐化至极，也在中情局监控之下，不过里面的某些人倒是可以信任，他还在等待准确情报。手上的手环会告诉他，呼叫器则会保护他。在他心里，只有这两样东西能保护他。

随着圣诞节将至，戴蒙的妄想越来越严重，行为也愈发鬼鬼祟祟。我们十分担心。布伦特临走前告诉我们，他已经将戴蒙的情况交代给另一位精神科医生，不过，我们并不认识他。我们应该事先拜访他，但并未成行，因此除非事态紧急且戴蒙有可能伤害自己或其他人，我们才打算跟他联络。当然，席蕾丝特再度承受大部分的冲击，她说了紧接着发生的事。

"大约圣诞节前的一个星期，最糟的事发生了——我说最糟，因为让人非常伤心。戴蒙整晚都没睡，我不时起来看他在做什么，他在操作苹果电脑。后来，我听见他很大声地讲电话。那时大约凌晨三点。

"我起床走到起居室。'你在做什么？'我问。

"'我在联络警察。'他很大声地说。他很生气，不断把电话摔回去，愤愤不平。就是这些声音把我吵醒的。

"他转身对我说："'我得去医院一趟！我就是得去！'

"'怎么了？你又出血了吗？'我问。幸好马自达刚好送修，否则后果不堪设想。

"'不是！我得医治那里的人。时间到了，我该走了。就是现在！'

"到这个阶段，我已经非常习惯他整晚都在讲电话。劝他回去睡觉几次未果后，我只好放弃。他身上穿着一件短裤和T恤，光着脚，我知道他不敢自己一个人出去，尤其是晚上，因为就是这种时候最有可能被他们逮到。我想我大概也提醒了他这一点，用他的恐惧制止他。我不管了，实在太累了，有用的方法我都愿意用。"

我对席蕾丝特点点头。我们也常常凌晨三点接到戴蒙的电话，几次之后，我们知道马上去看他也没用，因为什么也不能做。

"总之，"席蕾丝特继续说，"我回去睡觉，他大概叫了一辆出租车。我没醒来，但我后来知道他说服出租车司机先载他去提款，这样他才能去医院。他穿成那样出租车司机还会答应，实在匪夷所思，但我想他们很习惯载到怪人吧。他当然取不到钱，因为我们的户头空空如也，之前早就被他取光了。因为布伦特提醒过你，所以我没再存钱进去，而且，我们一定要有点钱过活啊！

"出租车司机甩了句脏话后便开走了，于是戴蒙在凌晨沿着海滩一路走回来，他一定吓坏了。后来，就发生了那件很令人心寒的事。

"戴蒙回来以后，就用他的苹果电脑印了一张张他自制的医生执照，到屋子附近四处发。然后，他穿上最好的衣服，还戴上他的雷朋眼镜。大半夜戴太阳眼镜，实在很怪异，就像电影《福禄双霸天》①里的人物一样。他去厨房找了个篮子，开始装一些他要带去医院的东西，作为他的医药箱。里面有洗发露、我的卫生棉条、止痛药……根本只是一些普通东西！我醒来走出房门时，看到他正急急忙忙地走来走去。

"我吓坏了。他之前从来不会单独离开家，所以我才敢放心回去睡。他一直都很恐惧，我当然不知道他已经坐过出租车出去，又自己从海滩走回家。他看起来若有所思地踱着步。'戴蒙？你为什么要换衣服？'我整个人忽然都醒了。

"他没有抬头，不知道他戴墨镜是否看得见我。'嗨，宝贝。'他心不在焉地说，又忽然惊呼，'就是这个！鱼饲料！'他马上冲去我们放鱼饲料的水槽下。他戴着那副蠢墨镜，根本什么都看不见吧。'鱼饲料在哪儿？'他着急地大喊。我走过去把他眼前架子上的鱼饲料拿给他。

"'感谢老天！'他把鱼饲料抓过胸前——我们还养了鱼——然后放入篮子里，再度开始来回踱步。最后，他决定不用篮子，便把鱼饲料取出来，放进夹克口袋。这就是他拿来治好人的东西。

"他相当理智地对我说，能把艾滋病人医好的不是鱼饲料，这只是

---

① *The Blues Brothers*，二十世纪八十年代的美国搞笑歌舞片，黑西装、黑领带、黑墨镜、黑帽子便是剧中两位主角的招牌装扮。

要让他们觉得有一个东西。他说这是障眼法，他一用这些鱼饲料他们就会变好，但真正的法力在他手里。

"他完全相信只要他进得了医院，就能把人治好。他没有请我帮忙或跟我要钱。我想他知道我不会给，也不会跟他去。他打电话叫救护车，说他是医生，他需要去医院治疗病人，但对方只当他是疯子就把电话挂断。警察也一样，根本不理他。他简直气疯了，戴着墨镜在家里乱跑、跌倒，看起来真的疯了。我不知道该怎么办，我真的吓坏了。这是他第一次看起来像疯了一样。忽然间他停住，坐下来开始大哭。'怎么了？我到底怎么了？'他哭着说。我过去牵他的手，记得那时天微亮，我带他回房休息，他就哭着睡着了。

"那真是最糟的一晚，最伤心的一刻，因为我恍然大悟，戴蒙若不立即接受治疗，我深爱的那个男人就要永远消失了。我正在一点一滴地失去他。我爬到他身边拥他入怀，然后我也哭了起来，昏昏睡去。"

席蕾丝特已精疲力尽。她晚上常常没办法入睡，因为随时要注意戴蒙。我试着说服戴蒙让我为他请一个护士。蒂姆·雷格由于自己的病情每况愈下，已经离开原本的医院；戴蒙也将他封为荣誉将军。我和一家私人护理机构联络，他们表示可以提供精神专科男护士，二十四小时八百元。我很乐意付钱，但戴蒙显然无法接受。"他们就在等这种机会。不然你以为护士是谁？"我再度提起此事时，戴蒙对我大吼。

"谁？"我恼怒地问，我已厌倦争辩，厌倦假装他有道理。

"爸，你知道的！"

"不！我不知道！戴蒙，你自己告诉我。"

"他们啊！中情局的人！"

"噢，天啊！"

他眼泪一涌。"爸，你不了解。他们在找我，他们要干掉我。"席蕾丝特不让我继续说。很显然，戴蒙坚信中情局正在通缉他。

我们请亨利医院的菲尔·琼斯医生开一种强效镇静剂，让他晚上可以入眠。琼斯医师是位敏锐又有能力的医生，戴蒙喜欢他，他也了解戴蒙的情况。席蕾丝特把药放进他的饮料里，前几晚他确实入睡了，席蕾丝特也能趁机补觉。但即便如此，不幸的事还是发生了。那年十二月特别多雨，我们发现那栋小屋竟然盖在沙石上，久雨过后地下室便会积水。这真让人沮丧。圣诞节前几天的一个早上，席蕾丝特醒来时，发现积水已升到地面；她赶紧叫工人来抽水，工人在地下室装了一台抽水机，接上一条普通的园艺水管从窗户拉出去，把积水抽到路上。地下室大概积了几千加仑的水。由于气象报告预测雨会一直下到圣诞节过后，于是抽水机一连几天日夜开工，保持地下室干燥。但戴蒙坚持一入夜窗户就要全关，抽水机晚上便不能运转。偏偏降雨常常发生在夜里，席蕾丝特只好等到镇静剂起效、戴蒙睡着后，再偷偷溜到起居室开抽水机，打开窗户，把水管拉出去。她可无法忍受淹水的圣诞节。

戴蒙服用镇静剂的第二晚依旧下雨，席蕾丝特从梦中惊醒，发现有个男人正弯身看她。她原本以为又是戴蒙在作怪，转身才发现戴蒙正呼吸均匀地躺在她旁边。席蕾丝特当场尖叫，男人瞬间冲到屋外，戴蒙也醒过来，虽然镇静剂的药效还在。席蕾丝特坐在床上抱着膝盖，整个人吓得歇斯底里。戴蒙不知道自己吃了镇静剂，以为有人暗中对他下药，还以为小偷是要来刺杀他的情报员。他紧抓住席蕾丝特，席蕾丝特也紧抓住他，两个人都不知道究竟是谁在保护谁。

大概是这件事让两个人都大为清醒。事情约莫发生在破晓前不久，等天色亮些，席蕾丝特也冷静下来，她才打电话报警。等警察来时，天已大亮，戴蒙的药效也退了，不过席蕾丝特还是要他保证让她一个人跟警察交涉。实际上当然事与愿违，过了不久两位警员便互使了一下眼色，表情意味深长。他们开始做笔录，请席蕾丝特列举遭窃物件，并不理会戴蒙的干扰。结果屋里没有东西被偷。那个男人一定是想找钱或药的毒虫，才会潜进他们房间。浴室没有柜子，席蕾丝特又怕医院帮她开的药被戴蒙发现，所以把药藏在外面洗衣房的洗衣粉包装里。对小偷来说，卧室是最可能放钱或药的地方。

他们还是一贫如洗，虽然家里有一堆药放在厨房水槽下的一个箱子里，并不是毒虫会有兴趣的那种。他们没有录像机可偷；录音机送修；电视机也只是我们给的二手货，一个人要搬走实在太费事了。那个男人当然是从那扇因抽水管而打开的窗户进来的，因此对警方而言，很难构成"闯入"记录。他们于是离开，显然觉得戴蒙是个问题人物（看一眼就知道，他自己看起来就像个毒虫），女的则是歇斯底里那型。对他们来说，这种案子没什么好办的。

警方走了以后，他们发现那男人曾冷静地坐在沙发上抽烟，还搜到戴蒙放在厨房水槽下的那盒输血用具和另一个盒子，里面装着戴蒙的药，虽然不是毒虫用的那种，席蕾丝特并没有想到跟警方提。他把放输血用具的那盒拿到客厅用，然后把东西塞到老旧沙发的一角，随便用几个垫子盖住。

席蕾丝特知道把警察叫回来也没用，反正他们也不会相信。她于是把这件事拿来当证据，说服戴蒙那人只是个想找毒品的毒虫，才不是什么中情局的人。

但是戴蒙看看沙发一角的海绵、蝴蝶针、针筒和其他输血用具，却机灵地辩说情报员当然不傻，那些凌乱的东西只是狡诈的布局。要是当场被抓，就承认自己是毒虫，因为毒瘾发作才闯进房子。戴蒙的那盒药就是最好的证据。

"看吧！"戴蒙指着椅垫下四散的物品，"他几乎把所有针头和针筒都带走了！这可是高招。要是他被抓到，身上不会被搜出毒品，只有我们无法指认的针筒和针头，这样他就有完美的不在场证明。除非找到毒品，否则警方不会太刁难这些毒虫。"

他说得没错，那个小偷确实只拿走了戴蒙的半打注射器、几包蝴蝶针和他输血用的压脉器。

这是发生在圣诞节前三天的事。小偷竟然没有拿走席蕾丝特做好、精美包好、放在壁炉前的圣诞礼物，看在席蕾丝特眼里，更加证实他是毒虫；看在戴蒙眼里，则是中情局涉案的另一个有力证据。

圣诞节的前三天非常不好过。戴蒙的狂躁症越来越严重，尽管十二月又湿又热，他还是把所有门窗上锁，大部分时间都握着手上的呼叫器巡逻屋子。他要席蕾丝特坐在电话旁守着，只要呼叫器一响，就赶紧拨给警察——虽然，戴蒙并不确定警方是否也是阴谋的一部分。

布雷特从马来西亚回来过圣诞节，但是亚当十月底去英国了，于是这是第一个全家人未齐聚一堂的圣诞节。因为贝妮塔不吃红肉，布雷特、席蕾丝特和我准备了一大只羊腿、牛腰肉，另外还有小火鸡。我们的圣诞大餐一向都是冷食，而且这是布雷特和亚当第一次不用争着啃羊骨。贝妮塔还去大卫琼斯百货的食品部订了鲑鱼慕斯。戴蒙喜欢吃烟熏鲑鱼，慕斯也够软，他能舒服地吞咽。

饭后我们玩起"记忆游戏"，每个人轮流分享童年或家人最深刻的记忆。戴蒙努力想要放松，似乎玩得还算开心。席蕾丝特为她最深刻的记忆加点新料，是她爹地珍贵的一九五六年标致汽车，偶然间在车水马龙中爆炸损毁，从此为全家人的出游活动画上句点。故事听起来很好笑，却也有点悲伤，就像席蕾丝特的人生一样。

有家人在身边，戴蒙觉得安稳，虽然安静，却似乎相当愉快。布雷特把大家逗得哈哈大笑，还记得布雷特讲到在马来西亚的一次探险时，戴蒙更是捧腹大笑。他和我们一样都在笑，接着却咳嗽起来，过了一会儿竟剧烈发抖，没办法控制自己的咳嗽。我们觉得他可能又会痉挛，他满脸涨红，似乎喘不过气，席蕾丝特赶紧冲过来抱住他，催他吐出来，然后他又忽然没事。"真的太好笑了，布雷特。"他一边喘气一边说，用餐巾纸抹嘴巴，但是我们全都吓坏了。他虚弱的身体看起来像一咳嗽、一颤抖就要瓦解。现在不只他的脑袋出了问题，大家对戴蒙的病情都心里有数。

戴蒙和我坐在房间一端，和其他人有些距离，席蕾丝特躺在地毯上，一下子就睡着了。这个圣诞节气候非常潮湿，和往常很不一样。午后的云聚积在港口，看来晚上又会下雨了。要不是戴蒙的病，这个圣诞节午后真是再寻常也不过，一切都是那么沉重，餐桌上的家庭聚会过后只有无限的静默。

"爸，我是不是有哪里不对劲？"戴蒙忽然问，虽然小声到只有我能听见。

"为什么这么问？"我说，心跳忽然加速。

"我觉得有，但我不确定。我的脑袋是不是有点问题？"

我搂着他。"戴蒙，你这一阵子有幻听的现象，行为也有些怪异。你妈妈和我希望你能去看医生。"我感到他的身体忽然一僵。"爸，我很好。我已经快一个月没有严重出血了。已经破纪录了！"

"戴蒙，"我温和地说，"你得的这种病，会让你有奇怪的举动。我知道你这一阵子没什么出血，不过我们觉得有别的问题。"

"席蕾丝特也这么觉得吗？"他的声音有点犹豫。

"席蕾丝特也很希望你去做检查，戴蒙。"

"她很累了，爸。她随时得严防戒备，因为我们的处境很危险。"

我低头看着沉睡的席蕾丝特。她把头枕在左臂内侧，看起来是那么年轻、脆弱又美丽。"如果你去医院住几天，让他们帮你彻底检查，这样她就能休息几天了。我们都有点担心，布伦特也一样。他临走前还交代了同事，以防万一。"

戴蒙后来没再多说什么，但隔天节礼日时，席蕾丝特一早来电说戴蒙想去韦尔斯王子医院看布伦特推荐的医生，那位医生在那家教学医院工作。我致电医院，却得知医生圣诞节放假的消息，目前没有精神科医生能为戴蒙诊疗。

一会儿后席蕾丝特又打来电话，说戴蒙一下子变得非常沮丧，一下子又勃然大怒，情绪起伏非常激烈。"我已经拿了镇静剂给他，好像没有用。"她又说。

"我们得找点东西让他镇定下来。"我说，"罗杰·科尔怎么样？我打去亨利王子医院找他看看。"结果罗杰·科尔也放假不在，而且没有其他方式能联络上他。"你是说他今天请假？一定有电话能联络上他吧？"

"不，科尔先生休假，大概去海边了。我们没有权利打给他。"电话另一头的声音听起来很坚定，"而且我们真的没有他的电话号码。"

"拜托！不要挂断。"我请求，"可以帮我转到马克斯分馆吗？"电话咔的一声转过去，显然电话那头的人急着想摆脱我。铃声不知又响了多久以后，终于有人把电话接起。

"早，我是布莱斯·考特尼，戴蒙·考特尼的父亲。"我相信电话另一头的人会认识戴蒙。

"是的，考特尼先生。"那声音有点犹豫，而且我不认得，显然不知道戴蒙是谁。

"你是新来的医疗人员吗？"我问。

"嗯，是的。我们还没见过。"护士告诉我他的名字，我们在电话里互相正式介绍。我记得他的名字是亚历克斯。

"请问有医生在吗，亚历克斯？菲尔·琼斯有空吗？"

"呃，没有，今天只有实习医生值班，他们傍晚才会回来。琼斯医生圣诞假期没有排班。摩根医师一个小时前还在，同样傍晚才会再回来。"

"里克·奥斯本今天值班吗？"我问，我知道他要是在，一定会帮忙。

"不在，不过等等，我去看看排班表。"我听见话筒搁下，不久后又拿起来，"里克今天晚上会来。"

"我必须联系精神科医生或至少一位医师，请他帮我儿子戴蒙开处方。他情绪起伏非常激烈，可能有精神疾病。"

那位护士试着和我好好说话，但我听得出他的不耐烦。"呃，我们没办法，我的意思是，他得等到缓和医疗医师回来帮他诊断。这里不是精神科，你知道的。"

我叹了口气。"我知道，我刚刚已经试着联络罗杰·科尔医师。"

"喔，你不能这么做，他在休假中。"

"是，是，我知道。"我疲倦地说。

"唔，我能帮你的只有这些了，考特尼先生！"

"你可以帮我转回挂号处吗，拜托？"

这次接电话的是另一位女士，比之前的那位更不愿意帮忙，仍旧告诉我现在没有医生能帮戴蒙诊疗。"现在是放假期间，节礼日总是最冷清。现在真的没有医生能看你儿子，考特尼先生。放假期间精神科不收病人。或许你可以试试其他医院。"

这段过程中，贝妮塔都站在我旁边听，像遭逢紧急情况的人一样，显得相当不耐烦，却只能就听到的半边对话在一旁猛提建议。当你自己也很焦虑时，这种行为会让你更加不悦，有股冲动想把电话一挂，对贝妮塔大吼叫她走开。现在我挂上电话，一片茫然。没有半个人愿意帮我们。

"我们得打给雪莉。约翰是韦尔斯王子医院的外科教授。如果她跟他谈谈，或许能帮我们联系上医生。"我挂断电话时贝妮塔说。

"他能帮什么忙？"我勃然大怒，"他只是该死的脑科医生！"

"他一定认识其他人啊！"贝妮塔被我的盛怒一惊，也对我吼回来。

"好啊，那你自己打啊！"我气冲冲地离开房间。我已经打了快两个小时的电话，却只是被丢到一旁。

雪莉·哈姆是我们的一位好朋友，她是物理治疗师，自己在玫瑰湾开店，一直用自己的私人时间为戴蒙作康复治疗。戴蒙很爱她，我们全家都很喜欢。她的前夫约翰是新南威尔士大学外科教授。

我听得见贝妮塔在讲电话，用一种过高的音量向对方解释我们的情况，问雪莉能不能打给约翰请他帮忙。

我听见她把电话挂断大喊："布莱斯？"

我迅速从卧室走到浴室用冷水冲脸，想掩饰我的愤怒和挫折。我知道不能怪贝妮塔，她和我一样焦虑、彷徨，但是我发现自己又快要控制不住情绪，而冷水似乎有点效果。她走进浴室："雪莉要帮我们打电话给约翰·哈姆。"

我假装没听见，用手捧了些冷水往脸上泼。"呃？"我伸手拿毛巾，把脸埋进去。

"雪莉要打给约翰。如果联络得上他，他会打过来。到时你接电话好吗？"

"拜托！他能做什么？"

她哭了起来。"我不知道！但是值得一试啊，不是吗？"

我不知道该说什么。她当然说得没错，我却不愿承认。大概过了一个小时，约翰·哈姆打来了电话。他非常亲切，听我解释事情原委，以及我试着联络缓和医疗医师，因为医院里找不到半个精神科医生。

"每年这个时候总是这样，布莱斯。"约翰·哈姆解释，"医院里只有实习医生，要找到精神科医师并不容易。你说得没错，你儿子确实需要镇静下来。戴蒙的缓和医疗医师是哪一位？"

我告诉他我们已经试着联络罗杰·科尔，但是他出城了，院方不愿意或者不知道要怎么联络他。

"交给我。我来看看能做什么。"光听他说愿意帮忙我们，就像注了一剂强心针。

我转头对贝妮塔说："嗯，他要试试看。他的意思好像是医生都有紧急联络方式。"

"噢，那太好了。"她淡淡地说。

"对不起，亲爱的。刚刚一直被电话另一头的人拒绝，我心里很不好受。一定是因为放假还要工作让他们心情很差！听起来像是所有医生都去放该死的圣诞假期了。"然而，半小时后打来的却是罗杰·科尔本人，人好似在南海岸，让我们大吃一惊。我向他道歉在放假期间打扰他，跟他解释过戴蒙的状况后，他承诺待会儿回我们电话。大约二十分钟后，他果真回电了。

"我跟斯普林斯廷医生谈过，她是亨利王子医院的精神科医师，相当年轻。放假期间的工作量似乎比平日多两倍。她今天下午得值急诊的班，你要是带戴蒙去，她可以帮忙看。不过要先打电话通知她，我电话挂断之后你马上打。可能要等一会儿才打得进去，医院基本上只剩个空壳。"

"谢谢你，罗杰，你真的帮了我们大忙。"

罗杰·科尔清清喉咙。"布莱斯，先别谢我，可能会有问题。"

"问题？"

"艾滋病部门没有接收精神病患者的医疗设备，护士也没有受过专业训练，他们可能会拒绝为戴蒙看诊。尤其现在是假日，人手更是不足。但是我已经请斯普林斯廷接收戴蒙，她知道大家都认识他，他没有暴力记录。"他轻轻笑了一下，"我很难想象戴蒙暴力的样子。"

"要是他们不肯收，那医院的精神病房呢？"我问。

罗杰·科尔停顿了好一会儿。"布莱斯，我不知道该怎么说，但是人员上会有些问题。"

"唔？我不懂，罗杰。"

"戴蒙有艾滋病。虽然他们从不公开表态，但他们病房不收艾滋病患者。"

"谢谢你告诉我，罗杰。我们越来越了解什么叫作不干净了！"

"很抱歉，布莱斯。真的很抱歉。"他的声音很仁慈，我们都知道他很关心我们。"我和斯普林斯廷医师不熟，但她似乎能力挺好的，我相信她一定能帮上忙。我已经请她让戴蒙住进马克斯分馆，让他以艾滋病患者的身份入住。"

我把她的名字抄在电话旁的便条纸上，用一位歌手布鲁斯·斯普林斯汀的名字加强记忆。

"罗杰，谢谢你为我们做的一切。我真的很感激。"

"别这样，布莱斯，我也只能请她收戴蒙，并没有权力命令她。如果她判定他有暴力倾向，或她对诊疗的结果不悦……"他没有把话说完，"总之，我相信会没事的。我已经把我记得戴蒙服用的药告诉她了，也准许她取用我架上关于他在马克斯分馆的病历。我也建议了几种可能使他镇静下来的药方。"他又停顿一会儿，"海伦·斯普林斯廷医生。"他重复第三次，"尽快打电话给她。"

我马上又打去亨利王子医院找斯普林斯廷医生。我确定电话大概响了二十分钟，才终于听见一个精练的声音说："喂！"

"是斯普林斯廷医生吗？"

"你是？"

"我是布莱斯·考特尼。罗杰·科尔医生刚刚和你谈过我儿子戴蒙的状况。"

"是？"她只说了这个字。这显然又是一个想尽量减轻责任的医生，不准备对我施舍慈悲。

"可以请你帮他看看吗，医生？"

电话另一头的声音终于说出了完整句子："我是今天值班的唯一一个医生，除了急诊室以外，还要负责其他几个病房。你认为可以再等等吗？"

我很惊讶。和我预期的完全不一样。"你是说今天晚一些吗？"

"不，我是指圣诞假期过后。他还没有暴力倾向吧，有吗？"

"唔，没有，但他的妄想症越来越严重。我们觉得他应该住院。"

电话另一端停顿了一会儿，最后终于说："他有艾滋病是吗？我们精神病房目前没有空位。"

我没有提起罗杰·科尔医生建议她让戴蒙以艾滋病患者的身份住进马克斯分馆。"或许马克斯分馆能收？"我建议，丝毫不透露科尔医生已告诉过我亨利王子医院精神病房的状况。"我真的认为该有医生看看他，为他诊断。之后我们希望他能去马克斯分馆，那里的人认识他。"然后我说，"我们真的已经束手无策了，医生。"这句话是我的恳请，我讨厌自己听起来这样，但是我绝不让她把戴蒙抛下。"请别让我求你，医生。"我说。

"他没有暴力倾向吧？"

"没有，医生。"

"今天下午把他带来急诊室，我帮他看看。"她听起来累坏了，但好不容易有重大突破，我管不了那么多，毕竟我已经打了四个小时的电话。我希望戴蒙赶紧接受检查，这样或许不久后他就会开始服用锂盐。布伦特·沃特斯曾说只要他服用锂盐，很快就会恢复正常。

锂（Lithium）这个字听起来真像音乐，像是钢琴键上的滑奏，甚至还能以此造个做作的句子："当炽热将人带向疯狂，将利刃划穿自己的喉咙，首次为罗马将军马可·奥勒留在《沉思录》所提及的锂，有如轻柔微风从覆雪的阿特拉斯山拂过撒哈拉沙漠，让万物再度凉爽了起来。"法官和教授常用来镇静心神的锂盐啊，将让我的儿子恢复正常。

布雷特刚从大峡谷钓鱼回来，他天一亮就起床出门，然后带回两条大竹荚鱼和一尾肥美的鲷鱼，一听戴蒙愿意去医院，就主动说要陪我。布雷特有一种沉稳的特质，对戴蒙而言，有哥哥陪在身旁总是让他好过许多。

那是热得发臭的一天，雨水让空气极为潮湿。一到医院急诊室，发现身边全是圣诞节后的伤员，有人头上包着绷带、脸肿起来、眼睛黑了一圈、鼻子受伤、嘴唇割破、肩膀异位，等等，什么部位都能受伤。这里挤满用手抱着头的男人、医药用品残留物、各式各样的受伤部位。有些人酒醉时把老婆、小孩打得鼻青脸肿，正坐在旁边陪他们；还有一家八口全缩在某个角落，除了一个小婴儿以外，显然受过严重家暴。

"天啊！这地方看起来像被炸弹炸过！"我对玻璃隔板后的女士惊呼，她正准备帮戴蒙挂号。

"这就是节礼日！"她用一种滑稽的声音说，"其他人在唱烛光圣歌，"她用笔尖指指房间，"我们大白天在这里大屠杀！"

填完表格后我们在一旁等，过了一个小时，戴蒙变得焦躁不安，背着手在附近来回踱步。后来他坐下，但一分钟后又站起来，在急诊室走来走去。最后他又在我旁边坐下。"爸，这是陷阱。我们回家吧。"

我走去问玻璃隔板后的女士。"请问还要等多久才能看到斯普林斯廷医生？"

　　她抬头，没有流露一丝认出我的表情，更别说记得一小时前曾和我交换的讽刺幽默。"医生很忙。等就对了！"她的回应一板一眼，大概已经讲过上千遍，我连她有没有意识到自己在说话都不确定。"医生很忙，等就对了"是完全自动化的回答。她没再看我一眼，就继续处理她的文件。

　　"是，可是……我们已经……"

　　她又抬头，仍然面无表情。"我们很忙，值勤的只有两个医生，两个实习医生。"她说实习医生时语带不屑。

　　"斯普林斯廷医生是实习医生？"我惊讶地问。

　　她瞪我一眼，嘴唇轻蔑地抿着，"总而言之，她很年轻就是了！"然后继续看她的文件。

　　"大概要等多久？一个小时吗？"

　　她重重地叹了口气，又抬起头，"你前面至少有十五个病人。有些甚至一大早就在等了。"

　　布雷特留在原处继续等，我带戴蒙去附近海滩兜兜风。我把车停在法国船长暨探险家拉贝鲁兹的纪念碑旁，他早在库克船长之前就踏上了澳大利亚的土地。"这就是探险开始的地方，比库克船长还要早。想想看，要是拉贝鲁兹那时觉得这里值得法兰西王国占领，我们可能就是法国人的呢，戴蒙。"

　　"妈一定会喜欢。"戴蒙说，接着我们又聊了一会儿，我才能又说服他返回急诊室看斯普林斯廷医生。我们大概一个小时后回去的，后来又等了两个小时，戴蒙的情绪越来越火爆，三度想要冲进斯普林斯廷医生的诊室。幸好布雷特能轻轻搂住他，让他不痛，却也不能移动。他总能和戴蒙有说有笑，缓和眼前的紧绷情绪，像安抚孩子般对戴蒙说："别急，就快轮到我们了。"

布雷特轻轻摇着怀里的戴蒙。我很感激他当时展现出的冷静，他的情绪似乎比我稳多了。后来我才注意到他身上的红色T恤紧黏着身体，原来他也已紧张得逼出一身汗。

临近傍晚时分才终于轮到戴蒙。等了这么久以后，他已极度疲惫，我很担心斯普林斯廷医生会直接宣布他有暴力倾向，拒绝收他入住艾滋病病房。

我们去邦迪接戴蒙以前，就已先打包了些过夜用品，如睡裤、内衣裤、牙刷、牙膏、拖鞋，之后才驱车前往亨利王子医院。虽然他同意看医生，但我们到邦迪之前接到席蕾丝特的电话，说戴蒙不愿意住院。她若是径自打包，显然会让他起疑心，于是我自己准备一份，希望看过医生后能说服他住院。

斯普林斯廷医生是个娇小、微胖的女人，年近三十，但因为没化妆，一头棕红色头发垂散，很难判断实际年龄。她的腿相当结实，上面有一根根细红腿毛，穿着一双皮凉鞋。那时我稍稍在想，天生红发的人为什么常常把相当有魅力的发色染成不雅的棕红？她的白袍没扣上，里面是一件宽松的花草棉质洋装。她的外表看起来比较像在格利伯的哈罗德帕克旅馆一带出没的年轻人，有潜力成为作家，而不像精神科医师。

或许我对斯普林斯廷医生的形象太严苛了。为什么我会如此注意她的外表，实在值得探讨。我想是因为我们的心神已经在这个人身上专注太久，于是不知不觉引发潜意识的好奇，尤其她是我们得仰赖的人。她的外表其实不算全然普通，但显然被又长又臭的一天折磨得很疲倦，让我一时间也为她感到同情。"我想你一定很累了。"我说，希望展现亲切的一面。

"爸！"戴蒙说，"我们赶快进入正题！"他直视斯普林斯廷医生。"你叫什么名字？你是实习医生吗？"他怒视着年轻医生，"你是适任的医生，精神科医生吗？"

我紧张地笑了笑，"我们也等得很累了。"

"坐下，戴蒙。抱歉让你们等。不，我不是实习医生；是，我是适任的医生。有什么地方能为你效劳？"她完全没有提高音量，但她显然掌握住戴蒙，因为他随即坐下。"怎么样？"她又问，直视着他。

"你没办法帮我，你不是我该见的人。"

医生笑了笑。她笑起来很好看。"唔，抱歉，恐怕我是现在唯一能帮你看诊的医生，戴蒙。"我不禁开始景仰起这位年轻女士。她累了一天，却仍以值得敬佩的态度面对问题。

"你对艾滋病了解多少？"戴蒙问。

"不是很多，不是我的专业领域。"她诚实回答。

"那我在浪费时间。你不是我要转交艾滋病解药的人！"

"很好，但既然你来到这里，我想帮你做个检查。你能帮我的忙吗？"

"不，不能！"戴蒙说。

斯普林斯廷医生一边说一边写，"把你的鞋子脱掉。这样你会比较舒服，戴蒙。"戴蒙显然很讶异。"除非我能拿着它。你不能拿走。"

斯普林斯廷医生问了戴蒙一连串问题，有些他以正常的方式回答，有些则有些闪躲，显然怀疑她的动机。他还一度双手怀抱胸前，抱着一双鞋说："我不想再被你质问了！"然后闭嘴不语。

我们在死寂中等了一会儿，最后医师站起来，要戴蒙跟她进一间小诊疗室，请我在外面等。戴蒙竟然光着脚站起来，尾随医生进去，依然紧紧抱着鞋子。布雷特还在外面等，我于是出去向他解释情况，然后回诊疗室。几分钟后，我听见戴蒙说话的声音。大约又过了半小时，斯普林斯廷医生走出诊疗室，留戴蒙一个人在里面。她坐下来写了一会儿，完全无视我的存在，最后说："我确定戴蒙得了狂躁症。我想我们该想办法让他留在这里，虽然医院无法特别照顾他。只要我们让他保持镇静，待个几天应该不成问题。我不认为他会有暴力举动。"

"可以把他安置在艾滋病病房吗？那里的护士他认识，他在那里有朋友。"

我的声音一定泄露了内心的焦虑，因为她突然给我一个安心的微笑。"唔，我可以建议他们，但是决定权还是在他们手里。如果他们拒收精神病患者，我们可能就必须把他转到其他医院。私人医院怎么样？"

"嗯，我比较希望他待在这里。我想他们应该不会拒收才是。"

她看着我，我第一次注意到她有一双很美的蓝眼睛。"你必须了解，我得以精神病患者的名义收他，而不是艾滋病患者。如果他未经医院同意擅自离开医院，我们就必须申报。"

"申报？你是说宣布他精神异常吗？"

"呃，没错，不过我们不喜欢这么说，也没有这么简单。我们得通知警方逮捕他，带他去罗泽尔精神病院。"

我一定是沉默得太久，她突然又加上一句："这是法律规定。"

"我会跟他解释。"我轻轻说。

"嗯，试试看。"

"他目前没有暴力倾向，但是我想他会害怕离开备受保护的环境。"我说。

"这很难说。他现在的情绪起伏相当激烈，我认为这种情况会持续恶化，或许会演变至完全失去理智，无法为自己的行为负责。如果他认为某件事不对，可能会非常愤怒。"

"唔，他目前还算可以，虽然有时候有点不理性，会幻听，有妄想，但他还是我的儿子戴蒙，我不认为这会改变，医生。"

然而，听了斯普林斯廷医生的警告，我的焦虑节节攀升。在混乱的急诊室待了这么久以后，我突然对把他带来医院感到不安，全然忘记自己之前请求医生让他住院。"或许我们该带他回家，看能不能撑过这个假期？"我说。

我准备再试一次，说服戴蒙跟我们住在山上，告诉他这是不住院的唯一选择。

席蕾丝特一定得好好休息几天。现在想起来，我惊觉这是我们想带他来医院的真正原因，不禁对我和贝妮塔努力不够感到惭愧。我决定向公司请假到一月第一周过后，并安排席蕾丝特去某个地方休养，强迫戴蒙和我们同住。

"这个提议不错，但是我不太赞同。"斯普林斯廷医生说，"我认为你们把他带来是正确的。"她拨电话给马克斯分馆，告知他们我们就要过去，请他们留一间单人房，"留一间离门口远一点、可以随时观察的房间。"她这么吩咐。

电话另一头的人一定拒绝了她，因为红发医生叹了口气说："好吧，看你们有什么房间。"她挂上电话，看起来非常疲倦。"我已经给了他一颗镇静剂，但不一定有用。"她起身，然后往后退了一步，转身打开小诊疗间的门。

戴蒙坐在床边，瘦削的肩膀拱着，汗湿的衣服露出轮廓。他看起来很瘦小，很迷惘，仍然紧抓着他的鞋子。"戴蒙，你得在医院待几天。"我说。

"嗯，我知道。"他静静地说，"爸，你能帮我穿鞋子吗？"我蹲下来帮他把鞋套上瘦弱的脚。"你可以请席蕾丝特帮我拿我的睡裤、牙刷、牙膏和随身听来吗？"我帮他绑鞋带时他问。

"我带了一套我自己的夏装，还有牙膏、牙刷。"我挤出微笑，"你知道的，我是想以防万一。"我站起来，准备扶他从床上下来。

戴蒙抬头看我，他的眼神很悲伤，让我觉得自己好像背叛了他。"我是想你可能会临时改变心意，想留在医院。"我底气不足地说，想遮掩自己的羞愧，"明天一早我会把你的随身听带来。"

一滴眼泪骤然从他脸颊滑落，他迅速用手背抹掉，吸吸鼻子，看起来就像个五岁的孩子。然后他耸耸肩，站起来跟我走。"对不起，戴蒙，真的很对不起。"我说，突然也想大哭一场。

"没关系，爸。"他牵起我的手，紧紧握着，然后用一种微弱到几乎听不见的声音说，"我知道自己有个地方出了问题，但就是不知道是什么。"

我们和等在门外的布雷特碰面，一同走去停车处，开了一小段路到马克斯分馆。之后，便是我们生命中最糟的八天。

# 第二十八章

疯人院不准抽烟。

到了马克斯分馆以后，等着我们的，并不是以往的亲切欢迎。值班护士是生面孔，似乎已得知戴蒙有狂躁症，并不乐于照顾一个"疯子"。其实并不能怪他们，轻度狂躁症患者常有剧烈的情绪起伏，这里的艾滋病医护人员却未受过照顾精神病患者的专业训练。但他们同时知道，医院的精神病病房会因为艾滋病而拒收戴蒙。我们回到家以后，布雷特洗澡更衣，然后便和朋友出去。那是非常难熬的一天，我们都精疲力尽，庆幸戴蒙能让专业人员照料几天，并开始接受治疗改善病情。当然，我们以为接下来的假期里喘口气，新年一开始便能让适合的医生为戴蒙治疗。我们也从中学到教训：放假期间生病俨然是雪上加霜。

不过最重要的是，席蕾丝特能先歇息几天。她的脸色本来就苍白，现在更是如此，黑眼圈十分严重。虽然她一直把状况控制得很好，连我们都心生佩服，却仍几度近似歇斯底里，让我们愈发为她的身心健康担忧。

席蕾丝特没有精神崩溃或累倒，完全要归功于她的性格，和因爱而生的强大力量。大部分和她同龄的人都很难拥有这种特质和胆量，老早就会放弃这段感情远走高飞。好几个星期以来，席蕾丝特一直应戴蒙所求，随时守候在他身边；比起贝妮塔和我，她无疑迫切需要放个假。

当我告诉席蕾丝特戴蒙顺利住院后，她大大叹了口气，然后咯咯笑了起来。她很努力抑制自己的歇斯底里，整个人却颤抖起来，随即完全崩溃，号啕大哭。那种哭不只是一般人发泄情绪、"好好哭一场"的感觉，更像是源于内心深处的苦，她自己也无法止住汩汩流出的伤痛。那声音不像是哭泣的女孩，而像是心里藏着巨大悲伤的女人。

"要不要我过去？还是贝妮塔？"我一直拙劣地就着她的哭声问。她不断深吸气、吸鼻子，想控制眼泪，接着又用孩子般的声音说："不用！"最后她终于能好好说话，"求你不要来，布莱斯。拜托！我真的没事。"

席蕾丝特已经疲惫得超过极限，想要一个人静一静，不想要我、贝妮塔或戴蒙在旁边。我能了解这种需要。此时此刻，她强烈需要暂时摆脱我们所有人。

席蕾丝特才挂断电话几分钟，戴蒙就从医院打去找她。他听起来正常极了，完全清醒，他希望她去医院看他。"我打给托比，他也会来。"戴蒙说，声音听起来很兴奋，"好吗，宝贝？我们三个人聚在一起，一定会很棒。"席蕾丝特当然不应该去，但是她无法拒绝戴蒙。她今天稍早时和贝妮塔借了车还没还，大概是想戴蒙在医院应该很安全，去看他一个小时应该不会加深她的疲倦。

她打电话给托比，问他戴蒙电话里听起来怎么样。"他听起来很好。"托比回答，"就跟以前的戴蒙一样。声音里也没有最近那种疑神疑鬼的古怪感。"

席蕾丝特很高兴有托比陪她。自从近几周戴蒙的狂躁症发作以来，朋友中就属托比和克里斯托弗·蒙纳最常来，一直支持他，也陪着他，好让席蕾丝特能独处一会儿——虽然不久后，他又会开始想她，情绪不稳。席蕾丝特打算半小时后去接托比，这样她就有足够的时间换衣、梳洗，用冷水拍拍肿胀的眼睛。他们在医院大门停下来缴停车费，再开往马克斯分馆，才走了四分之一的路程，就看见戴蒙气冲冲地向他们走过来，应该说跑过来，还拿着他的过夜小行李袋在头顶又挥又摇。他离马克斯分馆有几百码远，不是他该出现的地方。他不断回头望，好像认为会有人跟踪他，即使有些距离，仍能清楚看见他在奔跑。戴蒙的身体不大能跑，虽然还有点距离，席蕾丝特仍能从他挥舞的样子看出他很愤怒。

"该死，我们该怎么办？"托比说。他们驶近戴蒙，席蕾丝特把车一停，跳下车朝他冲去。"发生什么事了？你在做什么，戴蒙？"她问，努力想抱住他，不让他继续跑。

"走开！"戴蒙尖叫，两个人的脸只有几英寸远。他硬是挣脱她，继续跑向车子。"他们在跟踪我，他们在跟踪我！"他把门一开，跳进驾驶座。

"不要，戴蒙，不要！"席蕾丝特尖叫着往车那里跑去。

戴蒙把车门一关，发动引擎，似乎没发现托比就坐在他旁边。"快点上来，我们要走了，没时间了！"他激动地对席蕾丝特大喊。因为引擎已经发动，没有时间争辩，席蕾丝特只好跳进后座。托比把手放在戴蒙手臂上。"别蠢了，戴蒙，你这样不能开车！"他说，试着保持冷静。

戴蒙一样把托比的手甩开，油门一踩，让整辆车往前冲，然后猛踩刹车，让还没系好安全带的席蕾丝特一会儿往后倒，一会儿往前倾，猛地想抓住驾驶座椅背，也把戴蒙撞得往前倒。戴蒙咒骂一声，又直起身倒车回转，轮胎吱吱作响往前奔驰，席蕾丝特又被用力甩到后座。

他们驶过大门，驶过大吃一惊、挥手要他们停下的守卫。车子奔过医院，冲上四车道的高速公路，双向道路竟奇迹似的没有其他来车。

席蕾丝特把接下来发生的事描述得相当好：

"沿着澳新军人路开时，戴蒙简直把脚踩平在油门上。托比和我都对他尖叫，要他放慢速度，却一点效果都没有。他把雪铁龙开到极限，并且不时往回望——我不是指看后视镜，而是整个人转过身从窗户往后探。他非常非常害怕，看他这样子，让我暂时放下了自己的恐惧。'拜托你，戴蒙，你不应该开车，让托比开。'我说，对自己语气中的平静也相当讶异。我还一边帮他揉揉颈背。

"'没时间，没时间换手！'戴蒙说着一边看后视镜。他只要一这么做，车就会侧移一个车道。托比似乎也了解对戴蒙大喊不会有用，因此他把身体微微往戴蒙那里倾，用冷静的声音说：'要是我这么生气，你一定也不会想让我开车对吧？'戴蒙几乎马上把脚移开油门，托比对戴蒙理智的诉求显然奏效，因为戴蒙自己也讨厌失控的驾驶。戴蒙忽然发现自己正激动地驾车，此时他非常非常愤怒，要是出了意外，或许会耽搁到他的逃亡。

"托比乘胜追击：'我会开得很快，但是我不生气，所以不会出车祸。'戴蒙同意他的话，把车停下来，托比赶紧冲出去，跳进驾驶座，戴蒙只好让位给他。紧急危机落幕，但另一个危机紧随在后：我们必须取信于戴蒙，同时试着让他冷静下来，说服他我们不回邦迪，而是去找你和贝妮塔。

"我记得我们说：'戴蒙，我们去贝尔维山吧，先不要去邦迪。去找贝妮塔和布莱斯喝杯咖啡怎么样？'戴蒙却只是说：'为什么？我想回家！'

"'不，不，我想喝杯现煮的咖啡。贝妮塔煮的咖啡很好喝。我们家里没有新鲜的咖啡，只有雀巢咖啡。'

"我们那时没想到可以说他们一定会直接去邦迪找人，只是不断用愚蠢的咖啡当借口。

"'我们可以在路边买杯咖啡。'戴蒙说，俨然是三人之中最有逻辑的一个。

"我当然没办法和托比说话，但我知道我们对戴蒙逃出医院束手无策，尤其你之前告诉过我逃院的结果，让我非常害怕。我只知道我们得把戴蒙带去你那边让你处理。他不断探出窗外往回看，这也分散了他的注意力，让托比能一路开回你的公寓。戴蒙简直气坏了。我想他把你当成阴谋的一分子。最后还是托比灵机一动，说那群人一定会杀去邦迪找他，才让戴蒙愿意下车。

"我们把他带去你的公寓，扶着他走完楼梯，按下门铃。"


电话大概在他们抵达前几分钟响起。是斯普林斯廷医生。

"戴蒙·考特尼先生未经同意擅自离开医院。你知道他在哪里吗？"

我惊讶得说不出话，最后总算勉强挤出："什么时候？怎么走的？"

年轻的红发医师叹了口气。"他和马克斯分馆的医护人员起了点口角，一气之下就冲出去了。没有人交代他们要留住他。"她停顿半晌，"你确定你不知道他在哪里吗？"

我终于回过神，听出她话里的用意。"当然。怎么了？"

"守卫说他和两个人高速驾车驶离医院。他们看见他坐进车里开车走了。"

"戴蒙吗？他没有车啊。他的车送去修理了。"我没想到贝妮塔的车在席蕾丝特那儿，也没想到另两人可能是席蕾丝特和戴蒙的朋友。我才跟席蕾丝特讲完电话不久，很难想象以她现在的状况会去医院看戴蒙。我也确定席蕾丝特不可能协助他逃院，不合理就是了。"要是他出现，你们一定要马上向我们报告！"斯普林斯廷医生说，我听得出来她很愤怒——当人发现自己判断错误或是他／她的信任遭到背叛时的那种愤怒。

我背脊发冷。我想到她说过戴蒙若未经准许擅自离院的后果。"拜托你,斯普林斯廷医生,如果他来这里,我们能不能直接把他带回医院?"

"我不知道。但如果你知道他在哪儿,你一定要打电话给我。你了解吧,考特尼先生?"

"嗯。"我说,"但是医生,请你保证……"她已经把电话挂断。

因此,门铃响时我和贝妮塔都一惊,不知道门外等着的是谁。戴蒙手叉腰站着,一脸反抗而愤怒的神情。站在后面的是席蕾丝特和托比,两个人一开始都没有抬头。

"天啊!发生什么事了,戴蒙?你为什么离开医院?"

戴蒙怒视着我,然后挤过贝妮塔和我旁边,气冲冲地踏进公寓。席蕾丝特抬起头。"你知道了吗?"

我点点头,赶紧转头看戴蒙在做什么。

"进来。"我听见贝妮塔对席蕾丝特和托比说。

戴蒙在客厅的地毯上坐下,把衣服和鞋子一脱。我向他走去,他马上站起来,松垮的裤子随即滑落一半,他却丝毫不在意。他面对着我,往空中又跳又挥,比出空手道的姿势,用鼻子嗅嗅空气。"他们抓不到我的!不,他们抓不到!"他大喊,又往空中拳打脚踢。

"等等,戴蒙,没有人要抓你!"

其他人都已经进来。"想喝可乐还是咖啡?"贝妮塔问。

戴蒙忽然停下来,转身对着他妈妈说:"他们抓不到我的,妈!我可以保护我自己,你知道的!"他突然转身往阳台跑去,跃上花台,站在砖墙上往下看。"要是他们来,我就从这里跳下去!这样他们就抓不到我了!"

我们从没看过他这个模样,真的非常吓人。我从砖墙上拉他下来,带他进室内。席蕾丝特悄悄把通往阳台的门锁上，把钥匙放好，不久以后，我又听见她把前门外的门闩插上了。

贝妮塔把戴蒙带到沙发上。

我一个人走去卧室。那是我一辈子最痛苦的时刻之一。要是我知道那通电话的结果，我说什么都不会拨。

但是我拨了电话，等接通后报上姓名，电话马上转给斯普林斯廷医生。她还是那熟悉的简短回应：

"你是？"

"戴蒙在这里，几分钟前来的。"

"你可以把他留住吗？"

"我想可以吧，虽然他看起来很生气。"

这一次，年轻医生以微微安抚的语气说："考特尼先生，先前我已跟你解释过状况。我必须申报戴蒙的情况。这是法律规定，我别无选择。我已通知警方。"

"噢，不！"我哀号，但是斯普林斯廷医生打断了我。

"如果你企图阻止警方逮捕，将构成犯罪行为。请在警方到达以前守住他。"她沉默半晌，"很抱歉，考特尼先生，这是我的分内职责，我只是依法行事而已。希望戴蒙没事。"

"他们会对他做什么？"我努力挤出话。

"他得去罗泽尔精神病院，接受警方监督。"

"拜托你，医生！我会把他照顾好，请你别这么做，拜托！！"

"我别无选择，考特尼先生。这不在我们的权力范围内。真的很抱歉。"我又听见电话挂上。贝妮塔也来到门边，此时走了进来。"警方在路上了。他们得逮捕他。"我轻轻说。

"我们不能直接把他送回去吗？"

我摇摇头，有一种想哭的冲动。"是法律规定。我跟你提过的医生已经申报他的情况了。他现在是法定精神异常者！"

　　贝妮塔随即哭了出来，我自己也是喉头一哽，好不容易才止住呜咽。我亲爱的宝贝，我俊俏的戴蒙，那个头肿成蓝黑色气球的小儿子，那个强壮的戴蒙，竟然变成法定精神异常者。他们就要把他关进精神病院！

　　我搂住贝妮塔，领她走去浴室。好不容易终于说得出话时，我让她擦干眼泪。"他们来的时候，我们得在他身边。"

　　所有人都坐在客厅，看着戴蒙来回踱步。正当我们逐渐冷静下来，门铃忽然响了。那声"叮咚！"听起来宛如震天巨响，专横地占满眼前的空间，仿佛我们全都坐在一座钟塔里。所有人都惊得跳起来。戴蒙的身体一僵，双手一高一低处于空手道位置，两眼瞪大望着我们说："是谁？"

　　我起身朝他走去，试着搂住他的肩膀，但是他抽开身体，和我保持距离。"戴蒙，是警察。我必须通知医院你人在这里。"

　　戴蒙看我的那种仇恨眼神，至今仍在我的噩梦里出现。那副表情就像镌刻在我的意识里。我告诉自己，当那副表情消失，事情或许就会好转。

　　我张开臂膀。"戴蒙，对不起，真的很对不起。"

　　"你背叛我。"他怒吼，"我就知道你会背叛我。"

　　门铃又响起，贝妮塔和席蕾丝特也都朝戴蒙走过来，他却转身想冲去打开阳台门。

　　我跑去开门。门外站着两个警察，看上去都很年轻。"考特尼先生吗？"其中一人问。

　　我点点头，伸手开外门，把重重防盗设备转开。我忘记席蕾丝特先前把门锁上了。"等等，我去拿钥匙。"我转身跑向走廊，但钥匙却不在我们平常放的地方。"钥匙！"我大喊。

戴蒙此时站在客厅中央。"是警察！是他妈的警察！你们竟然打电话叫他妈的警察！"他尖叫。席蕾丝特把手伸进牛仔裤口袋，把钥匙丢给我。她虽然泪流满面，却仍控制住情绪。

我冲回前门打开锁。"他会使用暴力吗？"其中一个警员问。

"不，不，他不太强壮，伤不了你们。"

他们走进来，我转身看见戴蒙站在走廊底端，就在我书房门前。他背对着我的书房，看起来就像一头困兽，手摆出可悲的空手道姿势，连我们都骗不了，更不用说两个警察了。

"当心！我可以让你们一命呜呼！"他说，把手更凑近脸。两个警察朝他移动，戴蒙竟转身打开我书房的门冲了进去。

我的书房有两扇门，一扇通向走廊，另一扇通向客厅。不久后戴蒙抱着布雷特的鱼枪冲出来，布雷特早上钓鱼回来，先把鱼枪搁在一个角落里。戴蒙得扳动一个很重的橡皮环才能发射鱼枪，以他现在的体力是做不到的。所以，他等于抱着一根沉重的木条，一点杀伤力都没有。但是他把枪举起，对着两个警察说："浑蛋！来啊！"

一个警员说："该死！他有武器！"

"等一下。"我大喊，然后冲去戴蒙旁边，对他伸出手。"给我，亲爱的。"我们的眼神交会、凝滞。有那么一秒，只是那么一秒，我觉得戴蒙会对我开枪。幸好他只是叹了口气，把枪交给我。他颓败沮丧，眼神里的绝望怵目惊心。

但是他一把枪交给我，两个警察就冲到他旁边，其中一人抓住他退化的手臂强行往后扳。

贝妮塔尖叫，我想我们都一样。"住手！住手！他有血友病。你会伤到他的！"席蕾丝特大喊。

年轻警员丝毫没有注意戴蒙痛得尖叫，他那又小又弯的手和接合的手肘被迫反手举高，肩关节看起来就快裂开一样。

"浑蛋！不要弄伤他，拜托不要伤害他！"贝妮塔尖叫。

席蕾丝特冲到警员旁边。"住手！住手！他会出血！他会内出血死掉的！"

大概是"出血"或"死"让警员忽然张开耳朵。戴蒙跪着，上半身被两个力大无比的男人强押伏地，把他手臂扳高的那个警员松了手。戴蒙显然无法自卫。他无力的手臂垂落在身旁，表情因疼痛而狰狞着，躺在地毯上啜泣。

年纪稍长的警员从腰带上解下手铐。贝妮塔马上冲到他身旁，整张脸逼近他。"不！不要用那种东西铐住我儿子！"她没有哭，而是冷冷地命令，让警员顿时退了一步，不确定该怎么应付。"他刚刚以武器抵抗。他有危险性，女士。"

"噢，拜托，你们自己看看他。"我指着侧躺在地上哭泣的戴蒙说，"他看起来危险吗？"另一个警员现在坐在戴蒙臀上将他往下压住，尽管躺在地上的人根本没有反抗。

警察把手铐收回去，押住戴蒙的警员也站起来。戴蒙继续躺在地上，痛得发出哀号，却还是努力想控制，想把呻吟吞下肚，却见黏液从他的鼻子、嘴唇、下巴流出，嘴巴半张，嘴唇内侧露出一层黄黄的念珠菌。我跪下来把我的衬衫拉出来，为他擦擦脸。

席蕾丝特和托比试着扶他起来，让他直立，但他似乎非常虚弱，一直紧攀着他们俩。最后，他靠着托比和席蕾丝特左右搀扶，垂头站着。

"我们得带他去罗泽尔精神病院。"年纪稍长的警员说。较年轻的那位看起来有点蠢，而且刚刚反应过度，我想他心里有数。

"我载他去。"我说，"我会跟在你们后面。"

"恐怕不行，先生。被拘留者必须和我们走，他被逮捕了。"

"那我可以和你们一起上警车吗？"我问。

"我们开囚车来的。你不能和他一起待在后车厢。这违反法律。"

"那你们会带他到哪里？"

"主大楼的报到处。"然后他告诉我路名。

我朝戴蒙走几步。"没事的，亲爱的，我会陪你一起去。我会比你先到，等你。"戴蒙依然在哭，没有抬头看我。

两个警员一人各架着他一侧，带他离开公寓。"不要来！"我吩咐跟到门边的其他人。我跟在警员后头，他们几乎把戴蒙抬离阶梯，他却毫不抵抗。车道上停着一辆囚车，车顶的蓝灯还亮着。一个警员把后车门锁打开，另一个押着戴蒙。把囚车门甩开后，两个人又各架住戴蒙一边。

"进去。"年纪稍长的警员说，并推推戴蒙接合的那侧脚背，迫使他上囚车。那只脚的膝盖当然没办法弯曲，看在警员眼里却像是戴蒙在抵抗，不愿配合。于是两个人把他整个人抬起来，往囚车里一扔，他肩膀着地，滑到座位间的地上，头也撞到驾驶座的背板。他们把门重重甩上。

"你们这两个浑蛋！"我大喊，"你们根本不需要那么粗鲁！"

年纪较长的警员转头看我。"他已经给我们惹了够多麻烦了，这位先生。我们甚至可以控告他拒捕，还用致命武器威胁警察。你们已经算很幸运了！"

他们把车转上大路，一溜烟便不见了。那是节礼日晚上九点三十分，我生命中的一切忽然都变质了。我刚刚忘了拿钥匙，于是赶紧冲回公寓拿，希望能跟在警车后，和他们同时抵达罗泽尔。我隐约知道精神病院在哪儿。虽然罗泽尔被称为精神病院，实际却是悉尼最老、最负盛名的疯人院。等我拿好钥匙，把车从车库开出来时，警车早就不见了踪影，我只好全速上路，虽然不确定他们往哪儿去。我也不确定报到中心在哪条路，亟须他们在前面带路。

我一直没有追上警车，到罗泽尔时进错入口，只得回头开到对面的报到处。我把车停在外面的"禁止停车"区，急忙走进一栋白色大楼。

那时刚过十点，柜台没有半个人影。我四处张望，想找呼叫铃之类的东西，却没看见。我喊了几声后在原地等，依然没有人。最后，我推开一扇门，走进一条又长又亮的走廊，通过一间间空房后，终于撞见一个大男人坐在小桌子前。男人的头发梳得油油亮亮，年近五十，穿着白色外套和汗衫，正吃着手上一个三明治，用牙齿撕咬着面包，头微侧一边，以免馅掉出来。他的手大到三明治看起来像是小不点，我还注意到他右手臂上刻着一片精致的刺青。他面前有一杯茶或咖啡，依旧冒着烟。他应该刚坐下来一会儿。

"抱歉，请问你是医生吗？"我直觉他不是，但还是这么问了。

"不是。"他嚼着满嘴食物说。

"柜台没有人。"我把头往刚刚来的方向点了点。

"嗯。"他说，接着把食物一吞，用手背擦擦嘴。"她走了。现在只有晚班人员。放假期间人手不足。"

"或许你能帮忙？你知道警察去哪里了吗？"我知道我问得不好。

"你是指送达？"我一定看起来很茫然，于是他又说，"带人进来？"

"没错。我儿子。"

"考特尼？是这个名字吗？"

"是的，戴蒙·考特尼。"

他端起马克杯，小心翼翼汲了一口，隔着杯缘望着我。"混账东西！"他说，又把杯子放下。"他们用无线电打来说需要一件束缚衣，说带了一个暴力分子。"他又咬了一口三明治，满嘴面包继续说，"他这么做是因为若病患或家属控诉警方手脚粗暴，他们可以证明病患一到这里就穿束缚衣。"他咽下面包。

"简直胡扯，兄弟。我们看着载你儿子的囚车抵达，因为警方要求，我们得把他从车上带下来，帮他套上束缚衣。可怜的孩子，他糟透了，情绪非常激动，但是没有威胁性。他告诉我他的手臂非常痛，请我动作轻一点。"

眼前的男人用拇指和食指握着剩下的一点面包，扔进垃圾桶后拍拍手。"该死的警察！就喜欢欺负我们和我们的病患。"

"你觉得我能见他吗？"

"当然可以，兄弟。我们刚把他带去医生那里，一会儿就好。"他抬头看我，"我知道这不关我的事，但是你看起来蛮糟的。你的孩子短时间内没问题。要喝茶吗？"

这是今天一整天下来，第一次有医护人员不用敷衍的态度对待我，甚至还主动提供协助。"谢谢你。不过你觉得我能和戴蒙一起见医生吗？他有血友病。我确定我能帮忙处理细节。"

他一边听我说话一边喝茶，突然差点呛到，赶紧把茶放下。"不，我觉得不行。这个医生，她是个'怪胎'。不，比这更糟！她是印尼人，脑袋里一点料都没有。她疯疯的，她会帮他乱看一通，然后换我们带他去病房休息。"

我听了一惊。"你说疯疯的是什么意思？"

"我是说她根本他妈的不晓得自己在干什么。她是印尼人，英文说得不是那么好。"他学她说话的腔调，然后瞪大眼睛，"如果她也配当精神科医生，那我的屁眼肯定就是皇冠珠宝啦！"

"我还是想陪在他旁边。他有血友病，她必须知道这一点。"

"血……？"

"他动不动就会流血，所以他才会喊痛，因为刚刚警察反扳他的手臂。他需要紧急输血。"

"混账。"他下意识地说，然后神色一惊，"他刚刚没有流血，我发誓没看见一滴血！"

"是内出血。瘀血就代表有内出血。要是不马上止血，他会很麻烦。我必须跟医生解释这一点，然后回家拿他需要的东西。"

"什么，今晚吗？"他看起来很讶异，"他今晚得输血吗？"

"嗯。警察差点把他的肩膀扭断，进囚车时也对他非常粗暴。他身体一定会有很多地方出血。"我停顿半晌，"有生命危险。"我加上一句，希望让他了解戴蒙的迫切需要。

"好！真该死。我带你去。"他站起来走向门边，让我先走。我们往走廊走去，之后左转，下了一层楼。走到楼梯底下时他停下来。"我不知道你要怎么跟这个医生斡旋。我是说输血的事。"

我们继续往另一条走廊走去，尽头有一扇门，他把门打开。我们似乎走进一间小诊疗室，墙边靠着一张诊疗床，旁边有一张小桌子。对面墙上的门关着，男人没敲门就把门打开。

"进来吧，兄弟。"他回头对我说，帮我撑着门，然后他转头对房间内的人说："是戴蒙的爸爸。"我走进去，他却站在门口没有进来，留我站在一间小得只放得下一张桌子、一张椅子和另一张立椅的房间。戴蒙就坐在桌前的那张立椅上，全身被裹在奶油色的帆布束缚衣里。桌后坐着一个过胖的亚洲女人，听到我进来随即抬起头。现在这间诊疗室更拥挤了。

"你是考特尼先生吗？"桌后的女人问。

"是，是病人的父亲。"刚刚那男人代答。

"是的，医生。"我说，然后低头看看戴蒙，指着他的束缚衣说，"医生，这肯定不必要。我儿子并不暴力。"

"哈啰，爸。"戴蒙说，声音虽小，听起来却很理智。

那女人一脸茫然，然后用空着的一只手开始在凌乱的桌子上翻翻找找，像在找什么东西。"啊！"她拿起一张纸对我挥舞。"警方报告。病人暴力！"她以胜利的口吻说。

"医生，我儿子有血友病。他已经被警方粗暴对待。"我指着束缚衣说，"那种东西会让他严重出血，必须马上脱掉！"

想不到她竟然身体往前一倾，抬头看我的表情，仿佛在不耐烦地跟打扰她的小孩解释。"不是血友病，是轻度狂躁症！"她用笔敲敲桌前的文件。

"不，你不了解，他同时也有血友病，动不动就会流血！"我下意识抬高音量。

"没用的，爸。"戴蒙的声音听起来像放弃了。"她听不懂这个词是什么意思。"

"不可能啊！"我惊呼。

"她真的听不懂。我一直跟她解释我需要输血，但是她以为我疯了。"我无法想象一个医疗从业人员竟然不知道血友病是什么。

"可能是印尼没有人得血友病，或是婴儿时期就去世了？"戴蒙说。

"他有血液疾病，医生！他今晚需要输血，非常紧急！"

"没有输血这回事。我们这里不行。不，今晚不行……没有血！"

"不是这里，你不用帮他输血。我，我，"我拍拍胸膛，"我帮他输血。我回家拿血，带来这里！"我突然发现我在学她讲话，也忽然了解如果她连血友病都不知道，一切都是徒劳，我怎样也不可能说服她戴蒙需要输血。

那个印尼医生抬起头，开怀地笑了笑："啊！你也是，你是医生吗？"

"不。"我摇摇头说，"我儿子在家里输血。我们把抗血友病因子放在家里的冰箱。拜托，医生，可以让他脱掉束缚衣吗，他会很痛！"

"好吧。"她说，又把眉头一皱。"我结束了。走吧。"她拿起电话拨三个号码。"法兰克？还有汉斯，你们现在来。"她把话筒挂断。

她把电话挂上时，我已经准备帮他解开束缚衣上的主纽扣。"不，不！不是你！他们会弄！"

"你很痛吗，戴蒙？"我问，把手放在他肩上。他痛得眨了一下眼，我向他道歉，赶紧把手移开。

"我肩膀出血很严重，爸。我还要在这里待多久？"戴蒙听起来一点都没有狂躁的迹象，想起这纷纷扰扰的一天，我心里只有恼怒和悔恨——一桩接一桩的麻烦都是我亲手铸成的。

"我不知道，亲爱的。至少要等到早上。今晚我没办法接你出来。"

"那你可以早上再把抗血友病因子和输血工具带来。我没问题的。"

我知道他在说谎，我知道今晚他肯定痛不欲生，明天早上的情况只会更严重。"我会再试试看，我们先把这东西从你身上脱下来。或许我可以找人跟她解释，或许是另一个医生。"

戴蒙看看手表。"十点四十五分了，爸。"

就在那时，门一开，刚刚带我过来的男人出现在门边，他背后站着另一个男人，一头金发，身形差不多一样魁梧。第一个一定是法兰克，第二个则是汉斯，看起来像荷兰人。

"法兰克，你可以把戴蒙的束缚衣脱掉了。他的手臂状况不佳，会引发内出血。"

法兰克对我眨眨眼，走到戴蒙旁边。我得移到一旁挪出空位，汉斯退到门外，让我站在他刚刚站的地方。"怎么样，医生？"但是他没有等她回答，就径自松开束缚衣。

"没问题。"胖女人说，"跟你说过了。法兰克给他药房的药。"

戴蒙摇摇晃晃站起来，我冲去扶住他的手肘，小心翼翼挽着他健康的那只手臂。法兰克跟在后面，我们带他去药房。"躺下来，兄弟。"法兰克指着诊疗床对戴蒙说。戴蒙坐在边缘，健康的手抓着刚刚肩膀被警察反手扳的地方。

"可以要点止痛药吗？"我建议。

戴蒙身体忽然一僵。"爸，他们不能给我任何药！你不能让他们给我药！"他眼睛大睁。"拜托，爸。不要！"

医生站在一个小柜台前面，上面有三个罐子，里面都装满胶囊。她从每只罐子里各倒出几颗，装进塑料容器里。我朝她走去，注意到她站起来更显体态肥胖，喘着气，仿佛光站起来都很费力。她的皮肤也不像一般亚洲人滑嫩，反而有些坑坑疤疤。总归一句，她看起来糟透了。"抱歉，医生，戴蒙必须了解这是什么药才肯服用。"

她相当不悦地看我一眼。"他也是医生吗？"

"不是。"

她用食指轻触胸脯。"我是医生。我给药。"

我转头看法兰克。"戴蒙一定要先知道是什么药。不然他不会吃。"

法兰克面有难色，然后低头用食指腹轻拭手臂上的刺青，好似在看会不会掉。"很抱歉，兄弟，我没办法帮你。如果她说他得吃药，他就得吃。没办法。"

"我不要吃。想都别想！"戴蒙摇头说，然后站起来缩到诊疗床角落，像是一头准备战斗的困兽。

"唔，或许我们先看看是什么药再说？"我建议。

"我们都知道是什么烂药，兄弟！"法兰克说，"对不对，汉斯？"

到目前为止都没说半句话的汉斯点点头，说："对啊，那种药，铁定是！"戴蒙开始发抖，他显然非常激动。

"等等。我儿子有权知道她要给他什么药吧！"我对着法兰克说，然后转头看那个印尼医生。"你要给他什么药，医生？"

"镇静剂。我给他镇静剂。"她说，不准备再多做解释。

法兰克抬头看我，摆摆头，示意我和他出去一下。我走出诊疗室来到走廊，那个魁梧的男人一手放在我肩上，离我近到有些压迫感，他直直看着我的眼睛说："那种药会让他累翻。主要是美立廉①，让他没有体力反抗。所有病人她都给这种药，天杀的她只知道这些！"法兰克咧嘴笑，把头往诊疗室那里伸。"累翻了，就不会给她惹麻烦了。"

"法兰克，你是护士吗？你也有责任啊！"

"我？护士？别开玩笑了！我是病房勤务员，工作证上写的是清洁工。"他看看我，脸上有几分同情，"很抱歉，考特尼先生，你儿子还是得吃药。这超出我的工作范围了。"他往门一指，"我们都得听她命令，药这种事更不用说，不然工作就不保了。"

我们回到诊疗室，医生抬起头来，对于刚刚我们去哪里或说了什么，脸上一点好奇都没有，只是面无表情地看着法兰克。"法兰克，"她说，把三罐塑料容器推到柜台边，"给药。"

"我不吃！"戴蒙的声音虽然恐惧，却很坚定。

"你得吃！"医生说，"法兰克、汉斯，现在给。"

法兰克走到柜台边，左手拿起三个塑料罐。"很抱歉，兄弟。这只是镇静剂，会让你今晚跟婴儿一样好眠。"

"戴蒙不吃。他不吃来路不明的药。"我说。

---

① Mellaril，即硫利达嗪，一种重镇静剂。

"他一定得吃！"医生说，转身走回她的办公室把门关上。汉斯走到水龙头处用一个塑料杯装水，把水杯放到诊疗床边桌上后，站到法兰克旁边。两个大男人矗立在我们面前。戴蒙缩在我怀里，看起来就像受惊的小婴儿，两只雪亮的眼睛睁得奇大无比。

"别这样，兄弟，你总得吃。这不会伤害你，只会让你有点累。"

我完全不知所措。戴蒙越来越激动，不停发抖。我同时也担心再不就范，他们可能会动粗逼他。或许他真的该吃，或许镇静剂会让他静下来，让他先睡一觉。

"来，让我试试看。"我对法兰克说，伸手跟他拿药。

"我不要，爸。我不要吃药。他们要对我下药，让我招供！"

忽然间，汉斯的大手伸过来抓住戴蒙的下巴，拇指压着一边，两根手指压着另一边，迫使他的嘴巴张开。法兰克赶紧把药一颗颗喂进去，用空着的另一只手固定住戴蒙的嘴巴，法兰克则让他紧紧贴在墙上。一切都发生得太快，让我来不及回神，等我终于能反应时，脱口而出的却是一串蠢话："你们不能强迫他！你们不能强迫他！你们这些浑蛋！他跟其他人一样有人权！"

"在这里，他没有。他生病了！精神病院的人没有人权，兄弟！"

戴蒙的眼睛瞪得差点就要跳出来，他不是得吞下去，就是得吐出来。不知怎的，我忽然迸出一句："小心你们的手，他有艾滋病！"

两个大男人一听，下意识恐惧地往后一跳，戴蒙把嘴里的胶囊吐到诊疗床和地板上。

"天啊！你他妈的怎么不早点儿告诉我们？"法兰克对我大吼。

"是你们自己突然扑过去的。不然我也没必要警告你们啊！"我也吼回去。

戴蒙呛到了，直抓着喉咙，想把最后一颗黏在他舌头上的胶囊吐出来。最后他用手把有色小胶囊拔起来，往地上一扔，胶囊弹了几次后停到我脚边。

"浑蛋！该死的浑蛋！离我远一点！"戴蒙哭号着说，"不要来惹我！"然后他把脸往双手一埋，哭了起来。"爸，拜托你，我想要自己静一静。"他用小男孩的声音说，"拜托，爸，别让他们再来伤害我！"

我又移到床边，和他站在一起，将他搂入怀里。其实我自己也很想哭。汉斯在洗手台边疯狂地猛搓手，一边愤愤诅咒。"没事的，汉斯，不会有事的。那样不会得艾滋病的。"戴蒙忽然让我冷静下来。

"真的吗？"法兰克气冲冲地问，伸出一根手指指着我。"你他妈说的是真的吗？"那根手指依然指着我，在等我回答。

我搂住戴蒙说："真的，真的！你不必担心。"

法兰克松了口气，拱起的肩膀瞬间一垮，虽然还是相当不悦。"我们能让你出去，你知道吧。"

"法兰克，真的很对不起。"我不想被轰出去。

门一开，又是那个印尼医生站在门口看着我们。她脸上没有特别的表情，就像她什么都没听到，尽管她一定听到刚刚的沸沸扬扬。刚刚脱下的帆布束缚衣披垂在她的右臂上。如果她看到了地上那三四颗鲜艳的药丸，那她肯定当作没看见。

"法兰克、汉斯，带病人去四号病房。"她又重复一遍，"带病人去四号病房。"她伸出垂着束缚衣的右手，左手拿着一张纸，是戴蒙的入院许可。

法兰克接过帆布衣和公文，随手把纸塞进白色外套胸前的口袋，接着又走了三四步，来到我抱着戴蒙坐着的地方。"他还得穿这个东西。"他指着束缚衣说，"我们要带他去四号病房。"

"四号病房？"

"是高安全病房。那边可以直接给他药。"他对着地上一颗胶囊一踢，没踢中，再踢一次，第二次又没中，于是直接用鞋底把药碾平。"反正这东西是垃圾。"他说，然后拿起束缚衣，看着戴蒙，对他微笑说，"愿意配合一下吗，兄弟？"他说话的语气不带任何威胁，就像在说："要喝杯茶吗，兄弟？"法兰克的专业程度显然超乎我原本的预期。

戴蒙点点头，吸吸鼻子，从我怀里起身，举起手臂配合法兰克。法兰克把一只袖子套进一只手臂，那袖子几乎是平常袖子的两倍长。他继续穿另一边，把剩下的帆布衣套进躯干，戴蒙转身，背对法兰克，让他把外衣紧紧拉上。接着他让戴蒙在胸前交叉手臂，将袖子往后拉，在背后固定。他动作快而有效率，也没有不必要的粗鲁，似乎完全恢复之前的自在态度。

"很抱歉，法兰克。"我说，"但是戴蒙今天真的够惨了。"我也不知道为什么向他道歉，或许是因为他一开始很亲切，而且我们都对医生感到不满。又或许单纯是出于脆弱，我也对戴蒙刚刚没有合作吃药感到愧疚。

"没关系，要是我，我也不会吃。"他轻声说，"根本就是垃圾！"然后他又说，"不过这里的一切都是垃圾。"

药房柜台的电话响起，汉斯走过去接。"喔，好，我们现在过去。"他对着话筒说。

汉斯还没开口，法兰克就接着说："我们要开车带戴蒙过去，病房离这儿有几分钟的车程。你想来的话可以来。"他转身对汉斯点点头，汉斯走过来站在戴蒙的一侧。"我们要带你上车，兄弟。"法兰克说，一边扶着戴蒙的手肘。"走上车这段路不远。你自己可以吗，兄弟？"

一扇通往一片空地、看起来像后门的地方，有一辆车在等我们。"我们和戴蒙坐后面。"法兰克说，点头示意我坐前面。

我爬进前座，和司机互打招呼。"第四病房，谢啦，兄弟。"法兰克指挥道。

"好！"司机说完便把车一开，车灯闪烁，顿时将遍地生长的树木洒上银光。我心想，这会是逃脱的好出口，外面一点光源都没有。

"我爸开保时捷。"戴蒙忽然说。他听起来像个九岁小孩，似乎没有发现我人在车上。"他很有钱，还买一台马自达RX7给我。他认识总理，知道吗？"发现两侧的人毫无反应，他又继续说，"要是他告诉总理你们对我做的事，你们应该知道会有什么后果吧？"

"戴蒙，我人在这里！"我尴尬地说。

"没关系，兄弟。"法兰克不知道是对我说还是对戴蒙说，我也不确定。"我们很快就到了。"戴蒙好像没听见我刚刚说的。"这辆车几个汽缸？"他用同样直接的口气问司机。

"四个。现在四汽缸的车就很猛了。"

"跟我的马自达不能比。一样四汽缸！"

"嗯，你说得没错。这种车跟跑车没得比。你那辆马自达RX7，好开，也好看！"驾驶员说。

"比这辆强多了！"戴蒙答。

司机在漆黑中笑了笑。"你说得对。这只是便宜的交通车，没啥价值。"

"可也不便宜啊！"法兰克说。

一听到法兰克的声音，戴蒙又不作声了。车突然慢下来，我们驶进一片高墙的敞开入口，来到里面一大片空地，三面都是几层楼高的沙石建筑。除了每个角落和正对面远方门上的微弱光线外，四下一片漆黑，中间的门口隐约可见。虽然"疯人院"是过时的字眼，却是第一个浮上我心头的词。眼前这个地方就像疯人院会有的样子。我们抵达四号病房。

全澳大利亚没有任何精神机构像罗泽尔的四号病房，素以作风强硬而恶名昭彰。

法兰克按了铃，我们在一旁等，大概过了几分钟后，门打开，两个男人面对我们，一个穿着护士制服，另一个块头非常大的男人和法兰克一样身穿白色外套。法兰克看来并不认识他们，只是把文件递上。"这是戴蒙·考特尼，"他转头对着我，"以及他爸爸。"

"我可以和戴蒙一起进去吗？"我问男护士。

"当然。"他笑着说，"几分钟不成问题。"他瞥了一眼手表。"很晚了，快半夜了，病房的人都睡了。"

"好，那我们走了，考特尼先生。"法兰克说。

"谢谢你，法兰克。"我转头对汉斯说，"谢谢你，汉斯。"我望着他们上车，脑袋忽然闪过一个念头，不知自己待会儿要怎么回报到处。

"跟我来，戴蒙。"护士说，然后指着束缚衣笑说，"我们上楼后就会把那东西脱掉。"他不表赞同地扬起眉毛。"我确定你不需要这种东西，只是例行动作而已。"这样开始他们的关系，是相当高明的策略。他一边评估戴蒙的精神状况，同时又以表面的轻松开场；后来我们才学到，这是面对精神病患者的关键。

戴蒙下车后便一语不发，对这样和善的语调也毫无回应。不过护士似乎也没期望他回应，随即转身爬上一排又窄又陡的水泥楼梯，直直通往楼上的门右侧。魁梧的勤务员用手肘推推戴蒙，示意他跟上，戴蒙只好迈出步伐，那男人紧跟在后，让戴蒙夹在两人中间。戴蒙萎缩的那条腿通常让他很难爬楼梯，现在全身被束缚衣困住，没办法用手撑着墙，更是寸步难行。那名勤务员从他两肘后撑着他，一边鼓励他往上爬。

这些人不坏，我想。戴蒙应该没问题。

我记得楼梯忽然向左急转，爬到顶端，我们走进一条走廊，只有天花板一排光秃秃的电灯泡亮着，外面裹着旧式灯罩，我们小时候管它们叫"中国车夫帽"。走廊的光线看似充足，却又有些昏暗。走廊中央的塑料地板映着一条平板的光线，整体感觉非常旧式而制式。我没法记得很清楚，但如果你说墙是苹果绿，天花板是奶油色，我大概会同意。总之，那空间让人十分沮丧，脚在塑料地板上发出的吱嘎声更增添寂寞和疏离的气氛。

我们穿过一道道双层门，来到一个小厅，中央有一块儿空间，两侧则有几扇门，大约一边四个，我当下了解里面的小房间一定比门宽敞不了多少。尽头处还有几扇双层门，角落则是一间玻璃办公室，里面有一张小桌子、旋转椅和几把立椅。桌子相当凌乱，散放着公文，像是几个人共享，却没有人负责整理。电话响起，护士接起。"是，他到了。是。"他似乎在听，"是，好，我知道了。"他讲电话时，勤务员要我们坐下，他马上帮戴蒙解开束缚衣，强有力的双手轻易松绑。

护士把话筒放下，转头面对桌前的旋转椅，他把椅子一转，让椅子背对戴蒙，然后他手肘靠在椅背上跨坐着。他的态度显然是刻意的轻松，在一旁等勤务员将束缚衣脱下，让戴蒙能腾出双手。戴蒙甩甩手臂，然后左右手互揉，想恢复上臂的血液循环。

"我是约翰松姊妹。"护士说，现在澳大利亚的医疗体系，"姊妹"已不分性别，只是代表资深护士的意思。"这位是布鲁斯。"他接着说，没有继续说布鲁斯的姓氏。他向戴蒙伸出手，戴蒙却故意当作没看见，继续揉他的手臂。约翰松迟疑了一会儿，然后微微将椅子转向，把手伸向我。

我马上觉得有信心多了。长久在医院进出的经验告诉我们：资深护士大多数时候都扮演着比医生更重要的中坚角色，普遍非常专业，对病人更是关怀得无微不至。

"姊妹，你好。"我和他握手，然后转身也和布鲁斯握手。"你好，布鲁斯。"布鲁斯已将束缚衣挂在右臂上，看到我伸手，赶紧换到另一边，伸出他的大手。我想他的块头比法兰克或汉斯还大。

"他不会有事的。"他说，一边对戴蒙点头。

戴蒙还是一言不发，我开始担心他会闹情绪。他通常是个很有礼貌的人，不大可能故意不理别人和他打招呼。

约翰松姊妹又把旋转椅转回面对戴蒙。"我们要给你一点东西，帮助你睡眠。"他静静地说。

"什么？"戴蒙怒吼，抬头瞪约翰松姊妹。

"是美立廉。我承认是镇静剂，但对你会有帮助。"

"你是说对你吧。"戴蒙反击。

"没错，对我也有帮助。"约翰松姊妹马上承认。

"跟之前他们想喂我吃的药一样吗？"

约翰松护士微笑着说："你猜到刚刚那通电话的内容了。你没有任何记录，戴蒙。"他顿了一下，然后轻轻说，"没错，还有其他一两种东西，但我们先吃美立廉就好，好吗？"

"我不想吃药！"戴蒙抗议。

"拜托，戴蒙，帮帮忙好不好？"布鲁斯出其不意地说。

我们俩都吓了一跳，戴蒙和我同时抬头看那个大男人。"我今天已经够糟了。我不想跟你磨一整晚。"布鲁斯说，耸耸他宽阔的肩膀，微笑着。"圣诞节也过得很惨，我的心情糟透了。"

他的话来得坦率，时间点抓得又好，我发现这两个人合作默契无间。后来我们才知道，四号病房是高危险的隔离区，时时刻刻布满紧绷的狂躁气氛，与令人窒息、无所不在的危机感。白天不时有尖叫、骤然响起的疯狂怒吼和暴力行为。像布鲁斯这样的勤务员通常都很年轻、强壮，对紧张气氛似乎充耳不闻。他们看似在需要时才出现，实际上却常常在一旁待命。他们从不提高音量，使用开玩笑的轻松方式和病人相处，并为他们维持尊严，无论病人当时的情况多失控。这些男人或许给人暴力的印象，但这么说实在不公平——在这种情况下，他们的表现真的太出色了。然而，却仍不减四号病房像地狱的事实。

戴蒙抬头看勤务员，眼睛忽然闪过一丝狡黠。"要是我不吃呢？"他问。

约翰松姊妹笑了起来，为布鲁斯卸下压力。"那我们就得帮你打针了，我们不太希望这么做。"

戴蒙咧嘴一笑，又浮现狡诈的表情。"你们不能这么做！我有血友病，打针会让我出血！"又是刚刚在车上的小男孩语气。

约翰松姊妹迅速望了我一眼，我点点头和他确认。

"我爸会把你们这些人都告到总理那里去！"戴蒙扬扬得意地说，"我能让你们都不好过。"

"拜托，不要这样，戴蒙，我今天已经够惨了。你不忍心让我因为你不吃药，就一整晚都不能睡吧？有什么笑话讲来听听吗？"布鲁斯说，低头对戴蒙咧嘴笑。

"除非你们给我一支烟！这样我才肯吃药。"

我暗自叹了口气。看来这两个男人又遇到麻烦了。

约翰松姊妹依然微笑，缓缓地摇摇头。"抱歉，戴蒙，这间病房里不能抽烟，布鲁斯和我也都想抽烟，但是不行。这里严格禁烟，兄弟。"

戴蒙的情绪忽然飙高，让我们大家都吓了一大跳。

"我只是要支他妈的烟！我只要求这个，一支他妈的烟！你们不能阻止我，你们这群该死的浑蛋，你们不能阻止我。我要一支烟！"他用最高的音量尖叫，接着开始哭号，"我——要——一——支——烟！"

他站起来想要找房门口，但是布鲁斯交叉手臂，冷静地站在门边。

"好吧，兄弟，明天早上你可以抽一支，但是今晚不行。"

戴蒙握拳向他冲去。"我只不过想要一支烟！为什么不能给我一支烟？"

忽然间，四周墙壁像是活了过来，传来一阵阵人声："我要一支烟！我要一支烟！"声音像是从各个角落涌进来："我要一支烟！我要一支烟！"还有人开始尖叫。某个声音突然压过其他声音："给他一支他妈的烟，你们这些浑蛋！"它从墙后穿出来，"这么吵我要怎么睡？"

我惊恐地回过头，惊觉刚刚走过的门后原来都住着病患，办公室那一面墙后大概也有几间病房，因为噪音就是从那里传出来的。

"天啊！"约翰松姊妹说。他赶紧从椅子上站起来，从墙上的架子取出一把钥匙，然后往抵住门的布鲁斯那边移动。布鲁斯用胸膛顶着戴蒙，将他离地架起。约翰松姊妹赶紧冲出去，穿过走廊，在离小办公室两扇门外的地方停下来，迅速把门打开。

我下意识跟着他们俩出去。被戴蒙突如其来的失控一激，我突然放声大吼："住嘴！戴蒙！你给我住嘴！"我完全忘记他的情况，只想要他马上停止大吼，停止使用粗劣的语言。我想让这一切终止、驱散，最好一开始根本没有发生！他的行为让我胸中燃着羞愧的火焰。

戴蒙在空中拳打脚踢，发疯似的挣扎，口中仍大喊："我要一支他妈的烟！"门外的噪音继续附和，还有人开始撞门敲墙。戴蒙的挣扎只是徒劳一场，布鲁斯稳稳抱住他，面无表情，相当镇定与冷静。他瞥了我一眼，对我眨眨眼。虽然那表情当下令我厌恶，却马上使我静了下来，让我突然为自己感到可耻。我以为我会崩溃，膝盖一阵无力，有股转身逃走的冲动。我开始发抖，不确定自己还撑不撑得住。

约翰松姊妹将门把手一转，里面是一间微暗的小房间，里面似乎只有一张军床式的矮床，床单拉得又紧又平。布鲁斯带戴蒙穿过走廊，背对着门进房间，这样戴蒙才不会用脚抵住门，不让他们进房间。

约翰松姊妹拉着往外开的门，布鲁斯在门边停下，似乎把戴蒙拉得更高，然后将他投向空中，同时翻身，就像小孩子对玩偶那样，再接住时戴蒙横躺在他臂弯里，像被爸爸抱着的顽强小孩。他迅速穿过门，弯身把戴蒙放在床上。

这一切都很自然、流畅，仿佛戴蒙没有哭，也没有挣扎，只是例行流程的一环。我现在才了解，那样的地方之所以需要像布鲁斯这样的年轻人，是因为他们力大无比，且对压力免疫，才能随时随地应付这样的失控场面。布鲁斯只是做好自己的工作，没有过度敏感的想象力渲染其中，也不做任何评断，只是把自己的轮班时间过完，就像其他工作一样。布鲁斯马上往后一站，约翰松姊妹把门一关，把门锁上。我听得见戴蒙在里面激烈地哭："我只是想要一支烟。拜托！"听起来就像个心碎的孩子。

我无助地站在走廊中央。这一次，戴蒙真的不在我身边，让我能好好休息了。忽然间，心里一阵难忍的悲痛涌上，让我在很深、很深的地方哭泣起来——深到听不见声音，看不见眼泪，只有仿佛要从胸中裂开一个大洞的痛。周围的墙后仍传来怒吼："我要一支烟！我要他妈的一支烟！"某个女人开始嘶吼，那声音就像一头困兽。

我感觉约翰松姊妹的手放在我肩上，耳畔响起他的声音："很抱歉，考特尼先生，但是你不能留在这里。现在必须离开。"他的手稳稳压住我的背，带我走回打着中国车夫帽灯罩的走廊。我隐约记得布鲁斯也在我旁边，扶着我的手肘下楼梯。来到楼梯底下时，布鲁斯上前打开一连串的锁，门一开，冷空气从外面的漆黑空地扑上来。

"你可以明天再来看他。别担心。他不会有事的。"约翰松姊妹轻拍我的背，"他会没事的。你等着看吧。"他声音坚定，我这才发现他们是在赶我走。此时，已经听不到楼上的暴动声了。

"我不能离开他，现在不行！尤其他现在那样子！"我又被一阵心慌控制住，愚蠢地用手指着楼上。

"明天吧，考特尼先生。你可以明天再来。"布鲁斯说，强而有力地推我出去，又把门关上。我听见他把一道道铁锁锁上，接着两个人又急急忙忙冲回水泥楼梯处。

我站在空地上，午夜的星辰在头顶上闪烁——看不到太多，因为罗泽尔离市区太近，光污染很严重。

漆黑的天空只有几颗星星，我确信那里没有半个我认识或在乎的上帝。

# 第二十九章

戴蒙坐镇指挥疯人院。

　　隔天我早上十点多抵达四号病房，还带了五瓶抗血友病因子和戴蒙的输血器具。我认为他一定会严重出血，尤其警察先前那么用力抓他的手；然而，他却只是拇指轻度出血，之前被反扭的肩膀也只是稍稍僵硬，没有热痛、内出血的迹象。

　　他被狂躁症缠身的五个星期里，出血情形相对而言算是轻度，而且都不是由严重外伤引起的。心灵真是奇特的机制，但从他小时候起，我们就习惯他撞伤后便会有出血，就跟黑夜接续白天一样自然。现在戴蒙的出血形态却起了奇异的变化，以往会让他住院的撞伤，现在却能安然度过，遍布拇指、脚踝、手腕、脚趾、手指，规律的自发性（又名"居家型"）小出血则一如往常。他的狂躁症何以会对严重出血产生抑制作用，至今仍是未解之谜。

　　这一次，他们没带我去楼上的四号病房，而是一处类似休闲中心的地方。那里大约有十五个病人，全都穿着隆重，虽然有些人有点奇装异服。有人随便坐着，有人来回踱步，不然就是无神地瞪着电视机，音量调到低得很难听清楚。

　　这里的人看起来都像在独处，对周遭的人浑然不觉。即使成群坐着，也并没有彼此沟通。他们就像被安置在一个舞台上，有人吩咐他们不许动一根肌肉或眨一下眼。

有人告诉我们,严重的精神病患者会经历难以想象的寂寞,这里的每个人确实看起来都像困在自己的世界里。一想到戴蒙也可能变成这样,就让我难过不已。他之前的严重抑郁症就已让他沉默了好一段时间。那种情绪令人非常悲伤,但眼前这些人的眼神中却有更深的抽离感,像永远被困在噩梦的世界里。很难想象这些人会再回归欢笑的世界。无论如何,我一定要赶紧把戴蒙带离这里。虽然精神疾病不会传染,但人毕竟深受环境制约和影响,戴蒙的狂躁已经糟到会受环境影响。无论付出什么代价,我决定坚持到底。

除了我,这里没有别的访客。之前我来电问过是否能早点儿来帮戴蒙输血,贝妮塔和席蕾丝特会在之后的访客时间段过来,到时我们会和值班的精神科医师谈。

戴蒙看起来精神好极了,似已完全忘记或原谅前一晚的不愉快。我们俩都没有提起,就像他已接受事实,决定配合。我想他或许吃过镇静剂,虽然他并没有表现出昏昏欲睡的样子。我迅速帮他输血,他说要带我四处看看。

我很惊讶他看起来像是认识这里的每一个人。戴蒙不过醒来三四个小时,可是向我介绍室内另一位魁梧的勤务员史蒂夫后,他又带我认识每一个病人,每个人的名字他都知道。

这里的人看起来都……嗯,不大一样。他们脸上都有之前我在重症精神病患者脸上观察到的茫然表情,而且差不多每个人都掉牙。戴蒙一一为我介绍:"爸,这是莱斯,我的新朋友。莱斯,这是我爸。"

"嗨,莱斯。"我说,或是吉姆、安娜,等等。我直觉反应是伸出手,他们却面无表情,莱斯则是把上唇翻到下唇上,把他的头慢慢左右摇摆,就像个小孩。

在一旁的勤务员史蒂夫见状,赶紧过来向我解释:"我们这里不握

419

手，考特尼先生，以防万一。"他轻轻说。但大部分和我打照面的人都咯咯笑，或一副根本没看到我的样子，每只眼睛都朝不同的方向飘去。介绍到安娜女士时，她甚至把脸埋在手里，开始恐惧地哭起来，把脸转开，像是怕被暴力地掴一巴掌。

"没事的，安娜，这不是你先生，是我爸爸。"戴蒙自然地说，仿佛他和安娜是多年好友。安娜马上不哭了，害羞地从指间偷窥我们，我记得她的指甲涂成了深蓝色。

戴蒙看似掌握大局，带我认识完每一个人后，推我进一间小会议室坐下。他一开口，眼神中便闪烁兴奋的光芒。"爸，我有好消息！"

我的心跳跃了一下。或许他们允许他回家了？

"快告诉我。"

戴蒙咧嘴笑着说："他们要让我管这个地方！"他停顿半晌，等我恭喜他，看起来得意极了。

"你是说那里？"我指指门外的休息室。

"不，不，是整个地方！我在一楼会有自己的房子，还有特别的人照顾我。他们要让我管理。"

"所以你要离开四号病房了吗？"我问，努力藏住自己的困惑。

"那当然，四号病房是给病情很严重和暴力的人住的。"他凑近我低声说，"我就是要在这里完成我的使命；我要从这里开始医治艾滋病人。"然后他抬头笑了笑，"你看不出来吗？这里就是他们一直要我来的医院啊！"

他一定是看穿了我的怀疑。"是真的，爸！这里一半以上的地方都关闭了，但还算是一家医院。他们只需要清理清理，再放几张床就行了。就跟我理想中的差不多！"他继续说，"这都是我们计划的一部分。他们要把所有精神病患者移出去，让我照顾来求艾滋病解药的病人！"随后，他想进一步证实，说，"今天下午他们就要带我去看新房子了。以后无论白天或晚上，你都能来看我。"他从椅子上站起来，像小男生一样挺起胸膛说，"从现在起，就靠我定规矩。"

贝妮塔和席蕾丝特在十一点左右到了，我们一起和精神科医师会面。戴蒙没有和我们一道，虽然他刚刚带我去的是同一间会议室。那位精神科医师相当年轻，和斯普林斯廷医生是差不多类型的人，个子比她高些，一头乌黑长发绑成一条辫子垂落在左胸前，尾端用橡皮筋系着。她也穿一身棉质洋装，脚踏凉鞋，腿上和腋下都相当多毛。一开始她只是稍稍抬头，请我们坐下，然后继续在大腿上的写字板涂涂写写，看似几张公文，或许是问卷或住院申请书，因为我们前一晚没有签署任何文件。

我等了一会儿，让她继续写，但实在久到令人不自在时，我只好清清喉咙说："医生，这位是我太太，这位是席蕾丝特。我是布莱斯·考特尼。"

那位年轻的精神科医师抬起头说："噢，是。"然后又说，"我是……医生。"她把名字念得很含糊，我以为其他人听到了（其实她们也没有），所以没请她重复。她跷起脚，把笔扣在写字板上有时会有的小银环上，然后交握着手说："戴蒙昨晚进来的，大约十点半，对吗？"她直视着我。

"是的，医生。"我清清喉咙说，"在我们开始以前，我想先抱怨他进来时医师对待他的态度。"

年轻医师看起来很讶异。"昨天是节礼日，我们人手不足啊！"这句话听起来很熟悉，再次暗示选在节礼日需要医疗资源是我们自己不明智。她迅速问："负责的是哪位医生？"

"她没有报自己的名字。是位亚洲女士，据说是印尼人。我主要想抱怨的是她。"

年轻医生开始翻阅写字夹里的资料，然后在某一页停下来仔细读，用笔尖指着一个潦草的签名，然后松了一口气，抬起头说："她根本不是精神科医生！"但是她没告诉我们前一晚那位医生的名字。她又补充说："你要去医院委员会申诉。"她显然不想担额外责任，最后又简单总结，"不过我不知道你该怎么做。或许要去报到处问问看吧。"她看看表，从写字板取下蓝笔。"我想问你几个问题，谢谢。"她说，期望我们恢复正常。

当我们进行到问卷（或住院申请书或不管什么文件）上病人病史或现有疾病的部分时，我开口说了艾滋病，正要加上血友病时，医生突然打断我："对，警察报告和病房报告里都已经写了。"

她把写字板放在椅子旁的地上，紧张地抬头看我们。显然她是新手，更没有处理艾滋病病人的先例。当她说"我们这里没有照顾艾滋病病人的设备"时，她看起来很尴尬。

贝妮塔和席蕾丝特同时想插话，贝妮塔夺得发言权："这样的话，医生，就让我们来照顾他吧。我们负责！"

"没错，拜托！"席蕾丝特插嘴说，想赢得没大她几岁的医生的信赖，声音非常急切。"他的状况比起前几周并没有恶化。我们可以处理。"

但是医师摇摇头。"很抱歉，我不能这么做。戴蒙已经被医生申报，必须接受两位精神科医师的详细评估与建议，在此之前都得先待在这里。"

"医生，"我说，情绪忽然一怒，"他不只有艾滋病，还有血友病。这两种疾病，这里的医疗设备都无法支援。请问你们要怎么照顾病人？"

她弯身捡起写字板，翻到笔记背面，接着忽然一脸困惑地抬头望着我。"这里没写他有血友病啊？"

"昨天帮他看的那个该死的医生连血友病是什么都不知道！"我愤愤地说。年轻医生噘起嘴唇。"我确定不可能。"她马上说。

"要不要自己去问她？"贝妮塔插嘴道，"我先生没说谎！"

情况越来越失控，幸好席蕾丝特及时加入。"亨利医院没有送报告过来吗？"

"没有，还没送到。"年轻女人回答。

"斯普林斯廷医生呢？"我问。

她翻翻文件。"昨晚七点有通话记录。"她仔细看文件上的字，"有可能是斯普林斯廷医生。"

"唔，戴蒙可以自己在这里输血，我们也可以来帮他。他要在这里待多久，医生？"席蕾丝特问，她显然是我们三人之中最理性、最冷静的一位。

医生感激地看着席蕾丝特，耸耸肩。"我不知道。但是我没有权力放他走，这里没有任何人有这个权力。一月以后他才有可能接受评估，委员会的资深精神科医师那时才会结束假期回来。"

"拜托，那至少还有一个星期！"我承认我对席蕾丝特维持场面感到不悦，尤其眼前是资浅的精神科医生。该换我磨磨别人了，即使那是精神病学。

"如果他状况好，大概要两个星期。戴蒙之前还有其他病人，也等着被释放。"

我们都愣住了。我一直相当有把握，认为顶多几天就能把他带出去，只要我们把前一天在亨利医院的误解厘清。

"两个星期！"我抗议道，"他有艾滋病！你自己刚才不是说这里没有照顾艾滋病病人的设备吗？"

"我们会帮他在一楼准备一间小屋，让他和其他病人分开。"她说。

"喔，我懂了！你是说护士在抱怨了是吧？"我开始变得不可理喻。

那个年轻医生看起来像快哭了，我才惊觉自己刚刚嘴巴太利。就算这里的人抱怨戴蒙，也不是她的错，亨利王子医院的情况也差不多。

"考特尼先生，第四病房不是个好地方。你儿子若是自己独住一间，对他会比较好。那里也会有人随时照顾他。"

"他一定得被隔离吗？或许有私人房间？"贝妮塔建议。

"考特尼太太，戴蒙的记录显示他抵抗警方逮捕，还用危险武器威胁两名警察。正常情况下，他得待在高安全病房，也就是四号病房。"她转头看我，"因此我们帮他申请隔离病房，但他可以自由出入一楼庭院，小屋也非常舒适。"

"那只是没上膛的鱼枪！"我一说完，才发现眼前的年轻医生一定觉得那听起来很危险。"没有危险性。戴蒙不会伤人的。"我缓和语气说。

她直直望着我："我别无选择，考特尼先生。"

其实我不得不同意。以戴蒙现在的状况，独处会比较好，也比较安全，我也不明白自己为什么这样刁难医生。贝妮塔和席蕾丝特不约而同转过来看我，我看得出来她们也是一样的感觉。如果戴蒙得和刚刚打照面的人相处两个星期，后果只能说不堪设想。

"我也有两个朋友得了艾滋病。"年轻医生忽然垂着眼，静静说道，"我一点都不认同护士和勤务员对待他们的态度。但是只有隔离戴蒙，才能让他避免人身麻烦。我有信心，他一个人待在小屋会比较好。"她又抬起头，第一次对我们露出微笑。那是个很美的微笑，还露出这代年轻人少见的洁白牙齿。不知道她为什么不多笑一点。或许是在这种地方工作的关系？

戴蒙的小屋和病房有些距离，四周环绕着高大的老橡胶树，门外还有一棵少说得有一百岁的英国橡树，非常漂亮，为小屋带来沁凉的遮蔽。小屋另一侧则阳光普照，厨房窗户下蔓生着一片浅色的蓝雪花丛，为这个小地方平添旧式的乡间气息。

屋内相当朴素，因为久无人居，空气悬浮着干燥的灰尘味。浴室的水龙头一开，先是轰隆咆哮一会儿，接着才送出水来。水龙头下方的洗手台更卡着一层棕色污渍，一路延伸到排水孔。地板微微裂开，前廊上的纱窗需要修补，大部分的窗户也都卡在窗框里，无法顺畅开关，因而室内不怎么通风。戴蒙正式入住的第二天，我从家里带了一台电风扇，让他能在燠热的夏夜入眠。这里虽然没有丽兹饭店的等级，却也还差强人意。床单每两天更换一次，花洒的水也会热，就是流流停停，仿佛有些怯懦，打开一会儿后才会稳定。

因为他住的地方和医院厨房有段距离，饭菜送来时通常已经凉了。不过这倒不是个大问题。戴蒙吃得很少，之前抗艾滋病的 AZT 让他的味觉和嗅觉都不管用，恢复速度非常慢。再加上严重的鹅口疮，食物对他而言只有软硬之分。事实上，罗泽尔大部分的伙食戴蒙都没办法吃，除了奇怪的白面包三明治外，所以席蕾丝特每天从家里帮他送食物来。

照顾他的人是约四十五岁的菲尔，一位前常备军、越南战争退伍士兵，还当过婚礼摄影师，最近才开始当医疗看护。看他的样子，大概能猜出他离开军旅生活后的摄影师事业约莫不大成功。

不过，菲尔对戴蒙很好，他很快便发现戴蒙并不危险，所以常常让他和席蕾丝特独处几个小时，他则在前廊的吊床上打个小盹，一旁还将戴蒙的电扇开到最强，不然就是坐在英国橡树下的老藤椅上，研究哈洛德公园的各式狗类。"马吗？不是啊！太走样了。是狗！用这种拖东西还差不多。别提该死的小马了。不可能的，兄弟！"

第二天以后，菲尔允许这对"爱鸟"（他如此称呼戴蒙和席蕾丝特："他们俩就像一对鹦鹉！"）随时出去散步，只要他们离报到处远点儿，别让其他人发现他没陪在旁边。"离报到处远点儿，那地方有一堆亚洲佬！"他指的当然是医务人员，而不是病患。

我想戴蒙挺喜欢罗泽尔。回顾住在那里的一周，他显然没有厌恶感。对我们而言最低潮的一段时间，他却怡然自得，有席蕾丝特守在他身边，狂躁症还让他有如飞上青天的风筝，自觉比上帝还有权力。这是一家占地宽阔的精神病院，我们一起在一楼的庭院走着，虽然凌乱，却仍不失野趣；他一路指着优美的乔治亚式和维多利亚式建筑给我看，大都亟须修整，还说他们会负责修缮工程，当然是由席蕾丝特担任建筑师。他还提及自己拯救艾滋病世界的雄心壮志。

　　他无可救药地沉溺于这种想法，但一阵子以后我们都听惯了，就让他说去。如果戴蒙注定短暂发疯，那么想为世界做大事应该不算太糟的可能。

　　几个月后，当他终于自狂躁症中恢复过来，他和席蕾丝特坦承自己其实非常怀念那段坚信自身力量的日子——狂躁症让他对身与心都有无敌的信仰。

　　随着戴蒙的健康状况在最后一年每况愈下，他常常苦闷地对席蕾丝特说："那种感觉真的好棒，宝贝！那是我长这么大第一次感到完整！名副其实的强壮的戴蒙。如果我能痊愈，能再感受一次那种滋味就好了！"

　　在戴蒙的缓和医疗医师罗杰·科尔和马克斯分馆的医师菲尔·琼斯合力协助下，再动用一点我二十多年来为选举大战的文字宣传工作担任文编的关系，戴蒙在一九八九年新年前夕被释放。不过我必须声明，他的艾滋病同时也是一大原因，罗泽尔的职员恨不得赶快摆脱戴蒙——处理疯子是一回事，照顾动不动就流血的艾滋病病人又是另一回事。他们心里肯定有股挥之不去的恐惧。总之，他们希望尽快卸下责任，当然也会在繁复公文流程上加一点力。

　　戴蒙回家了，刚好来得及迎接一九九〇年。他们的老房东史蒂夫邀请他们去灯塔公寓观赏港边每年的午夜灯火，他知道戴蒙的状况，还主动说晚上会照顾戴蒙，席蕾丝特更是为戴蒙回来而雀跃不已。不过或许是因为过去一周每天都去罗泽尔探望戴蒙，她累得赶紧上床补觉。

我确信当戴蒙看着绚烂夺目的烟火在悉尼歌剧院上空绽放时，认为那是他忠诚的子民欢庆他"凯旋"的乐音。虽然他回来了，但仍未痊愈，还是一样疯疯癫癫。但是我们不在乎，因为我们知道，时间一分一秒流逝，我们再也不愿和戴蒙分离——尤其是席蕾丝特。

贝妮塔联系了一家私人护理机构，安排一位男护士二十四小时到邦迪照顾戴蒙。于是，接下来的四周里，每天有三位训练有素的精神科护士轮班照顾他，每人各值八小时班。护理费堪称天价，但是我很感激。强壮的戴蒙安全回家了。可怜的席蕾丝特啊！

布伦特·沃特斯教授在一月第三周从加拿大回来，一番努力后，终于说服戴蒙服用锂盐进行治疗。又过了四个多月后的五月，戴蒙才恢复正常，虽然服用锂盐一周后我们才不再雇用三位精神科护士。

戴蒙的故事将近尾声，我却仍觉得还有好多话没说。一九九〇年只能说是灾难接踵而至的一年。艾滋病极其残忍，从不让病人喘一口气；降临到人身上的无情悲剧一出出接连上演，每天都带来新的折磨与恐惧。

我想我不愿回溯戏剧化的医疗过程——艾滋病末期无人得以逃过的伺机性感染——或许晚一些再简单带过吧。这是一本关于戴蒙的书，是他希望我替他执笔的书。它不是艾滋病的翔实日志，记载威胁数百万人性命的疾病的手札；而是一个爱的故事——两个年轻人相爱直至生命的尽头，此后仍长久延续，超越这段关系的实质寿限。艾滋病素来被视为能将爱唤回身边的疾病；爱，才是这个故事真正的主题。

若说这本书有其他用意，我想是呼吁对艾滋病病人的善意、了解与关怀——无论他们的感染途径为何。

艾滋病无以为耻，是一种致命病毒所致，攻击的对象很可能是我们的儿子。要摆脱这种恐怖的病毒，我们必须拿出所有解决问题的能力；这样，我确信我们终究可能战胜，就像战胜其他疾病一样——然而前提是：我们得付出最多的关爱和同情。

　　艾滋病之所以尚未获得必要的关注、经济支援和与之抵抗的坚定信心，乃是因为人们仍对其持有偏见，认为对异性恋者而言微不足道。

　　虽然大多数男性似乎偏好与女性性交，但若长期无法有性行为，如在监狱这种特殊情况，许多证实为异性恋的男性仍乐意找同性对象。在早期历史中，鸡奸者的地位可以想见。当年的殖民地总督古尔本为减少政府农地上的鸡奸受害者，特别派慰安妇到鹧鸪平原，甚至规定每小时服务男性次数的上限。

　　除非我们正视艾滋病，了解其为可传染的疾病，去除它在社会上的污名，否则艾滋病不仅可能大肆蔓延，更会扼杀人本有的爱与慈悲。艾滋病首度在地球上酿造大规模的受害者——这一次，受害的不单只是犹太人、黑人或黄种人，还有我们挚爱的孩子。

　　当我们将爱与关怀自艾滋病患者身上抽走，我们等于磨灭了自身的人性美善。而谴责人类的生理本能，则是注定毁败的傲慢。同性恋者并非理当为地狱之火焚死的罪人。若我们认为上帝对此事持谴责的立场，那我们便错了。在我们宣称敬赞的上帝信仰中，爱、同情、无限的关怀才是永恒的真义。上帝与艾滋病病人同在，与用心思考、感受的人同在。我怀疑上帝会为寻常偏见站台。

　　艾滋病无疑是二十世纪最大的传染疾病之一，然而，它却藏有能医治社会病症的解药——借由一般中下阶层家庭曾残忍地视为罪人的儿女之手，它能凝聚曾撕裂的家庭。

　　最后，我们都是人类社会的一分子，因而我们必须心平气和地看待通过血液蔓延的艾滋病毒。它不过是一种病毒，只是比感冒病毒或其他病毒都更致命，也更狡诈，不过仍然只是一种该死的病毒啊！

戴蒙因为输入受感染的血而得病，其他人则是经由其他方式——血液是唯一共通的因子。病毒不会挑选主人，而是伺机依附。艾滋病之所以将病人带往漫长、恐怖的死亡之路，是因为病人心里对痊愈少有期待与希望。它或许比其他疾病都更残忍地撕碎人心，他们目睹心爱之人一点一点死去而备感伤痛。事实上，眼睁睁看着你爱的人受苦，这种漫长的等待本身便是一种心理层面的死亡。等到艾滋病最后的胜利号角响起时，我们也都成为陪葬的躯体。

如果本书的字句之间流露愤怒，那并不是因为戴蒙死于艾滋病，而是因为他的死归因于某些人的冷酷与自大，不仅有医疗体系而已。当这种疾病被武断视为同性恋专属的绝症时，也反映出社会对艾滋病抱持的矛盾心态。

最近的调查显示：郊区多数医生对艾滋病认识有误，竟与一般民众的认知相差无几。然而，我必须声明，在今天的医疗体系中，亦有默默付出、真心关怀病患的医生、护士、顾问、牧师、社工与其他好心人，但仍是太少。

戴蒙请我写这本书还有一层用意，因为他发现异性恋者常倾向在艾滋病病人身上贴标签，甚至诽谤他们，无论是背后的窃笑或轻视的低语。他希望我能警告这样的冷漠偏见，因为这种偏见正是艾滋病得以威胁全人类的关键。

我想起他在一场患艾滋病的血友病患者研讨会上的发言。那时我印象很深刻，讶异这样成熟的言语竟出自一个年轻人之口，现在我却了解那是不争的事实。戴蒙说："如果我们不改变对艾滋病的态度，它将迅速危及异性恋世界。如果我们不开始关爱身边的艾滋病病人，最后我们互爱的能力将被摧毁。如果我们不彼此关爱，我们无法消弭差异，也无法治愈艾滋病。"

我已试着达到他的要求，但我主要还是想捕捉戴蒙年轻的生命，以及他和席蕾丝特奇迹般的爱情。我相信世界上很难找到能超越戴蒙生命中最后六年所经历的爱——那是强壮的戴蒙生命中最璀璨的日子，对一路关心他的席蕾丝特更是如此。他们的爱无私、美丽、纯净。席蕾丝特为戴蒙献上的爱，使人能想象慈爱、慷慨的上帝的形象。

到头来，爱才是最重要的事，且能超越、战胜一切。艾滋病终究抵挡不了爱，只能束手就擒，就如同舒蒙先生把史蒂夫的小猫击退到一旁，登上灯塔公寓的"猫王"宝座。

至少，戴蒙是这么想的。戴蒙想要写一本以爱为题的书。

# 第三十章

## 戴蒙

心之日记。

一开始，我想我会写一本传统的书——一本有开头、中间、结尾的书。但事实却并非如此。

呈现在你眼前的，将是跃上我心头的零思微想，我也不知道是否会有人阅读。虽然我希望有读者，不过我想，没有也没关系，因为这是为了我自己。

此时此刻，我坐在悉尼亨利王子医院的病床上。我得了艾滋病，一切都在走下坡路。如果是你，你会怎么做？你会告诉自己一切都会变好，你很快就会恢复吗？或者你会告诉自己你就快死了？唔，诡异的是，你会同时告诉自己这两件事。

我想，人的灵魂恐怕无法想象没有希望的未来吧。

这个疾病改变了我这个人。我以前是个情绪稳定的人，总是善于处理各种情况，总是精神奕奕、强壮又坚定。因为天生患有血友病，我已习惯与病痛和限制共处，也总是以意志力和乐观精神感染周遭的人。然而现在，我却那么无助，那么脆弱。

我因为控制血友病的血液制剂而感染艾滋病。曾拯救我性命无数次的解药最后成为夺走它的毒药，想来真是不可思议的讽刺。

当生命似乎才正要开始，一切看来却渐渐枯萎时，你会作何感想？为什么我竟感到愧疚、自责？或许是因为我完全无法掌握事情的走向。一颗颗的药不断进入我体内，我却只能躺在这里，任由一切发生。

我住院是因为感染了肺炎；来到这里以后，腹部却多处发生疼痛，似乎有两个可能性：一个是常见的巨细胞病毒感染，另一个则是可能退散的良性状况。不过我说了等于没说，对吧。因为似乎没有人真正了解究竟发生了什么事。

我发现要为自己找到动机，实在相当困难。这样大概很难写出精彩的故事，但这只是开场白而已，让我为你介绍一下我自己。

戴蒙一向是个有雄心壮志的人。有个小小的问题就是：他实在不拘小节。我就是觉得一切都会水到渠成，不费吹灰之力来到我身边。然而，降临的却是疾病和抑郁。或许还有死亡。

我一直在想死亡这件事。我不希望因为太恐惧，就慌乱地伸手希望得到信仰。但是我心里的一个声音却在说着：或许还有其他什么吧。这究竟是恐惧的变形，抑或涌现的灵犀？

此时此刻，有许多思绪在我脑袋里川流不息，却只对我有意义。那不重要。生命能获得拯救吗？当生命已临至谷底、寸步难行，残酷的现实是否能扭转？

是否有真正的对或错？当我嫉妒身旁健康、快乐、正常的人时，是不是我的心太脆弱？或者我该为活着本身心存感激？是否有所谓的奇迹？若相信自己能变好，这样的想法真是好的吗？

我心里真正的问题是：是不是我害自己生病的？或者，疾病是否比我这个人更强壮？我是否能用心的力量再一次击退它们，继续活下去？

爱是最强大的力量——它是活力，它是能量。我得有建设性地运用它了，我得停止听信脑袋里的负面思想了。我有好多好多东西，想要献给这个世界上所有我爱的人们。特别是席蕾丝特。

我得缓缓重建我自己，我得建构生命的步调。生命总得有个架构。就算会疼，就算要付出很多努力，我也不会放弃。我的内在还有力量——它们必须逐渐增强，必须珍视，必须善用。我依然相信我能活下去。

他们说我们终其一生只用了一小部分的心，我得好好探索才是。身体只是意识的一个载体，如果意识能被开发，那我也坚信身体能获控制。

要怎么开始？当务之急便是对我自己重拾信念，取得控制，让头脑重新运作，让生活在一个架构下运作。从现在起，我得阅读，我得写作，我得为我这个人努力。我得遛遛狗，我得帮忙做家务，我得支援席蕾丝特，即便只是很小的事。我得学着下厨。我得洗衣服。我得带她去看电影。我得照顾我的朋友。我得重新学习生活。

我们落入死亡这条路。我们等待已决的心意变成不可避免的事实。这将是人类潜能的庞大考验。但只要心志够坚定，没有不可能的事。

是时候探索我这个人的精神层面了。我用这个词意指超越心、超越肠子、超越膝关节的层次，使我们不再只是肉身而已。只有在那里，才能觅得痊愈、奋斗、存在与生命的答案。

# 第三十一章

Dihydroxypropoxymethylguanine 意谓
你在拉肚子。到罗马了。



    戴蒙的狂躁症最后一直到六月底才彻底结束，虽然
Stelazine 和锂盐让他逐渐好转。他讨厌 Stelazine，四月便停用，
锂盐则一直用到七月。

    这些医药细节或许在这样一本书里并不必要，但或许能提
供有同样辛苦遭遇的人些许帮助。艾滋病的许多不确定性之一
便是对药物副作用的了解相当有限，以至于林林总总的药丸和
药水加在一起服用，引起的不适常常比症状本身更强烈。

    Stelazine 在医学界素有"化学束缚衣"之名，若和锂盐合用，
效果更是恐怖，常常让戴蒙很快便疲倦得像个行走的活尸。戴
蒙的疯狂固然棘手，他那高昂的热忱和求生欲以最诡异的方式
轮替，妄想症更是难以应付，但他仍堪称精神奕奕，仍是我们
爱的那个戴蒙。然而现在，他却像死了一样。这两种药合用的
副作用简直和先前的抑郁症一样惨。好不容易锂盐终于发挥效
用，布伦特·沃特斯才让他停用恐怖的"杀手"——我们如此
戏称。

    在此同时，他的艾滋病病情丝毫没有缓和。他口中和喉咙
里的念珠菌扩散到胃壁，让吞咽和进食都变得很困难，甚至会
痛。席蕾丝特以高热量的奶昔和酸奶当替代食物，维持人体所

需的能量。戴蒙又开始严重出血，随着冬天逼近，关节炎更是疼痛难挨。

我们常常以为关节炎是老年人专属的疾病，是年过六十不得不忍受的某种身体僵硬与不适罢了。事实上，它是最痛的疾病之一，让戴蒙不得不停用 Endone，改用吗啡。后来，吗啡也帮忙减轻艾滋病多重并发症的疼痛，这每一种并发症都日益加剧。到了他的生命终期，每日所需的吗啡量是每六小时 125 毫克，虽然是口服的液体吗啡，药效并不如注射入血管强，却也足以供应六七个毒虫每日的药量。

到三月时，戴蒙又开始夜间盗汗，不久，他因严重腹泻住院，经诊断证实为艾滋病末期常见的隐孢子虫症，却是艾滋病最恐怖的其中一面。这种特殊感染让他一天排便二十次，常常是水状，更让席蕾丝特承受了极大的压力。似乎难以想象戴蒙还能继续瘦下去，但他体重持续滑落，直到他活像个皮包骨。

在所有过去的悲惨症状中，这种腹泻似乎最糟糕，因为戴蒙常常无预警地失禁，这种状况断断续续发生，直到最后。

五月时，戴蒙持续出现干咳的症状，几天后甚至呼吸困难。一开始咳嗽时，他马上拒绝去医院，但等呼吸困难的状况出现时，他只好不甘愿地就范。戴蒙憎恶医院，他已有太多宝贵光阴消耗在不同的医院，能晚点去就晚点去。

唉，结果又是艾滋病肺炎复发，也就是头一遭让他住进亨利医院马克斯分馆的并发症。你或许会记得，大块头约翰·贝克也是死于这种病。

艾滋病肺炎虽说是常见疾病，但危险性很高，并令人触目惊心——病人得坐直身体，戴上氧气罩，输入纯化、几近液状的氧气。不间断的咳嗽令人无法入睡，氧气也会使口鼻的黏膜干燥，使病人极度不适。除此之外，疗程里还有高剂量的抗生素 Co-trimoxazole，会引发严重的呕吐症状。

我们能为可怜的戴蒙做的，几乎只有把圆石状的冰块放进他嘴里，稍稍减轻氧气引起的不适。

亨利医院愿意在戴蒙感染最严重之际收他，着实是我们的幸运。这处理起来是一件颇令人绝望的苦差事，然而里克·奥斯本和马克斯分馆的其他护士却总是尽力让戴蒙舒适，即使许多次临时出现危机，也绝不让他孤立无援。

以下我要说的事，完全没有医学根据。戴蒙出院回到邦迪以后，虽然排便状况仍无法预测，但频率已比之前低，我们认为在家照料应该没什么问题。一个人随时都不能离厕所马桶或便器椅太远，其他人恐怕很难体会这种感觉，戴蒙为此苦恼不已。这代表他几乎都得待在家里，否则就得包上在衣服下若隐若现的尿布，才能出入公共场合。知道自己随时随地都可能拉在裤子上，心情上简直就像被判了死刑。

我联络了一位知名针灸师朋友罗斯·彭曼，向他解释戴蒙的情况，并问他这种治疗是否对戴蒙有帮助。我也不知道自己为什么打这通电话，或许那时认为是好时机，也或许因为罗斯的美丽伙伴兼悉尼顶尖名模安·卡麦隆常为我提供志愿服务，让我心存希望地拨了电话。艾滋病带来的麻烦又快又多，不久之后，往往令人盲目地病急乱投医起来。

罗斯·彭曼是个认真负责的人，他承认自己并不确定是否能帮上忙，但说针灸一般而言对肠道问题是有效的。他同意试试看，于是连续两个星期，他每天从大桥的另一头赶过来。这段时间，戴蒙的腹泻问题得到解决，再也没有因隐孢子虫症而复发。

虽然戴蒙仍离不开氧气罩，他似乎渐渐从最近一次肺炎中康复了，但这时他又遭巨细胞病毒感染。其实这不是什么大事，只不过治疗这项感染的药有个让人无从念起的名字："dihydroxypropoxymethylguanine"，这是整件事唯一让人觉得好笑的地方。巨细胞病毒感染会引起胃部剧烈疼痛，腹泻又再次回来复仇。

戴蒙病得非常重，我们都开始担心他是否还承受得了，每一次病毒攻击都可能是最后一次。只有席蕾丝特坚信戴蒙不会死。那不是她一厢情愿的期望，她是真心相信"强壮的戴蒙"必能渡过一切难关，尽管所有证据都极为不利，但他一定能击败艾滋病，恢复健康。

在戴蒙康复的过程中，有一件事让我们了解，即使戴蒙深受病痛折磨，骨子里他仍是他自己。一名街头妓女进入马克斯分馆休养，并接受一连串艾滋病检测。戴蒙马上和她成了朋友，觉得她需要人照顾。他的狂躁症尚未完全痊愈，在那位小姐不断的刺激下，他断定她有做模特儿和演员的所有潜质。

里克·奥斯本有多年的精神科护士经验，戴蒙从罗泽尔精神病院出来时，他不顾其他人反对，坚持让戴蒙回到马克斯分馆，足可见他真心关怀戴蒙。马克斯分馆的医护人员都知道这位小姐是恶名昭彰的骗子，专会制造麻烦，里克也知道以戴蒙现在的精神状况绝对玩不过她。她有初期艾滋病症状，只要想脱离一下妓女生活（这点谁能怪她？）就来医院休养——即使主管艾滋病房的菲尔·琼斯医生三番两次苦劝并警告她艾滋病的危险性，她依然不打算改行。

这个年轻美女宣称自己十七岁，十一岁便离家在街头游荡，生活一直不好过。她也有海洛因毒瘾，大概就是和人共享针头，或因她的皮条客有艾滋病而染病。她现在正在服用美沙酮进行治疗。

这位小姐入住马克斯分馆时，里克刚好休假几天；几天后我去看戴蒙时，他说要和我谈谈。他马上问我知不知道戴蒙最近和那位年轻妓女走得颇近，我向他承认我前一晚听他提起过。

"拜托，布莱斯，千万别和她扯上关系。她简直就像是噩耗！"里克待人温和，说了这种话自己都有点不好意思，"不是因为她的职业，你知道我不在意这种事，而是她会为戴蒙脆弱的心智更添一击。席蕾丝特非常愤怒，但是戴蒙当然不听她的，还以为她是在吃醋！"他直盯着我说，"布莱斯，我是位合格的精神科护士。家人和席蕾丝特是他和现实世界唯一的联结，尤其是席蕾丝特。绝不可让那个女人影响你们的关系。"

我马上忧心起来，因为戴蒙早就和我提过那个女人，还要求我帮她争取模特儿考试，我也答应当晚见见她。于是我告诉里克，请他给我建议。

"就跟她说你爱莫能助。别担心会伤她的自尊心，她的脸皮厚得像犀牛呢。我也跟她说过戴蒙的狂躁症。"他的表情忽然浮上歉意，"你不会介意吧？"

"不会，不会。"我说，皱起眉头。

"她觉得那很好笑，好像是笑话一样。"里克又说。

"我会告诉她我帮不上忙。"我向他保证。

但是事情并没有这么容易。我一走进戴蒙房间，就见那个女人坐在床边，还握着他的手。"爸，这是特蕾西。"他兴奋地说，"特蕾西，和我爸打个招呼吧。"

特蕾西继续握着戴蒙的手，另一只手向我伸来，脸上挂着微笑。她笑起来还不错，就是妆化得太浓，但除此之外，看起来和所有漂亮的十七岁女孩没什么不同。

"很高兴认识你呀。"她用有些吊儿郎当但友善的声音说，让人很难不立刻喜欢上她。我和她握手，并没直视她的眼睛，我看到她的指甲油需要补涂了。

"爸，特蕾西之前日子过得很辛苦，但她现在还过得去。她想要当模特儿和演员。"戴蒙用柔和的眼神恳求我，"你能帮她吧，爸？"

"呃……"

特蕾西马上放开戴蒙的手，从椅子上跳起来，离床几步站挺身子，让我能看见她的全身。她的身材比例相当好，手放臀部，一脚朝前踮起脚尖，左肩向我微倾地摆出模特儿姿势。"怎么样呀，考特尼先生？"她露出具有感染力的笑声，半闭着眼，用她的深色睫毛摆出高傲的神情。若这个世界没这么现实，她或许还有点机会，但特蕾西的前途只能说半毁，前头等着她的只有可怖的病痛和绝望。我很想哭，却挤出微笑。（我真是没用啊！）"我待会儿再出去和你碰面。"我说。

特蕾西笑了笑，微微屈膝行礼，给戴蒙一个飞吻后便出去了。

我不记得我跟她说了什么。我试着保持友善说每一句话，当然除了那些我无法（或更精确地说，不愿意）帮她的话语。我记得她的回答，那让我突然领悟到，她并没有因此全然失去自信。

她抬起头，用愤怒的声音说："你为什么不再帮我个忙，他妈的给我滚远一点！"特蕾西隔天就出院了。她来和戴蒙说再见，却见他戴着氧气罩睡着了。我想她大概觉得我们亏欠她，于是带走了戴蒙的雷朋眼镜和随身听。

戴蒙七月时停用锂盐，整个人的性情明显改善许多。虽然仍是一身重病，常跑医院，不过他恢复健康的意志又回来了，甚至还似乎胖了一些。但是艾滋病从不休息，到八月中旬，他又得了带状疱疹。

如果你曾不幸得过一颗唇疱疹，就会知道那有多痛；它会攻击最靠近皮肤的神经末端，那种痛难以想象。戴蒙双腿膝盖底下内侧、脚背柔软处、脚后跟周边和脚趾间，一共长了一百八十颗带状疱疹。要是没有吗啡，他可能会活活痛死；就算有吗啡，一样很严重，疼痛仍旧穿透每六小时一次的吗啡防护。

当疼痛折磨最剧烈的时候，戴蒙并未令我充满绝望。人类竟能承受这种惩罚，忍受艾滋病带来的无情攻击，实在令我讶异。没人知道戴蒙如何撑过这些苦难，在这种情况下他仍希望存活下去，更是让人难以回答。我知道活下去是人类本能，但身处这种恐怖的痛苦，如何还能称得上活着？我儿子的生活已毫无质量可言，只能从一次痛苦撑到下一次，永不停止。如果是我，我一定会默默抓一把药，就此结束这一切吧？他的力量究竟从何而来？来自爱吗？只为了那个全心全意相信戴蒙会活下去的席蕾丝特？爱真有这么大的力量吗？

我恨我自己这么想，但是我爱他那么深，他却依然无法康复，而且我再也无法忍受看到他受那种苦。后来，我必须面对是否为他进行安乐死的抉择，心里却浮现一股矛盾，嘲笑起自己先前竟那样想。许多艾滋病病人死于心脏病，若戴蒙遭遇一样的情形，我要求院方不进行急救。但是，等他真的一步步逼近终点时，我们却都希望为他急救，希望延长他和我们相处的时间，即便只有片刻。这真的很不合常理，要是我们真爱他如此之深，当时应该就别让他再苟延残喘、继续痛苦下去才是，我也无法解释这种矛盾心理。

带状疱疹一直到他死前不久才放过他。在高剂量的疱疹药和局部麻醉药的治疗下，加上席蕾丝特每天以生理盐水为他沐浴，希望能让身上的水泡变干燥，戴蒙的疼痛才算是减轻一些。他的身体虚弱至此，因而当贝妮塔告诉我戴蒙想去一趟欧洲时，我的惊讶不难想见。

"这他妈的太可笑了，他就快死了啊！"我大吃一惊，这是我第一次大声讲到这件事，贝妮塔当场掉下眼泪。

"戴蒙很想念亚当。亚当写信来，提议说他和席蕾丝特可以带戴蒙去欧洲看看。亚当就快放假了。"她哭着说。

"亚当没有权利提议这种事！还有，戴蒙真的相信自己能去旅行吗？席蕾丝特怎么说？"

贝妮塔虽然泪眼汪汪，却还控制得住自己。"她说只要戴蒙开心。

如果戴蒙说他办得到，那他或许就可以。"

"天啊？她的意见还真有帮助啊。万一他半路死掉怎么办？"

贝妮塔又哭出来。"那至少他亲眼见过那些地方了！要是情况危急，你和布雷特可以赶过去，或是我们回来。"

"我得和戴蒙谈谈，确定他是否知道自己在搞什么鬼。"我气急败坏地说，"我还得去找菲尔·琼斯和布伦特·沃特斯谈谈。"

我觉得头顶上的压力好大。我从来没有拒绝过戴蒙什么，但是他最近才刚脱离狂躁症，我无法完全信任他的心智。他接二连三地生病，这样的他要怎么出国，尤其那里人生地不熟，还要勉强用外语沟通？很显然，他们只能去英国、法国、意大利。亚当能说一口流利的法语，贝妮塔会说一点意大利语，但是戴蒙这两种语言都不会。这样做非常冒险，简直在挑战命运，我一点都不认为我们该让他去。

艾滋病病房的菲尔·琼斯医生起先听了很惊讶，仔细思考后，却同意这是可行的。菲尔·琼斯为人宽厚、心胸开放，并且真心喜欢戴蒙。他想了一会儿说："有时候这种事能让他们维持下去，能让他们有个活下去的理由，这对戴蒙说不定有帮助。"他点点头，接着又多此一举地说了一句，"当然，你知道可能会有什么后果，是吧？"布伦特·沃特斯则一如往常，以最简单的方式回答："如果他认为最重要的是你们都在他身边，并不介意自己死在哪里，那么这个主意虽然糟透了，但还是值得一试。"

于是，我们决定让亚当和席蕾丝特带他游法国和大半个意大利，贝妮塔则在意大利最后那段旅程时与他们在罗马相会，然后和他们一起回伦敦，她会负责介绍那里的智识与视觉飨宴——我想，这项工作大概世上少有人能出内人其右。

我那时在工作，同时正准备为第二本小说《坦蒂雅》结稿，进度已落后数月，伦敦的出版商和编辑都在焦急等待。我不太可能同他们一起去，不过，我仍放心不下，于是打电话向澳大利亚航空公司解释我的情况，告诉他们我可能会有临时通知就要出国的情况。接着我也打去马来西亚航空公司做了一样的事，这样要是戴蒙在欧洲发生状况，布雷特和他的妻子安才能马上从吉隆坡出发。布雷特大学毕业后也进了广告行业，在马来西亚的 BSB 广告公司当客户总监；亚当则接受记者训练，如今在伦敦金融时报集团内的一家杂志社工作。两家航空公司都承诺会在一接到我们通知时，就安排我们登上最近一班飞往伦敦的班机。

然而，在贝妮塔、席蕾丝特、戴蒙能够动身之前，戴蒙还得先解决另一道危机——夜里他突然肠道严重绞痛，紧急送医。一开始医院还无法确定究竟是什么问题，仿佛是肠壁组织忽然失控，导致肠壁内产生气体交换；若是这些混合的气体无法排出，照这种情况持续下去，肠道必然会爆炸，戴蒙则难逃一死。最后终于诊断出是肠壁积气，我想症状就如同字面上的意思。

于是，菲尔·琼斯医生面临空前的两难困境：如果他对继续胀大的肠道置之不理，戴蒙就是死路一条；如果要开刀移除，患血友病的戴蒙可能会在手术台上流血致死，或因伤口而死。就算戴蒙活下来，也得终身穿戴肛门袋。

眼前显然只有死亡与可能死亡两条路，菲尔·琼斯医生只有几个小时的时间可以采取行动。他下令停止进食，并通知血库收集当晚新南威尔士所有可能取得的血液。手术必须在几个小时后开始——事实上，他们得在隔天凌晨动刀。

夜里戴蒙忍受剧痛，我们都知道他有生命危险。但就在黎明破晓前，他睁开眼说肠道忽然不痛了。菲尔·琼斯和专科医生很早就到了，立即为戴蒙检查。没想到他的肠道真的恢复正常，积气已退，完好如初。看来，"强壮的戴蒙"注定要到欧洲来趟壮游。

最后这个毛病虽然很快就消失，却似乎大大打击了戴蒙的信心，让他对出国感到担心。他去看了布伦特·沃特斯两次，沃特斯注意到他很焦虑。在一通电话里他告诉我："如果他不想走，那么即使是最后一刻，也不要尝试说服他。他开始了解这趟远门可能的后果，他不确定自己是不是真想把握这次机会。"

我以为自己了解布伦特的意思——戴蒙不想死在异乡。然而，在这件事上，我们两个都错了。最近我偶然在电脑上看到两段戴蒙写的东西，我之前不知怎么没看到，他在文章中谈及了出发前的心情。

"此时此刻，我还算幸运，身体还算健康，并决定趁这个机会去国外走走，去看看法国、意大利、英国。这实在是冒险之举，我也挺害怕的，但事实上，我把这件事看成人生的转折点。一直以来，我都是依靠他人；虽然这次是跟席蕾丝特和我哥哥、妈妈同行，有些事我也还是要负起责任。好久没有这种感觉了，不由得升起一股恐惧。我逐渐对这趟旅行产生消极的心态，因为必须控制自己的责任把我吓坏了。最担心的当然就是半路身体不舒服；尽管我知道那几个国家的医疗质量都是一流的，但要离开熟悉的医疗'安全网'，自然还是会担忧。

"不过，疑虑当然会自我扩大：我越担忧，就越可能生病，所以我得试着停止这么想。我向来相信身心是无法分割的整体，人的心理感受对身体健康影响很大。"

原来，戴蒙不是怕死，而是怕自己无法应付局面。最后，在九月最后一周，他的焦虑终于减轻；过去一个月都没有新的灾难发生，我想他因此放心多了。他告诉我他一定要去旅行。

"戴蒙，你随时都可以回来。要是你玩得不开心，可以从最近的城市飞回来。"

"谢啦，爸，不过你不用担心，我一定会喜欢那里的。我会非常喜欢。而且我也会保持健康，等着瞧。"

于是，在一九九〇年十月八日，他们搭乘英国航空公司的飞机前往伦敦。行李里有一大袋戴蒙会用到的药，其中包括够他用三个月的吗啡和满满一整箱其他东西，活像个迷你药房。此外，他还带了一个相当大的冷藏箱，里面有干冰和好几瓶抗血友病因子。在另一只小公文包里，贝妮塔带了菲尔·琼斯和布伦特·沃特斯的文件和信，能让他们顺利通过任何海关，其中记载了戴蒙清晰的医疗史与用药清单，还有几封能在三个国家找到医生的推荐信。

我想你已读过贝妮塔描述她和戴蒙共享的旅程。现在换亚当负责这段，他们在一个凉爽的十月清晨于希思罗机场重逢。

"我非常兴奋，天还没亮就搭地铁去伦敦机场。那时我住在贝斯沃特一带，我想那天我大概搭了头班车。戴蒙的飞机是早上六点到，虽然我知道通过海关至少也要半小时，但我就是等不及。我记得五点刚过，我就到希思罗机场了。

"大约六点十分，我看见戴蒙通过海关。他是第一个出来的人，虽然穿一件臃肿的毛衣，他的脸看起来却非常瘦，我吓了一跳，却没有想象中震惊。你知道的，媒体上常常会看到那些病患的照片，那时我不知道自己将看到什么。我已经快一年没看到他了，他瘦了差不多快三十磅，对戴蒙来说算是掉了很多体重。但是，我要怎么说呢……他终究还是戴蒙啊。

"'嗨，亚当，我好想你，希望你已经准备好带我看所有的东西。'他咧嘴笑了起来，敞开手臂等着迎接我。

"我拥抱他，这才发现厚重的毛衣底下竟是骨瘦如柴的；当我的手滑向他的肋下，感觉就像在摸一具骷髅，一根根肋骨和骨盆摸起来都那么清晰。后来我才知道他下飞机时得坐轮椅，却坚持一定要走出来见我。这就是戴蒙。从我们小的时候，他就总是处处为我着想，不让我难过。

"记得高二、高三时，我曾因感情不顺陷入抑郁，常常关着门瞪着自己的肚脐眼呆坐好几个小时。沮丧盘踞了我的所有思绪，迫使我沉浸在内心的世界。但是戴蒙自小就从不去想什么沮丧不沮丧的，病痛能主宰他的生活，却无法控制他的思绪。我现在才知道，他是多么渴望那些我视为理所当然的事。在我冲浪时，我是否顾及过他的感受？我们常常聊冲浪的事，但我有没有想过，我应该找个法子教他怎么学，让他也能感受我习以为常的冲浪快感？他只是暗示我这么做，却从没开口。他用软球打板球；他用僵硬的手打乒乓球，还常常击败我。他以精准的时间掌握和敏锐的双眼弥补了肢体的不便。他对时间点的掌握无人能及，即使他肢体反应缓慢。简而言之，戴蒙就像一名被困在残缺身体里的运动健将。

"我们俩就像一对取长补短的兄弟，彼此都是对方缺乏且钦羡的那一部分。一个拥有还算敏捷的身体，却不时陷入自我怀疑；另一个身体不灵活，却老是满心期盼下一场比赛到来，或是一直靠近场边。我想他一定也感受到我们之间这种讽刺的对比了，但是天性善良的他知道：若是说出口，必然又引发我另一次肚脐眼危机，说不定还会终身感到愧疚。他太敏感也太聪明了。

"现在回想起来，那种讽刺是如此清晰，但是那时困在自身烦恼中的我当然不可能察觉。因此，他总以不那么针对我的方式，让我知道他的感觉。戴蒙有一种不可思议的能力，能一眼看穿他人私密的内心，却从不擅自闯入。我一直知道他很爱我，但我现在才了解，他同时也很担心我。

"从澳大利亚飞了那么远又那么不舒服的一段路之后，他全身的关节必定都很僵硬，即使关节疼痛，他却仍坚持要走出海关来见我。戴蒙依然站着，依然控制着自己，依然是那个比我有智慧多了的弟弟。

"我们一起回到德雷科特酒店式公寓，我爸妈来伦敦时总是住这里，我妈订了一楼的房间。我记得我们刚到没多久，戴蒙就说他饿了，席蕾丝特似乎非常开心，因为他来的一路上完全没吃东西。'我想要三片库恩牌的奶酪，谢谢。'戴蒙说。

"我宁愿他点几盎司的新鲜松露，可能还比库恩牌奶酪好找——它就和 Vegemite 蔬菜酱一样，是澳大利亚特产，在伦敦根本找不到。这种奶酪很薄、滑顺无味，和一片面包差不多厚，显然专为学生的三明治设计。一想到无法为戴蒙找到库恩牌奶酪，不禁让我有些忧虑，也觉得这趟欧洲壮游的开端有些不顺。我们以为他会很累，或许会睡足一整个白天，或甚至睡一整天，没想到他看起来非常兴奋，虽然是以一种我不太熟悉的方式。戴蒙的兴奋总是具有感染力，会让你玩起来更尽兴。稍事休息后，他就说他想出去走走。

"伦敦对他来说有点怪异，但他显然很努力尝试融入。我只有偶尔瞥见他忽然痛得咬紧牙根，但他大部分时候都没有明显反应，坚强的意志力非常惊人。我想最让我惊讶的，是他走路缓慢的速度。我们穿过海德公园，虽然他走得好慢，却还是一步一步走下去。第一天我们大概走了两三公里。我知道他很多时间都坐在轮椅上，腿和脚底板都覆满疼痛的疱疹水泡，让我非常吃惊。他显然走得非常吃力，因为他面无表情、眼神专注，却仍不断问问题。戴蒙总是喜欢问问题。他是我见过的天生最具好奇心的人。

"他在伦敦的第一个星期状况挺好的，我们去了战争博物馆、维多利亚与艾尔伯特博物馆、大英博物馆。每天我们都会计划一些有趣的行程，他也总是跟上，即使速度慢如蜗牛；一到美术馆或博物馆，我们就帮他租辆轮椅行动。由于天生容易烦恼的个性，让我本来担心没办法在欧洲照顾所有人。但我现在有了信心，确信席蕾丝特和我能让下周一开始的法国之行进展顺利。

"戴蒙决定写游记。虽然后来证明这项工程超出他的体力负荷，但他还是写了几页。内容就从伦敦开始。"

一九九〇年十月十一日

我们在三天前抵达伦敦。至少对我来说，克服时差和那些麻烦并不困难。我们住在切尔西一家很漂亮的酒店式公寓，明天我们就要飞往巴黎，真是令人兴奋又害怕，最重要的是，那里的一切与我所经历过的全然不同。

伦敦感觉起来很绅士——那里的语言、交通也都如此，而且伦敦人似乎友善而乐于助人。造访维多利亚与艾尔伯特博物馆和泰特美术馆时，当然轮椅也帮了我不少忙！不过我真正的体验，是从明天抵达巴黎开始。我祝自己好运，而且非常庆幸和能说一口流利法语的亚当同行。明天我到巴黎以后再跟你们报告！

"但是我们到了巴黎以后，戴蒙似乎精力锐减，仿佛待在伦敦的一周把他的体力都耗尽了。我们很少在上午十一点以前出门，到下午三点他差不多就精疲力尽了，我们就回旅馆休息，他一直睡到八点，然后我们再出去吃个晚餐。到晚上十一点，他又准备就寝。

"我记得某一个典型的初秋傍晚，气温宜人，没有寒气将至的征兆，这是巴黎最舒服的季节。我们和我朋友西尔维与帕特里斯·达纳去一家名为'轮盘'的餐厅共进晚餐，邻近我在一九八五年时住的圣杰曼街。戴蒙吃了相当地道的法国菜：红酒炖牛肉。西尔维和帕特里斯似乎很喜欢他，他问了一缸子的戴蒙式问题，想在两秒半内了解巴黎的一切，也把大家逗得很开心。用餐快结束时，他说声抱歉要去洗手间。洗手间在楼上，我想去帮他，席蕾丝特却抢先一步说：'难的不是上楼，是下楼。'

"等了一会儿以后，我上楼在门外等。我听见呕吐声，他把晚餐全都吐了出来。'你还好吗，戴蒙？'我警觉地说，猛敲厕所的门。

"'嗯，亚当，我没事。'我听见他吐吐口水后冲水。

"'怎么了？我帮得上忙吗？'

"'不用，我没事，马上出来。'

"他出来后，我递给他一张我在洗手台沾湿的纸巾，又递了另一张干的。'亚当，谢谢你。'他笑了笑，擦擦嘴巴，'我不习惯吃油腻的食物。'接过干纸巾后又说，'但是真好吃。'

"我不知道该说什么。'对不起，我早该想到的。他们加了很多红酒和大蒜，这里应该是用猪油煮菜。'

"他马上结束这个话题。'我喜欢你朋友西尔维和帕特里斯。我很喜欢他们。'

"我扶他下楼，不久后便回到旅馆，和席蕾丝特同住一屋的戴蒙马上上床就寝。后来我和席蕾丝特在楼下喝咖啡，我向她道歉说不该带他去吃食物这么油腻的餐厅。她却一脸讶异地说：'为什么这么说？他很喜欢！也真的很喜欢你的朋友。'

"我告诉她戴蒙在厕所吐的事，席蕾丝特只是笑了笑，一只手伸过来搭在我肩上说：'亚当，戴蒙饭后经常吐，那也就是为何他愿意吃某些东西，或任何东西吃完后还能留在肚子里，我就会很开心的缘故。'她咧嘴笑，'库恩牌奶酪就能留下来，我也不知道为什么，大概是会黏在里面吧。'

"不过尽管如此，戴蒙显然很喜欢巴黎。他总是眼睛睁得雪亮，只要可以，就想四处走走。我看过他的带状疱疹，我实在不知道他是怎么撑过来的，我指的是走路这件事。我们会在路边的咖啡店喝杯咖啡，他尤其喜欢。我想戴蒙很喜欢'巴黎'这个概念。这里有点像他幻想中的世界——巴黎、火红法拉利、席蕾丝特和第十一区的漂亮公寓。

"我们在巴黎待了四晚，第五天开往中部城堡区。我们的迷你福特卡普里完全塞满东西，而且我们全副武装，准备好那些法文、意大利文的文件和信、戴蒙的药和足以把我们送进牢房度过余生的液态吗啡。有趣的是我们从未被拦下，一次都没有，通过海关时他们连句话也没问。想想真是好笑！当你备齐所有答案，却没半个人要问你问题。

"距离我假期结束回金融时报集团上班还有一个月，够我们从巴黎移动到罗马。我们继续往南，在卢瓦尔河谷待了几个晚上，参观了几栋城堡。

"即便我们的行程相当轻松，戴蒙似乎还是很累，于是我们在日安半岛歇脚，我的两个好朋友洛朗斯和斯特凡帮我们订了一家很棒的旅馆，可以眺望地中海美景，戴蒙就在那里休息了四天。戴蒙简直爱死那里了。每天早上醒来，都能在远眺碧海的阳台享用咖啡和现烤的牛角面包。

"戴蒙体力逐渐恢复，要是我们让他再多休息一会儿，他就会更有元气。离开日安以后，我们那一整个下午都沿着蔚蓝海岸前进，在傍晚穿越边界进入意大利，在一家海边小旅馆过夜。忽然间，我们到了意大利，所有东西顿时全然不同，终于到了意大利的戴蒙又雀跃起来，因为贝妮塔从小就在他脑里灌输了一堆故事。不过，我想最重要的还是他想看法拉利吧——很多很多的法拉利。

"隔天我们开到佛罗伦萨，抵达时雷阵雨刚过，是金黄的夕阳时分，席蕾丝特忽然指着天边的云，歇斯底里地哭了起来。'你看，戴蒙，是上帝的手指！'她哭个不停，戴蒙脸上浮现前所未有的兴奋。他们一起看着夕阳光束射穿云朵，洒在城市之上，我必须说，那真的挺美的。还有，'上帝的手指'确实是个好名字。

"我们在佛罗伦萨待了几天，去了皮蒂宫和乌菲齐美术馆，看了妈告诫我们一生一定要看一次的所有画作——虽然我们旅行了几天后都有些头昏眼花。我们不是贝妮塔，一次能承受的量就只有那么多。

"午餐时间，我们跑去阿尔诺河边，从旧桥上俯瞰船夫摇桨，一边吃着一球球浓郁的冰淇淋——戴蒙吃再多也不会吐。

"佛罗伦萨是个美丽的城市，但除了'上帝的手指'显现的那天下午，其余日子都在下雨且有点冷，加上戴蒙身体不舒服，我们只好推着轮椅做些室内行程。戴蒙并没有贝妮塔预期那么享受意大利。这里同时也是席蕾丝特最喜欢的地方之一，我想，她也希望它对戴蒙来说同样完美。但这就是人生。我们得学会顺其自然。

"我们把车留在佛罗伦萨，搭火车去威尼斯。在威尼斯实在用不到车，所以我们决定回程再来拿车，然后一路开到锡耶纳和罗马。戴蒙很迷恋威尼斯。我一直都知道这件事，席蕾丝特还告诉我戴蒙想来威尼斯想了好几年。这对他起了很大的振奋效果，他的精力仿佛都回来了。

"我将永远记得威尼斯是戴蒙的爱慕之地——他凝视着晨雾、深深爱上的地方。

"我们搭火车回佛罗伦萨，又在那里待了几天，戴蒙几乎一直卧病在床，状况相当不好。我这才渐渐了解，这种恐怖的疾病若让你好过一天，隔天便要你加倍偿还精力。威尼斯的那两天状况不错，因此佛罗伦萨的两天加上锡耶纳的两天都很糟糕。用四天病恹恹的日子换取两天能稍微走动的时间，这交易似乎相当不公平。

"我们抵达罗马，我想戴蒙差不多玩够了，想回伦敦了。但是我们计划在罗马和贝妮塔见面，他不想让她失望。"

贝妮塔说到她和戴蒙独处的一个安静午后。他们的旅馆位于万神殿广场内，可谓全罗马最精美的建筑。

"戴蒙和我从我们的饭店走出来，进入这个庄严的地方。我们在一张安静的椅子上坐下，我握着戴蒙的手，两人抬头仰望一圈圈的圆顶建筑，直通苍穹。那正是一天中最完美的时间，阳光正如阿格里帕①当年所期望的那样直直洒下，在大理石地板上形成金黄色的大圆。我们就一起在那里啜饮金黄色的光线，对彼此的爱将我们紧紧系在一起。"

亚当以他一贯温和的方式做结："我们走过罗马几个主要景点，在几个喷泉里都丢了钱币，并造访罗马城外山间的蒂沃丽花园。记得我们到了许愿池时——那里是我们最后几站之一——池水干涸，池子正在修复。这个许愿池非常有名，听说只要你丢钱币便能再度来到罗马。干涸的池水对我来说已是相当清楚的象征。我知道，我亲爱的弟弟再也没机会来了。"

---

① 玛尔库斯·维普撒尼乌斯·阿格里帕（公元前63年—公元前12年），古罗马政治家。

# 第三十二章

八公斤的假库恩牌奶酪。

有时我们会对自己恍然大悟。

欧文是个好针手。

晚安，亲爱的王子，愿成群的天使一路护

送你至永眠彼端。

      我的小说《坦蒂雅》结稿得相当不顺。我一直觉得就快写到最后一章了，结局却似乎没有出现。大部头且人物众多的小说常常就是这样，但那时我经验不足，无法了解这一点。一些被我写了几百页的人物可不能草草了结，毕竟在读者心里他们都已是有分量的朋友或敌人，就像真实人物那样，需要一个合乎逻辑的结尾。此外，在能让读者合上书去睡觉前，这故事中还有许许多多抛出去却未收尾的线，在结局浮现前得先将它们紧紧串在一起。

      在此同时，伦敦的出版商引颈企盼，焦急的心情我也能够理解。这本书预计来年三月上市，但现在都已经十二月初了，他们却只是每周收到我的传真，说我发誓我已经在写最后一章了。最后，他们建议我去伦敦租间公寓，一来他们能盯紧我的进度，二来我能完全专注在写作上。

      我喜欢这项提议，这代表我能在戴蒙最后一段欧洲壮游中和他团聚，即使无法相处太久，但他在附近就能使我安心。因此，我在十一月二十七日搭澳大利亚航空飞机抵达伦敦，决心把我的最后一章彻底干掉；同时和戴蒙、亚当团聚，到辛普森、哈洛德百货公司享受圣诞购物的乐趣。但事情没有这么容易。我在五周内又多写了六章，这部小说才大功告成。我每天凌晨四点一过便动笔，一直写到半夜才收工，中间只有半小时早餐和半小时午餐时间，在两小时的晚餐时间里才能与戴蒙聚聚。

全家人在十一月从罗马回到伦敦，刚好是我抵达的三周前；我到达的两天前，席蕾丝特刚好出发前往葡萄牙和西班牙。这一次她是自己一个人去，中间会和克里斯托弗碰面，这是他在澳大利亚规划好的行程。我们都认为她很需要放放假，也很高兴她去了。就如亚当所说："她想玩得多疯多高兴，都任她去！她一定会喜欢的！"

这一年就这么刚好要在北半球结束了。天气转凉，戴蒙也一点一滴地消逝。在法国和意大利之旅后，他花了一个星期才恢复体力，之后有几天状况还"不错"，贝妮塔就带他去伦敦逛逛。然而，他显然疲倦至极，只能勉强撑下去。大多数时候他都疲倦且不安稳地睡着，只会在午后醒来，却没有兴致或意志去外头走走。晚上八九点时，他就差不多又想睡了。

我刻意挪出两小时的晚餐时间，就是为了多陪陪戴蒙，虽然机会越来越少，戴蒙的病痛加剧，越来越依赖吗啡。吗啡不是什么好东西，有些夜晚戴蒙会目光呆滞地坐着，就这么盯着电视机，这样可以让他不用和其他人交谈。

有些晚上他会好一些，于是我们就说说话，大多是聊他小时候的事，偶尔他也会说到自己身体好多了。遇到这种时候，我往往会带着困惑、悲伤回到书房，戴蒙就快死了，他却还相信自己会活下去。

年轻人是否都单纯地相信自己是不会死的？就是因为如此，小伙子才会兴致昂扬地扛着枪上战场，真心相信敌方发射的子弹不是真的，或不会射向他们？若事实明显证明不会如此，他们是否仍会继续存有这种想法？难道"人终将一死"，是年龄大了才能体会的事，而不是脑垂体里的什么液体？

戴蒙显然认为自己会活下去，不是通过奇迹或信仰，而是单纯靠自己的心逐渐控制住疾病。

然而生活中，也不全是吗啡和绝望。有时，午后醒来，他会把头探进我的书房，提议去国王路上的商业街走走。我们会把他裹得像米其林宝宝，然后踏进寒冷的十二月夜晚。戴蒙走得很慢，光是走到国王路的这段路，我们就很可能冻伤。

我常常利用这些散步时间买日常用品，把戴蒙推进暖和的西夫韦超市，我则去货架上找需要的东西。有一次，我买完时，发现他在一个奶酪柜前，一位店员小姐正快乐地把一大块奶酪包起来。"爸，我找到了！"戴蒙兴奋地指着那半块奶酪说，"尝起来就跟库恩牌一样！"他转头对柜台后的店员说，"切一片给我爸尝尝好吗？"

店员果真切了薄片，放在防油纸上递给我。结果尝起来味道有点像肥皂，却又没有那种特殊风味。

"绝对就跟库恩牌的一样，对吧？"他转头对店员说，"那是我们澳大利亚家乡的奶酪。"

店员扬起一边眉毛。"奶酪取这种名字不太好吧？要是你问我意见，我会说很有种族歧视的味道！"

我这才发现她是黑人。戴蒙大概不知道"库恩"（coon）也有贬抑黑人的意思，他一脸茫然。

"在澳大利亚，这个词没有特殊意思。"我赶紧说，想掩饰我的尴尬，"你不觉得奶酪买得太多了吗，戴蒙？"

"没错，可是刚好在特价，他们也不会再进货。我们不能错失良机，对吧？"

于是我拖着八公斤的半圆奶酪回家。那东西挺难吃的，可是戴蒙似乎相当喜欢。后来，我用这种奶酪配上西红柿，为他做了睡前吃的吐司，却注意到他没有吃。隔天他跟我说库恩牌奶酪没有烤奶酪好吃，就跟普通奶酪没两样。不久，那一大块奶酪在我们家就失宠了。一个月后，当我们准备离去，贝妮塔将那八公斤奶酪的大部分，连同其他杂物一起交给女佣，她看了还大吃一惊。

随着天气渐冷，戴蒙的病情也每况愈下，有时甚至一整天都起不了床。他常常睡二十个小时才起来，我或贝妮塔会帮他洗浴、更衣，然后扶他到椅子上，帮他做烤奶酪（像样的奶酪）西红柿吐司，并把面包皮切掉。有时他只想吃烘豆吐司，却很容易在上床前就吐掉。对贝妮塔来说，想办法喂戴蒙吃点东西是一大噩梦，他的食物越来越常是高热量、高蛋白、高糖的奶昔或流质食物。

我脑海中的这段记忆相当扭曲。每天凌晨四点我起来开始工作，偶尔听到他已起床，我就赶紧过去问他要不要帮忙，他只是想进洗手间，不希望别人帮他。这是他现在少数能自理的事，或许是自尊心使然，他想自己来，虽然这往往要花去他半个多小时的时间，才能回床上。于是，我对戴蒙的日常印象，变成在每一个灰暗的伦敦清晨，看着他瘦弱的躯体覆盖在过大的睡衣里，拖着歪斜的脚步走向浴室。他的房间就在我的书房旁边，浴室在走廊过去一点的位置，因此他必定会经过我的房间。我总是继续工作，以免让他发现我感受到他的存在。但是我的心总是好痛，恨不得马上冲出去帮他。虽然我知道他会比较希望我关门，但我总是没办法把门带上，以免他有紧急状况需要帮忙。

就这样，我美丽的孩子化为仅在凌晨和午夜飘过房前的一缕幽魂。

我在这端写作，他在隔壁房间缓缓死去——这两件事渐渐成了一成不变的模式，每天我的书都往不可避免的结局靠近。

就在圣诞节的两天前，席蕾丝特回来了。她玩得非常开心，却提前一天结束，因为担心戴蒙会太累。圣诞节将至，她怕戴蒙会太勉强自己配合其他人，增添不必要的疲倦。虽然她没向我们说什么，但是她在戴蒙房里待了几个小时，出来时眼睛明显哭过，显然为他又回复到她离去前的恶劣状况而伤心欲绝。

其实，我和贝妮塔从没打算和席蕾丝特争夺戴蒙的爱，但她的归来，让我们再次目睹她在他心中的地位。她不在的时候，戴蒙没有一句怨言，并坚持不要她打电话，以免干扰她享受假期的情绪。然而，她一回来，我们却在他脸上看见原本以为再也不会出现的笑脸。

这是我第一次看见爱的疗效，在戴蒙身上，我们目睹了实际的身体改变，使他能和我们度过最后一个圣诞节，只要我还有一口气在，我会永远记得充满着欢笑与快乐的那一天。这是席蕾丝特送给我们全家人的真正圣诞礼物，我们无比珍视她赐给我们的相聚时光。

贝妮塔已经说过和戴蒙共度的最后一次圣诞。不久后，戴蒙便说他想回家。他病得很重，极度想念澳大利亚的阳光，不过，的确也该回家了。"强壮的戴蒙"真的完成了他的欧洲壮游呢！此时此刻，艳阳、木槿、那丛憔悴的黄玫瑰都在地球另一端的小小花园召唤着他；邦迪小屋、蔓延至前门篱笆外的蓝雪花丛也等着他归来。

我选择留在伦敦把书完成，这又多花了两周，包括和编辑讨论的时间。我想都没想，竟然就同意让席蕾丝特一个人陪病入膏肓的戴蒙回家，她也不负众望地完成使命，并负起照顾戴蒙的重任，直到我们一月中旬回到家。我也不知道为什么——我常被抱怨一头钻进手上的工作，对周遭的人、事、物像是视而不见。这段日子，我确实像看不见戴蒙一样。

没有任何事比护送我儿子安全回澳大利亚更重要，我却让一本蠢书挡在眼前！我对自己的行为深感愧疚，也并不奢望获得原谅。

我已尽可能翔实地写下戴蒙的故事，尽力不冒犯仍活着的人或逝者的家人。某些地方我出于体谅已更改人名。在某些段落我曾毫无歉意地指控一个人、一些人或一个体系。或许有时我的情绪仍过度激动，凌驾于客观评断之上；若有这样的情形，那并非出于刻意，纯粹是因为我想不出还有其他的观点。有时我会为他人找借口，因为若非如此，则会心痛难当，但这些借口并不适用于我自己身上。

席蕾丝特，我真的很抱歉，请你原谅我。接下来的戴蒙故事出自席蕾丝特。

"那真是个美好的圣诞节。我在葡萄牙北部的一个古董市场，帮戴蒙买了一个很棒的产于十九世纪的作家铜灯，它带有一种诡异的美感。我确信自己找到了独一无二的东西。让我和你解释一下。首先，这盏灯可以拆开，所以我想是专为旅人设计的，底下连着大概十二英寸高的三脚铜架，曲线很优美，中间还有一根铜柱直伸至顶，上方有另一根铜棒横向交叉，约莫有八英寸长。铜柱中央有一尾飞鱼当油罐，两翼尖端则是灯芯。在鱼的后面，直立的铜柱上插有一片立起的弧形反射镜，有点像折伞蜥脖子上张开的那片薄膜，能将灯光往下反射，应该是照到写作者或读者的书页上。横铜棒的两端各垂挂着两条链子，其中一端的一个小容器放燃尽的灯芯，另一个放待燃的灯芯；另一头的两条链子则挂着剪蜡烛套盖，和一对小钳子，可用来除去燃尽的烛芯或夹入新的。

"这个玩意儿太棒了，戴蒙看了也说非常喜欢，我们俩围着它又跳又笑，然后我把灯摆在放满食物和布莱斯煮的美味火鸡的圣诞餐桌上。

"那东西非常漂亮，我把它放在客厅，人人见了都会上前观赏，并赞叹不已，直问：'那是什么东西？'

"'是戴蒙的灯,他以后会用那样的灯在天堂写书。'他们有时会表情怪异地看着我,但大部分的人似乎都还挺喜欢我的回答。

"我们在十二月二十九日离开伦敦,亚当送我们去机场。戴蒙人不舒服,很高兴就要回家了,但那实在是他最不舒服的几天之一。贝妮塔和布莱斯竟然没打算跟我们一起回去,让我非常生气,因为戴蒙病得很重,我一个人带着他实在感到很恐惧。我在飞机上哭了很久,还是很愤怒,因为我觉得他们两个没有胆子回家!戴蒙说要回去时,我很自然地以为他们也会和我们一起。贝妮塔和我们一起来伦敦,现在却没有别人在我身旁,只有我一个人。眼前只有布雷特是我唯一的家人。我的家人竟然在戴蒙病得这么严重时抛下我,我知道接下来这趟路一定不好走。

"我们很幸运,坐的是头等舱,因为几乎没有其他人,我就帮戴蒙弄个像床的地方让他躺下,我则找了一个角落的位子好好哭一场。记得在回家的那班飞机上,我哭得非常伤心,无法自控,因为我觉得自己真的孤立无援。我们在新加坡转机,当天就飞过大半个澳大利亚上空。我们俯瞰宽阔无垠的澳大利亚土地好几个小时,戴蒙这时醒来,无法相信我们的国土竟如此宽广,一连三四个小时都是毫无变化的景色,我们脚下的棕色沙漠像是无穷无尽。我记得他说:'是真的,确实是烈日熏红的大地。'他引述的是多萝西娅·麦凯勒①的诗。他以前常常朗诵这首诗,我想是在学校读到的,念完后他会说:"我目前只看过绿色的部分。有一天我们会看见全景的,宝贝。"现在,他已在空中匆匆瞥过全景,就像生命在为他做总结,给他看看某种浓缩过的宽银幕景观,让他目睹棕

---

① Dorothea Mackellar(1885—1968),澳大利亚爱国诗人,十九岁旅居英国时写下著名诗篇《我的国家》。

458

色部分后能心满意足地说：'我看过了。'总之我们顺利着陆，映入眼帘的再度是炎热的天气和——我在机场看到一只——蟑螂。我们又回到世界蟑螂之都了。

"布莱斯安排欧文·登米德来机场接我们，他和埃米在机场等我们，载我们回邦迪，欧文一路讲个不停。这或许听起来没什么关联，但是那段时间对我而言很特别，甚至有些超现实。在伦敦的最后几天，戴蒙又开始出现幻觉。跟之前的狂躁症不一样，而是会把没发生的事当真。唔，当我们开过邦迪海滩时，你知道竖立在海岬、负责排放地下水沟废气的那根大烟囱吧，就是那根臭东西啊。唔，为了圣诞节，他们居然在上面装了几千盏彩色小灯呢。那让我在这趟回家的路上第一次开怀地笑了。在看过摄政街和马德里的圣诞灯火以后，眼前这个真是非常有趣，只有澳大利亚人才做得出来——臭烟囱上挂彩色小灯！真是地道的澳大利亚式幽默！回家的感觉真好。露西看到我们非常雀跃，虽然它已不再是小狗，瘦长的四只脚还是想同时往四面八方跑。一开始它不太认得我们，但看到我们还是非常开心。我想，对小动物来说，三个月算是很久了。

"我联络医院说我们已经回来了，而且戴蒙状况不好，隔天我便带他上医院。他们似乎看不出哪里有问题，戴蒙也不想入院待上几天。

"那真是非常感伤的一个新年。我感觉有什么事即将发生，虽然我还没准备好承认戴蒙就要走了，即使他已病得很重。我记得戴蒙睡着时，我一个人坐在厨房，听着屋外的午夜烟火和汽车喇叭声，却不知道这新的一年究竟会带给我什么。我心里极度低迷，那份难过大概仅次于我们只身离开伦敦时。因为，如我刚刚说的，我感觉有什么事即将发生，却不知道究竟是什么。

"五天后戴蒙住进医院，医生诊断出心肌病变。戴蒙目前的现状是心脏越胀越大，收缩得越来越慢，所以他的体力才会直线下滑，整个人没有精神。当我在医院知道这个消息时，真的觉得自己彻底被贝妮塔和布莱斯抛弃。我很绝望，不知该怎么做。一听到心脏的事，就令人担心会不会突然就停了下来。诊断出心脏肥大那天，医院让戴蒙回家，因为他们也束手无策。我记得护理长葆拉在场，林赛也在，我们回澳大利亚后，她每天早上都来帮我们。葆拉很亲切，有话直说，绝不废话。她清楚地告诉我，戴蒙活不久了，我得有心理准备，仔细留意他的征兆。我不记得她叫我留意什么了，我想我随即就把她的话从脑袋里抹掉，因为我没办法，不可能，也不愿意相信她的话。她问我要不要打电话通知谁，有没有人可以过来陪我。布莱斯和贝妮塔当然还没回来，所以我就说：'露西！'

"'露西？'她看着我，等我向她解释。

"'我们的狗。'那时听起来并不像奇怪的答案，但是葆拉看起来很讶异，幸好林赛马上插进来说她也有一只狗，她完全了解我的感受。林赛人很好，我们成了朋友，她还邀我们去参加她的婚礼。戴蒙说这个婚礼他一定会出席。'说什么都不能错过！'他说无论如何都要去，还说要一直跟林赛保持联络，因为她是一个很特别的人。但他终究还是错过了。戴蒙在林赛婚礼的两周前走了。

"林赛真的太好了，在最后两个半月里，她每天都会来帮戴蒙沐浴，我则帮他换床单，床单必须每天洗。

"我会把枕头拍松，然后我们一起照料他的褥疮，帮他拍爽身粉，帮他换睡衣裤，帮他梳头发。那段时间我们相当专注。我们还会清洗他的眼睛，而且尽我可能帮他把口腔里的鹅口疮清除，然后我们一起处理他的疱疹。两个人分工合作，大概要花一个小时。

"我记得，医疗设备渐渐在家里出现。我们有一台大型的氧气筒，我们在花洒上装上特殊装置，还有戴蒙专用的淋浴椅。这些专供伤残病人设计的东西让我想起爹地快死的时候——大大小小的器材、小药罐、轮椅、便器椅、满坑满谷的药——这间房子里的药本来就很多，现在却似乎又多了一倍。这些东西看起来都是给垂死的病人用的，要是这种事发生在你身上，你身边就会有这些东西。

"可我还是不相信。他们已经这么告诉我，但我就是无法相信戴蒙会死。"


他们诊断出戴蒙的心肌病变之后，席蕾丝特打电话告诉还在伦敦的我们，我们马上订了回澳大利亚的机票。我还记得那晚我只睡了两个小时，工作了一天一夜才把《坦蒂雅》的最后一章赶完，隔天便坐一早的首班飞机回去。我的出版商很好心，派了辆车送我们去机场。我把稿子放在公文袋里交给司机，请他回去后代我转交给编辑。

我们回去时，戴蒙的状况更加恶化，我惊觉我们的时间真的不多了。我和亨利王子医院的菲尔·琼斯谈过，他说戴蒙的状况不可能有起色，心脏只会持续胀大，直到收缩过慢，最后完全停止。

戴蒙同时仍有巨细胞病毒感染，让他极度疼痛、不适。他的双眼都受到感染，还虚弱地自我解嘲说，他终于能名正言顺地在床上戴他珍贵的雷朋墨镜了。他的鹅口疮比之前都要严重几倍，身上多处还开始长出小褥疮，大的褥疮会变成开放性伤口，大约有男人的一只手掌这么大。同时，带状疱疹一样没有放过他，他现在连走几步路都困难重重。

不过，戴蒙还是必须每隔两周去一次韦尔斯王子医院的艾滋病门诊，我们去了两次后，艾滋病门诊便移到阿尔比恩路上。三催四请下，戴蒙终于踏进诊疗室。那依然是热得发臭的夏天，顶着烈日从医院后的停车场走到门诊的这段路令他非常疲累，门外漫长的等待更让他精疲力尽。除此之外，检视他的是某个不认识的新医生，医生也不熟悉戴蒙的情况。

医生看到戴蒙的疱疹之前，态度似乎还不错。之后，他将手举到胸前，开怀地微笑起来，藏不住内心的喜悦。"天啊！我没看过这么棒的东西！少说也有两百颗疱疹吧！"他迅速起身，走到书桌前从抽屉拿出放大镜，又回到诊疗床前。"竟然长在腿上、脚上、脚底，非常特殊。"他抬起头把放大镜放在床上，兴奋地鼓鼓掌，为亲眼看见而激动不已。

"这真是我见过最了不起的带状疱疹。我们一定得马上拍照！我会打电话给摄影部，请你们下楼……"

他一定发现哪里不对劲，因为他忽然转头，看见席蕾丝特努力忍住眼泪和愤怒。"他累坏了。你看不出来他累坏了吗？他今天无法再承受了，医生！"席蕾丝特奋力才让这些话说出口，但是她现在的愤怒比难过更强烈。"他不是你的疱疹案例，他是戴蒙！"她大吼，然后抬头狠狠看着医生，"你不准！你不准拍那该死的照片！"

戴蒙疲惫的声音插了进来："随他吧，宝贝。有什么差别？"

那个医生对席蕾丝特的盛怒大感惊讶，他看看戴蒙，像是第一次看到眼前这个人。他的道歉似乎正要说出口，说出的却是："你确定吗，戴蒙？"然后他点点头，仿佛要为自己辩解，"这种东西对教学很有用。"

戴蒙虚弱地抬起手表示同意，医生便拿起电话安排拍照事宜。快说完时他忽然蹦出一句："记得帮他口腔的念珠菌和喉头内壁拍几张，谢谢你。"他挂断电话，有点怯懦地抬起头，"你的鹅口疮还蛮壮观的，我们干脆一次搞定吧？"

这两周一次的艾滋病门诊糟透了，尤其是门诊搬到阿尔比恩路以后，虽然戴蒙只去过那里一次，就在拍照那次之后。那次的经验更糟。他前一周就已住院，身体相当不适，但他或许觉得不参加艾滋病门诊就如同放弃自己的病，一切等于就结束了。阿尔比恩路的艾滋病门诊令人非常沮丧，里面都是罹患艾滋病的病人，戴蒙像在其他人脸上照见自己的命运。身处那里令人有种强烈的感觉，就是整个空间内有一大群人正在死亡。席蕾丝特说："真的很恶心！看见戴蒙和他们在一起真的很恶心。"

她说到他们第一次——也是最后一次——去看阿尔比恩路艾滋病门诊的经验。

"我们到了阿尔比恩路，走去那里对戴蒙来说负担很大。那地方不好找，我们找不到停车位，天气又热，而且他简直步步维艰。整件事都很费力，真的相当麻烦。

"到了那里以后，我们等了一个小时，戴蒙很不舒服，有段时间又找不到位子坐，于是他倚着我，我感觉得到他的心脏在我胸前跳动。戴蒙那美丽的心，本来就很开阔，现在却越胀越大，有一天终将爆开。一小时后才有人带我们去见医师，他双手交握，两手食指朝前伸出，手肘架在桌子上，接着用两手食指相互碰了几下，笑着对戴蒙宣布：'很抱歉，戴蒙，我没办法帮你看诊。韦尔斯王子医院还没把你的病例送过来。'

"来这里的一路上是如此艰辛，从扶他起床，为他沐浴，到医生说不能帮他看诊，足足花了我们快六个小时——辛苦得不可思议的六个小时！戴蒙根本没有这样的体力。到了医院外的人行道上，我扶着他的手臂，慢慢移动到车子上，是那么缓慢。我感觉到滚烫的汗珠从我的脸颊流下。真的好不公平。一切都好不公平！医疗体系烂到极点，却没有人在意。难道戴蒙只是某个东西，非得体系要你看戴蒙，你才会为他看病？要是体系出了差错，那么这个长了一身有趣疱疹和壮观鹅口疮，眼睛因感染连睫毛都掉光的'东西'就被视为一堆狗屎，因为肠道快要被细菌吃掉，心脏不断胀大再胀大，当这个烂体系出问题时，这特别的'东西'在这特别的两周一次门诊时，就不能看病了。

"'我们不要再去了，宝贝。'戴蒙轻声地说，我当下知道他放弃了。'强壮的戴蒙'已耗尽所有勇气，一滴都不剩了。"

然而，事情也不全是如此。最后两个月出现了林赛——她不只每天早上来，下班后常常也会来帮席蕾丝特，或单纯陪伴她，还有欧文·莱特。

　　欧文·莱特在中部城市当家庭医师，同时也是常常和我一起跑步的朋友，他因为性格温和，所以怎么都抵挡不了美酒佳肴的诱惑，体重不断上升。他疯狂着迷鲍勃·迪伦，无法忍受对他的一丝批评；几乎所有运动都喜欢，尤其是板球和橄榄球。据说遇上没人想去悉尼板球场看谢菲尔德盾球赛的淡季时，电视上只身坐在会员席上的人永远是欧文·莱特。

　　他同时也是最懂"跑步"的医师之一。他的建议总是金玉良言，因为他比我所见过的运动医学家都还了解大腿、膝盖和运动伤害。或许是因为他自己也在跑步，所以他和其他治疗运动伤害的医生不一样，从不是那种陈词滥调（先休息一个月，再慢慢恢复跑步）。欧文了解跑者本来就应该要跑步，因此他最重要的工作就是让那些人站起来，然后回到路上。

　　不过我得说，在脚这方面，他自己却树立了最糟的榜样。我从没在他脚上看过花色相同的一双袜子；工作时，尽管身上是三件式西装，脚上却是相当旧的慢跑鞋，而且这还不是他慢跑用的鞋子。

　　能让他穿去慢跑的鞋子，至少要有十五年的历史，帆布底下还得要有能打破世界纪录的里程数。这些脏鞋的表面往往破损不堪，他的大脚趾还会从前头伸出来，鞋底更是薄到几乎看不见。欧文的慢跑鞋只能用恶心来形容，并被禁止进入衣柜，只得自己待在门外面哀号，直到它被穿去和我们跑步。说不定有一天会有人帮它贴上绷带，让它别看起来这么可怜兮兮。

　　有趣的是，要是他看到有患者穿着有他的鞋一半糟的慢跑鞋，铁定会好好演讲一顿，说明撑起人类脚部的二十七根脆弱的骨头，及不间断让它们在城市人行道上撞击的后果。他会马上下令禁止这双鞋上路，直到患者购得最新的高科技慢跑鞋。

不过，最恼人的或许是：在我认识欧文·莱特的十年里，从没听过他因跑步而受到运动伤害。

戴蒙现在一去医院就会待上个几天，这并不是医院能帮什么忙，而是要让席蕾丝特休息一下。但是往往戴蒙一走，席蕾丝特就希望他马上回来，我们只能劝她，戴蒙一有危险就会回来的。

在医院的那次谈话，戴蒙问我他是不是会死之后，他要我保证若是真的发生，他希望能在家里，在自己的床上。医院同意我们尽量把他留在家里，但至少每周要让医生过来监督病情两次。此外，戴蒙的规律出血仍然持续，但是他现在的手不太稳，手臂血管和上臂能注射的地方也有限，无法再靠自己输血。这项任务已超出席蕾丝特或我的能力之外，我们需要找更专业的人，把针插进我们不熟悉的位置。

我问欧文是否愿意担任戴蒙的特约医生，麻烦之处便是每周要来家里看他两次，还有戴蒙一出血便过来为他插针，无论日夜。欧文听完竟毫不犹豫地答应，并说能担任戴蒙的医生是他的荣幸。他把呼叫器号码告诉席蕾丝特，戴蒙有任何需要，都可以立即联络他。

欧文之前便担任过戴蒙的足科医生，因此断断续续和他相处了很多年。一开始是在戴蒙青春期的时候，腿因长期出血和穿铁鞋有些变形，我请欧文帮他看看。后来他帮戴蒙装上矫正器，让状况改善许多，戴蒙每隔几年便会回去换一双新的。虽然他对戴蒙认识不深，但已足够喜欢上他这个人。

然而，那时我并不知道欧文身兼两份工作。他买下某个医疗单位，专做预防接种，为出海的船员提供医疗服务。但不久后，经济不景气使往来澳大利亚的货船运输量锐减，欧文原本的收入不足以应付旗下的特约医生，只好在周末与两个工作日晚上到国王十字路一带值夜诊，以平衡收支。这些都是我最近才从别处听说的。

欧文几乎每天打电话给戴蒙，无论原本是否有安排，甚至周末去接运动完的孩子、赶赴第二份工作前（这是后来才知道的事），也会绕道来探望他。有时若是戴蒙深夜出血，他也会过来插针，精准的技术令人叹为观止。戴蒙很喜欢他，也很信任他，每次见他来，总是精神一振。欧文不只是医生而已，更成了他的朋友、知心人和顾问，在戴蒙生命中最后两个月的时间里，他做了很多能增添些许抚慰的事。在戴蒙医疗史上留名的所有医生里，这位最后的医生，身兼鲍勃·迪伦死忠歌迷、运动怪人的欧文·莱特是他一辈子一直在寻寻觅觅的好医生。戴蒙最爱的医生就是欧文。

在所有事都已结束的几个月后，有一次，我和欧文沿着勃朗特到邦迪一带的海岸慢跑，欧文突然转过头对我说："你知道吗，布莱斯，戴蒙不是一个普通的年轻人，比起我见过的所有病人，他更有心，更有胆量，更有个性，更有勇气。他从不抱怨，总是保持庄重，他教了我好多东西。至少对我而言，我认为他死得很有尊严。"

戴蒙去世的两周前，刚好在三月十五日[①]那天，突然发生严重痉挛，被救护车送到离邦迪最近的韦尔斯王子医院急诊部。事发当时林赛刚好在席蕾丝特旁边，席蕾丝特忆起其中一个小插曲——人身处极具创伤性的大事件中，常常会注意到极微小的细节：要用担架把那时已陷入昏迷的戴蒙沿着狭窄走道抬出小屋相当不容易，匆忙中戴蒙的手肘被刮伤，

---

① Ides of March，罗马恺撒大帝遇刺的日子，于莎士比亚悲剧《恺撒大帝》中有戏剧化的着墨。

虽不严重，却也有一小块破皮，在粗糙的白墙上留下了一抹血迹。那时没有人注意到，戴蒙的手肘后来也一直没有愈合，因为他的白血球所剩无几，也没有血小板帮他凝固伤口。

那一天，和戴蒙同在救护车后座的席蕾丝特第一次感受到戴蒙可能会死。并不是因为痉挛本身，这状况他之前就有过。戴蒙在送医的路上，意识忽然清醒过来，他望着席蕾丝特，于是她握握他的手，努力克制眼泪地说："哈啰，戴蒙，我们现在要送你去医院。你会没事的，亲爱的。"戴蒙却仍只是茫然看着她。她的掌心没有传来回握，看不出戴蒙听懂她的话或认得她。席蕾丝特的心忽然一沉——戴蒙不见了，那个全世界她最爱的男人不认得她了——这种情形从未有过。一直以来，无论发生什么事，他们两个总是紧紧相依，陪着对方度过。

接下来的漫长时刻就是这本书的第一章，也是戴蒙的故事之始。我们几乎就要把戴蒙的生命周期绕完一圈，就只剩那橙黄色的最后一天了。

戴蒙痉挛的隔天，便从韦尔斯王子医院转回亨利医院的马克斯分馆，在那里休息了几天，一直到隔周。

周一晚上我去探病，在马克斯分馆的走道遇见里克·奥斯本，他告诉我戴蒙周三或周四就能出院的好消息。接着他忽然注视着我，急急吸了口气，像是想下定决心。"有空吗？"他领我去其中一间访客室，但我们没有坐下。"布莱斯，你知道接下来该做什么吗？"他开始说。我看起来一定一脸茫然。接戴蒙回家会有什么问题？里克一眼看出我的困惑。"我在想，要不要这星期找个时间，我去你们家找你和贝妮塔谈谈？有些事你们应该知道。"

我的心顿时像麻痹了一样，好一会儿后才能重拾思绪，里克把手放在我肩上。"他不会再回来这里了吗？是这样吗？"我愚蠢地问，心跳开始加速。

"你已经同意他的心脏若出问题便不再急救。布莱斯，这是戴蒙最后一次回家了。"他尽可能以温和的语气说出这句话，我感到他想要亲口告诉我，希望让我从一个朋友的口中听到。

后来我坐在戴蒙身边，静静握着他的手。我知道不久后我就得回家，却不知该怎么做，没办法面对他、告诉他。就在那时，我听见戴蒙小声地说："爸，该叫亚当回来了。"

我无言以对，默然的眼泪流下脸颊，只能紧握住他的手，让他知道我懂。"没事的，爸。"戴蒙说。我们就那样一起坐了好一会儿，什么都没有说。没有什么可以说的了。"强壮的戴蒙"已经放开了他美好又悲伤的人生。

亚当周三回到澳大利亚，席蕾丝特去机场接他，两个人直接来医院看戴蒙。两个兄弟都流了眼泪，亚当就像对小孩一样用手臂搂着瘦小的戴蒙，两个人都很高兴又见到对方。隔天戴蒙就要回到邦迪，亚当和席蕾丝特去找医院协调，希望能早点儿走，让戴蒙在早餐前到家。

同一天还发生了另一件事，但我必须先说，这在马克斯分馆是不常见的。这也让里克·奥斯本三天前对我的仁慈更显珍贵。

亚当和席蕾丝特守在戴蒙床边，缓和医疗医师走进病房。他是这里的新医生，我们都很喜欢的罗杰·科尔转至南岸医院发展。新医师看来似乎很匆忙，席蕾丝特只见过他一两次。她向他介绍亚当是戴蒙的哥哥，医生形式上地点点头，几乎不怎么理会戴蒙和亚当，直接就对席蕾丝特说话。他详细问她戴蒙现在吃哪几种药，他对那些药的反应如何。席蕾丝特早就了如指掌，一一回答。然后，他开始向她描述病人的死亡过程。

"接下来的状况是：病人将经历越来越严重的痛苦。"他开始说。

接着他又谈到心肌病变，说心脏肌肉会不断扩大，直到无法挤压血液，这将使肌肉松弛，引发剧痛。他继续当着戴蒙和亚当的面巨细靡遗地说，亚当只是紧紧握着弟弟的手，因为时差，也因为惊吓过度，无法反应过来。这个医生在情感上完全无视眼前的三个年轻人，就像在对大一医科学生上课一样。

然而，他一定察觉到异状，因为他讲到一半忽然停下来问席蕾丝特："你是护士，对吧？"

席蕾丝特解释她是戴蒙的女朋友，他似乎有些讶异，却也没有道歉的意思，反而补上一句："呃，我想你们都先知道也好。"

二十四年的岁月里，我们从嘀咕爵士开始，一直到临终前，戴蒙似乎仍无多大改变，他仍然只是一个东西，一个有意思的病例。

隔天，亚当和席蕾丝特很早就来医院带戴蒙回家，刚好是复活节前两天的星期四。

星期五，欧文·莱特来家里，说他要带家人去两百五十英里外的福斯特过周末。他那天人会不在，但是隔天早上他会来看戴蒙，以免他又需要输血。

戴蒙变得非常沮丧，并坚持欧文不要特地回来。欧文警觉戴蒙可能撑不过这个假期，但是戴蒙非常坚持，欧文只好严肃保证周末会好好和家人聚聚。"我星期二一早就来看你，戴蒙。这几天努力不要出血，好吗？"

戴蒙头一回伸手和欧文握手。他因为说太多话而非常疲惫，声音微弱得几乎听不见。"欧文，谢谢你，谢谢你为我做的一切。"他停下来，虚弱地笑了笑，"你真是最棒的插针手，最棒的。再见了，兄弟。"

你或许已经注意到，戴蒙常常在假期闹不舒服，星期六那天，他痛到连液态吗啡都控制不住。那个判人死刑的缓和医疗医师刚好不在，我们没办法请医院核准皮下注射吗啡——直接注进血管的吗啡。

林赛整个周末都陪在席蕾丝特身边，并打电话给未婚夫马克，他也是一位医生。马克带了吗啡来，并在戴蒙的胸膛上插了固定式蝴蝶针，让席蕾丝特随时能帮戴蒙补充。

接着我们一一联络他的朋友，那些一直和戴蒙维持亲密情谊的伙伴。每个人都独自前来，巴尔迪从约一百八十公里外的奥兰治赶来，他在大学教音乐。保罗也来了，身材魁梧、总是笑容满面的保罗·格林。接着是安德鲁。再来是终于赢了戴蒙国际象棋的萨曼莎。星期天克里斯托弗·蒙纳来了，他沉默寡言，却一直非常喜欢戴蒙。托比最后终于在星期天下午现身——先发现席蕾丝特的托比，雷朋俱乐部的托比。他是戴蒙年轻岁月中不可或缺的一部分，也是戴蒙挚爱的老友。这会儿托比也来道别了。戴蒙对朋友的品味一直很好；他们都陪他一起度过学生时代，此刻每个人都来静静地向他说再见。

复活节的星期一，我一早便起来沿着海岸慢跑。我站在邦迪的岩石上俯瞰虚假的旭日，这个橙黄的黎明，其实只是菲律宾群岛巨大的火山爆发，喷出的火山灰散布至同温层，将世界另一头的日落光线反射过来所致。

"最后的这天，戴蒙会有两道黎明，没有落日。"我心想，努力想在泪水中挤出微笑。"就像他，只有开始，没有结束！"我想克制不争气的眼泪，沿着崖面跑向塔玛拉玛海滩时，却几乎看不见眼前狭窄的路。我奋力跑着，直到肺仿佛就要爆开，然后我在凉爽宜人的黎明时分跑回邦迪。若是我跑得够用力，或许胸中那股死亡的念头能就此散去。

我赶在日出之前回到家，坐在阳台上一直哭，看着眼前美丽的悉尼秋日在港湾洒下金光。接着我喝下咖啡，打电话给布雷特，唤醒贝妮塔说："我们该去看戴蒙了。"

所有人都一一向戴蒙道别——布雷特、亚当、安、他母亲，这些都是他挚爱的人。我凑近他身边吻他，他伸出手握着我。"谢谢你，爸，谢谢你为我做的一切。"然后他用极低的声音说，"请你帮我写那本书。"

半小时后，戴蒙忽然心脏病发，"强壮的戴蒙"就枕在席蕾丝特怀里。这一次，她终究得放开手，让他走。

戴蒙选在愚人节这天离开，肯定别有用意。这完全像是他会做的事——他想告诉我们他并没有真的死去，只是离开一下子，这一切都只是一场精心策划的愚人节玩笑。

"你看，宝贝，我痊愈了。一切只是心的问题。我就说我办得到！"

# 后　记

戴蒙走了之后。

　　今天是一九九三年十一月四日，是戴蒙满二十六岁的日子。像这样的日子，我都叫它们"缅怀日"，因为我很难不被鲜明的回忆所淹没，那也许是突如其来的破颜微笑，或是一阵揪紧心腹的哀痛，将我推入有时难以脱身的幽深黑洞。当然，戴蒙每天都再一次令我动容，只是那些特别的日子偶尔会让我一蹶不振。

　　在戴蒙生日这天回想他死后我所经历的岁月，我想是个适当的时机。因此，我决定用文字写下那些过去的事件，和如今仍在我心里萦绕的情感。自称艺术家的我，常常借由把脑中的意象画出来，让奔放不羁的画笔、铅笔来释放我的悲伤。我常常哭，常常愤怒，但每当那些情绪都潦草画在眼前的那张纸上时，我的心就会更轻松，更澄澈。这些画大部分都被我一把火烧掉，象征将心中的悲伤付之一炬，让爱和美好有更多舒展的空间。

　　戴蒙死了以后，我花了一些时间才真正感受到那股失落。林赛和我之前一起清洗他的遗体，那是能为他献上爱的最后方式。然而那时，我却觉得自己不在那里，像在梦游，感觉好不真实。自己仿佛站在远方看着发生的一切，却分不清眼前凝视着的究竟是真是幻。我搂着的这个男人，这个毫无生命迹象的人，不可能是戴蒙。那就像他刚起床，想自己出去走走，或去度个假散散心。不久后他就会从前门回来，既健康又带着微笑，眼神流溢着爱，满脑子都是未来的计划。

在悲恸、震惊、难以置信的迷雾中，真相总算敲醒我。随之而来的，是一种清晰的宽心与释放之感。

戴蒙承受的折磨总算结束了。尽管放手让他离去是那么不容易，但我相信我们心里都有这种感受。我们就像一家人一样一起面对。

考特尼一家永远会是我的家人，因为我们共同经历过的甘苦，早已超越血脉的藩篱。布莱斯把自己埋进《愚人节说再见》，将万千思绪倾注于一字一句。贝妮塔和我相依做伴，说话、哭泣、愤怒、哭泣。每个人都在心里紧紧握住自己印象中挚爱的戴蒙。

直到他吐出最后一口气，我一直认为艾滋病杀不死戴蒙，即使所有数据历历在目。就是因为那样的信念，以及澎湃、纯然的爱，才使我一路撑了过来。现在我才发觉，我可能会被某些人描述为"抗拒事实"的人。抗拒事实就是在欺骗自己，之所以会否认眼前发生的一切，那是因为太痛，无法想象该如何面对。一想到自己可能被归类成拒绝接受戴蒙生病这件事实的人，就令我愤怒，仿佛我带着希望活下去是一种错误。若不是抱着和戴蒙一起快乐生活的希望，我想我根本没有力量走下去。

有时，我好生好生戴蒙的气。他干吗一定要走，一定得死？我们一路如此艰辛地击退艾滋病，他竟然头也不回地结束生命。于是我们输了，高墙垮掉了，眼前只剩我一个人，伤心的一个人，我真的受够了。你怎么可以放弃？我没有放弃你，你怎么可以抛下我们？当我真的需要你的时候，你在哪里？你不能就这样一走了之，遇到一点困难就逃跑。我还在这里，你知道的，只是为了让你看到我有多坚强，我没有放弃。我也永远不会放弃。

我知道这些内心的想法听起来很不理性，尤其我们曾如此爱过对方。但愤怒或许是帮助我释放悲伤的方式。

戴蒙离开四周后，亲爱的玛兹也走了，让我的心再受重创。戴蒙是我成年后的人生中最重要的一个人，但玛兹是我的外祖母，是我孩童时期的偶像、说故事的人、一家之长。她已经病了好一段时间，虽然我深爱她，却无法负荷同时照顾她和戴蒙，我至今仍常觉得愧疚。但是我相信她会懂。她留给我的最后礼物，便是让我能偿还布莱斯和贝妮塔买给我和戴蒙的邦迪小屋。这同时也要归功于我母亲的慷慨，或许这也是她希望修复我们之间心结和不愉快的举动之一。希望有一天，我和妈妈之间的微小伤害都能全部化解。套用一句玛兹的话，我想，"时间是最好的解药"。

戴蒙死了以后，我不知道自己该怎么过下去。我的人生突然全然不同——变得难以承受般空荡。好长一段时间，我把自己完全奉献给一个人，我知道自己现在该把时间放回自己和自己的生活了。我必须重新思考：没有戴蒙的席蕾丝特究竟是谁？但我得先把生活用有意义的活动填满，以免一直沉浸在自身的沮丧中。尽管我知道布莱斯和贝妮塔永远会在需要的时候帮我，但我觉得自己该独立了。我觉得心里好脆弱，无法就这么离开，依传统的方式找份工作。然而我同时极度渴望把自己埋入工作，努力展开新的一段人生。我希望能与自己喜爱的事物为伍，而那东西，就是陶器。

"天陶"一开始只是巴尔曼市集的小摊子，我和朋友伊冯娜合租。我负责的主要是手绘瓷砖，是我小屋事业糊口用的生计。没有画瓷砖或设计图案的时候，我就专注在艺术创作上，虽然最近常常忙得没有余暇。房子后面的小工作室一早便开始忙碌，直到深夜。我很满意这样的"天陶"，却有点遗憾戴蒙没能和我共享这份喜悦，因为我也希望他以我为荣。

不过，我确实有另一个相爱的对象，我也知道他以我为荣。我曾可笑地下定决心，久久不再与另一个男人共享生命，然而不久后，我遇见史蒂文，我们俩很快坠入情网。接着展开一段缓慢、提心吊胆的追求期，我们慢慢来，小心翼翼地认识对方。史蒂文渐渐了解戴蒙是谁，我也确定他们一定能成为好朋友。在我克服失去戴蒙的悲痛期时，史蒂文一直是我最大的支柱，有时，我想他心里也有不好受的时候。

我们现在住在一起，共享我和戴蒙曾共享的小屋，用一份新的爱和快乐，填补曾笼罩这屋子的病痛和死亡。史蒂文也是个艺术家，他是电影导演，拍摄空当会和我一起做瓷砖，我们是完美的伙伴关系。

大部分时候我都非常快乐，觉得自己获得了一份极美的祝福，将滋润我的一生。然而有时候，我仍极度渴望那个摸得到的戴蒙，尽管我知道他一直萦绕在我身边。他和我恒久处于一种沉静的对话——那是一种思绪与感受的交流，而非有形的话语或触摸。有时候，我觉得自己的心好老，以自己的年纪来说，实在太成熟了些；有时候，我觉得过去那些经验的重量在我身上留下了印记，而非提升我的爱与力量。每当这时，戴蒙便会奔入我的思绪，让我露出微笑，让我不再钻牛角尖，让我重新觉得自己又和其他人一样。印在我心坎里的那个戴蒙——那个总是笑容洋溢的戴蒙——将提醒我：爱是一种能量，无法制造出来，也无法磨灭。它永远都在，赋予生命意义与方向，引领我们走入美善。我们的爱，将永远这么活着。

席蕾丝特

**图书在版编目（ＣＩＰ）数据**

愚人节说再见 / （澳）布莱斯·考特尼著；吴宜洁译. -- 北京：北京时代华文书局，2022.4
书名原文：APRIL FOOL'S DAY
ISBN 978-7-5699-4497-6

Ⅰ. ①愚… Ⅱ. ①布… ②吴… Ⅲ. ①纪实文学—澳大利亚—现代 Ⅳ. ①I611.55

中国版本图书馆CIP数据核字(2021)第274827号

北京市版权著作权合同登记号 图字：01-2020-2082

本书简体中文版译文由台湾远足文化事业股份有限公司（缪思出版）授权
本社已尽力确保书内图片获得转载权。倘有遗漏，欢迎有关人士与本社接洽，提供图片来源。

Bryce Courtenay
*April Fool's Day*

# 愚 人 节 说 再 见
YURENJIE SHUO ZAIJIAN

著　者｜[澳大利亚] 布莱斯·考特尼
译　者｜吴宜洁

出 版 人｜陈　涛
策划编辑｜韩　笑
责任编辑｜黄思远
责任校对｜张彦翔
营销编辑｜郭啸宇
封面设计｜高　熹
版式设计｜孙丽莉
责任印制｜刘　银　訾　敬

出版发行｜北京时代华文书局 http://www.bjsdsj.com.cn
　　　　　北京市东城区安定门外大街 138 号皇城国际大厦 A 座 8 楼
　　　　　邮编：100011　电话：010-64267955　64267677
印　　刷｜三河市兴博印务有限公司　电话：0316-5166530
　　　　　（如发现印装质量问题，请与印刷厂联系调换）
开　　本｜787mm×1092mm　1/16　印　张｜30.75　字　数｜403千字
版　　次｜2022 年 4 月第 1 版　　印　次｜2022 年 4 月第 1 次印刷
书　　号｜ISBN 978-7-5699-4497-6
定　　价｜88.00 元